Wilhelm Raabe

Deutscher Adel / Alte Nester / Das Horn von Wanza

Salzwasser

Wilhelm Raabe

Deutscher Adel / Alte Nester / Das Horn von Wanza

1. Auflage | ISBN: 978-3-84609-782-3

Erscheinungsort: Paderborn, Deutschland

Erscheinungsjahr: 2014

Salzwasser Verlag GmbH, Paderborn.

Nachdruck des Originals.

Wilhelm Raabe / Sämtliche Werke

Wilhelm Raabe

Sämtliche Werke

Zweite Serie

Band 5

23. bis 27. Tausend

Verlagsanstalt Hermann Klemm A=G
Berlin=Grunewald

Deutscher Adel

Eine Erzählung

Alte Nester

Zwei Bücher Lebensgeschichten

Das Horn von Wanza

Eine Erzählung

Verlagsanstalt Hermann Klemm A-G
Berlin-Grunewald

Inhalt des fünften Bandes der zweiten Serie

Seite

Deutscher Adel 5

Alte Nester 131

Das Horn von Wanza 345

Dieses Werk wurde gedruckt in der Offizin Ernst Hedrich Nachf. in Leipzig
Den Einband fertigte H. Fikentscher in Leipzig

Deutscher Adel

Eine Erzählung

(15. August 1876 bis 21. August 1877)

Erstes Kapitel

Die Karl Achtermannsche Leihbibliothek gehört nicht zu den ersten der Stadt. In einer verhältnismäßig engen und wenig belebten Nebenstraße belegen, macht sie nicht den geringsten Anspruch auf äußerliche Eleganz, polierte Ladentische und Bücherbretter, Plüschsessel und Büsten berühmter Unterhaltungsschriftsteller vom alten Homer bis zum jüngsten – dem jüngsten – nun ja, lassen auch wir den Platz offen und allen noch mitstrebenden Kollegen die Gelegenheit, sich in Gips oder Biskuit an die Wand hin zu imaginieren!

„Einen recht schönen Sokrates hatte ich da oben; aber geschrieben hat der Mann ja eigentlich gar nichts, und als er vor anderthalb Jahren nächtlicherweile mit Nagel und Konsole herunterkam, habe ich es noch für ein Glück halten müssen, daß er das Attentat nicht bei Tage verübte und mir auf den Kopf fiel. Die augenblicklich beliebten Autoren von beiden Geschlechtern halte ich mir immer der Bequemlichkeit wegen handgerecht; und jetzt, bitte, kommen Sie einmal selbst hier hinter den Ladentisch und sehen Sie selber, in was für einer literarhistorischen Gefahr ich geschwebt habe. Er hing gerade drüber," sagte m i r der alte Achtermann; ich aber hatte ihm sogar noch dankbar dafür zu sein, daß er hinzufügte:

„Sie stehen dort auf der anderen Seite, und darüber ist auch noch ein recht hübscher Platz, wenn es sich einmal wieder so macht, daß ich etwas für die Verschönerung des Lokals tun kann." –

L e i h b i b l i o t h e k
von
Karl Achtermann

stand in halb verwischten Buchstaben über der Glastür, die auf die Straße hinausführte, und lud seit fast einem Menschenalter die Vorbeiwandelnden ein, billigst ihre laufenden geistigen Bedürfnisse zu befriedigen. Und, gottlob, ein ziemlich anständiger Teil der Bevölkerung folgte der Einladung sogar „im Abonnement"; – da war's noch billiger, abgesehen davon, daß der alte Achtermann dabei denn doch auch genauer wußte, wie er dran war. Ganz umsonst können es die Musen leider immer noch nicht tun; aber das muß man ihnen lassen, Rücksichten nehmen sie, und so billig wie die deutsche Nation ist noch keine andere auf Gottes Erdboden zu dem Rufe eines Kulturvolkes gekommen! So weit unsere Einsicht in die Sachlage reicht, ist Arthur Schopenhauer der allereinzige auf germanischem Geistesgebiete gewesen, dessen Freunde und gute Bekannte es nicht möglich machen konnten, seine Werke leihweise von ihm, und wenn auch nur „auf acht Tage", zu erhalten. Zwei ganze Auflagen der „Welt als Wille und Vorstellung" hat der alte Bösewicht und „Egoist" dem Volke der Denker unter der Nase lieber zu Makulatur machen lassen! Keineswegs empörend bleibt es unter allen Umständen, und ein schwacher Trost kann für das deutsche Gemüt nur darin liegen, daß sich dieser Mensch auf seine holländische Abstammung stets viel zugute tat. –

Das Geschäftslokal der Firma K. Achtermann bestand aus zwei Räumen. Der vordere, größere wurde durch die schon erwähnte Glastür und das Fenster zur Rechten derselben wenigstens in einer nicht unangenehmen Dämmerung erhalten. Der zweite, kleinere war vollständig dunkel, enthielt aber den kleinen Kanonenofen, der das Lokal heizte, und neben dem Ofen ein kurzes zersessenes Sofa, sowie einen niedrigen Schrank zur Aufbewahrung von allerhand Haushaltungsgerätschaften. Mit schöner Wissenschaft waren natürlich beide Räumlichkeiten vollgepfropft, die hintere dunkle freilich mehr mit der veralteten, der abgängigen. Nimmer aber hatte ein öffentlicher Bibliothekar mehr einem sich ausgesponnen habenden, melancholischen Spinnrich geglichen als Achtermann an dem heutigen Tage auf seinem Sofa, neben seinem Ofen, unter der abgängigen Literatur der letzten dreißig Jahre!

Da saß er, kopfschüttelnd, vornübergebeugt, die Schultern aufwärts gezogen, die Hände zwischen den mageren Knieen zusammengelegt, die Zeitung des Tages unter die linke Achsel gekniffen.

„Vor Paris nichts Neues!... Aber hier – über England wird es geschrieben: mit einem Zwanzigfrankenstück in der Tasche ist er in Puys bei Dieppe angekommen – unsere Ulanen dicht hinter ihm her – und dann hat er sich zu Bette gelegt und ist gestorben!... Sie mögen sagen und schreiben, was sie wollen, aber wenn man so mehr als ein Menschenalter durch seine Freude und sein Vergnügen an einem ordentlichen Kerl gehabt hat und dazu in meiner Stellung gegen ihn gestanden hat, so fällt einem solch eine Zeitungsnachricht doch immer aufs Gemüte. Der Graf von Monte Cristo mit zwanzig Franken in der Tasche und unseren Ulanen auf den Hacken! In Neuille, ebenfalls bei Dieppe, ist er nun auch schon begraben. Und wir vor Paris! Und vor Paris nichts Neues, wie Podbielski meldet. Nun sehe einmal ein Mensch an, wie es wieder schneit!"

Er schüttelte sich, öffnete einen Augenblick die Klappe seines Ofens und sah zwinkernd in die Steinkohlenglut, schloß die Tür wieder mit Hilfe der Kohlenschaufel und blickte um das gewundene Rohr des Ofens nach dem Fenster und der Tür des vorderen Gemaches. Es schneite in der Tat recht munter, und der Wind warf das körnige Gestöber in rieselnden Schauern gegen die Scheiben.

„Hm, hm, Alexander Dumas tot!" seufzte Achtermann. „Hm, hm, und daß sie das sicherlich heute in Paris noch nicht wissen, das gehört doch wahrhaftig auch zu den Merkwürdigkeiten dieses Jahres! Das nehme mir keiner übel, wenn ich heute in Versailles, im Hauptquartier, ein Wort mitzureden hätte, so schickte ich ganz gewiß einen Trompeter und einen Adjutanten mit einer weißen Fahne und der Nachricht zu den Vorposten. Da braucht man wirklich kein alter Leihbibliothekar zu sein, um die Wirkung vorauszuberechnen! Das geht denn doch in der Tat über die ‚Drei Musketiere' und ‚Die Dame von Montsoreau' hinaus, von den ‚Memoiren eines Arztes' gar nicht einmal zu reden. Da war das Buch von dem Monsieur Hugo über den Rhein, das hat vieles getan, um u n s und s i e zu dieser jetzigen glücklichen Abrechnung zu bringen; aber meinem alten, braven Alexander soll man auch das Seinige lassen. Mein Gott, wir vor Paris – Alexander Dumas tot – und von Paris aus nichts Neues! Einerlei, man muß doch ein alter Leihbibliothekar und in diesen Geschichten groß geworden sein, um das alles sich zurechtlegen zu können, wie das auf- und ineinander paßt. Bei unsereinem soll man sich erkundigen, wenn man genau wissen will, was Historie und was Kulturhistorie ist. Herr Gott, ist das ein Winterwetter!"

Es kamen einige Kunden, die abgefertigt wurden und beträchtliche Spuren ihrer Wege durch die Gassen auf dem Fußboden zurückließen. Verhältnismäßig hatte Achtermann gute Weile.

„Der Krieg tut wohl auch das Seinige dazu, aber das Wetter heute morgen doch das meiste," brummte er. „Es hat alles seine Regeln auf Erden; man muß nur lange genug drauf studieren, um sie auswendig zu lernen. Wer ist mir jetzt auf den Beinen? Natürlich einzig die alten Fräuleins, die keine Jungfer zu schicken haben und die heutige Zeitung erst morgen mittag lesen. Nun, wir sind lange genug dabei, um auch einmal für ein stilles Jahr und eine ruhige Stunde dankbar sein zu können."

Er war an das Glasfenster seiner Tür getreten und wischte mit dem Ärmelaufschlag über die Scheibe vor seiner Nase, um sich wenigstens für einen Augenblick eine freiere Aussicht in die Straße zu schaffen.

„Nun sehe einmal einer an!" rief er. „Kann es gemütlicher beschrieben werden?"

Und mit einem Blick über die Schulter auf seine Büchergestelle:

„Kann es einer besser geben?"

Das war freilich kaum möglich. Was hier in dieser Hinsicht augenblicklich geleistet wurde, war nicht zu übertreffen.

„Le Bourget hat neulich nicht ärger im weißen Dampf und Wirbel gelegen. Ja, ja, und Charles Dickens ist auch tot seit dem neunten Juni! Der richtige Schüd–de–rump ist's! Wahrhaftig, ein netter Ersatz für den gewohnten Dreck vor Weihnachten! Holla, ist denn dies Wassermann? Nun, das ist klar; was nicht ersaufen soll, das wird im Schneetreiben auch nicht umkommen. Na, nur herein, Alter; aber hübsch bescheiden – immer hübsch bescheiden! – Alle Teufel, der halbe Winter hängt dem guten Kerl am Pelze! Jetzt besehe sich einer diese Kröte! Ist das eine Aufführung für einen treuen Hund, der seinen Herrn bei diesem Wetter vor Paris stehen hat? Soll ich dir wieder einmal ein Kapitel aus Snarleyyow vorlesen, um deine Moral zu verbessern und deine Begriffe von Anstand aufzufrischen?"

Es war ein tölpischer, graugelber, ganz gemeiner Köter mit gekappten Ohren und gestutztem Schwanz, der blaffend in dem Schneegewirbel der Gasse aufgetaucht war, an der Tür der Leihbibliothek, Einlaß begehrend, gewinselt und gekratzt hatte und jetzt den alten Achtermann zärtlich, aber unbeholfen zudringlich umtanzte und umsprang.

„Aber Fräulein?! Fräulein Natalie – auch Sie bei diesem sibirischen Orkan? O du meine Güte, geben Sie her Ihren Muff, geben Sie Ihre Musikmappe – schöpfen Sie Atem – kommen Sie zum Ofen. O liebes Kind, mußten Sie denn selbst bei diesem Wetter unterwegs sein?"

Es war eine hochrote, hübsche, aber augenblicklich nicht bloß vom Wind und Schneegestöber aufgeregte junge Dame, die der Sturm dem Hunde nachgeblasen hatte.

„Ich komme von drüben, Achtermann! – Ja, ich muß mich

einen Augenblick setzen! – Denken Sie sich, man hätte ihn soeben beinahe uns abgepfändet. Es ist doch ein wahres Glück, daß er kein teurer Leonberger, sondern nur als Künstler eine wertvolle Kreatur ist. Nur die Verachtung der Welt hat ihn Ihnen und uns gerettet. Die Frau Professorin liegt noch lachend auf ihrem Sofa, und ich – ich habe mein junges Leben in Ihrem sogenannten sibirischen Orkan dran gewagt, um Ihnen die neue heillose Geschichte brühwarm über die Straße zu tragen."

„Abpfänden?" fragte Achtermann verwundert.

Zweites Kapitel

Fräulein Natalie erzählte; – wir aber haben ja doch wohl die Geschichte angefangen zu erzählen, und so behalten wir für eine Weile noch das Wort und sagen noch ein wenig weiter von dem Leihbibliothekar Karl Achtermann, obgleich er eigentlich nicht die Hauptperson in unserm diesmaligen Berichte ist.

Vor allen Dingen ist zu bemerken, daß er eine Privatwohnung, ziemlich eine halbe Meile von seinem Geschäftslokal gelegen, innehatte, ein drittes Stockwerk, in welchem er „mein Mann" – der „Vater Achtermann" und der „Papa" war und sowohl als Mann wie als Papa ein staatsbürgerlich häusliches Behagen genoß, das nichts zu wünschen übrig ließ – nämlich für die schadenfrohe, heimtückische, grinsende Nachbarschaft, die nicht selten Gelegenheit hatte zu bemerken:

„Uh, diesmal haben sie ihn aber mal wieder gehabt!"

Sie – sie, das waren Frau und Fräulein Achtermann. Erstere eine Matrone von fünfzig, letztere ein Kind – eine Tochter von achtundzwanzig Jahren; der Papa Achtermann selbst hatte seinen sechzigsten Geburtstag ganz in der Stille im März des laufenden Jahres begangen. Ganz in der Stille; denn daß sich jemand anders darum bekümmern konnte, war ihm eine so fremde Idee, daß sie ihm nicht einmal im Traume kam.

Den Taufnamen der Mutter haben wir trotz aller angewandten Mühen nicht in Erfahrung bringen können, und so bleibt sie uns leider bis auf den letzten Bogen dieser Geschichte die Frau Achtermann und wird höchstens dann und wann zur anmutigen Abwechslung oder in erregten Seelenmomenten zur „Madam". Die Tochter war wirklich und wahrhaftig auf den Namen Meta getauft worden und hört also auch durch das ganze Buch darauf.

„M e t a — fervidis
Evitata rotis,

alter Freund," sagte Wedehop, den wir auch erst einige Seiten später genauer kennen lernen werden, zu dem Leihbibliothekar. „Ich weiß wahrhaftig nicht, was die jungen Leute gegen das junge Mädchen haben; aber sicher ist es, nimm es mir nicht übel, Achtermann, sie pflegen in ziemlich weitem Bogen drum herum zu gehen; und Zeit wird es freilich, daß endlich einer von ihnen sich näher wagt, wenn auch auf die Gefahr hin, gründlich dabei auf den Sand gesetzt zu werden. Nun, du weißt, was ich dazu tun kann, der — rosigen Zauberin einen passenden Mann zu verschaffen, das tue ich, und so brauchst du die Hoffnung immerhin noch nicht ganz aufzugeben, sie ebenso glücklich — und — selbständig verheiratet zu wissen wie — wie — ihre gute Mama."

„O, halte du wenigstens dich nicht über uns auf, Wedehop!" seufzte dann Achtermann, und der Hausfreund ging und übersetzte grimmig aus den neueren und neuesten Sprachen der Unterhaltung und des Berufs seines Volkes zur Weltliteratur wegen weiter.

Es gab vielleicht in der ganzen Stadt keinen zweiten Menschen, dessen Leben in so regelmäßiger Abwechslung von Ormuzd und Ahriman beherrscht wurde als das des Leihbibliothekars Achtermann. Bis auf den Sonntag und die hohen Feiertage, die Ahriman allein zugehörten, teilten sich das lichte und das dunkle Prinzip in das Dasein des Mannes mit fast peinlicher Achtung vor dem Prinzip des Rechtes und der Billigkeit. Von acht Uhr morgens an, wo er die Schwelle seines Geschäftslokals überschritt, bis zehn Uhr abends, wo er, nach langem Marsche durch die Stadt, wieder im Schoße seiner Familie sich vorfand, hielt das gute Grundwesen seine freundliche Hand über den Alten und lebte er im Lichte an dem dunkelsten Wintertage. Aber von zehn Uhr abends bis morgens siebenundeinhalb Uhr ließ sich Ahrimanes — nichts dreinreden. Um die letztangegebene Stunde erst ging Achtermann wieder vom Hause weg, und es war unbedingt schade, daß Zoroaster ihn nicht kennen und auf seinem Wege ihm das Geleit geben konnte: es würde dem weisen Perser wahrlich ein Vergnügen gewesen sein, ein fortlaufendes Abonnement bei ihm zu nehmen. Wir anderen unter den Gestirnen des Tages und der Nacht wandelnden Menschenkinder, denken wir uns aus unseren scheckigen Existenzen in die seinige hinein und — beneiden wir ihn, selbst in den Momenten, in welchen wir ihn auf diesen Blättern am meisten zu bedauern haben werden.

Es öffnen wahrlich nicht alle, die eine Tür hinter sich zuziehen, eine andere, die in ein unbeschränktes Reich der Wunder, der Märchen und des Behagens führt und das alte Zauberwort „Hinter mir Nacht, vor mir Tag!" ganz und gar wahr macht! ...

Der Leihbibliothekar Karl Achtermann war Leihbibliothekar aus Beruf.

„Wenn er nicht solch ein Phantastikus wäre, hätte er es auch gar nicht so lange ausgehalten!" sagte die Nachbarschaft, und ein Körnlein Wahrheit mochte auch hier wohl der öffentlichen Meinung zum Grunde liegen.

Achtermann verlieh seine Bücher nicht bloß, sondern er las sie zum größten Teil selber, ehe er sie verlieh. Daß er ein ästhetisches Gewissen besaß, konnte man nicht behaupten; aber er gab darin seiner Nation nicht das mindeste nach. Was will der geplagte Mensch mehr, wenn die Wände um ihn her leben und der Sonnenstrahl, der durch das Fenster fällt, voll ist von Gestalten?!

„So sind die Leute immer gewesen, und so sind sie heute noch," seufzte Achtermann. „Seit unser Cervantes durch einen Barbier und einen in Salamanka graduierten spanischen Pastor in der Bücherstube zu Argamosilla hat aufräumen lassen, haben die Barbiere hier die Oberhand behalten; und so hat es sich wieder einmal erwiesen, daß kein kluger Mann irgend was Gescheites aufs Tapet bringt für den Sonntag, ohne daß sich die Menschheit eine elenddumme Plage für jeglichen Alltag, den Gott werden läßt, daraus zurechtschneidet. Lies einmal das Kapitel nach in dem Ritter Don Quixote, Ulrich; und dann nimm dir nur ja recht zu Herzen, was uns eben der Herr Lizentiat, – wollte sagen, der Herr Doktor und Professor der Ästhetik Mohn, der da jetzt vor der Tür seinen Regenschirm aufspannt, anzuhören gegeben hat. Er hat vollkommen recht, der Herr Doktor! Nimm Vernunft an, da es noch Zeit ist, mein Sohn; laß die Hände von all dem Blödsinn hier rund um uns her; und vor allen Dingen komme mir nicht wieder und sitze da nicht halbe Tage lang auf meiner Bücherleiter, um deine Phantasie zu vergiften und für den realen Tag durch und durch unbrauchbar zu werden."

„Der Tropf hat glücklicherweise seinen linken Gummischuh vergessen. Morgen früh werde ich ihm mit demselben mitten in seiner Schulstube irgendeine kleine Freude und jedenfalls eine Überraschung bereiten!" lachte der junge Mensch auf der Bücherleiter: es war aber volle acht Jahre her, seit jener fröhliche Sommerregen herunterkam, vor dem sich der Professor der Ästhetik Dr. Mohn durch Regenschirm und Gummischuhe zu sichern gesucht hatte. Für uns von besonderem Interesse ist das Faktum, daß der Tag ein Sonnabend war, dem naturgemäß ein Sonntag folgte. An jenem Sonntage vor acht Jahren nämlich taten der Leihbibliothekar Achtermann und der Student von der Bücherleiter eine sehr edle Tat. Sie erretteten Wassermann vom Ersaufen, und sie adoptierten ihn.

„Die Steuer bezahle ich; aber du nimmst das unglückselige Wesen mit nach Hause, Ulrich. Deine Mama wird nichts dagegen haben; ich aber wäre verloren, wenn ich das winselnde Geschöpf daheim aus der Tasche zöge und mir eine Tassenschale voll Milch von meiner Frau dafür ausbäte."

Wie angenehm so ein schöner Sommertag, an dem man noch dazu eine gute Tat verübt hat, aussieht! Frau und Fräulein Achtermann hatten aus einem sicherlich stichhaltigen Grunde, der ihr eigen Vergnügen betraf, den Gatten und Vater seinem eigenen überlassen. Von der Stadt her klangen die Glocken, welche zur Morgenkirche einluden, und die Szene fand an einem der Kanäle statt, die in weiterer Entfernung von der Stadt die Ebene durchgleiten und dann und wann aus grünlichen Fettaugen auf schleimiger Oberfläche die kümmerlichen Föhrenbestände wie in ekelnder Verzweiflung anstarren.

Der Hund war damals höchstens zwölf Wochen alt und trug einen Strick um den Hals, an welchem ein Stein befestigt gewesen war. Dieser Stein hatte sich jedoch glücklicherweise aus der Schlinge gelöst, und die dem Untergange geweihte Kreatur war demzufolge für diesmal noch dem allgemeinen Tier- und Menschenlose entgangen. Durch die noch vorhandene Strömung war das Geschöpf vom linken Ufer bis zum rechten hinübergetragen worden. Am linken Ufer aber stand der bisherige Herr über Leben und Tod des Viehs und warf mit Schimpfworten, Obszönitäten, Steinen und Erdklößen sowohl nach dem winselnd ans Land kriechenden Hunde wie nach dem Herrn Leihbibliothekar Achtermann und dem Sekundaner Ulrich Schenck, der das Tier eben am Rückenfell packte und es völlig aufs Trockene zog.

„Kümmern Sie sich gar nicht um den Lumpen, Herr Achtermann," rief der Schüler. „Wäre der Graben nur zehn Fuß schmäler, so wäre ich bereits drüben scharf bei ihm und hätte dem Halunken die Seele zu zwei Dritteln aus dem Leibe getreten. Lassen Sie ihn nur schimpfen; nehmen Sie sich nur noch einen Moment lang vor seinen Würfen in acht; gleich habe ich unsern Fang in meinem Taschentuch, und wir können ruhig mit ihm dort in der Heide Kriegsrat halten, was wir weiter mit ihm beginnen sollen."

Das letzte „ihm" galt natürlich nicht dem wutentbrannten Strolch drüben am Bache, sondern dem atemlosen, keuchenden, wimmernden Hundevieh am diesseitigen Ufer.

„Du – Herrgott! Der Kerl hat dich getroffen, Ulrich! Du blutest am Ohr! – – Kanaille! Mörder! Spitzbube!" schrie Achtermann, seinen Stock schüttelnd.

„Selber Kanaille – selber Spitzbube – Hundedieb! Hundedieb!" brüllte es von drüben zurück.

„Lassen Sie nur dem Hundemörder das Pläsier!" lachte der Sekundaner, kurz mit der Hand an der getroffenen Backe herfahrend. „So, Azorchen – Amichen – nicht weinen – nein, nicht weinen! Jetzt die vier Zipfel zusammen; – da haben wir dich in Sicherheit, und – nun, Herr Achtermann, bringen wir uns langsam, ruhig und siegesbewußt ebenfalls in Sicherheit. Gut anderthalb Stunden hat der Kerl bis zur nächsten Brücke; o, Herr Achtermann, wie wird sich Fräulein Meta freuen, wenn Sie ihr dieses allerliebste Tierchen hier im Taschentuch von unserem Morgenspaziergang mit nach Hause bringen!"

„Ich?" stammelte der Leihbibliothekar, und daran knüpfte sich denn im Fichtengehölze das, was vorhin bereits über Steuerbezahlen usw. gesagt worden ist.

„Nun, dann wird sich meine Mama freuen müssen über unsere gute Tat! Einer außer mir und Ihnen, Herr Achtermann, muß es; sonst könnten wir den schauderhaften Köter dreist sofort nur selber wieder ins Wasser werfen."

„Ich kenne deine Mama, Ulrich! Und für den Maulkorb komme ich auch auf. Sei jetzt nur ein guter Junge und nimm Vernunft an. Daß ich mit dem Tier unterm Arm nach Hause komme, ist doch keine Menschenmöglichkeit. Du hast es gut, Ulrich, du hast noch keine – Gesichter in deinem Leben kennen gelernt; aber – werde nur erst mal so alt als ich; dann wirst du auch vielleicht davon zu reden wissen!"

„Nun, ein Gesicht wird meine Mutter mir auch wohl schneiden, Herr Achtermann," brummte Ulrich Schenck, und der Leihbibliothekar blieb stehen und sagte:

„Höre, mein Junge, das laß dir gefallen, solange dir der liebe Gott die Gnade schenken will. Weißt du, Ulrich, manchmal wäre es mir doch recht lieb, wenn ich ganz genau wüßte, daß wir beide nicht zu viel Allotria miteinander trieben!"

Es sind sieben bis acht Jahre seit dem schönen Sommersonntagmorgen vergangen, an dem Ulrich seiner freilich nicht von vornherein drauf gefaßten Mama das neue Familienmitglied im Taschentuche zutrug. Alle sind älter seit dem Tage geworden, – der Hund, der Schüler, der Leihbibliothekar Achtermann und die Frau Professorin Schenck. Natalie Ferrari ist heute ein großes, hübsches Mädchen, das völlig auf eigenen Füßen steht und auch stehen muß, was vor sieben oder acht Jahren alles auch noch nicht der Fall war. Das beste wird sein, daß wir sie jetzt, wo der Dezemberschnee des Jahres 1870 fort und fort lustig niederwirbelt, endlich ruhig ihren lachenden Bericht abstatten lassen über den Hund Wassermann, den städtischen Exekutor Trute und die Frau Professorin Schenck. Es hat sich überhaupt schon auf diesen ersten Seiten unseres Berichtes eine Erzählungsweise eingeschlichen, die uns durchaus nicht gefallen kann!

Drittes Kapitel

Der verständige Mensch, der Mensch des Begriffs, des Prinzips, des Systems, ändere es einmal! Wenn er es aber nicht zu ändern vermag, so tröste er sich mit uns, wenn ihm in den Begriff Regen die Sonne hineinscheint oder wenn es ihm in den Begriff Schnee hineinregnet: Wir können es auch nicht ändern!

„Wenn Sie wünschen, daß ich ein Wort von alledem begreifen soll, Fräulein, so setzen Sie sich vor allen Dingen erst mal ruhig hin. Der Köter ist auch wie verrückt – gerade, als ob er noch nicht in den Jahren wäre, wo der heutige Mensch anfängt, eine Glatze sich zuzulegen!" brummte Achtermann. Die junge Dame warf aber nur ihre Notenmappe auf den ihr angebotenen Stuhl, faßte beide Hände des Alten und rief:

„Sie haben ganz recht! Es ist auch eigentlich nur eine Geschichte zum Sich-hin-setzen und Vor-Verdruß-Weinen. Eine Schändlichkeit ist es; und wenn die Frau Professorin nicht wirklich und wahrhaftig drüber gelacht hätte, so würde ich sicherlich nicht lachend über die Straße mich vom Winde haben herblasen lassen. Setzen kann ich mich nicht; aber – ruhig will ich sein! – Wahrhaftig, wie ein Rezitativ vom alten Bach oder Händel will ich es Euch vortragen: Von Kapharsalama eil' ich herbei und bring' euch überschwenglich Glück! ... Überschwenglich Glück? Danke freundlichst! Da habe ich ein halb Stündchen Zeit zum Atemschöpfen und denke, das lachst du einmal wieder mit der Mama Schenck weg – das Wetter ist auch ganz dazu geeignet, und – dem Herrn Ulrich vor Paris wird doch während der Zeit ganz gewiß nichts Schlimmes passieren. So lasse ich auch mich wie ein Schneefräulein aus dem Märchenbuch drüben die Treppe hinaufblasen, und es läßt sich auch ganz an, wie ich es mir hübsch und behaglich vorphantasiert habe. Die Frau Professorin liegt mit ihrer roten Wolldecke zugedeckt auf dem Sofa, Wassermann unter dem Tische und Droysens Yorck, aus Ihrer Bibliothek natürlich, Achtermann, aufgeschlagen und umgeklappt auf dem Tische. – ‚Sieh, das ist nett von dir, Mädchen!' sagt die Mama; ‚das Buch laß nur liegen, das ist nichts für deine Schnüffelnase; aber einen Bratapfel darfst du dir aus dem Ofen holen. Mädchen, was bringst du für eine Kälte mit!' ‚Den Bratapfel nehme ich mit Dank; aber weshalb das Buch nichts für mich ist, möchte ich doch gern wissen! He, wohl weil meine Herren Ahnen vor soundso viel ungezählten Generationen richtige schwarzgelockte Italiener waren und Rom eroberten oder verteidigten, he? Bin ich Ihnen vielleicht noch immer nicht blond genug geworden im Laufe der Jahrhunderte, gnädige Frau?' – ‚Stachlig genug bist du vom Baum gefallen, du allerliebste Kastanie,' lachte die Mama; ‚das Buch aber vom General Yorck kriegt der Achtermann nicht eher wieder in die Hände, bis ich meinen armen Jungen wieder gesund zu Hause habe. Er, mein Ulrich, hat mir ihn, ich meine den alten Yorck, noch herübergeholt kurz vor dem Ausmarsche. Was die Römerinnen und Spartanerinnen gelesen haben, während ihre Söhne im Felde standen, weiß ich nicht; aber ich käme um vor nervöser Aufregung an dem Herrn von Podbielski mit seinem ewigen: Nichts Neues vor Paris! ohne den General Yorck und die Zeitung jeden Morgen.' – ‚Und ich? Ich bin Ihnen wohl zu gar nichts mehr nütze, Frau Professorin?' frage ich kläglich, und damit sind wir denn gottlob in die richtige Tonlage hineingefallen und rücken dichter zusammen und sind so behaglich und römisch und spartanisch, als es uns als zwei armen, angsthaften d e u t s c h e n Frauenzimmern im letzten Drittel des neunzehnten Jahrhunderts nur irgend möglich ist."

„Hören Sie, Fräulein Natalie, wissen möchte ich wohl, von wem Sie eigentlich das Erzählen gelernt haben," sagte an dieser Stelle der Leihbibliothekar und fügte hinzu: „Unsereiner lernt es allmählich, sich darauf zu verstehen."

„Von meinem Vater!" erwiderte die junge Dame, und eine Wolke legte sich dabei für einen Moment auf die heitere, von Gesundheit und dem Winterwetter leicht gerötete Stirn. „Die

Ferrari haben stets ihre Worte gut zu setzen gewußt. An einem meiner Urgroßväter hat es schon der Alte Fritz gerühmt. Es steht in den Anekdoten von ihm, was sie sich gegenseitig gesagt haben. Unterbrechen Sie mich aber nicht, wenn Sie meine Geschichte zu Ende hören wollen, viele Zeit hab' ich nicht mehr für Sie übrig, Herr Achtermann."

Der Leihbibliothekar machte nur eine bittende und beschwörende Handbewegung, und Natalie erzählte weiter:

„Klopf, klopf geht es doch in alle guten Stunden und Augenblicke hinein – nicht wahr? Nicht wahr, da macht und kennt das Schicksal doch auch bei Ihnen keinen Unterschied der Person, Herr Achtermann?"

„Bei mir? Unterschied der Person? Ach du lieber Himmel! Wissen Sie, Fräulein, die Anekdotenbücher vom König Friedrich sind mir momentan nicht so recht gegenwärtig; aber das sage ich Ihnen, angenehm würde es mir sein, wenn Ihr Herr Urgroßvater den Alten Fritz gefragt hätte, ob je das Schicksal, was das Anklopfen anbetrifft, bei ihm einen Unterschied der Person gemacht habe. Es gereichte der Menschheit immerhin zum Trost, wenn da auch der hätte nein sagen müssen."

„Point du tout, würde er gesagt haben. Gut, also wir sitzen aneinandergedrückt, als es an die Tür klopft. ‚Sieh mal hin, Natalie, wer es ist,' sagt die Frau Professorin; aber schon hat mir Wassermann die Mühe abgenommen, der Welt Elend und Abgeschmacktheit im Innern willkommen zu heißen. Auf allen Vieren wütend festgestemmt, sieht er den Kerl an, der gar nicht gewartet hat, bis man ihn einlud, einzutreten. – ‚Herrgott, Trute; Sie wieder einmal?' ruft die Mama Schenck, ‚ist denn noch nicht alles in Ordnung?' – ‚Bis auf eine Kleinigkeit, Madame; – fünfzig Taler, Madame – Schneidewind und Kompanie, Madame; aber ja auch nur pro forma, pro forma diesmal, Frau Professorin.' – Die Frau Professorin ist aufgestanden; ich, Natalie Ferrari, sitze fester als je in meinem Leben. Wassermann bellt sich fast die Seele aus dem Leibe, die Mama aber sagt ärgerlich: ‚Zeigen Sie mir wenigstens Ihre Papiere, Trute.' – ‚Mit dem größten Kummer und Verdruß, auf meiner Seelen Seligkeit, Madame!' ruft Trute; und ich und die Mama haben zitternd sozusagen nur e i n e Nase zwischen den dummen Stempelbogen. – ‚Nun mache dir einmal einen vollständigen Begriff von dem – Ungeheuer – da – vor Paris!' ächzt die Frau Professorin. ‚Das nennt man denn sein Vaterland verteidigen, wenn man vergnügt hingeht, über die Grenze rückt und seine Mutter so in den tagtäglichen Verdrießlichkeiten, die Ängste gar nicht gerechnet, sitzen läßt. Und das will denn nachher wohl gar noch von den Frau Müttern und allen möglichen weißgekleideten Jungfrauen unter Glockengeläut beim Siegerheimzug in Empfang genommen werden! Mädchen, ich sage dir, auf dich und mich soll er passen. Sie aber, Trute, Ihnen glaube ich es, daß es Ihnen leid tut. Da hängt der Schlüssel zu seiner Stube und Kammer hinter der Tür; habe die Freundlichkeit, Natalie, und begleite den guten Trute die Treppe hinauf, daß er sich noch einmal die leeren vier Wände ansieht – pro forma, das ist auch eine Redensart von dem bösen Jungen."

„Fräulein, entschuldigen Sie," sagte Achtermann, sich über seinen Tisch vorbeugend. „Das Geheimnis der alten Mamsell, Frau Geheimrätin? Leider augenblicklich in allen vorhandenen Exemplaren nicht zu Hause. Darf ich Ihnen vorschlagen –".

Was er vorschlug, kümmert uns nicht; – wir haben es zu eilig dazu und Fräulein Natalie ebenfalls. Die Geheimrätin ging durch das abnehmende Schneegeriesel, und Natalie fuhr fort:

„Ich sage Ihnen, Achtermann, es ist wahrhaftig die allerhöchste Zeit, daß wir wieder ein einiges Reich und vor allen Dingen einen Kaiser an die Spitze bekommen, damit man endlich einmal ganz genau und nicht bloß der Redensart nach erfährt, wo er wirklich sein Recht verloren hat! Übrigens, was denken Sie von meiner Situation mit dem Stubenschlüssel des jungen Herrn Schenck in der Hand und Trute und Wassermann hinter mir auf der Treppe? – ‚Nehmen Sie es nur nicht übel, daß ich Sie umsonst bemühe, Fräulein,' sagt Trute. – ‚O, es ist mir ein wahres Vergnügen,' sage ich, und so kommen wir unter dem Dache an, und Wassermann kennt die betreffende Tür ganz genau und zeigt sie mir, indem er winselnd an ihr kratzt. – ‚Ich kenne den Schlüssel, Fräulein, geben Sie mir das Bund. Ich weiß auch mit dem Schlosse Bescheid,' verständigt mich dieser gefühllose städtische Zwangsmensch Trute, und lachen muß ich doch trotz meines Ärgers. Nicht wahr, Achtermann, Sie haben ihn ja wohl mit erzogen, diesen Herrn Ulrich? Uh, die Frau Professorin kann Ihnen nicht dankbar genug dafür sein, Achtermann! – Nun, da waren wir drin! Und ich muß sagen, ich habe doch die Hände in die Seiten stemmen müssen. ‚Ja, sehen Sie, Fräulein, Sie lachen,' sagt Trute, ‚und ich kann es Ihnen auch eigentlich nicht verdenken; aber was soll ich denn tun? frage ich Sie.' – Wissen Sie, Achtermann, ein leerer Raum klingt hohl selbst im Sommer, aber ein leerer Raum, in welchem im Winter nicht geheizt ist, klingt noch viel hohler, aber dabei, wie ich gefunden habe, heller als im Sommer, was wohl in unserer eigenen Gänsehaut seinen Grund haben wird. Jammerschade war es, daß Trute aus der lächerlichen Öde heraus nicht nach Paris telegraphieren konnte. Ich sehe mir die Kohlenzeichnungen auf den Kalkwänden an und die literarischen und ästhetischen Anmerkungen drunter, drüber und dazwischen. – ,I, so soll denn doch –' schreit plötzlich Trute, ,bitt' ich Sie, Fräulein, bin ich denn das? Soll ich denn das sein? Und worauf reite ich denn? Habe ich je in meinem Leben auf einem Kater geritten? Herrje, und nun gucken Sie mal her, – Ihnen wie aus dem Gesichte geschnitten, Fräulein! – Na, ärgern Sie sich nur nicht auch; Ihnen hat er doch wenigstens nicht zu einer Fratze und Vogelscheuche veridealisiert. Das lasse ich mir schon gefallen, wenn man hinschwebt wie eine griechische Göttin. Nämlich, ich bin doch drei Jahre lang Aufseher im Neuen Museum gewesen und muß das kennen! Nein, aber jetzt hört doch alles auf! Den Herrn von Mühler, Exzellenz, kenne ich doch auch von meiner Aufseherschaft im Neuen Museum her – das ist er – das soll er sein, der links von der Ofenröhre! Sapperment, würde der sich freuen, wenn er sich so sehen könnte! Na, na, ich sage nichts mehr, als daß man die ganze Stadt herrufen sollte, um gegen Entree diese Fresken zu zeigen –'"

„O ja, es ist eine sehr gemischte Gesellschaft," unterbrach Achtermann. „Rechts von der Kammertür sitze ich mit Frau und Tochter. Meine Frau möchte ich nicht sehen, wenn sie sich da in d e r Auffassung erblicken würde; und für meine Meta sage ich auch nicht gut, daß sie es für eine Schmeichelei nehmen würde. Aber fanden Sie nicht, daß er mich recht gut getroffen hat, Fräulein Natalie?"

„Sie werden sich doch nicht einbilden, daß ich den Schmierereien noch einen Blick geschenkt habe, nachdem ich mir ebenfalls die Ehre drunter gegeben fand. Ich nenne das einfach eine Unverschämtheit und habe das auch der Frau Professorin gesagt. Narrenhände und so weiter, wie Sie wissen, Achtermann, wenn Sie Ihre Bücher gleichfalls mit Randzeichnungen und sonstigen Notizen zurückkriegen. Und wenn ich auf meine Kosten dem Herrn Ulrich Schenck seine Wände weißen lassen soll, morgen wird dem Skandal ein Ende gemacht!"

„O, Sie werden doch nicht, Fräulein?!" rief der Leihbibliothekar.

„Ja, ich werde, – darauf können Sie sich verlassen. Und Truten liegt auch daran, daß er seine Eselsohren verliert und von seinem Kater herunterkommt. Er kennt gottlob von seiner Aufseherschaft im Museum her mehr als einen geschickten Anstreicher; und, was das beste ist, die Mama hat gesagt: ‚Ja, Kind, ich bin ganz deiner Meinung; morgen wollen wir dem Greuel ein Ende machen. – Er bedauerte es so schon häufig, daß er für seine – Ideen keinen Platz mehr finde. Wir wollen ihm eine Freude damit machen, Natalie! – Morgen lassen wir weißen, Mädchen, daß er reines, freies Feld findet und von vorn anfangen kann, wenn er nach Hause kommt, der arme Junge.'"

Es war zu bedauern, daß gerade in diesem Moment ein ganzer Haufen Lektürekunden kam und dem herzlichen Lachen des alten Achtermann ein Ende machte. Als die Leute abgefertigt waren, hatte die junge Dame natürlich „nur noch fünf Minuten lang Zeit" und sagte:

„Mit zwei eingetretenen Rohrstühlen, einem dreibeinigen Stehpult und einem Stiefelknecht vor dem Angesicht kann sich auch der grimmigste, abgefeimteste Stadtexekutor höchstens auf seinen Schein stellen und darauf herumtrampeln. Trute sagte: ‚Wenn es Ihnen gefällig ist, Fräulein, mir ist's recht, wenn wir wieder gehen. So leichten Herzens komme ich nicht von jeder Exekution weg, das sage ich Ihnen. Vergessen Sie aber um Gottes willen nicht, ja recht ordentlich zuzuschließen, auf daß uns nichts gestohlen werde; in Zahlen wäre der Verlust gar nicht zu taxieren.' Wir schlossen zu und stiegen wieder die Treppe hinunter. Als höflicher Mann nahm Trute natürlich auch von der Frau Professorin Abschied: ‚Entschuldigen Sie nur gütigst, beste Madam; ich komme immer ja nur für andere, Frau Professorin.' Die Mama lacht in ihrer Weise; und in allseitigem Wohlgefallen würden wir nunmehr voneinander geschieden sein, wenn nur nicht gerade in diesem Moment dem Wassermann da eingefallen wäre, sich mausig zu machen. Es ist wirklich, als fiele es ihm jetzt ein, daß er sich, grade diesem guten Bekannten seines Herrn gegenüber, viel zu ruhig verhalten habe, und so kläfft er los und macht wahrhaftig Miene, dem guten Trute an den Hals zu fahren. – ‚J, sehen Sie mal den Hund! In Paris wäre er viel wert; aber – weiß der Teufel (entschuldigen Sie, Achtermann), auch hier ist er ein Objekt, das ich mir zu gern mitnehmen möchte!' – ‚Das werden Sie wohl bleiben lassen, Trute', sagt die Mama mit Grabesruhe; aber bei dem Mann in dem städtischen Uniformsrock erwachen mit einem Male alle schlechten Leidenschaften. Er kehrt sich nicht im geringsten weder an meine Entrüstung noch an die Grabesruhe der Mama Schenck. – ‚Hier, mein Hündchen, mein gutes Tier – hier, hier, komm zum Onkel!' –

2*

Wer aber nicht kam, sondern nur wie toll unter dem Tischteppich hervorbellte, war Wassermann; wie Bazaine in Metz steckt er bald hier, bald da den Kopf unter der Decke hervor und tut – diesmal mit vollem Recht –, als ob er rein verrückt sei. Aber die Frau Professorin hat nun ihrerseits ihren Yorck von Wartenburg leise abermals auf den Tisch gelegt und ist von ihrem Sofa aufgestanden –"

„Und sagt hoffentlich ganz ohne Aufregung: ‚Scheren Sie sich gefälligst zum alten Achtermann hinüber, Trute, und erkundigen Sie sich bei dem, ob man einen preußischen Wehrmann im Felde pfänden dürfe?' Nicht wahr, Fräulein?"

„‚Nicht wahr, es hat sich wohl wieder einmal ein Liebhaber für das talentvolle Tier gefunden?' fragt die Frau Professorin. ‚Nicht wahr, mein Sohn hat nicht umsonst anderthalb Jahre auf die Erziehung des Geschöpfes verwendet? Seien Sie aufrichtig, Trute; was hat man Ihnen mal wieder für es geboten? Öffne die Tür, Natalie, und schicke den Wassermann zum Nachbar Achtermann. Und im übrigen lassen Sie sich nicht eher hier wieder sehen, bis mein Sohn aus Paris zu Hause ist. Adieu, lieber Trute!' – Adieu, lieber Achtermann!"

Viertes Kapitel

Das eine Lebewohl war so rasch dem anderen gefolgt, und so plötzlich hatte Fräulein Natalie Ferrari von dem Gründer und Eigentümer der Achtermannschen Leihbibliothek Abschied genommen, daß es gar nicht zum Verwundern war, wenn er erst nach einer längeren Pause imstande war, sich an den Hund zu wenden, und zwar mit den Worten:

„Du bist mir ein schöner Patron mit – allen – deinen – Talenten! O, den Monsieur Ulrich sollte ich heute an deiner Stelle hier vor mir haben! Da kann man doch wahrhaftig sagen: wie der Herr, so der Hund! Ist das die Aufgabe des Menschen, in allen vier Fakultäten und sieben freien Künsten Rad zu schlagen und dann ruhig hinzugehen, Paris zu belagern und uns hier mit drei eingetretenen Rohrstühlen, einem dreibeinigen Stehpult, einem Tintenklecks auf dem Boden und einem Stiefelknecht in Holzkohlenzeichnung an der Wand abzumalen? Jetzt kann ich mir nur den ganzen Tag einbilden, i ch steckte in seiner Haut und hätte mich heute so sträflich blamiert vor einer solchen Mutter und solcher ausgezeichneten jungen Dame wie Fräulein Natalie Ferrari!...

Und die Frau Professorin hat wieder nur gelacht – und Fräulein Ferrari scheint sich auch recht amüsiert zu haben! Und ich weiß, ich weiß vor vielen Menschen, wie viele ungezählte Millionen dieses Lachen und dies Amüsement wert ist, aber unrecht ist's doch, sich so darauf zu verlassen und in den Tag hinein zu wirtschaften! Hut und Weide sollte man euch beiden kündigen, dir, Wassermann, so gut wie dem jungen Herrn da vor Paris! Ohne die Sorge, die man hat, daß selbst solchem Unkraut wie dieser Ulrich doch einmal aus Zufall ein Unglück zustoßen könne, wär's meinerseits gewiß schon längst geschehen. Ja, stelle dich nur auf die Hinterfüße, stelle dich nur tot, spring mir nur über den Stuhl und Ladentisch, komme du mir nur mit deinem Wedeln und Winseln: Prügel verdient ihr beide – du trotz deiner Künste und er trotz seinem Griechischen und Lateinischen und seiner Philologie und Philosophie und was er sich sonst von Wissenschaften hat anfliegen lassen, während er mit offenem Munde in der Sonne lag oder dem lieben Gott seinen Tag mit Spazierengehen stahl! Dem Halunken Trute werde ich aber doch meine Meinung wegen Amtsmißbrauch nicht vorenthalten, sobald ich ihm einmal von meiner Ladentür aus die Hand an den Kragen lege; – ach Gott, meine Frau! Weiß der Himmel, wieder einmal Mittag!" ...

Wie nichts in der Welt, so ist auch der ärgste Schneesturm nicht von Dauer. Es war fürs erste alles niedergeschüttet worden, was da oben im Widerstreit von Kalt und Warm aus der Feuchte sich zu Kristallen umgesetzt hatte; und durch die Spalten des wehenden Gewölkes besah sich die Sonne kaltlächelnd die weiße, reinliche Stadt. Wer sich aber weder kalt- noch warmlächelnd den Leihbibliothekar Achtermann und den Hund Wassermann besah, das war die Frau Leihbibliothekarin, nachdem sie ihren Handkorb mit einem klirrenden Stoß auf den Boden niedergesetzt hatte. Frieden und Freundschaft gleich dem Züricher Breitopf bedeutete hier der schwach dampfende Essennapf wahrlich nicht, und mit dem glückhaften Schiff war der Omnibus, auf dem er den größten Teil des Weges hergeführt worden war, auch nicht zu vergleichen.

„So?!" sprach die resolute Dame, die Arme in die Hüften stemmend. „Natürlich ganz wie ich mich schon vom Hause her darüber im voraus geärgert habe! Du und das Vieh! Das Vieh und du; wie aus e i n e r Mutter Schoße! Das Lokal verunreinigt wie eine Meßmenagerie und ich mit dem Mittagsessen durch das Unwetter unterwegens, um die Nichtsnutzigkeit weiter zu füttern und mir den Tod vor Gift und Galle an den Hals zu holen! ... Achtermann, Achtermann, sagen tue ich nichts mehr, aber was ich tun werde, das will ich dir sagen. Die schnippische Gans, die Ferrari, ist mir da eben auch an der Ecke begegnet: der kann ich nicht mit Fliegentod aufwarten; aber wem ich damit dienen werde, dem werde ich jetzt den Tisch decken, und wenn's mich eine Groschenwurst für mein gutes Geld in den Handel kosten sollte."

„Aber Beste," stammelte Achtermann, „ich bitte dich um alles in der Welt – "

„Und da schnüffelt er mir wahrhaftig vor der Nase an dem Korbe herum!" schrie die zornentbrannte Gattin. „'raus, hinaus! heißt es für jetzt, für heute, und was es für morgen heißt, – das – wird sich – finden!"

Schon hatte sie niedergegriffen und den unglückseligen Gegenstand ihrer Erregung an dem Halsbande mit der Steuermarke gepackt. Der Griff war zu plötzlich! Es würde gar nichts genützt haben, wenn sich die Liebe, die Angst oder der Schrecken mit einem Schrei hindernd dazwischen geworfen hätten. Achtermann stand nur starr, und schon war die Tür aufgerissen, und heulend flog das bedeutendste kanine Talent der Gegenwart hinaus in die Gasse und überschlug sich mehrere Male in dem gottlob immerhin weichen Schnee.

„Jetzt mach rasch, Achtermann," keuchte die Gattin, „ich habe nicht Lust, stundenlang auf deine leeren Teller zu warten."

Der Leihbibliothekar kroch neben seinem Ofen zu Tische, und – nachher wundern sich die Staatsanwälte immer noch über die Unzulänglichkeit der Wissenschaft, der Chemie, wenn sie nicht in jedem Falle des Gattenmordes imstande sind, sofort anzugeben, was für ein Gift in Anwendung gebracht wurde! Für uns aber tritt eine kuriose Frage heran, nämlich die: wer von diesem Moment an weiter erzählen soll, wir oder der Hund, – der Hund oder der deutsche Schriftsteller?

Wir halten das Ohr hin und horchen hinaus:

„Der Hund Wassermann natürlich!"

Wir neigen den Kopf nach der anderen Seite hinüber:

„Bah, der deutsche Humorist!"

Damit sind wir denn ziemlich so klug als zuvor.

„Wir ersuchen dringend, die Stimmen zu zählen," klingt es von der Partei des Hundes her.

„Man soll die Stimmen wägen und nicht zählen," zitiert die Gegenpartei.

„Sie würden mir einen unendlichen Gefallen erweisen, wenn

S i e mir Ihre Meinung nicht vorenthalten würden, lieber Wedehop! Sie, der Sie uns alles übersetzen, werden wissen –"

„Was? ... Dummes Zeug! Nichts weiß ich; aber einen guten Magen habe ich gottlob, und die Milz ist auch noch so ziemlich in Ordnung, alter Kerl. Wäre ich ein Russe, Holländer oder Engländer und hätte Sie zu übersetzen, so würde ich selbstverständlich meine Stimme ebenfalls dem Wassermann geben; so aber als Glied des Volks der Denker frage ich erstens einfach: weshalb stellen Sie solche alberne Fragen? Und – da Sie dieselben gestellt haben, – gebe ich Ihnen ruhig den Rat: schreien Sie die Antwort tot, übertrumpfen Sie den verdammten Köter, überheulen, überwinseln Sie ihn; kurz, bleiben Sie kein Narr, sondern fangen Sie endlich einmal an, – e t w a s f ü r s i c h s e l b e r z u t u n."

„Das ist freilich ein guter Rat, aber –"

„Ihnen ist nicht zu helfen. Wissen Sie was? Ich gehe jetzt zu Tische und habe keine Zeit mehr. Hier aber sind wir vor Achtermanns Laden. Der Brave wird bereits gespeist haben; wünschen Sie ihm also eine gesegnete Mahlzeit und lassen Sie sich mal das Mémorial de Sainte-Hélène herunterreichen. Im vierten Bande Seite 391 bis 392 werden Sie finden, wie der große Kaiser Napoleon I, das Individuum an sich, als persona dramatis, das heißt hinter der Schauspielermaske, dachte über das Abstimmen durch Majoritäten und Minoritäten unter den Vorkommnissen, Anlässen und Zudringlichkeiten des – täglichen Lebens. Selbst er ließ sich durch das größere Geschrei bestimmen und umstimmen; und so kann man es der Menge nicht verdenken, wenn sie sich ihre Hauptwaffen gegen den einzelnen nicht nehmen lassen will und nötigenfalls, ihr heiligstes Recht im Busen tragend, einem Widersprechenden das Gehirn ausschlägt oder die Seele aus dem Leibe trampelt. Leben Sie wohl für jetzt, lieber Freund. Es hat mich recht gefreut; – auch unnütze Worte, kurz vor Tisch in den Wind gesprochen, sind imstande, den Appetit zu heben."

Fünftes Kapitel

„Pavia," sagte der Kaiser zu dem Grafen Las Cases, „Pavia ist der einzige Ort, den ich jemals selber habe plündern lassen. Ich hatte es meinen Soldaten für vierundzwanzig Stunden versprochen; aber schon nach dreien konnte ich es nicht mehr aushalten und mußte der Sache ein Ende machen. Ich hatte nämlich nur zwölfhundert Mann bei mir, und das Geschrei der Bevölkerung (population), das zu mir herüberdrang, gewann die Oberhand. Hätte ich zwanzigtausend Mann mit mir gehabt, so würde natürlich ihr Lärm die Wehklage und das Geheul der Bevölkerung erstickt haben" – und so weiter.

Wie in allem, was von einem großen Mann ausgeht, so liegt in dieser recht netten historischen Anekdote manches, was zum Nachdenken auffordert; aber etwas dergleichen ist auch in dem Undsoweiter verborgen, das wir bescheidentlich angehängt haben. Freund Wedehop hatte vollständig recht, als er uns auf die Stelle im Memorial aufmerksam machte, wenngleich nicht ganz in seinem Sinne. Pavia ließ der Kaiser Napoleon freilich nicht weiter plündern, aber seinen Weg durch die Welt ging er doch weiter ungeachtet aller Majoritäts- oder Minoritätsvota, die ihm fernerhin auf demselbigen die Ohren klingen machten. Ob es dann seine Schuld war, daß ihn dieser Weg nach St.-Hélène führte, werden wir an dieser Stelle weniger als an irgendeiner andern zu entscheiden wagen. Wie dem auch sei: Wassermann bekommt nicht das Wort. Um es jedoch nicht gänzlich mit allen denen, die fest darauf gerechnet haben können, zu verderben, versprechen wir hiermit feierlichst, ihm es an allen den Stellen zu erteilen, wo er imstande sein wird, die Seelen unseres Publikums in unserem Interesse zu bewegen und zu rühren. – – –

Die Welt hat sich unter der schweren Tagesarbeit, die ihr heute vielleicht mehr denn je auf die Schultern gelegt worden ist, allgemach ganz sachgemäß recht ins Werkeltägige verändert, und das sei unsere Entschuldigung, daß wir auch dieses Mal eine Werkeltagsgeschichte erzählen.

Seht den Alexander in der Schlacht bei Issus, wie er in Pompeji, auf einem Fußboden abgebildet, aufgefunden wurde, und seht ihn heute (natürlich in einer andern Schlacht und anderer Uniform), wie er in den Gemäldeausstellungen aufgehängt und von irgendeinem Verein für historische Kunst als Eigentum erworben wird! Der Unterschied muß jedermann sofort in die Augen fallen.

Seht dort den König! Wie stürmt er einher auf seinem Bukephalos an der Spitze der makedonischen Phalanx und der thessalischen Reiterei! Wie bohrt er Allerhöchsteigenhändig den Speer in die Seite des Oxathres, des Bruders des Dareios, und wie persönlichst winkt ihm der fliehende Großkönig, den machtlosen Bogen in der Hand, ab: auch in Babylon wartet der Tod auf uns, nicht bloß auf der Landstraße unter den Mörderhänden des Bessus und Nabarzanes!

Und nun schaut heute! Eine Menge Porträtköpfe, und darunter nicht wenige Zeitungskorrespondenten, drängen sich wohl ebenfalls im Vordergrunde; aber es ist noch sehr anzuerkennen, wenn sie sich nicht um den „Fourgon", den Küchenwagen, drängen. Der Held als solcher ist nicht darunter; im Mittelgrunde hält er mit den Spitzen seines Generalstabes, auf ruhigem Gaul, den Feldstecher in der Hand. Und wir erblicken auf dem Bilde, was Er an seinem stolzesten Siegestage durch jenes Fernglas sah: den heroischen Hintergrund nämlich. Die Bilder, die den „großen Schweiger" darstellen, wie er mit dem Degen in der Faust die pommerschen Grenadiere zum Angriff führt, lügen; er hat es selbst gesagt, daß er die Pommern nur strategisch in die Lücke seiner Schlachtlinie schob, und er ist doch jedenfalls ein ebenso großer Held und sicherlich ein größerer Kriegskundiger als jener aufgeregte junge Mann und Bukephalosbändiger auf dem klassischen Fußboden.

Wir können eben nichts dagegen machen, daß die Welt und in ihr die Kunst, Feldzüge zu gewinnen, die Kunst, Bilder zu malen, und die Kunst, Geschichten zu erzählen, eine andere geworden ist. Stehen wir nur alle auf unserm Platze: Bürger, Künstler, Helden und Könige! Wer sich nicht irre machen läßt, kann auch heute noch sowohl vom Mittel- wie vom Vordergrunde aus den Lorbeer und das Lächeln der Götter und Menschen sich gewinnen. Von dem Hintergrunde reden wir nicht, denn an den halten wir uns, wie schon bemerkt, auch diesmal.

Vor Paris! Und – „vor Paris nichts Neues!" meldete das Hauptquartier. Daß ein uns höchlichst interessierender Feldpostbrief um die Stunde, als das Telegramm abgelassen wurde, vor Paris geschrieben wurde, davon wußte man natürlich zu Versailles nichts. Konnte es auch nicht wissen, sowenig als der Schreiber eine Ahnung davon hatte, daß Fräulein Natalie Ferrari gerade in dem Augenblick, als er das Kuvert schloß, dem städtischen Exekutivbeamten Trute auf dringendes Ersuchen eine Tür öffnete, deren Schwelle der Kriegskorrespondent unter geschilderten Umständen gegen die junge Dame auf den Knieen, mit gefalteten Händen und in unausdrückbarster Verwirrung aller Gefühle verteidigt haben würde.

Vor Paris. Man hat uns hundert- und aber hundertmal die Art und Weise, und unter welchen drolligen oder tragischen Umständen, Unbequemlichkeiten und Bequemlichkeiten damals von Paris aus nach Hause geschrieben wurde, geschildert, sowohl in Bild wie in Wort. Wir werden deshalb an dieser Stelle einfach den Wortlaut des uns und unsere Leser betreffenden Schreibens angeben.

Die umgestürzte Tonne oder der Rokokospieltisch aus St. Cloud oder Malmaison sind uns wirklich nur das Nebensächliche. Daß wir endlich einmal wenigstens annähernd etwas genauer erfahren, mit wem wir es denn eigentlich zu tun haben, ist die Hauptsache. Nicht wahr, es sind ja wohl schon sieben Jahre seit dem Abschluß des Frankfurter Friedens verlaufen? – –

„Liebe Mutter! Wundervolle alte Mama!

Was die achäischen Mütter ihren vor Troja liegenden Jungen an Güte, Genießbarem, Gestricktem und Gewebtem zukommen ließen, kann ich nicht sagen, aber Deine wollenen Socken und Unterhosen sind glücklich angekommen vor Paris, und mit behaglichst gehobenen Knieen stolziere ich bereits darin unsern sonderbaren Dardanern jenseits der Forts unter den blau und rot gefrorenen Nasen herum. Die feste Überzeugung, daß es die höchste Weisheit ist, dann und wann wieder zum Tier hinunterzugehen und Behagen und Unbehagen nur im allergegenwärtigsten Augenblick, ohne Vergangenheit und Zukunft, zu empfinden, hält mich außer Deiner heitern Liebe und Liebenswürdigkeit immerfort recht munter. Ich ersuche Dich heute zum hundertsten Male, Dir keine Sorgen um mich zu machen! Welch ein Glück ist es doch, daß wir beide, Du und ich, zu allen unsern Erlebnissen und Erfahrungen die nötige Phantasie, und zwar in der Richtung auf das Sonnige hin, auf die Welt mitgebracht haben! Du und ich und – – – Du erlaubst wohl, daß ich das ‚und' anfüge und drei Gedankenstriche dahinterhänge. Wahrlich, wenn das wirklich die einzigen sind, die in den Erdengeschichten großartig mitspielen, die ihr Kreuz ruhig auf sich nehmen, in welcher Form es auch sei, so gehören wir beide (diesmal selbstverständlich von den drei Gedankenstrichen abgesehen) im hervorragenden Grade dazu. Ich denke an den Vater in diesem Augenblicke und denke mir ihn, wie er mit der Linken die Brille emporhebt, um über seine Philologica weg einen Blick auf Dich und mich zu werfen: ‚Frau, du würdest mich ungemein verpflichten, wenn du den nichtsnutzigen Bengel da, den bodenlosen Ignoranten, den unsäglichen Faulpelz heute wenigstens einmal mit geringerem Gleichmut betrachten würdest. Nichts weiß er! Ich bitte dich, Beste, was sollen wir mit ihm anfangen, wenn sich zuletzt die Gewißheit bei mir einstellt, daß es seine feste Absicht ist, nichts wissen zu wollen?! Enterben kann ich ihn leider nicht; – du bist auf deine Pension und den Verkauf meiner Bibliothek als Professor der Schulweisheit an hiesiger Universität angewiesen; er –' Ich breche ab;

der letzte Sonnenstrahl jenes Trauerjahres fällt gar zu elegisch auf das würdige, liebe Haupt, das sich von den Schriften auf dem großen, grünen Arbeitstische emporgerichtet hat, um noch einmal, zuletzt, einen zerstreuten Blick auf die Ärgernisse des Daseins, die niemandem erspart werden, zu werfen. Was würde der Vater sagen, wenn er heute Dich in Deinem verzauberten Winkel im dritten Stock und mich hier in dem halb zertrümmerten französischen Landhaus inmitten des deutschen Volkes in Waffen erblicken könnte?

Wir kennen beide sein behagliches Kopfnicken; ich – meine, unsere tapfern Herzen würde er uns wohl gelten lassen! ‚Herangewachsen ist der Schlingel!' würde er murmeln. Ach, Mama, tapfere, helläugige, deutsche Heldenmutter, wenn ich nur nicht allzu genau wüßte, auf wessen Kosten und unter wessen lachend verborgenen Sorgen das breitschulterige, dickfellige, bärtige Phänomen hier im ‚Replis' vor Paris in die Erscheinung getreten ist!... Was soll ich nun unter diesem Bumbum von hüben und drüben tun? Soll ich Dir noch einmal eine Generalbeichte aller meiner Sünden gegen mich und Dich ablegen, oder willst Du noch einmal Dein Lob von Deinem ‚dummen Jungen' gesungen haben? Ich meine, liebe Mutter, ein stichhaltiger Trost wird Dir das Liebste sein, und so hebe ich meine Rechte vor dem weißen Häusergewirr, das da in der Ferne im hellen französischen Wintersonnenschein schimmert, und schwöre Dir feierlich: Ich komme als ein verständiger Mensch zurück! Beim Zeus, die Herren zu Versailles sollen mich nicht umsonst hier in die Kälte zur Abkühlung hingestellt haben. Wie eine Blume entsprießt mir die Moral ihrer strategischen Zwecke, Rück- und Vorsichten: Mama, ich kehre gebessert heim, wenn – sie mich nicht auf meinen guten Vorsätzen, wie auf einem Schilde des klassischen Altertums, aus der Schlacht hinter die Front tragen, was übrigens so leicht nichts zu sagen hat.

Bum!... bumbum! Da liegt nun das lustige Paris; und die Kugeln hinüber und herüber reden eindringlich davon, daß selbst die besten, heitersten, gleichmütigsten Menschen nur deshalb in Verbindung miteinander stehen, um sich gegenseitig zu ärgern und zu quälen. Selbst wir beide, Mama, wie viele ungemütliche Stunden haben wir uns zubereitet: ich Dir durch eingeborensten Leichtsinn, Du mir durch die Gewissensbisse, Selbstvorwürfe Deinetwegen! Lache nur jetzt nicht; es hat wahrhaftig vieles, wovon Du nicht einmal eine Ahnung hattest, scharfnägelige Krallen in meiner Seele gehabt — Deinetwegen!... ‚Wenn ich ihn nur jetzt an der Nase fassen könnte', wirst Du sagen und dazu — in der Stille: ‚Es ist doch eigentlich jammerschade, daß es so wenig Mütter in der Welt gibt, die sich solche unsinnige Briefe schreiben lassen können.'

Nun aber auf Dein Gewissen, Mama: hast Du die gute, herzerweiternde Gelegenheit meiner Abwesenheit als Verteidiger des Vaterlandes und der edlen deutschen Frauen wahrgenommen, wie es sich gehört? Hast Du mich über die Gebühr gelobt Deinen Besuchen gegenüber? Kann ich mich fest darauf verlassen, daß Du mehr meine Hoffnungen für und Aussichten in die Zukunft als meine gegenwärtigen Schulden hervorgehoben hast? Wünscht — jemand — außer — Dir, daß ich mit gesunden Gliedern heimkomme? Würde — es — *ihr* vielleicht Spaß machen, wenn ich das Eiserne Kreuz mitbrächte? Kurz, Mama, liebe Mama, kann ich darauf rechnen, daß ich *sie* unter den weißgekleideten Jungfern beim Siegesheimzug mit einem Lächeln *für mich* vorfinden werde? Kurz, kürzer, am kürzesten: kommt sie häufig, während ich leider nicht da bin? Wie geht es ihr? Wie fühlt sie sich? — Kurz, kurz — Gott wie kurz das Papier in solchen Fällen ist! — Wie geht es Natalien? Stehe Du hier mal bei dreizehn Grad Kälte im Mondschein hinter dem Zaune und lerne nicht das Behaglichere im Leben kennen! Bei den Göttern des warmen Ofens, bei den Göttinnen der Holzfeuerung, des Torfes und der Steinkohlen, die Schlauköpfe da drüben haben es gar nicht nötig, dann und wann ihre elektrischen Lichter auch über mich hinzuwerfen; ich weiß schon ohne das, wie hell einem unter Umständen ein Gedanke aufgehen kann. Ach, Mama, wir liegen hier in einer Häuslichkeit, aus der die Franktireurs kurz vor unserm Einzug unbedingt ein junges Paar in den Flitterwochen aufgestört haben. Hier habe ich mir *ihren* Klavierstuhl an ein leeres Mehlfaß gerückt; auf *seinem* Schreibtisch sitzt der Feldwebel Schulze und spuckt Wut über einer von euren Liebeszigarren; großer Gott, gütiger Himmel, Mama, welche Zustände sind doch oft notwendig, um den Menschen mit der Nase auf das Bessere zu stoßen!...

Da stand ihr Piano. Dort in der hohlen Fensterhöhle pflegte sie ihre Blumen. Dort im Winkel stand jedenfalls eine Ottomane, auf der *er* mit der Zigarre, die Hände unter dem Hinterkopfe, lag und ihr zusah. Es gehört solch eine Verwüstung und solch eine bittere Kriegsniederlage dazu, um ihn ganz zu fassen, wie er sein Behagen hatte an ihrer Zierlichkeit und an den blauen Wölkchen über ihm und an dem Grün vor dem offenen Fenster und — dort an der hellen Stadt Paris in der Frühlingssonne! Wie lange ist es her, daß es Frühling war? Da schiebt sich der Füsilier Dickdrewe in die türlose Tür und sieht sich um nach dem letzten Rest handgerechten Brennholzes. Krack! Das war das letzte Bein ihres Erards, welches eben unter das Beiwachtfeuer und den Feldkessel mit der germanischen Erbswurstsuppe geschoben wurde.

‚Na, Herr Unteroffizier, heute kommt auch das letzte Schinkenbein dran. Aber propre, sage ich Ihnen; – in drei Brotsäcke voll Kartoffeln haben wir uns gestern mit den Rothosen zwischen dem Auflesen der Toten und Verwundeten geteilt.'

O Natalie!... Ach, wenn Ihr wüßtet, welche Kämpfe um diesen letzten Schinkenknochen geführt worden sind, und welchen Heroismus Dein Sohn in denselben entwickelt hat: sie wäre auf der Stelle mein, wenn es nur im geringsten wahr ist, daß die Weiber das Heldenhafte an den Männern lieben. O, man muß solche Kämpfe und Kocherei ausgestanden haben, um sich nach einem komfortablen eigenen Herd und einer braven Frau dran zu sehnen.

Im bittersten Ernst, Mutter, es ist diesmal Logik in diesem meinem Schreibebriefe, wenngleich immer noch verborgen unter der Dir leider gut genug bekannten Wort- und Bilderhüpferei. Ich wiederhole: laß mich mit gesunden Gliedmaßen nach Hause kommen und wundere Dich. Alte, kurzweilige Mama, welch einen ernsthaften Sohn und Doktor der Philosophie wird Dir ein gütiges Schicksal aus allen den Märschen, Schlachten, Beiwachten und dem munteren, aber sehr ernsten Verkehr der Völker und Individuen zurückliefern! Ich sage weiter nichts mehr, um die Überraschung nicht vorzeitig abzuschwächen; aber eines will ich doch noch bemerken: ich habe die allergegründetste Hoffnung, meiner dermaleinstigen Gattin im Laufe der Zeiten den Titel und Rang einer wirklich Geheimen Hofrätin samt allen anhängenden Emolumenten, sowie auch Pensionsberechtigung bieten zu können.

‚Wie kommt ein solcher Glanz in meine Hütte?' wirst Du fragen, und ich wollte nur, eine andere fragte mit Dir. Ja, fragt nur! . . . Etwas mußte ich Euch doch mitbringen von Paris! Diese deutschen Fürsten sind dann und wann gar so übel nicht. Behandelt man sie als Gentlemen, so kann man, wenn man Glück hat, recht brave und keineswegs unverständige Leute darunter treffen. Mit einigem guten Willen stellt man sich leicht auf einen sehr angenehmen Fuß mit ihnen; selbst nicht im Juden findet man im gegebenen Moment den Menschen heraus mit größerem Erstaunen über die Macht des Barocken in seiner Erscheinung als Tradition.

Hoheit redet man den erhabenen Jüngling an, welcher das Vergnügen und die Ehre hatte, meine Bekanntschaft zu machen, und der an mir hängen blieb. Wir beide, Mama, die wir wissen, was es heißt: frei durch die Welt zu gehen, wir haben auch Erfahrung davon, was das Hängenbleiben im rechten Sinne bedeutet. O, Natalie, Natalie, – Fräulein Natalie Ferrari! ... Na, kurz und gut, wenn ich nach Hause komme, werdet Ihr das Weitere ausführlich vernehmen; nur das will ich noch sagen, daß ich neulich, vielleicht zum ersten Male in meinem Leben, nicht nur amüsant, sondern auch belehrend war. Also – pflege Dich und den Wassermann, grüße Freund Achtermann, gib mir ausführliche Nachricht von Euch allen. Läuft Dir Wedehop über den Weg, so stimme auch den alten Räsoneur heiter durch die Versicherung, daß ich seiner immer noch freundlichst gedenke und mir die möglichste Mühe gebe, ihm ins Handwerk zu pfuschen und allerlei gute Dinge aus dem Französischen ins Deutsche zu übersetzen: das Elsaß und Lothringen zum Exempel.

Vor allen Dingen bleib gesund, Alte, und halte Dir immer vor die Seele, wie sehr wir zueinander gehören. Trochu empfiehlt sich Euch. Ducrot ebenfalls.

Dein getreuer Sohn

U. Sch."

„Das ist nun wieder mal der Junge, wie er leibt und lebt," rief die Frau Professorin nach der ersten atemlosen Lektüre dieses Briefes. „Trochu grüßt! Ducrot auch! O, hätte ich nur den Narrenkopf hier und – gesund; ich würde ihm schon meine Meinung sagen. Was hat denn der Hund? Der Wassermann? Ich glaube wahrhaftig, er riecht seinen Herrn aus dem Briefe heraus! ... Wirklicher Geheimer Hofrat – deutsche Fürsten – das letzte Schinkenbein – Kartoffelgraben zwischen den Toten und Verwundeten – Natalie Ferrari!"

Die alte Dame las das Schreiben zum zweiten Male, zum dritten Male und zum vierten Male. Dann sagte sie kopfschüttelnd:

„Die Hauptfrage ist, ob ich den Unsinn dem Mädchen zum Lesen gebe!"

Sechstes Kapitel

„... oder ihr nur die Hauptsache daraus mündlich mitteile. Es ist ein verständiges Mädchen, und in etwas habe ich ihn doch auch meinesteils mit der Nase darauf gestoßen. Seine leere Stube da oben kennt sie schon lange, und seine Verhältnisse zu Trute sind ihr auch nicht unbekannt; also würde es nur darauf ankommen, ob sie Phantasie genug besitzt, ihm in meinen und seinen Glauben an ihn hineinzufolgen. Herz genug hat sie dazu, und – auf ein paar schlaflose Nächte darf es sowieso einem Frauenzimmer in dieser argen Welt nicht ankommen. Wie aber überlegt man sich als Mutter eine ganz gehörige schriftliche Antwort an solch einen nichtsnutzigen Burschen, wenn man nachts wachend in seinem warmen Bette liegt und ihn sich da im Schützengraben unter dem Mont Valerien denkt?! Alles verschiebt dieser Krieg einem. O, den Brief hätte der Schlingel mir nur von der Universität schreiben sollen! Da würde ich ihm kühl morgens um neun Uhr nach einem recht ruhigen Schlaf gedient haben. Zu nichts kommt man jetzt der Ordnung nach. Weshalb der Wassermann neulich vom Nachbar Achtermann hinkend zurückgekommen ist, weiß ich auch noch nicht; Wedehop hat sich seit einem Jahrhundert nicht sehen lassen, und so sitze ich hier und lasse mich von meinem eigenen Fleisch und Blut ‚kurzweilige Alte' betitulieren in einer Welt, die freilich ihr möglichstes tut, um die angstvollen Minuten ins Unendliche auszudehnen. Ja, ich werde der Natalie den Brief unbedingt zu lesen geben! Laß sie gleichfalls sehen, wie sie mit den Minuten, Stunden und Tagen des Lebens fertig wird; meine Schuld ist es ja nicht, daß ihr nicht erspart wird, was wir alle durchzumachen haben. Ich habe meinen lieben Seligen –"

Sie brach ab, und einige Minuten des angstvollen Daseins gingen ihr unbewußt wieder einmal weich und sanft vorbei im Gedanken dessen, was – gewesen war.

Es war längst Tauwetter eingetreten, der Tag war trübe und grau, sackartig wälzten sich die Wolken über jedweden mitteleuropäischen Horizont, und der Mitteleuropäer Achtermann ging spazieren in seiner Freistunde zwischen ein und zwei Uhr mittags, fühlte sich aber leider nicht imstande, das Wetter durch eigenste Seelenheiterkeit wenigstens für sich selber zu verbessern.

„So sind die Leute!" seufzte er bei jedem Stoß, den er im Hin und Her der Bevölkerung der Stadt bekam, und gebrauchte damit jedesmal wieder die Redensart, mit welcher er sich wahrscheinlich der Hebamme in die Arme gelegt hatte und mit welcher er sich noch viel wahrscheinlicher dermaleinst der Totenfrau überliefern wird. Und unter vielen Sterblichen hatte er freilich genügende Gründe, diese Redensart nach den verschiedensten Richtungen hin zu gebrauchen und sich durch sie möglichst wieder ins gewohnte melancholische Seelengleichgewicht zu bringen. Ach, die Leute betrugen sich nur in den seltensten Fällen so gegen ihn, wie sie eigentlich sollten, und — so waren sie denn in der Tat so, wie — sie waren!

Das Elend war schon am frühen Morgen angegangen. Des Lebens Miseren waren selbst ihm nicht seit längerer Zeit so schwer wie heute auf Kopf und Schultern gefallen. Frau und Tochter hatten ihn niederträchtiger denn je behandelt; sie hatten ihm selbst das ihm zukommende Quantum von Zichorienabsud vorenthalten und ihn also ohne Kaffee in den frostigen Morgen hinausgeschickt, und zwar unter dem Vorgeben, daß „der Herd nicht ziehe". Dagegen mußte der Herd gegen Mittag wohl ein wenig zu gut gezogen haben, denn bis auf Napf, Teller, Löffel und Messer und Gabel war alles angebrannt gewesen, was man ihm zugetragen und vorgesetzt hatte. Sämtliche Romantik der zwanzigtausend Bände seiner Bibliothek kam nicht gegen die Öde in seinem Leibe und die Leere in seiner Seele auf. Fröstelnd, schaudernd gab er sie — die Bände — vom Morgen bis zum Mittag heraus oder nahm sie zurück. Und dazu wußte er nur allzu genau, daß ein gut Drittel dieser laufenden Literatur zu Krankenbetten ging oder von denselben herkam. Jeder Band schien ihm seinen ganz bestimmten epidemischen Duft an sich zu haben. Er hatte das selten so intensiv herausgerochen wie heute.

„Brr!" hatte er jedesmal, wenn er sich wieder solch ein abgegriffen aus den Händen des Volkes der Denker und zartgesinnten Frauen heimkehrendes Buch an seinen Platz zurückstellte, gesagt und hinzugefügt:

„So sind die Leute!"

Gewöhnlich führte der Leihbibliothekar in dieser Mittagsstunde auf seinen Spazierwegen durch die Gassen der Stadt den Hund Wassermann mit sich. Der Köter pflegte sich jedesmal pünktlich zur richtigen Zeit einzustellen; aber heute war er ausgeblieben, wie wir bereits aus der Bemerkung der Frau Professorin wissen. Er hatte einerseits an der Lektüre des Feldpostbriefes teilgenommen, anderseits war ihm auch unbedingt das Wetter zu schlecht gewesen, zumal er, wie wir gleichfalls in Erfahrung brachten, immer noch von der letzten Begegnung mit der Frau Leihbibliothekarin her das linke Hinterbein unter den Bauch gezogen trug.

Dem Leihbibliothekar Achtermann war selten ein Wetter zu schlecht, und so treffen wir auf ihn in der Friedrichstraße unter seinem Regenschirm, und zwar gottlob in demselben Augenblick, wo der erste Sonnenblick in seinen Tag hineinleuchtete, und zwar unter einem anderen Regenschirm hervor.

Fräulein Natalie war's, die ihm an einer Straßenecke in den Weg trat, und zwar selbstverständlich mit der Frage:

„Aber, was ist denn das? Wo haben Sie denn Wassermann, Herr Achtermann?"

„Gesegnete Mahlzeit, mein Fräulein! Ich freue mich — o ja, hm, hm, Wassermann?! Ei freilich."

Und der Alte blickte unwillkürlich über die Schulter nach dem braven Hunde aus, doch sofort wieder in das helle, muntere Mädchengesicht vor ihm:

„Ei ja, Wassermann! Wissen Sie, Fräulein; im Grunde ist es doch keine Witterung, um selbst einen Hund zum Spaziergange aufzufordern, und so —"

„Tragen Sie Ihre Griesgrämlichkeit mutterseelenallein in der Stadt zur Auslüftung herum. Nicht wahr, Sie fressen doch wenigstens Ihre Abonnenten nicht? Hu, jetzt machen Sie mir auf der Stelle ein Gesicht, dem man es auch ansieht, was für ein vergnügter alter Herr Sie sind und was für interessante Unterhaltung Sie tagtäglich vom Morgen bis zum Abend auszuleihen haben. Ich war eben auf dem Wege zu Ihnen, um mir ein hübsches Buch für den heutigen Abend zu holen. Ach, Sie können es freilich nicht wissen, Achtermann, wie lang und langweilig dann und wann meine Abende sich hinziehen."

Es flog ein Schatten bei den letzten Worten über das kluge Gesicht, der leider auf noch etwas anderes hindeutete als bloß lange und langweilige Winterabende. „Wer hätte gedacht, daß der alte Mann soviel Blut in sich hatte?" sagte Lady Macbeth. Wer konnte es diesem jungen Fräulein auf den ersten Blick ansehen, welche bittere Lebensnot unter dieser glatten, weißen Stirn tapfer zu den feinsten Gedankenfäden Jahre, Tage und Stunden hindurch zerzupft worden war und auch in den gegenwärtigen Tagen und Stunden noch zerzupft wurde? Natalie Ferrari lebte wahrlich nicht allein in der Welt, in der sie, wie die Redensart geht, allein stand. So wenig als wir andern hatte sie die Macht, nur nach Neigung und Behagen, wie es ihr gut dünkte, die Einsamkeit zu beleben. Ach, wenn man nur mit den Leuten rundum, wie sie sind, zu tun hätte, da ginge es noch an, da wird man am Ende wie mit den Feinden, so auch mit den Freunden fertig; aber, aber, wie wehrt man sich in der Einsamkeit gegen das, was nicht in Fleisch und Blut auftritt, sondern als Spuk der Vergangenheit und fast noch gespenstischer als unfaßbare, ungreifbare Zukunftssorgen aus dem Dunkel in den Lichtkreis der Winterlampe oder aus dem glänzenden Sommersonnenschein in den kühlen Schatten hineingreift und in beiden Fällen nicht bloß dem unerfahrenen jungen Mädchen, sondern auch dem gegerbtesten Lebensabenteurer eine Gänsehaut zuwege bringt?

Das war ein langer Satz, den wir mit dem besten Willen nicht kürzer machen konnten; denn ihn uns ganz zu ersparen und unsere kleine Heldin bereits im ersten Kapitel zu verheiraten, ging unter den geschilderten Um- und Zuständen wirklich nicht an. Es wird sich aber alles zurechtfinden. Wir machen gottlob unsere Geschichten nicht, – wir finden sie fertig und geben sie, wie wir sie finden. Fräulein Natalie zog ihren Regenschirm zu, schob ihr Winterhütchen mit unter den des Leihbibliothekars und nahm den Arm des Alten, doch ein „Lesebuch" für den heutigen Abend bekam sie diesmal nicht.

Eben schloß Achtermann ihr höflich die Tür seines Geschäftslokals auf und lud sie ein einzutreten, als sich auf der anderen Seite der Gasse in der Höhe das Fenster der Frau Professorin öffnete und die Frau Professorin herunterrief:

„Natalie! Kind! Bitte, komm doch mal einen Augenblick herauf."

Höflichst grüßte Achtermann empor, den Hut weit von sich abschwenkend.

„Ich komme!" rief Natalie Ferrari und sprang über die Gasse. Verschiedene Autoren würden in diesem Moment die Sonne aus den Wolken hervortreten lassen; wir jedoch können dies nicht machen. Wir könnten höchstens ein recht schlechtes Bild leisten, indem wir mitteilten, daß oben in dem Zimmer der Mama Schenck der alte Sonnenschein in dieser Geschichte den jungen in die Arme zog, ihm einen Kuß gab und dabei sagte:

„Höre, Mädchen, ich habe mich hin und her besonnen, ob ich dir volle Mitteilung davon machen solle. Er hat nämlich einmal wieder einen ganz dummen Brief geschrieben."

„Wer? – Er? – Von Paris? – O, Mama!"

„Ja, von vor Paris! Und ganz in denselben Ausdrücken wie der General Podbielski. Was die Hauptsache anbetrifft, durchaus keine Neuigkeit. Mir wenigstens nicht. Mir in dieser Hinsicht durchaus nichts Neues vor Paris! Ach, mein Herz, du hast keine Ahnung davon – – Ducrot grüßt dich bestens, Trochu empfiehlt sich dir – – sieh, da halt' ich das alberne Geschreibsel in die Luft, und jetzt soll es ganz bei dir stehen, ob du es mir zwischen dem Daumen und Zeigefinger wegziehen willst oder nicht. Daß ich nicht klug daraus werden könne, kann ich wohl nicht behaupten. Was du zu dem Unsinn sagst, möchte ich freilich recht gern wissen; aber – wie gesagt – es soll ganz auf dich ankommen, ob du das Ding lesen willst.

Nämlich – es ist auch die Rede von dir darin, außer von dem Füsilier Dickdrewe, von dem Hauptquartier in Versailles und den Parisern in Paris. Er schreibt auch mal wieder von Besserung und Einkehren in sich selbst, und von welch wohltätigem Einfluß dieser Krieg für ihn sei. Da habe ich doch in meinem Verdruß und all der sonstigen Angst um den armen Kerl lachen müssen! Von einer wirklichen Geheimen Hofrätin schreibt er, von idealen deutschen Fürsten: – kurz, es ist ein Durcheinander, das wirklich lesenswert ist, und wie gesagt, hätte er nicht das E u c h , womit er dich und mich meint, ein paar Male so dick unterstrichen, so würde ich es dir natürlich bereits vorgelesen haben. Also?! Na? – Nun?! Wie ist es, mein armes, liebes Herz?!"

Fräulein Natalie streckte die Hand und zog sie wieder zurück. Es war unmöglich, daß sie je in ihrem Leben noch röter werden konnte als in diesem Augenblick.

„Zähle lieber gar noch drei!" rief sie mit zitternder, halb weinerlicher, halb auch wohl ärgerlicher Stimme. „Oder soll ich selber vielleicht an den Knöpfen meines Mantels abzählen?"

Die kleine Hand zuckte wiederum angsthaft vor: „Nun, so gib in Gottes Namen her!" ...

„Da!" sagte die Frau Professorin mit einem tiefen, aber entlastenden Seufzer. „Jawohl, in Gottes Namen! ... Jetzt sieh zu, was du herausliesest. Der Junge schreibt zu allem übrigen eine Pfote, die er vor keinem seiner Schreiblehrer verantworten kann. Du bist ja wohl auch schon früher dabei gewesen, wenn er gekommen ist und mich gefragt hat: ‚Sag mal, hast du eine Ahnung davon, was ich hier eigentlich geschrieben habe?'"

Siebentes Kapitel

Der alte Achtermann hatte währenddem sein Geschäft von neuem eröffnet; – wir können einfach sagen: die Menschheit verlangt es eben, daß auch im Druck unter ihr umläuft, was sie tagtäglich an ihrem Leibe in der Wirklichkeit erlebt oder, besser gesagt, durchzumachen hat. Der Leihbibliothekar lieh seine Liebesgeschichten in jeglicher Form aus und nahm sie zurück. Blech, Gold und Talmi – seine Bücherständer waren für jedwedes Bedürfnis und Verständnis aufs reichlichste ausgerüstet, und als einer der berufensten Minister des Auswärtigen aller Herrscher von und in Traumland sah er beinahe jedem seiner Kunden das, was er brauchte, an der Nase ab. Aber daß es wenig sorgenvollere Posten als solche Minister-

3*

stellungen in irgendwelchem „Ressort" in der Welt gibt, sollte ihm auch binnen kurzem wieder zu erneuter Kenntnisnahme vorgelegt werden.

Dutzendweise hatte er Zeitgenossen und Zeitgenossinnen samt ihren kultur- wie literarhistorisch oft recht merkwürdigen Wünschen nach Möglichkeit befriedigt entlassen. Bald oben, bald unten auf seiner Leiter hatte er jeglichem idealen wie realen, physischen wie metaphysischen Verlangen nach – Zerstreuung Genüge zu leisten gestrebt und dazwischen nach seinem Teekessel gehorcht, der allgemach auf seinem kleinen Kanonenofen im dunkeln Winkel ins Singen geriet, als ein neuer Schatten dessen, was sich nicht zum Traumland rechnete, seine Tür verdunkelte und einen Moment später sich über seinen Ladentisch lehnte.

„Sieh, – Wedehop!" rief er. „Gerade recht. Tu mir den Gefallen und gieße selber zum letztenmal auf. Der Kaffee wird eben fertig sein. ‚Auf der Höhe' – dritter Band; – ‚Problematische Naturen' – ich bin sofort hier oben fertig und komme herunter."

„Uf'h!" blies der Übersetzer, der unter manchem andern auch darin ein behaglich Selbstbewußtsein fand, daß er noch nie in seinem Leben einen Regenschirm selbst besessen oder von einem Bekannten geborgt hatte. Er hob den regennassen Filz von einer der breitesten, glänzendsten, kahlsten Stirnen Deutschlands, schüttelte ihn und schüttelte sich selber. Dem gastfreundlichen Ersuchen Achtermanns kam er, ohne weiter ein Wort zu verlieren, nach, indem er zuerst mit der Eisenzwinge seines Gehstockes die Kohlen im Ofen zu erhöhter Glut durcheinanderrüttelte, und stumm goß er sofort auch auf.

Ächzend ließ er sich auf dem kleinen Sofa nieder, und rasch verbreitete sich ein Dampf und Duft im Lokal, der einzig und allein aus der feuchten Wolle aufsteigen konnte, die winterlich seinen kurzbeinigen, breitbäuchigen und breitschulterigen Leib überzog.

„Es geht dir sonst gut, guter Wedehop?" fragte der Leihbibliothekar von seiner Leiter herab.

„Uf'h!" Und dazu wurde ein Streichholz angezündet, und der Dampf einer gar nicht schlechten Zigarre fing an, sich mit dem übrigen Dunst und Dampfe zu vermischen.

„Merkwürdig gut, Achtermann. Der pure umgekehrte Schubart:

> In einem finsteren Geklüfte Karmels
> Verkroch sich Ahasver; –

es ist wahrhaftig für unsereinen eine Zeit zum Unterkriechen! Da übersetze euch jetzo einmal einer aus dem Französischen! Wahrhaftig, allgemach kommt mir die Überzeugung, daß, wenn das so fortgeht, es mit uns allen vorbei ist. Nichts Neues aus Paris! Es soll mich nur wundern, wie lange ein germanisch Gemüt das Elend aushalten kann."

„Gestatte mir eine Bemerkung, Wedehop," sagte Achtermann, nunmehr gleichfalls in das Dunkel seines Geschäftsschlupfwinkels tretend. „Wenn jemand dich ganz genau kennt, so bin ich es. Das ist eben nur eine Schrulle von dir, durch jedes Wetter ohne Schirm zu laufen. Da sitzest du nun und dampfst und kannst nur für dein Inneres kein Ventil finden. Ich kenne dich viel besser, als du dich selber kennst; im tiefsten Grunde deines Herzens bist du fast nicht mehr und weniger als eine recht innige, deutsche Mädchennatur, und es erbost dich nur, daß du es nicht bist und nächstens weißgekleidet unsere Sieger —"

„Kerl," schrie der Übersetzer aufspringend, „Mensch! Wirst auch du mir unter den Händen gar noch witzig? Da hört freilich alles auf, sagt Antonelli. Unterstreiche das Datum in deinem Kalender. Von dieser Stunde an mache ich es mir zum Lebenszweck, deiner Tochter einen Mann zu verschaffen. Ja, ich habe Gemüt, ich habe Herz, echtes, wirkliches Gemüt und Herz. Ich verheirate dir deine Meta, verlaß dich fest darauf. Da hast du meine Hand; — Achtermann, du bist ein prachtvoller alter Bursch und darfst dreist alle, die über dich wegsehen, zu mir schicken; ich werde dich, wie es sich gehört, in ihrer Achtung zurechtrücken."

„Du scheinst mir heute einmal wieder in einer deiner eigentümlichsten Launen zu sein, guter Wedehop."

„Das bin ich auch, mein guter Achtermann. Es war eine Käserinde, an der ich gestern abend meinen letzten Schneidezahn einbüßte! Und auf ihn allein hatte ich mich noch zu verlassen dem Gurkensalat des kommenden Sommers gegenüber. Achtermann, Achtermann, je älter man wird, desto mehr merkt man, in welcher retardierenden Tragödie man seine Rolle zu spielen hat! O ja, was für eine stoische Fratze hat der Egoistischste durch die Tage zu schneiden, damit nachher irgendeine dumme Mitkreatur neidisch die Bemerkung von sich bläst: Das war noch, alles in allem genommen, wirklich einmal ein fideler Kerl! Beiläufig — um auf ein anderes Thema und Dasein zu kommen, — es wird dich vielleicht auch noch interessieren, daß unser Freund Paul Ferrari wieder im Lande ist."

„Wie?" fragte der Leihbibliothekar zerstreut. Er hatte wirklich nicht recht auf die letzten philosophischen Stoßseufzer seines Freundes Wedehop hingehört, sondern, in seine eigenen Gedanken versunken, Kleistertopf und Pinsel gehandhabt und neue reinliche Rückenschilde auf eine arg zerlesene Serie von Spindlers Werken geklebt.

„Wie? . . . Nun höre einer den Menschen!" brummte ärgerlich der Übersetzer, seinen Stock auf den Boden stoßend. „Verläßt er sich jetzt darauf, daß ich gewöhnlich Blech schwatze, oder denkt er augenblicklich noch tiefer als gewöhnlich an Weib und Kind? Du sprachloser und tauber Gast, ich gebiete dir, daß du von ihm ausfahrest! Achtermann, ich teilte dir soeben mit, daß unser Freund, Schul- und Jugendgenosse Paul Ferrari glücklich wieder bei uns angelangt ist!"

„Was?" rief der Leihbibliothekar. Er hatte wirklich nicht während der letzten Minuten über den Unterschied zwischen unglücklich und unbehaglich verheiratet zu sein nachgedacht. Seine Einbildungskraft hatte an dem letzten Schneidezahn Wedehops gehaftet; sie hatte einfach zwischen den Gurkenbeeten des kommenden Sommers gewandelt. Ihm war es nicht von der Natur gegeben, wie der absonderliche Vogel, dessen Namen der absonderliche Freund führte, von Ast zu Ast zu hüpfen!

Der Kleisterpinsel entfiel seiner Hand: „Paul? Gütiger Himmel! Unser Paul? – Ferrari? Das ist unmöglich, Wedehop!"

„So sagt ihr – ihr Philister, und habt deshalb den Vorzug vor – anderen Leuten, alle Augenblicke das Unmögliche sehr möglich werden zu sehen. Wenn ihr's nur nicht stets so schauderhaft eilig mit euren Gemeinplätzen hättet! Entschuldigt euch nur ja nicht mit dem es überhaupt eilig habenden Jahrhundert: die Narrheit des Ganzen hebt niemals die des einzelnen auf. Das ist unmöglich! Wie oft zum Exempel bin ich nur seit Mitte des vergangenen Sommers über das dumme Wort halb aus der Haut gefahren –"

„Um Gottes willen, lieber Freund, bleib jetzt einmal bei der Sache. Paul ist zurückgekommen? Du hast ihn gesehen? Du hast ihn gesprochen?"

„Gesehen? Gesprochen? Angepumpt hat er mich auf der Stelle. Mich erblicken und dieses war eins. Ich habe selber wohl dann und wann der Menschheit meine Existenz auf ähnliche Weise in das Bewußtsein zurückgeführt, und nie nachher hat jemand, der an meinem Nochvorhandensein im Leben zweifelte, das Wort: Das ist unmöglich! wiederholt. Von dir wünscht er, daß du ihm das Wiederzusammentreffen mit oder, wenn du willst, das Wiederfinden seiner Tochter vermitteln mögest. Ich habe ihm auf heute abend neun Uhr in Butzemanns Keller ein Zusammentreffen mit dir versprochen, und ich bin fest überzeugt, daß er seit dem Öffnen des Lokals dort auf dich harrt. Wo er die Nacht zugebracht hat, kann ich dir nicht sagen."

„Das ist alles, als wenn mir ein Stein vom Dache auf den Kopf fiele! Und eben springt Fräulein Natalie hinauf zur Frau Professorin; und wenn einer weiß, was für eine tapfere Heldin in dem Mäd – der jungen Dame steckt, so bin ich es, Wedehop; – von der Frau Professorin darf ich da natürlich nicht reden. Ich soll es sein, der das arme Mäd – Fräulein wieder aus all ihren so mühselig eingerichteten Lebensschlupfwinkeln aufscheucht? Und dann meine Frau?! Wie soll ich es nur möglich machen, um heute abend nach Butzemanns Keller –"

„Das ist freilich des Teufels Küche!" grinste Wedehop. „Des Teufels Küche! Es wundert mich höchlichst, daß nicht schon lange einer unserer literarischen Arbeitgeber den Titel gefunden und ihn jauchzend, drei Bände angehängt, einem Verleger aufgehängt hat. Na, weißt du, ich hole dich ab aus deinem häuslichen Kreise; ich entreiße dich dem Schoße deiner Familie. Ich rede mit deiner Gattin. Ich habe es nicht leichtfertig ausgesprochen, daß ich deine gute Meta zu verheiraten gedenke. Punkt neun Uhr bin ich bei dir. Butzemanns Keller! Es ist meine feste Absicht, es dahin zu bringen, daß dich dein Weib selber jeden Abend nach Butzemanns Keller schickt."

„Was den heutigen Abend betrifft, so würdest du mir in der Tat einen Gefallen tun, wenn du das möglich machtest," seufzte der Leihbibliothekar.

„Nun, nun," murmelte Wedehop, „wenn man auch selbst allgemach ein alter Junggesell geworden ist, so hat man doch seine Erfahrung darüber gewonnen, wie die Kreaturen aus der Arche Noah zusammen gehören und aufmarschieren, Löwe und Gemahlin, Affe und Gattin, Spinnerich und Frau. Sie heiratet Butzemann junior, das steht fest! Man will doch nicht ganz umsonst seine Nürnberger Naturgeschichte auf dem Christmarkt erstanden haben für die lieben Kinder seiner guten Bekannten und besten Freunde."

Die Aussicht, am heutigen Abend in verhältnismäßig so später Stunde von Wedehop aus seinem Familienkreise abgeholt zu werden, drängte, für einen Moment wenigstens, alles andere in der Seele Achtermanns zurück. Aber wie kurz sind immerdar die Augenblicke des Behagens auf dieser Erde! Der Zufall, der sonst doch alles möglich macht, hat eines noch nie fertig gebracht, nämlich ein Wohlsein und Sichwohlfühlen des Menschen von einer Ideenassoziation zur anderen.

„Aber *sie* will sich doch ein Buch von mir holen für den

Abend!" rief der Leihbibliothekar. „Die Frau Professorin hat sie nur – für einen Augenblick heraufgerufen, und ich hatte ihr einen Band von Stifters ‚Studien' bereits zurechtgelegt. Was soll ich ihr nun sagen? Ich bitte dich, Wedehop, was für ein Gesicht soll ich Fräulein Natalie jetzt machen?"

Der Übersetzer erhob sich, trat an den Ladentisch und fing an, in den Katalogen des Geschäftes zu blättern:

„Hm," sagte er, „1177 Hölderlins gesammelte Werke. 6075 J. W. von Goethes sämtliche Werke, Ausgabe letzter Hand. Eines hatten die zwei Leute wenigstens gemeinschaftlich, der eine im Wahnsinn bei seinem Tischler in Tübingen, der andere als der Weiseste der Menschen und Großherzoglich Weimarischer Minister: Sie legten sich regelmäßig sofort zu Bett, wenn das Leben zu scharf andrängte – Gewährsleute: Wilhelm Waiblinger und Johann Peter Eckermann. Was d u tun willst bis heute abend, wo ich dich abhole, ist in dein Belieben gestellt!"

„Du saßest mit ihm nur auf derselben Schulbank," murmelte Karl Achtermann; „aber Paul Ferrari und ich, ich und er, wir waren –"

„Vögel aus demselben Nest der Lebensharmlosigkeit, nur daß den einen sein phantastisches Gefieder allzu leicht zu hoch über den gesunden Menschen- und Philisterverstand hinaustrug. So bist du denn Gatte deiner Gattin, Vater deiner Tochter und Inhaber dieses Sammelsuriums von bubbles und bouteilles des Menschengeistes geworden und leihst sie weiter aus, während der andere seine eigenen Seifenblasen, allem Abreden seiner guten Freunde zum Trotz, in die Lüfte blies und auf ihnen ritt, wie der Freiherr von Münchhausen auf seiner weltkulturhistorischen Kanonenkugel. Lies die Geschichten nach in deiner Bibliothek, Achtermann. Alles vergnügliche oder tragische Interesse, das wir soliden, guten Leute und Staatsbürger an uns selbst nehmen, haftet am letzten Ende doch einzig und allein in der spannungsvollen Teilnahme, die ihr von uns in Anspruch nehmt. Was in aller Welt würde mich auch sonst bewegen, heute abend auf Schlafrock und Pantoffeln zu verzichten, dich im harten Kampfe deinem Weibe zu entreißen und dich nach Butzemanns Keller zu schleppen? Es ist immer etwas, gleich dem Spiegel in der Putzstube zwischen zwei solchen Seitenstücken zu hängen wie du und unser guter Freund Paul Ferrari."

„Ein schöner Spiegel!" hätte dreist der alte Achtermann seufzen können. Er tat es jedoch nicht; er war aber nach einer andern Richtung hin in die Bilder seiner Phantasie versunken und hatte die recht witzigen des Übersetzers leider gänzlich überhört oder übersehen.

„Ja, hole mich ab, Wedehop," sagte er. „Tu mir den Gefallen. Wir sind von den frühesten Jahren an gute Freunde gewesen. Er soll nicht sagen können, daß ich mit ihm nichts mehr zu tun haben wollte, weil es mir besser ergangen sei als ihm."

Achtes Kapitel

Der Leihbibliothekar stand hinter den trüben Glasscheiben seiner Ladentür und wischte mit dem Rockärmel drüber, um dem trüben Tage noch einen letzten Blick auf seinen Freund Wedehop abzugewinnen. Aber Wedehop war bereits um die Ecke verschwunden, und so wendete sich auch Achtermann wieder und sah sich seufzend in seinen Geschäftsräumen um.

Ja, da stand es in den Fächern von Tannenholz, gebunden, numeriert, mehr oder weniger abgegriffen – alles, was mehr oder weniger der Menschheit über sorgenvolle, ärgerliche oder nur lang sich hinschleppende Stunden hinweggeholfen hatte, und er verspürte nicht die mindeste Lust, sich durch einen Griff aufs Geratewohl auch wieder einmal selber in das gute Reich, das Zwischenreich, welches er so trefflich beherrschte, zu erheben und von seinem ihm eben noch durch den Freund bestätigten Bürgerrecht darin Gebrauch zu machen.

Er war ja selber durch den Straßenkot und das Tauwetter spazierengegangen; es blieb ihm also nichts übrig, als mit dem Knöchel des Zeigefingers die winterwetterlich juckende Nasenspitze zu reiben und zum Himmel emporzuschauen.

„Von dem muß man es heute auch schriftlich oder gedruckt haben, um es glauben zu können, daß er einmal blau gewesen ist!" murmelte er. In demselben Augenblicke sah er auf die gegenüberliegende Haustür und wich zurück:

„Da ist sie!" . . .

Sie kam über die Gasse, rot wie eine Rose (das gewöhnlichste Bild ist und bleibt immer das beste). Sie fuhr mit dem Arm und Ellbogen mehrmals auf dem kurzen Wege vor dem Gesicht her. Sie sah auch zu dem grauen Winterhimmel empor, und halb weinerlich, halb lächerlich zuckte es um ihren hübschen Mund. Sie hatte die beste Absicht, so ruhig als möglich auszusehen; aber fertig brachte sie es nicht, und zu verlangen war es auch nicht von ihr.

Sie tastete nach dem Türgriff, ehe sie ihn faßte; und dann gelang es ihr auch nicht, auf den ersten Griff die Tür zu öffnen. Die kleine, sonst so feste und geschickte Hand war in diesem Augenblick nicht mehr imstande, das Gewöhnlichste ruhig zu nehmen.

„Lieber Herr Achtermann, ich brauche heute kein neues Buch mehr. Ich komme heute doch nicht zum Lesen! Adieu, Herr Achtermann!" . . .

„Ach, – Fräulein Na –!" Es war vergeblich, und der Gründer und Inhaber des K. Achtermannschen Geschäfts gab es auch sofort auf. Als er wiederum an seine Glastür trat, war Fräulein Natalie Ferrari um die nämliche Ecke verschwunden wie Freund Wedehop; und nachher war es gerade, als ob rein der Teufel in das deutsche Lesepublikum gefahren sei.

„Ich bin fest überzeugt, sie lesen auch in Paris heute unter ihren Bedrängnissen weiter. So sind die Leute!" rief der Leihbibliothekar, und das Wort fiel in den einzigen Augenblick freieren Nachdenkens, der ihm bis zum späten Abend hin gegönnt wurde.

„Der gute Paul! . . . Er ist also wieder da!" sagte er, als er am Abend in seinen abgetragenen Oberrock kroch. „In einer Beziehung hat Wedehop recht: aufeinander angewiesen sind wir von der Natur. Es ist nicht mehr zu zählen, wie oft er von Kindheitsbeinen an mir den Boden unter den Füßen weggezogen hat. Wenn ich nur an die Prügel denke, die er verdient hatte und welche ich bekam! Von meinen Sparbüchsen hat er auch immer mehr gehabt als ich. Und dann – und dann –"

Er dachte an Natalie Ferraris Mama, die auch nicht als solche in die Welt fiel, sondern ganz allgemach zu einem lachenden, lockigen Backfisch heranwuchs und mit den „übrigen Zeitgenossen" in die Tanzstunde ging.

„Sie hatte ihr großes Vergnügen damals an Wedehop und mir. Und wie ich mich und ihn in der Erinnerung beim alten Thürnagel in der Leipziger Straße dahinhopsen sehe, kann ich ihr eigentlich einen Vorwurf aus ihrer Lust an uns nicht machen!"

Damit schrob er die Gashähne zu, und das Reich der Romantik, soweit es in den Büchern gedruckt stand, versank im Dunkel. Kopfschüttelnd schloß er Laden und Tür und wanderte seinem häuslichen Herde zu. Es ist wahrhaftig nicht wahr, daß man einen vorsätzlichen Mord begangen und das Wissen davon unentdeckt zwanzig Jahre lang mit sich herumgetragen haben müsse, um erkennen zu lernen, was das Gewissen in des Menschen Brust bedeute. Aber wenn etwas das Furchtbare unseres Daseins in dieser Welt zum Bewußtsein bringen kann, so ist es die Erkenntnis davon, daß wir auch den Erinnyen zum Scherze in sie – die Welt hineingesetzt worden sind.

Man konnte nicht sagen, daß es eine Todsünde sei, um neun Uhr abends von einem Freund abgeholt zu werden, um einem anderen Freunde in der Bedrängnis des Lebens womöglich beizustehen, aber – der Mensch rechne da mal mit seines Busens Tiefen! Was den sonst gar nicht so üblen Menschen Achtermann anbetraf, so kam der mit dem Gefühle, alle sieben Todsünden auf dem Gewissen zu haben, zu Hause an. Er hatte sich auch nicht im mindesten in seinen Ahnungen und Voraussetzungen getäuscht: erträglicher war die Stimmung gegen ihn an seinem häuslichen Herde nicht geworden seit dem Morgen.

Schlimmer war sie geworden. Ducrot ließ auch hier grüßen, und Trochu empfahl sich gleichfalls. Das naßkalte Wetter den Tag über war von dem übelsten Einfluß auf die Laren und Penaten des armen Leihbibliothekars gewesen. Wenn es am Morgen von schnöden Bemerkungen nur geträufelt hatte, so goß es jetzt von ihnen. Bäcker und Müller, Regen und Schnee jagten einander auch hier; und klatschend schlugen die wässerigen Flocken dem heimgekehrten Hausherrn noch innerhalb seiner vier Wände ins Gesicht. Gattin und Tochter taten ihr möglichstes, den Gatten und Vater mit dem Dache über dem Kopfe obdachlos zu machen. Den Tee hatten sie ihm selbstverständlich kalt gestellt, die Butter war gerade fünf Minuten vor seiner Heimkehr zu Ende gegangen. Seine Zähne waren leider Gottes nicht so hart als das Brot, welches er auf dem Tische fand. Das Messer hatte er sich selber aus der Küche zu holen, und zwar ohne Licht. Der Zucker wurde ihm natürlich zugeteilt; aber Pfeffer und Salz waren dagegen in wirklich verschwenderischem Überfluß vorhanden, und er hatte durchaus nicht nötig, selber sich damit zu bedienen; es waren die beiden einzigen Gewürze, die ihm willig handgerecht zugeschoben und dargereicht wurden.

Daß er seine Damen im hellen Hauskriege mit dem Hausbesitzer und einen wenig erfreulichen Brief (geöffnet) des letzteren neben seinem Teller vorfand, eröffnete seiner heimischen Behaglichkeit nur die bekannte Aussicht nach einer andern Seite hin. Er kannte das wirklich schon, und so seufzte er nur im stillen:

„So muß ich morgen schon wieder einmal mit dem guten Manne reden."

Neun Uhr! Die nahe Kirchenuhr zählte ihm die Schläge langsam zu.

„Zieh mir endlich die Pantoffeln an, Achtermann!" schnarrte die

Gattin. „Was soll denn das bedeuten, daß du mir den ganzen Abend in den Stiefeln herumläufst?"

„Liebe," stotterte der Vater der Familie, „du hast recht; aber – aber, wenn du nichts dagegen hast, so möchte ich –"

„Du möchtest? . . . Was möchtest du denn wieder mal?"

„Ja, das möchte ich gleichfalls wohl wissen," rief Fräulein Meta, das dünne Gesicht so weit als möglich vorschiebend.

„Ich – ich habe wirklich – noch – einen Weg –"

„Auszugehen?" kreischte die Gattin, der mit vollem Rechte die Arme am Leibe niedersanken. Die Tochter zeigte den dünnen Hals noch mehr:

„Wohin, Papa? Das muß ich sagen!"

„Ich versichere euch –"

„Du sagst uns auf der Stelle, was du vorhast, Achtermann! Das ist ja einmal wieder eine ganz neue Mode, und ich will auf der Stelle, auf der Stelle wissen, was das zu bedeuten hat."

„Ja, Mama, daß ich nicht neugierig bin, weißt du; aber dieses macht selbst die Beine hier unter meinem Stuhle wißbegierig. Papa, du mußt das freilich auf der Stelle sagen, was du vorhast. Nachher weiß ich denn schon, ob ich in meinen Gedanken recht gehabt habe, nämlich, daß das Fräulein da drüben, die Klaviermamsell, das Fräulein Ferrari, wieder in der Geschichte auftritt."

Der Leihbibliothekar suchte vergeblich in allen Geschichten, die seine Bibliothek enthielt, durch das in- und ausländische romantische Alphabet, durch seinen Auerbach, Balzac, Clauren, Dumas, Eichendorff, Freytag, Goethe und Hesekiel, kurz durch sämtliche alte und neue Literaturpropheten mit all ihren Helden, Rittern, Räubern, idealen Künstlern, Juden und Gründern nach einem schneidigen, lösenden Worte. Es blieb ihm aus, und er war geradeso verloren wie jeder andere Held auf seinen Bücherbrettern, wenn es nicht auch hier im letzten, schrecklichsten Moment kurz, aber deutlich an die Türe gepocht hätte.

„Recht schönen guten Abend, Achtermann. Meine Damen – ich mache mir das Vergnügen!" sagte Wedehop. Er war seit längeren Jahren an irgendeinem Orte nicht so pünktlich erschienen und so zur richtigen Zeit.

„Nun, was ein heißer Stein ist, weiß ich," pflegte er zu sagen, „und was ein Tropfen darauf bedeutet, weiß ich auch, also komme ich stets ganz gemütlich als kompletter Platzregen, und wenn es nicht anders geht, auch mit dem nötigen Wind. Überall mit Haufen – einerlei, ob Grobheit oder Liebenswürdigkeit, das ist meine Maxime.

Damit richtet man was aus. Alles, was unter dem Ganzen und Vollen bleibt, ist lächerlich und macht lächerlich. Laßt nur einen Dicken und einen Mageren zu gleicher Zeit in die Tür kommen und seht, wer von beiden am meisten imponiert."

Dick trat der gute Wedehop durch jede Pforte, aber im gegenwärtig vorliegenden Falle auch unendlich liebenswürdig. Die Art und Weise aber, wie er den alten Freund seinem gemütlichen Neste entnahm und ihn seinen behaglichen Hausgöttern und -göttinnen entführte, steht etwas weiter hinten, wo er wirklich sein Wort wahr macht und Fräulein Meta Achtermann unter die Haube bringt. Butzemanns Keller spielt auch dabei mit, – oh, selbstbewußte Charaktere überwältigen die Welt in jeglicher Art, Form und Darstellung nur dadurch, daß sie die feste Gewißheit in sich tragen, daß ihnen von außen her dabei geholfen werde.

Freund Wedehop stand fest, nicht nur auf seinen Füßen, sondern auch auf der Gewißheit, daß Butzemanns Keller ein nicht geringes Interesse für Frau und Fräulein hinter seiner roten Laterne in sich trage.

„Wir sind nur die Vermittler, wo wir uns groß, bedeutend, epochemachend zeigen, und nichts weiter. Frage Helden und Weise danach, sie werden bescheidentlich dir dasselbe gestehen, Achtermann. Dir ist das natürlich noch nicht klar geworden; aber ich gebe dir mein Wort darauf, deine Tochter heiratet hinein in Butzemanns Keller. Das Fatum hat es beschlossen, also wundere dich heut abend nicht weiter über die Liebenswürdigkeit deiner Frau gegen – mich."

Neuntes Kapitel

Die Verhältnisse an der preußisch-russischen Grenze sind jedermann bekannt. Da sind die Grenzgräben gezogen, die Schlagbäume und die Wappenzeichen der beiden Reiche aufgerichtet. An jedem Übergange sind gewiegte Beamte aufgestellt, welche die Pässe revidieren und das Gepäck eines jeglichen auf das genaueste steueramtlich untersuchen. Kosaken auf der einen Seite, Gendarmen auf der anderen bereiten bei Tag und Nacht die Grenze; – es liegt den zwei soliden Staatsregierungen zu beiden Seiten viel daran, daß keine Maus ohne den Passierschein am Schwanze hinüber und herüber schlüpfe, und doch, – welch ein weites Gebiet des unkontrollierbaren Hinübers und Herübers dehnt sich in der Praxis zwischen den beiden in der Theorie sich so scharf scheidenden großen Staaten!

Wozu dies alles?

Weil wir in diesem Buche auf einem ganz ähnlichen fraglichen Grenzterrain stehen und es bedauern müssen, wenn das nicht jedermann längst klar geworden sein sollte. Auch zwischen dem Gebiete des soliden, alltäglichen, bürgerlichen Menschenverstandes und dem unendlichen Reiche des Abenteuers – Dschinnistan, Avalun – kurz, wie ihr es nennen wollt, – erstreckt sich weitgedehnt ein strittiger Grund und Boden, auf dem das eben bezeichnete Hinüber und Herüber nur allzu gern allen Mächten, die gern „klar sehen", ein Schnippchen schlägt oder einen Esel bohrt und sich nach Herzenslust und Leibesbedürfnis tummelt, allen auf dem Papier gezogenen Linien zum Trotz. Daß wir, was uns selber angeht, das heilige Rußland mit Avalun und das Königreich Preußen mit Dschinnistan vergleichen, gehört wohl auch schon ein wenig zur Konterbande.

Frei durchgehen! Ist das nicht das größte Wort, das in diesem in Stricken und Banden liegenden Menschenleben gesprochen werden kann? Jawohl, sie rühmen sich ihrer Selbständigkeit in allen Gassen, die armen Kinder der Erde; wenn ihnen das Glück gut ist, dürfen sie ihre Ketten vergoldet der Sonne entgegenhalten: bei den lachenden Göttern, wer geht frei durch? Niemand anders als derjenige, welcher Glück hat beim Schmuggel nach Avalun, der auf Seitenpfaden sich durch die Waldwildnis zwängt und geduckt bei Nacht über die Heide schleicht.

So tragen wir auch unsern Packen und suchen damit den Grenzwächtern zu entgehen. So gehen wir den Schmugglerpfad durch das Dasein mit Natalie Ferrari und der Frau Professorin Schenck, mit dem Hunde Wassermann und seinem Herrn, dem Unteroffizier und jungen Ästhetiker Ulrich Schenck vor Paris, und – augenblicklich gehen wir mit Wedehop und dem Leihbibliothekar Karl Achtermann nach Butzemanns Keller; es hat sich ja das Gerücht verbreitet, daß die soliden, allein zur Existenz berechtigten Lebensmächte einen von uns abgefangen haben, daß Paul Ferrari wieder da ist und gegenwärtig in Butzemanns Keller anzutreffen sein wird.

Es fällt wohl nicht allen gleich ein, daß, wenn ein Sünder festgenommen werden soll, auch er „zu Hilfe!" ruft?! – – –

Es war eine der bekannten roten Laternen, die ihren Schein in die Mitternacht warf und andeutete, daß auch in dieser Gasse der Stadt die alte germanische Gastfreundschaft, wenn auch nur gegen bare Zahlung, noch walte. Butzemanns Keller war in bestimmten Kreisen ein ebenso bekanntes Lokal als Achtermanns Leihbibliothek in anderen. Ein solcher Ort, der den Ruf hat, „am längsten Licht zu haben", verbreitet einen höchst anlockenden Schein durch alle Klassen der Gesellschaft, und Nachtschmetterlinge jeglicher Art, vom seltensten Falter bis zur bescheidensten Motte, sehen den Schimmer, sagen: „Aha, da ist noch offen!" und setzen sich fest um die verführerischen leuchtenden Gläser, werden auch nicht selten dort abgefangen von allerhand gleichfalls des Nachts mit Vorliebe surrenden Gespenstern, die häufig nur ihretwegen die Wohnung oder wohl auch das amtliche Überwachungsbureau und Wachtzimmer verlassen.

Weiter zu beschreiben brauchen wir wohl das Lokal nicht? — „Frische Austern!" war im Schein der Laterne am Eingange zu lesen; eine gewundene Treppe führte hinabwärts zu den Räumen, wo nicht nur die Austern, sondern mancherlei anderes feucht, naß und trocken, heiß und kalt zu haben war bei Butzemann senior — und junior.

Butzemann junior war es, der den Übersetzer und Leihbibliothekar in der vorderen unterirdischen, von Tabaksqualm erfüllten Höhle empfing und begrüßte, — ein vierschrötiger, verdrossener Jüngling von ungefähr fünfundzwanzig Jahren und — Wedehops erklärter Liebling und Günstling.

„Was einer ist, soll er recht sein," sagte er, der Übersetzer. „Wissen Sie zum Exempel etwas Widerlicheres als einen dilettierenden Flegel, einen Pfuscher in der Flegelhaftigkeit? Und nun sehen Sie sich hier gefälligst meinen Freund Louis an. Ich sage Ihnen — alles genial — alles echt! — Was? Wozu ihn die Natur bestimmt hat, das ist er — rein, voll, unbefangen. Sehen Sie diese kindlichen Züge bei Sonnenaufgang und -untergang, im Mondenschein oder in der Beleuchtung der Gaslampe über seinem Billard, sie bleiben stets die nämlichen, naiv-saugrob. Fordern Sie einmal des Spaßes wegen etwas, was sein Lokal nicht bietet, und hören Sie ihn reden, und dann — stellen Sie sich den Bengel als Geliebten, Verlobten, Gatten und Vater vor! Soll diese Art ausgehen? Non! trois fois non! wie er selber sich ausdrücken würde. Und ich gebe Ihnen mein heiliges Wort: unter den wenigen Aufgaben, die ich mir noch in der Welt gestellt habe, befindet sich vor allem die, das brutale Scheusal unter den Pantoffel zu bringen. Sie können jeden aus unserer Bekanntschaft danach fragen, ausgenommen meinen Freund Achtermann da." — —

„Ja, gehen Sie nur näher, meine Herren," grolzte Butzemann junior. „Weswegen Sie kommen, weiß ich schon. Eigentlich ist's Papas Sache, und der hat i h n auch auf sich geladen. Im Hinterzimmer sitzt er schon seit heute morgen. Das sind solche alte Bekanntschaften, die unsereiner des Alten wegen nicht auffordern soll, draußen frische Luft zu schnappen! Gehen Sie nur durch; der Alte sitzt bei ihm, und der Spuckkasten steht beim Ofen."

Die zwei Herren gingen durch, das heißt durch den Tabaksqualm in die übervollen hintern Kellerhöhlungen.

„Sie sind ein ganz lieber Mensch, Louis," meinte der Übersetzer, im Vorwärtsgehen dem jüngern Inhaber und Teilhaber von Butzemanns Keller zärtlich auf die Schulter klopfend.

„Das sagen Sie nur, weil Sie es nicht so meinen, Herr Doktor. Aber lassen Sie sich einmal den gemütlichsten Tisch im Geschäft auf so 'ne Art von zehn Uhr am Morgen bis jetzt fest belegen auf die Weise und bei den Zeiten, wo einem jeder Stuhl vollsitzt von wegen dem Kriege und den Telegrammen . . . ein Beefsteak mit Eiern? – gleich, mein Herr."

„Der Junge ist zu nett, Achtermann," sagte Wedehop. „Ich brauche ihn nur anzusehen, um innerliche, bittere Tränen über mein Hagestolzenleben zu vergießen. Ja, so einen hab' ich mir auch gewünscht. Ich sage dir, selbst als Schwiegersohn gönne ich ihn nur mit dem gelbsten Neide einem andern, – doch – da sind wir, und – da – sitzt er: guten Abend, Butzemann – guten Abend, Paul!"

Der Leihbibliothekar, der nicht so wie sein Begleiter an jede großstädtische Kneipenatmosphäre gewöhnt war, hatte seit dem Eintritt in diese unterirdischen Räume viel gehustet. Jetzt entging ihm der Atem fast ganz, doch nicht allein der Tabakswolken, der Küchendüfte und der verschiedenen Dünste, welche die verschiedensten Gäste mitgebracht hatten, wegen.

„Ja," sagte er, „Paul!" und drückte sich an den Rücken Wedehops und blickte ihm über die Schulter nach dem Manne auf dem schwarzen Ledersofa unter der einzelnen Gasflamme.

„Guten Abend, meine Herren," sprach Butzemann senior, sich erhebend. „Jetzt reden Sie einmal mit ihm; – sehen Sie, so liegt er mir nun mit dem Gesichte auf den Armen seit dem Lichtanstecken. Ich habe ja auch, wie ihr – Sie wissen, in alter Zeit, auf der Schulbank so bei ihm gelegen, und er hat mir immer durchgeholfen, selbst auf seine Prügel hin; und so habe ich denn heute auch den halben Tag bei ihm gesessen; jetzt aber bin ich zu Ende, und nun – reden Sie ihm zu, meine Herren, daß er wenigstens wieder aufwacht und ein vernünftig Wort von sich gibt."

Wedehop brummte nur: „Na, na!" Es war Achtermann, der rasch zutrat und dem Gentleman-Vagabunden die Hand auf die Schulter legte:

„Lieber Ferrari, willst du?“ . . .

Der Angeredete hob den schweren Kopf. Ein regennasser, abgewetterter grauer Filzhut hing am Nagel über ihm, und ein Stock, seltsamerweise ein Ebenholzstöckchen mit feinziseliertem goldenen Knopf – ein Bettelmannsstab grimmigster Sorte – lag neben ihm auf dem Sitze.

„Ah – was?!“ sagte auch Paul Ferrari, mit rotunterlaufenen Augen auf die beiden eben eingetretenen Männer starrend. „Well, das ist freundlich von euch – du bist doch Karl – Karl Achtermann? Und du Wedehop – das ist schön – setzt euch! What will you drink?“

„Fürs erste gar nichts, lieber Mann,“ sagte der Übersetzer. „Sei so gut und laß mir auch ein – Beefsteak mit Eiern machen, Butzemann. Viel Zwiebeln, Alter! . . . Da hast du einen Stuhl, Achtermann, und nun – hier haben wir ihn denn, wie ich ihn dir heute nachmittag für den Abend versprach. Nur immer ruhig Blut, Kinder.“

Es war ein einstmals unbedingt außergewöhnlich hübsches und feines Gesicht, aus welchem der Mann mit dem eleganten Bettelmannsstock die grauen Locken zurückstrich. Dazu strich er im gleichen Augenblick mit der Hand durch die Luft wie jemand, der viele von jeder Seite Zudrängende abzuwehren sucht:

„Guten Abend, Achtermann!“

„O, ich wollte – ich könnte das auch sagen, Paul!“ stotterte der Leihbibliothekar und ließ dabei erst den Hut und dann den Regenschirm fallen. „Ja, guten Abend, Paul.“

Er reichte die zuckende Hand hin, und der heimgekehrte Schulfreund sah ihn mit seinen kranken Augen eine geraume Weile an, ehe er diese brave, furchtsame Hand hastig griff und heiser sagte:

„Sieh, sieh, alter Kerl. Ja, es war Wedehop, dem ich zuerst in der Straße begegnete. Wunderst du dich? . . . Ich mich auch – dann und wann –“

„Ich wundere mich gar nicht, Paul,“ seufzte Achtermann. „Aber – guter Paul – lieber Ferrari, aber, sieh, du weißt es ja, ich brauchte immer längere Zeit, um mich zu fassen, als – du und andere. Deine – dein Kind war auch heute nach Tisch bei mir, und – sie weiß auch noch von gar nichts –“

„Deshalb setzen wir uns endlich und reden, wenn nicht Vernunft, so doch Verstand,“ brummte Wedehop. „Seht euch Freund Butzemann an, der hat auch Phantasie; – da steht er und horcht wie auf ein fernes Hundegeheul und denkt: wenn doch endlich einer den Köter ins Haus lassen wollte. Ist es nicht so, Alter?“

„Annähernd wohl, Doktor; wenn ich doch meine Meinung sagen soll."

„O, Wedehop!" stöhnte der Leihbibliothekar.

„Ach was, dummes Zeug. Die Sache liegt einfach so: Wir haben ihn wieder – in unserer Mitte; er wird wieder einmal eine Generalbeichte ablegen, und nachher stellt sich in gewohnter Weise die Frage noch viel einfacher: Was soll jetzt mit ihm werden? Setzen wir uns also; stehend machen wir die Geschichte doch nicht ab, Achtermann. Das ist recht, hängen Sie nur den Hut des – guten Achtermann an den Nagel, Butzemann. Wenn sich jede beliebige Maus in die Pyramide des Cheops hineinwühlt, so imponiert mir vorliegender Käse wenig. Vor allen Dingen laß jetzt den Mann da von seinen amerikanischen Fahrten Bericht erstatten. Nachher werden wir ja wohl weiter sehen. Da kommt auch der Junior mit dem Beefsteak, und nun – laßt euch insgesamt ins Gedächtnis rufen, daß es mehr auf das Verdauen als das Hineinschlingen ankommt. Ich als Übersetzer muß das vor vielen anderen wissen."

Kauend warf er von jetzt an für eine geraume Zeit seine Bemerkungen in die gedrückte Unterhaltung, die nun zwischen Karl Achtermann und Paul Ferrari stattfand. Da er aber wirklich nicht nur auf das Verschlingen, sondern auch auf das Verdauen sich verstand, so ist uns jedenfalls interessant zu hören, was er bemerkte, nachdem er den Teller zurückgeschoben hatte und satt war in mehr als einer Beziehung.

„Weg mit der Bescherung, Junior – Butzemann junior. Räumen Sie ab, Jüngling – Schwiegersohn!"

„Schwiegersohn?" murrte Louis Butzemann. „Was soll denn das heißen, Herr Doktor?"

„Daß es zu meinen lieblichsten Phantasien im Wachen und im Traume gehört, eine angenehme mannbare Tochter zu haben und Ihnen und ihr die Hände auf die – Häupter zu legen: So nehmt euch denn; – seid glücklich, Kinder! . . . Betrachten Sie mich immerhin als Ihren geistigen Schwiegervater, lieber Louis. Verlassen Sie sich darauf, ich verheirate Sie nicht bloß imaginär, und – nun zu euch anderen: Kerle, ich habe lange nicht so wie heute abend des Lebens Notdurft mit solchen Beschwerden heruntergewürgt als unter eurer katzenjämmerlichen Tafelmusik. Wüßte ich nicht, daß ich mich, Gott sei Dank, auf meinen Magen verlassen kann, so würde ich dem Gewinsel und Gewusel wahrhaftig schon früher ein Ende gemacht haben. Worauf läuft denn dieses alles nun hinaus? Einfach darauf, daß von hundert soliden germanischen und anderen Weltbürgern neunundneunzig sich beim Anblick und nach dem Anhören dieses verlorenen Subjektes da schaudernd abgewendet haben würden mit dem großen Worte: ‚Wo man ihn eingräbt, tut er den ersten Nutzen auf der Erde, indem er sie düngt.'"

„Wedehop?!" rief der Leihbibliothekar bittend.

„Ei natürlich, Wedehop!" mimte Wedehop nach. „Wünschest du mich ferner noch zu reizen, Achtermann, um noch deutlicher meine Meinung zu vernehmen? Nicht wahr, man kann sich nie genug mäßigen, sobald man anfängt, Vernunft zu sprechen? Aber jetzo bin ich einmal dabei und werde mich mit und ohne eure gütige Erlaubnis nicht darin stören lassen. Du würdest selbstverständlich ein Original sein, Paule, wenn es nicht Millionen deinesgleichen schon vor dir gegeben hätte. Das weiß der Henker, daß der Mensch das Maßgebende mit Vorliebe zuerst übersieht, und – so haben wir heute dich wiederum in unserer Mitte, wie du weggegangen bist – ganz derselbe, nur ein wenig wackeliger auf den Füßen, schwächer in den Knochen und wirbliger – ich will nicht sagen wo. Deine tausend Künste und Wissenschaften haben dir auch in Amerika nichts genutzt. Das Pulver hast du leider nur zuviel erfunden; einmal genügt die Entdeckung, und daß die Amerikaner auf dein letztes Phantasma, dein neues, die Verdauung regelndes und den Appetit schärfendes Universalpulver nicht anleckten, habe ich im voraus gewußt. Das war auch nur eine Idee aus zweiter Hand und hat bereits andere Schlauköpfe zu reichen Leuten gemacht und ihnen zu einem billigen Professor- oder Hofratstitel verholfen. Stecken Sie den Pfropfen auf die Flasche, Butzemann! Er soll jetzt nicht mehr trinken, sondern mich zu Ende hören! Wie häufig hast du wohl in deinem Leben die Wimpel nach dem Glück wehen lassen, Paule, und bist zu Schiffe gestiegen mit einem Bestallungsbrief für die Statthalterschaft von Eldorado in der Tasche? Nicht wahr, für so eine Art von Genie haben wir uns immer gehalten? Und deshalb verließen wir uns in Gottes und des Teufels Namen auf den alten Zauber, welcher dergleichen Hanswürste mit den Kindern und den Betrunkenen auf eine Stufe stellt, sie auf die Schulter patscht und beruhigend sagt: Fallt nur, so oft ihr wollt, man wird euch schon wieder aufhelfen!? Himmelelement und alle Milchsuppe, wer sich nicht wie ein Granitblock dem Pöbel in den Weg werfen kann, daß er murrend drum herumzulaufen hat, der soll einfach seine Alltags-Tagesarbeit tun und für sein Abendvergnügen ein Abonnement hier bei unserm Freunde Achtermann nehmen. Nicht wahr, Achtermann?"

4*

„Du solltest einsehen, guter Wedehop, daß du hier eigentlich wohl ohne Ziel und Zweck sprichst," flüsterte der Leihbibliothekar.

„Weil der Mensch da schon wieder mit dem Kopfe auf den Armen liegt und uns demnächst im vollen Stupor anschnarchen wird? Alle Donnerwetter, was soll denn aber jetzt werden? Willst du ihn mit dir nach Haus nehmen oder soll ich's? Wir können ihn doch unmöglich jetzt, mitten in der Nacht, seinem armen lieben Kinde in die Tür schieben: Da haben Sie Ihren Papa, Fräulein, und nun – wünsche wohl zu schlafen! . . . Wie tapfer hat das kleine, brave Heldenmädchen ihr Leben eingerichtet und sich durchgeschlagen mit ihrem Pianino und ihrer Sticknadel, während der von neuem drüben in Mexiko sein Pulver verschoß!"

„Wenn er für heute hier auf dem Sofa –" wollte Butzemann senior gutmütig vorschlagen; aber Wedehop nahm ihm selbstverständlich sofort das Wort wieder ab.

„– übernächtigen wollte, so würde dein Junge sicherlich mit Vergnügen die sonstige Bedienung und das Aufwecken besorgen. Danke, lieber Alter! Daß du zu uns gehörst, weißt du, und so habe ich darüber nichts weiter zu bemerken. Mein Sofa steht ihm auch zur Verfügung; aber das Mädchen – das kleine Mädchen mit seiner Musikmappe und seinem Resedatopf und seinem Kanarienvogel! Ich habe Michelets Buch über die Weiber übertragen, ich habe auch Feydeau übersetzt – la dame aux camélias – und übersetze weiter. Ich tue wahrhaftig mein möglichstes, das deutsche Volk zu bilden und zu bessern; aber – nachher komme mir denn auch einer und suche mir meine grünen Rasenflecke zu zertrampeln und meine Privatidylle über den Haufen zu werfen! Glaubt ihr, daß ich – ich – ich vor den anderen in der Laune sei, mir das gefallen zu lassen? Ich sage dir, Achtermann, wenn du dir von dem Geruch der Rose erzählen lassen willst, so frage den Schundkönig danach aus! Und jetzt werde ich elegisch und also mir selber zum Ekel und gehe nach Hause. Allons, Paul, aufgeguckt, Mensch! Butzemann, greifen Sie zu und helfen Sie mir, ihn auf die Beine zu bringen."

„Du willst ihn also mit dir nach Hause nehmen, Wedehop?" rief der Leihbibliothekar. „O, wie danke ich dir, guter –"

Der Übersetzer klopfte dem alten Freunde gemütlich auf die Schulter.

„Alter Schäker, wer kann gegen seine Natur? Die deinige ist im Grunde durch dein ganzes Leben gewesen, den Leuten am meisten zu trauen, die ihre Worte auf die feinste Goldwaage zu legen verstehen.

Weit damit gekommen bist du freilich nicht, sondern nur zu der schönen, aber kläglichen Redensart: Ja, so sind die Leute! . . . In der Tat, so alt sind wir doch gottlob noch nicht geworden, daß wir uns nicht jener Jahre entsinnen sollten, wo der da alles, was er hatte, mit uns teilte, und zwar ohne sich ein Verdienst daraus zu machen. Er war doch immer der Millionär unter uns, und weiß der Teufel, gepumpt wurde ihm auch dreimal lieber als uns, und er hat auch das redlich mit uns geteilt, – mit mir zum wenigsten ganz gewiß, und also, Butzemann, entsende deinen süßen Knaben oder einen deiner Kellner nach einer Droschke. Dem kleinen Mädchen werden wir mit unserer Erfahrung, Achtermann, und mit anderer guter Leute Beihilfe wohl auch noch einmal über dies vergnügliche Wiedersehen hinweghelfen. Auf deine Frau Professorin zum Exempel rechne ich fest."

Axiom: Man kann zu Zeiten auch eine Nachtdroschke benutzen, um die zu Anfang dieses Kapitels erwähnte Grenzlinie zu kreuzen. Man kann sie aber auch überschreiten, indem man steht und eben dieser Droschke weinerlich-beruhigt mit halboffenem Munde nachstarrt wie der Leihbibliothekar Herr Karl Achtermann. – –

Zehntes Kapitel

Es war eine ereignisreiche Nacht. Sie konnten sich drüben in Frankreich und vorzüglich in ihrer Stadt Paris noch immer nicht darüber zur Ruhe geben, daß sie sich diesmal in dem Jahrhunderte durch so braven Allemand mit sa G r e t c h e n, son l i e d et son m e e r s c h a u m so gräßlich, so schändlich und scheußlich getäuscht hatten. Sie streckten immer wieder von neuem die Nasen in die böse Erdenwitterung hinaus, um sich immer von neuem die Versicherung hereinzuholen, daß dem wirklich so sei. Sie feuerten fiebernd erbost die ganze Nacht hindurch aus grobem und kleinem Geschütz und Gewehr; und leider Gottes trafen sie diesmal wirklich einen von diesen braven Deutschen, der wahrhaftig eben an eine ihrer übrigen illusions germaniques, nämlich an sein sourkraut, dachte und sich sofort nach Empfang der Kugel mit dem Gedanken an sein Gretchen zu Boden legen konnte.

„Da haben wir's auch!... Herrgott, die Alte! Was wird die Alte zu Hause sagen?"

Balzac schon kannte ihn, nämlich den Pariser Spießbürger aus der Rue Mouffetard, welcher, die Augen zudrückend, seinen Hinterlader auf die Barbaren im Winternebel losbrannte und so das Unheil anrichtete. Daß der Gute nie in Erfahrung brachte, wie werktätig er das Vaterland gerächt hatte, hatte nicht viel zu sagen; aber jammerschade war es, daß Honoré de Balzac nicht noch beschreiben konnte, wie der Held nach Hause kam und – Madame es erzählte. Die Manen Paul de Kocks hatten zwar auch diesmal über dem Rückzuge hinter die Forts geschwebt – mais — „c'est égal mon pauvre chat — sublime, je vous dis! horrible! ... Ah, bonne petite mère, c'est la trouée de Trochu, que nous avons faite dans cette nuit; — vive Gambetta! Vive la France! Vive Paris!" ...

Wie sich die Herren Vinoy, Ducrot, Trochu usw. zu dem Loch in der Hecke stellten, wollen wir nicht weiter berühren. Das gehört der Geschichte an; aber einen künftigen Wirklichen Geheimen Hofrat können wir uns nicht so mir nichts, dir nichts über den Haufen schießen lassen: das gehört unserer Geschichte an. Ein tüchtiges Loch in die ihn persönlich angehende Individuation des Willens der Welt hatte er sicherlich weg, der Herr Hofrat, und so verlor er denn, wie das in solchen Fällen gewöhnlich zu geschehen pflegt, für längere Zeit vollständig das Bewußtsein. Das Licht, welches das Ganze, um sich selber über sich selbst verwundern zu können, sich in dem Intellekt des Menschen ansteckt, erlosch, und – die übrigen augenblicklich zur Hand befindlichen Intellekte besorgten das Weitere, das heißt, sie nahmen mit dem Unteroffizier Schenck allerlei vor, wobei der Mensch in ihm mit Vergnügen auf alle die geistigen Kräfte verzichtete, die ihn in behaglicheren Stunden über den Stein und die Pflanze erhoben.

„Aufgehoben und mitgenommen," sagte in Lagny der Doktor Biberstein auf die uralte Frage: Wie? Wo? Was?

„Nur ruhig, Mann! Die Kugel wird sich auch schon finden, die Splitterln kommen recht brav 'raus."

„Aufgehobe und mitgenomme!" sagte erst geraume Zeit nachher eine andere Stimme. „Liege Sie g'fälligst nur noch ein ganz bißle ganz stille, Herr. Sackerment, es ist die Sonne und nicht die Wolke, die den Regenbogen macht!... Das würde freilich a nettes Grau gebe, wenn dem nicht so wäre, wisse Sie. Jawohl, aufgehobe sind Se, und zwar gut. Mama ist im Nebezimmer. Na, denn in Gottes Name komme Se nur her, Mutterle!" –

Jawohl – konfus! Wir könnten uns das Wort mit einer gewissen, gottlob nur selten von uns selber an uns selbst bemerkten Aufregung verbitten. Wer behält am häufigsten im Wirrwarr dieser Welt die Nase oben? Wahrlich nicht immer die, welche sich am meisten dessen zu rühmen pflegen. Was uns in diesem Kapitel persönlich betrifft, so gestehen wir gern, daß wir nicht die Nase, wie es sich gehörte, oben behielten, sondern daß es uns viele Mühe kostete, aus dem Strome der Ereignisse wieder ans feste Land zu kommen: wir wollen es aber eben nicht besser haben als die Leute, von denen wir erzählen. Ihnen ist es damals wahrhaftig noch schwerer geworden, wieder einen Schick in die Dinge zu bringen und zu einem ruhigen Atemholen zu gelangen, als uns heute auf dem vorliegenden Papierfetzen.

O, wir sind gewaltige Helden, zu Fuß und zu Pferde, vor dem Schreibtische, und der liebe Herrgott weiß es allein wo sonst noch vor: retten wir uns rasch aus der Vorstellung unserer Größe in den Humor einer andern Vorstellung, nämlich daß es im abgemessenen Lauf der Gestirne immer wieder von neuem Nacht wird und wir alle, – alle Helden und Heldinnen eingeschlossen – mit seufzendem Behagen die Decke zurückschlagen und – einerlei ob mit dem linken oder rechten Fuße zuerst – ins Bett steigen. Hineinkriechen würde vielleicht das bessere Wort sein; es ist es jedenfalls sogar nach den größten gewonnenen Siegesschlachten für manchen Triumphator gewesen.

Wenn es kommen soll, so kommt alles zusammen, und so auch diesmal. Die paar Tage, welche zwischen der Nachricht, die Natalie brachte, und derjenigen, welche von Lagny aus die Feldpost ablieferte, lagen, rechnen wir nicht. Der einzige Ruhige blieb Wassermann dabei, der fürs erste weder das glücklich und doch weinerlich aufgeregte Fräulein noch die Frau Professorin noch den Leihbibliothekar Achtermann begriff und am wenigsten den Doktor Wedehop, der ihm einen Jagdhieb überzog, aber beinahe zärtlich und dazu mit den Worten:

„Freilich, was aus dem verfluchten Köter während unserer Abwesenheit werden soll, Frau Professorin, ist mir nicht klar. Achtermann dürfte ihn nur unter der Bedingung mit nach Hause bringen, daß Sie, liebste Frau, das Vieh schon seit Jahren auf die Diät des Königs Mithridates hin gefüttert hätten. Butzemann senior wäre wohl der Mann dazu, der ihn nicht verhungern ließe; aber da ist der Junge im Hause, und den habe ich, bei Aphrodite, weiß Gott, selber mehr auf die Katze als auf den Hund dressiert; Achtermann da weiß das. In Konstantinopel leben wir nicht, daß man ihn einfach hinaus auf die Gasse jagen und ihn der öffentlichen und allgemeinen Barmherzigkeit anvertrauen könnte."

„Einfach geht er mit mir, Herr Wedehop," sagte Natalie. „Das sind doch wohl unsere geringsten Sorgen! Und dem Papa wird es gewiß auch Spaß machen und ihn ein wenig aufheitern."

Sie sagte das mit einem leisen Erröten; der Übersetzer brummte etwas Unverständliches in den Bart. Wenn wir letzteres halbwegs ins Verständliche übersetzen wollen, so kommt ungefähr zum Vorschein:

„Natürlich! Love my dog, love myself! Daß sie sich alle Mühe geben wird, auch dies Vieh durchzufüttern, bezweifle ich gar nicht. Na, laßt mich nur die Hand auf den jungen Menschen da unten legen, so werde ich ihm schon ein Kollegium über des Lebens süßesten Ernst lesen. Der article de Paris, den er im Schulterblatt trägt, hat hoffentlich den Boden in der Hinsicht nicht übel aufgelockert. Wir wissen ebenfalls wohl noch davon zu singen, wie empfänglich wir für alles Moralische waren, wenn man uns abgeführt und der Doktor nach der Naht die obligate Wassersuppe verordnet hatte. Wir tragen den Schmiß da auch nicht ohne sittliche Nachwirkung quer über die Nase."

Laut aber sprach er:

„Also den Vierfüßler wissen wir item versorgt. Daß Achtermann da ganz im Verborgenen nach dem Notwendigen sieht, ist weiter nicht zu erwähnen. Die Koffer stehen gepackt; nun tut mir endlich also auch die Liebe an und zieht nicht solche Jammergesichter, – Sie vor allen, Frau Mama. Ich gebe Ihnen mein heiliges Ehrenwort darauf, wenn der Winckelspinner solch einen Brief wie diesen hier schreibt, so fahren wir morgen in das helle Vergnügen herein – darüber daß – alles so gut abgelaufen ist. Ach ja, es wird auch mir ein Pläsier sein, endlich einmal wieder so 'nen schwäbischen Weinberg in den hellen Frühling hineinweinen zu sehen, und noch dazu in solch einen Siegesfrühling. Es wird meinen alten Augen gut tun, und ich will nicht umsonst mit dem Winckelspinner vor dreißig Jahren Schmollis getrunken haben."

Die Frau Professorin, die wirklich während der Verhandlung über den Hund Wassermann und schon manche lange, bange Tages- und Nachtstunde durch mit im Schoße gefalteten Händen gesessen hatte, stand auf und nahm Natalie Ferrari in die Arme und küßte das liebe Mädchen. Am andern Morgen blieben die einen am Orte und reisten die andern ab: wir – wenn wir nun sagen wollten, daß das um die Zeit der Schneeglöckchen gewesen sei, so würden wir nicht nur andern, sondern auch uns selber erklecklich drollig-sentimental vorkommen. Sagen wir aber, daß das ausgesprochenste Tauwetter herrschte, ein grimmiger Dreck in den Straßen der Stadt langsam floß und Galanthus nivalis eben auf den Gartenbeeten und

Hängen seine Knospen öffnete, so wird keiner die Notiz als außerhalb der Sphäre seiner Naturanschauung liegend, also lächerlich finden. Die Menschen sind so, sagt der Leihbibliothekar Achtermann.

Nun gab es glücklicherweise keinen besseren Reisebegleiter als Wedehop. Selbst die Frau Professorin, die doch überall frei durchging, konnte sich keinen besseren wünschen, wie es denn anderseits eines der schönsten Erlebnisse, was einem Menschen, wie der Übersetzer, begegnen konnte, war, die Frau wohlbehalten durch das kriegsbewegte Germanien heil und bei vollständiger Fassung an Ort und Stelle zu bringen.

Schade übrigens denn doch wieder, daß er nicht allein fuhr – derselbige Wedehop nämlich. Da hätten wir in anderer Weise recht was erleben können, und zwar von Station zu Station. Es gab vielleicht keinen zweiten Menschen in ganz Germanien, der überall so viele gute Bekannte sitzen hatte als dieser Übersetzer und dieses nach Paragraph zehn im zweiten Programm der Vorschule der Ästhetik passive Genie. Überall, und manchmal an den absonderlichsten Orten, saß ihm ein mehr oder weniger passiver oder aktiver Bruder in Apoll: hier auf seinen Manuskripten, dort als Advokat oder Amtsrichter und mehrfach auch als würdiger Handwerksmeister in Holz, Leder und Stein. Brave alte Kneipanten sämtlich, die überall das beste Getränke als Lokalkenner herausgefunden hatten und, gegen Südwesten hin, dann und wann sogar eigene Weinberge besaßen und damit umzugehen wußten.

Solch ein Freund saß ihm natürlich auch in dem Schwabenneste, dem die Geschichte jetzo, dem großen Laufe der allgemeinen deutschen Geschichte folgend, zusteuert. Wir haben ihn bereits reden lassen: Winckelspinner heißt er; ungemein praktischer Arzt und sonstiger alter Praktikus ist er, und sein Garten erstreckt sich hinter seinem Hause den Berg hinauf. Die junge Donau aber rauscht ihm noch ganz bachartig vor der Tür jenseits der Landstraße, der Allee von Lindenbäumen und der Einfriedigungsmauer des Weges. Wein wächst da freilich nicht, aber Hopfen!

„Wir können so spät ankommen, als es uns und der Völker-Eisenbahn-Konfusion beliebt, Frau Professorin, wir werden seine Tür immer offen finden und ihn parat mit dem beruhigendsten jüngsten Bulletin über den dummen Jungen, den Ulrich. Verlassen Sie sich drauf, Liebste," sagte Wedehop, und sie kamen in der Tat ziemlich bei vorgeschrittener Nacht am Endpunkte ihrer Fahrt an; denn welche Eisenbahnzüge verspäteten sich nicht in dieser so außerordentlich unordentlichen Zeit?!

„Richtig! ... Seit zehn Jahren habe ich ihn nicht mit Augen gesehen; aber da steht er mit seiner Laterne und mit seiner Frau! Der gute Mann! würde Freund Achtermann sagen; ich aber sage das gar nicht. Das Ulmer Leckerle da im Muff und Pelzkragen an seiner Seite hat er mir reinewegs in Niedernau im Kursaale weggertanzt. Das wäre wirklich auch eine Frau für mich geworden, wenn es hätte sein sollen! ... Hier, Winckelspinner! Hurra – hie Waiblingen! Grüß Gott, alter Mensch, das ist aber, weiß Gott, wahrhaftig freundlich von euch – um neun Uhr sollten wir fahrplanmäßig da sein, und jetzt geht's stark gegen elf. Na, was lange währt, wird gut, und hättet ihr uns – uns – verdrießliche Nachrichten an den Bahnhof zu bringen gehabt, so würdet ihr uns sicherlich damit lieber zu Hause in Empfang genommen haben. Das hier ist die Mutter! ... Frau Doktor Winckelspinner – Frau Professor Schenck. Ja, gottlob, da sind wir endlich!"

„Gnädige Frau, ich habe die Ehre," sprach Doktor Winckelspinner. „Dies hier ist meine gnädige Frau. Mach dein Kompliment, Mariele. Alter Sünder, so um a Nüanxe bist du auch älter geworden."

„So um a nuisance, Winckelspinnerle! Aber das alte hübsche Französisch sprichst du immer noch. Nun, wie ist es, grauer Knabe; lassen wir die Damen auf dem Wege nach Hause genauere Bekanntschaft machen, oder warten wir das hier ab?"

Die beste Bekanntschaft miteinander machten die beiden Damen glücklicherweise schon auf den ersten Blick beim Laternenschimmer des Doktors und dem flackernden Gaslichtschein des Bahnhofes.

„O, es ist so sehr freundlich!" schluchzte die Professorin. „Was habe ich Ihnen alles zu sagen! Und was habe ich zu fragen! Ihre Briefe – und mein Sohn –"

„Ei freilich; wer hätte uns heute vor einem Jahre prophezeit, daß allerlei Leute auch auf diese Art vergnügt zueinander geraten könnten. Jetzt, Mariele, wisch ihr die Tränen ab, ich bekümmere mich derweilen ums übrige Gepäck. Nur ruhig, Frau! Sackerment, wir haben ihn ja auch in diesem Moment ganz ruhig und fieberfrei im besten Schlaf im Kapitelsaal bei unseren seligen Deutschherren. Nächste Wochen holen wir ihn uns ohne Schaden ins Privatlogis, und zu Hause warten meine Mädle mit dem Nachtessen; dabei wollen wir uns denn ganz gemütlich in gewohnter Weise auf den Zahn fühlen, ob großdeutsch, ob kleindeutsch, Wedehopple –"

„Alter Schwede!" sagte Wedehop, und ganz Neuvorpommern, seine engere Heimat, trat in dem Wort breitgrienend zutage.

Der schwäbische Gastfreund bot der norddeutschen Dame den Arm, der Übersetzer den seinigen der süddeutschen; und so betraten sie die alte kleine Stadt mit ihrer wohlerhaltenen Mittelalterlichkeit.

„Das ist der Marktplatz, gnädige Frau," rief der Doktor, seine Laterne hochhaltend. „Schauen Sie ihn sich gefälligst fürs erste einmal bei nachtschlafender Zeit und Dunkelheit an. Bei Tage ist es keine Kunst, und da hat schon mancher Fremdling den Mund drüber aufgesperrt. Gucke Se, Frau, dort unter der Brücken, das ist sie, unsere Frau Done! Zu Wien glaubt es Ihne kei' Mensch und zu Ruschtschuck kei' Russ' und kei' Türk', daß wir sie hier so als Forellenbach laufen haben. Dies hier ist a gar berühmter Brunnen im Reich; nur schad', daß ich mich mit der Laterne nicht obe drauf setze kann. Ein recht gesundes Wässerle seit tausend Jahre! Ich sage dir, Wedehopple, ich hab' mich seit langem auf nichts so arg gefreut als auf den ersten Schoppe mit dir wieder. Jetzt hier um die Eck, wenn's beliebt, so haben wir das Nest schon hinter uns, und — da sind wir zu Hause, liebe Frau Professorin, und also nochmals willkomme in Schwaben, und möge es Ihnen recht gut bei uns gefalle!"

„Das wünsche i au vom ganze Herze!" sagte die kleine rundliche Frau Dr. Winckelspinner, „machen wir nun auch nicht länger unnötige Komplimente auf der Schwellen. Ich denke, wir mache schon noch immer bessere Bekanntschaft allgemach; nit wahr, liebe Frau Professere?! Nit wahr, das ist doch Ihr Titel, daß i mi nit irre?!"

„Marie heiß' ich auch. Marie Schenck. Ich bin Ihnen so dankbar für alles, was Sie meinem Sohn —"

„Getan haben? Ach, da sein Sie nur still; bis jetzt ist's da nur mei' Ma' gewesen. Die nötige Krankensüpple hat doch das ganze deutsche Frauevolk gekocht, und wir habe au einen Brudersssohn da unten, aber der liegt eben bei Ihnen — in Danzig heißt man's." —

„Herr Jele," sprach anderthalb Stunden später die Schwäbin weiter, „was ischt's doch spät g'worden, und was habe sie doch alles diese Berliner auf den Buckel g'loge, und du auch, Mann! Wie die andere sich habe, weiß i freili nit; aber das Frauele hier ist doch ohne Widerrede recht nett und lieb und umgänglich."

„No, was habe ich denn gesagt? Ei, Mariele, um einen oder zwei Gerechte wollte unser Herrgott im Himmel sogar Sodom und Gomorrha verschonen mit seinem Zorn! Da ist nun der Wedehop wieder, — a guter Kerle und mei' bester Freund in dene preußische Polargegende. Was wird des nun wieder a Gezerr gebe! Diese Sackermentsfranzose habe einem doch seine gemütlichste und altgewohnteste Parteistellung übern Haufe geworfen! Föderativ bin i und bleib i; schon der Schande wegen in der Krone am runden Präsidialtisch; denn denke dir mal, was die Leute von einem denke sollten, wenn man ihne so auf dem Teller brächte, daß es doch ziemlich anders g'kommen sei, als man es sich in dene Donnerstagssitzunge zusammengelegt habe. Natürlich gibt es da heute in dem verflixte Preuße manchen, mit dem sich hause läßt – besser vielleicht, als mit unsere liebe Nachbarn rechts und links und über die Gassen. Das Malefiz-Vetterleswese, was wir uns von die freie Schweiz zuerst hergeholt und bei uns in Sicherheit gebracht habe – zum Exempel, – – na, ich bin dir wohl zu hoch?" ...

„Gar nicht!" sagte die Frau Doktorin; „aber morge mit dem frühesten frage ich die preußische Dame, ob ihr Mann ihr je au solche Frag aufgehängt hat! Jetzt steig endlich zu Bett, Wilhelmle; wir habe heute nicht Donnerstag, und du kommst nicht aus deine dumme Parteiversammlung."

„Herrgott, wie doch solch a Krieg die allermöglichste Säfte in a gesunden Organismus in Bewegung bringt. Na ja, du hast recht, Alte, – träume was recht Liebliches und – mach es nicht zu arg mit deine Rippenstöße, wann ich dir auch vermittelst des Nasalsystems beweise will, daß mir wirklich daran liegt, dir a muntern, ausgeschlafenen Mann morgen früh in das neue Deutsche Reich nüber zu bringe. Es war eben in die kurze Zeit doch schon eine harte Sitzung mit dem – Wedehop."

„Euch kenne i da schon lange, Alterle."

„Jawohl, so von Tübingen her. Niedernau nicht zu vergesse. Wir dich auch, Alte! No, daß ich nit zur Eifersucht in–kli–nie–re, weißt du, aber ein Glück ist es doch, daß er jetzt mit der norddeutsche Dame reist und der süße Auge mache kann."

Die Frau Doktor Winckelspinner hatte sich bereits auf das linke Ohr gelegt –

„Da zieht se scho' ihre Register," brummte der Doktor und drehte sich aufs rechte: die Frau Professorin allein schlief in dieser Nacht nicht, sondern nur gegen Morgen ein wenig. Fort und fort hörte sie die junge Frau Done vor dem Fenster über die Kiesel rauschen gleich dem allergewöhnlichsten Mühlbach. Ihre Seele war in dem Kapitelsaal der Deutschritter, und eine andere Seele aus dem Norden ging ihr nach und sah ihr über die Schulter und sah ihrerseits in einen Wirrwarr von glücklichen und kläglichen Bildern.

Am Morgen gingen sie alle drei, nämlich der Doktor, die Frau Professorin und Wedehop, so früh, als es sich tun ließ, zur Komturei, und wir — befinden uns wieder am Anfang dieses Kapitels, — ungefähr da, wo der Doktor Winckelspinner eben gesagt hat: „Mamale ist nebe a."

Elftes Kapitel

In diesem Kapitel handelt es sich hauptsächlich um Mutter und Sohn, und ist es ein vornehmes Hauptstück. Zwei von den guten Naturen der armen Erde finden sich darin zu ihrer Freude noch einmal zusammen und haben wahrlich ihr Genügen aneinander, wenigstens für einen Teil der Zeit, oder wie ihr es nennen wollt: Stunden, Tage, Wochen. Der große Quirl im Brei kommt ja nie zur Ruhe, und so wird auch wohl doch von allen möglichen sonstigen Dingen die Rede sein müssen, — von Freunden und Vaterland, von Frauenliebe (Fräulein Natalie Ferrari!) und dergleichen. Ingleichen von der schönen Gegend, der Landschaft, welche die junge Frau Done von ihren ersten lustigen Sprüngen an begleitet.

Wir, das kriegsgewohnte, eiserne Geschlecht der zweiten Hälfte des neunzehnten Jahrhunderts, wir, denen die Weltgeschichte eine ganz hübsche Musterkarte ihrer Schlachtenstücke donnernd um die Ohren schlug, wir kennen auch zur Genüge unsere Säle voll eiserner Bettstellen, Krankenwärter, barmherziger Schwestern, bleicher Gesichter und blutiger Lappen. Wir fahren aber auf dem Strahl der Morgensonne, welcher durch die verhangenen hohen Fenster dringt, in diesen Kapitelsaal der Komturei der seligen Deutschherren. Er ist uns, Gott sei Dank, nicht weniger realistisch als die Nacht, das Seufzen, Stöhnen und Sterben und der Eitergeruch.

„Mein lieber Junge!" ...

„Du? Du! O, das ist schön! ... Wie schön ist das, — und um so schöner, als es gar nicht nötig war. Bist du wirklich da? Bist du gekommen? Hatte ich es dir nicht strengstens verboten, dir irgendwelche Sorgen um mich zu machen? Was macht dein Rheumatismus? Ging es denn gar nicht anders, mußtest du mir deine glückliche Hand — du weißt doch, dir geht nie was aus! — auch hierher bringen? Ich gebe dir mein Wort darauf, wenn ich dich in dem nichtswürdigen Katzenjammer herzitiert habe, so geschah es ganz ohne mein Wissen. Lieber Doktor, ich erlaube mir, Ihnen meine Mutter vorzustellen, das Genie der Liebenswürdigkeit, das auch nur alle Jahrhunderte einmal erscheint wie alle sonstigen Genialitäten. Also diese Belagerung von Paris ist dir auf die Länge auch langweilig geworden, Mama? Wedehop, was soll ich Ihnen sagen? Wie soll ich Ihnen danken? Versuchen Sie es um Gottes willen nicht, jemals Ihr Guthaben völlig von mir einziehen zu wollen. Und nun, wie geht es euch allen? Was macht unsere Gasse? Wie befindet sich Freund Achtermann? Wie – geht es –"

„Hörst du jetzt endlich auf!" schluchzte die alte Dame. „Nun hören Sie ihn nur, meine Herren! Ist es nicht grade, als ob wir einzig und allein deshalb hierher gekommen seien, um ihn ganz unnötig aufzuregen? Was geht dich mein – unser Befinden an, du heilloser Bursche? Hast du mir immer noch nicht genug Angst und Sorge gemacht? Natalie ist wohl und auch in Angst und Sorge um dich! Nicht wahr, weiter wolltest du doch nichts wissen? O – ich würde dir die Nachricht auch nicht vorenthalten haben; jetzt sei vernünftig und leg dich wieder hin. Ich fahre sonst auf der Stelle wieder nach Hause."

„Imstande wäre sie dazu," murmelte der glückliche Sohn lächelnd. „O du Sparterin, ist je eine spartanische Mutter so mit ihrem Kinde umgegangen, wenn es sich an der Tischecke gestoßen hatte? Nun höre sie einer! Ich bin gar nicht sicher, daß sie nicht schon acht Nächte durch auf einer Fußdecke da vor der Tür geschlafen hat. So geben Sie mir doch endlich Ihre Hand, Doktor Wedehop; von allen Erdgeborenen waren Sie derjenige, welchen ich mir zum Cavaliere servente da für die alte Frau herausgesucht hätte. Was soll ich tun –"

„Ein vernünftiger Kerl sein, Ulrich," sagte Wedehop, „ein paar ruhige Worte mit sich reden lassen und sonst nicht den übrigen armen Teufeln hier rechts und links die Ruhe nehmen."

„Das ischt au wahr," meinte Winckelspinner. „Es ischt drauße ein recht schöner Morgen; aber die Sonne ischt darum doch nicht dem einen so wie dem andern aufgegange!"

Sie blickten alle nach rechts und links den weiten gewölbten Saal mit seinen gotischen Pfeilern und Fenstern entlang, und Herr Ulrich Schenck legte wirklich den Kopf wieder verhältnismäßig ruhig auf sein Kissen und hielt nur die Hand seiner Mutter um so fester.

Glücklicherweise fletschte auf dem nächsten Bett ein gleichfalls allgemach wieder auf die Beine kommender Turko der Frau Professorin zutunlich vergnüglich die Zähne entgegen, und so vermochte sie es, nachdem sie dem Schwarzen gleichfalls zutunlich zugenickt hatte, die sonstigen Schrecknisse zu überwinden und, zu dem Sohne sich niederbeugend, ihm zuzuflüstern:

„S i e läßt dich grüßen. Sie hat unsern Wassermann zu sich

genommen; und – ihr Vater ist auch aus Amerika nach Hause gekommen."

„Und mein nichtsnutziger Brief?"

„Kam grade zur richtigen Stunde, mein lieber, lieber Ulrich. Ich habe ihn ihr zu ihren übrigen Sorgen mit nach Hause gegeben. Liege still! Ich glaube sicher, sie findet aus dem dummen Gekritzel ihr Stück Sonnenschein heraus, und du kannst es nicht vor ihr verantworten, wenn du – jetzt nicht still liegst."

Das konnte ihm jetzt nun gar nicht einfallen. Zuerst wenigstens richtete er sich noch einmal auf dem gesunden Ellenbogen empor und rief nach dem Bettgestell zur Linken hin:

„Toupelard!"

„Eh bien, môsieu Schenck?" klang es matt, aber mit dem allerechtesten Akzent von Lutetia Parisiorum zurück.

„Je vous donne ma sacrée parole, on dansera à vos noces, comme aux miennes, mon ami."

„Croire et atteindre! ... Mais par avance tous mes remercîments, môsieu Schenck."

Der Doktor Winckelspinner trat auch an das nächste Bett hinüber und legte die kühle Hand auf die nächste heiße Stirn:

„Liege Se jetzt au nur still, Monsieur Toupelard, ich bitte Sie. Attendre heißt's, wenn nachher vom atteindre die Rede sein soll."

Er sagte das wiederum in seinem „allerhübschesten" Französisch; allein der junge Pariser Voltigeur verstand ihn doch, und der zerschmetterte Fuß des armen Jungen half dazu auch wohl mit. Er blieb liegen, wie er lag, und summte nur in seinem Fieber zwischen den Zähnen durch:

„Sous l'herbe verte où je repose
Me viendront des parfums de rose ...

Ah, ah, encore un petit verre, m'sieu Schenck."

„Den bringe wir übermorgen naus," sagte der Doktor leise zu Wedehop. „Da handelt es sich bei der Hochgradigkeit der Körpertemperatur um keine andere Verbindung mehr als mit der kühlen Mutter Erde; – weiß der Teufel, 's ischt mir leid gnug! Wie es mit dem anderen steht, hast du nun selber gesehn; wann kein Rückfall eintritt, dürfen wir ihn dreist uns in acht Tagen ins Privatloschis herüberhole. Wir nehme ihn diesmal noch mit hinüber in das neue Deutsche Reich. Jetzt aber nehmt für heute Abschied, ihr beide – ich meine Sie, Frau Professere, und den Herrn Sohn.

Ihr Stüble ist fein sauber von meiner Alten hergerichtet, Sie junger Preiß – auch die Aussicht auf des Nachbars Hopfestange ist recht angenehm, wie die Kenner behaupte. Ich komme gege Mittag und gege Abend noch einmal wieder wie gewöhnlich; aber die ‚S i e', von der vorhi die Rede war, wolle wir heute lieber doch noch, mit aller Höflichkeit es zu sage, aus dem Spiel lassen. Die Frau Mutter kann mir ja auf dem Heimwege wenigstens mitteile, wie sie – das Freile meine i, – mit Vorname heißt."

„Natalie!" murmelte der verwundete Verliebte in sein Kopfkissen.

„J guck a mal! Das verspricht scho was! Sie hatt' ich aber gar nicht gefragt, Schenck. Also, bhüt Gott, und liege Sie still, morge früh so um dieselbige Stunde bringe ich die Mama wieder zur zweiten Visit. Natalie! A ganz edler Name. In Tettnang sitzt mir a alte Tante, die ihn auch an sich trägt, den man ihr aber, weiß Gott, nicht mehr ansieht. A wahres Untier, sage ich Ihne. Na, grüß Gott also, Schenck." –

Acht Tage später waren sie alle drei, – Mutter, Sohn und Wedehop – glücklich unter dem gastlichen Dache des Hauses Winckelspinner untergekrochen. Die Lazarettverwaltung hatte gar nichts dagegen einzuwenden gehabt, daß der Rekonvaleszent dorthin übersiedle. Viel überzählige Betten gab es augenblicklich noch nicht in der Komturei der Deutschherren.

Zwar wollte sich die Pariser Epicier-Kugel noch immer nicht finden lassen und noch weniger höflich von selber zur Ehre der chirurgischen Wissenschaft zum Vorschein kommen; aber saß sie auch wohl, so stellte der Patient sich doch gleichfalls allgemach wieder ein wenig fester auf die Füße.

„Sie werden sich vielleicht noch recht häufig über das Wurfgeschoß wundern, Freundle," meinte Winckelspinner. „Das sind solche Sachen. Finden wir es, so finden wir es nicht immer da, wo wir es vermute. Spaziert's aus eigenem Antrieb hervor, so geht es auch häufig seinen eigenen Weg. Sitzt es gar zu behaglich im volle Fleisch und zwischen Ihrem Knochegstell, – no, nachher finde es vielleicht Ihre Erbe sechzig Jahre später und setze darüber a heroische Notiz ins Blättle, – so ohngfähr ums Jahr eintausendneunhundertundeinunddreißig, wenn i recht rechne."

„Ich danke Ihnen recht freundlich für sämtliche tröstliche Aussichten, teurer Hospes, vorzüglich aber für diese letzte," meinte der Königlich Preußische Unteroffizier. „Vor allen Dingen aber darf ich heute mich wieder von der Mama und der Mama Natur in den

Mantel nehmen lassen und mit Fräulein Anna und Fräulein Sophiele den ewigen Äther aus erster Quelle schlürfen?"

„Habe wenig dagege einzuwenden. Nur lieber noch nicht da vorn am Bach – der Donau, sondern besser hinten im Gartenhäusle. Zugwind und Feuchtigkeit würden Ihren ‚moralischen Ernst', wie die Frau Mutter sich ausdrückt, freilich noch höher heben vermittelst eines recht braven Rheumatismus zu allem übrigen; aber ich meine doch, die letzten tonischen Mittel verspare wir au bis zuletzt; – net etwa?!"

Dieses kleine, in eine „Klinge" des Berges hinter dem Hause des Doktors Winckelspinner eingenistete Gartenhaus gab in der Tat einen merkwürdig guten Schutz vor allerlei bösen Winden. Man hätte es den Abhängen der Rauhen Alb nicht zutrauen sollen!

Gute Freunde, liebe Verwandte reden häufig von den Annehmlichkeiten des Endlich-einmal-unter-sich-Seins; aber um wirklich einmal so recht unter sich zu sein, dazu gehört mehr als das, was zu einer guten und ernsthaften Stimmung im Verlaufe des gewöhnlichen Taglebens zusammentreffen kann. Wenn etwas aus den Erregungen, der Aufregung des Daseins herausgerissen werden muß, so sind das unbestritten d i e Momente, in denen Menschen – die besten Bekannten – erstaunt erfahren, wieviel sie einander wert sind.

So wie in diesen Tagen, bevor jenseits der Rauhen Alb die Reben anfingen zu weinen, war das selbst dieser Mutter und ihrem Taugenichts von Sohn noch nie deutlich geworden.

„'s ist die Möglichkeit! Das letzte Wort behält man nie!" sagte, glücklicherweise lächelnd, jedesmal der von den zweien, der dasmal das letzte Wort behalten hatte.

Sie sprachen durchaus nicht im hohen Pathos miteinander. In einer Welt, wo soviel impotente Brutalität das erste und das letzte Wort behält, achteten sie zu ihrem eigenen Besten und Behagen auf jedes Leuchten aus der Tiefe oder von oben.

„Wo ein Stern steht, sehe ich keinen Käse, aber auch umgekehrt nicht jedesmal da einen Stern, wo ein Philister die Zunge herausstreckt oder eine Träne hinweint," sagte der Füsilier.

„Wenn du nur endlich diese greulichen Bilder und Redensarten unterwegs ließest, Ulrich," meinte dann seine Mutter. „Wenn ich nur wüßte, von wem du das hast?! Von deinem Vater gewiß nicht und von mir hoffentlich auch nicht."

„Vielleicht doch wohl am meisten von dir," meinte der Sohn lächelnd. „Du aber kamst als Kirsche in die Welt, ich als Nuß.

Laß mir also nur deine Redensarten in meinen Einkleidungen – ich werde doch noch daraufhin Wirklicher Geheimer Hofrat und renne meinem braven deutschen Tyrannen den Dolch der Wahrheit in die Brust."

„Jetzt bleib mir endlich mit deinem mythischen Geheimen Hofrat vom Leibe!" rief die Frau Professorin.

„Nanu?" fragte der Sohn mit unnachahmlichem Berliner Ausdruck. „Mythisch? – Ich versichere dich, Alte, Durchlaucht ist und bleibt mein künftiger ästhetischer Arbeitgeber. Ich wiederhole dir, vor Paris – "

„Und ich wiederhole dir, daß sie gesagt hat: ‚Lächerlich lasse ich mich aber von ihm unter keinen Umständen machen, was ich auch sonst ihm zu Gefallen tun mag.'"

Ein Strahl sonnigen Lichtes glänzte über das abgemagerte Gesicht des Füsiliers, ein gleichfalls unnachahmlicher Ausdruck von Schalkhaftigkeit und glückseligstem Selbstbewußtsein.

„Kann ich denn dafür, Mama? – ‚Sagen Sie, Schenck', sagt in Bonn eines Abends ein ganz netter Kerl zu mir, ‚meinen Kornak (weißt du, Mama, das ist so'n Indier, so'n indischer Elefantenkutscher und deutscher Bärenführer), meinen Kornak bin ich für morgen glücklich los; er poussiert beim Gouverneur die verwitwete Gräfin Ingelstrom; ich habe seit vorgestern offizielles Zahnweh; würden Sie viel dagegen einzuwenden haben, wenn ich Ihnen jetzt einen dummen Jungen aufbrummte?' – ‚Ich würde mir ein Vergnügen daraus machen, Durchlaucht, Sie so glänzend als möglich abzuführen, verlassen Sie sich darauf', erwidere ich, – ‚übrigens sind Sie sofort gefordert, Herr, ohne weitere alberne Redensarten.' – Es war das erstemal, daß mir ein deutscher Fürstensohn die Hand drückte, und zwar zärtlich. Der Kornak, Hauptmann von Mullkamp, hat aber nicht bloß einmal das Licht halten müssen, wenn vierzehn Tage später noch der Medizinalrat abends kam, um noch einmal nach der Naht zu sehen. Unser neuliches Wiederzusammentreffen unter dem Mont Avron würde hoffentlich nur noch Natalie ergötzen, weil ich es der bis jetzt noch nicht mündlich schildern konnte. Heiter und wohlaffektioniert aber war's, das mußt du doch selber sagen. Einen zweiten Schmiß vor Paris wie den Bonnenser von mir besah der fürstliche Jüngling natürlich nicht, sie gaben da zu gut auf ihn acht nach gemachter Erfahrung. Aber nett war's doch, daß er, als ich den meinigen erhalten hatte und auf dem Rücken lag, kam, sich meine Adresse im Vaterlande ausbat und die Versicherung hinzufügte: „Ich gebe Ihnen mein Wort darauf, Schenck, Sie sollen mich nicht umsonst gezeichnet haben. Warten Sie nur gefälligst, bis Jules Favre Vernunft angenommen hat, – den alten Thiers haben wir schon so weit, meint man, unter uns gesagt, drüben in der Präfektur in Versailles. In Deutschland sprechen wir uns wieder, und ich werde Ihnen die Bonner Quarte ganz gehörig anstreichen. Daß Papa unsern edlen Mullkamp zum Major gemacht, aber doch lieber bei sich zu Hause behalten hat, wird Sie selbst in Ihrem jetzigen Zustande heiter anmuten."

„Ja in deinem damaligen Zustande, armer Junge! Was magst du dir wohl alles in den letzten Wochen zusammengeträumt und -gefiebert haben? Was würdest du angefangen haben, wenn du in diesem Fieber und diesem Geträume nicht mich und meine liebe Natalie gehabt hättest?"

Der Sohn nahm leise mit der Linken die Hand der Mutter, die Rechte hing ihm noch immer, und leider noch für eine ziemlich lange Zeit, als recht unnütze Beilage in ihren Windeln und Binden am Leibe.

„Sieh einmal, es läuft merklich schon wie ein grüner Schein da über die Wälder an den Bergen. Ein wenig früher wird's doch hierzulande Frühling als bei uns."

„Glaubst du? Ach, ich wollte nur, wir könnten einen Streifen von dem Sonnenschein dort von der Wiese, wo die Donau so hübsch um die Ecke kommt, aufnehmen, zusammenwickeln und nach Norden schicken."

„Das kannst du vor vielen Erdgeborenen immer noch am leichtesten, Mama! Setze dich und schreib i h r einen Brief und laß mich dabei dir über die Schulter sehen. Ich bin fest überzeugt, meinem liebenswürdigen Pariser Freunde würde es selber leid sein, wenn er eine Ahnung davon hätte, wie unbequem mir sein Blei gerade jetzt in der rechten Schulter sitzt. Feine Leute sind die Franzosen, – hätte der Halunke eine Ahnung von meinen germanischen Seelenzuständen gehabt, so würde er gewißlich mit Vergnügen seinen Schuß mehr nach rechts hin abgegeben haben."

„Ach, wenn wir sie doch hier hätten! Ich meine, auch d i e s e Berlinerin müßte unseren Freunden hier im tiefsten Herzensgrunde gefallen."

„Wenn du schreibst, Mama, so gib dem alten Achtermann einen Wink von meiner herzinnigen Neigung, ihm den Hals umzudrehen. Kann er nicht einen um den andern Tag uns Nachricht von dort geben? Gefühl hat der Kerl gar nicht. Das hat der graue Sünder längst über seiner eigenen Bibliothek ausgeweint."

5*

„Lästere nicht, Ulrich," rief die Frau Professorin, „da kommt das Sophiele und hält was Weißes in die Luft. Lieb Mädchen, nimm dir Zeit!"

Es war das älteste Winckelspinnerle, – Dr. Winckelspinners Älteste, die den Schreibebrief, der gerade eben jetzt vom Leihbibliothekar Achtermann anlangte, in Sprüngen den nordischen Gästen in das Gartenhaus zutrug.

Das frische Kind hätte sich dreist Zeit nehmen dürfen; und das sonnige Lachen um seinen Mund und die Äuglein stimmte ebensowenig zu dem Inhalt des Briefes wie der Sonnenschein auf der Wiese, wo die Frau Done um den Berghang hüpfte.

„Papa ist mit dem Herrn Doktor Wedehop zum Frühschoppe nach dem Hirsch, und der Herr Doktor hat gsagt, er wolle sich lieber von der Frau Professere erzähle lasse, was in dem Brief stehe; er habe jetzt keine Zeit, den Wuscht zu lese, und Mama läßt anfrage, ob dem Herrn Schenck sei Frühstückssüpple jetzt gefällig sei und recht käme? Den Papa würd's recht freue, wenn der Herr Schenck sich net wieder so gar arg dagege wehre wollte."

„Fräulein Sophie, Sie wissen doch, daß Sie und Ihre Mama mich zu allem bringen ohne die geringste Gegenwehr!" lachte der junge Invalide. Währenddem öffnete seine Mutter den Brief Achtermanns und überflog ihn flüchtig; – sie wußte also augenblicklich, wie es d o r t um und in den Menschen aussah, und sie sah ihren Sohn zögernd an.

Der Brief war an den Übersetzer gerichtet und lautete wie folgt:

„Mein guter Wedehop!

Daß es bei Euch dort droben von Tag zu Tag besser geht, ist mein einziger Trost in den Zuständen, in denen Ihr mich hier zurückgelassen habt. Ich bitte Dich dringend, wenn es irgend möglich ist, mir umgehend zu melden, wann Ihr mit unserm guten Ulrich hierher zurückzukehren hofft. Die Menschen holen noch immer ihre Lektürebücher bei mir, und gedruckte fremde Unruhe und fremdes Elend bleibt ihnen allfort interessant – ich habe noch nie so deutlich darüber nachgedacht, wie interessant doch dieses ist, als wie gerade jetzt. Also kurz und bündig – was beiläufig gesagt, wie Du sagst, durchaus nicht in mir liegt – es geht kopfüber, kopfunter, sowohl in meinem engern Familienkreise als wie auch außerhalb desselbigen, wenn ich mich so ausdrücken darf, mein bester Freund. Ich erinnere mich als annähernd gleich voller Unruhe nur jener acht Tage, wo die Frau Professorin wegen Verreisung mit unserm

Ulrich mir unsern braven Wassermann zur Obhut anvertraut hatte. Er kam mit einem heftigen Erbrechen ab, was damals meine Frau und meine Tochter Meta recht in Erstaunen gesetzt hat. Ich kostete ihm wie einem Prinzen aus dem ritterlichen Mittelalter alles vor und hätte eigentlich doch auch unwohl werden müssen. Die Sache ist mir heute noch unbegreiflich; – gottlob aber, daß ich wenigstens diesmal zu allem übrigen nicht auch auf den guten Hund zu achten habe.

Er befindet sich wohl und war heute mit unserm Freunde Paul Ferrari in meinem Geschäftslokal. – Dem guten armen Paul geht es leider nicht so gut wie ihm.

Du lieber Gott, in was für einer Welt leben wir doch! Da fange ich mit dem Geringsten an, mit mir und dem braven Wassermann. Was ist es mit uns am Ende, wenn's zum Schlimmsten kommt? Du liebster Himmel, und noch dazu bei solch einem Kriege, wie wir ihn eben durchgefochten haben!

Aber der arme Paul und seine Tochter! Unsere teure Natalie!... Seit sie am Tage Eurer Abreise mit ausgebreiteten Armen in mein Lokal kam und mir einen Kuß gab, weil sie ihren Vater wieder hatte, hat sie ihm gegenüber das Lächeln nicht ein einzigmal von den Lippen verloren: wenn ich an die Frau Professorin Schenck schriebe und nicht an Dich, mein guter Wedehop, so würde ich sagen, daß es eine Geschichte zum Weinen ist.

Ihr solltet sie nun in ihrem leeren Stübchen sitzen sehen, – dem Papa gegenüber freundlich, wie keine Fürstin sein kann. Und: er ist verrückt! Ich schreibe und unterstreiche das mit Schauder und Beben! Er ist bankerott an Leib und Seele, und er hat sich Wassermann zugewöhnt, und der Hund geht wirklich mit ihm, und wir suchen beide des Abends in den Kneipen, allwo er unsern Hund unseres Ulrichs Kunststücke aufführen läßt und dann den Gästen den Hut hinhält. Meiner guten Frau ist es leider nie ganz recht, daß dieses natürlich auch mein Leben und vorzüglich des Abends viel unregelmäßiger macht. Ich würde es wohl auch nicht durchführen, wenn nicht der Herr Louis Butzemann mir freundlicherweise eine große Hilfe wäre. Er ist sehr freundlich gegen mich und hat in der Tat einigen Einfluß auf meine Meta. Er kennt gottlob auch, ich möchte sagen aus Instinkt, die Orte, an denen unser armer Paul zu suchen ist. Wir geben uns die möglichste Mühe, ihn – ich meine unseren Jugendfreund – einzig und allein nach Butzemanns Keller zu gewöhnen; aber leider ist uns das noch nicht vollständig gelungen. Sein Kind! Sein armes, armes Kind! Laß diesen Brief Herrn Ulrich nicht lesen, Wedehop; ich ersuche Dich dringend darum! Aber was würde ich darum geben, wenn wir jetzt die Frau Professorin hier hätten! Ich weiß nicht, wie sie uns helfen könnte, aber helfen könnte sie uns, das ist gewiß. Ob Du also der Frau Professorin diesen Brief zur Lektüre übergeben willst, das stelle ich hiermit Deinem Ermessen anheim, lieber Wedehop. Ich schreibe da Worte, die nur das allerwenigste von dem ausdrücken, was ich eigentlich zu sagen habe, und gerade deshalb ist es mir gerade in diesem gegenwärtigen Moment um so klarer, wie viel die wirklichen Menschen auf dieser Erde durch ein Wort oder nur einen stummen Blick oder durch ein Achselzucken Gutes oder Böses ausrichten können. Wenn wir jetzt wen hier nötig haben, so ist das unseres jungen Freundes Ulrich Mutter; denn sie allein g e h t ü b e r a l l f r e i d u r c h; – ich weiß keinen anderen Ausdruck dafür und Ihr wahrscheinlich auch nicht. Nimm es mir nicht übel, daß ich auch dieses wieder unterstreiche, obgleich ich weiß, daß du dergleichen Aufforderungen zum Aufmerken auf geschriebene oder gedruckte Worte gerade nicht liebst. Ich brauche ja nur an die vielen Bücher zu denken, aus denen ich meine notdürftige Existenz ziehe, um klar vor Augen zu haben, wie viele Leute unnützlich schreiben und unterstreichen: ich weiß nicht, ob ich jetzt dumm rede; aber meiner augenblicklichen Überzeugung nach läßt sich eine Bergpredigt oft in ein einzig Wort fassen, und wer die Welt nicht bergetief unter sich liegen hat, der sollte eigentlich gar nicht reden, sondern sich lieber vor dem Echo fürchten, das ihm andernfalls möglicherweise entgegenschallen kann –"

Der Unteroffizier Ulrich Schenck legte, als er an dieser Stelle des Briefes, kurzatmig, mit zusammengebissenen Lippen, angelangt war, das Blatt nieder, und wir tun desgleichen. Was noch folgte, las der Unteroffizier freilich noch oft genug: Freund Achtermann schilderte ins genauere Nataliens Leben, Zustände und Hilfsmittel; uns aber liegt diesmal nichts daran, durch Tränen zu lachen, und – wir schreiben sein Schreiben nicht weiter ab.

Zwölftes Kapitel

Anstatt dessen reisen wir und fahren mit dem Frühling, der mit uns reist, vom Süden nach dem Nordosten.

„Das nenne wir nur a kurzen Besuch," sagte die Familie Winckelspinner. „Und da sollen wir denn wohl gar noch versichern, daß er uns gar lieb gewesen ist? Natürlich den betrübten Grund mit dem Herrn Ulrich in Abrechnung gebracht."

Ganz speziell zu Wedehop sprach der Doktor:

„Davon, daß ich dich verflixten Nationalvereinler, Bettelpreiße und Erfolganbeter endlich wieder los werde, will i weniger sage. Hast mir mal wieder manchen guten Trunk durch deine dumme, nichtswürdige Redensarten und Berliner Korporalslogik versäuert! Der Herr sei dir aber gnädig, falle ich dir demnächst mal in deine sogenannte abgeschmackte, nichtsnutzige deutsche Hauptstadt auf den Hals! Weischt du, i bring's fertig, – i komm, und i zwing's und bring dir meinen Vetter aus Wien mit, – weißt du, in Heidelberg nannten wir ihn den Bisamberger, wahrscheinlich weil er verflucht wenig von Bisam an sich hatte; – nachher, denk ich, bringen wir die Sachen endlich zum Austrag, und da du dann Gastfreundschaft zu üben hast, verhoff ich, daß du mi au zuletzt mal zum Wort komme läßt."

„Das wußt' ich wohl, daß ich hier am Orte in diesem Erdenleben meine letzte Rührungsträne vergießen würde," erwiderte Wedehop. „Betrachte dir das edle Naß in meinem Auge, Alter. In diesem Tropfen spiegelst du dich wieder, und dein Wort habe ich dazu, und auf dich in Berlin freue ich mich unbändig; jetzt aber muß ich hinein in den Wagen – guck nur, wie sie mir den armen Jungen in Watte gewickelt haben."

„Halt ihm nur noch ein wenig die Schultern weich," meinte der schwäbische Doktor. „Zuviel des Guten geschieht da fürs erste noch nicht."

Auch der Abschied der Frau Professorin von den weiblichen Mitgliedern der Familie Winckelspinner würde nun möglichst ausführlich zu schildern sein, und um so ausführlicher, als die Eisenbahnschaffner zuletzt ganz grob dabei wurden. Sie – die zweite Marie und ihre zwei Töchter – schoben der reisenden Frau Marie einen ganzen April von Sonnen- und Regenschauern in den Eisenbahnwagen, und was sie ihr an Proviant mitgaben auf die Rückfahrt nach dem kahlen, hungrigen Norden, das ging lange nicht in *einen* Korb und *eine* Tasche. Einen Gruß an die Namensschwester der Base in Tettnang gaben die beiden Fräulein von der Donau der Mama Schenck nicht mit zur Spree; das tat die Mama Winckelspinner allein, und zwar aus wirklich gutem und unbefangenem Herzen mit der bravsten Teilnahme an dem ferneren Wohl und Wehe ihres jungen, „ganz netten und natürlichen und gar net dummen" invaliden Gastes.

„Macht es allesamt gut und schreibt uns bald, daß alles gut ausg'laufen ischt. I für mein Teil habe die beste Hoffnung, denn i hab in meinem Leben auch schon die Erfahrung gewonne, daß sich die Leute ganz unnötig und für nichts und wieder nichts die Haare ausg'rauft habe –"

„Na aber, Frau Doktere – i will net unhöflich sei, aber – zum Donner –" schnarrte der Schaffner und schlug die Tür des Wagens zu.

„Grüß Gott, Wedehop! Grüß Gott, Herr Ulrich! Schreibt bald – wir bleibe hoffentlich im briefliche Verkehr –"

„Das waren ganz gemütliche Wochen," seufzte Wedehop bei der Ausfahrt aus dem ersten Tunnel. Es hatte sich seltsamerweise in der Dunkelheit ein merkwürdig intensiver Duft von Kirschengeist verbreitet, und der Übersetzer suchte etwas angerötet nach einem Kork zwischen den Füßen seines Gegenübers, seines jungen Freundes Schenck:

„Dem alten Unglücksuhu Achtermann werde ich einiges mitzuteilen haben, wenn mich der Herrgott glücklich nach Hause kommen läßt, was ich bei meiner jetzigen Stimmung einigermaßen zu bezweifeln mich berechtigt fühle. Eins steht fest, für 'ne ziemliche Zeit verlier' ich das Geplatsche des alten Brunnens, Rauschen nennen es die Lyriker, auf dem Markt vor dem Ratskeller da hinter uns nicht aus dem Gehör. Mein einziger Trost für heute aber bleibt, daß der Freund Winckelspinner eine größere Neigung und Neugier auf Berlin hat, als er ‚ums Verrecke wille' in besagtem Ratskeller kundgeben würde. Wir sehen uns alle noch einmal wieder, Frau Professorin."

– –

Und nun ....

„Nu aber wird's klar! Jetzt guck einer det olle Weltgebäude an! Is es die Möglichkeit? Die Sonne! ... Da steigt se grade bei Pannemanns uffs Dach; – das muß ich schon sagen, d e n Leuten passiert doch immer alles Gute zuerst; aber – einerlei! Da ist sie wieder! Sie ist mich wahrhaftig noch vorhanden in das Universum – die Sonne!"

„Wo? Wo? Wo?" schreit ein ganzer Chorus verschiedenartigster Stimmen, und der glückliche Entdecker des belebenden Strahls wird an den Rockschößen vom Fenster zurückgezogen, wird am Ellenbogen genommen und beiseite geschoben; denn alt und jung will so rasch und rücksichtslos als möglich an dem wohltuenden Ereignis teilnehmen und gleichfalls einen Blick auf des Nachbars Dach und den ersten Frühlingssonnenstrahl nach sechs langen Regen- und

Nebelwochen werfen. Ein Gewimmel von spannungsvollen, erregten Gesichtern drängt sich vor und erlebt wirklich auch noch einmal das Glück, erst die Sonne auf Pannemanns Dache zu sehen und sie also vielleicht auch noch, trotz der großen Konkurrenz, auf der eigenen Nase und den ausgestreckten Händen zu fühlen.

„Und wie warm schon!" ruft das älteste Glied der Familie und hält vielleicht den jüngsten Sprößling derselben in den behaglichen Schein; – dann niest der Säugling, und es ist Frühling geworden – selbst in Berlin. – – –

Durch die frohe Lichtbotschaft von oben wurde noch ein Paar gegrüßt, dem es nicht leicht zu werden schien, seinen Weg durch das muntere Gassentreiben zu finden, ein Paar, das jetzt, der Sonne zum Trotz, einzig und allein unsere ganze Teilnahme in Anspruch nimmt.

Es ist Natalie und ihr Vater, und das Licht der Sonne können wir viel eher missen als das bange, liebe Leuchten aus den Augen der jungen Dame, wenn an einer Straßenbiegung das Gedränge zu arg wird oder der kranke, unzurechnungsfähige Mann über einen anderen Anlaß ungeduldiger als gewöhnlich. Die Sonne vermag es nicht, den armen Teufel und Pulvererfinder in ein besseres Licht zu stellen; es ist eine bedeutende Veränderung zum Schlimmeren mit ihm vorgegangen, und Paul Ferrari hat es wahrlich mehr denn je nötig, daß jemand acht auf ihn gebe und das Gedränge des Lebens von ihm abhalte, sei's durch die Kraft seiner Ellenbogen oder, wie jetzt, durch einen stummen, bittenden Blick aus unruhvollen, angstvollen Augen. Dem armen, vielfindigen Paul ist ganz naturgemäß am letzten Ende jeder Weg auf der Erde zu einem Kreuzweg geworden, auf dem er alle drei Schritte lang steht und umherstarrt und kindisch und krankhaft zaudert und nur durch die liebendste, geduldigste Gewalt zum Weiterschwanken überredet werden kann. Vielleicht – hoffentlich! – führt Frau Natalie Schenck dermaleinst ihre Kinder durch diese selben Gassen spazieren, und zu dem Behufe ist sie heute in der besten, wenn auch trostlosesten Schule. Gleich einem Kinde, das hier nicht über den Rinnstein weiter will, weil es aus demselben eine Glasscherbe aufzuheben wünscht, das hier sich an einem Puppenladen festklammert und zehn Schritte weiter aus völlig unenträtselbarem Grunde stehen bleibt und mit Geheul gegen Bitten und Flehen, gegen Drohungen und Versprechungen, gegen Zerren und Schieben den passivsten, aber nachdrücklichsten Widerstand leistet – gleich einem solchen Kinde war jetzt der Schul- und Bankgenosse Wedehops und Achtermanns geworden. Seine Tochter hatte ihre liebe Not mit ihm; wir aber haben dieses für alles mögliche dienende Wort von der „lieben Not" in der bittersten, grimmigsten Bedeutung zu nehmen. Der Hund Wassermann aber schien aufs genaueste in alle Verhältnisse eingeweiht zu sein; er hielt sich dicht auf den Fersen des Paares, ging mit gesenktem Kopfe und wenig wedelndem Schwanze, und wenn er aufsah, so sah er sich sofort auch wie mißtrauisch nach allen Seiten um und lud durch seine Miene gewißlich niemand ein, ihm näher zu treten, als irgend nötig war. Es blieben genug Leute stehen, die dem häßlichen Köter, dem schönen Mädchen und dem weinerlichen, eigensinnigen, zusammengefallenen Manne verwundert nachblickten. –

„Papa, wäre es dir nicht auch lieb, wenn wir nun bald wieder zu Hause wären?"

„Nein, nein! Bei dir zu Hause ist es zu kalt und zu dunkel, Natalie. Faß mich nicht so fest an; ich bin alt genug, um allein meinen Weg zu finden. Hast du nicht mit mir hinaus in die Sonne gehen wollen?... Das nennt ihr hier nun Sonne! Damn me! Ich Dummkopf! Weshalb bin ich denn eigentlich wieder hier? In Verakruz schien die Sonne wirklich; ich will auch wieder zurück – mich friert, und alles ist mir ekelhaft; – Hundepack! – Ekelhaftes, verfluchtes Hundepack – alles!"

„U–ih!" seufzte Wassermann mit einem wahrhaft menschlichen Ausdruck im Gewinsel.

„Papa! O Papa – lieber Papa!"

„Habe ich dich gemeint? Warte, bis ich dich mit deinem Namen nenne, und laß meine Hand los, ich kann allein gehen. Ja, es ist mir lieb, wenn du vorausgehst und nach dem Ofen siehst. Ich komme mit der Bestie hier langsam nach."

„Vater, als wir von Hause fortgingen –"

M. Paul Ferrari drehte sich um, versetzte mit dem schon erwähnten Ebenholzstöckchen dem Hund Wassermann einen Jagdhieb und pfiff ihm dazu, als ob er eine halbe Stunde Weges entfernt laufe.

Die junge Dame hielt den Arm ihres Papas immer noch fest; und wiederum blieben Leute stehen, um den ferneren Verhandlungen zwischen Vater und Tochter lächelnd zuzusehen, und ein frecher Gesell mit einem Nasenklemmer sagte:

„Bravo, alter Herr. Nur nicht nachgeben! Gehen Sie dreist voran, Fräulein; wir kommen gleich nach. Papachen hat doch auch seinen Willen, und wir kommen gewiß und wahrhaftig gleich nach."

Vor Scham und Aufregung glühend, stand Natalie ratlos. Der rat-, rand- und bandlose Vater lächelte wie blödsinnig und nickte dem rohen Menschen zu wie seinem besten Freunde und Ratgeber:

„Ja, ja; der Herr sagt es auch. Geh voraus, Mädchen; wir kommen gleich nach."

Die Leser wissen, daß zu Anfang dieser Geschichte der Krieg noch im vollen Gange war; wir haben sie vor das belagerte Paris geführt und sie, wenigstens von weitem, die große Kanonade hören lassen. Schreckliche Schlachten sind auch seitdem geschlagen worden, und das deutsche Volk ist gottlob Sieger geblieben bis zum Ende; der Friede ist geschlossen, und der Triumpheinzug der Sieger steht vor der Tür; aber Fräulein Natalie Ferrari steht hier an der Straßenecke in einem Gefecht, das keinem der neulich in Frankreich vorgefallenen, was die Hartnäckigkeit in Abwehr, Festhalten und Angriff anbetrifft, weicht. Und nicht bloß hier an der Straßenecke! Die kleine Heldin kämpft ihren Streit aus zu Hause wie in der Gasse; und wir gehen mit ihr nach Hause und helfen ihr, auch ihren Vater dorthin zurückzuführen, und wir helfen ihr, als sie einen kurzen Augenblick lang sich besiegt glaubt von dem erbarmungslosen Gegner Welt und nahe daran ist zu sagen:

„O, ich wollte, ich wäre tot!" – –

„Ich bringe ihn Sie mit nach Hause, Fräulein, wenn Sie's gefälligst erlauben wollen; ich habe doch 'nen Weg nach der Richtung," sagte ein durchaus nicht melodisches Organ über die Schulter Natalies. „Und dem Kerl da schlage ich die Zähne in den Hals, wenn er noch ein einziges Wort zu Ihnen spricht, Fräulein Ferrari."

„O Herr Butzemann, Sie sind es!" rief Natalie, und er war es wirklich, Butzemann senior aus Butzemanns Keller, der dem armen Mädchen zu Hilfe kam.

„Na, Herr Ferrari, dann geben Sie mir man Ihren Arm. Heute abend wird's vielleicht etwas fideler, aber jetzt gehen wir mal alle einen Weg, Sie und ich und Fräulein Tochter und der Köter. Das ist ja ein ganz angenehmes Zusammentreffen! Unsereiner kommt doch immer viel zu wenig aus der Dusternis und dem Keller raus ins Licht und an die frische Luft – das weiß der liebe Gott! Fräulein, ich habe Sie auch eine Postkarte vom Doktor Wedehop. Denken Sie mal, er denkt selbst bei die Weinländer da in Hinterindien oder Süddeutschland an Butzemanns Keller und erinnert sich seiner schmerzlich. Was sagen Sie dazu?"

„O, ich bin Ihnen so dankbar, so dankbar, Herr Butzemann!"

„Gar keine Ursache. Nicht die geringste. Sehen Sie mir erst mal an im Wichs. Erkennen Sie mir, fassen Sie mir hier in diesem Schniepel? Ja, es sind so ungefähr zirka ihre fünfundzwanzig, nämlich Jahre, her, als ich in diesem Gebäude meine Gattin – meine Luise in Weiß und mit Myrten zum Altare abholte. Du liebster Himmel, wenn ich heute daran denke, und wie es immer ganz dasselbige bleibt mit die Menschheit und der eine so dumm ist als der andere und ich hier an der Ecke auf Sie und den Papa treffe, wo ich eben hingehe, weil der Herr Doktor Wedehop diesmal den Kuddelmuddler gemacht und die Liebenden zusammengebracht hat! Bei mir war's damals der Schlächtermeister Töldke, unser Nachbar gegenüber, der eine Hypothek auf meines seligen Vaters Anwesen hatte und ganz genau wußte, was meine anjetzo auch Selige einmal zu kriegen hatte. Na, na, gebohrt hat der Doktor lange genug an meinem Jungen, und daß ich gegen meinen alten guten Freund Achtermann nichts einzuwenden habe, das können Sie sich wohl vorstellen, Fräulein. Also, in Gottes Namen, los dafür! Die jungen Leute sind in Ordnung miteinander, und bei Ihnen gegenüber, Fräulein, erwarten mir jetzt offiziell als Vater von das unmündige Wurm die Eltern – ich will lieber sagen, die Madam mit das beträänte Lamm, meine ganz demnächst zukünftige Schwiegertochter Meta. – Fallen Ihnen da nicht die Arme am Leibe herunter?"

Ja, war das noch der Mund, der so ganz vor kurzem noch gesagt hatte: „O, ich wollte, ich wäre tot!" – und der jetzt in so drolliger Weise aufgefordert wurde, einzugestehen, daß das Leben, aller Privatstimmungen ungeachtet, ununterbrochen seinen Fortgang nehme und allerhand Allerlei in gewohnter Weise munter drin nebeneinanderher laufe?!

Noch reichte Fräulein Natalie dem braven Butzemann mit einem etwas weinerlichen Lächeln die Hand; aber im nächsten Augenblick schon sagte sie leise: „Ach, wenn mich die Frau Professorin so sähe!", und sofort rief sie laut und mit dem alten, sieghaften Augenzwinkern:

„Wie freue ich mich, daß wir gerade heute e i n e n Weg gehen, Herr Butzemann! Nun sehen nur auch Sie recht munter aus, – bitte! Seinen Verdruß hat jeder in der Welt, selbst bei den besten Dingen, die einem in den Weg gelegt werden. Papa, jetzt müssen wir rechts! ... Und ich wünsche Ihnen so herzlich – wirklich vom ganzen Herzen Glück – und nun sehen Sie selbst nur recht vergnügt aus; guten Leuten – Papa, bitte, laß nur Herrn Butzemann deinen Arm, er kennt den Weg! – geht es immer gut. Ich wollte nur, Fräulein Achtermann erlaubte, daß ich –"

„Ein heiliges Donnerwetter soll dreinschlagen, wenn sie mir da drüben jetzt noch mit einem einzigsten Worte gegen Sie kommen, Fräulein!" schnarrte Butzemann hervor. „Dafür komme ich Ihnen anjetzt in die Familie und stehe Ihnen gut. Ich sage nichts weiter, aber das sage ich Ihnen, bei so 'nem Verkehr, wie ich ihn bis zirka ans fünfzigste Jubiläum in meiner Wirtschaft, im Keller – Butzemanns Keller, Fräulein! – genossen habe, da lernt man sich ausdrücken, wenn's notwendig ist; und wenn ihnen mein Flegel von Junge zu guter Letzt gut genug gewesen ist, so sollen sie sich nur ja nicht einbilden, daß sie mir nicht mit in den Handel kriegen. Na, da paß auf: die sollen schon erfahren, wie es sich zu zweien drischt; und der Achtermann, das Unglückswurm, den heirate ich persönlich jetzt – mir an! – Verstehen Sie wohl, Fräulein? Und nun, Herr Ferrari, jetzt hier noch um die allerletzte Ecke; und – da stehen wir denn, jeder vor seiner Schicksalstür."

„Dann bringe du mich die Treppe hinauf, Natalie. Ja, ich gehe zu Bette – es ist das beste," lallte Herr Paul Ferrari. Die junge Dame drückte noch einmal diesem wahren Freund Butzemann die Hand. Butzemann aber stand da in seinem schwarzen Hochzeitsfrack von „Anno Toback" und sah dem Paar nach, und grimmig und bärbeißig genug sah er dabei aus. Es gehörte schon ein gewisses gleich vierschrötiges Etwas dazu, um ihm noch weiter in die Quere zu kommen.

„In die richtige Stimmung wären wir gottlob!" brummte er. „Siehste, Butzemann, da hast du dir mal wieder die ganze Nacht durch unnötige Sorge gemacht von wegen zu großer Flüssigkeit und Weichmütigkeit an unrichtiger Stelle und Stunde. Na, denn nur dreiste gleichfalls die Treppe 'nauf und dreidrähtig rin ins Familienglück! Als Großvater kannste dir ja immer noch beizu denken und dir'n Ventil für deinen alten Freund und Schulkumpan Karl offen halten. ‚Stimmung! Das ist die Hauptsache', sagt Doktor Wedehop, der mich übrigens auch nur erst mal wieder zum erstenmal in meinen Keller kommen soll! . . . Na, nu in Gottes Namen."

Auch er schritt ins Haus, und in einem der oberen Stockwerke fuhren zwei Frauenköpfe mit möglichster Raschheit vom Fenster zurück, und zur Tochter sprach die Mutter:

„Jetzt denke an alles, was ich dir gesagt habe, Meta, und nimm dir zusammen. Ich höre ihn schon schnaufen im ersten Stock. Achtermann, dir rate ich, daß du mir kein unnötiges Wort dazwischensprichst und daß du mir einfach einzig und allein auf mich dein Auge hältst."

„Meine Liebe —" lallte der Leihbibliothekar. Auch das ereignete sich nun ganz anders, als wie es ihm seine Abonnenten oder sonstigen Zufallskunden aus seiner Bibliothek tagtäglich abholten! Seine Liebe aber wendete sich mit dem sonnigsten Brautmutterlächeln gegen die Tür.

„Herein! Bitte, treten Sie gefälligst herein, Herr Butzemann. Wir haben Ihnen schon längst erwartet!" — — —

Wir folgen jener leider viel geringeren Zahl von Lesern, die den ferneren Vorgängen in der Familie Achtermann für jetzt nicht weiter anzuwohnen wünscht: wir selber haben in dieser Hinsicht selbstverständlich weder Wunsch noch Abneigung; wir gehen immer, wohin wir müssen: wenigen nach und hoffentlich zuletzt denn doch auch vielen vorauf.

Es hatte ihrerseits die arme Natalie noch viel Mühe gekostet, den Papa die Treppe hinauf und in das leere Stübchen zu bringen, von dem Freund Achtermann in unserm vorigen Kapitel dem Freund Wedehop geschrieben hat. Und nachdem der alte Tunichtgut noch einiges von schofeler Welt, Canaillen, Hundepack und unkindlicher Impertinenz gemurmelt hatte, hatte er sich mit seinem ruinierten Nervensystem in der kleinen Kammer neben der Stube auf das Bett fallen lassen und war in fiebernde Bewußtlosigkeit hinübergeschlummert. Wassermann hatte ihn fallen sehen, war einen Augenblick lang unter das Bett gekrochen, aber sofort nach besserer Überlegung wieder drunter hervor. Da stand er wedelnd neben dem jungen Mädchen am Fenster und leckte ihr mit tröstendem Gewinsel die Hand.

„O Wassermann," seufzte Natalie, „was sollen wir anfangen? Morgen holen sie uns auch unser Piano weg."

Ein mattes Lächeln überflog bei den letzten Worten das müde Gesicht:

„Danach fragst du freilich nicht, du unmusikalisch Vieh! ... Ach, und wie hab' ich neulich in — Ulrichs Zimmer gelacht über Trutens Gesicht. Ach Gott, und — der — arme Junge hatte doch wenigstens den großen Tintenklecks noch auf dem Boden zurückgelassen. Sie sagen gottlob alle, daß er trotz allem was gelernt hat in wissenschaftlicher Hinsicht; aber ich — ich habe gar nichts gelernt; und jetzt ohne die Frau Professorin verlerne ich auch noch, den Mut nicht zu verlieren. O, es ist zum Weinen, so dumm es ist. Es ist wirklich, wirklich zum Weinen – und – so – natürlich wie Regen und Schnee und – alles schlechte Wetter auf der Erde!"

„Weshalb haben Sie denn bei uns nicht vorgeguckt, Fräulein?" fragte in diesem Augenblick eine Stimme in der geöffneten Tür. „Sie denken natürlich auch nur an Ihre jungen Beine; aber steigen Sie erst mal mit fünfundsechzig die Treppe! Der Briefträger hat einen Brief für Sie bei uns abgegeben, während Sie ausgegangen waren."

Der Brief war von der Frau Professorin und lautete in der Übersetzung aus dem gerührtesten, bewegtesten und ängstlichsten Herzen in Feder, Tinte und Papier:

„Was schreibt uns Achtermann da, Kind? Daß ihm Wedehop noch ausführlich antwortet, glaube ich nicht; ich aber teile Dir mit, daß Ulrich in acht Tagen reisen darf und daß ich seit Empfang Eures dummen Schreibens, d. h. seit einer Viertelstunde, bereits in der Phantasie meine Siebensachen zusammensuche. Ich komme zu Dir, Kind; – schone vor allen Dingen Deine Gesundheit! Wir grüßen Dich alle.

Deine alte Freundin
Marie Schenck."

Dreizehntes Kapitel

Das Blatt zitterte in der Hand des jungen Mädchens; auf dem Bette wendete sich der Pulvererfinder auf die andere Seite und murmelte:

„Zwanzigtausend Schachteln. Rechnen wir den Peso de Plata zu einem Taler ... Stimmt doch nicht! Lumperei – zehn Silbergroschen; – zwanzig – zwanzigtausend Schachteln, zwanzigtausend Pesos! Hierher, Wassermann – mach dein Kompliment den Herren und zeig, daß du rechnen kannst. Wie nehmen Sie den Dollar, Señor?"

Der Hund hatte auf den Anruf hin den Kopf gewendet, aber er ging nicht zu dem Bette, sondern hielt sich womöglich noch dichter zu der jungen Dame am Fenster und schien in deren Mienenspiel lesen zu wollen als ein kluger Hund, der wirklich das Rechnen verstand.

„Das Datum! – O, das glückselige Datum! – Der Poststempel! Sonnabend – Sonntag – am Montag – o Gott, das ist ja alles einerlei – siehst du wohl, du närrischer Hund! Hab' ich es dir nicht immer gesagt, daß wir zuletzt doch nicht auf uns allein angewiesen wären?"

Die Sonne schlüpfte weiter, d. h. die Erde, die alte Wolkenversammlerin, tat's auf ihrem Wege um die Sonne; aber auch das war ganz einerlei: Fräulein Natalie Ferrari im Weitergleiten durch die Drangsale des Erdenlebens hatte sich lange nicht so leicht getragen gefühlt als in diesem Augenblicke, wo ihr junger Nacken so schwere Last zu schleppen hatte. Sie wünschte nicht mehr einzuschlafen, um nicht wieder aufzuwachen; aber sie mußte sich unbedingt setzen. Aus dem Kämmerchen nebenan kam wiederum die wüste Stimme, die ihren Namen mit dem leer-kindischen Tone ärgerlicher Verstörtheit rief:

„Gib mir zu trinken, Natalie! Dreißigtausend Schachteln – dreißigtausend Etiketten – Professor Ferrari! ... Don Pablo Ferrari! O, ich will wieder nach Amerika – nach Mexiko – in die Sonne; aber – zu trinken will ich – hörst du denn nicht, Mädchen?"

„Gleich, Papa! Da bringe ich dir schon ein Glas Wasser. O, habe nur Geduld – nur noch eine kurze Zeit Geduld, lieber Papa –"

Der Vater hatte sich halb aufgerichtet und das dargereichte Glas genommen. Er trank und zuerst mit großer Gier.

„Aguardiente!" schrie er plötzlich und schleuderte das Glas in weitem Bogen durch die Tür in das Zimmer, dicht an der Schulter seines Kindes vorbei.

„Verflucht sei die ganze dumme Welt!"

„Nanu?" sagte Gott sei Dank in demselben Augenblick eine Stimme, deren Nachhall wir noch nicht aus den Ohren verloren haben. Und dahinter her oder besser darüber weg und über die Schulter Butzemann seniors weg rief Achtermann matt entsetzt:

„Aber, mein Gott? ... Fräulein? ... Mein guter Paul!"

„Stille, Achtermann, Vetter – Schwiegerbruder! Wenn's denn einmal sein soll, dann aber auch feste. Vivat die Division Kummer! Und nun sagen Sie mal, Sie alter Bazaine da auf dem Bette, sind Sie denn reinewegs verrückt geworden, daß Sie zu allem anderen mir hier so noch mit's kostspielige Inventar herumschmeißen?"

Der Papa Ferrari saß aufrecht auf dem Bette seines Kindes; er hob auch die Beine wieder herunter und starrte die beiden Männer nichtssagend an. Achtermann trat zu ihm und legte ihm die Hand auf die Schulter:

„Lieber Freund – wir sind es. Beruhige dich nur, du wirst auch teilnehmen, wenn ich dir sage –"

„Sagen Sie gar nichts, Vetter," schnarrte Butzemann; „geben Sie einfach dem Fräulein den Brief vom Herrn Doktor Wedehop und lassen Sie mir das übrige bemerken. Ich habe schon drüben vom Fenster aus meinen Trost an Ihnen gehabt, Fräulein Ferrari. Da steht die Dame und sieht her, habe ich mir gesagt; und jetzt werden Sie bemerken, Fräulein: Det ging ja rascher, als ich dachte, Herr Butzemann! – Ja, gottlob; es ging glatter und schlanker ab, als ich selber dachte. Fragen Sie nur Achtermann; – mein Junge sitzt bei ihr, und ich habe ihm schon gesagt: ‚Na, Junge – Louis – denn bin ich hier ja wohl nicht mehr nötig; – ich danke für Kuchen, aber ein Glas Wein nehme ich wohl noch mit auf den Weg, und zwar auf Ihr Wohl, Madam Achtermann.' – ‚Auf Ihr Wohl, Herr Butzemann, und auf lange glückliche Jahre, Herr Butzemann,' sagt sie; und so stoßen wir an und unterdrücken alle Ahnungen davon, daß wir wohl noch manch liebes Mal miteinander anstoßen können. Aber das Eisen schmiede ich doch, solange es warm ist, und meine: ‚Dies ist der glücklichste Moment meines Lebens, Meta, und du, Louis, und Sie, Madam Achtermann, und du alter Schulkamerad Karl Achtermann, und jetzt tun Sie mir auch einen Gefallen, Mama und Frau Schwester, und schicken Sie auch auf der Stelle ein Stück von diesem glückseligen Verlobungsnapfkuchen nach drüben zum Fräulein Natalie und machen Sie mir kein Gesicht dazu wie die Katze, wenn sie in den Blitz sieht.' – Ich versichere Sie, Fräulein; sie sieht mich an und ruft: ‚Achtermann, 'en Stück von die Vossische!' – Das habe ich denn selber in der Tasche, und – auf meine Ehre, sie wickelt mir mit einem Blick von Liebenswürdigkeit ein, wie ich nicht vor möglich gehalten habe, und spricht: ‚Da! Und grüßen Sie das Fräulein recht schön von mir, und du, Achtermann, bring ihr nur dem Doktor seinen Brief und bestelle mein höfliches Kompliment, und Meta hätte endlich ja gesagt und wäre eine glückliche Braut, und – Fräulein Ferrari wären zur Hochzeit freundlichst gebeten!' – Sehen Sie, Fräulein Ferrari, so verbessern die glücklichen Momente im Dasein die Stimmung der Menschheit, und mein alter Kamerad Karl Achtermann wird von heute ab nicht mehr an die Tür umgeholt, wenn er Ihnen ein gutes Wort bringen will. – Meinen Lümmel von Jungen kenne ich gewiß nach allen seinen Verdiensten; aber das hätte ich mir nicht eingebildet, daß er auch in die Richtung auf Sie, Fräulein Natalie, mal brauchbar werden könnte."

Die junge Dame reichte diesem vierschrötigen wahren Freunde die Hand, dem Freunde Achtermann hätte sie nur zu gern die andere gegeben; aber in der hielt sie schon den Brief Wedehops, und der Leihbibliothekar war auch zu angsthaft um seinen Freund Paul Ferrari beschäftigt, um ihr was anderes als den Rücken zuzukehren.

Nicht wahr, es war der heilige Augustin, der sich immer wünschte, Christum in carne, Paulum in ore, Romam in flore gesehen und gehört zu haben? Wir unseresteils haben uns stets gewünscht, einmal so recht unseren Freund Wedehop in flore, im Flor, in seiner Blütezeit zu erblicken, und hier – endlich – in und mit diesem seinem Briefe gelangen wir zur Erfüllung unseres Wunsches; und der Genuß wird wahrlich dadurch nicht geringer, daß wir dabei unserer Freundin Natalie über die Schulter zu sehen haben.

„Grauer, nichtswürdiger, internationaler, alter
Welt- und Allerweltsliteraturverplemperer!

Dich werde ich mir kaufen. Ich, der ich, die Götter wissen es, wenig für Luxusartikel auszugeben pflege, ich werde mir diesen Luxus gestatten. O Du heilloser alter Uhu, mußt Du Deinen dürren Federvieh-Schatten langgestreckt auch über anderer Leute kärglichen Sonnenschein weg werfen? Dich könnte man wahrhaftig als Zeiger auf eine Uhr des Verdrusses hinstellen; aber – ich werde Dich jetzo mit Deiner Erlaubnis ein wenig richtig stellen, alter Junge. Heule mir m o r g e n mehr! Nehme ich es einer Nachtigall nicht übel, wenn sie mir im hellgrünen Frühlingswalde auf den Hut –, so kannst Du mir lange mit den Äußerungen Deiner bänglichen Natur und Seele (wofür Du, die Sache philosophisch genommen, doch nichts kannst!) gewogen bleiben. Übrigens komme ich soeben mit dem Winckelspinner vom Hirsch herein und finde Deinen Brief; verzeihe also gütigst, wenn in meiner Rückantwort dann und wann noch einiges vorkommen sollte, was Dir nicht in den Katalog paßt – Deiner Begriffe von Rücksichtsnehmungen und Zartfühligkeiten nämlich. Jedem Stern, der sich schneuzt, mein Taschentuch zu leihen, dazu bin i c h z a r t f ü h l i g und habe zu sehr mein Behagen daran. Wozu gehen wir Könige in die Tragödie, wozu haben wir Aristokraten unsere Loge im Welttheater, als um unseresgleichen im Pech zu sehen und also des täglichen Spaßes der Unsterblichen an unseren Feiertagen teilhaftig zu werden!? – Den Frühschoppen, den Du mir heute versäuert hast, werde ich Dir gedenken; von Rechts wegen müßte ich Dir dafür Deine süße Meta noch gut anderthalb Jahre länger auf dem Halse lassen.

‚Um Christi willen, junger Krieger, sind Sie verrückt geworden?‘ fragt Winckelspinner, als wir in sein Gartenhaus treten. ‚Was Teufel ist Ihnen denn auf einmal in die Rekonvaleszenz gefahren?‘

Ich für mein Teil sehe Deinen dummen Brief, den ich freilich besser erst selber hätte lesen sollen, in der Hand der Frau Professorin und sehe sie selber an:

Alle Hagel, er krächzt! – Der Unglücksvogel hat gekrächzt! Und ich bin ein Esel gewesen und habe den beiden Kreaturen sein Gekrächze im Kuvert hingeschickt und bin mit dem Winckelspinner nach dem Hirsch hinausgestiegen, um mir endlich einmal wieder die Sonne auf die Glatze scheinen zu lassen!

Heilige Schwerenot, ich sehe den Jungen an und die Frau und dann nach einer dringenden Aufforderung Dich – nämlich in Deinem Briefe. Leihbibliothekarisches Ungeheuer, habe ich darum auf die Anfertigung von Originalmanuskripten verzichtet und mich auf die Übersetzerei vom Unsinn anderer Leute geworfen, um Dir und mir und dem Jungen und der Frau, die Familie Winckelspinner gar nicht gerechnet, durch ein ganzes B u c h erstgenannter Literatursorte die vernunft- und verstandesgemäße Einreihung verschobener Ideen und Anschauungen ins große Weltganze jetzt frisch besorgen zu müssen?!

Mensch, ich liefere Dir das Manuskript – originalissime; – zeige es aber keinem Menschen, Fräulein Natalie Ferrari ausgenommen – beim Verlust von drei Vierteln deiner Abonnenten.

Ja, grüße die kleine Heldin und sage ihr, zwanzigtausend Wedehöppe sehen in diesem Augenblick durch die Brille des einen, den sie vorhin von seinem Frühschoppen aufgestört hat, auf sie, und rufe ihr ins Gedächtnis zurück, daß für ein Mädchen, zu Ehren und im Rechte Evas, die Nase, die sie im Gesichte trägt, wichtiger ist als alles, was ihr um dieselbe spielen oder auf derselbigen tanzen kann. Ferner, daß dem Menschen soundso viel behagliche Augenblicke für seinen Wandel im Irdischen zugeteilt sind und daß es nicht das geringste hilft, sich dergleichen durch Planmachen, Selbstvorwürfe, Nachgedanken und allerhand sonstige Künstlichkeiten selber anfertigen zu wollen. Ferner, quanto mas moros, tanto mas honores – je mehr Mohren, desto mehr Ehren (NB. ein spanisch Sprichwort, wie denn diese edlen Spanier mit ihrer Spruchweisheit überhaupt gar nicht zu verachten sind), womit ich übrigens auf die Hauptsache, nämlich unsern ganz speziellen Mohren, meinen braven Freund Pablo, die schwarze Seele, kommen werde. Da wir

6*

binnen kurzem nun doch wieder bei Euch anlangen werden, so ist im Grunde wenig mehr darüber zu sagen, als – gebt ihn Butzemann in die Kost, d. h. wendet Euch in allem, was ihn betrifft und womit er Euch das Leben sauer macht, an Butzemann und fragt den um Rat, bis ich wieder bei Euch bin, um seine Pflege zu übernehmen.

Sämtliche Auslagen werden eins ins andere gerechnet. Du weißt, Achtermann, daß es eine Zeit und in derselben mehr als ein Quartal gegeben, durch welches der ‚gute' Paul mich mit durchzufuttern hatte. Er hat – gottlob – häufig genug seinen letzten Kredit mit mir geteilt, und daß er mit seinem Wechsel auf das Ganze dieses erbärmlichen, fidelen Daseins ein wenig früher fertig geworden ist als wir anderen, wollen wir ihm, seiner mannigfaltigen sonstigen guten Eigenschaften wegen, freundlich zugute halten. Mittelstraße Nr. 23 im vierten Stock wohnt die Witwe eines königlichen Tafeldeckers mit dem ominösen Namen Dambach, sie hat die Schlüssel, nämlich zu meinen Gemächern, und ersuche ich Dich inständigst, mein ‚Guter', sofort einmal nachzusehen, zu welchen von hier aus leider nicht zu überblickenden Zwecken die gelbliche Person sie – meine Appartements meine ich – augenblicklich verwendet. Laß es auf den Schopenhauerschen Kriminalprozeß ankommen; schmeiß alles heraus, was nicht hineingehört, denn mir schwanen Monstrositäten weiblich-wirtschaftlicher Unverschämtheit in dieser Hinsicht. Nur wenn Du die Person selber hinauszuwerfen hättest, so mäßige Dich a posteriori. Das unsterbliche Wort: obit anus, abit onus ist doch nur ein vergänglicher Trost gegen eine rechtskräftige zwanzigjährige Veralimentierung eines gebrochenen Armes wegen; den Hals darfst Du der Bestie meinetwegen dreist brechen. Doch nun zum Wichtigeren! Sieh Dich um in den ‚Salongs'! Spaßhafter, silberbärtiger Literaturtrödler, main basse auf den Trödel! NB. soweit ihn die verführerische Witwe Dambach nicht als ihr Eigentum in Anspruch nimmt. Für sämtliche anwesende fremdländische Unterhaltungslektüre und sonstige schöne Wissenschaften (bergehoch in dem Ofenwinkel!) wirst Du selbstverständlich selber den höchsten Preis zahlen. Altes Silber, goldene Tressen und Pretiosen werden wahrscheinlich erst gesucht werden müssen (brich nur den Kleiderschrank auf, wenn die Wittib den Schlüssel nicht gutwillig hergibt!) – meine Autographensammlung liegt in meinem Schreibtisch in der Schublade linker Hand in einer Kollegienmappe und ist sicherlich das Ihrige dem Liebhaber wert. Du findest Eure beliebtesten deutschen Lieblingsschriftsteller ziemlich vollständig von About bis Miß Yonge vor. Los auf die Verfasserin des ‚Erben von Redclyffe', Achtermann! Versilbere die englische Maid, versilbere Dumas fils, versilbere den Marquis von Foudras und M. Xavier von Montepin, versilbere Mrs. Oliphant und gib Ouida in den Kauf. Baroneß Tautphoes wirst Du, wenn ich nicht irre, gleichfalls finden; versilbere sie und vergiß mir vor allen Dingen nicht, Miß Thackeray zu versilbern. Für Madame George Sand findet sich sicherlich jemand, der was aufwendet; auf Turgenjew brauche ich Dich wohl nicht erst aufmerksam zu machen! Was meine Garderobe anbetrifft, so ist Scholem nomine Brühl noch vorhanden: ich ersuche Dich aber dringend, dem lateinischen Juden ja scharf genug mit meinem Zorn (Verachtung hilft bei ihm nicht!) an die Nieren zu gehen; – er kennt mich aber seit längeren Jahren, und mehr brauche ich nicht zu sagen. Gib ihm die Versicherung, in vierzehn Tagen sei ich wieder zu Hause, um ihm im Notfall als Engel über den Hals und an die Hüfte zu geraten und ihn von der Furt Jabok und der Stätte Pniel lendenlahm und hinkend nach Hause zu schicken.

Karl, durch eigene Schwere drückt das Genie die Welt herunter und sich in das Gedächtnis der Menschen. Versilbere dreist alles, was nicht zu mir gehört. Komme ich nach Hause, so werden die Talente sämtlicher europäischer Nationen mit all ihren möglichen und unmöglichen Beilagen und Beigewichten es sich zur Ehre rechnen, mir während meiner Abwesenheit aus Eurem Kreise munter fort in die Taschen geschrieben zu haben. Fräulein Natalie soll nicht lachen, obgleich ich sie gar zu gern lachen sehe. ‚Dazu bin ich zu sehr Dame,' sagte neulich verschämt mein Freund Butzemann senior, als man ihm zumutete, eine heikle Geschichte nachzuerzählen; aber – ich – ich bin zu nichts zu sehr Dame! Mit verdoppeltem Eifer werde ich fortarbeiten an der Weiterbildung meines Volkes – des deutschen nämlich.

Aber nun im Ernst, mein *guter* Achtermann (Du siehst, ich unterstreiche dann und wann auch wohl einmal!), Dein Brief kam mir im höchsten Grade widerwärtig; aber da er leider auch durch eigene Schwere wirkt, so mußte er eben wohl geschrieben werden, und ich erteile Dir hiermit bedingungslose kritische Absolution. Die zwei anderen werden dir ihre Gefühle zarter ausdrücken...

Verrückt war *er* immer. Und wenn er früher der Gesellschaft seine eigenen Kunststücke vormachte und jetzt unsern *guten* Wassermann die seinigen in den Kneipen produzieren läßt, so sehe ich dabei keinen Unterschied. Helfen kann hier nur Freund Butzemann senior. Bis wir nach Haus kommen, wird in Butzemanns Keller dem armen Teufel Lokal und Publikum (letzteres gewählt!) zur Verfügung gestellt. Das Herumlaufen in der Stadt hat natürlich aufzuhören; wenn Du aber für mich, Deinen guten Freund Wedehop, einmal eine behagliche Stellung als Direktor einer Anstalt für Nervenkranke und Geistesabwesende ausfindest, so lege augenblicklich die Hand darauf. Ich bin der Mann dafür.

Wenn dieses manuskriptale Schreiben bei Dir anlangt, so ist das liebe Kind, der sanfte Louis, sowie Deine Meta und Deine teure Frau wahrscheinlicherweise bereits unschädlich gemacht, und die beiden letzteren werden Dir nicht mehr so scharf wie sonst auf die Wege passen.

Alter, Du wirst dafür sorgen, daß unsere Republik unter gegenwärtigen trostlosen Zuständen den möglichst geringsten Schaden erleide! Du wirst den Hund Wassermann und den Pulvererfinder Don Pablo Ferrari allabendlich abholen und nach Butzemanns Keller dirigieren. Du wirst Bravo klatschen und zum erstenmal aus Deinem eigenen Dasein ein Gedicht machen, alter Romantiker. Butzemann senior, der in letzterer Hinsicht von jeher mehr geboten hat, als ihm die Welt- und Literaturgeschichte über ihren Heroen, Goldlack und Sonnenuntergängen zutrauten, sammelt, d. h. er macht die Menschheit oder, wenn Du in diesem Falle lieber willst, das Publikum dem armen Teufel gegenüber so unschädlich als möglich. Es steht mancher Weise in Erz und Bronze auf unsern Märkten, aber Regenschauer, Philisterwitz und üble Nachreden gehen an keinem von ihnen so machtlos vorüber wie an meinem Freunde Butzemann. Daraufhin kenne ich ihn.

Was aber fangen wir mit dem Kerl, dem Paul, nachher an? Wie gehen die Nächte hin mit dem Menschenkinde, bis wir wieder bei Euch sind? Das ist die Frage, vor der selbst die Frau Professorin in ratlosem Zittern steht.

‚Ich fahre morgen früh und reise die Nächte durch!‘ brüllte der Narr, mein M. Ulric. Ich aber sage, Ihr werdet, bei Euren Köpfen, dafür sorgen, daß er nie anders als hängend zwischen Dir, Achtermann, und meinem Freund Louis nach Hause kommt. Ich nehme die Folgen davon auf mich. Der Mensch, der seinen eigenen Körper wie eine Flöte zu spielen weiß, kennt auch im großen und ganzen die Griffe auf jedem andern Instrument. Wassermann liegt dann vor dem Bett, und zwar ohne Maulkorb. Fräulein Natalie schläft in ihrem Stübchen auf dem Sofa, und Du, Achtermann, schläfst mir gar nicht, außer bei Tage in Deinem Geschäftslokal.

Du achtest mir auf das Fenster gegenüber und hast Deinen und des Kindes Hausschlüssel sofort zur Hand. Die Wüste dieser Welt ist groß; aber die Sphinx oder der Sphinx, der nur mit der Nase aus dem Sande und seinen Wirbeln aufragt, ist doch noch größer als die Wüste. Bitte, bilde Dir gütigst die nächsten Nächte durch einmal ein, Du seiest solch ein Sphinx, und bleibe uns wach!

Das beste bleibt, wir kommen so rasch als möglich.

Dein

Wedehop."

Natalie Ferrari legte die Stirn an die Fensterscheiben und weinte. Es war aber ein adelig stolzes Gefühl von Kraft und Weisheit in den Tränen und in dem Überlegen, wieviel Kraft und Weisheit doch unter den wunderlichsten Hüllen rundum auf Erden sitze, gehe und stehe und überall lächelnd die treue offene Hand herhalte.

Vierzehntes Kapitel

Und nun ein Wort über guten Rat und wohlmeinenden Trost bester Freunde aus der Ferne!

Ist da wirklich viel Unterschied zwischen dem Trost und Rat, der uns aus nächster Nähe und mündlich gegeben wird?

Unbrauchbar der laufenden Stunde gegenüber ist beides meistens, und gute Worte werden nicht bloß in den Wind gesprochen, sondern auch geschrieben. Das erste und das letzte Wort hat hier wie in allen Erdenangelegenheiten die laufende Stunde, im Guten wie im Schlimmen.

Wie viele rat- und trostlose Stunden liefen noch zwischen der gegenwärtigen und der Heimkehr der Frau Professorin, ihres fiebernden Ulrichs und des zwar keine Originaldruckmanuskripte, aber dagegen recht originelle Schreibebriefe liefernden Freundes Wedehop! Es führt alles immer auf den uralten, einzig richtigen Trost hin, daß alle Stunden vorübergehen, daß die Uhr in der Westentasche des auf dem Schlachtfelde gefallenen Heros fortpickt, daß es auch nach den allergrößten Katastrophen fortfährt, ein Viertel, Halb und Dreiviertel zu schlagen, kurz, daß dem Dinge ein Ende eigentlich nicht abzusehen ist und daß jedenfalls alle Zukunft geradeso weit von uns abliegt als alle Vergangenheit. Und somit sollen sie alle leben, denen der gute Rat und Trost vom Herzen kommt, sei es mündlich oder schriftlich, sei es aus der Nähe oder der Ferne. Wer hat je zuviel davon bekommen, wenn er im ersten Verdruß über die Mangelhaftigkeit und Überleidigkeit auch noch so sehr die Achseln zuckte?!

Auf den Tag, von dem wir im vorigen Kapitel sprachen, folgte eine böse Nacht, in der Natalie trotz aller treuen Freunde und frei durch gehenden Seelen ganz allein auf sich und Wassermann angewiesen war. Von drüben schickten sie noch ein Stück Verlobungskuchen herüber; und der Leihbibliothekar schlüpfte zwei- oder dreimal herüber und stöhnte jedesmal ängstlicher:

„O Gott! O Gott!"

Aber wir erzählen diesmal überhaupt von adeligen Geschlechtern, und das deutsche Fräulein mit dem welsch klingenden Namen gehörte wahrlich in eine der erlauchtesten Familien.

„Sie hat es glorreich durchgefressen," sprach nachher Wedehop, und dann seufzte Frau Marie Schenck: „O Gott!" jedoch in einem andern Tone als Freund Achtermann. Es ging ein gewisses Frösteln im Sonnenschein der alten Dame dabei durch die Glieder; aber sie lächelte doch und nickte, nicht den andern, sondern sich selber zu:

„Ich kenne die Leute, mit denen ich umgehe; wie sollte ich *sie* nicht kennen, die ich mir am nächsten habe kommen lassen?! Man kennt die Photographiegesichter in den Familienalbums und weiß, wann man sich über ein anständiges zu freuen hat."

Von dem armen Paul besaß die Frau Professorin verschiedene Gesichter aus verschiedenen Lebensepochen in ihrem Album. Es hätte aber ein größerer Künstler als der feurige Ball im Weltraum dazu gehört, um das Andenken des Mannes vorurteilsfrei auf einem Blatt Papier festzuhalten. Es fand sich keiner; – wir existieren alle nur in den Vorurteilen, welche die Sonne über uns hat oder – die andern über uns haben.

Es ging reißend schnell bergab. Paul Ferrari lachte in dem Augenblick, als seine Tochter dem Leihbibliothekar den Brief Wedehops zurückgab, so sehr mit dem Ausdruck des vollkommensten Blödsinns, daß nicht nur die anwesenden Menschen zusammenfuhren, sondern auch der Hund erschrak und den verlorenen Mann auf dem Bette wie einen Fremden heftig anbellte; und dann geschah das, was in solchen Kreisen meistens einzutreffen pflegt: der Gott trat aus den Wolken, und die gemeinste, allbekannteste, verbrauchteste Hilfe erwies sich als die ausgiebigste und wirksamste.

„Sehen Sie mal, Fräulein, ich bin Ihr Mann für alles," sagte Butzemann senior. „Daß Sie mir selbst bei diesen pressanten Umständen als Ihren Vater betrachten sollen, kann ich nicht verlangen, außerdem, daß Sie ihn leider Gottes schon da liegen haben; aber unter die Arme werde ich Ihnen greifen und kein größer Vergnügen in meinem Leben gehabt haben. Erschrecken Sie nicht – dieses ist Madam Naucke. Mit Vornamen heißt sie Blanka, und damit servierte sie bei mir vor zirka fünfzehn Jahren, das heißt, damals noch bei meiner Seligen, und – auf meiner Seelen Seligkeit, Fräulein, da können Sie sich auf das Attest und die Schule verlassen. Fragen Sie die Frau selber. Nicht wahr, Blanka, alles für eine solide Hand obendrauf?! Nicht wahr, Madam Naucke, wir zwei wissen, was wir in jenen Tagen erfahren haben an Redensarten und reeller Moral und Erziehung und dann und wann einer Küchengerätschaft an den Kopf?! Zieren Sie sich nicht, Blanka; von Ihrem Renommee in Ihrer Nachbarschaft will ich weiter nichts sagen; aber, bitte, zeigen Sie doch einmal dem Fräulein Ihre Handgelenke. Nicht wahr, eine Droschke erster Klasse haben wir noch nie angerufen? Die halten wir einfach an. Ein Griff in die Speichen von eins von die Hinterräder, und das Karrukkulummwitä, wie der Herr Doktor Wedehop sagt, steht – ich sage Ihnen, steht feste. Nun aber, Fräulein, Scherz beiseite; woran denken Sie, daß ich in die beiden letzten Nächte einzig und allein gedacht habe? An die Verlobung von meinem Lümmel von Jungen? I Gott bewahre! An mir auf dem Altenteil und Fräulein Meta drüben ans Büfett? I bewahre mir der liebe Gott! Schlaflose Nächte haste und behältste, Butzemann, habe ich mir gedacht, also wende ihnen endlich mal nützlich an; und da bin ich denn so hier auf die Madam Naucke gefallen – reinewegs Ihretwegen, Fräulein. – Für Sie weiß ich was, Blanka, habe ich heute morgen gesagt; jetzt setzen Sie mal gefälligst Ihre Siegeshaube auf und werfen Sie sich in Paradeanzug und kommen Sie mit. – ‚Mit Ihnen, Herr Butzemann, durch Wasser und Feuer, und ich danke auch schön für die Karte von unserm Louis und den Korb mit die wunderschönen Reste,' sagt det Kind, und so gehen wir zuerst bei Achtermann vor und sehen uns seine Tränen über den guten Einfall an, und – frei lesen bis in die Puppen kann s i e jetzt auch bei ihm, und so – sind wir denn hier, und jetzt, Blanka, Madam Naucke, legen Sie den Hut ab und sehen Sie sich den Patienten in der Kammer da an. Betrachten Sie sich ihn mit Ihre gewohnte Ruhe, als Friedrich Karl um Metz und Seine Majestät um Paris, bis die Bande klein beigibt. Nämlich Sie weichen und wanken hier nicht von dem Posten, bis die übrigen Herrschaften zurück sind. Nachher kann man ja weiter sehen."

Die Handgelenke der in so wirksamer Weise vorgestellten guten

Frau besah sich Natalie Ferrari grade nicht; wohl aber sah sie ihr in die gutmütig-schlauen Augen, und Blanka sagte:

„Es ist ein Glück, daß Sie Herrn Butzemann schon kennen, Fräulein; denn was sollten Sie sonst wohl von mir denken? Wissen Sie, das ist nun immer mit ihm, wie wenn beim Platzregen mit eine Stange in der verstopften Dachrinne 'raufgefahren wird. Die Hauptsache aber ist und das Hauptsächlichste, daß ich gerne für Sie da bin, wenn ich Ihnen in irgendwas von Nutzen sein kann. Paroledonnöreken, Fräulein; daß sie mir neulich als passendste Spezialitätin von die barmherzigen Schwestern aus bei die ganz gesunde Jungens, die verwundeten Turkos meine ich, aufgestellt haben, braucht Sie nicht abzuschrecken. Das Inwendige von die Nuß ist immer die Delikatesse. Hat wer gute Zähne, so kann ich ihm auch schon ganz süße sein; und wenn Herr Butzemann da das nicht an sich selber in vergangene schöne Jahre zu manchen bösen Zeiten und Muff und Jammerstunden zu seiner Erkenntnis gebracht hätte, sehen Sie, so wäre ich in dieser Minute wohl nicht hier; und jetzt, Herr Butzemann, halten Sie mir endlich mal den Mund und lassen Sie mir wirklich den Hut ablegen und das Fräulein reden. Na, Sie da, lieber Herr, ich bin die Witwe Naucke, und wie geht es Ihnen denn heute? Besser? Na, sehen Sie, das ist ja ein recht guter Anfang für unsere Bekanntschaft! – Schlimm? Ach was, bilden Sie sich doch keine Dummheiten ein, Herr Geheimer Rat! Wer sich in die Welt umgesehen hat, der kennt nachgerade alles."

„Schießen Sie noch fünftausend Taler ein, Herr Kompagnon, und wir sind glatt durch," murmelte der kranke Mann.

„Det stimmt," sprach Blanka. „Fünftausend Taler? Mit dem größten Vergnügen! Aber nur immer hübsch stille liegen, Herr Geheimer Finanzrat; ich und Fräulein sehen derweilen die Bücher nach. So – nun liegt das Kopfkissen recht, und nun, liebes Fräulein, wenn Sie erlauben, lassen Sie mir mal die dummen Tränen da wegwischen. Sehen Sie, Herr Butzemann kennt mir wirklich, sonst hätte er mir Ihnen nicht gebracht."

Und so wurde denn Frau Blanka Naucke für *diese* Tage die beste Hilfe, die das Schicksal für die arme Natalie in ihrer höchsten Not im Rückhalt gehabt hatte.

„Das ist so mit das Leben. Woher stammt denn die Kindersterblichkeit, als weil wir nicht mit neun Leben geboren werden wie die Katzen, und die versäuft man. Geschmorte Pflaumen waren der Traum meiner Jugend, und heute koch' ich sie meinen Kindern, aber nicht wegen mir. Da bin ich mal zu einer Gräfin rekommandiert, die meinte, Karpfen und Kartoffeln seien ihre Seele. Sie haben ihr bei Fackeln in ihr Erbbegräbnis begraben. Ich sage immer, so'n Platzregen, der mir bis auf die Haut durchnäßt, ärgert mir gar nicht, denn – d a s ist das Leben; aber was mir ärgern kann, das ist solche dumme Dachrinne, die mir auf den Kopf gießt; denn das sind die dummen Redensarten. Fräulein, was helfen Sie alle Generale und Professoren, Könige und Kaiser und Republikspräsidenten auf einer solchen Erde, wo w i r das erste und das letzte Wort haben? Meine Schwester ist Hebamme, mein seliger Mann wartete bei Hochzeiten auf, und ich – na, verlassen Sie sich darauf, ich habe dem alten Butzemann versprochen – ich bleibe bei Ihnen und tue mein Menschenmöglichstes."

Glücklicherweise rauscht die junge Frau Done immer noch in der Ferne, und die Märchenweiblein sitzen und spinnen ihre goldenen und silbernen Fäden weiter, und was das beste ist, die Eisenbahnzüge gehen wieder ganz regelmäßig. Wie groß würde wohl unter den Menschen die Kindersterblichkeit sein, wenn das Märchen nicht dem Menschen als Ersatz für die neun Leben gegeben wäre, welche die alte Mutter nicht bloß den Katzen, sondern allen ihren andern Kindern auf den Weg mitgeben will?!

Fünfzehntes Kapitel

Es gab in der ganzen Stadt vielleicht keinen zweiten Menschen mit so ausgesprochenem Talent für häusliches Behagen als den Leihbibliothekar Karl Achtermann und wenige, die weniger davon zu genießen bekamen als er. Wie andere vor einem wissenschaftlichen Problem, einer philosophischen Antinomie stehen, so stand er fortwährend im dauernden Halberstarren vor der unglaublichen, aber ganz einfachen Wahrnehmung, daß es eigentlich nie die wohlmeinenden Charaktere, die Leute mit den besten Absichten sind, welche die glücklichen Lebensläufe führen. Das Schicksal sucht und findet gottlob seine Heroen nicht immer unter den Männern mit dem eisernen Willen. Das würde wahrhaftig eine noch viel nettere Welt geben, als sie schon ist, wenn dem nicht so wäre!

Die alten, wohltönenden Griechen, die ihre neun Musen mit Vorliebe die Pimpleïden nannten, haben für unsere deutsche „Seelenunerschütterlichkeit" ihr treffliches Wort Ataraxia, und über das Starke im Milden, über das Feste im Weichen, kurz über die Ataraxia unseres Freundes Achtermann wäre an dieser Stelle wohl noch manches zu sagen, wenn uns jene eben berufenen Pimpleïden in diesem Augenblicke nicht vollständig mit ihrem Beistande im Stiche gelassen hätten. Sie schlagen sich, die lockigen Häupter zwischen die Schultern gezogen, kleinlaut hinter die Lorbeerbüsche in dem Moment, wo uns die Aufgabe zuteil wird, den Seelenzustand des Leihbibliothekars in der Minute zu schildern, wo – ja, – wo der Müller aufwacht, weil sein Rad stillsteht. Freund Wedehop hatte sein Versprechen verblüffend glänzend gehalten, und – die Damen des Hauses Achtermann hatten nicht mehr Zeit, sich um alles zu bekümmern, was den sogenannten Herrn des Hauses, den Gatten und den Vater betraf.

„Lerne endlich einmal, für dir selber zu sorgen, Achtermann," sprach die Gattin. „Du siehst, wie wir jetzt alle Hände voll haben."

„Jawohl, Papa," sagte die Tochter, „einige Rücksicht könntest du in dieser Zeit nun wohl auch einmal auf uns nehmen! Louis ist da ganz meiner und der Mama Meinung und drückt sich nur etwas stärker aus."

Der Leihbibliothekar drückte die Hand auf die linke Brustseite und atmete wie ein Kind in einem glücklichen Traume, hütete sich aber wohl, die Frauen zu unterbrechen.

„Der Vetter Butzemann meint, das wäre gar nichts für mir und Meta, das lange Fahren auf dem Omnibus mit dem Eßkorb jeden Tag, Achtermann," fuhr die Gattin fort. „Und für ein junges Mädchen schickt es sich eigentlich auch nicht, dich jeden Abend vom Geschäft abzuholen. Louis ist ganz dagegen. Ich habe es also mit Butzemann ausgemacht, daß du von jetzt an alle Mittage dein Kuvert bei ihm belegt hast, und was das Nachhausekommen betrifft, so solltest du endlich alt genug geworden sein, um deinen Weg alleine zu finden. Es ist wirklich zu lächerlich! In jeder Zeitung liest man von dem deutschen Heldenmute, und wie Hunderttausende geblutet haben, und d i e s e r Mann verlangt auf Schritt und Tritt, daß ihn Weib und Kind hinten am Rockschoß halten und aufrecht halten. Aber das sage ich dir, Achtermann, und es ist auch mein letztes Wort: jetzt, wo wir an die Aussteuer zu denken haben, bist du so gut und bist zum erstenmal die zweite Person! Verstanden?"

Verstanden?! – Muß man denn immer v e r s t e h e n in dem Augenblicke, wo die Götter einmal gütig lächeln und ein linderer Hauch über die heißen, brennenden Lebenswunden weht? Es ist wahrhaftig durchaus nicht notwendig – es ist gar nicht nötig; – im Gegenteil – ganz im Gegenteil! Je dummer der Mensch im Behagen, im Glücke aussieht, desto besser ist's für ihn. Je verwunderlicher und unbegreiflicher ihm die Geschichte vorkommt, mit desto größerer Sicherheit darf er eine Hypothek daraufhin aufnehmen, mit desto unbedingterer Sicherheit darf seine Umgebung ihm und seinem unbegriffenen und natürlich auch „unverdienten" Glücke vertrauen.

Ganz entsetzlich dumm sah in diesen Tagen der Leihbibliothekar Karl Achtermann aus, hielt sich dann und wann auf dem kleinen Sofa neben seinem Ofen in seinem Lokal den Kopf, gab, diesen Kopf schüttelnd, seine Romantik in das deutsche Publikum und – ging umher und machte, vollständig verständnislos, den besten Gebrauch von diesen seinen ersten guten Stunden seit langen, langen Jahren.

Das einzige, was ihm ganz klar war, war, daß er sich zu beeilen habe, um zu genießen. Die Dummen – Hans im Glück! – halten eben den Augenblick: es sind die Klugen, die schlau in ihr gegenwärtiges Wohlbehagen Hineinschauenden, die auf den nächsten Tag, die folgende Woche, ja sogar auf das kommende Jahr rechnen und ihre Rechnung ohne den Wirt machen.

Daß er der jungen Freiheit in seiner Weise genoß, verstand sich von selber. Andere Leute würden wohl anders über diese guten, unbeaufsichtigten Stunden verfügt haben und anders um die harte Schule des Lebens herumgegangen sein. Er ging nicht seine eigenen vergnüglichen Wege, sondern er blieb auf denen des Kummers, der Not, Sorge und Angst seiner Freunde.

„Sie, Madam Achtermann, nennen meinen alten Schulkameraden Paul Ferrari einen Tagedieb, Landstreicher und Halunken," sagte Butzemann senior. „Sie nennen sein Fräulein Tochter eine hochnäsige, eingebildete Gans. Das können Sie. Ich kann nichts dagegen machen, wenn ich auch mancherlei dagegen sagen kann. Das aber sage ich: hübsch ist es von Achtermann, daß er an die zwei Leute seinen Narren gefressen hat. Wenn Ihre Meta es noch fertig bringt und sich meinen Jungen daraufhin zurechtzieht, sehen Sie, so gratuliere ich uns beiden und ihr heute schon im voraus. Ich in meinem Keller habe lange Verzicht darauf geleistet; – dazu muß man unter die Bücher sitzen und alle schönen Gefühle von die Herren Poeten und sonstigen Schriftsteller ins Publikum verleihen. Schillers Gedichte und ein Glas Schlummerpunsch sind was ganz Verschiedenes; und es ist ganz was anderes, ob Sie einer Goethes Werke oder ein Beefsteak mit Kartoffeln abfordert und es nachher wieder zurückschickt, weil er nicht gesagt hat, daß er es ohne Zwiebeln will, was doch kein Mensch abriechen kann. Übrigens geht es drüben recht herzlich schlecht; und es ist recht gut, daß mein alter Kamerade und jetziger Schwiegerbruder Karl dort die bessere Seite von die Menschennatur vertritt und alle seine Freistunden bis in die tiefe Nacht hinein da versitzt. Na, seien Sie nur still, liebe Madam und geehrte Kusine, morgen sollen ja wohl die Herrschaften mit dem jungen Herrn endlich zu Hause anlangen. Nachher sind wir beide wieder schöne 'raus. –"

So war es. Der Leihbibliothekar versaß seine Nächte am Bette des armen Paul, seines leider zu talentreichen Schulgenossen. Es war ein halb Dutzend arger Nächte; aber bis an sein eigenes, gottlob auch heute noch nicht eingetretenes ruhiges Ende durfte der gute Mann auf den schönen Nachklang derselbigen dreist rechnen.

„Wozu bin ich denn eigentlich hier, wenn Sie wieder alles auf sich nehmen, Fräulein?" fragte manchmal Frau Blanka Naucke.

„Sie tun wahrhaftig das Ihrige im reichen Maße, und jetzt sollen Sie sich hinlegen und schlafen. O, Herr Achtermann und ich, wir verstehen es schon, einander die Stunden zu verkürzen."

Dem war wirklich so. Sie verstanden das, der alte Leihbibliothekar und die junge Dame, wie sie einander gegenübersaßen, den Kranken zu Ruhe sprachen, ihm die Kissen zurechtlegten und flüsternd miteinander redeten über des Lebens Fährlichkeiten und – Freuden.

„Damit der Mensch weiß, was er ist, und damit er's annähernd genau sich selber und andern beschreiben kann, muß er in eigenen Hausangelegenheiten selber nach der Hebamme und der Totenfrau gelaufen sein," hatte Madame Naucke gesagt.

„Damit der Mensch erfährt, was Geburt, Leben und Tod eigentlich bedeuten, braucht er nur das Buch umzudrehen, Fräulein Natalie; – die Auflösung steht immer verkehrt gedruckt unter dem Rätsel," sagte Herr Achtermann, der dies pythische Orakulum wahrscheinlich in einem seiner vielen Bücher gefunden hatte und dem es unbedingt imponiert haben mußte.

„Ulrich hat gesagt, die besten Philosophen gäben die Rätsel des Daseins nur etwas interessanter auf; vom Lösen sei gar die Rede nicht," sagte Natalie, und –

„Da mag er wohl recht haben," schloß der Leihbibliothekar, und dann – durchblätterten sie eben seinen letzten Katalog; und die alte Magie, der Zauber der Phantasie, der vom Anfang an einzig und allein den Menschen in der Welt festhält, die holde, bunte Lüge, die liebe Zwillingsschwester der Wahrheit, trat wieder ihre volle Herrschaft an pour corriger la fortune und der bitteren Wirklichkeit die Volte zu schlagen. „Des französischen Wortes bedient sich unser guter Wedehop außerdem gern, wenn vom literarischen Reklamemachen die Rede ist, Fräulein," meinte Achtermann beiläufig. –

Wir könnten noch manche weise, kluge und wohl auch spaßhafte Bemerkungen über diese schweren Tage und Nächte zusammentragen; wir könnten auch einiges über die Bemerkungen der liebenswürdigen Musikenthusiastinnen, deren Klavierstunden bei der jungen Lehrerin ausfielen, und die zierlichen Billetts, in denen ihre Mütter sich nach dem Grunde bei Fräulein Natalie Ferrari erkundigten, mitteilen; allein – wozu?

Daß alle Krisen des Lebens mehr Anlaß geben, Anmerkungen darüber zu machen, als die glatt und ohne außergewöhnliche Aufregungen hingleitenden Tage, weiß ja jeder; und wie die Nachbarschaft und die sonstige Welt sich zu solchen Krisen zu stellen pflegt, das weiß ein jeder gleichfalls.

Der Tag ist da, an welchem Wedehop, Herr Ulrich und die Frau Professorin Marie Schenck wieder zu Hause anlangen und von der Frau Done, aus dem Hirsch, aus dem Franzosenkriege, der Belagerung der Stadt Paris und dem Kapitelsaal der Deutschherren und – was die Frau Marie anbetrifft, aus dem schönen, freien, mutigen Dasein nicht nur ihre Erfahrungen, denn das will nie viel bedeuten – sondern ihren besten guten Willen zu Hilfe bringen, und das ist immer die Hauptsache.

Wie es aber dem gesamten deutschen Volke erst später klar wurde, daß es nicht so aus dem Kriege herausgekommen war, wie es hineingegangen war, so erfuhren auch diese braven Leute erst nach und nach, und zwar keineswegs durch fortwährendes Nachdenken über sich selber, sondern vielmehr stoß- und schubweise, daß sie anders nach Hause gelangten, als sie ausgefahren waren. Vor allem war dies der Fall mit unserm lieben Freunde, Herrn Ulrich Schenck, der übrigens auch wohl die meisten Gründe haben mochte, angestrengt und auch fortdauernd über sich nachzusinnen. Das Dasein ist ein biegsamer Stab, der uns in die Hände gegeben wird, auf daß wir den Versuch machen, einen Reif daraus zu biegen. Jeder probiert's auf seine eigene Weise, und leider haben dabei nur wenige Zeit, auf die Überlegung, den Überdruß, die zitterige Hast oder das Phlegma zu achten, mit denen die Nachbarn am selbigen Werke beschäftigt sind. Durch welche sonderbaren Attitüden wir gewöhnlichen Leute und Alltagskerle bei unsern Versuchen Heiterkeit zu erwecken imstande sind, ist wohl gleichgültig; aber daß die Völker dann und wann ihre erlauchtesten Geister, Helden, Dichter und Weise, bei den ihrigen komisch finden dürfen, grenzt doch wohl ans Tragische. Glücklicherweise halten die Frauen auch hier auf ein anständig Maß der Erregung und Bewegung, und so macht sich wenigstens die schönere Hälfte des Menschengeschlechts bei dem ernsthaften Spiel seltener lächerlich. Auch in diesem Buche vom deutschen Adel ist das der Fall.

Sechzehntes Kapitel

Daß sie bei der Beaufsichtigung, Wartung und Pflege des kranken Mannes an alles dachten, nur nicht an sein zuletzt so sehr intim gewordenes Verhältnis zu dem treuen und fast zu gescheiten Köter, dem braven Wassermann, war wohl zu entschuldigen. Wer kann eben an alles denken?

Daß sich das entschuldbare Versäumnis in so seltsamer Weise rächen sollte, wie es geschah, war freilich nicht abzusehen. Unsere Pflicht ist es vor allen Dingen, jetzt etwas mehr über das Verhältnis des wunderlichen Pulvererfinders zu dem Hunde und umgekehrt des wunderlichen Hundes zu dem „Kommissionsrat" zu sagen, ehe wir in unserer Erzählung pragmatisch weitergehen.

Es waren dem nervenkranken Mann viel zuviel Menschen um ihn her beschäftigt. Er aber hielt sie selbstverständlich sämtlich für seine Feinde und traute niemand, wenn er's gleich schlau genug zu verbergen wußte und sich ihre heuchlerischen Liebesbezeugungen, ihr tröstendes Zureden usw. wehrlos gefallen lassen mußte. In seinem armen, zerfetzten Gehirn ging es zu bunt her, als daß er selbst seiner Tochter zärtliche Angst und Sorge für Wahrheit nehmen konnte. Die übrigen alle wußten gar nicht, wie häufig sie schon in Lebensgefahr geschwebt hätten, wenn dem Verwirrten ein Messer oder eine andere Waffe zur Verfügung gewesen wäre. Daß Madame Naucke unerdrosselt davonkam, wird für alle Zeiten ihrem Schutzengel als eine große Leistung angerechnet werden müssen.

Aber der Hund Wassermann?

„Nur still, Alter! Du kennst sie ja auch! Schlau, schlau! Fein, fein! Gib du nur auch Achtung und paß ihnen auf die Finger: wir kriegen sie doch noch, und sie sollen uns diesmal noch nicht unterkriegen. Du bist mein guter Hund – mein gut Hündchen – so, so – ja, da leckst du mit deiner guten Zunge! Bleib du nur bei mir; ich mache doch noch etwas Rechtes aus uns beiden. Paul Ferrari und Kompanie!... Nun guck, wie die Bestie, die dicke Person da, im Stuhl liegt und schnarcht! Fahr ihr an die Waden –

nein, nein, laß! Bleib hier – hier unter dem Bette, daß ich dich abreichen kann. Sie merkt schon wieder Unrat, die Dicke, und sie schickt dich vor die Tür, und am Ende nehmen sie dich mir gar noch und lassen dich gar nicht wieder herein, und dann bin – ich – freilich – verloren – verloren – bankerott, bankerott."

Das war das Verhältnis zwischen dem kranken Mann und dem Hund, und so knirschte und winselte der erstere unter seiner Decke und entballte seine Faust nur, um sie dem andern auf den Kopf zu legen oder zum Lecken hinzuhalten unter den Bettrand, oder wenn das Tier die Vorderpfoten auf den Bettrand legte und den neuen Freund leise und wie tröstend anwinselte.

Und sie merkten gar nichts von diesem Verhältnis. Was sie oberflächlich davon beobachteten, erfreute sie sogar und sie sagten: „Der Hund ist ein wahrer Segen!" Und Natalie sagte seufzend in ihrem Herzen:

„Das hat sich Ulrich auch nicht gedacht, als er einst dem armen Tier den Strick mit dem Stein vom Halse losband."

Als dann das von keinem von ihnen Erwartete eintrat, waren sie sämtlich außer sich, und wer von uns wäre das nicht gewesen?! – – –

Die Frühlingssonne lag nun mit ihrem vollsten Glanze in den Gassen, und die Gassen waren so voll Menschen, daß man sich schon darunter verlieren konnte, wenn man es nur mit der gehörigen „Schlauheit" anfing.

Der Leihbibliothekar machte drüben bei der jungen Nachbarin seinen frühen Morgenbesuch, ehe er sich zu dem gewohnten Tagewerk nach seinem Lokal verfügte.

„Also morgen – morgen, Liebste!" sagte er und meinte die Rückkehr der Frau Professorin.

Natalie errötete nicht. Sie hatte zu viel ertragen die letzte Zeit hindurch und zu sehr sich nach Hilfe und Trost sehnen müssen. Kaum hörbar sagte sie: „Ja, gottlob!" ... Lauter fügte sie dann hinzu: „Selbst Wassermann scheint eine Vorahnung davon zu haben. Er ist die Nacht hindurch viel unruhiger gewesen als der Papa. Der hat, Gott sei Dank, recht gut geschlafen. Reden Sie nur mit ihm, lieber Freund; Sie werden sich recht darüber freuen, wie ruhig er heute spricht. O, wenn es doch so weiter ginge! Ich wäre zu glücklich! Und wir wollten alle, alle so glücklich und dankbar sein!"

Sie sahen glücklicherweise, und doch leider, nicht das Gesicht, das Herr Paul Ferrari unter seiner Decke zog. Er hatte kein Wort von dem Gespräch verloren.

„Ja, wartet nur!“ meinte er heimtückisch grinsend hinter seiner Faust. „Und jetzt wollt ihr mir noch mehr über den Hals kommen mit eurer Zärtlichkeit? He, he! Also morgen? Oh yes, good morning! Wartet nur.“

Dabei tätschelte er wieder den Kopf des Hundes neben seinem Lager. „Du bist da, und wir verstehen uns. Nur ruhig, daß wir sie erst ganz sicher haben und unseres Weges gehen können. Ferrari und Kompanie! O, wir finden ihn schon, unsern Weg. Du und ich – nicht wahr, du und ich?!“

Der Hund leckte die fieberheiße Hand seines Kompagnons, und dann trat Achtermann in die Kammer:

„Nun, guter Paul, ich freue mich ungemein zu vernehmen, daß es dir, unberufen, gut geht. Siehst du wohl, es ist so, wie ich jeden Augenblick mir und in der letzten Zeit auch häufig dir gesagt habe: Ruhe, Ruhe und immer wieder Ruhe! Was hättest du alles in deinem Leben und mit deinen Talenten erreichen können, wenn du nur ein wenig mehr Ruhe gehabt hättest!“

„He?“ fragte der kranke Mann mit den vielen Talenten. Und mit der Logik der Verrückten, vor der schon mancher Professor der Psychiatrie ratlos gestanden hat, fragte er weiter:

„Und was hast du mit deiner Ruhe erreicht, Karlchen?“

„Fräulein Natalie, er ist wirklich gottlob viel besser,“ flüsterte der Leihbibliothekar der jungen Dame zu. „Hören Sie ihn nur! Haben Sie das eben wohl gehört? Ja, Sie haben recht – ein merkwürdiger Umschwung – auch seine Augen sind ganz anders als gestern noch. Ich sage es ja: die Frau Professorin bringt stets Glück mit. Lassen Sie sie nur erst ganz wieder bei uns sein, und Sie werden sehen, daß sich alles endlich aufs beste ausgleicht. Aber meine Frau winkt von drüben! ... Ja, ich gehe schon, meine Liebe! – Sie wissen, wie ich zu jeder Stunde bei Ihnen bin, Fräulein Natalie; aber verlassen Sie sich darauf, heute abend um neun Uhr – hoffe ich – wie gewöhnlich vorsehen zu können und Sie armes Kind und die gute Frau Naucke auf ein paar Stündchen abzulösen.“ –

Er ging auf den Zehen und unter dem Eindruck, daß sein Jugendfreund in seiner geistigen Verwirrung immer noch viel klüger als er sei. Als sich die Tür hinter ihm geschlossen hatte, gab auch Blanka ihre Ansicht und Meinung kund.

„Daß gewissermaßen eine Verwandlung mit dem Herrn Rat vorgegangen ist, ist richtig – Herr Achtermann hat recht, und Sie haben recht, Fräulein – wie wir hoffen, auch zum Bessern, das aber gerade ist der Punkt, mein liebes Kind, worüber die Herren Gelehrten nur lieber dann und wann auch mal unsereine ans Wort lassen sollten. Nämlich die Sache ist so – keine Illusionen, sondern immer'n Posten vor die Gewehre, wie meiner Schwester Ältester, der Vizefeldwebel, sagt. Es sind Racker! Unsere lieben Patienten dieser Art meine ich. Besser ist er – der da! – Aber verlassen Sie sich darauf, er hat wieder mal mehr im Sinne, als wir wissen, und das ist's hauptsächlich, was ihn jetzt so hell macht. Ich muß das kennen; dazu ist man ja eben mit Liebe und Neigung in seinem Beruf. D i e s e Patienten werden immer dann am muntersten, wenn sie wieder was ganz Neues im Sinne haben. Das ist meine Erfahrung, und also sage ich weiter nichts als: Lassen Sie uns ja auch fernerhin recht hübsch auf ihn passen!"

Nicht wahr, sie hätten die Frau an mancher Seelenheilanstalt und Universität mit dem Titel „Herr Geheimer Sanitätsrat" recht wohl gebrauchen können?! –

Der Leihbibliothekar Achtermann war seit lange nicht seinem Geschäfte so leicht und elastisch wie an diesem Morgen zugewandert. Man hat solche fröhliche Stimmungen, vorzüglich aber hat man sie nach längerem, schwerem Gedrücktsein und vieler Beängstigung. Sie kommen und sind da, und der Mensch genießt sie in einem halben Wunder, und wenn er ganz offen sein will, auch nur mit halbem Vertrauen.

Unser alter Freund gehörte nicht zu den Charakteren, die am liebsten die Welt als ein Pulverfaß sähen, um in jedem ärgerlichen Moment sofort ein brennendes Schwefelholz hineinwerfen zu können. An dem heutigen Tage nun gar schien ihm jeder Winkel der winkelvollen Erde zu lachen, und allen denen, die da kamen und seine Bücher holten oder sie ihm wiederbrachten, hätte er gar gern ein gutes Wort mit auf den Weg gegeben. Er empfing sie wenigstens alle mit seinem freundlichsten Lächeln und entließ sie unter dem wohlwollendsten Händereiben.

Es war heute alles angenehm, und vorzüglich der Blick alle zehn Minuten über die Gasse und an dem gegenüberliegenden Hause empor.

„Den Besten," sagte er, „wird es immer leicht, uns andere zu trösten und stets das richtige Wort für jede Gelegenheit zu finden. Laß sie, die das vermögen, auf längere oder kürzere Zeit oder auf immer weggegangen sein, und man merkt sofort, woraus eigentlich das Erdenleben, trotz aller großartigsten Weltgeschichte rundum, besteht. Die rechten Leute sprechen ein Wort, und es ist gut und es

7*

wird still. Sie lachen, und man klopft sich vor die Stirn und fragt sich: wie kann man nur so dumm sein, sich über das und das zu ärgern oder zu betrüben? Ja, und wenn sich die vom hohen Adel der Erde dann einmal selber nicht helfen können, weil sie nicht acht darauf geben, dann – haben wir armen Schlucker freilich das große Maul. Ja, was wissen wir denn vom hohen Adel unter uns? Nichts, gar nichts! Wenn wir etwas davon wüßten, so würde die Welt wohl ein wenig anders aussehen."

Nachher kam der Mittag, und Weib und Tochter kamen nicht mehr mit dem Eßkorb. Sie hatten zuviel zu tun zu Hause mit der Aussteuer. Der Gatte und Vater brauchte sich augenblicklich nicht mehr vor seinem eigenen Appetit zu fürchten; – er aß in Butzemanns Keller zu Mittag! Gottes Segen über den alten trojanischen Onkel Pandarus, unsern Freund Wedehop! Das war freilich etwas anderes als der Tragkorb vom häuslichen Herde her samt den dazu gehörigen magenverderbenden, schlundzusammendrückenden domestikalen Redensarten und Bemerkungen!

Und dazu schienen die Kneipen von Tag zu Tag voller zu werden. Der Herzschlag des Volkes ging immer noch zu hoch, und die Unterhaltung und der Durst und die Meinungsverschiedenheit entsprachen überall dem Herzschlage.

„Karl, ich sage dir, das ist die Zeit für mir und unsereinen," sprach Butzemann, der wie ein schwitzender Halbgott im Gewühl stand und dem Freunde persönlich das Salz, den Senf, den Pfeffer und das Öl zuschob. „Nicht wahr, das Filet ist dir recht, Alter? Ja, eine merkwürdige, glorreiche Zeit, Achtermann! Auf den grünen Salat mache ich dir aufmerksam; er ist noch eine Speziellität in jetziger Epoche. Aber nun bitte ich dir auch, sieh dir mal um! Da ist der Dicke dort unter der Uhr. Seit Wörth kommt der Kerl jeden Tag, und ich habe Moltken, Fritzen, den König, Friedrich Karl und den alten Steinmetz in einer Person an ihm und möchte ihn um alles nicht missen. Und nun guck da gegenüber unter Bismarcken in Gips; das ist nämlich mein Privat-Bismarck in Fleisch und Blut, und er rückt mir hier das neue Deutsche Reich ganz gehörig zurechte. Laß dir deshalb nicht abhalten von's Filet; aber guck, da kommt eben wieder einer, der das Seinige bei mir wiegt. Das ist mein Simson – ich meine den Reichstagspräsidenten, nicht den mit die Philister, die Füchse und die Schwärmer an die Schwänze. Iß ruhig zu, Achtermann; seine Glocke bringt der Herr Geheime Registrator nicht mit, und zur Ordnung rufe *ich* nur hier dann und wann. Du staunst? Ja, staune nur! Ja, ja, sämtliche große Leute habe ich jetzo hier ins Lokal vertreten; es ist manchmal in schlaflosen Nächten von wegen meines Asthma selber manchmal mein blaues Wunder. Du wunderst dir? Ja wundere dir nur! Alles geht jetzt mit, Karl; denn was soll man machen? Kerle fallen einem herein, die meine Hochselige gewiß nicht zweimal ins Lokal geduldet hätte; aber die große Zeit nimmt alles mit, und – ich auch! Weshalb auch nicht? Wenn alles blüht, weshalb sollte denn Butzemanns Keller und Weizen nicht auch blühen? Es kommt ja doch einmal alles an unsere Kinder!... Meine Herren, Ihr Tisch ist wie gewöhnlich reserviert! Louis, mach den Herren Platz und sieh mir nach dem Rechten für sie, hörst du?! Na, laß nur. Hier will ich doch lieber selber nach's Rechte sehen. Nehmen Sie Platz, meine Herren. Louis, sieh du mal lieber nach unserm Virchow und Lasker, die liegen sich wieder mal nett in den Haaren. Soll ich Sie nieder helfen, Herr Kamerad?"

Das letzte Wort war an einen jungen Mann gerichtet, der an einem Krückstock mühsam die Treppe herabgehumpelt war, und zwar in Begleitung einiger anderer jüngerer und älterer Leute, die entweder eine Binde um den Kopf oder den Arm in der Binde trugen.

„Rücken Sie hier zu dem Herrn Bibliothekar; der stört Sie nicht und weiß auch ein vernünftig Wort zu reden," sprach Butzemann senior zu den neuen Gästen. „Es lebe das Vaterland!"

„Ja, es lebe das Vaterland!" rief Achtermann. „Wir alle wollen leben! Ich sehe tagtäglich die Leute zu Hunderten bei mir; aber wie viel es gibt und wie sie alle zu uns gehören, das merkt man doch erst in solchen Zeiten wie jetzt, mein guter Butzemann –"

„Und an solchen Orten wie bei mir."

„Auch da. Meine Herren, ich wünsche Ihnen einen guten Appetit! Mein guter Butzemann, ich sitze hier heute wirklich mit so leichtem Herzen, daß es eine wahre Erquickung ist. Unser Paul – ich versichere dich, ich habe ihn seit seiner Heimkehr nicht so ruhig und verständig gefunden als an diesem Morgen. Ich hoffe auch da wirklich und wahrhaftig jetzt das Allerbeste."

Der erfahrene Mann des Kellers zog die Schultern in die Höhe, wie sie Madame Naucke emporgehoben hatte. Er erwiderte aber weiter nichts und war auch nicht dazu imstande. Das freundliche Kind, sein Louis, schien diesmal leider nur Öl in die zwischen seinem Lokal-Lasker und Privat-Virchow aufgeloderte Flamme gegossen zu haben. Er hatte selber zu gehen, um den zwischen beiden ausgebrochenen parlamentarischen Konflikt in möglichster Güte durch ein mehr oder weniger gelungenes Kompromiß auszugleichen.

Dann kam der Nachmittag und brachte für den Leihbibliothekar die gewohnte Geschäftstätigkeit. Dann kam der Abend und brachte die rosige Meta mit der Benachrichtigung:

„Papa, du brauchst auch heute abend nicht auf mir und die Mama zu rechnen. Wenn du dir da drüben wieder zum Narren machen und halten lassen willst, so können wir nichts dagegen machen. Tu also, was du willst, sagt Mutter. Louis meint auch, daß es wirklich das beste und bequemste sei, wenn man jetzt schon sich's angewöhnte, nicht mehr Rücksicht als nötig aufeinander zu nehmen."

„Schön, mein Kind. Wo werdet ihr denn den Abend zubringen? Du weißt, wie lieb es mir ist, wenn ich euch heiter und angenehm aufgehoben weiß."

„Ja, das weiß ich. Adieu also," sprach das Töchterlein und ging.

Dann kam die Nacht. –

Siebzehntes Kapitel

Es war eine ruhige Nacht, und durch ihre Stille keuchte ächzend und mit verhältnismäßiger Langsamkeit der lange Eisenbahnzug, der die Freunde nach Hause brachte. Es war ein großer Rekonvaleszentenzug; Herr Ulrich Schenck war nicht der einzige darauf, der noch einen Nachklang des Wundfiebers in den Knochen und Nerven spürte.

Wedehop schlief. Er hatte auf jeder Station die ganze unendliche Wagenreihe sozusagen bemuttern müssen, und was in dieser Beziehung durch gute Reden und stärkende oder erfrischende Getränke zu leisten war, das war von ihm geleistet worden. Sämtliche Verpflegungskomitees unterwegs ließen sich seine Visitenkarte zum Angedenken geben und hätten noch lieber seine Photographie genommen:

„D e r ist wirklich gut," hatten sie mit einigem Erstaunen sämtlich gemeint, und zwar in allen deutschen Dialekten, die das Schienengeleise von Südwest nach Nordost durchschnitt.

Die besten Reden und Trostworte machen auf die Länge aber doch auch die Kehle des tröstenden Menschenbruders nicht feuchter; und so hatte dieser „wirklich gute Berliner", was die Getränke anbetraf, natürlich sich selber auch nicht außer acht gelassen; – und – einer kann nicht alles allein: Wedehop schlief wie ein toter Sieger gegen Ende der nächtlichen Fahrt.

Dagegen wachten Mutter und Sohn, die zu Anfange der Fahrt geschlafen hatten. Sie sprachen auch leise miteinander; für uns aber tritt wieder einmal der Fall ein, den man sich so schwer klarmacht, nämlich daß man, je mehr man in der Seele eines anderen Bescheid weiß, desto schwieriger von seiner Kenntnis durch Wort und Schrift Rechenschaft ablegen kann: immer vorausgesetzt, daß es sich, praemissis titulis, wirklich um Menschen und nicht bloß um Leute handelt. Auf die Titel kommt's stets wenig an, sie dürfen dreist weggelassen werden – im ersteren Fall, wenn, wie gesagt, von Menschen die Rede ist. –

Wir müßten die Umdrehungen der Räder unter ihrem rollenden Wagen zählen können, wenn wir die Gedanken und auch Gedankenspiele dieser Mutter und ihres Sohnes in dieser schlummerlosen Nacht nachrechnen wollten, vorzüglich gegen die Zeit der Morgendämmerung.

„Mama," sagte der Junge z. B., „eines bringe ich außer dem gelähmten Flügel aus dem allerneuesten welthistorischen Wirrsal mit: die Überzeugung, daß wir das Deutsche Volk sind und bleiben, ob es sich auch jeder noch so bequem in seiner eigenen Ansicht macht. Das außergewöhnliche Ereignis führt da nicht bloß den einzelnen, sondern auch die Menge in die Schule, – der große Krieg nicht bloß den einzelnen, sondern die ganze Blase –"

„Blase?" fragte die Frau Professorin.

„Das ist ein statistisch-studentischer Ausdruck für mehr als drei – Volk – Nation – kurz, den ganzen momentan vorhandenen Haufen oder Rummel, wenn du lieber willst, Mama. Nimm ihn nur nicht übel, den Ausdruck nämlich, – Wedehop schläft. Aber, was ich sagen wollte, also was ich als edles, unsterbliches deutsches Volk mit bedeute, das kann ich ja wohl ruhig auch fernerhin in den Schoß der Götter legen; aber als ein individuelles Geschöpf hätte ich es doch nie für möglich gehalten, daß ich je so nervenschwach wie heute nach Hause kommen würde! Zeus auf dem Ida hat sich nie so hinter den Ohren gekratzt wie ich jetzt. O, beim Zeus, ich weiß ganz genau, wie es dann und wann auch im Olymp aussieht und was ein Götter-Katzenjammer zu bedeuten hat."

„Mein armes Kind, wir werden dich allgemach schon wieder auf die Beine bringen. Ich und –"

„Natalie! Meine süße, tapfere, menschliche, nervenstarke Natalie! Ach, Mama, der brave Pariser Epicier mit seiner nichtswürdigen Gewürzkugel ist es nicht. Es ist auch nicht die Angst um das arme Mädchen ihres Vaters wegen, was mir das Näherkommen und das, was ich noch an heilen Gliedern nach Hause bringe, so zitterig macht. Der dumme Brief ist es! Der Brief, den ich ihr und dir damals schrieb mit ganz gesunden Gliedern, mit der Aussicht auf das belagerte und vielleicht mit Sturm genommene Paris, mit der Hol's-der-Teufel-Stimmung aus all den Schlachten in den Knochen! Ich kann doch auch wohl, wenn ich mir Mühe gebe, einen vernünftigen Brief schreiben! Was wird sie nun von mir denken! Was wird sie sagen? Wird sie mir überhaupt etwas sagen? O Mama, so kam der arme Sünder vom Träbernfressen. So muß man nach Hause kommen, um bis ins Mark hinein zu erfahren, daß der Mensch als Individuum gegen Individuum und nicht als einzelner gegen die Masse steht, um seine Neigungen und Abneigungen bis ins Tiefste durchzukämpfen! Da drüben unter den vierzig Millionen Franzosen habe ich vielleicht durch einen Druck des Fingers mein zweites Ich in romanischer Fassung aus dem Buche des Lebens weggeputzt; und ich sage dir, wenn ich das hier schriftlich hätte, vom Maire von Paris unterschrieben und untersiegelt, so würde es mir doch ungeheuer gleichgültig sein. Weshalb stand der Esel, der M. Ulric Tavernier, gerade da! Ja, sogar eine gewisse Genugtuung könnte ich verspüren, denn ich kenne mich viel zu gut, um allzuviel Wert auf mein Ich in gegenwärtiger germanischer Fassung zu legen. – Nun aber Natalie?! Weshalb mußte sie denn gerade da stehen oder vielmehr tagtäglich mit ihrer Musikmappe zu dir kommen, Mama? ... Ich habe sie nun so herzlich lieb –"

„Und der alte Goethe sagt:

Höchstes Glück der Erdenkinder
Ist nur die Persönlichkeit;

und was ihr Persönchen anbetrifft, so ist da wirklich nicht das allergeringste dran auszusetzen; nicht wahr, mein Kind?"

Der junge Mann lachte trotz seiner wohlbegründeten Beängstigungen: „O ihr unsterblichen Götter!"

„Nun denn," lächelte die Mutter im schwachen Schein der Wagenlaterne, „so versuche ich es noch einmal, ein halbes Stündchen weiter über meine reuigen Anwandlungen weg und in meine guten Vorsätze hinein zu schlafen. Wir kommen jedenfalls währenddem auch hier dem Wendepunkte immer näher; ich gebe dir mein Wort darauf."

„Hast du das – was das Schlafen anbetrifft – in den Krisen deines Lebens stets so gemacht, Mama?"

„Ja. Ich habe gottlob immer einen guten, ruhigen Schlaf gehabt. Zu jeder Stunde des Tages und der Nacht. In der Schlacht und im Frieden. Da hat selbst der erste Napoleon nichts vor der Frau Marie Schenck voraus gehabt auf seinen Schlachtfeldern."

„Gens nobilissima sumus!“ murmelte der Sohn. „Ein adelig Geschlecht sind wir!“ Und er überlegte mit grimmigem Bangen, was er zu tun und zu lassen habe, um diesen alten Adel, soviel es an ihm lag, aufrecht zu erhalten. Da fanden sich denn freilich allerlei Gedanken ein, die fähig waren, einen Menschen wach zu erhalten. Gesprochen wurde lange Zeit durch nichts weiter; aber die Räder drehten sich, der Zug donnerte über Brücken und auch einigemal durch das Eingeweide eines Berges. Er schnob durch die Täler und vorüber an großen und kleinen Ortschaften, – immer weiter, zuletzt durch die weite Ebene und die Morgendämmerung.

Sie waren wohl berufen, diese beiden Menschen, frei durch zu gehen; aber den Rädern unter ihnen hatten sie sich doch anheimzugeben. Wir wären oder würden allesamt wahnsinnig, wenn es uns nicht gegeben wäre, im ewigen Sturm, der uns umtreibt, dann und wann an Windstille zu glauben und das, was nie ist und sein kann, für ein Wirkliches zu nehmen.

Die beiden Reisenden, Mutter und Sohn, schliefen nicht; sie träumten mit offenen Augen von der Stille und Sicherheit des Daseins. Es schlief aber der Herr Leihbibliothekar Achtermann am Bett des mexikanischen Pulvererfinders, – es schlief Natalie Ferrari auf ihrem kleinen Sofa, und Madame Naucke schlummerte sanft im Kreise ihrer Familie in der eigenen Behausung. Punkt Mitternacht ging ihnen allen der Kommissionsrat Señor Pablo durch, und zwar in Begleitung des Hundes Wassermann. Es war merkwürdig, wie gern der kluge Hund mit ihm ging!

Auch Kinder, Verrückte und Tiere gehen wohl frei durch. Uns verständige Leute sollte jedesmal, wenn wir den Weg nicht zu finden wissen, ein Grauen ob dieser Tatsache ankommen.

Achtzehntes Kapitel

Wir haben selber mitgesessen und wissen es ganz genau, wie weit in jener Krieges- und Siegeszeit das deutsche Volk in seinen Kneipen in den lichten Morgen und das neue Reich hinein saß. Unter den väterlichsten Regimenten war die Polizeistunde zu einem Mythos, einem fernst abliegenden Mythos geworden. Spätere Geschlechter werden es wahrscheinlich nicht für möglich halten; aber es war doch so: die Polizei saß mit und triumphierte, angenehm aufgeregt, gleich der übrigen germanischen Menschheit.

Wie alle übrigen Lokale der Stadt war auch Butzemanns Keller nach Mitternacht noch bis zum Überfließen voll, jedoch um diese

Zeit voll einer anderen Gesellschaft als die, welche der Leihbibliothekar in der Stunde seines Mittagsessens dort traf. Butzemanns Moltke und Bismarck, sein Friedrich Karl und sein Steinmetz schliefen zu Hause den Schlaf ihrer Wichtigkeit. Sein Simson, Lasker und Virchow gleichfalls. Sein Zentrum lag auf seinem Zentrum, vorausgesetzt, daß es sich nicht auf die rechte oder die linke Seite gedreht hatte.

Unter den Enthusiasten der Zeit und Weltlage drängten sich andere Faktoren und Repräsentanten des öffentlichen Wesens und der Tagesgeschichte jetzt, d. h. nach Mitternacht, ein, bemächtigten sich der Plätze eines großen Teils jener solideren Elemente der politischen Bewegung, stemmten die Ellbogen auf und schrieen weniger nach der Speisekarte als nach Getränk, und zwar von den stärkeren Arten. Auch Damen wurden nunmehr wohl mitgebracht, und die Inhaber des Lokals, Vater und Sohn, sowie ihre Leute, hatten sicherlich einige Ursache, dann und wann auf ihre Bestecke oder auf den Überrock des letzten, ihnen genau bekannten Stammgastes am Nagel zu achten.

An manchem Tische ging es manchmal selbst dem sonst alles vertragen könnenden guten Kinde, Herrn Louis Butzemann, zu bunt her; und so war es denn durchaus dem Verkehr angemessen, als plötzlich dem Vater Butzemann inmitten dieses Getümmels die Arme hinter seinem Schenktische am Leibe herniedersanken und er stammelte:

„Zum Donnerwetter, – Achtermann?! Träume i c h das oder träumst d u es? ... Lou–ih! Gucke mich – ist denn dieses – aber Achtermann, Karl! Bist du es denn mit Leib und Seele, oder bist du's als Geist allein?"

„Ja, Achtermann, Achtermann, Achtermann!" kreischte der Leihbibliothekar im Gegensatze zu dem Schenkwirte mit hocherhobenen Armen. „Wacht er oder schläft er? Träumt er das, – Achtermann?! Das ist freilich die Frage. – Lachen Sie nur, meine Herren! Butzemann, er ist weg – fort – und ich Unglückseliger bin schuld daran!"

Der vierschrötige Kellerbesitzer hielt den zitternden alten Freund mit der einen Faust an der Schulter aufrecht. Mit der andern Hand holte er wie mechanisch eine Flasche vom Gestell zur Seite herab.

„Kerl?! ... Karl?! Du bei mir um Klokke eins? ... Geht die Welt unter oder kommt mir hier eine neue herauf und läßt mir durch dich grüßen? Louis, ein Likörglas! Er rutscht mich hier unter der Hand zusammen. Rasch, Bengel; und schieb ihm einen Stuhl unter. Meine Herren, bitte, drängen Sie nicht zu sehr heran und herum. Es ist nichts weiter als ein guter Freund und Verwandter von mir, der mich auf einmal an Nachtwandelei zu leiden scheint."

„Die Welt geht mir freilich unter, Butzemann," stöhnte der Leihbibliothekar. „Hier hat er also seinen Weg nicht her genommen? Das war meine letzte Hoffnung, – und – jetzt – kann – ich – auch verrückt werden. O Gott, ich wollte, ich wäre es schon!"

„Schlürfe mich erst mal diesen Giftstoff; er wird dir gut tun. So! ... Nicht wahr? Jetzt fühlst du dir schon wohler. Ich nehme auch einen – der Harmonie wegen. Schön! Und nun äußere dir, Achtermann, und zwar verständnisvoll, wenn's auch zum letztenmal in deinem Leben sein sollte."

Die Hände ringend, schluchzte der Leihbibliothekar:

„Wie er es möglich gemacht hat, wird mir in alle Ewigkeit ein Rätsel bleiben. Alexander Dumas père hat so was nicht erfunden! Wenn ich auch immer noch ein Gefühl habe, als hätte ich es bloß irgendwo einmal gelesen. O Gott, o Gott, wäre es nur so! Aber es ist ja gräßlicherweise eine zu wirkliche Gewißheit! Ich saß in dem Lehnstuhl vor seinem Bette; Fräulein Natalie schlummerte in der Stube nebenan auf dem Sofa. Daß sie einen Totenschlaf schlief, war wohl natürlich; aber – ich! Ich! Ich! Ich armselige, nichtsnutzige Nachtmütze! Ja, ich unglückseliger Mensch, ich trage die Schuld, und alles, was auf diese entsetzliche Nacht folgen wird, fällt mir zu. – Jetzt weiß ich auch wieder, was mir träumte, während ich die Augen sperrangelweit hätte offen halten sollen. Es war, als sei meine ganze Bibliothek rings um mich her lebendig geworden. Der Blumen Rache kennst du wohl nicht, Butzemann, – du auch nicht, mein guter Sohn Louis?! Was hilft es mir also, euch zu schildern, um wieviel beängstigender mein Traum war. O, und er hat denn auch mit etwas bei weitem Schrecklicherem als dem bloßen Tode durch Blütenduft geendigt. So hat er es fertig gebracht, in Rock und Hosen zu kommen –"

„Halt mal," sprach Butzemann senior. „Fasse dir doch mal ein bißchen orthographischer. Wer hat dies fertig gebracht?"

„Paul Ferrari! Unser guter Paul!" jammerte der Leihbibliothekar. „Und er hat auch den Hausschlüssel an seinem Nagel hinter der Tür gefunden; und Wassermann – und das ist das Unbegreiflichste nach meiner grenzenlosen Unachtsamkeit! – Wassermann hat keinen Muck von sich gegeben, sondern muß sich gleichfalls auf den Zehen mit fortgeschlichen haben, und als ich auffahre und um Hilfe schreien will, weil mir die ganze deutsche Literatur von fünfzehn bis dreißig auf den Hals fällt, da habe ich in Wahrheit Grund, um Hilfe zu schreien. Das Bett vor mir ist leer! Die Stubentür steht halb offen! Wassermann ist fort! Paul ist weg, und ich — ich stehe taumelnd und weiß weiter nichts, als das arme, unglückliche Kind, unsere Natalie, aus dem Schlafe durch mein Geschrei zu wecken!!!"

„Weiter blieb dir diesmal wirklich wohl nichts übrig!" brummte Butzemann nach einer geraumen Pause. „Halt noch mal 'nen Moment."

Er stellte die Flasche mit dem „süßen Gift" wieder an ihren Platz und holte eine andere herab, die einen stärkeren, bitterern Trank enthielt. Bedächtig füllte er sein Spitzglas, ließ den Inhalt langsam die Kehle hinabfließen und sprach:

„Für dir ist das nichts, Achtermann. Übrigens war die Idee, ihn h i e r zu suchen, eigentlich gar so übel nicht. Wenn du ganz von selber drauf gekommen bist, so mache ich dir mein Kompliment und hätte es dir, offen gestanden, nicht zugetraut. Recht hast du aber, Karl, die Sache will reiflich überlegt werden; also —"

Er goß sich noch ein Glas ein und ließ es dem andern nachgleiten.

„Wie du es anfaßtest, sehe ich; aber mir ist doch gegenwärtig das Fräulein die Hauptsache, Karl! I h n werden wir auf die eine oder andere Weise schon wiederkriegen, aber — das Fräulein! Mich kränkt bei der ganzen Sache das liebe Fräulein, — und noch dazu in diese nachtschlafende Stunde, wo keiner sein eigen Kind gern in Not weiß. Louis, vielleicht können wir dir hier endlich mal nützlich verwenden; doch davon später! Vor allen Dingen jetzt, Achtermann, was hast du mit dem Fräulein angefangen? Wo hast du es gelassen, währenddem du jetzt hier deinen Gefühlen Luft machst?"

„Das Fräulein? . . . Fräulein Natalie?! Das Fräulein sitzt auf dem Bezirkspolizeibureau. Es ist fürchterlich; und ich habe ihr versprochen, sie dort wieder abzuholen."

„Das sieht dir ähnlich," schnarrte Butzemann senior, die Faust schwer auf seinen Schenktisch fallen lassend. „Meine Herren, da Sie allesamt an uns teilgenommen haben und gesehen haben, daß auch der beste Restaurationsbesitzer mal seine Privataffären haben kann, so werden Sie mir gütigst in diesem Momang begreifen, wenn ich leider sagen muß: Polizeistunde, meine Herren und Damen! — Ich schließe die Bude für heute oder eigentlich für gestern; aber mit dem frühesten bitte ich mir wieder die Ehre aus. Butzemann ist mein Name. Sollte Ihnen unterwegs, was man nicht wissen kann, ein desolater ältlicher Herr in den schlechtesten Jahren und mit einem gelben Köter bei sich begegnen, so haben Sie eben genug gehört, um zu wissen, daß mir fünf Taler Finderlohn in diesem Falle nicht zuviel sein können. Louis, laß dir von den Herrschaften zahlen und schraub das Gas aus. Donner und Doria, das wird denn wohl wieder mal eine Nacht, in der Morphëus seine Arme vergeblich nach einem ausstreckt. Na, dafür ist man denn Wirt und weiß, was zu's Metier gehört. – Haben Sie alle gezahlt? Ja? Bon! Denn komm her, Louis, mein Sohn; hole mir Hut und Stock und bringe dir deine Mütze mit. Dir traue ich für diese heillose Geschichte eine Nase zu wie keinem von uns! Nun ahne mir mal, mein Junge, wo er wohl am ersten seine Schritte hingelenkt haben kann, da er nicht hier bei uns hereingefallen ist."

„Nach auswärts," brummte und meinte verdrossen gröblich der freundliche Jüngling. „Der ist nach Amerika oder nach Mexiko wieder oder sonst wohin, aber so weit als möglich. Und wenn ich mir an seine Stelle hindenke, mit vernünftigem Verstande, so überschlüge ich drei Stationen zu Fuße, ehe ich auf der vierten das Billett zum Ausreißen per Dampfachse löste."

Der Vater Butzemann betrachtete sich sein Kind, als ob er eine erkleckliche Summe für die Erlaubnis dazu gegeben hätte.

„Na?!" sagte er, und erst nach einer ziemlichen Weile fügte er hinzu: „Da wäre es mir doch lieb, wenn du so spät als möglich von diese deine Welterfahrnisse Gebrauch machen wolltest, mein Sohn!"

Für sich sprach er:

„Das ist ja ein wahrer Segen, daß ihn Achtermanns Meta da feste hat! Alle Teufel, da sollte man ja wirklich auf alle elterliche Gartenkultur verzichten!"

Lauter, doch immer noch sehr betroffen, wendete er sich an den Leihbibliothekar und meinte:

„Also wird es vor allen Dingen jetzt das erste sein müssen, daß wir die junge Dame wieder von deinem Revierleutnant abholen; denn was sie da eigentlich sitzen soll, sehe ich gar nicht ein."

„Oh!" ächzte der Leihbibliothekar.

„Und du, Louis, du bleibst mir hier und bleibst mir wach, bis wir zurückkommen. Mit deine schönen Grundsätze mag ich dir diesmal doch lieber nicht zur Begleitung. Neue Gäste läßt du mir nicht mehr ein, und wenn sie dir noch so arg den Pariser Einzugsmarsch an die Tür trommeln. Hörst du? ... Und jetzt komm, Achtermann. Ich denke, in der freien Luft wird dir auch wohl ein bißchen besser und frischer zumute werden."

So traten sie hinaus in die dem Morgen zutreibende Nacht.

„Ah! Is das 'ne Erquickung!" seufzte Butzemann, die kühle Luft mit Behagen einziehend. „Das weiß doch nur so'n unterirdischer Kellerkosake als wie unsereiner nach seinem vollen Gehalt geeicht zu würdigen!"

Den Leihbibliothekar aber fröstelte in seinem Fieber, und er schauderte zusammen und schüttelte sich.

„Eine ganz verfluchte Geschichte ist es," brummte Butzemann. „Grenzt ziemlich nahe an die von die Nähnadel im Heuwagen! Da suche mir mal jemand, der nicht sein gut Dutzend Ulanenregimenter sich vorauf auf alle Wege zum Umgucken schicken kann. Na, die Vorsehung und die Güte Gottes sind auch was wert in solchen Fällen. Das habe ich wenigstens immer gefunden! Marsch, Alter! Das Fräulein, das Fräulein! Ich kriege es nicht fertig, sie mir in diese nichtswürdige Situation hereinzudenken, und wenn der Revierleutnant noch so höflich ist und ihr sogar, zum Henker, seinen Stuhl angeboten hat, was mir weniger glaublich als möglich vorkommt."

Ihre Schritte hallten beängstigend hohl wider in den menschenleeren Straßen. Der Leihbibliothekar hätte wohl jeden Nachtwächter, der ihnen aufstieß, nach dem Flüchtling ausforschen mögen; aber Butzemann meinte ganz richtig:

„Das hilft dir zu gar nichts, Achtermann. Die haben auf ganz was anderes zu passen als darauf, daß du deine Pflicht und Krankenwacht verschläfst. Die Vorsehung – ich sage, die Vorsehung – das ist das einzige, was uns jetzt aus der Patsche helfen kann."

In demselbigen Augenblick sprach an einer Straßenecke, um die sie eben biegen wollten, eine rauhe, sozusagen gesättigte Stimme im zitierenden Pathos:

„Die Sonn' erscheint hier, wo mein Degen hinweist;
– – –
Zwei Monde noch, und höher gegen Norden
Steigt ihre Flamm' empor, und grade hier
Steht hinterm Kapitol der hohe Ost."

Im grauen Morgendunst deutete eine breitschulterige Schattengestalt mit dem Wanderstabe auf den schattenhaft sich vom grauen Himmelsgewölbe abhebenden Rathausturm, und Achtermann stieß einen Schrei aus:

„Wedehop! ... O, die Vorsehung!"

„Wie? ... Wo? Was?" schallte es zurück. „Täuschen mich meine Sinne? Träume ich das oder träumt mich ein anderer? Achtermann!"

Zwei andere Gestalten traten rasch um die Ecke.

„Madame mère, ist das ein Wüstengesicht im Sande der Mark, oder kann so etwas wirklich sein? Ulrich, ich bitte dich! ... Und Butzemann auch?!"

„Ja, Butzemann auch, Doktor! Das ist nochmal recht hübsch von Ihnen, daß sich das so macht. Achtermann hier nennt es eben die Vorsehung, Frau Professorin. Wie Sie und der junge Herr da es nennen wollen, steht bei Ihnen; — aber nett ist das von Ihnen, da ist kein Zweifel!"

Es war ein Glück, daß die Mutter und der nervenschwache Sohn im Schein der Gassenlaterne und in diesem Morgennebel nicht bloß auf die verstörten Mienen ihres alten Freundes Achtermann stießen, sondern daß sie vom einen auf den anderen sehen konnten, nämlich auch unserm Freunde aus dem Keller in das gutmütige, breite, stoisch-philosophische Gesicht. Mit Interjektionen war hier aber nichts weiter auszurichten.

Sie trafen sich an dieser Straßenecke, wie es von Anfang an oder dem, was der kurzsichtige Mensch so nennt, bestimmt war. Worüber noch Tage, Wochen, Monate, ja Jahre lang von ihnen allen gesprochen werden sollte, das hatten sie fürs erste in den Raum von fünf Minuten kurz zusammenzufassen; und was in dieser Hinsicht eigentlich unmöglich war, das erwies sich wieder einmal als das Selbstverständlichste und Natürlichste. Sie brauchten nicht einmal fünf Minuten, um sich gegenseitig das Notwendige mitzuteilen.

Neunzehntes Kapitel

Der Polizei-Revierleutnant und sein Revier!

Es gibt Hunderttausende, die sitzen in ihren kleinen, stillen Städten, auf ihren Dörfern, und das Rotkehlchen singt ihnen vor ihrem Fenster, und sie hören den Kuckuck in ihren Morgenschlaf hinein.

Sie hören die Hähne, vielleicht auf dem eigenen Hofe; und wenn einmal der Hund in ihrer Nachbarschaft den Mond anbellt, so haben sie am folgenden Morgen ein Gesprächsthema, das sich nach rechts und links zum Nachbar hinübertragen läßt, eine Unterbrechung der gewohnten Stille, deren man gedenken kann, wenn der Mond am folgenden Abend von neuem aufgeht. Auch im Winter der Schnee, wenn er gegen das Kammerfenster dieser glücklichen Leute rieselt, ist ein ganz ander Ding als der Schnee, der durch das Revier des Revierleutnants nächtlicherweile getrieben wird. Wir aber, wir erzählen an dieser Stelle besonders für die Leute mitten im idyllischen Grün, die keine Ahnung davon haben, was ein großstädtisches Polizeibureau in den ersten Stunden nach Mitternacht bedeutet. Zu bedauern ist nur, daß wir nicht die Frau Marie ihnen davon erzählen lassen können. Sie, die doch in so vielen Dingen Bescheid wußte, hatte diesen Ort zu solcher Stunde auch noch nie betreten – von den besonderen Umständen, die sie jetzt dahin führten, gar nicht zu reden. Sie schilderte nachher mündlich sehr gut; – viel besser, als wir es hier schriftlich vermögen.

Die beiden Herren, M. Ulrich und Wedehop, waren mehr als einmal d r i n gewesen. Butzemann „kannte die Geschichte auch"; und – die Frau Professorin Schenck ergriff plötzlich nicht den Arm ihres Sohnes oder den Wedehops oder Butzemanns Arm, sondern den Arm des Leihbibliothekars Achtermann und zog diesen, den übrigen voraus, in die Tür.

Hinter ihnen drängte sich ebenso hastig der künftige Geheime Kunstrat, während Wedehop und Butzemann, wenn auch teilnahmsvoll erregt, so doch ruhiger als solider Rückhalt auf dem Fuße folgten. Und so – fanden sie Natalie Ferrari im Lichtkreise der Lampe über dem Schreibpult des Leutnants, diesem laterna-magica-haften Lichtkreise, durch den sich soviel Elend und Jammer, so manche Schande und so manches Verbrechen, so buntes, drolliges, possenhaftes Leben schob – auch nicht anders, als ob es, nur ein wenig farbiger auf Glastafeln gemalt, durchgeschoben werde.

Sie fanden das arme Mädchen in ziemlich ruhiger Unterhaltung mit dem Herrn Leutnant.

Dieser Herr, unter dessen Nase vorüber so manche Dinge gingen, von denen sich gottlob die meisten Leute, wie gesagt, nichts träumen lassen, hatte sich ihr, wie sie, freilich erst Wochen später, sich äußerte, als ein gar nicht übler Mann kundgegeben.

„Was er anfangs, als ich ihm so verstört auf den Hals fiel, von mir denken mochte, kann ich nicht sagen. Außer mir war ich natürlich, Mama (o der Schrei, mit dem mich Achtermann aus dem Schlafe aufjagte, gellt mir heute noch in den Ohren!), und so erschien er mir, ich meine, der Herr Leutnant, zuerst unbeschreiblich rücksichtslos. Sie hatten ihm aber auch zu gleicher Zeit einen betrunkenen jungen Engländer und ein unglückliches Geschöpf, das jemandem die Uhr aus der Tasche gezogen haben sollte, zugeschleppt, und so sprachen wir zuerst alle drei auf einmal auf ihn hinein, und ich glaube fast, ich ebenso laut wie die andern und jedenfalls auch so unverständlich. Arme Frauenzimmer bleiben wir doch stets, ob wir um Mitternacht eine Uhr gestohlen haben oder nicht; und ich hatte gerade so gut den Kopf verloren wie eine Mutter mit sechs Kindern bei einem nächlichen Brande. Es war ein wahres Glück, daß ich in allen meinen Kleidern auf dem Sofa gelegen hatte, als mich der arme Achtermann durch sein Geschrei weckte. Ich sage dir, Mama, ich wäre mit ihm gelaufen, wie ich sein mochte, ohne mich nur eine Sekunde lang auf den nötigen Anstand zu besinnen! ... O Mama, dem Herrn Revierleutnant müssen wir noch in einer hübschen, höflichen Art irgendeine Liebe antun. Wäre er verheiratet, so hätte ich schon längst seiner Frau eine Visite gemacht; da er es aber nicht ist, so mußt du zu ihm gehen, oder Ulrich muß ihm noch einmal persönlich danken für seine freundliche Ruhe in jener Nacht, nachdem wir den englischen Gentleman besorgt und auch das arme Mädchen mit der Uhr abgefertigt hatten. Jetzt, wo ich alle meine Sinne wieder ordentlich beieinander habe, ist es mir um so unbegreiflicher, wie geschickt und tröstlich er sich und mir damals meinen Zustand klarzumachen wußte! – ‚Mein Fräulein', sagte er, ‚von Büffon haben Sie wohl gehört; – er war ein großer Naturgeschichtskundiger und brauchte nur e i n e n Knochen, um sich das ganze ausgestorbene Tier daraus wieder zurechtzukonstruieren; uns von der Polizei (erschrecken Sie nicht!) genügt das Faktum, daß Ihr Herr Papa den Hund mitgenommen hat, um Ihnen die beruhigendste Versicherung geben zu können, daß wir beide wiedersehen werden (nicht wahr, Wassermann heißt der Steuerpflichtige?), und den Herrn Papa, wie ich hoffe, hoffentlich nicht unwohler als vorher. Bitte, nehmen Sie Platz, Fräulein. Nicht da auf jener Bank! Erlauben Sie, daß ich Ihnen meinen Stuhl anbiete. Sehen Sie, ich spreche nicht ohne Erfahrung: wer an das – absolute Weggehen aus unserer löblichen Zivilisation denkt, der nimmt keinen Begleiter mit und am allerwenigsten einen Hund; – verlassen Sie sich darauf. Der aufgeregte Herr (Achtermann nannten Sie ihn?) will hier wieder vorgelaufen kommen; erwarten wir ihn also; ich würde gewiß selber – meiner Schwester nicht anraten, in einer abnormen Lage gleich der Ihrigen wieder nach Hause zu gehen. Bleiben Sie hier, bis dieser Herr Achtermann Sie abholt; sehen Sie einmal unsern Apparat arbeiten, das wird vielleicht Ihre Nerven etwas beruhigen; ich würde sagen: es wird Sie ein wenig zerstreuen, wenn das das richtige Wort wäre'. – Mama, ich bin geblieben und habe den Apparat in jene schreckliche Nachtwelt hinein arbeiten sehen, und – o, könnte ich dir doch ganz deutlich sein! – meine Nerven haben sich wirklich und wahrlich nach und nach beruhigt. Ich habe auf Achtermann gewartet – nur dann und wann mit dem Taschentusch zwischen den Zähnen, des dummen Schluchzens wegen – bis – ihr kamt!" ...

„Bis ihr kamt!" Bis zu ihrem letzten Atemzug wird Frau Natalie Schenck alle ihre höchsten Begriffe von freiem, erlösendem Aufatmen, von glücklichem Erwachen aus schwersten Träumen, von Äther überm Bergesgipfel, von frischestem Wehen über sonniges Meer mit diesen drei Worten in Verbindung bringen. Der Herr Revierleutnant, der so manche sonderbare Szene an sich vorbeigehen sah und sie meistens möglichst rasch zu vergessen strebte, bemühte sich merkwürdigerweise, diese im Gedächtnis festzuhalten, und es gelang ihm auch. Ein recht freundliches Verhältnis zu braven Leuten, das weit über ein höflich Grüßen über die Straße weg hinausging, knüpfte sich späterhin daran. –

Nun hatten sie wohl beide – Ulrich und Natalie – und nicht allein aus der Bibliothek ihres alten Freundes Achtermann heraus sich ihre Phantasien über die inhaltvollste, wunderbarste Stunde ihres Lebens zurecht gemacht. Daß sie gerade den Mond dazu hatten scheinen lassen, daß sie das Ganze mit Abendrot und Waldduft übergossen hatten, braucht nicht behauptet zu werden; aber das ist gewiß, daß sie die feierlich-schönen Momente nicht in diese übelduftende, anrüchige, verrauchte Polizeistube und in diese sonderbare Stunde des trübe anbrechenden Morgens verlegten. Einen verwundeten, verbundenen, gelähmten Arm des glücklichen Liebenden hatten sie sich wohl auch nicht als unumgänglich notwendig dazu gedacht; aber sie nahmen alles hin, wie es ihnen gegeben wurde, und gaben sich einander nicht nur vor Mutter und Freunden, sondern auch, da es nicht anders sein konnte, vor dem Revier-Polizeileutnant und seinen behelmten, rapportierenden und sehr große Augen machenden Untergebenen. Als Leutchen, die ihrer Jugend zum Trotz stellenweise zu den verständigen Menschen in diesem Erdendurcheinander gerechnet werden konnten, verließen sie sich unter Umständen ohne alle Naseweisheit auch auf die Weisheit der Vorvordern. Sie taten diesmal wohl daran; sie konnten gar nicht besser tun. Es sind die Vorvordern, die es schon längst ausfindig gemacht haben, daß Zeit und Umstände auf niemand warten.

Wenn wir hier endlich auch einmal das Wort nehmen dürfen, so sagen wir nur unsere Meinung, nämlich, daß es gar keine richtigere Stunde und gar keinen bessern Ort geben konnte, um sich zu gegenseitiger Hilfe und Aufrichtung im modernen Leben die Hände zu reichen. Und sie reichten sich dieselben ohne weitere Umstände und ohne alle Ziererei. Der Herr Polizeileutnant sah über sein Pult weg ihren ersten Kuß an; daß er wegsah, konnte man nicht von ihm verlangen. Der eben gegenwärtige rapportierende Schutzmann schien grüßend die Hand an den Helm legen zu wollen, besann sich jedoch aber noch und schob ihn nur auf das eine Ohr, um sich grinsend bequemer hinter dem andern kratzen zu können.

Viele Worte machten sie nicht dabei. Dazu waren die Stunde und der Ort und die Umstände, die sie hergeführt hatten, durchaus nicht günstiger als andere Stunden, Örter und Umstände. Die Mama wischte sich verstohlen eine Träne ab; Butzemann, der ja eben auch „sein einziges Kind ins Ungewisse weggegeben" hatte, versetzte sich schnaufend ganz in die Situation; und Achtermann, — Achtermann wußte eigentlich gar nicht, was da „eigentlich vorging", und das ist ein Glück für uns; denn als er später dahinterkam, erreichte seine Unzurechnungsfähigkeit ihren Gipfel, und es ist nie angenehm, mit einem unzurechnungsfähigen Menschen zu tun zu haben.

Der Kühlste, der Zurechnungsfähigste blieb natürlich Wedehop, der sich denn auch als der erste von neuem an den Leutnant wendete, und zwar mit den Worten:

„Nicht wahr, das ist doch endlich einmal etwas anderes, lieber Herr? Mal sozusagen eine niedliche Episode in Ihrer Geschäftspraxis! . . . Erquickend — rührend! Was? . . . Wird einiger poetischen Auffassungsgabe bedürfen, um in Ihrem diesmaligen Berichte nach oben klargestellt zu werden und morgen in den Blättern unter der Rubrik ‚Lokale Vorfälle' im rechten Lichte zu erscheinen?! Mein Name ist Wedehop; darf ich Ihnen eine Prise anbieten?"

Der Revierleutnant griff lächelnd in die dargebotene Dose.

„Wenn ich nicht irre, so habe ich bereits das Vergnügen gehabt, Herr Doktor —"

„Wirklich? Das freut mich! Lassen Sie uns jedenfalls die Bekanntschaft erneuern. Ja, ja, ich glaube mich jetzt auch zu erinnern: unsere ersten Beziehungen datieren aus der Konfliktszeit. Nun, wir waren beide damals noch jünger und grüner als heute. Ich bin in den kurzen Jahren fast ein wenig zu sehr in die Breite und ins Verständige gegangen. Aber nun, lieber Herr und Freund, geben Sie uns offen Ihre Meinung. Ist in dieser Nacht unsererseits noch irgend etwas zu tun oder zu lassen, um diesen — jenen — jenen andern betrübten Zwischenfall zum besten zu wenden?"

Der Revierleutnant zuckte die Achseln, und flüsternd sprach Wedehop zu ihm:

8*

„Es ist auch meine Meinung, daß nicht die geringste Aussicht vorhanden ist, daß wir des armen Kerls vor Sonnenaufgang wieder habhaft werden."

Der Revierleutnant zuckte wieder die Achseln und bestätigte, ebenfalls flüsternd, dem Übersetzer seine Ansicht durch eine kurze, bündige Auseinandersetzung der Sachlage.

Mit der gewohnten Sonorität, die schon an und für sich viel Beruhigendes an sich hatte, wenn eben nicht das Gegenteil erforderlich war, richtete Wedehop das Wort von neuem an die Freunde:

„Meine Herrschaften, unser guter Herr Leutnant hier – wie Achtermann da sagen würde – ist der festen Überzeugung, daß wir ruhig nach Hause gehen können, ohne uns mehr als die nötigsten Sorgen zu machen. Daß sich unser armer Freund – Papa und Schwiegerpapa wiederfinden wird, steht zweifellos fest; aber wir – wir können augenblicklich nicht das mindeste dazu beitragen. Ulrich, gib acht! D. h. gib deiner lieben Braut den Arm. O bitte, Fräulein Natalie, lassen Sie die Stuhllehne los! Die Mama wird Ihnen sagen, daß niemand so zur richtigen Minute vom Schicksal vom Schwarzwald hergeschickt wird, wenn es nicht für den augenblicklich zu lösenden Fall das Beste im Sinne hat."

„Stimmt!" brummte Butzemann senior.

„Mein süßes Herz!" flüsterte Ulrich. „Du mußt meinen gesunden Arm nehmen! Nun müssen wir wohl zusammengehen, wie es sich geschickt hat, mein armes Mädchen. Es ist eine schlimme, aber schöne Nacht!"

„Ich bleibe bei dir, mein Kind," sagte die Frau Marie. „Du nimmst mich mit nach deinem trostlosen Neſtchen. Ulrich geht mit Wedehop; und Herr Butzemann bringt unsern guten, alten Achtermann nach Haus. Es ist wohl eine schlimme Nacht; aber wir wollen uns tapfer halten, Natalie. Zu Narren soll uns das Glück nicht machen, wie es uns auch schüttelt und rüttelt. Und was den Jungen da betrifft, so hab' ich's mir genau überlegt, ehe ich ihn dir nahe kommen ließ."

Zwanzigstes Kapitel

Drei Tage und drei Nächte gingen hin, ohne daß die Polizei, die Freundschaft und die Liebe etwas ausrichteten, obgleich sie alle drei ihr möglichstes taten. Der Papa Ferrari war verschwunden und blieb es. Je mehr man ihn suchte, auf desto falschere Fährten geriet man; die Polizei jedoch hielt ihr Wort aufrecht:

„Der Hund wird uns Nachricht bringen, wenn alle übrigen Stricke reißen. Kommt der allein, nun so wissen wir leider jedenfalls genau, woran wir sind. So lange der ausbleibt, sind sie beide noch beisammen und vielleicht – tut dann dem Herrn die frische Luft gut, und sie kommen auch beide von dieser Eskapade zurück, und zwar, den Umständen nach, so wohl und wohlbehalten als möglich."

Sie kamen beide zurück; und nicht die Liebe, die Freundschaft und auch nicht die Polizei stießen auf sie und brachten sie ganz heim, sondern Butzemann junior war's. –

Es war ungefähr gegen zehn Uhr morgens. Der Morgen war frisch, aber sonnig, der Leihbibliothekar Achtermann in seiner Bibliothek Leiter auf, Leiter ab aufs eilfertigste beschäftigt. Von dem uns bekannten dunkeln Winkel des Lokals, von dem ebenso bekannten zersessenen Ledersofa her erklang ein eigentlich ununterbrochenes Gemurr, Geseufz, Gestöhn und Geächz her, als ob da der geplagteste und unbedingt der verdrießlichste Erdenbewohner seinen Sitz genommen habe und von dort aus sich über der Welt Elend, Jammer und Nichtsnutzigkeit Luft mache. Wedehop saß ganz einfach dort und war noch immer nicht zu Ende mit seinen Betrachtungen über die kürzlich verlaufenen Tage wie über den laufenden gegenwärtigen.

„Dazu bleibt man bis über sein fünfzigstes Jahr hinaus Junggeselle, um sich dann in alle solche schändlichen Haushalts- und Familienangelegenheiten fremder Leute verwickeln lassen zu müssen!"

„O, o, mein guter Wedehop!" rief der Bibliothekar in der Mitte seiner Leiter. „Sagten Sie wirklich: ‚Was sich der Wald erzählt', mein liebes Fräulein?"

„Was sich der Wald erzählt!" brummte es aus der dunkeln Ecke. „Großer Gott! Das wäre freilich auch meine Lektüre."

„Ich empfehle mich, mein Fräulein," sagte der Leihbibliothekar am Fuße seiner Leiter höflichst. Die Tür schloß sich hinter der mit ihrer Lektüre in dem Jahr 1850 zurückgebliebenen jungen Leserin, und Achtermann wendete sich an den Freund im Winkel:

„Es freut mich immer, wenn ich solch ein Buch wieder herausgeben kann in den heutigen Tag. Dich aber, mein guter Wedehop, begreife ich in der Tat nicht mit deiner – deiner schroffen Bemerkung."

„Schroffe Bemerkung? . . . Schroffe Bemerkung ist gut! Jetzt aber halt einmal endlich den Mund und laß mich ausreden. Hab' ich dir etwa schon gesagt, daß es mir kein Vergnügen mache? He?! . . . Vergnügen? Na ja, ein schönes Vergnügen freilich!

Deine ‚gute' Tochter bin ich zwar endlich vom Herzen los, und sie, du, deine Frau und dein ‚guter' Sohn Louis, ihr seid sämtlich so glücklich gemacht, wie ihr es verdient: aber was will das sagen gegen diese zwei andern jungen Geschöpfe, die ich jetzt mit ihrem verlorenen Papa und Schwiegerpapa auf dem Halse habe? Ich sage dir, dreimal lieber den Kuppler spielen wie in deinem kläglichen Falle, als einmal so ein durch die Lappen aller seiner Verpflichtungen für beide Familienseiten gegangenes Familienhaupt mit Würde, Trost, Lehrhaftigkeit und Zutraulichkeit ersetzen zu müssen. Und das muß ich, dein guter Wedehop, mein guter Achtermann!" ...

„O, o!" stöhnte der Leihbibliothekar.

„Das Wort Universum ist groß," brummte es aus dem Winkel hervor, „aber das Wort ‚Universal-Schwiegervater' ist noch viel größer, und – s o fühle ich mich. Eine Maus, die ihr Loch nicht finden kann, ist gar nichts gegen mich. – Die alte Dame da oben macht sich musterhaft unter den fatalen Zuständen; aber auf die Nerven sind sie ihr allgemach doch gefallen, und mit Recht. Das arme Bräutchen – diesmal gebrauche ich das Wort ‚arm' wirklich im tragischen Sinn – meine wackere Natalie hat eigentlich gar keine Nerven mehr; und der auch sonst ganz unzurechnungsfähige Mensch Ulrich ist unter sotanen Verhältnissen im Grunde gar kein Mensch mehr, sondern, wie es sich ja auch vom ersten Aufbrechen des Welteis versteht bei derartigen anständigen Naturen – der reine pure Esel. Deine eigene Zerfahrenheit kennst du, Achtermann, also ich – ich allein bin's, der, wie er die deutsche Literatur durch seine Übersetzungskünste erwärmt, ernährt und auf den Beinen erhält, so euch alle – zum Henker, da fahre mal einer fort, wie er angefangen hat! Also kurzum: der hölzerne Löffel bin ich im Brei, und meiner Rührigkeit habt ihr es zu danken, daß ihr nicht anbrennt! Währenddem aber bleiben wir gottlob das, was wir sind: ein ausgezeichnet Sammelsurium deutschen Volkstums – nennen wir es dreist d e u t s c h e n A d e l s!"

„Ach, wenn ich doch nur ein allereinzigstes Mal eine Viertelstunde ganz und gar in deiner Seele sitzen könnte, Wedehop," seufzte Achtermann. „Nachher, glaube ich, würde ich das Leben auch wohl von einem so hohen Standpunkt aus ansehen können; und jedenfalls würde ich es genauer wissen, wie du es eigentlich nimmst: ob im Ernst oder im Spaß!"

Der Übersetzer unterdrückte das Wort „Schafskopf!" Statt dessen seufzte er und sagte sodann:

„O du glückseliger Nachtwandler! Alter Metempsychositissimus!

Bist du nicht dein halbes Dasein durch den Unsinn – wollte ich sagen: den Inhalt deiner Bücher da gelustwandelt? Ich habe das nur übersetzt und mich dabei geärgert, während du dich amüsiert hast! Ich tausche gleich mit dir und sitze mit Wollust meine noch übrige Lebenszuchthauszeit in deinem Fell und Fleisch oder, wie du es nennst, in deiner Seele ab."

Der Leihbibliothekar machte nur den Mund auf. Zu einer weiteren Bemerkung kam er nicht; denn in diesem Augenblick wurde auch die Tür seines Geschäftslokals geöffnet, und Herr Louis – Butzemann junior erschien auf der Schwelle (welches letztere ebenfalls eine Redeweise aus Achtermanns Büchern ist!) und sprach mit gewohnter Vergrelltheit:

„Meine Herren, – na, jetzt liegt er bei uns! Das Vieh ist schon drüben bei der Frau Professor'n. Bis an die Ecke ging es mit mir; da riß es aus und fuhr wie's Donnerwetter da in die Tür. Sie werden sich also da oben wohl schon ihren Reim darauf gemacht haben."

Die beiden Herren (auch Wedehop) waren zugesprungen und hielten den jungen Mann am Arm, jeder von ihnen auf einer Seite.

„Menschenkind," schrie Wedehop, „bist du wirklich überzeugt, daß du genau weißt, was du da sagst?"

„Wie kommen Sie mir vor?" brummte Louis mit gewohnter Liebenswürdigkeit zurück. „Wenn ich mal was sage, so sage ich was. Wann habe ich mal nicht gewußt, was ich sage, Herr Doktor? Zwei Stunden sind es her! Der Alte, der mich viel zu oft für meine Privatbeine *seine* Wege machen läßt, schickt mir da wieder mal aus dem Halleschen Tor. Von wegen des Einzugsgetränkes, sagt er. Denn, sagt er, wer kann es wissen, wann es ihnen einfällt, herein zu triumphieren, und wer einem dann das Getränke vor die Nase wegnimmt? ... Nun ist meine Privatmeinung: an *dem* Tage läuft alles herunter, was naß ist; aber der Alte steift sich eben auf sein altes Renommee von Butzemanns Keller und schlägt mit der Faust auf: An *dem* großen Tage großartig! ... Dann hätte er aber auch selber an die Quelle zum Lieferanten gehen können. Nicht wahr? ... Frage ich Sie, Schwiegervater, wozu ist man denn eigentlich Braut und Bräutigam, wenn man immer noch keine einzige freie Stunde für sich selber hat? No, sage ich, Butzemann junior, alles hat mal sein Ende, Louis; und so strolche ich denn los, und es ist wenigstens eine Aussicht, daß man auf dem Tugendpfade und Wege nach 'ner Brauerei ist und auch unterwegs an mehr als einem Orte seinen guten Bekannten und Freund hinterm Büfett hat.

Bon! Aber wer nicht aus dem Halleschen Tor herausgekommen ist, das bin ich. Muß ich gerade um die Ecke biegen, als e r mir auf die Arme fällt! . . . Und wie? . . . Nämlich mit Gefolge. Nicht wahr, da kam ich Ihnen denn gerade recht, meine Herren? – Ist das eine Polizei! Keine Pickelhaube zu sehen, so weit das Auge und der Tumult reicht! . . . Halb Berlin hat er hinter sich und um sich: Pietsch kommt! Nicht wahr, recht kam ich Ihnen da gerade, meine Herren? . . . Ja, ist das 'ne Polizei? . . . Da war es denn wohl am besten, daß man sich auf seine eigene Autorität und vier Fäuste verließ – die Stiefelsohlen mitgerechnet! Und, na, Sie kennen mich: packe ich zu, so packe ich feste; – schmeiße ich einen raus aus das Lokal, so fliegt er so lange, bis er niederkommt; und wenn ich jemanden leise meine richtige Meinung sage, so soll mir der schon noch vier Wochen später die Ohren mit Baumwolle verstopfen! . . . Meine Herren, wie ich bin, müssen Sie mich nehmen, und so sage ich Ihnen, lernen Sie Louis Butzemann kennen, wenn es sich um ein Renkontre mit die Allgemeinheit, so meine ich, mit dem, was einem in der Straße zu anderthalbhundert auf einmal begegnet, handelt. Meine Herren, das ging alles; aber das Schlimme war der richtige faule Kunde, unser Herr Ferrari, oder wie Sie die unglückselige Kreatur sonst nennen wollen. O du meine Güte, hat mir das Gewächse den Weg mit ihm nach Hause schwer gemacht! . . . Der Hund ist gerade verhungert genug, um sedate nachzuschleichen. Na, kurz und gut, wenn Sie jetzt wollen, so steht es bei Ihnen, ob Sie sich jetzt beide bei uns genauer ansehen wollen. Wir haben den einen im Separatzimmer platt auf dem Kanapee und den andern, alle Viere von sich gestreckt, platt unter dem Tische vor dem Sofa. Hier sind sie beide; aber meinen Alten und sein Gesicht vergesse ich mein Lebtage nicht, als ich i h n ihm die Treppe hinunter zuschob. Da kam der Alte wirklich endlich einmal aus der Fassung. Den Spaß lasse ich mir mit Vergnügen kalt stellen und nächste Woche wieder aufwärmen."

„Aber der Hund? . . . Eben soll er Ihnen ja voraufgelaufen sein zur – Frau Professorin Schenck!" schrie Wedehop.

„No, natürlich! Kann er denn nicht beides? Mit dem ersten besten, was ihm in der Küche in die Hand fiel, hat ihm der Alte aufgewartet. Es war ja ein wahres Wunder, daß ich ihm nicht die Serviette habe vorbinden müssen. Drei Portionen Wiener Schnitzeln bis auf die Glasur vom Teller! Na, ich denke, ich habe Ihnen ein Vergnügen durch meine frohe Botschaft gemacht, und jetzt gucken Sie so, als hätten Sie selber Appetit auf mir!"

Der Leihbibliothekar Achtermann saß schwindelnd und atemlos, Wedehop jedoch brachte es noch fertig, seinen „muffigen Liebling“ auf die Schulter zu klopfen:

„Küssen kann ich Sie leider nicht, Louis; denn ich weiß doch nicht genau, ob das Meta'n recht sein würde. Aber küssen möchte ich Sie – Sie Tautropfen in der Blume der Menschheit! Da schimpfe mir nun noch mal einer und räsoniere über das Schicksal, daß es sich meistens in seinen Werkzeugen vergreife!“

Es war aber wirklich gar keine Zeit zu weiteren überflüssigen Reden und Redensarten; denn Wassermann hatte in der Tat schon drüben seine Bestellung abgegeben. Ulrich Schenck stürzte herein, den einen Zipfel seiner Armbinde zwischen den Zähnen, den andern in der Hand. Die Botschaft schien ihn gerade bei der Festerschürzung dieses seines tragischen Knotens getroffen zu haben.

„Die Mutter folgt mir auf dem Fuße!“ rief er. „Natalie – o mein Mädchen! . . . Wedehop? Wassermann? Und da sind Sie, Herr Butzemann? Was, was ist geschehen? Woher kommt Wassermann? Was haben wir für Nachrichten?“

„Nur ruhig Blut, junger Mann, – die besten!“ brummte Wedehop.

„Das habe ich ihm ja auch gesagt!“ rief die Frau Professorin, in Hut und Mantel in die Tür tretend. „Da hast du deinen Hut, Ulrich. Laß mich den Knoten knüpfen; bedenke, wie nötig du von jetzt an beide Arme haben wirst!“

Sie sah ein wenig betroffen auf den ihr bis jetzt noch unbekannten Jüngling, der ihr als Herr Butzemann junior vorgestellt wurde; und Herr Butzemann junior nahm nunmehr wirklich die Mütze vom Kopfe und sagte:

„Ja, Madam; er liegt bei uns. Gerade so auf dem Hunde wie der da.“

Dieses war von so einem bedeutungsvollen Hinweis auf den armen Wassermann, welcher der Frau Marie nicht von der Seite wich, begleitet, daß jedermann daraufhin sich das unselige, zum Gerippe herabgemagerte Tier noch einmal ansah.

„Dann gehen wir so rasch als möglich,“ schloß die Frau Marie, und der Leihbibliothekar Achtermann schloß für heute sein Geschäft ganz. Er würde es selbst seiner Gattin vor der Nase geschlossen haben. Viele sensations-, gefühls- und stimmungsbedürftige Abonnenten hatten erstaunt, verdrießlich und – mit dem Vorsatze, anderswo auf diese ihre geistigen Bedürfnisse zu abonnieren, vor der verriegelten Tür umzukehren. Aber für den alten Achtermann hatte dieses, sowie irgend etwas, was in seinen Büchern stand, nicht die geringste Bedeutung.

„Die Herren gehen wohl vorauf," sagte die Frau Marie. „Ich nehme eine Droschke und bringe Natalie mit. Auch du gehst mit den andern, lieber Ulrich. Achtermann, achten Sie auf ihn; – Wedehop, Sie auch."

„O wohl," brummte Wedehop. „Vorhin noch habe ich von meiner grünen Salatzeit, wie Ihre höchstselige Majestät von Ägypten sagte, geredet. Daß ich so 'ne Art Tragödie darin auch gesündigt habe, habe ich bis jetzt schämig verschwiegen. Jetzt gestehe ich es und bekenne, daß der vierte und fünfte Akt dümmer sind als das Dümmste, was ich je nachher bei anderen in diesem Fache gelesen habe. Es ist aber ein Unterschied zwischen der Theorie und der Praxis. Meine Herren, die Frau Professorin hat in der verständigsten Weise über uns verfügt. Leihen Sie mir Ihren Arm, Louis, mein fröhlicher Knabe. Man merkt doch, daß man die letzte Zeit hindurch mancherlei durchgemacht hat. O mein lieber Sohn Louis, vorhin sprach der Büchermensch da den Wunsch aus, einmal eine halbe Stunde in meiner Seele sitzen zu können: uh, was gäbe ich drum, wenn ich die nächsten Stunden durch in Ihrem Temperament sitzen könnte, Louis! Achtermann, nehmen Sie den Franzosensieger untern Arm. Ruhig, ruhiger, Ulrich! Sie sollten doch von uns allen die sicherste Erfahrung haben, daß die Welt nicht sogleich untergeht."

Der junge Mann hatte den Arm Achtermanns genommen, aber führen ließ er sich nicht. Er zog den alten Herrn hastig den übrigen voran, und sie hatten Mühe, ihm zu folgen.

Nach zwanzig Minuten trafen sie allesamt vor der Tür von Butzemanns Keller zusammen. Die Droschke, welche die Frau Marie und Natalie Ferrari hergeführt hatte, hielt eben an; und Ulrich Schenck kam gerade noch zur rechten Zeit, um das erste Wort an seine Braut richten zu können.

„Was hat Mama dir gesagt?"

„Sie wäre bei mir, und ich sollte Mut haben."

„O, und was soll ich dir nun sagen? Ich, der –"

„Daß du auch bei mir bleiben willst."

Sie stiegen nun die enge Treppe hinab, die zu den düsteren, dumpfigen Vergnügungsräumen führte.

„Führe du Natalie," flüsterte die Frau Professorin ihrem Sohne zu; „aber nimm deinen Arm in acht. Wie ist es nur möglich, daß Menschen es hier zum Aushalten finden?"

„Wollen Sie meinen Arm nehmen, liebe Frau?" fragte Wedehop, trotz aller Grimmigkeit der Situation unwillkürlich doch grinsend.

„Nein, ich danke, lieber Freund. Es ist ein wüster Weg, aber ich werde ihn meinesteils schon allein finden."

Schon drang ihnen aus dem nächsten Raum der Lärm der Zechenden entgegen; dichter Tabaksqualm erfüllte auch den durch eine Gasflamme erleuchteten Gang, der zu der Tür des ersten Schenkzimmers führte.

„Hier, meine Herrschaften, nicht da, wenn's beliebt," sagte der alte, brave Kneipenhalter Butzemann senior. „Hier herein – hier herein. Meine Damen, ich würde mit Vergnügen Ihretwegen das ganze Lokal nötigenfalls mit Gewalt geräumt haben; aber Sie wissen nicht, was unsereiner von wegen seines Renommees an moralischem Zwang auszustehen hat! Schließe ich einen Tag, so kann ich dreist den Schlüssel für Zeit und Ewigkeit an den Hauswirt abgeben. Hier herein, wenn ich bitten darf; – so haben Sie wenigstens nichts mit's offizielle Geschäft Butzemann zu tun – das Maul kann ich ihnen leider nicht verstopfen."

Er öffnete eine niedrige, schwarze Tür, die in ein Seitengemach von wenig mehr Rauminhalt als eine Kabine auf einem Auswandererschiff führte.

„Persönlich ist mir der werte Besuch natürlich die größte Ehre; aber – leider Gottes – ich kann Ihnen nicht zu besseren Illusionen verhelfen, als ich Ihnen zu bieten habe. O mein Fräulein – o, beste Madam, sehen Sie, da liegt denn der Unglücksmensch, und – es ist – fast für eine Gnade zu halten – daß – Sie zu spät kommen! Ach mein armes, liebes Mädchen!"

Natalie Ferrari hatte sich mit einem Schrei über die auf dem Bette Butzemann juniors ausgestreckte Leiche ihres Vaters geworfen.

„Down at last!" murmelte der Übersetzer. Das war das letzte Wort eines Mannes, der durch seine Phantasie Vieles und Großes auf dieser Erde ausgerichtet hat. Charles Dickens rief es, als er vom Schlage getroffen zusammenbrach. Ob er mit so viel Phantasie in diese Welt hinein geboren war wie der Pulvererfinder Paul Ferrari, das steht dahin. –

Die zwei übrigen phantasievollen Schulbankgenossen, Achtermann und Butzemann senior, sagten anfangs gar nichts. Achtermann geriet aus seinem Schrecken in ein heftiges Schluchzen, und Butzemann schüttelte den Kopf.

Es fiel ein matter Widerschein von dem hellen Sonnentage draußen in die unheimliche Höhle. Aus den Kneipenräumen drang der Lärm der Gäste her, und eine Drehorgel mischte sich von der Kellertür aus mit greulichem Hohn auch noch drein; sie hatten aber sämtlich keine Zeit, darauf zu achten und irgendeinen Ton, ein Geräusch des Lebens für unpassend zu halten.

„Ja, so ist er nun an dem Orte gestorben, wo es ihm beschieden war," sagte Butzemann, leise die Hand der Frau Marie in seine harte, breite Tatze nehmend. Er sprach das leise, und noch leiser fügte er, dicht am Ohr der alten Dame, hinzu: „Wenn unsereiner so von seinem Büfett aus in die Fidelität und das ewige Gerenne und Keine-Zeit-Haben der Menschheit hereinsieht, dann wird er mit der Zeit zu einem Vieh und einem Philosophen. So'n Mittelding von beiden! Bei mir persönlich zwar liegen zwei Drittel vons Gewicht nach die erste Seite hin; aber eins habe ich mich doch nach und nach abdestilliert: Schuld haben sie beide nicht, weder der Mensch noch sein Schicksal; – sie passen nur immer ganz genau aufeinander. Ihr Herr Sohn da, neben dem armen Fräulein, wird Ihnen das, wenn er noch etwas mehr erlebt haben wird, gewiß gelehrter und besser sagen können."

Von der andern Seite schob Wassermann seine feuchte Schnauze der Frau Professorin in die Hand.

„Wir sind eine wundervolle Gesellschaft auf dieser Erde!" sagte die Mama, und dann wandte sie sich zu ihren Kindern. –

Schon hatte Ulrich seine Verlobte von dem Leichnam des Vaters aufgehoben; aber was er ihr sagte, hatte viel weniger logischen Zusammenhang und philosophischen Inhalt als die weisen Worte Butzemanns. Gelehrter klang es wahrhaftig auch nicht.

„Mein armes altes Mädchen!" flüsterte er, und scheu streichelte er dabei das weiche Haar auf dem jungen Kopfe an seiner zerschossenen Schulter. Alle seine Anwartschaften auf die Direktion der ästhetischen Neigungen sämtlicher fürstlichen Thronfolger seiner Nation hätte er ohne alles Besinnen für ein festes Dach über seinem Kopfe und eine Dorfschulmeisterschaft im Spreewalde dahingegeben.

„Jetzt komm zu mir, Natalie," sagte die Mama. „Die Männer sind die Totengräber, und d a s Amt müssen wir ihnen schon überlassen; – wir aber – wollen den Kopf hoch halten und – die Welt aufrecht!"

„Hier? Hier soll ich i h n jetzt allein lassen? O, ich kann es nicht!"

„In guten, treuen Händen lässest du ihn. Ach, frage den Ulrich, in was für Hände so manche Mutter ihr Kind, so manches Kind seinen Vater hat lassen müssen auf den Schlachtfeldern und im feigen Hinterhalt. Wir sind nachdenklich deutsches Volk, und es ist kein anderes, das so gut und ehrfurchtsvoll mit den Toten umzugehen weiß."

„Und das ist ein großes und gutes Wort; und wenn es wahr ist, so wollen wir uns mehr darauf einbilden als auf alle unsere übrigen merkwürdigen Vorzüge," brummte Wedehop. „Ist Madam Naucke schon benachrichtigt?" wendete er sich an Butzemann unhörbar für die andern, und Butzemann nickte:

„Natürlich, obgleich ich es nicht gedacht hätte, als ich ihr da hinters Büfett hatte, daß ich auf ihr auch mal unter solchen Umständen reflektieren müßte. Tun Sie aber das Ihrige, Doktor, daß der junge Herr mit dem jungen Fräulein jetzt so bald als möglich das Lokal verläßt. Mir kommt selber ein Grauen an, wenn ich uns alle h i e r so zusammennehme."

Auf Ulrich Schenck war in diesen Augenblicken noch einmal weniger denn je zu zählen. Wedehop nahm ihn beiseite und sagte:

„Draußen scheint die Sonne, und die Droschke habe ich vor der Tür halten lassen. Ihr geht jetzt! Und du nimmst dich zusammen! Geh jetzt zum erstenmal nicht zu sanft mit ihr um – zu ihrem Besten. Wozu schickt man euch denn sonst in die Schulstuben und auf die Schlachtfelder hinaus? Damit ihr lernen sollt, mit dem Menschen als solchem umzugehen! Glaubt ihr etwa, ihr lernt das im Ballsaal oder Konzertsaal, oder wenn die Sonne schön auf- oder untergeht im Theater oder im Meer oder auf der grünen Bergwiese? Die alte Frau hat recht; aber du bist jung und gehst besser mit den Frauen. Für das übrige werden wir sorgen, wir Alten."

Und so geschah es, da es nicht anders sein konnte; gegen sich selber aber bemerkte der Übersetzer aus so vielen Sprachen der gebildeten erdbewohnenden Nationen:

„Da wären wir denn! . . . Es gehört nur eine klare Darlegung des ganz Gewöhnlichen dazu, um den Schein des Außergewöhnlichen in der Welt festzuhalten. Was ist es denn eigentlich an der Zeit? Zwölf Uhr! Jetzt sitzt nun der Winckelspinner da oben an der Donau beim Frühschoppen im Hirsch und politisiert drauflos, schlägt mit der biedern Faust auf den Tisch und ist imstande, sich auf den Kopf zu stellen, vorausgesetzt, daß er den Gegner mit demselbigen in den Erdboden hineindrücken kann. Ach du lieber Gott, und ich sitze hier bei dir, alter Butzemann; aber als ein politisch Tier ist mir in diesem Moment mein Dasein wahrhaftig nicht bewußt. Da sitzt

Achtermann, völlig gleichgültig dagegen, wie Europa heute über sieben Jahre aussehen wird. Und – hier liegt unser Freund Paul: – dies war der klügste Römer unter allen; – aber – weiter als wir drei andern hat er's auch erst vor kaum anderthalb Stunden gebracht. – Nicht auf dem haufenvollen Schlachtfelde, sondern vor der einzelnen Leiche gewinnt man das richtige Verständnis für das Menschenlos. Nichts Neues aus Afrika, nichts Neues vor Paris, nichts Neues in Butzemanns Keller. Aber die alte Frau, die da eben ihre beiden Kinder mit sich in die Sonne hinausgenommen hat, hat doch ein braves, stolzes Wort gesprochen: Es ist deutscher Adel, den Tod nicht zu ernst zu nehmen und die Toten mit Ernst und Respekt zu behandeln. Und da kommt die Frau Naucke. Kommen Sie nur her, Blanka."

Epilog

Wer es bis jetzt immer noch nicht gemerkt hat, daß unser Freund Wedehop, wenn er nur wollte, ein ganz gescheiter Kerl sein konnte, dem wird in dieser Beziehung und durch dieses Buch nicht mehr zu helfen sein.

Da er sich nicht auf die Anfertigung von Originalmanuskripten geworfen hatte, so hatte er von Mund zu Ohr viel häufiger guten und brauchbaren Rat für andere übrig als viele ebenso geistreiche oder gar noch geistreichere Leute. Daß er viel in der Welt umherfuhr, wenigstens auf deutschem Boden, und zu Zeiten und an Orten auftauchte, wann und wo man es am wenigsten hätte vermuten sollen, nannte er eine „individuelle Veranlagung zur gemütlichen Anteilnahme am germanischen Dasein", nannten andere Leute dann und wann – anders.

So kam er ungefähr zwei Frühlinge nach dem des Jahres achtzehnhunderteinundsiebzig, um uns einen Gruß vom Neckar und der jungen Frau Done zu bringen, und sagte, merkwürdigerweise ziemlich erstaunt:

„Also d a sitzen Sie?! Zeigen Sie mir gefälligst doch einmal Ihre Zunge! . . . Belegt im hohen Grade. – Lassen Sie mich Ihren Puls fühlen! . . . Sehr matt! . . . Alle Teufel, sogar intermittierend! Nun, das deutet wenigstens unter Umständen auf ein längeres Leben. Wohl bekomm's Ihnen."

„Der Ort tut da nichts zur Sache."

„Wem sagen Sie das, mein Guter? Mir? Ich bitte Sie; hat

mir jemals irgendein Buch, welches ich in unser geliebtes Deutsch zu vertieren hatte, viel zur Sache getan! Nehmen Sie die Injurie, die ich Ihnen zu sagen habe, für genossen an. Sie waren ja sogar schon im Tumurkielande; – glauben Sie etwa, wenn ich Ihnen jetzt den Rat gebe, ein wenig ins Freie zu gehen, – ich wollte Sie abermals nach Afrika oder Rom oder – beim Satan, einerlei wohin ins Klassische oder Exotische schicken?! . . . Nicht mal in den grünen deutschen Wald (als ob andere Völkerschaften keine eben so grünen Wälder hätten!), auch nicht auf die grüne Wiese, wenn ich Sie gleich da zu uns, d. h. den übrigen Wiederkäuern rund um diesen nichtswürdigen Planeten zählen darf. – Nach dem ersten besten Eisenbahnknotenpunkt sollen Sie mir!!"

„Mein bester Doktor –"

„Da haben Sie wirklich endlich einmal wieder recht. Ihr bester Doktor bin ich in diesem Moment ohne allen Zweifel. Was meinen Sie zum Exempel zu Lehrte? . . . Börßum ist Ihnen freilich noch etwas näher, und ich selber habe dort eben anderthalb Stunden gesessen und kann es höchlichst empfehlen. Kreiensen ist ein wenig totgelegt, sonst würde ich Ihnen Kreiensen vorschlagen."

Selber halb totgelegt durch den Menschen hielt ich mir den Kopf mit beiden Händen; er aber fuhr mit unentwegter Ernsthaftigkeit fort:

„Haben Sie sich wohl schon einmal das Wort ‚Kriegsschauplatz' genauer überlegt? . . . Schauplatz! 's ist wundervoll! . . . Soldaten bezahlen die Hälfte . . . Kreiensen, Börßum, Lehrte, Mars-la-Tour. Immer steht da ein höchst ungemütlicher Bahnhof; und nun bitte ich Sie, die schöne Natur gänzlich beiseite zu lassen: die Pachtung ist immer an den Mindestfordernden vergeben, und die schöne Natur hilft uns armen Sündern längst nicht so gefällig über die faule Minute hinweg, als ihr Poeten von Gottes Gnaden es uns einzubilden euch abquält. Von Gottes Gnaden sollen Sie auch diesmal die Vergünstigung haben, sich mit einer Zigarre zu einer Tasse Kaffee vor die Restauration setzen zu dürfen und bis zum nächsten rückfahrenden Zuge in das närrische Allerweltsgetümmel hineinzugaffen. Nennen Sie dies Mittel gegen alles Allerweltsunbehagen nicht trivial. Es ist das Beste, was es gibt. Und nun leben Sie auch für dieses Mal recht wohl. Ich fühle des Lebens Überdruß mir selber bis an die Gurgel heraufsteigen, wenn ich Sie so ansehe. Soll ich etwa aus purer Gefälligkeit Ihnen zu einem Spiegel werden? Adieu."

Er ging, fuhr ab, und – – – da sitzen wir!

B ü ch e n heißt der Ort, Station Büchen im Herzogtum Lauenburg. Mölln ist eine der nächsten Stationen, wenn nicht die nächste.

In Mölln oder Möllen ist ein ungemein berühmter Kirchhof; aber Büchen ist für uns heute doch noch der angenehmere Ort und dazu ein Eisenbahnknotenpunkt ganz und gar im Sinne unseres Freundes Wedehop.

Da sitzen wir in dem beruhigenden Bewußtsein, nur aus psychiatrischen Gründen nach Büchen gefahren und durchaus nicht verpflichtet zu sein, weiter zu fahren. Da sitzen wir und blasen nach jenem klugen Ratschlag den Rauch unserer Zigarre in die Fahr-, Lauf-, Renn- und Gepäckschlepp-Hast des letzten Drittels dieses neunzehnten Jahrhunderts hinein, und mit jedem Schritt, den wir nicht mitzumachen haben, „wird unsere Seele stiller". Gottlob, die Kriegs-, Kranken- und Gefangenenzüge der Jahre siebenzig und einundsiebenzig sind bereits historische Erinnerungen; es ist wieder das ganz gewöhnliche und gewohnte Tagesgetöse, das wir vor Augen haben und als Beruhigungsmittel gebrauchen dürfen.

Und jetzt sagt plötzlich in der Tür der Restauration hinter uns eine Stimme:

„Siehst du, mein Engel, da gelangen wir nun in das Reich der roten Grütze. Es hat auch einigen roten Saft gekostet, ehe wir es, soweit es uns gehört, glücklich den Klauen und Löffeln der Fremden abgerungen haben. Darf ich euch auf seiner Grenzschwelle mit dem eminenten Genuß aufwarten?"

„Nein, jetzt lieber noch nicht!" rufen zwei muntere Frauenstimmen unisono, und wir kennen alle drei Organe und wenden uns rasch und überrascht um.

Da steht in der Pforte der Bahnhofshalle zwischen einer jungen und einer ältern Dame ein junger Mann; und eine Wärterin oder Amme trägt hinter der Gruppe ein jährig Wickelkind im Arm; und dieses Baby trägt unverkennbar eine ganz merkwürdige Ähnlichkeit mit einem unserer besten Bekannten zur Schau.

„Aber Schenck! . . . Sind Sie dies denn wirklich, Schenck?"

„Und mit Familie – wie Sie sehen," erwiderte mit höchster Gravität der Wirkliche Geheime Hofrat, Herr Ulrich Schenck. „Sie wundern sich; ich aber wundere mich ebenfalls. Was für ein glücklicher Wind setzte Sie denn gerade in diesem Moment auf dieser Bank hier ab?"

Ist man verpflichtet, stets mit einem stichhaltigen Grunde auf jede Verwunderung seiner Nebenmenschen zu antworten? Durchaus nicht. – Übrigens aber gehörte glücklicherweise der junge Ehemann selber viel zu sehr in den allgemeinen Reisetrubel hinein und hatte viel zuviel mit seinem Gepäck, seinen drei Regenschirmen und zwei Sonnenschirmen, kurz mit seiner ganzen „Familie", die Amme eingeschlossen, zu schaffen, als daß er imstande gewesen wäre, seinerseits durch Fragen lästig zu werden.

Was mich anbetrifft, so gewann ich ihm wirklich noch zehn Minuten von seinen Verpflichtungen gegen Weib und Kind und sonst alles, was sein war, ab, ehe der Zug nach Ratzeburg weiterging.

„Wir haben uns ein mildes Seebad ausgesucht und sind auf Travemünde gefallen. Ihnen geht es hoffentlich nach Wunsch, lieber Herr und Freund?"

„Jawohl! Aber was fragen Sie danach? Sie sehen mir nicht aus –"

„Sehen Sie sich vor allen Dingen meinen Jungen an. Gleich geht's weiter, Natalie; reich ihn mal herüber. Der alte Freund interessiert sich wirklich für ihn."

Halben Leibes in das Kupee hineinhängend, besehe ich mir – über den Jungen weg, die Mama, den Papa und die Großmutter freilich mit dem größten Interesse. Der jugendliche, quatschlige Weltbürger gefällt mir zwar ganz wohl, aber noch viel besser gefallen mir die junge, glückliche Mutter und die muntere, hell- und klugäugige Großmutter. Daß ich ihre Geschichten und Zustände so sehr genau kenne, tut vieles, – doch wir haben nicht viel Zeit zum Austausch unserer Gefühle: „Ich freue mich, Ulrich."

„Ich auch, mein guter Alter."

„Das klingt ja ganz wie Freund Achtermann! Hat er die Tage des Trübsals und der Verwirrung überwunden wie ihr?"

„Meta Ach – Butzemann ist ebenfalls eine Mama," sagt Frau Natalie errötend.

Die Frau Professorin lacht:

„Ja, dieser Wedehop! Er hat seine Sache doch ganz ausgezeichnet gemacht. Unser Freund Louis ist ihm vielleicht nicht ganz so dankbar, als es sich gebührt, aber – die beiden Schwiegerväter! O, Sie sollten die beiden Schwiegerväter sehen. – Ulrich, du hast doch den armen Wassermann möglichst behaglich in seinem Reisebehälter untergebracht!"

„Nach Möglichkeit, Mama, und er findet sich ganz ruhig auch hier in das Unabänderliche," sagt der Geheime Hofrat; ich aber rufe:

„Ei freilich! Wassermann! Also er geht mit nach Travemünde?"

„Die ganze Familie!"

Wir haben immer weniger Zeit; die Schaffner fangen bereits an, die Wagentüren zuzuschlagen:

„Wollen Sie erlauben, mein Herr?"

„Gleich, Kondukteur. Also für jetzt noch ein letztes Wort, liebste Freunde. Auf Ehre und Gewissen, Frau Natalie, – Sie sind doch wirklich Wirkliche Geheime Hofrätin? Wedehop hat es mir fest versichert."

Diesmal lacht die junge Frau, ohne zu erröten.

„O dieser Wedehop! . . . Doktorin der Philosophie bin ich, und zwar auf eine Abhandlung Ulrichs über die Lübecker Ziegelbauten hin. Mein Mann schwärmt für Lübeck, und es schwärmt natürlich für ihn. Wissen Sie, was deutsches Kunstgewerbe ist? Wenn nicht, so sehen Sie uns an. Es ist die höchste Zeit, daß es nach diesem glorreichen Kriege wieder auf den Damm kommt, sagt Ulrich, und so haben wir es uns denn fürs erste als Lebensaufgabe gestellt, es theoretisch (auch das ist ein Wort von Ulrich) wenigstens auf den Damm zu bringen. Wir reisen dafür und halten Vorlesungen; wir schreiben darüber, und es ernährt uns so ziemlich. Mama, die über alles nachgedacht hat, meint, dieses hätte sie wirklich nicht für möglich gehalten."

Jetzt lachte der deutsche Ästhetiker Ulrich Schenck:

„Auf den alten braven Jungen, meinen fürstlichen Freund, Kommilitonen, Kriegskameraden und Gönner lasse ich aber doch nichts kommen. Was kann Er denn dazu, daß er mich augenblicklich nur bei dem Theaterwesen seines Papas in Verwendung bringen kann? – Jetzt reist er in Italien, um sich von den Strapazen des Feldzuges wieder aufzurichten. Er hätte mich nur zu gern mit sich genommen; aber d i e d a kam ihm zuvor, und dafür kann ich nichts! Nicht wahr, Natalie? . . . Laßt mir diese Hoheit nur erst an die Regierung gelangen! Weiter sage ich nichts."

Weiter sagte er in der Tat nichts. Der Schaffner schlug jetzt – und sogar ein wenig gröblich – die Wagentür zu. Da fuhren sie hin, und ich blieb, um eine halbe Stunde später auch zu fahren, jedoch nach der entgegengesetzten Richtung.

Sonnenlicht über die Lübische Bucht! Soviel als möglich davon! Wer stimmt nicht mit in den freundlichen Wunsch ein?

Alte Nester

Zwei Bücher Lebensgeschichten

(28. August 1877 bis 13. Februar 1879)

> Ein Freund von mir begleitete einmal Goethen auf einem Spaziergange. Unterwegs stießen sie auf einen armen Knaben, der am Wege saß, den Kopf in den Händen und die Arme auf die Kniee stützend. „Junge, was machst du da, worauf wartest du?" rief Goethes Begleiter. – „Worauf sollte er warten, mein Freund?" nahm Goethe das Wort. „Er wartet auf menschliche Schicksale." –
>
> O. L. B. Wolff
>
> Allgemeine Geschichte des Romans, von dessen Ursprung bis zur neuesten Zeit.

Erstes Buch

Erstes Kapitel

Eine Blume, die sich erschließt, macht keinen Lärm dabei; auch das, was man von der Aloe in dieser Beziehung behauptet, halte ich für eine Fabel. Auf leisen Sohlen wandeln die Schönheit, das wahre Glück und das echte Heldentum. Unbemerkt kommt alles, was Dauer haben wird in dieser wechselnden, lärmvollen Welt voll falschen Heldentums, falschen Glücks und unechter Schönheit; und es ist kein eitles, sich überhebendes Wort, was ich hier zu Anfang dieser Blätter hinsetze; denn es sind die Lebensgeschichten anderer Leute, die ich beschreiben will, nicht meine eigenen. Das Heldentum und die Schönheit der Rolle, die ich dabei abspiele, lassen sich wohl halten in der hohlen Hand. Aber eines ist auch wahr und darf gesagt werden: Glück, viel Glück habe ich wohl nicht gehabt, aber doch dann und wann mein Behagen, meine Belustigung und meine Ergötzlichkeiten; und das alles ist gleichfalls ganz natürlich und ziemlich unbemerkt gekommen und gegangen, – so daß es heute in den gegenwärtigen stillen, nachdenklichen, überlegenden Stunden nichts Erstaunenswürdigeres für mich gibt als mein unleugbar vorhandenes Wohlgefallen nicht nur an der Welt, sondern auch immer noch an mir.

9*

Mein erstes Aufblicken in dieser Welt fällt in die Zeit der Gründung des Deutschen Zollvereins, also in den Anfang der vierziger Jahre dieses Säkulums. Wer eine Ahnung davon hatte, daß aus dieser anfangs etwas unbequemen und vielbestrittenen Institution einmal das einige Deutsche Reich aufwachsen könne, behielt dieselbe ruhig für sich, und eine kleine Ausnahme machte da vielleicht nur ein kleiner Mann im Ministerium der auswärtigen Angelegenheiten in Paris, M. Louis Adolphe Thiers genannt. Das deutsche Volk ließ sich murrend, wenn auch nach seiner Art gutwillig, die ersten Lebensbedürfnisse und vor allem das Salz durch den segensreichen politischen Schachzug verteuern.

Da war nun so ein Stätlein (auf die Landkarte bitte ich dabei nicht zu sehen), das diesem „preußischen Verein" beigetreten war, aber seine Planetenstelle nicht verändern konnte, sondern liegen bleiben mußte, wo es lag: nämlich ganz und gar umgeben von einem anderen Staat, der nicht „beigetreten" war, und das junge Reichsvolk von heute hat gottlob keine Idee davon, was das seinerzeit bedeutete, obgleich es eigentlich noch gar so lange nicht her ist. Zog der eine deutsche Bruder seinen Grenzkordon, so zog ihn der andere ebenfalls. Daß wir im ganzen das Deutsche Volk und der erlauchte Deutsche Bund dabei blieben, konnte den Zeitungsleser nur mäßig erquicken und ihn höchstens ganz kosmopolitisch in seiner Selbstachtung über dem Wasser erhalten.

Die Hauptsache für mich, auch heute noch, ist, daß das, was damals von zivilversorgungsberechtigten Militärpersonen vorhanden war, fest darauf rechnen durfte, „unter die Steuer gesteckt zu werden", und daß mein braver, seliger Vater mit dem Titel Herr Kontrolleur natürlich gleichfalls hineinfiel und meine Mutter ebenso selbstverständlich mit ihm. Meine erste deutliche Lebenserinnerung aber ist, daß ich von einem Wagen gehoben und in ein Haus getragen wurde, das mir aus einer einzigen großmächtigen, kindlich ungeheuerlichen schwarzen Scheunenflur, einer Rauchwolke unter der Decke und zwei Reihen Kuhkrippen nebst den dazugehörigen heraäugigen, hauptschüttelnden, kettenrasselnden gekrönten Herrschaften zu bestehen schien.

Dem war jedoch nicht ganz so. Es fanden sich in dem unteren Raume dieses Hauses noch zwei oder drei Gemächer, die den zu dem Feuerherde und den Haustieren gehörigen Menschen zu allerlei Gebrauche dienten; und eine leiterartige steile Stiege führte sogar in ein oberes Stockwerk, wenigstens in der Front des Gebäudes, empor, – in unsere Wohnung, die einzige, die meinen Eltern bei ihrer Versetzung in dieses Gebirgsstädtchen offen gestanden hatte. Dicht an unsere Wohnung stieß der Heuboden, und wir hatten deshalb mit Feuer und Licht sehr vorsichtig umzugehen, was wir denn auch taten und vorzüglich ich, dem alles unnötige Spiel damit mehrfach in schlagender Weise verleidet wurde.

Mein Vater, der reitende Steuerkontrolleur Hermann Langreuter, trug einen Säbel und eine Uniform, die mir heute in der Erinnerung den Eindruck von Grünblau und Blau und vielen gelben Metallknöpfen mit dem Landeswappen macht. Was den Anzug meiner Mutter betrifft, so halte ich es hell in dem Gedächtnis fest, daß sie stets in hellen Kleidern ging, – bis zu dem Ereignis, das sie für immer in Schwarz und Grau warf.

Die Salzschmuggler haben mir nämlich meinen Vater erschossen. Um einen Sack voll Salz mußte er damals sein Leben im Walde auf der lächerlichen Grenze lassen. Ich aber habe wahrlich später keine Verlustliste, die um des deutschen Volkes Einheit ausgegeben wurde, gelesen, ohne an den alten Griesgram auf seinem Felde der Ehre wehmütig und kopfschüttelnd zu denken. Der Donner der tausend Kanonen in den großen Siegesschlachten der Gegenwart hat die Schüsse, die seinerzeit hinüber und herüber gewechselt wurden, nicht übertönen können. Gottlob ist es heute nur höchstens ein Drittel der Nation, das sich jenes brüderliche Nachbargeplänkel zurückwünscht, was in Anbetracht des Nationalcharakters merkwürdig wenig ist, zumal wenn man noch die sehr verschiedenartigen Gründe, aus denen jener Wunsch aufwächst, in Betracht und in Rechnung zieht.

Auch aus diesem letzten politisch-historischen Exkurs wird meinem Leser einleuchtend hervorgehen, daß der schöne Sommermorgen, an dem uns die schlimme Nachricht über den Vater gebracht wurde, ziemlich weit zurückliegt. So ist es; es ist viel mehr als ein Menschenalter seit dem Tage hingegangen, und ich kann dreist die objektivsten Bemerkungen an ihn anknüpfen.

Dessenungeachtet liegt jener Tag und alle seine Stimmungen heute schier klarer vor meiner Seele als der gestrige, an dem es mir zuerst einfiel, mir selbst einmal schriftlich von mir selber und dem, was dazu gehört, Rechenschaft zu geben.

Daß der Sommermorgen schön war, sage ich, weil ich heute noch sein Licht, seine Wärme, seinen Landstraßenstaub und seinen Waldduft in mir und um mich spüre. Wir aber, meine Mutter und ich, sind um Sonnenaufgang mit der schrecklichen Nachricht geweckt worden kurz vor dem längsten Tage.

Ich saß aufrecht in meinem kleinen Bette, und meine Mutter hielt mich und hielt sich an mir. Da erscholl das ewige, jedenfalls Jahrhunderte alte Leibstücklein des Kuhhirten in der Gasse des Ackerstädtchens. Die Sonne schien mir auf die Bettdecke, unten im Hause brüllten die Kühe. Meine Mutter war in einem Weinkrampf, und die Hausgenossenschaft und ein paar Nachbarinnen und ein alter eisgrauer Kamerad und Steuerkollege meines Vaters waren auch in der Kammer, und die Stube nebenan war voll von Menschen. Unter den Leuten in der Stube aber befand sich ein Mann in einer fremden Uniform, wie es mir schien. Das war aber die Livree derer von Everstein, die ich nachher sehr genau kennen gelernt habe.

Der Herr Graf hatte den Diener mit dem Eberkopfe auf den Rockknöpfen an meine Mutter geschickt und seinen Wagen dazu. Mein toter Vater lag auf dem Hause Werden, dem Wohnsitze des Herrn Grafen, und ich hörte, wie der alte Kamerad des Vaters zu meiner Mutter sagte:

„Frau Steuerkontrolleurin, liebe Frau, Sie müssen es ja leider Gottes, also fassen Sie sich! Sehen Sie doch mal an, gefaßt mußten Sie ja immer im Grunde auf so was sein. Wie wäre es denn nun gewesen, wenn uns der liebe Herrgott während unserer Militärdienstzeit einen guten, braven Krieg beschert hätte? Eben vielleicht nicht anders als jetzt; nur wäre es vielleicht dann noch früher eingetroffen, und das wäre dann noch viel betrübter für Sie gewesen. Nicht wahr? Sie sind doch nun gottlob eine Soldatenfrau, und Ihren Jungen haben Sie ja da auch noch, und er nimmt sich gewiß in dieser ernsthaften Stunde ein Beispiel an seinem lieben Vater und macht es ihm in allen Dingen nach. Nicht wahr, Fritz, das versprichst du uns?"

„Ja, ja!" heulte ich, ohne im geringsten zu wissen, was alles ich hier versprach; aber ich fühlte, wie meine Mutter mich fester faßte und heftiger mich an sich drückte, als werde sie mich nie mehr aus ihren lieben, schützenden Armen loslassen:

„Fritz, du bleibst bei mir! Du gehst nie von mir!"

„Ja, Mutter, ich fahre mit, ich darf mit ausfahren zum Vater! Nicht wahr, und ich darf auf des Vaters Braunen nach Hause reiten?"

„Der Wagen hält schon seit einer Stunde vor der Tür," sagte der alte Kamerad. „Und es ist doch auch recht freundlich von der Herrschaft auf Schloß Werden, daß sie ihre eigene Equipage schickt. Von Amts wegen sind wir schon längst zu Pferde hinaus; da wird nicht das geringste verabsäumt werden, was Ihnen zum Trost gereichen kann, Frau. Und jetzt kommen Sie; — die Nachbarinnen ziehen Ihnen den Jungen an, und dann fahren wir langsam nach. Es geht ja alles im menschlichen Leben hin und eins in das andere. Erinnern Sie sich nur recht genau an alles, was Sie mir so gut und brav zum Troste sagten, als ich so bei meiner seligen Frau saß und sie dalag. Sie wissen ja also alles Beste, was Ihnen einer jetzt sagen kann, schon von selber. Fritze, du kannst mitfahren."

Zweites Kapitel

Was für eine Magie liegt selbst für die Erwachsenen in dem sich drehenden Rad! Fahren!... Ausfahren! Fahren durch einen frischen, sonnigen Sommermorgen in die weite, weite Welt hinein. Gibt es ein glückseligeres Fieber als das, was bei diesem Worte und dieser Vorstellung das Kind ergreift und ihm in erwartungsvoller Wonne fast den Atem benimmt?

Ich war an jenem schrecklichen Morgen ungefähr fünf oder sechs Jahre alt; aber wie deutlich steht er mir noch vor der Seele! Mit allen seinen Einzelheiten! Da war das hastige Ankleiden, bei dem ein Dutzend aufgeregte Hände helfen wollten. Da war das Geflüster rundum und dazwischen das stille Weinen und laute Schluchzen der Mutter, von Zeit zu Zeit ein neues Gesicht, das sich in die Tür schob und in einem Winkel sich „des genaueren" berichten ließ. Dazwischen immer wieder von neuem die braven, guten Worte des alten Kameraden und Kollegen und dann — das Peitschenknallen des Kutschers in der Gasse, das allmählich immer mehr von steigender Ungeduld zeugte.

Und dann waren wir auf der Treppe und dann in der Gasse, und die Gasse rund um die gräfliche Kutsche war auch voll Menschen, die sich verhältnismäßig still verhielten, aber desto mehr und dichter sich im Kreis herandrängten und, wie mir schien, sämtlich nur allzu gern mitgefahren wären in die Weite hinaus und nach Schloß Werden.

Und die Mutter bekümmerte sich nun gar nicht mehr um mich. Ich hielt mich an ihrem Rocke, sie aber ließ sich starr, stumm und willenlos führen, und ich fürchtete mich vor ihren Augen, mit denen sie gar nichts mehr sah, selbst mich nicht. Ich aber sah auch nur beiläufig auf sie; denn der hellblaue Kutscher sah auf mich, und er hatte zwei Braune vor seinem Wagen.

Das holperige Pflaster der einzigen Hauptstraße des Städtchens – aus dem Tor, an den Gärten hin auf die Landstraße; ich neben der Mutter im Rücksitz des Wagens und des Vaters Kamerad und Kollege uns gegenüber! Da ist die Mühle, wo sich das Wasser aus ziemlicher Höhe auf das Rad stürzt und mir mit seinem ewigen Brausen und weißen Schäumen und eiligen Weitertosen im Bach immer einen so wonnigen Schauder einjagt. Da ist die Gänseweide, unser Hauptspielplatz; Schulkinder mit ihren Schiefertafeln und Abc-Büchern stehen am Rande des Grabens und starren uns an und sind im nächsten Augenblick zurückgeblieben, während ich weiterfahre. Auf der weißen Landstraße liegt die Sonne schon ziemlich heiß; – was wohl der Steinklopfer denkt, der uns auch nachsieht? Was er wohl denkt über unseren Kutscher in dem hellblauen Rock und mit dem Silberstreifen um den Hut? Und über den anderen Mann vor uns auf dem Bocke, auch in Hellblau und Silber?! Ich sehe um die Schultern der beiden Leute von Schloß Werden auf die im Traben sich hebenden und senkenden Pferdeköpfe und die schwarzen Mähnen. Wer doch das alles immer so vor sich haben könnte und vorbeifahren immerzu an den Menschen und Bäumen, Zäunen und Hecken – immer, auch wenn die Sonne noch heißer scheinen sollte!... Ich stehe auf, um in die zurückbleibenden weißen Staubwolken hineinzusehen. Meine Mutter zieht mich wieder auf den Sitz, und wir fahren in das Freie, Klare, Frische hinein.

„Bald sind wir glücklicherweise im Schatten," sagte der Kamerad. Seine Säbelscheide wird heiß; ich habe den Finger daraufgelegt, weil die Sonne auch auf ihr blitzt und blinkert, – zu verlockend, um nicht auch da von ihrem Glanze verlockt zu werden. Es ist acht Uhr am neuen Tage, – auch das bemerkt der Kamerad, seine Uhr hervorziehend.

„Nun sehen Sie einmal, liebe Frau, wie es doch immer viel später wird, als man denkt, wenn man es auch noch so eilig haben will. Da sind wir aber gottlob wenigstens endlich im Walde und im Schatten."

Ja, wir fuhren jetzt im Walde, und es gab nichts Schöneres als ihn an diesem Morgen. Die Buchen streckten ihre Zweige zu einem grünen Dache über uns hin. Wasserläufe rieselten hervor und begleiteten uns stellenweise. Dann und wann sah man hinein in ein Tal, und dann wieder trat der rote Sandstein bis dicht an den Weg hinan, und die Grillen schrillten in dem Spalte des heißen Gesteines, und nie in ihrem glücklichen Dasein und Weiterweilen gestörte Blumen – gelb und blau – sahen uns vorüberfahren.

Doch uns drohte nun in all der Pracht, Lieblichkeit und Schönheit ein Schreckliches.

Ein leises Klirren kam heran an einer Wendung der Chaussee und dazu Pferdehufschlag und eine andere Staubwolke. Zwei gefesselte Männer wurden inmitten dieser Staubwolke und zwischen den Pferden der begleitenden Landreiter geführt. Der Kamerad des toten Vaters zog seinen Säbel an sich und trat mit dem Fuß auf und sprach einen Fluch. Die Mutter aber richtete sich empor und bog sich vor und starrte auf die gebundenen zwei Männer aus ihren verweinten Augen:

„Die?"

„Da könnte man lernen, was es heißen muß, im Ernst einhauen!" sagte leise der Kamerad, und er hatte die Hand auf den Wagenschlag gelegt und rüttelte daran. Die beiden Leute auf dem Bocke aber sahen auch zur Seite und dann auf meine Mutter und mich, und dann schlug der Kutscher plötzlich auf die Pferde, und vorüber ging das auch in Staubwolken, Sonnenlicht und Waldschatten. Im raschesten Trabe gingen die Gäule weiter, obgleich der Weg sich eben bergan zog.

Es ist ein sehr angenehmes Waldgebirge, durch welches damals die Grenze gegen den Nachbarstaat, der das deutsche Salz in anderer Weise als wir besteuerte, sich zog. Eine Grenze ist dort auch heute noch vorhanden, aber jener Staat nicht mehr; doch davon ist jetzt nicht die Rede, sondern von der Gegend – der Landschaft überhaupt. Forsten und Steinbrüche überwiegen; das Ackerland läßt manches zu wünschen übrig; doch ist es in den Händen der Bauern und Kleinbürger, und das ist immer viel wert. Nur einige große Landesdomänen bilden zusammenhängendere Komplexe, und zwei oder drei Rittergüter mit alten Geschlechtern darauf haben gleichfalls ihr größer Teil vom alten Erbe Adams festgehalten. Schloß Werden hatte in dieser Hinsicht den weitesten Besitz aufzuweisen, freilich aber auch, vom trefflichen Walde abgesehen, den steinigsten und unfruchtbarsten. Der Zweig der alten Familie, die es bewohnte, stammte von einem Bergschlosse, fünfzehn Meilen weiter nach Norden im Lande gelegen und durch viele andere bunte Grenzpfähle von dem Absenker getrennt, dazu auch nur als Ruine, zu der es schon, wenn wir nicht irren, im Jahre der Entdeckung Amerikas mit Aufwendung aller damaligen kriegerischen Ingenieurkünste gemacht wurde.

In Wien sitzen Fürsten zu Everstein, in München Freiherren desselbigen Namens, und hier in diesem Waldgebirge, verschollen wie Amerika nach der Entdeckung durch die Chinesen oder die Norweger, oder wer es sonst zuerst aufgefunden haben soll, Herr Friedrich Graf Everstein mit einer einzigen Tochter, Komtesse Irene; und sonderbare Geschichten und Gerüchte gingen über den Herrn und seinen Haushalt im Lande herum. Je genauer man aber darauf hinhörte, desto weniger wirklich Genaues hat man darüber erfahren, außer daß „von Anfang an wenig dort zu suchen und noch weniger zu finden" war. Ein Verbrechen ist das gerade nicht, doch angenehm und behaglich ist's auch nicht. So sagten wenigstens die Leute später.

Noch eine Stunde hatten wir durch den Buchenwald zu fahren, dann kamen wir an einen sumpfigen Graben voll Riedgras und Binsen. Ein altersgrauer Grenzstein stand halb versunken dicht an der Chaussee. Um ihn herum war das Gras niedergetreten wie von vielen Füßen. Unser grauschnauzbärtiger Begleiter schob die Schultern plötzlich hin und her und sah grimmig verlegen auf den Platz hin und legte dann meiner Mutter die Hand auf das Knie und sah dann meine Mutter an, indem er sich mit den Knöcheln der anderen Hand die Stirn rieb.

„Ich weiß nicht, ob es recht von mir ist, Frau, aber ich – der Junge – mag sich wohl einmal daran erinnern wollen. Da!"

„Da hat man ihn gefunden!... Gemordet!... Mir und unserem armen Kinde in seinem Blute!" schrie meine Mutter, und –

„Ja," sagte der alte Kamerad. „Zum Henker, Kutscher, fahr zu!"

Das kam wohl schroff und hart heraus, aber doch aus dem weichsten, teilnehmendsten Gemüte. Und es war auch in der Tat wohl sehr gut, daß der Kutscher wirklich rasch zufuhr. Es war wohl besser, die Frau sanft um den Leib zu fassen und sie zurückzuhalten, als sie blind nach dem Griff des Wagenschlages faßte, um sich hinaus und auf die schreckliche Stätte zu stürzen. Der Tau hing im Schatten noch überall an Gras, Blumen und Blättern; aber da – unterm Erlenbusch – da, wo der Boden am meisten zerstampft war, mochte wohl noch ein anderer Tau an den Gräsern und dem niedergetretenen Gezweige hängen.

Beiläufig, es erregt ganz eigentümliche Gefühle, wenn man sich heute nach so langen Jahren erinnert, damals, wenn auch nicht auf der schweren Fahrt, ein Wort aufgeschnappt zu haben, dahin lautend, daß „der Alte in der Tat merkwürdig viel Blut verloren habe"!

Fünf Minuten weiter von der furchtbaren Stelle entfernt zweigte sich ein Fahrweg von der Landstraße ab quer über Wiesen. Da bog auch unser Wagen ein. Jenseits der Wiesen, über dichte Lindenwipfel- und andere parkähnliche Baum- und Buschgruppen, erhoben sich die blauschwarzen Schieferdächer und die beiden altersgrauen Ecktürme von Schloß Werden.

Ein Pfahl am Wege verbot hier das Fahren und Reiten.

„Sonst fährt hier nur die Herrschaft," erklärte der Kamerad und Steuerkollege; und es war freilich für uns eine bittere Ausnahmsweggelegenheit! Ich hörte das Wort; aber nach dem Fahren hätte ich in diesem Augenblick wenig gefragt, wenn ich zu allem anderen freie Verfügung über die sonnige grüne Fläche gehabt hätte.

Die große Wiese stand in der vollsten, buntesten Pracht ihrer sommerlichen Schönheit. Es schrillte tausendstimmig über ihr; die Schmetterlinge, Käfer und Mücken flatterten und tanzten, es tanzte die heiße Luft über ihr. Wir aber, wir fuhren weiter diesmal, – die Kinderjagd nach den Farben und Tönen des Sommers sollte mir diesmal noch nicht erlaubt sein; – wir fuhren an einem Teil der hohen Hecke des Parkes entlang und dann an einer noch höheren Mauer hin bis zu einem alten, aber immer noch festen und stattlichen Eingangstor, über dessen beiden Pfeilern zwei greifenartige Wappentiere auf Steinschilden in ihren Tatzen das Wappen mit dem Eberkopf der Morgensonne hinhielten.

Der Wagen rasselte auf einen weiten, stillen Hof an ein langgedehntes, graues Gebäude heran und dicht an eine breite Steintreppe, die hier zu einer großen, offenen Tür führte, sich aber an der ganzen Fronte dieses Hauptflügels des Schlosses Werden hinzog.

Der Diener sprang vom Bock und öffnete den Schlag, ein anderer älterer Mann in derselben Livree kam heran und nannte meine Mutter seltsamerweise „gnädige Frau" und fügte ganz leise hinzu:

„Belieben auszusteigen."

Auf den stummen Jammerblick und die hastige Frage der armen Frau aber hob er nur die Achseln und sagte:

„Da sind der Herr Graf schon selber... Ach ja, es geht – den Umständen nach!"

Das letztere Wort bezog sich wohl auf meinen Vater und hieß soviel als: „Noch lebt er wohl, Frau reitende Steuerkontrolleurin, aber – wie lange?!"

Es ist ein nicht mehr ganz junger Mann gewesen, der uns aus der Pforte und an der Auffahrt entgegentrat und den Namen Graf Friedrich Everstein führte. Er hat manches Auffällige in seiner Erscheinung an sich getragen, mir aber ist nichts, aus jener Stunde wenigstens, davon bewußt. Nur sprach er so leise wie sonst niemand von allen anderen Menschen in meiner Umgebung.

Drittes Kapitel

Leise sagte er etwas zu meiner Mutter, und dann bot er ihr den Arm. Wir wurden durch die weite, kühle, mit Hirschkronen, alten Blumen-, Frucht- und Jagdstücken gezierte Halle geführt bis zu einer dunklen Tür. Der ältere Diener öffnete diese Tür, und wir standen in dem Sterbezimmer meines Vaters. Mich hatten der plötzliche Übergang aus dem heißen Sonnentage in diese Kühle, die ganz veränderte Umgebung, die fremden Gesichter vollständig betäubt. Ich ging, den Rock meiner Mutter haltend, wie zu unserem Platze in der Kirche – es waren ganz die nämlichen Gefühle, ein Bangen, Frösteln, Unbehagen und – Behagen.

Ich erinnere mich auch hier noch der Äußerlichkeiten: der braunen Täfelung dieses Gartensaales, des Grüns, das aus dem sonnigen Garten in die beiden hohen Bogenfenster hineinsah, der offenen Glastür, die zu den Gebüschen und Blumenbeeten führte, und des Pfaus, der wie neugierig in dieser Tür stand und seinen schönen Schweif gravitätisch langsam im Kreis über den feinen Kies zog. Wir haben nachher diesen Ort zu allen Jahreszeiten als Spielplatz gern gehabt, und es hat mich wenig gekümmert, daß man einst meinen sterbenden Vater dahin als in das nächst und bequemst gelegene Gemach bettete.

An jenem Morgen waren viele Leute darin, und wahrscheinlich darunter auch ein Arzt. Meine Mutter warf sich jammernd über das Lager, und ich stand einen Augenblick wie allein unter den vielen Fremden.

Es war der Herr Graf, der mich an der Hand nahm und mich gleichfalls zu dem Bette hinführte. Die Mutter lag da bewußtlos, und der Vater war tot.

Das letztere Wort wurde im Kreise umhergeflüstert; ich aber weiß nunmehr von jenem Tage nur noch, daß ich in ein anderes Zimmer geführt wurde und daselbst mit Irene, Komtesse Everstein, Milch trank und Weißbrot aß. Alles andere ist dämmerig, unbestimmt, dunkel – ist nichts. Es war mein Recht, durstig, hungrig und schläfrig zu sein von der Fahrt durch den heißen Sommermorgen; nachher sehe ich mich wieder um in meiner Umgebung und – sie ist eine andere geworden, als sie war. Und hier ist die Stelle, ein weniges mehr von meiner Mutter zu reden, und wie sie in eine hohe Verwandtschaft gehörte und das Recht dazu von Gottes Gnaden besaß und aufweisen konnte.

Den gottlob kaum erwähnenswerten Ansatz von Buckel, den mir

das Schicksal zwischen die Schultern und, wie einige wissen wollen, in bedeutend höherem Grade auch auf die Seele gelegt hat, habe ich gewißlich nicht von i h r. Schlank, zart, scheu-mutig steht sie mir vor der Erinnerung, und ein Licht geht von ihr aus, das von keiner Dunkelheit und noch viel weniger von einem anderen Licht in der Welt überwältigt werden kann. Sie trägt ihre Freuden wie ihre bittersten, schwersten Schmerzen still und so, dem Schein nach, leicht. Ihr wurde alles zu einem Kranze, und woher sie ihre Bildung hatte, das bleibt ein Rätsel, und sie selber wußte vielleicht am allerwenigsten Rechenschaft darüber abzulegen. In der „Mädchenschule" einer kleinen Provinzialstadt hatte sie im zweiten Jahrzehnt dieses Jahrhunderts Lesen, Schreiben, Rechnen und – Singen gelernt, das war alles; aber wenn wo die ersten neun Worte, mit denen ich diesen meinen Lebensbericht eröffnet habe, zur Geltung kommen, so ist das bei ihr der Fall. Sie ist dagewesen wie das große Kunstwerk von Gottes Gnaden; sie ist vorübergegangen. Sie sind alle bei ihr wie bei ihresgleichen gewesen; sie haben keine Ahnung davon gehabt, daß dem nicht so war; ihr ist es nie in den Sinn gekommen, sie zu enttäuschen; denn sie hatte ja eigentlich auch keine Ahnung davon.

Ich bin fest überzeugt, sie hat einen argen Schrecken bekommen, als der Herr Graf sagte:

„Meine verehrte Frau, Sie sind die Dame, die mir für die Erziehung meines armen Kindes in seiner jetzigen Lebensepoche gefehlt hat und die ich seit langem vergeblich gesucht habe. Bleiben Sie bei uns. Betrachten Sie sich als zu diesem Hause gehörig. Sie erziehen meine Tochter, und ich nehme die Erziehung Ihres Sohnes nach besten Kräften über mich. Wir haben einen recht gelehrten Pfarrer im Dorfe, der wird das seinige dazu geben. Ist der Junge für das Gymnasium herangewachsen, so wird sich ja wohl auch das Weitere finden. Lassen Sie uns einander gegenseitig aushelfen, da uns das Schicksal in dieser Weise zusammengeführt hat. Sie wissen nicht, wie hilflos ich in hundert Beziehungen bin."

Nun war auch meine Mutter, wie sich das ja eigentlich von selber verstand, fast nach allen Richtungen und in allen Beziehungen hilflos. Außerdem aber, wie es sich baldigst herausstellte, für ihren und meinen Unterhalt nach dem Tode des Vaters auf eine Pension von sechzig Talern angewiesen, sonst aber auf ihrer Hände Arbeit.

„Was soll ich Ihrem Kinde geben können?" fragte sie in heftiger Aufregung; aber der Herr Graf hat gelächelt, wenn auch sehr melancholisch. Er hat es sehr genau gewußt, was die arme Frau aus ihrem Reichtum zu geben hatte.

Wir, das heißt meine Mutter und ich, siedelten im Laufe desselben Sommers nach Schloß Werden über. Der Herr Graf hatte sich aber nicht geirrt: wenn die Leute, die man in der Ferne aufsucht, sich stets in die Leute verwandeln, die man rundum in der nächsten Nachbarschaft wohnen hat, so ist das für seine Tochter und für ihn selber in Hinsicht auf die Witwe des reitenden Steuerkontrolleurs Langreuter nicht der Fall gewesen. Und ich – ich, wenn ich in die Sonne sehen will, so hebe ich nicht das Auge zu dem öden brennenden Stern auf, sondern denke mich in jene Tage und Jahre zurück, die da folgten.

Viertes Kapitel

Ich bin im Verlaufe der Tage in des Lebens Ernüchterungen wie andere tief genug hineingeraten, aber meine in Blau, Silber, Grün, Gold und Purpur schimmernden Märchenjahre habe ich auch gehabt. Hier beginnen sie und verwandeln mir auch den heutigen Tag in sein vollständiges Gegenteil. Daß ich ein poetisch Gemüt sei, das hat nachher wohl niemand von mir behauptet (ich habe wenigstens alles dahin Einschlägige vorsichtig und fest für mich selber behalten), aber damals war doch manches Gedicht – echte Naturdichtung – in mir und um mich, und alles Heimweh – die Quelle aller Poesie –, das ich in leereren Tagen gefühlt habe, stammt aus dieser Zeit und geht dahin.

Wir grübeln viel, wir gebildeten, klug, d. h. dumm gewordenen Menschen, über den Schein in dieser Welt, der sich den Anschein des Wesens gibt; ach, wenn er nur schön war, dieser Schein, wer möchte ihn missen wollen aus seinen Tagen? Wer möchte nicht dumm, d. h. klug gewesen sein, wenn auch nur in den Tagen, da er noch jung war?!...

Ich bin natürlich zuerst nur mit in den Kauf genommen worden auf Schloß Werden. Ich kam als ein Appendix meiner Mutter dahin; und es war mir ganz recht so, und es war gut so; es war alles ganz vortrefflich. Die Welt am siebenten Schöpfungstage konnte unserem Herrgott nicht um das mindeste besser gefallen; das Behagen des einen wäre hier freilich ohne die Seligkeit des anderen gar nicht möglich gewesen!

„Gib mir deine Hand, Junge; ich will dir alles zeigen, was ich habe,“ sagte Komtesse Irene Everstein. „Du kommst aus der weiten Welt, und ich bin hier immer bei Papa gewesen. Mach dich aber nicht mausig; Ewald wird dich sonst durchprügeln, wenn Eva nicht dabei ist."

Ich habe es erst später, als wir „in das Griechische kamen", erfahren, daß der Name Irene eigentlich Friede oder die Friedliche bedeutet; aber Namen und Sachen, Worte und Begriffe passen nicht zu jeder Zeit aufeinander. Es ginge so sonst ja wohl auch ein wenig zu glatt ab in dieser doch einmal auf das Rauhe gestellten Welt.

„Weißt du, Junge," sagte das Kind, „ich bin die Prinzessin aus dem Bilderbuche, ich bin die Fee, ich zaubere. Wenn du nicht artig bist, so verwandle ich dich in einen schnurrenden, buckligen Kater. Wenn du aber Ewald was davon sagst, so prügele ich selber dich, denn ich will nicht, daß Ewald über mich lacht. Mein Vater lacht niemals über mich, o, und ich will genau aufpassen, was deine Mutter tut, wenn sie aufgehört hat zu weinen. Aber deine Mutter ist gut, und so kannst du auch gut sein, Du kannst ja auch mit Eva gehen, wenn Ewald und ich dir nicht gefallen."

Der trübe Tag vermag nichts dagegen; die Namen, die hier zum erstenmal auftauchen, liegen doch im ewigen Sonnenschein, und andere werden dazu kommen; wartet es nur ab, daß die Nebel sinken: man sieht auch von der besten Aussichtsstelle nicht an jedwedem Tage, den Gott gibt, die Höhen über den Tälern leuchten vom Großglockner bis zum Monte Rosa.

Es sind die beiden Kinder des Försters Sixtus im Dorfe Werden, von denen die Rede ist. Von dem Papst Sixtus dem Fünften stammte der alte Herr in Grün nicht ab; aber der Zufall hatte ein altes Buch in seinen Besitz gebracht „Leben des berühmten Papstes Sixti V, geschrieben durch Gregorio Leti. Aus dem Italienischen übersetzt. Frankfurt, bei Thomas Fritschen, 1720"; und darauf hat oft seine brave, schwere Hand, zur Faust geballt, gelegen, und heute klingt mir noch der Brummseufzer in den Ohren:

„Das war ein Kerl, Fritze! Alle Hagel, der ist ja gerade so mit seiner Satansbande umgesprungen wie der Doktor Luther hier bei uns mit uns, mit seiner, und wie ich mit euch umgehen werde, ihr Raubzeug und Teufelskinder, wenn ihr es mir zu bunt macht. Fritze, da sieht man's wieder, daß der Herrgott mehr von einer Sorte im Sacke hat und nur hereinzugreifen braucht, um einen 'rauszulangen und hinzustellen, wo er zu brauchen ist. Aus dem Buch hat mir mein Junge vorlesen müssen und nachher mein Mädchen, und bei Gelegenheit kannst du auch an die Reihe kommen, aber die Hauptstellen lese ich doch lieber für mich allein, die passen für euch naseweises Geziefer jetzt noch nicht. So 'nen Papst lass' ich mir gefallen, und es ist mir eine Ehre, daß er meinen Familiennamen sich angenommen hat."

Ich habe später über manchem anderen in der Menschen Kunde abschmeckend gewordenen Tröster mit beiden Armen aufgestützt gelegen, aber nie wieder über einem so wie über diesem. Das langweilige Buch in dem edlen Deutsch von siebenzehnhundertzwanzig ist gottlob in meinen Besitz übergegangen und nimmt einen griffgerechten Ehrenplatz in meiner Bibliothek hier in Berlin ein. Ich brauche es nur wie ein richtiges Zauberbuch aufzuschlagen, um über seine vergilbten Blätter hinweg alles vor mir lebendig zu haben, was damals mein Leben nicht bloß bedeutete, sondern war. Treffe ich auf eine Daumenspur des Alten am Rande der Blattseite, so ist es noch besser und gibt die wärmere Farbe. Freilich eine wärmere Farbe! Ich ergreife hier mit beiden Händen die Gelegenheit, zu versichern, daß hier nichts, gar nichts allzu reinlich, zierlich und frisch lackiert aus dem Putz- und Schmuckkästchen der Romantik entnommen ist. Wir rochen um uns her alle Gerüche und sahen alle Dinge, wie sie die Menschen und die Natur im ewigen Hervorbringen vergänglich hinstellen. Alles war seit lange im Gebrauch gewesen und wurde weiter abgenutzt; und wenn ich vorhin von den Livreen des Schlosses Werden gesprochen habe, so stelle der Leser sich dieselben ja nicht zu farbenfrisch und tressenglitzernd, sondern ganz im Gegenteil vor. Wir trugen sämtlich unsere Kleider so lange als möglich und schämten uns eines Flickens an der rechten Stelle wenig. Wir trugen den Frühjahrsregenschmutz, jegliche Gewitterspur und alles, was Herbst und Winter da geben, überallhin, wo eine Tür offen war. Wir hatten alle Wünsche, die nur durch mehr irdische Güter, als wir besaßen, befriedigt werden konnten, und der Herr Graf war da durchaus nicht ausgenommen, sondern auch im Gegenteil. Das Schloß war kein pomphaft Epos und die Försterei keine geleckte Idylle. Sie trugen inwendig und auswendig gleichfalls ihr Flickwerk und ihre Erdgerüche an sich und um sich, und was die letzteren anbetraf, so hatten der Wald mit seinen Buchen- und Tannendüften und die Wiesen mit ihrem Heugeruch recht häufig das Beste dazu zu tun, um die Atmosphäre für fremde heikle Nasen zu verbessern.

Da ist so eine Daumenspur – hier auf S. 595:

> „Wer unter dem itzigen Papste dem galgen entgehen will, der muß kein bedenken tragen, sich in ein kloster einzusperren, sollte es auch das allerunglückseligste seyn."

und ein süßer Duft weht über die Stelle, aber ein ganz eigentümlicher. Es war ein braver Tabak, den der Alte bei seiner absonderlichen Lektüre verqualmte, und ich erkenne die Sorte heute noch mit innigstem Behagen wieder auf Spaziergängen und im Eisenbahnwagen dritter Klasse. Rauchte ich selber, so würde ich nur diese rauchen! Und nun, um es kurz zu machen und es mit dem treffendsten Idiotismus zu nennen: wir waren allesamt und auf Meilen in die Runde ein schmuddeliges Volk, ausgenommen vielleicht der Herr Graf, meine Mutter und Evchen Sixtus, Komtesse Irene Everstein dagegen nicht ausgenommen. – Wir waren ein ganz unromantisches Völklein; aber zu seinem Recht soll das hübsche Wort „romantisch" doch auch hier gelangen, und wir hängen es wie gewöhnlich an ein Haar. Ach, es gibt sich leider nichts leichter, als in irgendein Handwerk hineinzupfuschen!

Irene war eine Goldblondine, die die Leute ansahen und für sanft hielten; Eva war dunkel und sanft, und Ewald hielt allen seinen Schulmeistern einen braunen Lockenkopf zum Dreingreifen und Zerzausen hin. Von dem, was der Herrgott auf meinem Schädel wachsen ließ, rede ich lieber nicht; aber stimmungsvoll war's! Es stimmte merkwürdig gut zu allem übrigen, und die gütige Vorsehung erhalte es mir solange als möglich, wenn nicht der Schönheit, so doch der Nützlichkeit wegen.

Es kam aber keinem von uns darauf an, wie er eigentlich aussah. Auch was die Mädchen angeht, so macht es mir heute den Eindruck in der Erinnerung, als ob sie sich wenig darum gekümmert hätten, wenn ich dieses auch nicht als feste Behauptung hinstellen darf.

Die Sonne lag uns auf den Köpfen bei jeglicher Witterung, und so trieben wir uns um in den Wäldern, auf den Wiesen und Feldern, in der Schulstube und in den Gängen und Sälen von Schloß Werden. Was jenseits der Berge war, davon wußten wir gar nichts; und wie das so häufig geht, haben wir alle später viel davon erfahren – mehr jedenfalls, als zu unserem Glücke nötig war. Andere freilich haben das vielleicht dann und wann unser Glück genannt; da ist eben mit der „anderen" Anschauungen und Einbildungen nicht zu rechnen.

Das rechte Licht! War es das rechte Licht, das damals über unsere Köpfe und Tage fiel?

Darüber ließe sich viel sagen; und am Ende ist es gar nicht der einzelne Mensch mit seinen zwei Augen, der etwas darüber zu sagen hat. Nur die auserwähltesten Geister sind es, die hier und da in höchst seltenen Fällen ihre Meinung ausdrücken dürfen. Sie können dann wie der Maler der heiligen Nacht den Schein vom neugeborenen Erlöser in der Krippe ausgehen lassen oder wie auf der Rubensschen Heuernte, die der alte Goethe seinem Eckermann entzückt vorweist, die Sonne von den Dingen zwei Schatten geradeweg einander entgegenwerfen lassen.

Auch die allerniedrigsten oder einfachsten Geister reden da oft das Richtige. Aber alle zwischen der Höhe und der Tiefe liegende Verständigkeit der Erde hält einfach am besten den Mund und läßt sich bescheinen, – schwitzt und ärgert sich, wenn es ihr zu heiß wird, und kriecht in die Sonne und lobt sie im Vorfrühling und Spätherbst oder im Winter, wenn die Knochen dürr werden, die Zähne wackeln oder ganz mangeln und die romantischen Locken verwehen „gleich den Blättern der Bäume", wie Vater Homer davon sang, nicht in einem seiner schläfrigen Augenblicke, sondern an einem der hellsten ionischen Sonnentage, wo er nicht schlief.

Bin ich von der Daumenspur in dem kuriösen Geschichtsschreiber Gregorius Leti zu weit abgekommen? Ich glaube nicht.

Da sitzt der Alte noch vor mir in seiner Amtswohnung am Ende des Dorfs. Alle Türen und Fenster des Hauses stehen offen, und alle Lichter, Töne und Düfte haben freiesten Zutritt, Vieh und Mensch und also auch der Herr Graf. Da kommt er ein wenig schwerfällig auf seinen Stock sich stützend und seinen Weg mit den Fußspitzen vorsichtig vorausfühlend. Ein gewisser Lehnstuhl wird ihm hingerückt, und da sitzt er, und eines von beiden wird sofort geschlossen, entweder die Tür oder das Fenster, meistens aber beide.

„Wie steht das Befinden, alter Freund?"

„Danke, Herr. Ohne die verflixten Holzwrogen könnte man es vielleicht wohl zu einem hübschen Alter bringen; aber nun sehen Sie mal diese Schandliste von Frevlern! Und alle aus dem Dorf! Und jeder Halunke mit einem Handbeil unter der Weste und jedwedes Subjektum vom schönen Geschlecht mit einer Säge unterm Unterrock. Und die letzten sind die schlimmsten, denn sie ruinieren den Forst von unten auf. Kein junger Trieb ist da vor der ältesten Wackelliese sicher, und von den jungen Spitzbübinnen will ich gar nicht reden. Da möchte man doch lieber Papst in Rom sein; und meinen Namensahnherrn wünsche ich mir nur auf vier Wochen hierher an meine Stelle."

Der Herr Graf lächelt matt und seufzt:

„Wäre es mein Wald, so würde ich sagen, sehen Sie durch die

Finger, Sixtus. Jetzt sehen Sie allein zu, wie Sie Ihr gutes Herz und die Feuerungsbedürfnisse unserer braven Nachbarn mit Ihrer Amtspflicht in Harmonie bringen. Das Kind ist auch wieder den ganzen Morgen durch aus unserem Gesichtskreise verschwunden und hilft wahrscheinlich ebenfalls beim Holzstehlen. Frau Langreuter ist in Verzweiflung und kündigt mir sicherlich demnächst ihr Gouvernantentum. Was haben Sie von Ihren Sorgen zu Hause?"

„Nichts! Sie haben gesagt, sie seien in den Sommerferien, und sind auf und davon. Mein Evchen wollte eigentlich nicht; aber es mußte. Der Junge muß mir zu Michaelis sicher auf die Schule; der Pastor kommt nicht mehr mit ihm zu Rande. Das Fritzchen da hab' ich nur allein noch am Hoftor erwischt und gesagt: hier; halt mal, und ihn mit an meine Rechnungen gesetzt. Da sitzt er, Herr Graf, und nun fragen Sie ihn selber einmal, wo die anderen stecken!"

Das „Fritzchen", das war ich, – der Weltweisheit Doktor Friedrich Langreuter, und der Herr Graf dreht seine silberne Dose zwischen den Fingern, nimmt bedächtig eine Prise und wendet sich in der Tat an mich und fragt:

„Wo ist Irene, mein Sohn?"

Und bei dieser Frage öffnet es sich vor mir breit, weit, sonnig, grün, Berghügel und Berghügel, Tal und Tal, und dann einmal zwischen zwei Bergen das Glitzern einer Flußwindung, und dann auf der Ferne rundum ein blauer, lichter, magischer Dunstschleier, den man – wie Ewald behauptet – sich am besten zwischen seinen ausgespreizten Beinen durch besieht; da ist Eva Sixtus und ihr Bruder Ewald und Irene Everstein und – ich auch, Friedrich Langreuter, der Weltweisheit Beflissener! Den unsterblichen Göttern sei Dank, daß dem so war, daß wir einmal s o da waren! – – –

Wir wissen noch nichts von den Vermögens- und Familienverhältnissen des Herrn Grafen und von unseren eigenen noch weniger. Wir leben in den Tag hinein, und wie kann man besser oder vielmehr angenehmer leben? – Wenn die Frage: Wo ist Irene? Wo sind Ewald und Eva? Wo sind die anderen? von neuem gestellt werden wird, dann hat sich alles geändert und nicht zum Besseren. Wir leben dann nicht mehr in den Tag, in das Licht hinein: wir wissen dann leider ganz genau, mit welcher Regelmäßigkeit die Dämmerung und die Nacht kommen und wie es am hellsten Mittage dunkel werden kann über dem Menschen und seinem Zubehör.

10*

Fünftes Kapitel

Von dem gelehrten Herrn Pastor, den der Herr Graf gleich zu Anfang unserer Bekanntschaft meiner Mutter rühmte, habe ich wenig zu sagen. Der Herr Graf verstand es wohl nicht besser, aber die Gelehrtheit des guten Mannes war nicht weit her und sein Einfluß auf uns unbedeutend.

Hierüber aber erhält Ewald am besten das Wort. Er nahm mich seinerzeit beiseite, das heißt, indem er mich am Kragen faßte und, mich auf offener Dorfgasse abschüttelnd, bemerkte:

„Tust du dumme Stadtpflanze noch ein einzig Mal da (dieses war von einer Schulterbewegung dem Pfarrhause zu begleitet), als wüßtest du mehr als ich von all den Dummheiten, so paß auf! Wie die Engel im Himmel singen, das weißt du wohl noch nicht? Hör mal, so!"

Nun ist es durchaus nicht angenehm, seiner Wissenschaften wegen an den Ohren auf- und von den Füßen gehoben zu werden.

„Hörst du sie?! Nicht wahr, sie singen wirklich wie die Engel? Und nun tu's nicht wieder und heb den Finger in die Höhe, wenn ich feststecke. Frag nur Irene, ob die alten Ritter das getan haben. In der Dorfschule beim Kantor tun sie es alle, und da tue ich es auch, und du kannst es auch tun; aber bei dem dummen Lateinischen und dem Herrn Pastor da probiere es mir nur noch ein einziges Mal, und du sollst sehen, was du erlebst, und wenn du mir auch hundertmal deinen Robinson und deine Campes Eroberung von Mexiko geliehen hast."

„Was soll ich aber denn tun, wenn ich was weiß?" heulte ich, während Irene lachte und Eva ihren Bruder am Hosenbund nach rückwärts zog.

„Die dumme Schnauze halten! Der Alte sagt es schon ganz von selber her. Ich gehe doch schon lange genug bei ihm in die Privatstunde und muß es wissen, was er alles weiß! O, der weiß für uns beide noch lange genug!"

So war es; aber leider war das, was der gute geistliche Herr wußte, auch wenig genug, und was das Schlimmste war, seine Begabung zum Lehrer stand noch tief unter der Wasserhöhe seiner Wissenschaft. In der Hinsicht war es jedenfalls für uns sehr von Nutzen, daß die Jahre hingingen und wir ihm entwuchsen. Und der Herr Graf, der meiner Mutter wegen in der Tat allen Grund hatte, Wort zu halten, hielt es auch. Ich wurde mit Ewald auf das Gymnasium der größeren Provinzialstadt des anderen Staates jenseits des Flusses „getan"; und wir kamen von da an nur in den Ferien nach Hause, das heißt zurück nach Schloß Werden, in das Försterhaus, das Dorf und den Wald und zu den beiden Mädchen.

Die beiden Mädchen! Als wir zum erstenmal abzogen, sagte Irene:

„Ihr habt es gut."

Worauf Ewald mit einem bedenklichen Griff nach seinem Rücken erwiderte:

„Weißt du das? Erst probieren und nachher weise Redensarten! Na, was mich angeht, so ist die Hauptsache, daß ich endlich einmal aus dem dummen Dachsbau herauskomme. So'n langweiliges Volk als euch findet man ja immer, und nachher geht der Weg ja auch weiter, und deshalb haben wir zwei es sicher besser als ihr beiden dummen Frauenzimmer."

„Und ich verbitte mir endlich diese ewigen dummen Dummheiten," rief Irene. „Das wird auch auf die Länge dumm und langweilig, du — dummer Junge. Laß sie stehen, Eva, und komm in die französische Stunde; so wie auf morgen, wo wir endlich mal Ruhe vor ihnen haben, habe ich mich noch auf keinen anderen Tag gefreut. Schafskopf! ... Herr Gott, Fritz, da ist deine Mama! Ach, nun hat sie auch das wieder gehört! Komm rasch, Evchen! Adieu, messieurs, mademoiselle Martin nous attend. Ach Gott, ach Gott, ach Gott!"

Es war freilich meine Mutter, die um das Gartengebüsch trat und in der Tat das Wort „Schafskopf" noch vernommen hatte. Und obgleich sie die richtige Adresse sicherlich ganz genau kannte, wendete sie sich dessenungeachtet an die falsche, nämlich an mich, und sagte nichts weiter als:

„Aber Fritz?!"

„Ich war es, mit dem sie sich gezankt haben," murmelte Ewald kleinlaut, aber ehrlich.

„Von deiner Schwester ist gar nicht die Rede, Kind," sagte meine Mutter und ging weiter den sonnigen Kiesweg entlang, um als Frau Aja mit dem Strickstrumpf in einer Fensternische der französischen Stunde beizuwohnen und die Vokabeln leise mit nachzusprechen. Mademoiselle Martin aus Nanzig in Lothringen, die alte „Kammerfrau" der verstorbenen Frau Gräfin, befleißigte sich der besten Aussprache des Idioms.

„Es ist zwar schauderhaft," seufzte der Herr Graf, „aber ich habe das meinige doch auch nur in Wien gelernt, und sie hat es wenigstens aus Büchern und ist mit der Grammatik in ihrem Geburtsort in die Schule gegangen. In Nizza hat meine selige Frau sie gefunden, und sie hat treu bei uns ausgehalten durch Gut und durch Böse. Durch das letztere meistens mehr als durch das erstere. Ihre Eltern hatten sie zur soeur ignorantine bestimmt; aber sie fand in sich keinen Beruf dazu, und mir ist es lieb, daß wir sie gefunden haben. Sie hat sehr treu bei mir ausgehalten, Madam Langreuter, und, wie gesagt, durch gute und durch böse Zeiten, und durch die letzteren mehr als durch die ersteren."

Auch mein Französisch stammt in seinen Elementen aus der Schule der Mamsell Martin, und es ist danach geblieben. Irene und Ewald hatten Gelegenheit, das ihrige sehr zu verbessern, und Ewald spricht und schreibt es heute fast ebenso gut wie das Englische, das er mit einer spaßhaften Neigung ins Irische zu seiner zweiten Muttersprache gemacht hat.

Wir gingen ab nach dem Gymnasium und kamen von da nur in den Ferien nach Schloß Werden zurück. Wenn ich anfangen wollte, davon zu reden und zu schildern, so würde wohl nicht an ein Aufhören zu denken sein. So ist es aber hundert und aber hundert Autobiographen und Biographen ergangen, und sie sollen für mich mit gesprochen und geschrieben haben. Es wiederholt sich und bleibt sich vieles gleich in der Welt, was an und für sich den Eindruck der individuellsten Originalität macht.

Aber die großen italienischen Nußbüsche an der letzten Hecke des äußersten Gemüsegartens derer von Everstein und den Vetter Just hat nicht jedermann erlebt, und so machen wir die beiden zu unserer Spezialität, und den letzteren durch alle Blätter dieser Aufzeichnungen hindurch.

Sie haben eigentlich nichts miteinander zu schaffen; der Vetter hat nie in ihnen gesessen, in den Nußbüschen nämlich; aber doch kann ich nie an den einen ohne die anderen denken. Sie gehören in der grünsten, lichtesten, lachendsten und doch zugleich ernsthaftesten Weise zusammen in meiner Seele. Wie hundertmal in der Wirklichkeit besuche ich heute in der Erinnerung den einen von dem anderen aus, den Vetter Just auf seinem Hofe jenseits des Flusses von dem Gezweige unseres alten Wunderbaums herunter.

Es war eigentlich gar kein einzelner Baum, sondern ein Bündel dick- und hochstämmigen Gebüsches, das der liebe Gott aus einem halben Dutzend Kernen zu unserem Vergnügen auf einer Bodenerhöhung an der Hecke zu außergewöhnlicher Höhe und Pracht hatte aufschießen und sich ineinander weitästig verwirren lassen. In weit entlegene, uns ganz und gar vorgeschichtliche Zeit war das Aufsprießen gefallen, aber der Gipfel der Verwirrung nur allein für uns, wie wir glaubten, in die unserige, und das war das Schöne. Die Vorsehung hatte es auch in diesem Falle gewußt, was alles in dem Keime lag, den sie hier in seiner Hülse auf den Boden fallen ließ, den sie erst mit gelben Blättern, dann mit trefflicher Gartenerde bedeckte und ungestört Wurzeln nach unten in die Dunkelheit und zwei zarte grüne Blättchen nach oben in das Licht, in die Sonne treiben ließ! Der Mensch denkt nie daran, wenn er im großen Walde geht, was alles in zwei solchen grünen Keimblättchen zu seinen Füßen für ihn und seine Art auseinander klappt. Wo bliebe aber auch das Spazierengehen, wenn dem so wäre? Es würden manche dafür danken und unter diesen ich zuerst. Zu Hause, innerhalb seiner vier Wände, unter alle dem, was man sich selber allgemach zusammengetragen hat, würde es bei weitem behaglicher sein als draußen im Freien.

Es war natürlich Ewald Sixtus gewesen, der zuerst herausgefunden hatte, wozu dieses Baumgebüsch gut sei. Er hatte die Leiterstufen gezimmert, die an dem knorrigen Hauptstamm in die Höhe führten bis zu der ersten Gabelung, von wo dann Irenes Ruhe, Evas Höhe, Friedrichs Lust und Ewalds Heim mit mehr oder weniger Beschwerlichkeit und Gefahr des Hals-, Arm- und Beinbrechens zu erreichen waren. Die „Ruhe" und das „Heim" hingen selbstverständlich im schwankten und luftigsten Gezweig; Evas Höhe saß ebenso selbstverständlich am tiefsten und sichersten, und ich – ich wäre mit und zu meiner Lust am liebsten unten am Baum auf festem Erdboden geblieben; aber hinauf mußte ich wie die anderen, und wenn ich einmal oben saß, so gab es freilich auch für mich keinen besseren Platz im Himmel und auf Erden als diesen zwischen Himmel und Erde.

Da waren es einzig und allein die Vögel, die es noch besser hatten als wir und die wir dann und wann immer noch beneiden durften.

„Wer es wie die könnte!" seufzte Irene, im äußersten Gezweig, schon jenseits der Hecke des Schloß-Küchengartens in ihrer gefahrvollen Ruhe, zwanzig Fuß hoch über der Wiese hängend. Und das war wieder einmal an einem Sommermorgen, gerade als die Sonne aufging und alle Frische und aller Tau und alle Erwartungen vom Tage und sämtliche Pläne für die angenehmste Verwendung desselben noch vorhanden waren.

Es ist kaum zu glauben, aber es war doch so: wir, Ewald und ich, wir schmauchten frech hinein in die heilige Frühe und noch dazu

Zigarren, von denen der Herr Pastor nie begreifen konnte (während unserer Ferien), wie sie ihm so rasch zu Ende gingen.

Der Herr Graf rauchte leider nicht; er würde sich sonst gewiß an eine bessere Sorte gehalten haben. Den Knaster, den Vater Sixtus aus seiner kurzen Jägerpfeife verdampfte, hatten sich die beiden Herrinnen von Evenshöhe und Irenensruhe in „ihrem Baum und so früh in der Natur" ganz ernsthaft verbeten. Ich habe es schon gesagt, ich rauche heute auch nicht mehr; aber ich weiß das Blatt aus jener Zeit her noch zu würdigen und zöge es jetzt jedem anderen vor. Ewald hatte gewöhnlich alle Taschen voll davon und meinte: „Das nenne ich gar nicht einem was ausführen, sondern nur gerechte Sühne! Es ist einfach scheußlich, wie billig der Alte den himmlischen Äther (nicht wahr, so heißt's, Fritz?) verstänkert. Es ist aber ganz sicher ganz dasselbe Kraut, was sich sein lieber Papst Sixtus der Fünfte hier im Walde verstattet haben würde; nicht wahr, Fritzchen? Du mußt es wissen."

Weshalb mußte ich das wissen? ... Weil ich den „Schlingel aus dem Försterhause" um drei Eselsohrenlängen in der Gymnasialbildung hinter mir zurückgelassen hatte? Es hat sich nachher ausgewiesen, daß das ziemlich wenig zu bedeuten hatte.

Da sitzt Eva im Zweig und sagt vorwurfsvoll: „Aber Ewald, sprich doch nicht so vom Vater!"

„Wozu hat man denn sein Taschengeld von ihm?" klingt es zurück; und — es ist immer noch der Sommer und der Sommermorgen, die Jugend und die Frage: was fangen wir heute mit dem unendlichen Tage bis Sonnenuntergang an? auf der Tagesordnung!

„Heute gehen wir ihnen einmal recht ordentlich durch. Nachher kriegen wir dann alles auf einmal über die Köpfe und sind ein Vierteljahr durch hübsch reuig. Übermorgen geht ihr ja doch wieder ab, und wir haben Zeit für alle guten Ermahnungen und Weisheit und Tugend, nicht wahr, Evchen?" ruft die Gräfin von Everstein von ihrem Aste und greift nach dem nächsten über ihr und steht aufrecht, in tollster Lust sich wiegend. Das ganze jetzt von der vollsten klarsten Morgensonne durchleuchtete grüne Haus schwankt bis in seine Grundfesten, das heißt bis in die äußersten Wurzelfasern.

„Nicht schütteln! O Irene!" ruft Eva ängstlich; aber wohl rüttelt und schüttelt sich alles rundum, der Nußbaum und die weite wonnige Welt. Die blitzenden Tautropfen sprühen im buntesten Glanze um uns hernieder, und jenseits der Hecke von seinem Zweige hängt Ewald bereits wie ein Affe auf die freie, weite Wiese herunter, mit den Füßen in freier Luft, nach dem nächsten Äste unter ihm tastend. Daß er das Experiment nicht mit dem Kopfe nach unten hängend ausführt, ist ein schöner Zug seiner Nachgiebigkeit und Herzensgüte; versucht hat er's selbstverständlich, aber Eva hat es sich für „unseren Baum" verbeten wie Irene eben dafür den Knaster aus der Schweinsblase seines Vaters.

Er kommt richtig auch diesmal wieder mit ungebrochenen Gliedmaßen im hohen Grase und unter den Sternblumen und Kuckucksblumen der Wiese an und schlägt zur Erholung von der Anstrengung noch ein dutzendmal Rad im Kreise. Schon kriecht die Komtesse durch die Hainbuchenhecke, und mehr als daß sie springt, fliegt sie über die hohen Kletten- und Brennesselbüsche im Graben. Aus dem Wunderbaum erschallt noch ein flehend klägliches Stimmchen:

„Ach Gott, Fritz?!"

Ich reiche beide Arme an der Leiter empor, um das ängstliche Vöglein aus dem Baum im Notfall im Fall auffangen zu können.

„Da rennen sie schon über die Wiese nach dem Walde! Mach rasch, Evchen!"

„Ach Gott, ja! Sie hören ja nun wieder nicht! Und ich ginge doch so gern erst hin und sagte es zu Hause, wo wir geblieben sind."

„Wir sind ja zu vier, Evchen! Und einer wird doch wohl übrig bleiben und Nachricht bringen, wenn drei von uns zu Schaden kommen."

„Ja, und ihr wollt dann, daß ich das bin! Mein Vater ängstigt sich wohl nicht; der kommt vielleicht auch erst zum Abendessen heim. Aber deine Mutter! ... Und Irenens Vater?!"

„Das ist nun zu spät. Sie rufen schon vom Walde her; hörst du?"

Sie rufen wirklich, und wir kommen. Wir folgen der glücklichen, seligen Spur durch den Tau der Wiese; und nun sind auch wir, Eva Sixtus und ich, in dem kühlen Schatten der Buchen, und – wunderbar, ein Gewissen hatten wir bis eben, aber nun ist es uns gleichfalls abhanden gekommen. Sie haben alle kein Gewissen in den Gebrüdern Grimm, und wir stecken nun eben ganz darin, in dem Märchen, in der Wonne des Abenteuers der Kinderwelt – ganz und gar darin wie die zwei anderen, Ewald Sixtus und Irene Everstein!

Was geht in der Menschheit Behagen über diese ganze volle Gewissenslosigkeit des Märchens oder noch besser der Jugendzeit? – Die „ewige Seligkeit"; denn die wird freilich in einem noch etwas höheren Grade gewissenslos sein.

Sechstes Kapitel

Sie hatten vom Walde, dem großen Walde, her gerufen; und hinter dem Walde saß der Vetter – der Vetter Just Everstein; und wenn es für Namen kein besser Sieb gibt als ein Konversationslexikon in der Reihenfolge seiner Auflagen, so ist es sehr schade, daß der Vetter durch einen der gewöhnlichen Zufälle nicht hineingekommen ist. Er gehörte von Rechts wegen hinein und von Gottes Gnaden darin zum eisernen Bestande irdischen guten Gerüchtes.

Jenseits unseres Waldes und jenseits des Flusses hatte sich da eine Seiten-Seitenlinie des Geschlechtes derer von Everstein allgemach von Generation zu Generation, von Glückswechsel zu Glückswechsel in den Bauernstand zurückverloren. Schon vor hundertundfünfzig Jahren, gerade als eben dem Bruchteil von Adams Geschlechte auf Schloß Werden das Grafentum als höhere Betitelung von oben zufiel, hatten die Vettern drüben den letzten Ring, der sie an den Adel des deutschen Volkes knüpfte, fallen lassen. Das Wörtlein Von war ihnen abhanden gekommen, wie ein Taler in die Stubenritze rollt. Sie wußten selber nicht recht anzugeben, wie es eigentlich zugegangen war.

„Das einzige, was ich gewiß darüber weiß, ist, daß wir damals scheußlich auf dem Hunde waren," sagte der Vetter Just. „Was will ein Kotsasse, dem der Siebenjährige Krieg die letzte Kuh aus dem Stalle holt, mit einem adligen Wappen über seiner Stalltür? Sich bei den anderen Bauern und alle Abend im Kruge lächerlich machen? Das kann er! Siehst du, Fritze, das ist eben die Sache beim Kriege, daß er den einen zum Kaiserlichen Feldmarschall-Leutnant macht, wenn's beim anderen um die letzte Kuh gilt. Studiere du deine mittelalterlichen Geschichtsquellen ruhig weiter; aber meine laß mir lieber doch unaufgerührt. Ich meine, der alte Brunnen kommt immer doch noch klar genug aus der Tiefe in die Höhe. Nur immer kühl und klar, das ist die Hauptsache; am Ende bleibt alles, was dem Menschen überhaupt auf dieser Erde passieren kann, in der Verwandtschaft, und das ist ein Trost; – nicht etwa?"

„Jawohl, jawohl!" holte ich die Antwort tief aus der Seele herauf. Das war aber alles nicht an dem Morgen, an dem wir wieder einmal von dem Nußbaum zum Vetter Everstein jenseits des Flusses „durchgingen", sondern lange, beschwerliche Jahre später. – Der Nußbaum oder die Nußbäume waren damals längst ebenso unmotiviert umgehauen worden wie die, welche den Legationssekretär Werther in solche Wut gegen die neue Frau Pfarrern zu St. brachten: – „wie kühn und wie herrlich die Äste waren!... Abgehauen! Ich möchte rasend werden, ich könnte den Hund ermorden, der den ersten Hieb dran tat! ... Siehst du, ich komme nicht zu mir!... O, wenn ich Fürst wäre! Ich wollt' die Pfarrerin, den Schulzen und die Kammer – – –"

Eine neue Chaussee führt über die Stelle weg, wo m e i n e Nußbäume standen, und wer weiß, wie bald auch über diesen Weg sich ein Eisenbahndamm hinlegt und wie bald die Personen- und Güterzüge vom und zum Rhein über die Stätte brausen und keuchen. Es ändern sich stets die äußerlichen Umstände, unter denen die Natur und der Mensch ihren Adel gewinnen oder verlieren! ...

„Passierte es nur einmal, so wäre es freilich schlimm," sagte der Vetter Just. „Aber da es immerdar sich so ereignet hat und sich auch fernerhin nicht anders machen lassen will, so stelle ich mich auch hier auf den Fuß der Philosophie, nachdem ich mich geärgert habe." Das sagte er aber von den Nußbäumen.

Selbst auf die Vetternschaft mit dem vornehmen Schloß Werden erhuben die Mannen jenseits des Flusses ihrerseits nicht den geringsten Anspruch mehr. Der „Vetter" war auch eigentlich nur dem gegenwärtigen letzten Sproß der Familie angehängt worden, und zwar von der Gegend. Es war so etwas von der „Vetter-Michelschaft" dabei, aber im besten und vergnüglichsten Sinne.

„Gestern abend war Vetter Just da!" war ein Wort, das einen ungemein behaglichen Klang weit umher in jedem Hause hatte.

„Wenn ich nur wüßte, wie es mit dem Kerl zuletzt einmal zu Ende gehen wird!" war dann freilich ein Nachklang von etwas bedenklicherer Tonfarbe; allein es waren immer nur die Urverständigsten im Lande, die sich also achselzuckend äußerten, und was überall in der Welt auf deren Bedenken und heimtückisch-wohlwollende Sorglichkeit für den lieben Nächsten zu geben ist, das weiß man; – ich wenigstens weiß es. Ist es nicht leider meistens der Verstand der Verständigen, bei dem sich am liebsten die Schadenfreude hinter dem freundschaftlichen, sorgenvollen Nachdenken und teilnehmenden, bedauernden Kopfschütteln versteckt?

Welch ein Glück ist es da, daß wir soeben erst aus unserem Nußbaum in den Sonnenschein auf der morgendlichen, glitzernden, grünenden, blühenden Kindheitswiese hinuntergepurzelt, -geglitten und -gehüpft sind und uns immer noch, unverständig und sorgenlos, mit dem allermöglichst wenigsten Nachdenken über uns selbst und den Vetter Just Everstein auf dem Wege zu diesem Vetter befinden!

Auf dem Wege? O ja, wenn nur nicht die Umwege gewesen wären! Wann sind wir damals unseren Angehörigen je anders als auf Umwegen zu dem Vetter durchgegangen? Gab es aber überhaupt noch eine andere Gegend, die „vier dumme Krabben", wie der Vater Sixtus sich auszudrücken beliebte, – in gleicher Weise zu Dummheiten und auf Seiten- und Schleichpfade zu verlocken imstande war?

Für uns nicht, wenn mich gleich das Leben gelehrt hat, einem jeden das Recht unverkümmert zu lassen, das theatrum mundi seiner Jugend in gleicher Weise allen anderen Feldern und Wäldern, hier den Fichten und dort den Palmen, wehmütig und freudig vorzuziehen.

Nach rechts und links, im Schatten und Licht, im Trocknen und Feuchten lockte es, und natürlich da immer am verführerischsten, wo das Dickicht am verworrensten war, wo Berg und Fels am steilsten sich erhoben und wo der Bach am mutwill'gsten durchs Tal schäumte. Wann hätte zur Zeit der Kibitzeier die Komtesse jemals eine Gelegenheit, bis an die Knie im Sumpfe zu versinken, verabsäumt? Wann hätte Ewald Sixtus je ein heiles Knie einem zerschundenen, eine ganze Hose einer halben vorgezogen?

Und dann die Jahreszeiten, die wir zählten durch die Schneeglöckchen, die Maiblumen über die Erdbeeren weg bis in die Brombeeren und den Dohnenstieg! Auch ich habe damals mit den anderen gelacht, wenn die liebe Eva ein bitteres Tränchen über die armen erhängten Krammetsvögel vergoß und den Sack nie tragen wollte, der die gefiederte Jagdbeute enthielt.

„Wenn sie sie in der Schüssel auch nicht riechen könnte, so wollte ich gar nichts sagen," brummte Ewald. „Dich meine ich nicht, Irene; aber so seid ihr Frauenzimmer! Nicht wahr, Fritze, wir genieren uns nicht:

Was ich gebraten sehen kann,
Seh' ich nie als 'ne Mordtat an!

Also ist die Reihe an dir, den Ranzen zu schleppen, Irene. ‚Immer galant gegen die Damen!' sagt Mamsell Martin; wenn es wieder bergan geht, nimmt ihn Fritzchen dir ab. Aber Riesenkreaturen haben wir diesmal, was?! Es ist wahrhaftig ein Spaß, was für eine Menge unschuldig Blut so'n paar rote Vogelbeeren an den Galgen bringen! Nicht wahr, Eva?"

„Famos!" ruft die Komtesse hochrot, zerzaust und glühend vor Jagdlust; und der Herbstwind fegt und rasselt durch den Niederwald und treibt ihr die blonden Locken über das Gesicht und – treibt mich zurück in den Sommermorgen, den ich immer von neuem unter der Feder weg verliere, um mich immer wieder zu ihm zurückzufinden.

„So? Haben sich die beiden Puppen noch herangefunden?" fragt Ewald grinsend, als seine Schwester und ich ihn und die Gräfin unter den Bäumen des Waldes wieder einholen. „Das ist schön! Nun haben wir auch die Tugend und die Vorsicht in der Bande, und nun kann's losgehen! Was an mir in Fetzen heute davonfliegt, das flickst du zusammen, Evchen. Für die schändlichen Redensarten, die heute abend über Irene losgelassen werden, bist du vorhanden, Fritzchen. Und nun rasch weiter; – deine Alte merkt wahrscheinlich jetzt schon Unrat, Fritz, und hängt schon an der Sturmglocke –"

„Und Papa kommt die Treppe herunter und schüttelt in dem Gartensaale den Kopf. Und deine Mama ringt die Hände, Fritz, und Papa ist zu allerletzt noch am wenigsten ärgerlich und in Sorgen. Ach, es soll aber heute auch das allerletzte Mal sein, daß wir so böse sind! Ich gehe ganz gewiß nicht wieder mit durch, ohne vorher um Erlaubnis gebeten zu haben."

„Ich auch nicht," ruft Eva Sixtus mit Tränen in den Augen.

„Ich auch nicht!" sage ich kleinlaut, und –

„Na, denn ich auch nicht; aber fürs erste stecke ich mir jetzt 'ne Pfeife an. Hier sind wir auf Staatsforstgrund, und die Grafen von Everstein können mir meinetwegen kommen. Übrigens könnt ihr ja alle noch umkehren; im Notfall laufe ich ganz gern allein, und dem Vetter Just ist es auch recht. Geh du dreist wieder nach Hause, Fritzchen, und nimm alles ruhig mit, was sonst noch von Teesimpeln da ist. Au! ... Alle Donner!"

Eine gute Handvoll Haare aus der Lockenfülle des „höhnischen Hanswurstes" streut Irene Everstein in die Morgenlüfte, und fünf Minuten später sind wir allesamt so weit von dem Schlosse Werden fern, daß uns auch der lauteste Klage- oder Warnungsruf von dorther nicht mehr zu erreichen vermöchte. Wir sind gerettet aus aller Kultur in die schönste Wildnis, in die sich der gebildete, älter gewordene Mensch nur in seinen allerhöchsten Feierstunden zurückdenken kann, – in den Stunden oder Augenblicken, die wie ein leichter, schöner Rausch kommen und schwinden und leider nicht jeden Tag auf der Tagesordnung stehen, was auch die Leute, die es so ausnehmend gut verstehen, „zur Sache!" zu rufen, davon halten mögen.

In an indian file, wie Ewald, der damals mit größestem Eifer seine amerikanischen Abenteurerromane englisch las, sagte, schlüpften wir durch die Büsche; und wenn die beiden Mädchen alle Augenblicke aus der Bahn brachen und ins Blumenpflücken gerieten, so fand sich für uns zwei Jungens wieder mancherlei anderes, was uns auf dem Wege aufhielt. Gut zehn Uhr wird es in Bodenwerder geschlagen haben, wenn wir endlich eine halbe Stunde weiter stromaufwärts das Flußufer, den Vater Klaus und den Kahn desselbigen bei seiner Fischerhütte erreichen.

Es führt eine Schiffbrücke bei Bodenwerder über den Fluß. Das weiß ein jeder, so gut als ein jeder den Freiherrn von Münchhausen aus Bodenwerder kennt. Was wäre aber unsere Fahrt zu dem Vetter Just Everstein ohne den Vater Klaus und seinen Kahn inmitten des Weges? Unbedingt nur das halbe Vergnügen.

Wenn wer mit in die Lust des wolkenlosen Tages hineingehörte, so war's der alte Fischer Klaus, obgleich Ewald jedesmal bemerkte:

„Wären die Mädchen nicht dabei, so sparte ich sicher meinen Groschen dem Alten am Leibe ab. Wer schwimmen kann, braucht auf dem Lumpenwasser noch lange keine Bretter unter sich."

„O du Renommist!" ruft Irene, die, wenn sie sich ganz allein zwischen den Buchen und Weiden hüben und drüben gewußt hätte, wahrscheinlich gleichfalls keine Bretter und Balken zwischen sich und das sonnenbeglänzte, weich hingleitende Element gelegt haben würde.

Schon zupft mich Eva Sixtus scheu und erschreckt am Rockärmel.

„Sei nur ruhig, Evchen! Sie renommieren beide furchtbar. Das Großmaul da mit seinen Händen in den Hosentaschen und Irene – innerlich! Komm nicht ins Rutschen den Abhang herunter. Da liegt der Vater Klaus bei seinen Reusen, und da steigt sein Rauch auf von seinem Herde. Irene kann ja gar nicht schwimmen!"

Dieser Rauch von dem Feldsteinherde des Alten am Wasser ist wahrscheinlicherweise die Rettung meiner Nase vor zwei Fäusten, die von rechts und links her dicht unter sie gehalten werden.

„Hurra, der Vater Klaus!" schreit Ewald und rutscht bereits auf seines Vaters erst vor einem halben Jahre an den Dorfschneider abgegebenen Hochzeitshosen über das Steingeröll in die Tiefe, als ob er den Stoff gleichfalls für „absolut unverwüstlich" erachte.

Die Komtesse wirft mir noch ein „Ach, so'n gutes Fritzchen!" zu und folgt dem Kameraden bergunter gleichfalls in sitzender Stellung und nur um ein weniges mehr als er um den äußerlichen Anstand besorgt.

„Na, na, wat kummt mi da? Ach, Herrje, i, seh'n Sie mal!" meint Vadder Klaus, und wir sind alle bei ihm angelangt, – alle mit heiler Haut, bis auf den Meister Ewald, der sich etwas nachdenklich die Posteriora reibt und mehrfach den vergeblichen Versuch macht, sich dieselben über die Schulter genauer zu betrachten und seinen Schaden zu besehen.

Nach dem Walde das Wasser! Es ist sehr heiß an dem Ufer; aber keiner merkt es. Der Fluß ist breit genug, um alles, was in der jungen Brust noch gebunden lag, frei zu machen. Eilig drängen sich und lautlos die Wirbel vorbei und nehmen uns geheimnisvoll verführerisch in der Phantasie mit sich in das Hellste, Kühlste, Grenzenloseste – immer weiter und weiter durch alle geographischen Schulstubenerinnerungen bis hin auf das große Meer. Juan Fernandez und Salas y Gomez liegen im magischen Blau als einzige feste Punkte, an denen die Erfahrung mit wonnigem Herzpochen haften kann; darüber hinaus in wiederum undenklicher Ferne spült und sprüht's nur in die Buchten und Palmenwälder von Traumland hinein, selbst für Ewald Sixtus, der schon ganz genau weiß, daß die Weser einfach bei Bremerhaven in die Nordsee mündet, daß vor Neuyork Long Island liegt und daß Staat und Stadt Neuyork zu den Vereinigten Staaten von Nordamerika gehören. Auch für mich, der ich in der neueren Geographie ziemlich und in der alten recht gut Bescheid weiß, der ich den Weg des Königs Alexander zum Indus und nachher die unvereinigten Staaten von Asia minor ganz genau auf der Karte zeigen kann.

Während nun Vater Klaus seinen langgedienten Kahn zur Überfahrt bereit macht, durchstöbern die zwei Mädchen „zum wer weiß wievielten Male" sein einsiedlerisch halbwildes Hauswesen.

„Eines steht fest," ruft Irene, den blonden Lockenkopf aus der Pforte der Hütte vorstreckend, „das nächste Mal bitten wir zu Hause um die Erlaubnis, und dann bleiben wir eine Nacht hier. Da liegen wir hier am Feuerherde und braten uns unsere Fische selber, und der Mond muß scheinen und wir singen dazu und rufen die Kähne und Flößer an –"

„Und kriegen dumme Redensarten zurück," grinst Ewald.

„Und dumme Jungen werden draußen mit dem Kopf ins Nasse untergeduckt –"

„Und ich bin dabei!" schreit Ewald mit einem Sprunge und die Mütze schwingend. „Das ist eine ganz rasend heitere Idee! Das nächste Mal gehen wir ihnen sicherlich erst bei Sonnenuntergang durch!"

Und der Alte am Wasser, bedenklich seine Kappe von einem Ohr aufs andere schiebend, meint:

„Ich wäre wohl schon dabei, und zu Schaden sollten die jungen Herrschaften bei mir auch wohl nicht kommen; aber – schriftlich muß ich die Erlaubnis doch wohl vor mir haben; denn nachher kenne ich sonst die Herren beim Amte gut genug, wenn ich wieder von wegen meiner Berechtigung allhier vor sie muß. In alten Zeiten, allwo man noch gar keine Papiere nötig hatte, soll das alles viel besser gewesen sein, und da hätte auch ich nichts Schriftliches verlangt, sondern im Gegenteil."

„Dies ist doch großartig!" meint Irene Everstein, eine der gewohntesten Redensarten ihres Freundes Ewald sich aneignend.

Nun fahren wir über.

„Nicht schaukeln! Bitte, bitte, nicht schaukeln, Irene!" fleht Eva, wie sie vorhin „Nicht schütteln!" ängstlich gerufen hat.

Die Strömung ist ziemlich heftig und das „Schaukeln" in der Tat durchaus nicht notwendig.

„Ja, lassen Sie es lieber, junge Herrschaft," meint der Vater Klaus. „Erst vor acht Tagen habe ich da ein bißchen weiter unten eine herausgeholt. Die mußte ziemlich weit von oben her zugereist sein; hier herum und, soweit unsere Gerichtsherren hinreichen, hat sie niemand gekannt. In Bodenwerder haben wir sie denn auch unbekannterweise beerdigt, und ich bin auch der einzigste gewesen, der mit ihr gegangen ist; und das ist nicht das erstemal in meinem Leben gewesen. So'n alter Fischersmann will doch nicht so ganz als ein Vieh an seinem Wasser sitzen, sondern sie geben sich, mit Respekt zu sagen, gegenseitig alle Ehren. Ja, so 'nen Wasserlauf soll man nur recht kennen durch die Jahre und Tage und Nächte und alle Witterungen – das ist wohl was Nachdenkliches, junge Herrschaften!"

Wir sahen alle nach dem Weidenbusch hinüber, wo die unbekannte Fremde anlandete nach ihrer langen Reise. Irene schaukelte nicht mehr; aber nun sind wir mitten im Strom, und wo ist der Sonnenschein heller als mitten auf den Wassern? Die Wellen flimmern, silberne Flossen schnellen rundum auf, um blitzschnell wieder in die Tiefe zu verschwinden. Wir lassen alle eine Hand in die laue Flut herniederhängen und sie um die erhitzten Pulse spülen.

„Na aber, Fritze, dein zarter Teint!" grinst Ewald. „Nun guckt nur, ob seine liebe Nase bei der Temperatur nicht schon abblättert wie eine Zwiebel. Von euch zwei Backfischen sage ich gar nichts; denn ihr seid ja ganz in eurem Elemente, und übrigens wird es euch auch Fritzchens Mama heute abend schon sagen und morgen früh noch einmal."

Die beiden Mädchen unter ihren breiten Sommerstrohhüten glühen freilich wie die Pfingstrosen; aber von der unbekannten Leiche, welcher neulich unser alter Fährmann in Bodenwerder allein das letzte Ehrengeleit zu Ehren seines Flusses gab, ist nicht weiter die Rede. Wir landen auf dem anderen Ufer, der Vater Klaus bekommt seinen Fährlohn und ruft uns nach:

„Also auf das schriftliche Attest verlasse ich mich. Nachher wünsche ich mir nichts Besseres als die junge Herrschaft bei mir zu Gaste, wenn mal der Mond voll im Kalender steht und der Fisch zutunlich gewesen ist. Und mitsingen tu' ich auch. In meinen jungen Jahren habe ich immer über der Bratpfanne alle hübschen jungen Mädchens hüben und drüben in den schönsten Liedern vom Jahrmarkt mit besungen."

Es schlägt eben in der Ferne, in Bodenwerder, elf Uhr, als wir lachend, die Mützen und die Taschentücher schwenkend, unseren Weg auf dem Schifferpfade durch Weiden, Röhricht, über die harten Kiesel und Flußmuscheln fortsetzen stromabwärts.

Unser grauer Charon bleibt noch eine ziemliche Weile auf seine Ruderstange gelehnt stehen und sieht uns nach – lächelnd, kopfschüttelnd und eine Prise nehmend. Er hat zu allen diesen drei Äußerungen seiner Meinung und Ansichten über uns vollkommen die Berechtigung und braucht sich nicht im geringsten auf irgend etwas Schriftliches einzulassen.

Siebentes Kapitel

Es ist, als schwände der Vetter in immer unbestimmtere, idealere Ferne. Aber wir erreichen ihn und das Seinige doch; und wenn wir ihn haben werden, so wird er hoffentlich um so näher zu Sinn und Herzen wirken und also in der einzig wahren Weise ganz realistisch da sein. Mein Wort darauf, wir wissen Bescheid und stehen mit den echten Wirklichkeiten oder Realien in dieser Welt auf ganz gutem Fuße und verkehren miteinander nicht bloß in Schlafrock und Pantoffeln – denn das will nicht viel bedeuten! – sondern auch dann und wann im Fest- und Feiertagskleide, und das will viel sagen!

Nun quer landein durch die Sommerglut! Wir haben jedoch glücklicherweise nur noch eine kleine halbe Stunde zu marschieren, bis wir den Steinhof erreichen, und wir legen den Weg nunmehr rasch genug zurück, denn jetzt hält uns nichts mehr auf demselbigen auf. Die Mädchen wollen zwar anfangen, ihre Füße nachzuziehen; aber Ewald, im kurzen Trabe sich zu mir wendend, meint grinsend:

„Jetzt ist es ein wahres Glück, daß sie ihren Magen geradesogut als wir spüren, sie drehten sonst richtig noch um und gingen nach Hause. – Alle Donner, Rührei und Schinken, Kinder, ich sage euch, so fressig wie jetzt ist's mir – seit gestern mittag noch nicht im Leibe zumute gewesen! Ho, jetzt will ich nur wünschen, daß dem Vetter diese letzte Nacht recht lebendig von mir geträumt hat und er sich wenigstens annähernd anständig auf die Visite eingerichtet hat. Nun, Leute, im Notfall steigen wir ihm selber in die Rauchkammer und brechen ihm wie Schillers ganze Bande in seine Würste ein. Die anderen Stücke von ihm, ich meine Schillern – kann er ja dann derweilen mit euch herdeklamieren. Von mir weiß ich Bescheid und sage, erst essen, und zwar ordentlich, und dann meinetwegen soviel Poesie und Geschichte und Philosophie und Ästhetik, als ihr wollt und leisten könnt. Was sagst du, Fräulein Gräfin?"

„Nach dem Essen! In dem Grasgarten im Grase und im Schatten. Laß aber jetzt nur das lange Reden, die Sonne sticht zu arg. Evchen, ach Gott, am besten ist's, man macht die Augen zu und läuft zu und denkt sich lang hin in das Gras in dem Grasgarten unten den großen Kirschbaum."

„Siehst du! Und heute abend müssen wir auch wieder nach Haus. O, ihr habt ja nicht auf mich hören wollen!"

„Mit einer Mamsell wie du drei Schritte über die Gartenhecke hinaus spazierenzugehen, ist wirklich ein Pläsier," brummt Ewald halb höhnisch, halb verdrießlich.

Wäre der Weg noch eine Viertelstunde länger, so ist nicht abzusehen, wie tief unsere Stimmung noch sinken könnte. Das ist die gewichtige Viertelstunde, auf die es in so vielen Erdenlagen und Stimmungen ankommt zu unserem Behagen oder Elend. Wir haben diesmal glücklicherweise nur noch fünf Minuten in einem steinigen, holprichten, ausgefahrenen Feld- und Hohlwege zurückzulegen, um wieder auf allen Höhen unseres jungen, taufeuchten Sommer- und Sonnenrausches festen Fuß zu fassen.

„Hurra, der Steinhof! ... Vivat der Vetter Just Everstein!" – – –

„I, i, wat kümmt mi denn da?" sagte der Vetter. „Das ist aber schön! I, siehst du wohl, hier sitze ich nun schon den halben geschlagenen Morgen und warte auf Trost. Da kommt er mir vierspännig, gerade als ich denke: Just, jetzt gehst du zum Essen, ohne daß sie dich suchen, sonst gibt es noch mehr Spektakel und Unfrieden auf dem Hofe, und du hast gerade genug für heute davon."

Er saß wirklich auf einem Stein am Wege unter einem Dornbusch außerhalb seines Erbsitzes, dieser kuriose Vetter; und als er damals aufsteht und gähnt und grinst und sich reckt und dehnt, ist er ein lang aufgeschossener Junge von nicht ganz zwanzig Jahren. Ein vollkommener, aber aus allem rund um ihn und an ihm herausgewachsener Junge. Daß also alles, was aus ihm noch werden kann, augenblicklich noch in ihm steckt, ist sicherlich etwas, was nur sehr wenige meiner fraglichen Leser vermuteten. So einer, der etwas selber erlebt und erfahren hat, ist immer klüger als derjenige, welchem er nachher davon erzählt.

„Holla, was schiebst du in die Tasche, Vetter? Richtig, da sitzt er in der Sonne und verstudiert sich weiter! Zeig gutwillig, oder ich ziehe dir mit der Jacke das Fell vom Leibe!" ruft Ewald. „Kinder, jetzt macht er auch Verse! ... Gedankenspiele beim Pflügen! ... Als Hannchen in die Flachsrotte fiel! ... Und da hat er den alten Urlateiner, Vater Broeder, auf dem Feldsteine warm gesessen. Ei, guck mal, Fritze, gerade wie wir auf dem dummen Gymnasium! Was nicht von oben in den Kopf will, dem kommt man viel bequemer mit einem anderen Körperteile bei. Hat jemals jemand so einen verrückten Kerl erlebt? Es ist doch reinewegs nicht zu glauben, was die Menschheit alles leisten kann. Und dann möchte man sich da nicht die Haare darüber ausraufen, daß man nicht die Häute mit seinem Nebenmenschen austauschen kann? O ihr gottverdammten Götter von Rom und Griechenland, was gäbe ich dafür, wenn ich der Bauer auf dem Steinhofe wäre und dieses urverbohrte Monstrum mit seiner lateinischen Grammatik hier ich!"

„Jetzt höre auf, oder du wirst langweilig, Ewald!" rief Irene Everstein. „Kommen S i e, Vetter Just, und hören Sie nicht auf den albernen Bengel –"

„Und du bist doch nicht böse, daß wir schon wieder da sind, lieber Just?" fragt Eva. „Die beiden Jungen sind schuld daran, ich wollte eigentlich nicht mit –"

„Und wenn sie alle im Grasgarten im Grase liegen und schnarchen, dann sitzen wir beide wach zusammen, Just!" sage ich; und der Vetter, blöde, freundlich, seelenvergnügt und nicht „urverbohrt", sondern urverschämt sein glänzend Gebiß im Kreise herum zeigend, steht in unserer Mitte; und es hat gewiß selten einen anderen Menschen gegeben, der sich so wenig wie er um diese Lebenszeit gegen Güte und Bosheit der Welt zu wehren wußte.

Gottlob kommt ihm auch jetzt ein Trost und eine Hilfe aus der Ferne her, nämlich vom Zaun des Steinhofes.

„Da ruft sie zum Essen! Und wir haben gestern ein Rind – ich will lieber nicht sagen gegen meinen Willen, sondern wegen Futtermangel, wie sie sagt, geschlachtet. Und jetzt kommt nur rasch; ihr kennt sie ja!"

In Bodenwerder wird es wahrscheinlich gerade zwölf Uhr schlagen. – – –

Es ist ein schlechter Boden, sagten die Leute, die sich darauf verstanden, von dem Steinhofe und der dazu gehörigen Länderei, und sie konnten nichts dafür, wenn sie es nicht ahnten, was für Prachtgewächse dieser schlechte Boden hervorzubringen vermochte. Es war Jule Grote, die über den Zaun rief, und zwar mit einer Stimme, in die der Himmel alles Gift, was er eben vorrätig hatte gegen die irdischen Zustände, hineingelegt zu haben schien.

Ich kenne es heute viel besser als damals, das gute alte Mädchen nämlich, und weiß, was der Vetter an ihr hatte. Er weiß es ebenfalls heute besser als damals. Damals, das heißt an jenem Tage, schob er uns sich voran auf dem Feldwege durch den kärglichen Haferacker und brummte:

„Ich komme mit; aber, Kinder, ich sage euch, gerne wäre ich heute allein nicht nach Hause gegangen! Es ist alles mal wieder vom frühen Morgen an kopfüber kopfunter gegangen, und ich bin an allem schuld gewesen. Ach Gott, ach Gott, wo ich meine Hände habe, soll ich meinen Kopf haben, und wo ich meinen Kopf habe, da will sie meine Hände sehen. Und dann soll ich meine fünf gesunden Sinne zusammennehmen und bedenken, wozu mich der liebe Herrgott in die Welt und hier auf den Steinhof hingesetzt hat. Und wenn sie nur wüßte, wer ihr all das Elend mit mir eingebrockt hat, sagt sie. Es muß wohl von weit her kommen, meint sie, und das ist das einzige, was sie darüber weiß; und ich, Fritz, ich weiß auch nicht mehr. Sie hat doch meinen Vater gekannt und meinen Großvater dunkel: von den zwei habe ich es wohl auch etwas, aber nicht ganz, sagt sie, wenn ihr die Hände anfangen vor Ärger zu zittern und sie mit der Schürze vor den Augen abgeht und ich auch und ihr doch nichts in der Wirtschaft in den Weg lege, sondern sie mit der Vormundschaft ruhig regieren lasse hier auf dem Steinhofe. Und denn werde ich doch auch erst nächste Ostern übers Jahr mündig und mein eigener Herr!"

Mit einer uns an ihr ganz fremden Grazie schiebt Irene Everstein ihren Arm in den des armen Teufels und sagt:

„Bitte, Herr Just!"

Das war ganz und gar meine Mutter in ihrem Verkehr mit ihrer Umgebung; aber bei meiner Mutter hatte ich noch nie darauf geachtet, wie vornehm sie mit den Leuten umzugehen wußte.

In diesem Moment aber war es natürlich Herr Ewald Sixtus, Untersekundaner usw., der's bewies, wieweit man mit einer guten Lunge und mit zärtlich tuender Unverschämtheit in der Welt reicht. Mit der ersten erschütterte er durch einen Jubelschrei die Lüfte auf eine Viertelstunde im Umkreis, mit der zweiten sprang er über den Zaun des Steinhofes und hing sich der braven Jungfer Grote an den Hals:

„Da sind wir wieder, Jule! Sehen Sie, so wird die Sehnsucht endlich doch belohnt! Wie lange stehen Sie denn schon hier und gucken nach mir aus über die Planken, Mamsell Grote? Komm her, Fritz, und gib Pfötchen. Gibt sie dir aber auch einen Kuß, so morde ich dich heute abend auf dem Rückwege. Lebendig kommst du dann nicht wieder auf Schloß Werden an. Und nun rasch, Jule, Sie wissen es, daß Sie für mich zum Fressen sind! Rasch – jeder holt sich Messer und Gabel und seinen Teller selber aus der Küche."

„O herrje, herrje – und die jungen Damens auch wieder!" rief die wackere Haushälterin und Vormünderin auf dem Steinhofe, ächzend sich aus den Armen ihres stürmischen Verehrers und zweiten Lieblings frei machend. „Ich habe es seiner Mutter im Kindbett und Totenbett versprochen, daß ich solange bei ihm aushalte, als er mich bei sich behält!" sagte sie von ihrem ersten Liebling – dem Vetter Just Everstein.

Nun bekommt Eva Sixtus eine bewillkommnende Hand und dann Irene auch, letztere aber erst, nachdem diese Hand vorher noch einmal in der blauen Kattunschürze unnötigerweise abgetrocknet und abgewischt worden ist.

„Aber das ist mal schön! Nehmen Sie es nur nicht übel; aber es ist mein Schicksal! Jedesmal, wenn wir die Ehre haben, haben wir gemistet auf dem Steinhofe und ist der Herr Just den ganzen Morgen durch nicht aufzufinden und abzurufen gewesen. Ich brauche nur am Abend zu sagen: Just, jetzt paßt du mir aber auf die Gottesgabe morgen früh, so geht er durch mit seinen Lateinbüchern, und ich sitze allein mitten drin in der Wirtschaft und den Tagelöhnern. Was daraus werden soll, weiß ich nicht; na, aber Essenszeit ist's freilich jetzo längst, und nächste Ostern übers Jahr wird er einundzwanzig alt und sein eigener Herr. Ach Gott, gnädigstes Fräulein Gräfin, Ihr Herr Vater sollte nur einmal einen einzigsten Tag lang an meiner Stelle sein! Und – Ihre Mutter auch, Herr Langreuter, aber davon will ich weniger sagen, denn die ist ja auch ein Frauenzimmer und hat das Ihrige durchgemacht in ihrem eigenen Haushalt und bei anderen Leuten."

Achtes Kapitel

Wie viele schöne, geistreiche, vornehme Menschen habe ich auf meinem Lebenswege kennen gelernt!

Auf die körperliche Schönheit am Menschen achte ich sehr genau und mit größester Teilnahme und bin noch heute imstande, einen ziemlichen Umweg zu machen, um ihr in den Gassen und Häusern begegnen zu können. So bin ich zu der festen Überzeugung gelangt, daß ihrer nicht weniger wird in der Welt.

Geist ist im Überfluß vorhanden. Dies weiß ja ein jeder selbst am besten. Wer glaubt nicht, von seinem Überfluß an tausend und aber tausend reichlich abgeben zu können?

Von der Vornehmheit brauche ich eigentlich gar nicht zu reden. Ich habe da nur sehr wenige kennen gelernt, die sich in ihrem innersten Herzen nicht zum allerhöchsten Adel der Schöpfung rechneten und jedwede Vernachlässigung, ein jeglich Übersehenwerden dieser schmeichelhaften, aber wahren Tatsache nicht mit den grimmigsten Zügen in das goldene Buch ihrer Selbstschätzung eintrugen. Und je kälter sie dabei lächelten, desto schlimmer war's für den schnöden, mehr oder weniger unbewußten Gleichmacher. Er sank jedenfalls sehr tief in ihren Augen und sofort unbedingt aus allem Anrecht auf irgendwelche Berücksichtigung ihrerseits vollständig heraus. Und das war recht – ist recht und – wird recht bleiben; denn es ist allzu angenehm und kitzelt zu süß um das Zwerchfell herum, um jemals von uns als Recht aufgegeben zu werden.

Nun hinke ich hier durch den kümmerlichen Hafer seines Feldes hinter dem Vetter Just her. Hübsch ist er nicht, schön noch weniger. Geistreich hat ihn noch niemand genannt, und was seine Vornehmheit anbetrifft – nun, so hat er es ja selber gesagt, daß er mit dem etwas recht fraglich gewordenen Wappen seiner Ahnen über seiner Stalltür nicht das mindeste mehr anzufangen wußte.

Was ist es nun, das diesen lang aufgeschlodderten, wehleidig-verblüfft um sich stierenden großen Jungen uns als ein Ideal alles dessen, was die Jugend lieb hat an der Sonne, der Erde, den Weibern, den Professoren und den Königen, hinstellte?

Eine ganz einfache Sache, nämlich, daß er von allen diesen schönen und herrlichen und großartigen Dingen und Wesen etwas an sich hatte, und zwar das, was die Jugend am ersten und mit der glücklichsten Bewunderung aus ihnen herausfühlt. Die, welchen das zu hoch klingt, haben nie zwischen dem vierzehnten und fünfzehnten Lebensjahre an einem Julitage auf der Erde lang ausgestreckt gelegen und, die Hände unter dem Hinterkopfe, sich – die Sonne ins Maul scheinen lassen, wie die Redensart lautet. Sie haben nie die Großmutter am Winterofen erzählen hören und sie nachher auf dem Sterbebette gesehen; sie haben nie die Wellen rauschen hören, die Aphrodite gebaren; und auf das Rauschen und Leuchten der hellen Sommerkleider im Walde hinter ihnen haben sie auch wenig geachtet. Ihnen hat es, was die Gelehrten anbetrifft, nie imponiert, was die verrückten Kerle im Laufe der Jahrtausende alles möglich gemacht haben. Ganz umsonst für sie ist Alexander von Mazedonien bis zum Indus vorgedrungen und hat sich von dem König Porus durch Heldenhaftigkeit gutwillig besiegen lassen. Heldenhaftigkeit ist nicht in ihnen; sie haben nie die Lebensbeschreibungen des Plutarch unter das Kopfkissen gelegt oder die Kirschblüten im Garten auf sie niederfallen lassen.

Heldenhaftigkeit und somit die Sonne, das Geheimnis und Wunder der Erde, das Weib und die Wissenschaft steckten in dem Vetter Just Everstein:

„Das ist ein ganz drolliger Patron!" sagten diejenigen, welche es immerhin noch ganz gut mit ihm meinten und ihre wahre Meinung über ihn nicht zu schroff äußern wollten.

„Kennen Sie diesen schnurrigen Kauz, den sogenannten Vetter Just noch nicht?" fragte sich die Gegend weit umher und fügte, ohne die Antwort abzuwarten, hinzu: „O, dann lernen Sie ihn doch ja recht bald kennen; es wird Sie nicht gereuen."

„Düt is 'nen ganz verrückten Minschen," meinte der zum Steinhofe gehörige Teil der in diesem Augenblicke in diesen Memorabilien um den Eßtisch auf dem Steinhofe versammelten Tafelrunde. Die das sagten, die Knechte, Mägde und Tagelöhner des Steinhofes, hatten recht, vollkommen, zweifellos recht: der Vetter Just Everstein war ein ganz und gar verrückter, das heißt ihnen und noch vielen anderen gänzlich ins namenlose Weite entrückter Mensch.

Es war eine Bauernstube der alten, rechten Art, in der wir uns jetzt mit zu Tische setzen. Und es ist der richtige alte Tisch mit den richtigen Näpfen und Schüsseln darauf. Es hat seit dem Jahre 1838, in welchem Jahre der Freiherr von Münchhausen seinen Gastfreund, den Baron Schnuck-Puckelig-Erbsenscheucher, in der Boccage zum Warzentrost, als Syndikus bei seiner Luftverdichtungs-Aktienkompanie anstellte, manch liebes Mal mehr voll, ein Viertel, halb und drei Viertel auf dem Kirchturme von Bodenwerder geschlagen. Der Fortschritt ist wieder ungeheuer gewesen; unsere Bauern sind die „Herren Ökonomen" geworden und gründen längst selber Zuckerfabriken und Luftverdichtungs-Aktiengesellschaften. Ihre Jungfern haben sich „mamsellen" lassen und werden Fräuleins genannt. Fräulein Emerentia von Schnuck-Puckelig ist eine Wahrheit geblieben; aber die Tochter vom Oberhofe ist zu einem schönen Phantasiebild geworden: der treue Eckart – diesmal Karl Leberecht Immermann genannt – hat wieder einmal vergeblich am Wege gestanden und warnend die Hand erhoben. Wir haben uns ein Unterhaltungsstücklein aus seinem weisen, bitterernsten Buche zurecht gemacht; – kehren wir rasch auf den Steinhof zurück. Was bleibt auch mir anderes übrig, als mir heute aus den Zuständen der Vergangenheit eine angenehme Gegenwartsunterhaltung künstlerisch-chemisch abzuziehen und das Caput mortuum in den frischesten Wind zu streuen, der augenblicklich vor dem Fenster weht?!

Sie saß schon um den Tisch, die Hausgenossenschaft des Steinhofes, als wir dran und drüberhin fielen. Und da Jule Grote vollständig recht hatte und der Meister bis jetzt noch fehlte, so ging es um ein beträchtliches weniger lehrhaft an der Tafelrunde zu als damals auf dem Oberhofe, als der Jäger zum ersten Male der Unterhaltung zwischen dem Hofschulzen und seinen Leuten zuhörte.

Große Bohnen und gekochten Schinken gab es heute auch hier wie damals auf dem Oberhofe, als der Jäger dort zum ersten Male seinen Platz am Tische einnahm.

Auf des Meisters Stuhl, obgleich er kein Meister war, saß der Vetter. Ihm zur Rechten Jule Grote, ihm zur Linken Irene Everstein. Der zur Seite saß Eva Sixtus und ihr gegenüber ich neben der grimmig-klugäugigen Haushälterin und unbestrittenen Herrin des Steinhofes. Dem Freund Ewald gegenüber lag schwer auf den Tisch hin der Oberknecht, ihm zur Seite saß die Großmagd, und die anderen bis zum Hofjungen schlossen sich in bunter Reihe an. Millionen von Fliegen waren gleichfalls vorhanden, auch Bienen und anderes Flügelgesindel kamen aus dem Garten und der übrigen freien Natur, gerade wie wir von Schloß Werden, ohne vorher um Erlaubnis anzufragen. Die Temperatur in der niedrigen Stube war sehr hochgradig; die Balken der geweißten Decke drückten schwer herab, und es half gar nichts zur Kühle, daß die schmalen, niedrigen Fenster geöffnet standen. Über die Schwelle der offenen Stubentür traten Hahn und Hühner mit erhobenen Füßen ungeniert und ließen auch ihre Naturlaute nicht etwa blöde auf dem Hofe zurück. Hund und Katze konnten frei ein und aus gehen, hielten sich aber so dicht als möglich an uns; und da sie nicht auf dem Tische geduldet wurden, so trieben sie sich wenigstens unter ihm herum und warteten mit nervöser Ungeduld auf alles, was von ihm für sie abfiel. Von der Wand hinter dem Vetter Just mahnten die zehn Gebote, sehr bunt unter Glas und Rahmen, zu ihrer Beobachtung. Hinter dem kleinen Spiegel zwischen den Fenstern fehlten die Pfauenfedern und neben ihm der Kalender des laufenden Jahres nicht. Seltsam berührte (ich darf diese kitzelnd zugespitzte moderne Redensart an dieser Stelle wohl anwenden) nur der Ofen hinter mir, und nicht als solcher, sondern durch das, was auf ihm stand. Auf ihm stand nicht etwa der alte Fritz in Gips mit seinem Krückstock oder der Kaiser Napoleon mit untergeschlagenen Armen (beides hätte durchaus nicht seltsam berührt!), sondern es stand da in einem hübschen Miniaturgipsabguß, wenngleich ziemlich gelb angeschmaucht, – die Mediceische Venus der gesamten Tafelrunde des Steinhofes gegenüber.

„Und da ich sie mir einmal von so 'nem wandernden Italiener mit seinem Brett auf dem Kopfe angeschafft habe, so bleibt sie da auch stehen, Fritz!" hatte mir der Vetter gesagt. „Es braucht ja keiner 's anzugucken, wenn er nicht mag; – ich habe mein Geld dafür gegeben, Fritz. Sieh mal, ihr anderen und dann alle berühmten Menschen in der Welt habt nur das vor uns voraus, daß ihr euch vor dergleichen nicht fürchtet und schämt. Guck mal, mir geht es noch schwer ab, daß ich darüber rede, und ich täte es auch ganz gewiß nicht, wenn du nicht auch mit den anderen deine schlechten Witze darüber gemacht hättest. Laß mir aber nur mal einer einen mit dem Besenstiel dran rühren! Dafür hat die weiße Gipsmadam doch zuviel gekostet!"

Dieses letzte Wort bringt mich auf die wenigstens auf dem Papier noch gegenwärtige Stunde zurück.

„Anderwärts als hier auf dem Steinhofe esse ich sie nicht, und wenn der Tod darauf stünde," sagt Ewald, schmatzend wie eines jener unwählerischen Tiere, für welche der Schöpfer die wackere Hülsenfrucht Vicia Faba hauptsächlich erschaffen haben soll. „Evchen mag sie nur ihres Geruches in der Blüte wegen, und Irene ißt sie nur, weil sie schauderhaft hungrig ist und meinetwegen, nämlich weil sie im Heroismus nicht hinter mir bleiben will. Fritze frißt natürlich alles herunter, ohne darüber nachzudenken; und Sie, Jungfer Grote, bitte, noch 'n Stück aus dem Fetten. Schad't nichts, wenn auch ein bißchen nah vom Knochen. Die Würmer sind ja mit im Kessel gewesen, Jungfer Jule –"

„I, so höre einer! Ein ganz nichtsnutziger Junge bist du," stammelt die Wirtschafterin des Steinhofes, „und –"

„Und beißen einen Sekundaner, den seine Herren Lehrer längst schon S i e anreden müssen, nicht mehr."

Ein breites, glänzendes, zähnefletschendes Grinsen geht um den ganzen Tisch. Die Knechte stoßen ihre Nachbarn mit dem Knie an, die Mägde kichern, und nur der Hofjunge schlingt ungerührt weiter.

„I, so soll mich doch! ... Nun höre einer! ... Ach, herrje, bist du auch schon so lateinisch? Du? ... Was kosten denn jetzt die Rohrstöcke bei euch auf Schulen? Sind wohl höllisch dies Jahr mißraten in Hinterpommern oder wo sie wachsen, weil du mir hier Glocke zwölf am Tage so kommst wie ein Maikäfer, wenn's Abend wird?! Herr Langreuter, Sie verdirbt er auch noch in Grund und Boden; und er ist es auch allein, der alle Augenblicke mit Ihnen hierher nach dem Steinhofe her vagabundiert, daß Sie, Fritzchen, mir meinen Jungen da, meinen Just, noch mehr aus seinem Menschenverstande heraus verführen, was eine Sünde ist, mehr als ich sagen kann, und was seine Schwester auch wohl weiß, und wenn ich nur nicht die lieben Gesichterchen so gern auf dem Steinhofe hätte, so wollte ich schon noch mehr sagen; aber die gnädige Frölen Gräfin darf's mir dreiste glauben, ich nehme es keinem übel, wenn er es anders gewohnt ist bei Tische, und große Bohnen sind freilich nicht jedermanns Sache, da hat der Junge recht."

„Wenn Sie den hier meinen, Jungfer Grote," lachte Irene Everstein, mit ihrer Gabel auf Freund Ewald deutend, „so sollte ich nur mal 'nen Augenblick lang Ihren großen Löffel da in der Hand haben! Ach, herrje, ich würde ihm Deutsch auf sein Lateinisch geantwortet haben. Und übrigens haben sie ihn auch nur deshalb mit nach Sekunda genommen, weil er ihnen für Tertia zu lang geworden ist. Wachsen kann jeder, und wir auch; nicht wahr, Eva?"

Sie stand auf, und da alle sie darauf ansahen, sagte sie:

„Ich will mir nur ein Glas Wasser vom Brunnen holen."

„Bleib sitzen, das will ich dir besorgen," sagte der Vetter Just, gleichfalls aufstehend. „Du weißt doch, Irene, daß dir die Winde zu schwer ist. Es springt hier nicht so bequem aus einem Löwenmaul wie bei euch auf Schloß Werden."

Er erhob sich tölpisch genug von seinem Stuhl; aber Ewald Sixtus und ich, wir waren ruhig sitzen geblieben; und es ist auch heute erst, in der Erinnerung der fernen Vergangenheit, daß mir das bemerkenswert erscheint. Ich schätze es übrigens jetzt für ein Glück, daß die Feinfühligkeit nicht bei allen Menschen mit den Jahren wächst. Wer würde es aushalten können in einer Welt, in welcher dieses die Regel wäre und die Leute ohne das in keiner Achtung stehen und es auch nicht zu Vermögen bringen könnten?

Jule Grote sah ihrem vierschrötigen, langen, unmündigen Mündel mit einem Ausdruck von verdrießlichem Jammer nach, der sich gar nicht beschreiben läßt. Sie hob den Löffel zum Munde; aber sie ließ ihn wieder auf den Teller sinken und brummte:

„Da danke einmal einer dem lieben Herrgott für die gute Gottesgabe!" und dann grimmig sich zu Ewald Sixtus wendend, rief sie:

„Dich sollte dein Vater aus alter Freundschaft von Schulen abtun und hierher auf ein halb Jahr zur Probe in die Wirtschaft geben. Vielleicht brächtest du ihn noch aus der Unvernunft heraus und zu ordentlichem Sinn und Gedanken. Von euch anderen aber ist es mir eine große Ehre und Pläsier; aber besser ist's doch, ihr bleibt mir soweit als möglich weg vom Steinhofe. Was nutzt der Kuh Muskate? Und was haltet ihr mir den Bauer auf dem Steinhofe noch mehr von der Arbeit ab? Soweit meine Besinnung reicht, haben sie zwarst alle, vom Vater zum Sohn, hier auf dem Hofe 'nen Vogel im Kopfe mit in die Welt gebracht, aber solch ein nichtsnutzig ganzes Nest wie dieser doch keiner! Du lieber Himmel, was daraus werden wird, weiß ich; und doch liege ich Nacht für Nacht wach und bitte, daß einer kommt und es mir sagt, gerade als ob ich es wie das höchste Glück nie genug hören könnte! O ihr junges Volk sollt es nur auch erst einmal erfahren haben, wie es dem Menschen zumute ist, wenn er sich so an seine Sorge anklammern muß und um seinen Willen gar nicht gefragt wird dabei!"

Das war gerufen und doch nur über den Tisch geächzt – „der Leute wegen"; – als ob die nicht schon längst Bescheid und den Vetter Just zu nehmen gewußt hätten, wie sie ihn gebrauchen konnten. Ihnen war es ganz bequem so, wie er war; und Jule Grote hatte recht, vollkommen recht in ihrem Jammer und Ingrimm: der Steinhof mußte zugrunde gehen unter einem Bauer wie der Vetter Just Everstein.

Doch der Vetter Just ist eben mit dem Glase klaren Wassers

aus seinem Ziehbrunnen für die Komtesse Irene zurückgekommen. Er hat fein ein Klettenblatt darunter gelegt, und ein Bär könnte es nicht zierlicher präsentieren. Endlich sind wir alle satt, – sogar der Junge vom Hofe ist satt und äußert es durch einen klagevollen Laut, der aber nicht allein Seufzer ist und auch nicht bloß aus der Tiefe seines Busens sich emporringt. Ein jeder geht mehr oder weniger gutwillig wieder an seine Arbeit; nur der Vetter Just nicht, der doch am gutwilligsten gehen sollte. Und wir nicht; denn dazu sind wir wahrhaftig nicht vom Schloß Werden durchgebrannt!

Wir liegen, wie wir es uns auf jeder schattenlosen Stelle unseres Weges lockend ausgemalt haben, im hohen Grase, im Grasgarten des Steinhofes unter dem großen Kirschbaum; der Vetter Just Everstein aber sitzt in unserer Mitte am Stamm des Kirschbaumes und hält die Knie mit den langen Armen umschlungen. In der Küche hält Jule Grote die Kaffeemühle im Schoße und schüttelt die Haube und wirft bedenkliche Blicke durch das kleine Fenster nach ihren Gästen und ihrem in aller Welt nichts nützen jungen Herrn und Meister. Dieses aber gehört besser in ein ander Kapitel, und ich beginne das sofort.

Neuntes Kapitel

Es war nicht der erste Everstein mit einem Nagel oder Vogel im Kopf, den der Steinhof erzeugte. Es hatten schon mehrere des Namens die Umgegend in Erstaunen gesetzt; und dieser Freund Just war auch nicht der erste, den die Gegend „Vetter" nannte und von dem sie nach jedem Nachbarschaftsbesuche mit der Hand im Haar oder mit dem Knöchel des Zeigefingers vor der Stirn Abschied nahm und sich auf dem Heimwege fragte:

„Ist denn das 'ne Möglichkeit?"

Der Vetter Just mußte es aber doch wohl in der Absonderlichkeit allen seinen Ahnen zuvortun; und was zuviel ist, das ist zuviel! „Vieles hat er von seinem Großvater und seinem Vater, aber nicht alles," sagte Jule Grote.

„Der verfluchte Junge, totschlagen könnte ich ihn alle Tage ein paar Male!" pflegte sein seliger Vater zu seufzen. „Und totgeschlagen hätte ich ihn auch schon längst, wenn mir da nicht immer sein Großvater in das Gedächtnis käme, Nachbar, und ich mir denken müßte, was kann er denn eigentlich dafür, wenn's ihm einmal im Blut steckt?! Mich hat's wohl gottlob übersprungen! Aber seinen Großvater hättet Ihr kennen sollen, Nachbar. Na, richtig, Ihr habt ihn ja gekannt, und so müßt Ihr doch auch sagen, daß so 'ne Weisheit, als der prästierte, auch nicht allenthalben und immer für Geld und gute Worte zu haben ist. – So nehme ich ihn denn am Kragen und schüttele ihn in der hellen Wut, und er sieht mich dumm an und sagt nichts oder sagt: ‚Ja, Vater!' und dann muß ich ihn wieder laufen lassen; – denn, Herr Amtmann, Sie sagen wohl, das müssen Sie eben nicht tun, Everstein, sondern Sie müssen sich und dem Bengel einen Zwang antun! Aber nun ist denn dieses wieder nicht in meiner Natur. Ich kann leider Gottes den Grimm und die Wut über den Nichtsnutz nicht festhalten über dem Nachdenken über ihn. Es ist eben unsere Natur! Was für die anderen Bauern der Mist ist, das sind für uns hier auf dem Steinhofe die Hirngespinste und Spintisierereien; und seit Olims Zeiten ist das so mit uns gewesen. – Ja, Sie haben recht, Base, daß das nicht so weitergehen kann, wenn der Steinhof nicht zugrunde gehen soll, wenn ich mal die Augen zutue; aber Sie sind ein verständig Frauenzimmer, Base, und so will ich Ihnen denn meinen letzten Trost nicht vorenthalten. Sehen Sie mal, was hat uns auf dem Steinhofe seit mehr denn hundert Jahren immer wieder 'rausgerissen? Die gütige Vorsehung! So ist das bei meinem Vater gewesen und bei dem seinen und so weiter fort rückwärts. Und so hat sich noch, wenn die Not am größten war, – immer noch ein vernünftig Weibsbild gefunden, dem das Elend jammerte und das also ein gut Werk an uns tat und – uns nahm. Von Meiner will ich nicht reden; aber seit sie auf dem Kirchhofe liegt, vermisse ich sie doch auch recht sehr! Aber meine Mutter, als was Justs Großmutter nun ist, das war eine Frau! Wenn ich da an meinen seligen Vater denke, so kann ich nur die Hände zusammenlegen und sagen: Uh jemine!... Und sehen Sie, Base, auf so eine hoffe ich denn auch zum Besten von meinem Strick von Jungen da, und bei allem, was nach uns kommt auf dem Steinhofe. Die Weibsleute haben uns noch immer aus dem blauen Nebel und allen Dummheiten herausgeholt. Denn was Sie auch sagen mögen, Base, angewiesen seid ihr ja doch allesamt mit eurem ganzen Interesse auf uns, wenn ihr uns mal genommen habt, eure uneigennützlichen Gefühle beim Jasagen ganz unbesehen. Sie brauchen da nur an den Ihrigen und sich selber zu denken, wenn Sie es mir erlauben, Frau Base."

Für die Richtige war es wohl noch ein wenig zu früh am Tage.

„Wenn die Zeit kommt, werde ich mich nach ihr schon auf die Lauer legen, wie es mein Vater für mich getan hat und den sein Vater für ihn," pflegte der Alte einer jeden solchen sorgenvollen

Erörterung als Schluß anzuhängen. Leider erging es ihm wie den meisten Erdenbewohnern: er starb an einer Erkältung in der Heuernte, ehe er sich nach der Rechten auf die Lauer gelegt hatte; und der Junge hatte dann auch nicht weiter nach ihr gesucht, sondern die Tage und sein Wachstum in ihnen hingenommen, wie's ihm kam, unter staatlicher Obervormundschaft und unter der Pflege und Vormundschaft von Jule Grote.

Die Sommersonne scheint auf den dichtbelaubten Kirschbaum, und Licht und Schatten halten ihren flimmernden Tanz auf dem weichen Grase unter ihm. Irene hat ihren blonden Kopf in Evas Schoß gelegt und ist dem Schlafe näher als dem Wachen. Ewald liegt lang ausgestreckt auf dem Bauche, hält seinen Kopf auf beide Fäuste gestützt und starrt blinzelnd auf den Vetter und zuckt mit den Ellenbogen, als ob er die ganze Welt in die Seite stoßen und sie gleichfalls auf ihn aufmerksam machen möchte. Auch ich halte in der grünen Kühle die Augen nur mit Mühe offen, aber annähernd horche ich doch auf alles, was hin und wieder gesagt wird, und gebe auch wohl mein Wort mit drein.

„Wenn du lange genug nachgedacht hast, so darfst du meinetwegen dreist sagen, was du denkst, Just. Wenn ich satt bin und weich liege, kann ich allen Unsinn ruhig anhören, Vetter Just," spricht Ewald mit einer Miene, als ob er noch nie während seiner gelehrten Laufbahn vom Klassenlehrer einer unverschämten Redensart wegen zur Tür hinausbefördert worden sei.

„Ich denke ja an gar nichts!" antwortet der Vetter Just. „Was sollte ich denn denken?"

Irene von Everstein, ihre Augen halb öffnend, murmelt:

„Solch einem dummen Jungen antwortete ich auch das nicht einmal, Just. Er soll drei Bäume weiter gehen und uns hier unter unserem jetzt ungeschoren lassen. Das ist meine Meinung."

„Und meine auch!" ruft Evchen Sixtus mit ganz ungewöhnlicher Energie.

„I sieh' einmal, Jungfer Naseweis, bist du auch noch da? In deiner Stelle wäre ich längst in der Küche, um Donna Julia Cichoria beim Kaffeekochen und in ihrem Kummer um *ihren* dummen Jungen zu unterstützen. Was ist deine Ansicht von der Sache, Fritzchen?"

„Halt's Maul und laß *mich* wenigstens in Ruhe, Ungeheuer."

„Und dies soll nun nicht grob sein?" brummt das „belebende Prinzip" in unserer Gesellschaft, dreht sich auf die Seite und grinst: „Bist du mir böse, Just?"

„Seit dem schönen Wetter zu Anfange voriger Woche habe ich euch hierher schon voraufgerochen. Jetzt ist es nett von euch, daß ihr mal wieder da seid. Ne, böse bin ich dir gerade nicht; denn Fritz und deine Schwester und Fräulein Irene wissen es, daß man auf keinen gern wartet, auf den man nicht jeden Morgen nach der Witterung ausguckt."

„Sehr schön gesagt!" brummt Ewald, jetzt wirklich sich abseits und unter einen etwas entfernten Stachelbeerbusch wälzend. „Gute Nacht, alle miteinander! Wenn wieder mal was Interessantes vorkommt, so weckt mich freundlichst. In Gehörweite für euren Unsinn bleibe ich euch zuliebe. Na, das Blech!"

Die Sonne liegt auf allen Bäumen des Grasgartens des Steinhofes; aber die Vögel in den Bäumen haben bereits ihre Siesta beendigt und fangen von neuem an, munter zu werden, um den trotz seiner Länge so kurzen schönen Tag so vergnügt und glücklich als möglich auszunutzen – gerade wie wir. Die Komtesse sitzt wieder aufrecht und sehr helläugig da. Ihre Augen glänzen vor mädchenhaft lustiger Mutwilligkeit, als sie sagt:

„Hört nur, er schnarcht schon, der Unmensch! Jetzt sind wir unter uns. Rückt alle zusammen; – und nun sagen Sie, Vetter Just – es hört keiner zu als ich und Eva, Fritz und die Spatzen im Baum, und wir meinen es alle ganz ernst – haben Sie es hübsch weiter gebracht, seit wir zum letztenmal hier auf Besuch waren?"

Mit seinem tölpischsten Lächeln sieht der Vetter in die Ferne:

„Wieso soll ich es denn weiter bringen, wenn ich nicht mal weiß worin?"

„Ach, verstellen Sie sich nur nicht, Vetter! Bitte, sehen Sie nicht so dumm aus! Damit machen Sie anderen Leuten was weiß, aber uns nicht. Sie studieren sich immer weiter hinein bis zum Klügsten von uns allen, und das sind Sie auch von Natur schon lange; und nun werden Sie nur nicht rot, denn das nützt Ihnen noch viel weniger als das Dummaussehen. Sie studieren ja alles rundum verrückt, sagt Jule Grote; – sich selber – sie – den ganzen Steinhof. Und wo das enden will, weiß sie nicht, sagt sie."

„Es ist auch nur Ewalds Neid, weil er für das, was einem anderen soviel Vergnügen macht, soviel Prügel von seinen Herrn Lehrern gekriegt hat," meint Evchen Sixtus schüchtern, und: „Unsinniges Volk!" klingt es von dem Stachelbeerbusch faul und schlaftrunken her.

„Ja, es ist ein Spaß!" sagt der lange, im nächsten Jahre mündige Vetter Just Everstein und verzieht den Mund wie ein ausgelachtes Kind, und – heute weiß ich genauer als damals, was das Auslachen und Ausgelachtwerden unter den Menschen bedeutet seit den Tagen des Urvaters Noah. Ich lache viel seltener als damals aus eigenem Antrieb, und noch viel seltener lache ich mit.

Damals lachte ich mit, und zwar in die grinsende Bemerkung von dem Stachelbeerbusche her:

„Hu, der alte Broeder! Schlag ihn doch mit unserem Zumpt auf den Kopf, Fritze! Uh; na, m e i n Junge soll's besser haben als ich."

Wir achten, was unsere Unterhaltung unter dem Kirschbaum anbetrifft, von jetzt an nicht im mindesten mehr auf die Stimme vom Stachelbeerbusch her.

„Es ist die lateinische Grammatik gar nicht," stottert der Vetter. „Sondern deines Großvaters ganzer Bücherschrank, den du mit dem Steinhofe von deinem Vater geerbt hast, Just. Funkes Naturgeschichte, Blanks Geographie, der ganze Schiller, Goethes Götz von Berlichingen und Werthers Leiden, Engels Philosoph für die Welt, Nathan der Weise, Minna von Barnhelm, Emilia Galotti, das Mildheimische Not- und Hilfsbuch, das Mildheimische Liederbuch, Beckers Weltgeschichte und die Geschichte von dem Schweizer Schullehrer Pestalozzi –"

„Hat der Kerl auch ein Buch geschrieben?" fragt der Stachelbeerbusch. „Bis jetzt habe ich gemeint, daß der nur den General Wallenstein nicht mit ermordet hat."

„Ach, das war ja ein ganz anderer!" ruft Eva Sixtus noch einmal gutmütig, und:

„Halt' endlich deinen Mund, Sixtus!" rufe ich auch noch einmal, aber gutmütig gerade nicht, und:

„Wer spricht denn eigentlich mit euch?" klingt es unverschämt zurück. „Nicht einmal träumen darf man wohl mehr von euch verrücktem Volk? Natürlich, der Herr Vetter darf ruhig am hellen, lichten Tage nachtwandeln gehen, ohne daß es einem anderen auffällt als höchstens der Jungfer Jule. Schön also – und noch einmal gute Nacht!"

Er trifft mit seinen nichtsnutzigen Redensarten dann und wann sonderbarerweise den Nagel auf den Kopf, der gute Freund unter dem Stachelbeerbusch. Wir betrachten uns alle von neuem den Vetter Just Everstein unter seinem Kirschbaum und sehen ihn uns auf das Wort von dem Nachtwandeln hin an.

Er läßt die Knie fahren, reibt sich die langen Beine eine Weile sehr nachdenklich, windet sich sozusagen an sich selber langsam und mühselig in die Höhe, hat mich dabei, ohne daß ich den geringsten Widerstand zu leisten imstande bin, mit emporgezogen und sagt:

„Komm' du mal mit, Fritz. Ihr anderen könnt uns rufen, wenn der Kaffee fertig ist."

Er hält mich mit eisernem Griffe am Oberarm, tritt über den Kameraden unter dem Stachelbeerbusche weitbeinig hinweg und nimmt mich mit sich, und ich weiß schon wohin; denn es ist nicht das erstemal, daß er mich in dieser oder doch einer ganz ähnlichen Weise abseits führt. Und ich weiß auch schon wozu; denn es ist nicht das erstemal, daß er sich an mich hält, wenn die anderen und die Welt ihm und er selber sich zuviel werden. Damals lachte ich ebenfalls; heute sehe ich sehr ernsthaft aus, wenn Leute Vertrauen in mich setzen, Rat von mir haben wollen und sich auf mich mehr als auf andere verlassen zu dürfen glauben. Ich habe im Laufe der Zeiten allzuviel von meinem Grundvermögen an Selbstvertrauen ausgegeben und eingebüßt, um das Ding jetzt noch bequem, leicht und vergnüglich nehmen zu können: – ach, armer Vetter Just, und wie fest und angsthaft verließest du dich an jenem Sommertage auf meine Schülerweisheit und wolltest Licht daraus für deinen ganzen tapferen, guten, großen Lebensweg! Mein bester Trost ist da heute, daß dir damals noch viel weniger damit geholfen gewesen wäre, wenn ich dir mit der vollen Summe meiner jetzigen Weisheit hätte aufwarten und zu Hilfe springen können!

Es befindet sich in einem Erker im Dache des Wohngebäudes auf dem Steinhofe ein einfenstriges Gemach, von dem aus man eine weite Aussicht hat über Wälder und Felder, ferne und nahe Hügel und Berge, eine Aussicht, so gut sie eben ein Blick in dem Lande Westfalen zu liefern vermag. Die Wände sind vor fünfzig Jahren vielleicht zum letztenmal geweißt worden. Der Gipsfußboden ist in den kuriosesten Mustern nach allen Richtungen hin gesprungen und senkt sich ziemlich schräg von dem Fenster der Tür zu. Urväterhausrat ist der Ofen, der Tisch und die zwei Stühle. Urväterhausrat ist der Schrank, der des Großvaters Bücherei enthält. Ein gut Drittel alles Raumes nimmt des Vetters Just Bettsponde ein, in welcher der Vetter, ganz entgegen der landesüblichen Gewohnheit, auf Stroh schläft und auch nicht unter dem gewohnten Federgebirge und kugelartigen Deckbett.

„Er ist ein Monster in allem, was er tut und läßt!" stöhnt Jule Grote jedesmal, wenn sie den Schlüssel in der Tür steckend findet oder ihn sich mit Gewalt erobert.

Der Vetter, der meinen Arm auch auf der Treppe nicht losgelassen hat, befördert mich mit einem plötzlichen Schub und Stoß in die Mitte seines Heiligtums. Hastig verschließt und verriegelt er die Pforte von innen, dann wendet er mir ein von verschämtem, aber glückseligstem Lächeln verklärtes Gesicht zu und seufzt aus tiefster Brust:

„So! Nun laß sie kommen!... Willst du eine Zigarre, Fritz?"

Ich weiß, obgleich ich selber nichts weiter als ein „dummer Junge" bin, womit ich dem alten wundervollen Jungen in diesem Raume zu Gefallen sein kann, wie niemand sonst in der Welt. Und die Luft in diesen engen vier Wänden muß von sonderbaren Sporen und Keimen erfüllt sein: Dschinnistan ist für uns beide da; die träge Verdauungsstunde unter den Bäumen des Grasgartens, aus dem wir eben die Treppe heraufgekommen sind, ist wie in ein fern vergangenes Jahrhundert entrückt. Ich sitze auf dem Bette des Vetters, und er hält mir das brennende Schwefelholz an den dargebotenen Glimmstengel und flüstert glänzenden Auges:

„Langreuter, ich habe ihn heraus!"

Es ist ein süßes Blatt, das ich da verqualme; aber ins Husten gerate ich doch darüber, und zwischen dem Husten frage ich:

„Wen hast du heraus, Just?"

Ein Schlag auf die Schulter wirft mich zurück auf den Strohsack und mit dem Hinterkopf an die Wand.

„Den Magister matheseos!... Es ist, weiß Gott, richtig! Das Quadrat der Hypotenuse ist wahrhaftig so groß wie die Summe der Quadrate der beiden Katheten am rechtwinkeligen Dreieck!"

Ich reibe mir wohl den Hinterkopf ein wenig; aber so betäubt haben mich der körperliche Puff und die geistige Überraschung doch nicht, daß ich nicht mit Herz und Seele, mit Armen und Beinen und vor allem mit einem Hurra aus gesunder Lunge an der wissenschaftlichen Errungenschaft des Vetters teilnehmen könnte.

„Das ist famos, das ist brillant! Just, das ist großartig!... Und ganz allein aus dir selber; – das ist riesig –"

„Ich habe dich auch bloß dazu mit hier heraufgenommen. Jetzt brauchst du nur noch zu brüllen: ‚Das ist borstig, das ist haarig!' – und wir können wieder zu Ewald und den Mädchen in den Garten hinuntergehen, Fritz!"

Es kommt einem gewöhnlich erst lange, nachdem man alle seine Examina hinter sich hat, wie schwer es ist, mit den wirklichen großen Herren aus Dschinnistan umzugehen, und – den meisten kommt es gar nicht. Die lobwürdigsten Examina in sämtlichen Brotfächern tun da nicht das geringste zur Sache. Mit wahrer Subtilität will nur immer das behandelt sein, was hinter dem berühmten Kanzler Oxenstjerna steckt, nicht der wenige Verstand in ihm – nach seinem eigenen Wort –, der dazu gehört, um die Welt militärisch und civiliter zu verwalten.

„Du hast recht, Vetter,“ sagte ich kleinlaut zurück; „vergib mir nur noch mal das Dumme-Jungen-Betragen. Na, alter Kerl, gib mir die Hand. Daß ich mich riesenhaft freue, wenn es dir gut geht, weißt du ja. Und daß du ein nobler Kerl bist und zwanzigmal mehr wert als wir anderen alle miteinander, das weiß ich. Und jetzt komm hierher an den Tisch und beweise mir das nichtsnutzige Untier von Lehrsatz gleichfalls. Was die verdammte Bestie mich an Schweiß und Blut gekostet hat, das wissen die Götter. Und frage nur Ewald. Mathematik ist seine Force, aber drei Glatzköpfe könnten sich Perükken aus den Haaren machen lassen, die er sich darüber ausgerauft hat, und vom Oberlehrer Dr. Grimme weiß ich es fest: er trägt eine aus dem Busche, der auf Ewalds Kopfe gewachsen ist, und hat sich das Material selber mit den Wurzeln ausgezogen.“

„Den Witz habe ich schon einmal anderswo in Büchern gelesen, Fritz,“ meint der Vetter.

„Dann kannst du dich fest darauf verlassen, daß es gar kein Witz ist, sondern eine richtige, schreckliche Wahrheit, Just. Frage nur Ewald danach.“

Nun hängen wir über dem Tische, und der Vetter Just Everstein beweist mir den Magister. Es müßte ein gut Stück vom einstürzenden Himmel dem Erben und Meister des Steinhofes auf den Kopf fallen, um ihn zum Aufgucken zu veranlassen. Er verwickelt sich und gerät auf falsche Fährten und gerät auch sich mit der Faust in den blonden Haarwulst. Er findet sich wieder zurecht, und es wird licht und immer lichter vor und in seinen Augen. Endlich ist er siegreich durch und sein autodidaktischer Triumph vollständig.

„Hurra! ... Weiß Gott, er hat den Pythagoras unter sich und kniet ihm auf der Brust! ... Vetter, du bist ein Riese! Und auch dies hast du alles aus dir selber? ...“

„Und aus Büchern!“ sagt der Vetter Just Everstein viel verschämter als ein junges Mädchen, dem man zum erstenmal sagt, daß es hübsch sei. Die junge Dame auf dem Ball erfährt da natürlich nichts, als was sie sich schon längst selber mitgeteilt hat; der Vetter Just aber weiß von nichts, was ihn selber angeht, und glaubt am meisten noch der Mamsell Jule Grote, die ihm jeden Tag von neuem zu hören gibt, daß er der größte Nichtsnutz, Un-

12*

verstand und Tagedieb sei, den der liebe Herrgott in seinem Zorn zu ihrem Elend in die Welt und auf den Steinhof habe hinsetzen können.

Von den „Büchern" kommen wir natürlich auf des Großvaters Bücherschrank. Dschinnistan – Genieland, Geisterland öffnet seine Pforten immer weiter. Wir haben längst alle Berechnung darüber verloren, was es in Bodenwerder geschlagen haben mag auf dem Kirchenturme. Wir kümmern uns nicht im geringsten darum, daß es auch auf dem Steinhofe eine Uhr gibt, die ziemlich richtig die Zeit anzeigt und von Jule Grote gewissenhaft immer von neuem aufgezogen wird.

Wir sind zum Kaffee gerufen worden und haben nur geantwortet:

„Ja, gleich. Im Augenblick!"

Irene hatte Freund Ewald die Augen mit ihrem Taschentuch verbunden, und er hat den Blinden im Blindekuhspiel recht gut zu spielen gewußt. Wir haben das helle Lachen und Kreischen wohl vernommen und dabei aufgeguckt und gefühlt, daß es in dieser engen Kammer unter dem Dache an diesem Julinachmittage ziemlich schwül sei trotz dem offenen Fenster; aber wir haben auch diesen Lockungen nicht Folge geleistet, sondern nur wiederholt:

„Ja, gleich! Wir kommen ja schon!"

Damals brummte mir der Kopf, als Ewald Sixtus zuletzt eine Leiter mit Hilfe des Hofjungen vom Schafstall herüberschleppte, sie am Hause emporrichtete und plötzlich durch jaches Erscheinen in der Fensterbank und unbändig Geschrei uns mit roten Köpfen und offenen Mäulern aus Traumland und der Literatur vom Ende des achtzehnten und Anfang des neunzehnten Jahrhunderts in die Welt der Wirklichkeit und in die Gegenwart zurückriß. Heute weiß ich ganz genau, wie das Schicksal, wahrscheinlich mit dem Finger an der Nase, über den Vetter Just Everstein dachte, nämlich:

„Höre, lieber Sohn, dich kenne ich wie alles übrige gut genug, um dich wie alles übrige auswendig zu wissen. Du würdest mir ein netter Hahn geworden sein, wenn ich dich von deinen Eierschalen an auf den Mist gesetzt hätte, der dir heute dein Ideal ist. Dich hätte ich wohl verbrauchen sollen als dyspeptischen Professor der Philologie und dysoptischen Doktor der Philosophie, – nicht wahr?! Ne, ne, nicht rühran! Hier wächst du mir mit deinen Spinnen im Kopfe auf deinem angeerbten, höchst realen väterlichen Dünger und in der Gesellschaft von Jule Grotes Ferkeln und Küken auf. Nachher werden wir weiter sehen und den Kerlen mit ihren Systemen beweisen, daß doch auch in unserem Durcheinander und Kopfüber-Kopfunter ein gewisses System vorhanden ist! Bitte, geniere dich ja nicht, du Tropf! Rede mir nur drein und zappele dich ab, um dir und mir meine Widersinnigkeit zu beweisen. Es haben mich schon ganz andere Völkerschaften und Herrschaften für absolut ungereimt erklärt und das mir sogar auch schriftlich gegeben; ich habe aber zuletzt immer doch noch einen ziemlich passenden Reim auf sie zu finden gewußt. Nur schade, daß ich nicht wie ihr sagen kann: Wer zuletzt lacht, lacht am besten."

Zehntes Kapitel

„Wie süß das Mondlicht auf dem Hügel schläft!"

Es schläft auf allen Hügeln in der Ferne der Erinnerung für den rechten Menschen: die Sonne mag ihm noch so häufig hell und scharf aufgegangen sein im Leben.

Und Porzia sagt:

„Das Licht, das wir da sehen, brennt im Saal:
Wie weit die kleine Kerze Schimmer wirft!"

Und Porzia sagt:

„Horch, Musik!"

„Es sind die Musikanten E u r e s Hauses," antwortet Nerissa; und – one touch of nature makes the whole world kin: wer möchte nicht immer so nach Hause kommen bei Mondenlicht und wenn der Schein der heimatlichen Lampe durch die Bäume flimmert und des Hauses Musik dem Heimkehrenden, der den heißen Tag mit seinen Freuden, Nichtigkeiten und Widerwärtigkeiten durchwanderte, leise und wehmütig, aber süßer und herzlösender als alles, was der Tag zu bieten hatte, von fernher entgegenklingt?

Das ist nicht bloß in Belmont so gewesen, das war lange vorher so, ehe Venedig existierte, und wird hoffentlich auch wohl noch so sein, wenn es längst wieder in dem Sumpfe, aus dem es emporstieg, versunken ist.

Wie oft sind wir so heimgekommen, wir glücklichen Kinder damals?! Aus den grünen Wäldern und aus den bereiften Wäldern. Aus der Maiblumenzeit und aus dem Herbststurm. Von der Johanniswürmerjagd und vom Eislauf. Sie behaupteten dann jedesmal, daß sie sich recht sehr um uns geängstigt hätten; aber dieses gehörte ja ganz und gar zu der Musik, mit der uns die Heimat empfing, und wer möchte in späteren Jahren einen Ton der besorgten Liebe, die früher auf ihn achtete, in der Erinnerung vermissen?

Sie haben es uns nicht merken lassen, oder aber wir haben auch wohl nicht darauf geachtet, daß viel grimmigere Sorgen als unser spätes Nachhausekommen das Schloß Werden ängstigten. Der Herr Graf hat es seiner Tochter nicht mitgeteilt, welch einem schlimmen Shylock mit Messer und Waagschale seine Existenz verpfändet war. Er hat seine Lebensnot für sich behalten, wie meine Mutter ihre Ahnungen davon gleichfalls nicht laut werden ließ. Selbstverständlich haben doch viele Leute darum gewußt, wir aber nicht, denn zu den „Leuten" gehörten wir eben damals noch nicht. Es gehört erst das richtige Alter dazu, ehe man zu seinem eigenen Schaden von der Welt unter jenes Sammelwort mit einbegriffen wird.

Daß es schlecht um den Steinhof stand, wußten wir; denn Jule Grote tat ihrer Zunge keinen Zwang an in ihren Warnungen und Vorwürfen, mit denen sie ihn (den Vetter Just einbegriffen) immer noch zu retten oder, wie sie sich ausdrückte, „herauszureißen" hoffte; – aber wie schlimm es um Schloß Werden stand, das haben wir erst erfahren, als nichts mehr herauszureißen war. Die Leute hatten eben viel zuviel Respekt vor dem Herrn Grafen, um ihm mit ihren Warnungen, Redensarten, gutem Rat und Vorwürfen zu kommen.

Aber aus Kindern werden Leute. Die Zeit steht nicht still, – weder in dem grünen Walde noch im entblätterten, weder über der Weizensaat noch über dem Stoppelfelde, nicht auf dem Flusse noch diesseits und jenseits desselben, weder in Bodenwerder noch auf dem Steinhofe und auf Schloß Werden.

Wir sind vier oder fünf Jahre älter geworden und, was uns Knaben anbetrifft, eben dem Gymnasium entwachsen. Ich habe mich der Philologie gewidmet und treibe die dahin einschläglichen Studien in der großen Stadt Berlin; was daraus werden wird ist mir augenblicklich noch recht dunkel; ich habe eigentlich nicht gerade viel Lust, später einmal den gelehrten Schulmeister zu spielen und meinesgleichen wiederum heranzubilden und großzuziehen. Ewald Sixtus befindet sich auf einem süddeutschen Polytechnikum. Er hat die Absicht, Baumeister, Ingenieur oder dergleichen zu werden, und kostet vor der Hand seinem „Alten" in dem „billigen" Süden ein Erkleckliches.

„Unser römischer Namensvetter würde wohl andere Saiten gegen seinen Jungen aufgezogen haben, wenn die Wechsel nie reichen wollten," brummte der Alte in dem Försterhause. „Aber der Wildkater weiß es einem immer so plausibel zu machen, Herr Graf; – und dann ist da jedesmal, wenn die Ferien kommen, seine Schwester für ihn da, Frau Langreuter, und geht einem um den Bart; und so ein gutes Kind wie das Mädchen, Frau Langreuter, das hat die Gegend hier herum noch nicht weiter aufgezogen; die gnädige Komtesse ist natürlich ganz anders, ein nettes, vornehmes Frauenzimmer. – Ei, sieh mal, Fritze, bist du auch mal wieder da? Ja, ja, der alte Kessel! Nicht wahr, es rudelt sich doch immer wieder ganz gut daselbsten? Na, morgen kommt auch mein Junge; da werden ja denn wohl das stille Leben und die Friedlichkeit für anderthalb Monate ihr Ende haben."

Ich sollte nun auch wie der Papa Sixtus von den zwei jungen Damen oder den beiden Mädchen, Irene und Eva, in zwei Worten ein Charakterbild geben. Und dies wunderbare Thema läßt sich im Grunde auch wirklich so abmachen. Sie waren Fräulein, die eben zu Jungfräulein geworden waren; und sie übersahen uns weit.

„Sie können einen verrückt machen mit ihrer klassisch großartigen Süffisance," sagte Meister Ewald und meinte hauptsächlich die Komtesse Irene. „Ho, ich glaube wahrhaftig, man muß sie erst geheiratet haben, um ganz genau zu erfahren, was eigentlich hinter ihnen steckt!"

Großartige Selbstgenügsamkeit hatte ich Even in ihrem Verkehr mit mir nicht vorzuwerfen; aber es kam ziemlich auf dasselbe hinaus, wenn ich dann und wann ihr Betragen für höchst sonderbar und sie für ein merkwürdig unberechenbares Frauenzimmer erklärte. Daß man ein „Frauenzimmer" heiraten könne, war mir in dem Kreise meiner Vorstellungen als etwas Mögliches und vielleicht auch zu Erstrebendes noch nicht deutlich und faßlich. Die geniale Äußerung Ewalds in dieser Beziehung überhörte ich zuerst ganz, dachte dann am nächsten Tage zufällig wieder daran und schrieb sie mir erst in der folgenden Nacht als eine kolossale Frechheit und als – etwas ungemein Interessantes fest ins Gedächtnis.

Gewachsen sind unsere Nußbüsche an der Gartenhecke nicht mehr; sie sind aber noch mehr ins Breite gegangen mit ihren Zweigen und überschatten einen weiteren Kreis. Unsere alten Kindernester hängen noch in diesen Zweigen; aber es sind ausgeflogene Nester. Die jungen Damen klimmen nicht mehr zu ihnen empor, und nur Freund Ewald ruft noch dann und wann hoch in einem Wipfel das Gedächtnis früherer, seliger fauler Stunden in seinem Busen wach und läßt seine langen Beine mit alter Grazie uns auf die Köpfe niederbaumeln; denn unser Lieblingsplatz sind die Bänke in diesem lieblichen Schatten doch geblieben, trotzdem daß wir so sehr erwachsen und verständig und anständig geworden sind.

Es ist aber einerlei; auf dem Grunde unserer Seele schlafen doch alle alten fröhlichen Neigungen. Wir gehen noch von dem „großen Nußbaum" aus den Unserigen durch; der einzige Unterschied ist, daß die Mädchen (auch Irene) noch ein wenig mehr Einwendungen zu machen haben und daß wir es zu Hause mitteilen, daß wir „ausgehen", und uns die Erlaubnis nicht ohne weiteres selbst nehmen. Früher freilich ließen wir alle unsere Sorge den lieben Angehörigen, heute nehmen wir schon ein gut Teil unserer eigenen Sorgen auf alle unsere Wege, auch auf die lustigsten, mit uns.

Und da sind wir wieder auf dem Wege, von dem wir erst im Anfange dieses Kapitels beim süßen Licht des Mondes und beim Lampenschimmer der Heimat zurückkehrten. Es ist wieder Sommer, und wieder steht Mondschein im Kalender. Wir gehen wieder auf Besuch zu dem Vetter Just nach dem Steinhofe; aber nicht nur, wenn zwei dasselbe tun, ist es nicht dasselbe: auch wenn man zweimal dasselbe tut, ist es gleichfalls nicht mehr dasselbige. Die Namen, die Adam den Dingen gab, bleiben wohl, und die Menschheit darf sie dreist dabei nennen; aber flüchtig sind des Menschen Auffassungen und Begriffe: was er heute so nennt wie gestern, ist heute nicht mehr das, was er gestern darunter verstand. Wir gehen tausendmal den nämlichen Weg, aber nimmer wieder denselben; –

„Ach, und in demselben Flusse
Schwimmst du nicht zum zweitenmal."

Gottlob, das Echo in unseren Bergen und Wäldern wachzurufen, haben wir noch nicht verlernt – Ewald und ich nämlich.

„Holla, der Steinhof: Heda, he, Vetter! Vetter Just Everstein!"

„Holla, holla, hier!" klingt es zurück, und der Vetter, nunmehr fünfundzwanzig Jahre alt, kommt langsam und langbeinig, unbeholfen, fett und äußerlich unsagbar vertiert, die kurze Pfeife im Munde, über seinen Hof uns entgegen, nach dem Hause zurückrufend: „Jule, da sind sie."

Und wieder erscheint Jule Grote auf der Haustürtreppe, um fünf Jahre hexenhafter von außen und weichmütiger von innen geworden.

„O mein Je, die jungen Herrschaften! Die Ehre und das Vergnügen werden ja jedesmal größer; denn so wie die jungen Leute, mit Erlaubnis zu sagen, heranwachsen, das glaubt gar keiner, der es nicht immer von neuem mit ansieht."

„Und du hast uns wieder voraufgeahnt, Vetter Just?" lacht Ewald.

„Natürlich! Und sowohl von wegen der Seelenkunde als der

Witterungskunde. Nach wem habt ihr euch denn wohl am meisten während des vierzehntägigen Landregens hingesehnt als nach mir? Meteorologie nennt man dieses, wenn man seine Freunde genau kennt und zu gleicher Zeit mit der Landwirtschaft zu schaffen hat."

„Wahrlich, so ist es, Herr Vetter!" lacht auch Irene, die Hände zusammenschlagend, und Eva lacht auch, und der Vetter gibt der letzteren zuerst die Hand; denn sie macht sich immer noch von allen am wenigsten über ihn lustig, das heißt gar nicht; und er weiß das um so mehr zu schätzen, je „gelehrter" er geworden ist und weiter wird. Der Ernst und die ernsthafte Teilnahme seiner Umgebung und guten Bekannten hält selbstverständlich nicht Schritt mit seinen Fortschritten in Bildung und Wissenschaften. Im Gegenteil, sie bleibt sehr zurück dahinter, und die gute Bekanntschaft nimmt ihn immer vergnügter, was man ihr schon hätte hingehen lassen können, wenn nicht leider bereits Leute darunter gewesen wären, die auf seine „Verrücktheit" spekuliert hätten und eigene Bestrebungen darauf bauten. Die lachen nur hinter seinem Rücken, und er hat keine Ahnung von ihnen, trotzdem daß Jule Grote ihn tagtäglich auch auf das aufmerksam macht und mit der Nase darauf hinstößt.

Die Lacher nimmt er in gewohnter Weise leicht.

„Das ist mir ganz einerlei," meint er. „Ich denke sie mir allesamt rückwärts, wie sie alle an ihrer Mutter Brust gesogen oder eine Amme gehabt haben oder mit Brei aufgefüttert sind und wie keiner was für seine Natur kann und ich auch nicht. Wenn ich da muffig werden wollte, so hätte ich wohl manche andere bessere Gelegenheit zur Wut. Ich habe doch alles versucht. Ich habe mir eine Kanarienvögelhecke angelegt, und ich habe mich auf die Bienenzucht geworfen – oben stehen die Bücher über beides, und es ist eine ganze Reihe geworden. Ich habe es mit der wissenschaftlichen Verbesserung der hiesigen Ackerstelle in ökonomischer Hinsicht probiert und – oben stehen die Bücher auch, und da habe ich nicht den tausendsten Teil von dem, was darüber erschienen ist, aber eine schöne Reihe ist es doch. So wahr ich hier stehe, es ist mir bitterer Ernst um meiner Väter Erbe, obgleich ich noch nicht einmal wie sie verheiratet bin und Nachkommenschaft habe. Der liebe Gott weiß es, wie oft ich mich schon dem Teufel vor Angst und Verdruß hätte übergeben mögen!"

Dieses pflegte er zu sagen; augenblicklich aber brummt er im höchsten Behagen:

„Wir sind eben beim Frühstück. Kommt nur rasch herein. Jule!"

„Ich weiß ja schon, Just," ruft die Alte, die harte, treue Hand im Kreise herumreichend. „Alles, wie es sich schickt. Vorliebnehmen ist auch was, was der liebe Gott gern hat.“

Da ist nun die alte gute Bauernstube des Steinhofes zum zweitenmal. Wieder voll Augustfliegen und mit all dem übrigen Zubehör, — auch den Hühnern.

„Alles immer noch so wie sonst,“ grinst der Vetter. „Tretet mir nur die Küken nicht tot. Aber ein Skandal ist es eigentlich und schickt sich gar nicht, Fräulein Eva. Wenn ich mir die Mastviehzucht — ich will mal sagen, die Schweine — aus dem Salon entfernt halte, so komme ich damit an die Grenzen des Menschenmöglichen, Fräulein Irene. Das Gedicht von Goethe ‚Grenzen der Menschheit‘ ist da ganz auf meinen Fall und meine Umstände gemacht.“

„Weil wir alle wissen, daß wir hier jederzeit so, wie wir erschaffen wurden, willkommen sind, deshalb sind wir alle Augenblicke bei Ihnen, Vetter,“ lacht die Komtesse. „O, kümmern Sie sich Evas und meinetwegen gar nicht um die Grenzen der Menschheit. Lassen Sie dreist alles herein, was von Rechts wegen zum Steinhofe gehört.“

„Und dies ist wieder Schinken!“ stottert der Vetter blöde glückselig. „Und zu empfehlen, Fräulein. Sehen Sie, ein Barbar bin ich auch gegen diese lieben Vorstentiere nicht. Ein jeder muß doch nach seinem Nutzen in der Welt taxiert werden, — auch das Porcus! Nicht wahr, Ewald? Nicht wahr, Fritz? Jule, mehr Milch für die Damen!“

Wir tun ihm den Gefallen und lachen über seinen Witz herzlich; nur Ewald bemerkt dazu:

„Drehe mal den Schlüssel dort im Schrank und rücke mit einem Nordhäuser auf den Schrecken heraus!“

Wir sind diesmal mehr unter uns. Die Leute sind draußen im Felde oder sonst in Adams Berufe tätig. Die alte Jule geht ab und zu.

Wenn der Vetter eben noch behauptete, bereits gefrühstückt zu haben, so könnte ihm ein magenkranker Millionär dreist zwei Drittel von seiner Million für den Appetit bieten, mit dem er in unserer liebenswürdigen Gesellschaft frisch von neuem ans Werk geht. Sein Hang in das Geistige hinein und sein Sehnen nach den weniger materiellen Interessen der Menschheit haben ihm da gottlob bis jetzt noch keinen Abbruch getan.

Wir holen ihn natürlich mehr oder weniger harmlos aus über seine gegenwärtigen Studien. Vierschrötig sitzt er heute vor mir da, mit beiden Ellenbogen auf dem Tische das mecklenburgische Wappen zur Darstellung bringend und – verschämt wie irgendeine Jungfer im Durchlauchtigsten Deutschen Bunde. Und doch ziert er sich nicht. In seinem Kauen, Schlingen und Schlucken gibt er ganz naiv und auch etwas geschmeichelt Nachricht von sich. Eva findet ihn im geheimen rührend, Irene von Everstein rührend-komisch, Herr Ewald Sixtus „einfach zum Wälzen!", und ich – ich finde, daß sie alle recht haben in ihren Meinungen von ihm; denn ich bin leider am festesten davon überzeugt, ihn längst herausgefunden zu haben, und zwar als einer von den ersten. Gütiger Himmel!

Gütiger Himmel! O du lieber Gott!... Das ist auch so ein Ausruf, durch den sich der Mensch Luft macht, ohne dabei viel an das zweite Gebot zu denken.

Ich stütze den Kopf auf die Hand, und die Rechte, die ihre Federzüge weiterführt, ist nicht mehr imstande, auf jedes Komma und jeden Punkt zu achten. Ist es möglich, daß die Sonne so hell und der Mensch so sorgenlos sein kann? Wir haben es an unserem eigenen Leibe und in unserer eigenen Seele erlebt; also möglich muß es doch wohl sein! Ich habe bis jetzt meistens im Präsens geschrieben; in den Zeitformen der Vergangenheit fahre ich von jetzt an fort zu schreiben.

Unser Behagen an dem guten Tage, an der guten Stunde war wieder einmal auf das Höchste gestiegen, als Jule Grote den Kopf in die Tür steckte und uns benachrichtigte:

„Es steht ein Mann draußen, der will die jungen Herrschaften sprechen; und hier ist ein Brief für dich, Just. Der Landbriefträger von Bodenwerder hat ihn auch eben gebracht; aber er hatte es eilig, und was darin steht, wußte er nicht."

„Hurra!" riefen Just, Ewald und ich, die Mädchen sahen lächelnd auf und nach der Tür. Daß uns da etwas Unangenehmes oder gar noch etwas viel Schlimmeres kommen könne, fiel uns nicht in den Sinn. Die ganze Welt: die Erde, dieser treffliche Bau, dieser herrliche Baldachin, die Luft, dies wackere umwölbende Firmament, dies majestätische Dach, mit goldenem Feuer ausgelegt, – war alles in zu guter Ordnung, als daß wir uns auch nur den allergeringsten Riß durch es hätten vorstellen können.

„Man hat doch keinen Augenblick vor ihnen Ruhe!" hatte Ewald gerufen und war aufgesprungen, um den Boten von Schloß Werden hereinzuholen oder draußen auszufragen nach dem, was man von uns wünsche. Der Vetter hatte seinen Brief ruhig neben seinen Teller gelegt und nur gesagt:

„Er ist von Stakemann in Bodenwerder. Weshalb kommt der alte Junge nicht selber, wenn er mir was zu sagen hat? Na ja, es ist eben keine Jagdzeit."

Er wischte langsam und behaglich die fettglänzenden Finger an seiner Lederhose ab, ehe er das Schreiben von neuem aufnahm und es erbrach. Als Gelehrter wußte er natürlich, daß man jedwedes Schriftstück mit dem gehörigen Respekt (selbst wenn es nur vom Freund Stakemann in Bodenwerder war) und vor allen Dingen mit Reinlichkeit zu handhaben habe.

„Komm doch mal heraus, Fritz," sagte Ewald Sixtus dann von der Schwelle, und auf seinem Gesicht war keine Spur mehr von der Lust der Minute vorhanden.

„Was ist es denn?" fragten die beiden Mädchen immer noch lachend; doch schon im nächsten Augenblick hatten sie ihre ganze Aufmerksamkeit auf den Vetter Just Everstein zu richten, der mit seinem jetzt geöffneten Briefe in der Hand wortlos und mit offenem Munde dasaß, dann sich über die Stirn strich wie einer, dem der kalte Angstschweiß ausbricht, wieder das Geschreibsel ansah, aber doch nur, als ob er den Inhalt desselben träume, dann die Hand schwer auf den Tisch und auf seinen Teller fallen ließ, daß die Scherben davon nach allen Richtungen hin auseinander flogen, und zuletzt aufstand und starr dastand und in jenen Riß blickte, der einem jeden zu irgendeiner Stunde mehr oder weniger durch sein Universum gegangen ist. Die Wand und die Stubendecke fällt wohl nicht so leicht ein, wohl aber das mit goldenem Feuer ausgelegte Firmament – die ganze Welt, wie wir sie uns d a c h t e n in unserer Unerfahrenheit von ihr.

Den Boten hatte uns meine Mutter eine Stunde nach unserem Weggange von Schloß Werden nachgejagt. Der Herr Graf war in einem Gartenweg vom Schlage gerührt, gelähmt und bewußtlos aufgefunden worden. Als der Bote sich aufs Pferd warf, lebte der arme Herr zwar noch; aber es stand schlimm mit ihm, und – „die Frau Langreuter wäre am liebsten selber gekommen, um die gnädige Komtesse nach Haus zu holen," sagte der Bote. „Was ich sonst vernommen habe, ist, daß kurz vor dem Unglück ein Brief von dem Herrn Doktor Schleimer in Bodenwerder angekommen war."

Das war ein jäher Schrecken, der an dieser Stelle kurz abgemacht werden muß.

Den Brief hatte der gute Freund des Vetters aus Bodenwerder geschrieben, und er lautete:

„Paß auf, Vetter Just! Seit vorgestern fehlt der Doktor

Schleimer, und seit heute morgen ist es sicher, daß er, wenn er es irgend möglich machen kann, fürs erste nicht nach Hause kommen wird. Du solltest das Aufsehen hier sehen; aber natürlich hat's jetzt jeder längst vorausgewußt. Ob ihn die Gerichte durch ihre Steckbriefe und Signalements wieder einholen werden, ist die Frage. Aber eine andere Frage ist's, wie Du eigentlich mit ihm stehst. Du weißt, er hatte einen sicheren Schuß, das muß man ihm lassen; aber daß er auch zu anderen Dingen als bloß zur Jagd nach dem Steinhof hinaufgekommen ist, glaubt mehr als einer, der manchmal nach euch hingehorcht und seine Augen offen gehabt hat, z. B. ich. Kannst du ihm ruhig nachsehen, so ist's mir sehr lieb, und ich bitte dich, gib baldigst Nachricht, daß ich aus der Sorge komme. Hast du da Dreck am Stecken, so bin ich Dein Freund und habe Dich hiermit verwarnet. Du bist dann aber zu Deinem Trost der einzigste nicht, der sich vor Gift die Haare auszuraufen hat. Hier sind Dutzende, die dem Notar den Kalk von den Wänden herunter nachfluchen, und darunter am meisten die, welche mit dem urfidelen Kerl (und das war er!) auf der Kegelbahn und an unserem runden Tisch beim Posthalter Brüderschaft gemacht oder ihn zum Gevatter gebeten haben. Aber das will noch gar nichts sagen; meine feste Überzeugung ist, daß der Gegend das richtige Licht erst dann aufgesteckt wird, wenn es jeder von euch biederen Landleuten zu den Akten gegeben hat, wie er unter euch gewirtschaftet hat. Wahrhaftig, mir sollte es recht leid tun, Vetter, wenn Du auch in diesem Falle mit zu seinen besten Bekannten gehörst, und ich kann nur wünschen, daß Dir Dein verrücktes Latein und sonstige unsinnige Liebhabereien zum erstenmal was genützt und zu dem richtigen Mißtrauen in Geldsachen und Unterschriften gegen die Menschheit verholfen haben. Dieses alles habe ich Dir als Freund geschrieben; denn daß es mir recht käme, wenn dem Steinhofe durch solchen abgefeimten, nichtswürdigen Spitzbuben und Durchgänger ein Malheur passierte, wirst Du wohl aus alter Bekanntschaft und von wegen der vielen vergnügten Stunden daselbst nicht meinen," usw.

Der Vetter Just stand auf, setzte sich wieder, ließ die Hände matt und flach auf die Knie fallen und stöhnte:

„Kinder, das ist freilich wohl für uns alle die letzte vergnügte Stunde auf dem Steinhofe gewesen. O Fräulein Irene – sehen Sie nicht so stier hin! Vielleicht und hoffentlich steht es wohl noch nicht so schlimm mit dem Herrn Papa. Medizinisch kann der Mensch mehr als einen Schlag aushalten, ehe er für immer zu Boden liegt. O Jule, liebe alte, arme, alte, liebe Jule, ich wollte gleich für alle

Ewigkeit nicht wieder von der Erde aufstehen, wenn ich dir dieses erspart hätte. Ja, ich habe dem Doktor Schleimer den Steinhof auf lateinisch in die Tasche gesteckt, und er nimmt ihn mit hinüber nach Amerika!"

Die alte Jule Grote fiel aus dem Weinkrampf in den Lachkrampf –

„O Just, Just, Just, sprich doch nicht von mir!"

Was wir anderen sagten, läßt sich nicht genau durch Wort und Schrift ausdrücken; es war auch nicht von Bedeutung. Auch von unserem Heimwege durch den heißen, glühenden Tag ist wenig zu reden. Weiße, schwere Wolken wälzten sich, als wir in dem morschen Kahne des Vaters Klaus wieder auf dem Flusse schwammen, über die Berge empor und in das lichte Blaue hinein; Irene lag auf der Bank, mit dem Kopfe an Evas Brust; Ewald hatte eine Ruderstange ergriffen, blickte von Zeit zu Zeit auf die beiden Mädchen und nahm ingrimmig unserem Charon den schwersten Teil seiner Arbeit ab. Ich ließ mir wieder die Flut des Stromes über die heiße Hand spülen; aber Kühle war nicht in dem Wasser.

„Ich weiß es wohl, daß es da nicht gut steht," flüsterte mir der weißhaarige Schiffs- und Fischersmann beim Aussteigen zu, indem er verstohlen mit dem Daumen nach den heimatlichen Bergwäldern deutete. „Ja, ja, junger Herr, es fließt alles hin wie das da!" und er deutete auf seinen Fluß.

Das war kein neues Bild; ich aber sah doch auf die eiligen Wasser zurück und fand den Vergleich von neuem tiefsinnig und einzig zutreffend. Wie kommt es, daß wir den Eindruck der höchsten Weltweisheit nie aus dem Verkehr mit den Herren vom Metier, wohl aber gar nicht selten aus der Bekanntschaft und dem Umgange mit dem Vater Klaus in seiner Fischerhütte, mit der alten Tante in ihrem Erkerstübchen und mit dem Unbekannten, dem wir seit vier Wochen täglich in der Gasse begegnen und mit dem wir noch nie ein Wort gesprochen haben, – ziehen?! Weil es die Gemeinplätze, d. h. die höchsten Wahrheiten sind, auf denen unser Leben sprießt, wächst und wuchert, und nicht die hohen Offenbarungen des Menschen im einzelnen. In ruhiger Stimmung bereiten wir uns durch die letzteren wohl auf die entgegengesetzte vor, aber doch mehr, um die gute Stunde noch behaglicher zu machen: die böse Stunde hat noch keiner behaglicher dadurch gemacht.

Es donnerte hinter den Bergen, – ein langgezogenes feierliches Rollen dann und wann den ganzen Nachmittag über. Wir kamen nach Hause, und der Herr Graf konnte mit seiner Tochter nichts mehr sprechen. Er starb in der Nacht. Wir anderen von Schloß Werden durchwachten sie, und wir hörten den heftigen Sommerregen in den Blättern rauschen.

Elftes Kapitel

Ich war dreißig Jahre alt geworden und, wie es in den Sternen geschrieben stand, ein Schulmeister. Ich war Doktor der Philosophie und hatte die venia docendi an der Universität Berlin. Wenn sie nur gekommen wären, um das von mir abzuholen, was ich selber gelernt hatte! Aber sie blieben aus; sie schienen der Sache nicht im mindesten zu trauen.

Zuerst versuchte ich es, mein philologisches Wissen auf einem rheinländischen Gymnasium an die Jugend zu bringen; jedoch bekam ich bald von maßgebender Stelle herunter den Rat, diesen Versuch aufzugeben. Man verwies mich zwar nicht offiziell dabei auf meine wirklich etwas hohe Schulter; aber man zuckte doch nur die Achseln, wenn die Jungen lachten und meine Autorität gleich Null blieb.

Die Kirche, die immer den Nagel auf den Kopf trifft, hat auch darin recht, daß sie keinen mit irgendeiner auffälligen Gebrechlichkeit Behafteten unter ihren öffentlichen Dienern leiden will. Sie hat selbstverständlich ihre Würde zu bewahren, selbst auf Kosten ihrer besseren Überzeugung. Hat sie der Schadenfreude und der Lust am Lachen unter ihren Lämmern ein testimonium divitiarum auszustellen, so tut sie es und fühlt nachher nicht das geringste Bedürfnis, sich die Hände zu waschen, wie weiland der römische Prokurator Pontius Pilatus.

Ich ging und überließ es besser gewachsenen Oberlehrern und Kollaboratoren, die blonde und blauäugige Jugend der Germanen zum Einjährig-Freiwilligen-Dienst und auf das Abiturientenexamen vorzubereiten.

Was ich dann trieb? Ich war stark im Griechischen und Lateinischen. Einer Lieblingsneigung wegen hatte ich mich auf das Auffinden und Nutzbarmachen mittelalterlicher Geschichtsquellen geworfen, und man hat mich draußen eine Zeitlang schändlicherweise im Verdacht gehabt, Doktordissertationen aus vielerlei Fächern im Vorrat anzufertigen, auf Lager zu halten und sie bei sich bietender Gelegenheit gegen jedes Honorar unter dem Siegel der Verschwiegenheit (Diskretion selbstverständlich) zu verschleißen.

Dies ist eine schnöde Verleumdung! Ich habe nur einem Menschen zum „Doktor" verholfen, und der bin ich selber; und, um eine

Redensart der $Πόλις$ anzuwenden: was ich mir dafür kaufen konnte, war unbedeutend.

Aber es nennen sich manche Menschen Geschichtsforscher und edieren Monographien, Volks- und Völkerhistorien und haben seltsamerweise vor den Quellen gerade eine so große Scheu wie vielleicht in ihrer Jugend vor dem Quellwasser, wenn es am Sonnabend abend zu einer gründlichen Reinigung ihrer Person verwendet werden sollte. Für diese und ähnliche Herren war und bin ich der rechte Mann. Als wirklich geheimer Mitarbeiter bin ich denn auch für mehr als einen Parlamentarier schätzbar, und manches „Hört, hört!" und manches „allgemeine Beifallsgemurmel" wäre eigentlich auf meine Rechnung und nicht die des „verehrten Vorredners" und weit und tief blickenden Realpolitikers auf der Tribüne der gegenwärtig tagenden hohen politischen Körperschaft zu setzen.

Was ich mir hierfür kaufen konnte, war etwas, wenngleich nicht viel mehr als das, was mir die Sprachen der Griechen und Römer zu Utilitäts- und Luxuszwecken und Ausgaben abwarfen.

So ging es mir denn erträglich nach Wunsch, und sogar was den Luxus anbetrifft; das jedoch erst seit dem schlimmen, schwarzen Tage, an dem ich meine gute Mutter verlor und leider nicht mehr für ihr Behagen in ihren Greisenjahren zu sorgen hatte. Ich saß im Winter warm zu Hause, ich speiste in einer der Restaurationen mittleren Ranges der Stadt, und ich konnte mir dann und wann ein Buch, wenn auch nur antiquarisch, anschaffen: auf dem hohen Standpunkte wohlangewendeter Lehrjahre, der sich in dem französischen Worte: „Je ne lis plus, je relis seulement!" darlegt, bin ich auch bis heute noch nicht angelangt, hoffe ihn aber dermaleinst zu erklimmen.

Mein „Zu Hause" bestand in einer bescheidenen Junggesellenwohnung im vierten Stockwerk eines Hauses in der Mittelstraße. Ich besaß wohl eine eigene Bibliothek, aber keine eigenen Möbel.

Ich hatte harte, steinige Pfade gehen und meine Wege häufig recht heftigem Winde, argen Staubwirbeln und unbehaglichem Regenschauer abkämpfen müssen. Selbst in den äußerst seltenen Momenten, wo ich mich für einen äußerst gescheiten Menschen dabei hielt, zog ich wenig Genuß und Befriedigung daraus, nämlich aus dem, was die Nebenmenschen gewöhnlich etwas spitzig eine äußerst glückliche Selbstüberzeugtheit zu nennen pflegen. Und nun genug hiervon. Wie kurz und abbrüchig ich dieses alles hingeschrieben habe, so habe ich es doch nur wie jeder andere gemacht und zuerst einzig und allein von mir selber als der wichtigsten Angelegenheit dieser und jeder zukünftigen Welt gesprochen. Es soll dafür aber auch bei mir nicht mehr als bei jedem anderen zu bedeuten haben – eine harmlose, eben der Menschheit anklebende Schwäche und das gleichfalls ganz allgemeine Bedürfnis, wenigstens etwas in der eigenen Persönlichkeit im Laufe der Zeiten aufrecht und unberührt zu erhalten.

Die anderen!... Wo waren die anderen im Strom der Zeit geblieben? Was war aus den anderen geworden, die vor ein paar Seiten noch mit mir jung, gesund, dumm und glücklich waren?

Wenn ich es nun mit schönen Redensarten zudecken würde, wie wenig ich mich im Grunde um diese anderen bekümmert hatte, so würde mir das leicht genug werden. Ich könnte aber auch den nächsten guten Bekannten oder den ersten besten Unbekannten in der Gasse anrufen, um es mir von ihnen bestätigen zu lassen, wieviel der Mensch mit sich selber zu tun hat und wie wenig Zeit und Nachdenken ihm für den liebsten Freund übrig bleibt, wenn sich eine Wand, eine Stunde, ein Tag oder gar ein Jahr zwischen ihn und uns gelegt hat.

Ich habe jahrelang nur gewußt, daß Eva Sixtus in der alten Heimat dem alten Vater immer noch haushalte, daß Ewald in seinem Beruf als Ingenieur in Irland tätig sei und daß Irene von Everstein verheiratet in Wien lebe. Von dem Vetter Just habe ich gar nichts gewußt. Ich erlebte es noch als Student, daß der Steinhof subhastiert wurde und weit unter seinem Wert an einen Landmann fiel, der schon längst ein freundlich-begehrliches Auge darauf geworfen hatte und einst ebenfalls zu den fröhlichsten und behaglichsten Gastfreunden und Jagdgenossen des Vetters gehörte.

Daß Schloß Werden gleichfalls unter den Hammer kam und unter dem Wert einen Liebhaber fand, erfuhr ich brieflich durch meine Mutter, die dann zu mir ins Rheinland zog und daselbst, wie gesagt, in meiner Kollaboratorwohnung nach längerem, schwerem Leiden sanft gestorben ist.

Jule Grote sollte immer noch in Bodenwerder wohnen, doch das war ein Gerücht, von dem ich nicht einmal angeben kann, wie es zu mir gelangte. Ich hatte viel zuviel mit meinem Griechischen und Lateinischen, meinen mittelalterlichen Geschichtsquellen, modernen Geschichtsschreibern und parlamentarischen Tagesgrößen zu schaffen, um mich viel um Jule Grote kümmern, mich bei ihr aufhalten zu können. Es ist ja eben kein Aufenthalt in dieser Welt bei den besten Dingen – und bei den besten Freunden auch nicht; und wenn alle Lebenskunst am Ende nur darauf hinausläuft, sich unabhängig von den mitlebenden Menschen und Dingen zu machen, so ist das eigentlich gar keine Kunst, sondern uns allen höchst natürlich.

Nun nahm ich seit verhältnismäßig langer Zeit alles als etwas, was sein konnte, jedoch nicht zu sein brauchte. Es gewährte mir häufig das bekannte egoistisch-kitzelnde Behagen, daß die Tage, an denen auch ich dann und wann grimmig und selbstüberzeugt rief: „Nun soll es sein!" hinter mir lagen.

Die süße und sonnige, wälderrauschende, ewige Frühlings- und Erntefeste feiernde Zeit von Schloß Werden lag auch hinter mir, und man hat es mir im Lesezimmer der Königlichen Bibliothek nie angemerkt, daß mir bei meiner närrischen Kompilationsarbeit die Erinnerung daran irgendwie hinderlich in den Weg trat und mich vielleicht geduldig stimmte, wenn ein mir augenblicklich nötiges Werk ausgeliehen war und bei einem, wie Freund Ewald seinerzeit sich ausgedrückt haben würde, „dummen und langweiligen Kerl" lag, der doch nichts damit anzufangen wußte.

Mir wird bedenklich flau zumute, wie ich alles dieses hier niederschreibe, und ich denke, offen gestanden, mit einigem Grauen an die möglicherweise doch eintretende Stunde, in der ich diese Seiten mit ihren liebenswürdigen Selbstbekenntnissen wieder überlesen werde. Es ist immer eine sonderbare, heikle Sache um das Wiederlesen im eigenen Lebensbuche! An welche Leser ich mich aber mit dem eben Niedergeschriebenen wende, weiß ich, Gott sei Dank, nicht. Mündlich hätten mich wohl nicht sehr viele aussprechen lassen, sondern das meiste von sich aus anders und besser zu berichten gewußt. Und es ist gut so, denn es ist die gute Meinung, die die Welt von sich hat und lebhaft geltend macht, die diese sonderbare Universitas aufrecht und im Gange erhält. Was sollte aus ihr, der Welt, werden, wenn jeder es vermöchte, den anderen ruhig aussprechen zu lassen? Eine recht objektive Welt, aber eine vielleicht doch etwas zu ruhige; — so etwas wie ein Universalkirchhof vielleicht, voll sehr weise im Lapidarstil redender Leichensteine. Der Herr erhalte uns also im recht fröhlichen Kriege gegeneinander, solange es ihm gefällt, uns überhaupt zu erhalten!

Zwölftes Kapitel

Ob er wirklich so existiert, wie wir ihn aus tausendfachem Zusammentreffen mit ihm kennen lernen, lassen wir eine offene Frage bleiben. Wie wir ihn in unsere philosophischen Systeme einzureihen belieben: im praktischen Dasein bleibt er verteufelt mehr als ein bloßes Wort oder ein Begriff. Er ist und bleibt der Herr und Gebieter. Und im Gegensatz zu den übrigen Erdenherren und Erdengebietern läßt er sein Kommen vorher durchaus nicht ankündigen, weder durch die drei Stöße mit dem Marschallstabe auf den Parkettfußboden noch durch Posaunenstöße, durch das Hervorrufen der Wachen, den obligaten Trommelwirbel, das Präsentieren der Gewehre und das Senken der Fahnen. Die Erdenherren vor allen übrigen Sterblichen wissen es am genauesten, daß er auch dazu – viel zu vornehm ist: er, der Zufall nämlich.

Von der Suppe aufsehend bei meinem altgewohnten alltäglichen Speisewirt, fand ich ihn mir plötzlich wieder einmal gegenüber, und der Löffel entfiel meiner Hand. Der Löffel ist der Hand viel größerer Philosophen, Geschichtskenner und dergleichen Leute bei derartigen Gelegenheiten entsunken, und sie haben es hoffentlich stets für eine Gnade gehalten, wenn ihnen der Appetit nicht für längere Zeit oder gar für immer verdorben wurde.

Gottlob war das letztere bei dieser Gelegenheit bei mir nicht der Fall; aber die Erstarrung blieb dessenungeachtet für längere Zeit die nämliche, bis sich das sie in ihr Gegenteil, die höchste Bewegung, auflösende Wort fand:

„Vetter! . . . Der Vetter Just!"

Je unmöglicher es erschien, desto bedingungsloser drängte sich die Gewißheit auf, daß er es war. Ja, er war es! Er war es unbedingt! . . . Ausgeweitet nach allen Dimensionen; mit einem Ansatz zwar zu einer hohen Stirn, sonst jedoch in keiner Weise infolge seines landwirtschaftlichen Bankerottes verfallen und zu einer selbstgelehrten Ruine geworden, sondern auch – ganz im Gegenteil.

Er war es ganz gewiß, und zwar mit einem gewissen, völlig undefinierbaren Anstrich von Exotischem, einem ihm ganz sonderbar gut passenden Anflug von Amerikanertum. Wäre einer von den Göttinger Sieben seinerzeit nach Amerika ausgewandert, so hätte er so zurückkommen können, Professor Gervinus vielleicht ausgenommen. Es war wundervoll!

„Just Everstein!" stammelte ich noch einmal, mehr gegen mich selber als gegen diese unvermutete Erscheinung am Berliner Wirtstische gewendet; und nun legte auch sie, die Erscheinung, oder er, der Vetter Just, Messer und Gabel nieder, legte dann gleichfalls erstaunt einen Augenblick lang beide Hände auf den Tisch, erhob sich dann langsam, bog sich über, warf das Salzfaß um, was beiläufig diesmal ausnahmsweise kein übel Omen war, und rief ganz

13*

mit der alten unveränderten Stimme vom Zaun oder der Haustürtreppe des Steinhofes her:

„Now? . . . Jetzt aber erst mal alle stille! Fritzchen!! Nun nur nicht alles auf einmal! . . . Fritz? Der kleine Fritze Langreuter! . . . Also zuletzt doch wieder! . . . Ich bin es; aber – jetzt laß auch du dich einmal anfühlen! Mensch, so reiche doch endlich deine Hand (your fist, sagte er) her. O mein lieber Junge, das ist doch zu gut!" . . .

Es war ein sehr gefülltes Restaurationslokal, in dem unser Wiedersehen stattfand, und die verschmauchten Räume füllten sich eben immer noch mehr mit hungrigen Menschen. Sämtliche Professoren der vier Fakultäten, die Bauakademie und verschiedene andere Akademien schütteten ihre Zuhörer über diese behaglicheren Tische und Subsellien aus. Privatdozenten von allen Sorten schoben sich ein, dazwischen großstädtisches Volk von jeglicher Art. Mir schwindelte, ich glaubte zu träumen, wenn ich an den Steinhof und unser trostloses Abschiedsfrühstück daselbst dachte. Und ich dachte in dieser aufgeregten Minute wirklich daran, so sonderbar das erscheinen mag, vorzüglich dem mit mehr Muskeln als Nerven von der wohlmeinenden Natur ausgestatteten Erdenbürger.

Ich ergriff die Hand, die mir über den Tisch zugereicht wurde; breit war sie immer noch, aber ich hatte auch den harten, biederen Griff vom Steinhofe in der Erinnerung und nahm die weichen Finger jetzt ebenfalls als etwas ganz sonderbar Unstatthaftes.

„O Vetter Just!"

„Jawohl! Und ich freue mich merkwürdig, lieber Junge. Viel ins Gerade gewachsen ist er nicht mehr in den Jahren! Aber das ist auch schön; da findet man doch auch hier etwas wieder, was so ist, wie es war –"

„Und wie lange bist du in der Stadt, Just?"

„Davon nachher! Ich glaube wahrhaftig, der Kerl ist imstande und meint, daß ich schon seit acht Wochen Wand an Wand mit ihm wohne, ohne ihn aufgefunden zu haben! Ist es denn möglich, daß ein alter Freund so schlecht von dem anderen denken kann!"

„Wie kannst du verlangen, Vetter, daß ich in diesem Moment genau überlege, was ich sage und frage? Wo kommst du her?"

„Auch das noch! . . . Well, aus Amerika natürlich, wo die Leute in jedem Momente ganz genau wissen, was sie sagen und was sie fragen. Und nun, weißt du was, Fritz? Nun tun wir fürs erste, als ob keinem von uns beiden etwas besonders Merkwürdiges passiert sei. Jetzt essen wir mit möglichster Ruhe zu Mittag und besehen uns stillschweigend währenddem. Keiner nimmt es dem anderen übel, wenn er bei dem Studium auch einmal den Kopf schüttelt. What will you drink? Alter Kerl, wenn ich weiter nichts mit über das Wasser zu euch zurückgebracht hätte als den alten guten Magen vom Steinhofe (Fritze, nachher stoßen wir darauf an!), so wäre auch das schon gar nicht zu verachten. Wie sagt Cicero in diesem Falle? ... Na?! ... Kellner, die Weinkarte! Ach ja, die schöne Zeit, wo man alles Gute, was kam, als etwas sich ganz von selbst Verstehendes nahm!"

Das war nun alles so hingesagt, als ob der Mann erwarte, daß man mit dem sonnigsten Lachen darauf Antwort gebe; und ich lachte auch, wie man hie und da über etwas ganz Neues lacht, dem man eben noch auf keine Weise beikommen kann. Es war mir nie im Leben etwas so neu erschienen als der Vetter Just Everstein, dieser alte gute Bekannte. Ratlos, wie und wo er am richtigsten anzufassen sei, fing ich mechanisch an, meine Suppe herunterzulöffeln, aber ohne ihn für den kürzesten Augenblick aus den Augen zu lassen. Ihm aber schien das großen Spaß zu machen, ihm, der so viele Jahre hindurch so oft u n s e r Ergötzen auf dem Steinhofe gewesen war.

„Dir ist es gottlob gut gegangen," stammelte ich, und

„Besser, als ich's verdiente," erwiderte der Vetter Just. „Cicero hat sich jedesmal nach einer längeren Reise für das heimatliche Gewächs erklärt, und wenn es noch so verfälscht war; und sie haben den Falerner damals sicherlich schon gerade so vermanscht wie heute hier diesen Rüdesheimer. Dessenungeachtet also: Auf dein Wohl, Fritz!"

„Auf dein Wohl, Vetter Just," stotterte ich und sah wieder stumm hin nach dem alten, wackeren Freunde.

Das überraschende Wiedersehen hinderte ihn in der Tat nicht, sich gerade so durch die Speisekarte des Berliner Restaurants durchzuarbeiten wie vordem durch das Gute, was unsere Jule Grote auf den Tisch setzte, und nachher verstohlen und „vermittelst eines zweiten Schlüssels" durch seine Schinken-, Speck- und Wurstkammer.

„Noch einmal auf dein Wohl, Fritz Langreuter!"

„Und auf deines, so oft du willst, Just, und – die alte Jule soll leben!"

Da war das lösende Wort, das ich bis jetzt so vergeblich zu finden gesucht hatte.

„Hurra, das soll sie!" rief der Vetter, auf den Tisch schlagend, daß alles Tafelzeug emporhüpfte und man von sämtlichen übrigen Tischen sich nach uns umdrehte.

„Sie lebt doch hoffentlich noch und befindet sich wohl? Sie muß freilich jetzt wohl –"

Der Vetter hatte seine Serviette neben dem Teller niedergelegt, den Teller von sich abgeschoben und die Hände auf die Knie fallen lassen.

„Old boy, wenn du in die Fremde hinaus gemußt hättest und ich zu Hause geblieben wäre, so wäre ich dir, wie ich mich kenne, hoffentlich mit dieser Frage vom Leibe geblieben. Nimm es mir nicht übel, Fritze, aber von Rechts wegen müßtest du doch eigentlich wissen, daß sie noch lebt. Nimm es nur nicht übel, daß sie auch die ganzen Jahre, in welchen wir uns nicht gesehen haben, noch gelebt hat. Übrigens danke ich für gütige Nachfrage, Fritzchen! Sie sitzt wieder ganz gut und, ihr Alter und Temperament abgerechnet, recht vergnügt auf dem Steinhofe."

„Auf dem Steinhofe? . . . Sie hat – du hast – den Steinhof wieder, Just?"

„Natürlich!" sagte der Vetter Just Everstein, als ob das das Natürlichste von der Welt gewesen wäre. Kein römischer Kaiser, der je eine verlorengegangene Provinz zum Deutschen Reiche zurückbrachte, hätte das selbstverständlicher finden können; das wenigstens mußte ich aus meinen Geschichtsforschungen und meinem mittelalterlichen Quellenstudium wissen; und der Vetter Just hatte vollkommen recht: es war erbärmlich wenig, was ich von der Welt durch m e i n Quellenstudium in Erfahrung gebracht und d a r i n b e h a l t e n h a t t e.

Nun hätte ich dreist auch mein stummes Studium der jetzigen äußeren Erscheinung des Jugendfreundes von neuem über den Wirtstisch weg beginnen können. Aber je nötiger es war, desto unmöglicher war es gleichfalls. Nie war mir das Getöse, das Geklapper und Geklirr, das Kommen und Gehen rund umher so widerwärtig und unbehaglich gewesen als jetzt. Ich sah nur wie hilflos in das gute Gesicht mir gegenüber, und der Vetter Just nickte nur lächelnd und brummte:

„Ja, ja, es ist wohl nicht der richtige Ort hier zu dem, was wir einander vielleicht doch etwas weitläufiger zu erzählen haben. Das Getränk paßt auch nicht recht zu der Feierlichkeit der Stunde; es macht seinem Schuft von Verfertiger wohl alle Ehre, aber melancholisch stimmt es doch. Weißt du was, Alter? Jetzt nimmst du mich mit nach Hause. Da hocken wir einmal wieder zusammen wie in meinem Erker auf dem Steinhofe – weißt du noch? Ach Gott, wie habe ich mir da drüben so oft nach dem Erker und des Großvaters Wissenschaftsschranke das Herz abgesehnt! . . . Alter Kerl, und ich wohne jetzt wieder darin, – den Schrank hat freilich damals der Auktionator geholt. Daß Irene Everstein augenblicklich hier auch in der Stadt wohnt, wirst du ja wohl wissen, obgleich du nicht gewußt hast, daß meine alte Jule noch lebt. Und – Menschenkind, in Bodenwerder halten sie mich immer noch für einen geradeso großen Narren wie vor Jahren. Zum Exempel dieses Schrankes wegen, für den ich fünfzig Dollars geboten habe, wenn ihn mir einer noch irgendwo auftreibt. Aber imponieren tue ich ihnen jetzt doch riesig; denn dazu braucht man nur einen hübschen Sack voll Taler, und es ist also leicht genug. Sobald du hier von deinen Geschäften abkommen kannst, mußt du mich auf dem Steinhofe besuchen, um das Gaudium mit zu erleben. Und nun komm, deinen Kaffee braust du dir hoffentlich selber."

Ich kam, das heißt, ich ging einfach mit, und ich sagte es auf dem Wege nach meiner Wohnung nicht, daß ich auch nicht gewußt hatte, wo Irene von Everstein augenblicklich lebte. Es war ein Wunder, daß ich meinen Weg nach Hause in meiner jetzigen Stimmung zu finden wußte.

Dreizehntes Kapitel

Und dann kam wieder eine Stunde, in der ich wieder auf meiner Stube allein saß, und zwar tief in der Nacht oder vielmehr früh am Morgen. Draußen tobte das schlechteste Wetter der Jahreszeit, und von den Wänden sahen mich durch den Tabaksqualm des Vetters meine Bücher an, und zwar ebenfalls wie etwas, das mich nur zu oft abgehalten hatte, die besten Lebensstunden, wie es sich gehörte, auszunutzen und mein Teil von der Sonne, der frischen Luft und der freien Welt mit allen fünf Sinnen und vor allem mit Händen, Füßen und Lungen einzuholen.

Der Vetter Just hatte mir ein Privatissimum vorgetragen, wie ich es nie gelesen habe und leider auch nie lesen werde. Er hatte mir über seinen Lebensgang Bericht gegeben von jenem Morgen an, wo der Bodenwerdersche Landpostbote auf dem Steinhofe unseren jungen, guten Kreis sprengte, bis auf die eben abgelaufene wunderliche Stunde.

Nun konnte ich wohl sitzen, mir den Kopf mit beiden Händen halten und Gewissensbisse der schlimmsten Art haben, nämlich die der vielbeschäftigten, selbstgenügsamen Indolenz, die plötzlich zu dem Bewußtsein kommt, wie wenig auf Erden durch sie zum Guten,

Wirklichen und Wahren ausgerichtet wird! Ich hatte selten kläglicher geseufzt und jämmerlicher nach Luft geschnappt als in jener Nacht; und des Vetters Knastergewölk war wahrlich nicht schuld an der erbärmlichen Atemnot.

Mittelalterliches Quellenstudium hatte ich zur Genüge für mich und andere getrieben und konnte genaue Auskunft geben, zum Exempel über die Annalen von Brauweiler, die sich so sehr darüber beklagten, daß die Ketzer so viele Wunder täten, und die natürlich das Nahen des Antichrists, des allgemeinen Durcheinanders daraus vordeuteten (o dieser Ketzer von Vetter!), aber die Quellen des lebendigen Daseins, die neben mir aus dem Boden aufsprudelten, jede nach ihrer Art trübe oder klar, mit ihren Kristallblasen und überhängendem Grün, mit ihrem Treiben von Kindermühlwerken und Fabrikrädern, mit ihrem Rauschen über Stock und Stein, die waren mir nur zu sehr aus dem Gesicht und Gehör fern geblieben! In meinem Kopfe war in jener Nacht, nachdem der Vetter Just Everstein Farewell oder Good night gesagt hatte, das große Durcheinander unbedingt momentan vorhanden, und es kostete keine geringe Mühe, nur die allernötigste Ordnung wieder in das Chaos zu bringen.

Ach, Vetter Just, was hatte ich dir auf deine Erzählung als Gegengabe meinerseits zu bieten? Wie wenig fühlte ich mich persönlich in den Enthusiasmus einbegriffen, mit dem du die Titel auf den Bücherbrettern an diesen nichtsnutzigen vier Wänden herlasest und buchstabiertest! .. Aber das Ärgste war doch, Vetter, als du so ganz beiläufig und gutmütig bemerktest:

„Das ist der ganze Steinhof und meine Erkerstube und meine Gefühle – wie's leibt und lebt! O Fritz, du hast es gut gehabt und bist immer mitten in allen deinen Anlagen und Wünschen geblieben, und keiner hat dich gestört: glaub nur ja nicht, daß ich dir nochmals einen Vorwurf daraus mache, daß du heute mittag bei Tische so gar nichts von uns anderen gewußt hast. Ich hätte sicherlich ebenso wenig davon gewußt, wenn ich du gewesen wäre! Du bist ja freilich ein ganz famoser Kerl! Ein Riese bist du!“ ...

So fühlte ich mich freilich in jener Nacht, – ach, du liebster Himmel! Und jetzt lasse ich die Arme sinken und lasse den Vetter Just Everstein erzählen.

„Daß man die größten Wunder zu Hause erlebt,“ sagte er, „das lernt man erst in der Fremde erkennen. Man braucht sich überall nur fest hinzustellen mit dem, was man von seinem eigenen Grund und Boden mitgebracht hat, um dem Auslande verdammt merkwürdig vorzukommen. Das ist meine Erfahrung, und so habe ich selbst als Deutscher den lieben Leuten da drüben ganz devilish imponiert. Mit den lieben Leuten aber meine ich sämtliche Bürger der Vereinigten Staaten von Nordamerika, von den großen Seen bis an den äußersten Zipfel der Halbinsel Florida und von einem Ozean bis zum andern. Ich freute mich auch da schon auf das Wiedersehen mit unserem guten Ewald, bloß um ihn fragen zu können, wie es ihm in dieser Hinsicht außerhalb der deutschen Nation ergangen sei. Nun, ihm natürlich, wenigstens in dieser Beziehung, noch um manches Prozent besser als mir; das steht fest, ich glaube nicht, daß es mir bloß so scheint! Du weißt, unter welchen schauderhaften und unangenehmen Umständen ich von euch und dem Steinhofe überhaupt Abschied zu nehmen hatte. Ein blöderer Hanstoffel als ich ist wohl selten aus seinem Traumwinkel und von der Ofenbank an die freie Luft hinausbefördert worden. Alles, was ihr nachher erlebt haben könnt (Fräulein Irene nehme ich aus!), ist gar nichts gegen das, was ich an jenem schönen Sommertage und dann bei der Auktion ausgestanden habe. Und wie die Welt ist, nimm mir das nicht übel, Fritze, so ließ sich keiner von euch auf dem Hofe mir zum Troste und der alten Jule zur Aufrichtung blicken; und so waren wir denn einzig und allein auf uns selber angewiesen in dem Verdruß und Elend, ich und Jule Grote. Ich mache dir übrigens durchaus keinen Vorwurf, Fritzchen, denn ich weiß es wohl, daß ihr euch damals gleichfalls durch schlimme Tage durchzufressen hattet. Aber uh, die alte Jule! Da habe ich das Meinige zu hören gekriegt vom Morgen bis zum Abend. Und, was das schlimmste war, durchaus nicht mehr mit Gift und Galle und spitzen Reden, sondern alles in Wehmut und Herzeleid, und – mein armer, lieber Just hier – mein armer, armer Junge da! – Zum Heulen war's! Die Haare stehen mir heute noch darüber zu Berge. Ganz unerträglich! – – ‚Dich hätte ich gar nicht aus deinen Windeln herauswickeln sollen, Just' – winselte die Alte fort und fort, als ob ich an dem tagtäglichen Exekutor nicht schon genug zu tragen gehabt hätte. Gottlob, daß das alles damals war und nicht heute noch mal ganz von vorn an durchgemacht werden muß! – Und ein Glück war es in allem Unglück, daß ich für die gute alte Seele am wenigsten zu sorgen hatte. Ich kam ihr einmal mit dem Wort und der schweren Herzensangst; aber da hättest du Jule Grote in ihrer Glorie sehen und hören können, Fritz Langreuter! Keine Katze konnte giftiger aufprusten. Da ging es los wie die Kastanien in der Asche, und die Asche flog mir arg genug in das Gesicht. – ‚O du dummer Bengel, willst du dich auch da noch zum Narren machen? Mich willst du unglückselig, geschoren Schaflamm bemuttern? Du hilflose, übergeschnappte Kreatur, du? Du hast doch sonst immer mit deinem dummen Maul warten können, bis du gefragt wurdest! Ach, Gott, nun auch das noch! . . . Um mich macht sich das Kind zu guter Letzt auch noch seine Gedanken. Da ist es denn freilich wohl mit uns zum Schlimmsten gekommen! Zu glauben steht es freilich nicht, du – Töffel!'

„Das war das richtige Wort, Fritz. Für s i e bin ich mein Lebtage der kleine Töffel gewesen, und ich kann dir gar nicht sagen, Fritze, wie wohl es mir jedesmal ums Herz wird, wenn ich daran denke, daß ich es auch heute noch für sie sein kann und bin.

„Sie hatte vollständig recht. Die Gedanken, die ich mir in meinem Leben gemacht habe, sind nie viel wert gewesen, und die über sie am wenigsten. Da könnte ich mich noch eher mit meinen Gefühlen sehen lassen! Ich sage dir, Fritz, wenn ich noch lebe und jetzt, in dieser Nacht, hier dir so fett und rund gegenübersitze, so ist das einzig und allein i h r Verdienst. Sie nahm es mir denn auch ganz unchristlich schriftlich übel, als ich ihr die ersten hundert Dollars über die See nach Bodenwerder schickte. So'n dummes Zeug verbat sie sich ausdrücklich fürs künftige; ich muß dich aber da mal unsere gegenseitige Korrespondenz lesen lassen: so kurzweg erzählen läßt sich dies nicht; das ist wie mit allem Schönsten, Liebsten und Großartigsten in der Welt. Zum allerwenigsten muß ich die Dokumente dabei auf dem Tische haben.

„Sieh mal, Fritz, du bist nur eine vaterlose Waise gewesen, ich dagegen eine mutterlose von Kindesbeinen an; also kalkuliere dir mal unser gegenseitiges Verhältnis, ich meine zwischen mir und meiner Alten, selber zurechte. Ach, Gott, was hat sie von meinen Gedanken ausstehen müssen! Und was das ärgste war, das Allerärgste war noch zurück und ging ihr über alles übrige hinaus, bis sie sich auch in es, wie in alle meine anderen Unsinnigkeiten, m i r z u l i e b e , gefunden hatte. Auf den Gedanken, nach Amerika auszuwandern, verfiel ich auf dem Wege nach Bodenwerder am letzten Auktionstage, und es war ein richtiger Kreuzweg. Nach ihr, meiner Jule, hatten sich die Hände, die sie gebrauchen konnten, dutzendweise ausgestreckt; aber nach mir nicht ein einziges Paar. Wer konnte mich gebrauchen? Sie war auf jedem Bauernhofe, auf jedem Gutshofe hochwillkommen; denn sie wußten alle weit ins Land hinein, was für eine Perle von Ökonomie und Molkenwesen, Schweinezucht, Viehzucht und Menschenzucht überhaupt der Steinhof an ihr gehabt hatte. Mir verhalf weder der große noch der kleine Broeder zu einer Unterkunft; — im Gegenteil, sie waren schuld daran, daß ich überall, wo ich anklopfte, mit einem manchmal gar nicht höflichen Kompliment weiter geschickt wurde. Niemand wollte von dem ‚gelehrten Bauer' etwas wissen, und am allerwenigsten seine besten Freunde. So bitter ist wohl selten einem Menschenkinde der Geschmack vom Lateinischen auf der Zunge geworden wie mir damals." . . .

„Armer Teufel!" sagte ich, Friedrich Langreuter, Doktor der Philosophie, Privatdozent an der Friedrich-Wilhelms-Universität in Berlin usw. usw., und fügte hinzu: „Was weißt du denn von dem Geschmack auf den Zungen anderer Leute, Vetter Just? Ach, Vetter, du bist der größte Doktor, der mir je bekannt geworden ist — wie gern zeige ich dir die meinige körperlich und geistig und lasse mir ein Rezept gegen die Bitterkeit darauf verschreiben!"

„Zweihundertfünfzig Taler hatte sich die Alte übergespart," fuhr der Vetter fort, „das übrige hatte sie alles immer wieder so bei kleinem in den Steinhof hineingesteckt, und noch dazu meistens wohl in mich, und ohne daß ich es in meinem faulen Behagen leider Gottes im geringsten gemerkt habe und ihr dankbar dafür gewesen bin, wie es sich von Gottes und Rechts wegen gehörte. Nun kam sie mit ihren Sparkassenbüchern und ihrem Strumpfe voll blanker Achtgroschenstücke zum Vorschein und mit einem Gesichte dazu, was mir bis an mein Lebensende im Gedächtnis bleiben wird. Denke dir nur um ihr Gesicht einen Heiligenschein, wie ihn die Maler um ihre himmlischen Jungfrauen malen; — beschreiben läßt sich aber der Kontrast nicht, sondern nur mit tränenvollem Herzbeben nachfühlen. Nicht einmal für ihr standesgemäßes Begräbnis, wovon sie immer gern sprach wie die Alte in dem Gedichte, wollte sie wenigstens die fünfzig Taler zurückbehalten, und — gottlob — bis heute hat sie sie auch noch nicht nötig gehabt; aber ich habe sie ihr damals doch zurückgelassen, und dabei erlebte ich denn of course ihren letzten Wutanfall über mich vor meiner Abreise. Die zweihundert Taler habe ich genommen, und ich will keinem anderen von meiner Natur wünschen, daß ihm auch einmal so schweres Geld in die Tasche gesteckt wird! Glaub nur ja nicht, daß sich das so an einem Tage machte, ebensowenig wie der Abschied! Aber eines Morgens waren wir doch so weit, nämlich bis zu dem: ‚Ja, Just, denn Adjes, und ich hätte nimmer gedacht, daß ich auch das noch an dir erleben sollte!' — gekommen. Fahre du einmal so wie ich damals von Bodenwerder nach Bremen und probier's, wie dir dabei zumute ist. Was wir Gelehrten die Logik nennen, das ist wie Philosophie auf dem Wege zum Zahndoktor; beides kommt einem erst wieder, wenn alles – Herz, Hirn und auch die Kinnbacken – wieder in verhältnismäßiger Ordnung sind. Du siehst es mir heute, Gott sei Dank, nicht mehr an, wie ich damals aussah inwendig und auswendig. Wenn wir Gelehrten aber wissen, daß der Mensch in seiner Natur immer derselbe bleibt, so ist es doch ebenso wahr, daß sich manches auf den Charakter hängt und dazu gerechnet wird wie die Mistel zum Apfelbaum. Kannst du das Schmarotzergewächs nicht zu Vogelleim gebrauchen oder ist dir das Geniste sonst widerlich und hinderlich, so sei nur dreist ein guter Gärtner und richtiger Mensch, – reute es aus, reiß es ab und mach ein Feldfeuer aus dem Gestrünk und Gestrüpp. Für mich, den Vetter Just vom Steinhofe, ist da diese glorreiche Republik der Vereinigten Staaten von Nordamerika eine unbezahlbare Schulmeisterin gewesen. Hier bin ich wieder, und – ein Schulmeister bin ich drüben gewesen: ich habe mich doch nicht ganz umsonst von euch hier zu Lande auslachen lassen wollen, alter Junge, und ein Buch könnte ich wohl auch jetzo zustande bringen, wenn auch nur eines – meine Lebensgeschichte. Ich gebe dir mein Wort darauf, eine ganz sonderbare Historia ist das; und so in manchem stillen Augenblicke komme ich mir wirklich merkwürdig kurios und interessant vor und als etwas, was ganz außer mir steht und sich von den verschiedensten Seiten her betrachten läßt. Nicht wahr, Objektivität nennen wir dieses? Glaube nur aber ja nicht, daß ich dir das Gesicht, welches du mir hier eben zuschneidest, übel anrechne."

„O Vetter," habe ich damals, mit beiden Händen nach der Hand des teuren Mannes greifend, gerufen, „Vetter, lieber Vetter, was ich für ein Gesicht dir mache, weiß ich nicht; aber wie ich jetzt, in dieser Nacht, mit diesem Winde vor dem Fenster in deiner Schule sitze, das weiß ich ganz genau. Und nun tue mir die Liebe an und verführe mich nicht wieder, dich zu unterbrechen! Erzähle weiter – weiter; o erzähle weiter –"

„Herr Urian! Jawohl; – wenn einer eine Reise tut, so kann er was erzählen, singt der Wandsbecker Bote. Und freilich, eine Reise habe ich getan, und sie war noch lange nicht zu Ende, als ich drüben am anderen Ufer angekommen war, daselbst auf der Werft im Kreise meiner Zwischendecksgenossen stand (einige saßen auch noch ratloser als ich auf ihren Kisten und Kasten) und diesen Neuyorkischen Nordamerikanern meine ersten frisch importierten Maulaffen feilbot. Großer Gott, damit mochte man dort so frisch als möglich ankommen, eine neue Ware war es da am Platz wahrhaftig nicht! Es ist nicht in einer Sitzung, wie wir sie jetzt abhalten, zu berichten, was ich im Handel damit ausgestanden habe! Und dann nimm nur auch mal die Konkurrenz an, ganz abgesehen von den Weibern, Kindern und den Alten, die dazu ihre Tränen, Seufzer, Jammergesichter und Gebresten auf den fremden Markt bringen. Daran darf ich gar nicht denken, ohne meine eigene Historie auf der Stelle abzubrechen und anzufangen, die eines anderen, und zwar eines anderen von Hunderten und Tausenden, zu erzählen. Der Mensch ist aber und bleibt ein Egoist, und so bleibe auch ich in der Furche und pflüge mein eigen Feld nach der allgemeinen Regel dir vor wie bei dem ersten besten Preispflügen. Das mit der großen Konkurrenz war denn sicherlich für mich kein eitler Wahn. Es geht außer den ordentlichen Bauern auch eine Menge wirklicher Schulmeister über das Wasser, weil ihnen der vaterländische Grund und Boden nicht genug Balken mehr unter sich hat – gelehrte Leute, Professoren, Doktoren, Oberlehrer und Seminaristen – Philologen und Philosophen von jeder Sorte, und kommen sämtlich beim Steinklopfen, Ziegeltragen und im deutschen Auswandererspital an. Mit mir ist es glücklicherweise umgekehrt gegangen. Ich habe da freilich nur meine eigene persönliche Erfahrung und kann nur sagen, was ich persönlich weiß. Und nun, Fritz Langreuter, lasse ich mich darauf totschlagen, daß von allem, was man drüben am besten gebrauchen kann, ein lateinischer Bauer das allererste ist. Von ihren großen Städten und dergleichen rede ich natürlich nicht, sondern von ihren Wildnissen und Einsamkeiten. Und merken lassen darf man es ihnen, auch im Hinterwalde oder auf der Prärie, auch nicht, was man außer seinen zwei groben Fäusten mitgebracht hat, sondern sie müssen es nach und nach ganz von selber merken. Nun stelle dir den Vetter Just vor in einem Lande, wo jedes Kind, sowie es das Licht der Welt erblickt hat, sofort sich auf das Praktische legt und mit seinen Eltern über seine ersten natürlichen Geschäfte an zu handeln fängt. Nicht wahr, da brauchte der bankerotte Bauer vom Steinhofe nicht erst eine Glatze zu kriegen, um zum Kinderspott zu werden? Es war der erste Vorteil, den ich aus meiner heimischen Dummheit zog, daß ich dieses einsehen und mich darauf einrichten konnte. – Ach, Fritz, es ist manchmal dem Menschen nichts dienlicher, als daß er mal so recht vollständig umgekehrt wird! Wenn das Allerinnerste nach außen kommt, dann erfährt er erst, was eigentlich alles in ihm gesteckt hat und was ihm nur angeflogen war. Jetzt kehrst du zuerst den Bauer heraus, Just! denke ich mir, mit der Faust vor der

Stirn, – den Urbauer, den deutschen Bauer aus der Zeit, wo er sich noch nicht einen Ökonomen schimpfen ließ. Dreidrähtig, Just! Schon um der alten Jule willen. Ebenso dick als lang, und wäre es auch nur der Ehre des deutschen Vaterlandes wegen. Mist bleibt überall Mist und hat überall dieselbe Wirkung in der schönen Natur, einerlei ob in dem alten Europa oder in dem jungen Amerika. Und dann – muß man denn immer in seinem eigenen Bette schlafen und den Schlüssel zu seiner eigenen Rauchkammer in der Tasche herumtragen? Uh, das Fleisch ist mir da wirklich von den Knochen gefallen; aber gereckt habe ich mich auch. Du glaubst es wahrscheinlich nicht; aber einen guten Zoll bin ich ganz gegen die Natur in Amerika noch gewachsen. Das Land hat das wirklich naturgeschichtlich so an sich, daß es seine Leute wie zähes Leder auseinander zieht. Ist dir mein Hals nicht aufgefallen? Na ja, auf dem Steinhofe steckte er mir ganz anders zwischen den Schultern! Nimm es mir nicht übel, das sollte kein Stich auf dich sein; denn bei dir ist das ganz was anderes, du bist ein glorreicher deutscher Gelehrter und passest mit deiner dünnen Nase ganz nach der Regel zu deiner übrigen Figur. Aber wir – das deutsche Volk im großen und ganzen, wie lange müssen wir noch selbst dem Unteroffizier dankbar sein, der uns zum Geradestehen animiert und uns das Kinn mit der Faust in die Höhe stößt, um uns auf das stolze Blau über uns aufmerksam zu machen?! Das war eine Abschweifung, rechne ich; und da bin ich also auf einer Farm mitten im Staate Wisconsin – auf einer Farm – zahle mein Lehrgeld als Ackersmann auf Erden nachträglich und hole vieles nach, was ich auf dem Steinhofe aus Faulheit und Dummheit versäumt habe, – mein einziger Verlaß die Muskeln, die mir Jule Grote angefüttert hatte. Ein bißchen klimatisches Fieber abgerechnet, ging es auch so ziemlich. Aber das Geräte! Damit habe ich jahrelang meine liebe Not gehabt, bis ich es mir handgerecht einstudiert hatte. Nimm nur mal solch eine Yankee-Axt an. Und dann ihre Verbesserungen an ihren Pflügen zwischen ihren Baumstumpfen. Selbst das Älteste, was Adam schon kannte, kommt einem da neu vor. Bis auf den Griff am Spaten mußt du dort als deutscher Ackerknecht von frischem in die Lehre gehen. Aber in der Not frißt der Teufel Fliegen, und by degrees machte sich die Sache ganz gut. Wir Gelehrten nennen das ja wohl eine felix culpa, wenn sich einer zu seinem Glück und besserem Verständnis blamiert und sich elend und lächerlich macht? Wir hatten einmal einen thüringischen verunglückten Pfarrer in Liedlohn genommen, der sprach viel hiervon. Einerlei; ich sage dir, Fritze, man muß so einen wackeren Erbsitz und Urvätereigentum wie den Steinhof wie im Traum von der Hand weggeblasen haben, um es im vollen einzusehen, was für ein glorreich Handwerk Adams Handwerk ist! So ist es aber mit allen guten Dingen, die uns in die Hand wachsen, in die Windel eingebunden oder auf dem Präsentierteller gebracht werden. Erst verdudele du sie, dann lernst du sie nach ihrem ganzen Wert und Behagen abschätzen! Wenn ich es heute nicht noch zu allem übrigen hier bei euch zum Titel Ökonomierat bringe, so – na, ich will lieber nicht sagen, was Karl Heinzen drüben dann in diesem Falle sagen würde! – Herzensjunge, es ist jammerschade, daß du in jener Zeit nicht bei mir warst, um dein Pläsier geradeso an mir zu haben wie im grünen Grase unter meines Vaters alten Kirschenbäumen oder in meiner ganz verrückten Erkerstube. O, hätte ich nur manchmal die alte Jule, dich, Ewald und die beiden Mädchen nach Neu-Minden hexen können! Wenn man absolut einmal zu renommieren wünscht, so renommiert man am liebsten vor seinen nächsten Bekannten, Verwandten und besten Freunden, wahrscheinlich eben, weil die doch nie an einen glauben. Neu-Minden hieß unsere Ansiedelung, und alles in allem gerechnet, jung und alt zueinander, waren wir so zirka fünfzig bis sechzig Köpfe stark. Immer ein hübscher Kern! Der General Varus auf seinem Marsche durch Deutschland hat wahrscheinlich erst bei Detmold einen bunteren Haufen von uns, und zwar zu seinem Schaden, auf einer Stelle zusammen erblickt. Neu-Minden! Ein netter Name und ein absonderlich Sammelsurium deutschen Volkes! – von jeder Sorte a G'schmäckle, wie die drei oder vier Schwaben unter uns sagten. Drei bis vier Dutzend Kinderflachsköpfe wuchsen uns zwischen den Beinen, Schweinen, Baumstumpfen und Fenzen auf, und das war die Hauptsache, und wer auch Präsident sein mochte – dieses machte ihm keine grauen Haare; einen Kultusminister schickte er uns nicht, um Ordnung zu stiften, nach Neu-Minden. Ihm war es in seinem Weißen Hause in Washington vollständig einerlei, auf welche Weise sich seine Bürger die Fähigkeit, seine Nachfolger in diesem Weißen Hause zu werden, erwarben. Nun, da freue ich mich, daß ich dreist beschwören kann, daß es immer noch etwas auf sich hat mit dem deutschen Gewissen, nämlich soweit es sich um Vaterpflichten und Muttersorgen handelt, einerlei, ob es ihm absolut gleichgültig ist, wer Präsident wird und wer nicht. – ‚Sie wachsen auf wie die Schweine!' brummten kopfschüttelnd die Grauköpfe von beiden Geschlechtern in der neuen Gemeinde. ‚Ein Vergnügen ist es, es mit anzusehen, aber eine Schande ist es auch, wie das Zeug ins Kraut schießt. Es geht nicht länger so; für den nächsten Winter müssen wir für einen Schulmeister zusammenlegen, koste er, was er wolle. Aber mit Rat, Gevattern! Es verläuft sich mancher von der Sorte hierher, dem man kein Ferkel zum Waschen anvertrauen möchte, wenn man ihn selber und seine Vorgeschichte im alten Lande genau kennte.' – Na, Fritze, du kennst mich und meine Vorgeschichte im alten Lande! Was meinst du zu mir und diesen Reden und Beratungen in der Waldwirtschaft rund um mich her? Nicht wahr, du siehst es jetzt schon ziemlich klar vor dir liegen, wie es sich nachher alles gemacht und passend ineinander gefunden hat? Schwerenot, wollte ich dir jetzo eine Pfeife vom schwersten Lobtabak vorrauchen, so könnte ich es, daß du Fenster und Türen des Wohlduftes halber aufsperren müßtest. Neu-Minden aber existiert glücklicherweise noch; also reise du nur selber hinüber und höre dir, wenn dir daran liegt, an, wie die anderen von mir reden. Ich, der ich auf dem Steinhofe nicht der Herr und Bauer sein mochte, ich bin hoffentlich ein guter Bauer und Knecht in dem amerikanischen Walde gewesen. Aber ich bin auch durch des Großvaters Schrank – weißt du noch? – im Laufe der Zeit wieder mein eigener Meister geworden, wie wir Deutschen das Wort nehmen; ich habe eine Farm in die Wildnis hineingesetzt, die sich sehen lassen konnte und bald ihren Wert und Preis hatte. Weiß der liebe Gott, den V e t t e r nannten sie mich auch drüben bald auf zwanzig Meilen in die Runde, ohne daß ich dir sagen kann, wie es zuging. Von den Kindern ging es nicht aus. Die habe ich schon der Autorität wegen bei ihrem Mister Everstein erhalten. Bitte, reise wirklich morgen schon ab, – bloß um zu hören, wie sie hundert und mehr Meilen nordwestlich von Milwaukee von dem Mister Everstein sprechen, wenn sie zu ihren Buchstabierspielen aus allen Himmelsrichtungen her auf eine halbe Tagereise weit zu Pferde und zu Wagen zusammenkommen! Und ich habe es nicht bei dem bloßen Buchstabieren gelassen nach getaner Tagesarbeit mit Axt, Pflug und Spaten. Ein Exemplar vom alten Broeder war freilich nicht aufzutreiben, weder in Neu-Minden noch in Neuyork; aber da liegt schon in Minnesota am Mississippi ein Ding, das heißt Sankt Paul, und da hat mir wirklich und wahrhaftig einer einen Ellendt aufgetrieben, und wenn heute ein eingeborener Neu-Mindener einen Begriff oder eine Ahnung von mensa und amare hat, das heißt in der Römersprache, so bin ich der Mann, der schuld daran ist. O, und der pythagoreische Lehrsatz! Erinnerst du dich wohl noch an den Magister Matheseos, Fritze Langreuter? Und an meine Seelenseligkeit, als ich ihn heraushatte und ihn dir als etwas, was unumstößlich seine Richtigkeit hatte, beweisen konnte? Du hättest die Tafelrunde von alten und jungen Neu-Mindenern sehen sollen, denen ich ihn gleichfalls bewies, mit Kreide auf der Tischplatte, am Winterabend mitten in der amerikanischen Wildnis und viel näher dem Lake superior als der Weser und dem Flecken Bodenwerder und dem Dorfe Kemnade! Siehst du, liebster Freund, so habe ich wenigstens einmal in der Fremde für voll gegolten in dem, was ich zu Hause für das höchste Ideal hielt. Jetzt bin ich mit Ruhe ein Bauer auf meinem alten braven Hofe. Alle Nachbarn sind mir wiederum willkommen wie vor Jahren in meiner Narrenzeit. Ich bin auch mit Vergnügen für jedermann wieder der Vetter Just, und manchmal denke ich wie mit einigem geheimen Vergnügen: Hast du auch weiter nichts vor dich gebracht, Just, als daß sie nicht mehr hinter deinem Rücken über dich lachen, so ist auch das schon bei deiner angeborenen Dummheit und Faulheit etwas ganz Hübsches."

„O Vetter Just," rief ich im hellen Enthusiasmus und wahrhaftig mit Tränen in den Augen und einem heißen Kitzel in der Gurgel, „der Vetter Just bist du und bleibst du, und – bei den unsterblichen Göttern – höher als das kann es kein sterblicher Mensch auf dieser Erde bringen! O Vetter, wie freue ich mich, daß ich dich wieder im Lande weiß und von neuem dich auf dem Steinhofe besuchen und bei dir in die Schule gehen kann!"

Vierzehntes Kapitel

Soweit waren wir vor Mitternacht gekommen. Nach Mitternacht erzählte der Vetter weiter, wie er durch harte Arbeit, klugen Sinn und treuherziges Beharren in jeglichem wackeren Vornehmen durch gute und böse, durch harte und linde Zeiten, durch schlimme Tage und schlimmere Nächte seinen Weg als ein fester, wirklicher und wahrhaftiger Mann sich in das Vaterland und zu dem alten Erbsitz zurückgebahnt hatte. Wenn nichts in der Welt feststehen bleibt als ein wirkliches und wahrhaftiges Kunstwerk, wenn alles andere vorbeigehend ist, so hatte dieser Mensch in seinem Leben ein echtes und gerechtes Kunstwerk fest hingestellt, zum Trost und zur Nachahmung für alle, die das Glück hatten, ihn kennen zu lernen. Das war old German-text-writing in der vollsten Bedeutung des Wortes, eine leserliche, dauerhafte Schrift mit allen ihren kuriosen Schnörkeln und Verzierungen! Wer darin seine Autobiographie niedersetzte, der konnte gewiß sein, daß sie manchem kommenden Geschlecht von Kindern und Enkeln merkwürdig, rührend und ermutigend sich in das Gedächtnis prägte. Und das deutsche Volk hat wahrlich dergleichen monumenta germanica recht sehr nötig; denn wenn unsere großen Leute dann und wann vielleicht weitherziger als die irgendeines anderen Volkes sind, so sind dagegen unsere kleinen häufig in eben dem Grade kläglicher, kleinlicher, engherziger, mürrischer und unzufriedener als irgendeine Menge, die eine andere Planetenstelle bewohnt; und – ach, wie oft hatte ich mich in den letzten Stunden im ganz geheimen an die Brust geschlagen und geseufzt: Gott sei mir Sünder gnädig! Ich seufzte es aber auf Griechisch: Ὁ θεός, ἱλάσθητί μοι τῷ ἁμαρτωλῷ. – wahrscheinlich, wie es mir jetzt vorkommt, um in der Befähigung dazu einen Trost zu finden; denn Griechisch konnte der Vetter wenigstens doch nicht!

Aber er erzählte nun davon, wie er seine alte Jule aus Bodenwerder abgeholt und im Triumph nach dem Steinhofe zurückgebracht habe, und das war wiederum mehr als Griechisch und Sanskrit.

„Ich hatte ihr natürlich," berichtete er, „auch von Amerika aus von allem Guten, was mir zuteil wurde, das ihr Gehörige zukommen lassen; aber der Tag, an dem ich selber heimkam, war doch das Beste sowohl für sie wie auch für mich. Schade, daß ich euch – dich, Irene und Ewald – nicht von Schloß Werden dazu herüberholen konnte! Gottlob, Eva Sixtus und ihr Vater sind wenigstens dabei gewesen und mit von neuem auf dem Steinhofe eingezogen. Daß die ganze Umgegend auf den Beinen war, kannst du dir wohl vorstellen. Freilich bei mehr als einem guten Freunde, mit dem ich von meinem jammerhaften Abschiede her einen Schinken im Salze hatte, habe ich wohl ein Auge zudrücken müssen, wenn er mir am liebsten als mein allerbester Freund um den Hals gefallen wäre; aber ich habe es gern getan. Je mehr man sich den Wind draußen in der wilden Welt um die Nase hat wehen lassen, desto bescheidener wird man in seinen Ansprüchen an den Charakter der Menschheit und nimmt am guten Tage still mit in den Kauf, worüber man am schlimmen vor Wut und Ärger aus der Haut fahren möchte. Zwischen der alten Jule und manchem früheren guten Haus- und Hof- und Jagdfreunde ging es freilich nicht ganz so glatt ab, und manch einer bleibt heute noch ihretwegen weg vom Hofe, der meinetwegen wieder ganz behaglich seine Beine unter unserem Tische ausstrecken könnte. Die Weiber sind in diesen Dingen nämlich von einem viel besseren Gedächtnis als wir Männer, Fritze; und Gnade

Gott manchem armen Sünder, wenn sie es durchsetzen und am Jüngsten Gerichte Sitz und Stimme kriegen. Gnade für Recht ergeht da gewißlich nicht; – selbst bei unseren deutschen Frauenzimmern nicht, welche immer noch die besten sind und die harmlosesten, was gleichfalls eine von meinen amerikanischen Erfahrungen ist und die ich auch dir jungen Menschen, Fritzchen, mitgebracht haben will. Und es soll mich recht freuen, wenn du noch Gebrauch davon machen willst. Aber das ist ja alles nur beiläufig, nimm's nicht übel; ich sage dir, Doktor, den Weg von Bodenwerder nach dem Steinhofe hättest du an dem Tage sehen sollen! Und dann unsere Ankunft auf dem alten ausgemergelten, nichtsnutzigen Haferacker – weißt du, an der Fenz – nein, Gott sei Dank, an der echten, richtigen Weißdornhecke und dem Plankenzaun, über den ihr mich so oft angecheer't habt. Wenn es in meiner Erzählung hiervon etwas kraus durcheinander geht, so gehört auch das zu dem Spaß, denn es kommt einzig und allein daraus her. Sonst kann ich jetzt unter Umständen recht gut bei der Stange bleiben. Ich hatte selbstverständlich mich schon ein paar Wochen vor unserem Haupteinzuge auf dem Hofe installiert. Junge, und ich habe die ersten Nächte in meinem Erker auf Stroh geschlafen; und – o! – so hat lange keiner in dieser Welt der Plagen und schweren Sorgen und Arbeiten die Beine von sich gestreckt und die Arme unter dem Hinterkopfe zusammengelegt, mit dem Blicke an den alten kahlen Wänden herum und durch das Fenster in die Nacht hinein und dann in den dämmernden Morgen! Ich habe da wie ein König geschlafen, denn ich habe den größten Teil der Nächte verwacht; aber dagegen waren es sehr angenehme schlaflose Nächte. Ihr waret alle darin eingeschlossen wie ich selber von meinem frühesten Aufmerken an. So liegend müßte der Mensch eigentlich alle zehn Jahre sein Dasein sich zurückdenken können; dann könnte man sich auch alles Schlimme, Traurige und Wehmütige viel leichter mit Ruhe gefallen lassen und es erleben! Well, auf jede solche vergnügte Nacht kam dann der frische Morgen mit seinem hemdärmeligen Wirtschaften in dem verlorenen und wiedergewonnenen Väterreich. Was mir mein Vorgänger an lebendigem und totem Inventar mit in den Kauf gab, wollte nicht viel bedeuten, und für mich, der ich noch meine alte Inventur im Kopfe hatte, gar nichts. Da mußten mir neue Gäule, Kühe, Schweine und Ziegen in die Ställe; – ihren Hühnerbestand mußte Jule Grote wiederfinden, wie sie ihn aufgegeben hatte, und die Gips-Venus mußte auch auf den Ofen wieder hin, sonst war die ganze Geschichte nicht das halbe Pläsier.

14*

Und Tische und Bänke hatten sie mir in meiner Abwesenheit gleichfalls derartig verrückt, daß ich mit vier Fäusten und acht Beinen hätte greifen und laufen mögen, um nur die allernötigste Ordnung wieder hereinzubringen. An Karl Ebeling erinnerst du dich wohl nicht mehr? Das war ja unser Junge zu unserer Zeit auf dem Hofe! Na, siehst du, es freut mich, daß dir der Lümmel doch wieder frisch in der Erinnerung aufgeht! Er hat damals manchen Wurf mit dem Pantoffel und manchen Schlag mit dem Küchenbesen, der moralisch mir gehörte, aushalten müssen; und nun male dir meine Genugtuung, daß ich das Ungetier (einen anderen Namen hatte Jule Grote ja nicht dafür!), voll ausgewachsen, mannbar und mit einem Schatz versehen, und dazu als Reserve-Unteroffizier, wiederhabe, und zwar als unseren Oberknecht! Er sitzt jetzt mit Anstand zu meiner Linken an unserem Tische in der alten Stube, weißt du; aber ein anderes Exemplar von ihm in seiner lieben Jugend und Gefräßigkeit und Flegelhaftigkeit habe ich, Gott sei Dank, dazu wieder mir gegenüber am anderen Ende des Tisches. Karl Eggeling heißt der Schlingel heute; na, und ich muß mir doch manchmal in den Ärmel lachen, wenn ich wieder einmal zu erfahren habe, daß die alte Jule immer noch nicht milder und sanfter gegen diese Spezies von der männlichen Gesellschaft gestimmt ist. – Die alte Jule! Da sind wir wieder bei ihr und ihrem Einzuge auf dem Steinhofe. So in Tränen gebadet habe ich noch kein Frauenzimmer bei keinem irdischen Zufall und weder in Amerika noch in Europa erblickt! Du hättest ihr das größeste Unrecht antun können, und es hätte diese Flut nicht aus dem Schütt gelassen. So weich wie das Glück hatte das Unglück sie längst nicht gemacht. Freund Stakemann, der auch noch lebt, Fritz, – du weißt, Stakemann, der mich damals so treu brieflich warnte, als es längst zu spät war! – Stakemann, der immer der alte vergnügte Kerl geblieben ist, kam leider auch hier mit seinem Witz post festum. Die spaßhafte Bemerkung, daß der Weg von Bodenwerder her wohl nächstens unter Wasser stehen und daß man sich demnächst in Bremen über das große Wasser wundern würde, hatte ich bereits gemacht, geradeso wie damals, das heißt die Jahre vorher, meine Geschäfte mit dem Doktor Schleimer, dem ich, wieder beiläufig, leider nicht in den Vereinigten Staaten begegnet bin, um ihm offenherzig meine Meinung sagen zu können. – Sonst war mir übrigens selber eigentlich auch gar nicht spaßhaft zumute, sondern sehr im Gegenteil. Ich saß da auf dem Leiterwagen und hielt den Arm um die Alte und tröstete sie und mich nach besten Kräften in unserem

Glück. Es ist keine Kleinigkeit, selbst im glücklichsten Fall, sich um soviel älter – alt – und in diesem auch als Greisin zu sehen und zu fühlen, daß man noch einmal eine glückliche Minute herausgefischt hat! Ich weiß nicht, Langreuter, ob ich dir das nach der Syntax vortrage, aber eine Wahrheit ist es, verlaß dich drauf. Nicht wahr, alter Freund, wenn einer den anderen so recht verstehen soll, dann braucht der nur recht unverständlich zu sprechen, wenn er seine Meinung nur recht tief aus dem Grunde heraufholt?! Daher, wo man gar nicht mehr weiß, ob man aus seiner eigenen Seele spricht oder der des anderen! ... Nun spricht man häufig davon, daß es sehr süß ist, eine junge Geliebte vom Wagen zu heben, um sie in die neugegründete Heimat einzuführen. Ich glaube dieses herzlich gern, obgleich ich es leider noch nicht selber an mir und an einem guten Mädchen probiert habe; aber sozusagen etwas Bräutliches hatte auch Jule Grote an sich, als sie mit ihrem Anverlobten, dem Steinhofe, wieder zusammenkam nach so langer Trennung und hoffentlich jetzt auf immer. Während des Zwischenreichs und der Fremdherrschaft hatte sie natürlich keinen Fuß in die Gegend gesetzt: ‚Zehn Pferde hätten mich nicht in das Hoftor gezogen, Just!' rief sie einmal über das andere, während sie jetzt durch alle Stuben und Kammern, treppauf und treppab, durch Stall und Garten humpelte und mich mit seligen Tränen in den Augen auf alles aufmerksam machte, was das ‚fremde Volk während seiner Herrschaft nach seinem Gusto verändert oder gar ganz schandbar verrungeniert hatte'. Wir gingen alle mit ihr, und weißt du, Fritz, was nach meinem Vergnügen an der Alten mir das Lieblichste war? Das war unsere liebe Eva Sixtus, die ihren alten Papa führte und, immer verstohlen mit ihrem weißen Taschentuche an den Augen, wie ein weinender Frühlingsmorgen aussah. Es war ein wahres Glück, daß Stakemann fortwährend seine schlechten Witze und altbekannten nichtsnutzigen Bodenwerderschen Redensarten und Anekdoten uns dabei zum besten gab; die Sache hätte sich sonst wirklich für einen Bürger der Vereinigten Staaten von Nordamerika zu sehr ins Gerührte verlaufen. Du hast unsere liebe Eva wohl lange nicht gesehen, Fritz? Das ist sehr schade. So jung wie vor zehn oder zwölf Jahren ist sie heute nicht mehr; aber das muß ein heikler Patron sein, für den sie nicht in die Länge und in die Breite in die allersüßeste Frauenfreundlichkeit sich ausgewachsen hat! Und dann solltest du den Förster über sie hören! Hast du selber einen Speech auf der Seele, so laß ihn um Gottes willen nicht zum Worte über sie kommen. Da redet er kopfwackelnd das allervolkreichste Meeting vom Stump zu Tode. Freilich, was mich betrifft, so bringe ich ihn immer mit dem größesten Vergnügen auf seine Tochter, sein liebes Mädchen, und dir, Fritze Langreuter, würde es wohl ebenso gehen, wenn du dir unter deinen jetzigen großartigen und weltgelehrten Verhältnissen noch das alte bescheidene Herz und Vergnügen an allen diesen unseren alten Dingen und Leuten von Schloß Werden, dem Steinhofe und der Umgebung hättest bewahren können. Daß das freilich nicht gut möglich ist, sehe ich aber recht gut ein, mein Junge!" ...

Ich hatte mir geschworen, den Menschen nicht zu unterbrechen, und ich unterbrach ihn auch jetzt nicht; aber ich sprang auf vom Stuhl, knöpfte mir die Weste auf und trat auf längere Minuten an das Fenster, um die brennende Stirn an die Scheiben zu drücken und auf das dem Morgen hastig zutreibende Gewölk zu sehen und auf den Wind zu horchen. Als ich an den Tisch zurückkam, hatte sich der Vetter Just eine frische Pfeife gestopft und hielt eben das brennende Zündholz darauf. So gleichmütig und phlegmatisch, als ob er mir nicht das geringste gesagt habe, was einen Privatdozenten ohne Zuhörer und einen Doktor der Philosophie ohne Philosophie aufregen könnte. Und jetzt sagte er noch dazu:

„Wahrhaftig, wenn man so ins Schwatzen kommt! ... Zwei Uhr am Morgen! Bei uns auf dem Steinhofe fangen da schon die Hähne an zu krähen. Und ich sitze hier und rede und rede und bedenke gar nicht, wie ich dich von der nächtlichen Ruhe abhalte und wie kostbar gerade deine frischen Morgenstunden für die gelehrte Welt und die Wissenschaften sind. Aber guck, Fritz, so bleibt ein Deutscher immer ein Deutscher! Ein echt eingeborener Nordamerikaner hätte dir einfach gesagt: Ich habe den Steinhof wieder; wenn du Lust hast, male dir alles übrige dazu oder laß es bleiben. – Ich dagegen sitze hier und möchte dir auf jeder Faser und Fiber in mir meine Gefühle und Erlebnisse in der alten Heimat nach der Heimkunft vorspielen und frage den Teufel danach, ob das dir noch interessant ist oder nicht. Aber jetzt auch kein Wort mehr! Wo ist mein Überrock? Hier. Und hier ist mein Hut. Jetzo setze deiner Güte und Geduld die Krone auf und leuchte mir die Treppe hinunter. Den Weg nach meinem Wirtshause finde ich schon; hoffentlich aber kehren mehr Leute von meiner Art da ein, die sich leicht festschwatzen nämlich, wenn sie nach jahrhundertelanger Abwesenheit und Trennung einen guten alten Freund und Bekannten zufällig wieder getroffen haben und ihn in ihrer Zufriedenheit mit der Welt in den Schlaf oder über den Schlaf weg, aber sicher halb tot reden. Allein möchte ich auch in diesem Falle nicht in der Welt stehen."

Fünfzehntes Kapitel

Nach jahrhundertelanger Trennung und Abwesenheit! Das letzte Wort war das richtige; ich aber war Pedant genug, daß ich mir auch in diesem Augenblicke, das heißt, nachdem ich dem Vetter die Treppe hinunter mit dem Lichte vorangegangen war, durch jenes Worts sprachliche und begriffliche Zergliederung meine Stimmungen und Gefühle klarer machte. Wer diese langen Jahre hindurch abwesend gewesen war, das war nicht der Vetter Just Everstein, sondern ich, – ich, der ich so hübsch ordentlich zu Hause geblieben war.

Ich schlief in dieser Nacht nicht mehr, obgleich ich ziemlich rasch zu Bette ging. Da lag ich und versuchte es, hundert zerrissene Fäden wieder anzuknüpfen, was stets ein bedenklich Geschäft ist und nicht immer gelingt, jedenfalls aber ungemein selten das Gewebe des Lebens haltbarer und glatter macht. Nun war es sonderbar, wie gerade die letzten Exkurse des wackeren Freundes mir die heftigste Unruhe in das Geblüt geworfen hatten. Was erzählte mir auch der Mann von dem „weinenden Frühlingsmorgen" Eva Sixtus? Wir waren doch alle – ohne Ausnahme – in den Sommer des Daseins hineingeraten. Was sollten mir die hübschesten Bilder aus Tagen, die, wie der Vetter ganz richtig sich ausdrückte, ein Jahrhundert weit hinter uns lagen?

Ich wendete mein Kopfkissen darob fortwährend um, ohne Ruhe darauf zu finden. Baß ergrimmt (nein, das war nicht das richtige Wort!) entstieg ich, als der trübe Morgen gekommen war, dem ruhelosen Lager mit den Gefühlen eines Mannes, der eine weite Reise unternommen hat, um alte Schulden einzukassieren, überall aber leere Taschen gefunden hat und nun selber mit leerer Tasche in einem öden Gasthofszimmer sitzt. Mit einer wahren Wut blickte ich von einem meiner Büchergestelle auf das andere. Die weisesten Autoren, denen ich in diesen schönen Momenten mit meiner Lebensrechnung unter die Nase zu rücken versuchte, waren nur imstande, mir die Gegenforderung und Frage zu stellen:

„Wer soll uns denn mit Noten versehen, wenn nicht ihr Lebenden? Dummes Zeug: Trost und Beruhigung! – Bestätigung unserer Lebensangst, Unruhe und Not wollen wir von euch Atemholenden! Weiter im Texte!"

Von den Schuldnern zu den Gläubigern – den Gespenstern, die mich in der Nacht geplagt hatten! Der Mensch hat eigentlich gar keine Ahnung davon, wie er die Wörter seiner Sprache mißbraucht. Die Abgeschiedenen lassen einen wohl schon in Ruhe: es sind die lebendigen Wesen in Fleisch und Blut, die mit atmenden, leidenden, sich freuenden Genossen der Erdenlaufbahn, die da gewöhnlich durch unsere Träume spuken gehen! Sind sie gar noch gute alte Freunde und Bekannte und haben sie dazu muntere Füße, wackere Hände, helle Augen und rote Backen und wissen sie mit kräftiger, sanfter oder gar freundlicher und liebevoller Stimme ihre Fragen zu stellen in der Geisterstunde, so ist das sehr häufig am allerbedenklichsten für unsere nächtliche Ruhe.

Wie mit einem Zauberstabe hatte dieser Mensch und Vetter Just, dazu Bürger der nüchternen Vereinigten Staaten von Nordamerika, an die dürre Wand geschlagen und das kläräugige Spukgesindel über mich her beschworen. Als ich gegen elf Uhr meinen Weg durch die belebten Gassen zu seinem Hotel suchte, um ihm, dem Vetter Just, meinen Gegenbesuch zu machen, sah ich unwillkürlich gespannter als seit langer Zeit den Begegnenden in die Gesichter und mit einem gewissen ängstlichen Suchen und Erwarten in das Getümmel überhaupt. Was ich seit langem teilnahmlos hatte an mir vorbeistreifen lassen, das gewann nach dieser Nacht plötzlich ein sozusagen angsthaftes Interesse für mich. Andere Leute mochten es vielleicht anders nennen; ich nannte es Gedanken, was mich auf meinen Wegen bis heute durchgängig gehindert hatte, auf die Bewegung um mich her viel zu achten. Höchstens ärgerlich hatte ich dann und wann auf- und um mich gesehen, wenn ein unvermuteter Puff und Knuff von Menschenkindern, die es stets eiliger als ich hatten, mich in meiner Neigung, mit gesenkter Nase hinzuschlendern und, offen gestanden, an sehr wenig zu denken, störte. Nun hatte sich dieses mit einem Male geändert, wenigstens für diesen Morgen. Ich ging mit geradeaus gerichteter Nase und mit Augen, die nach rechts und links und manchmal sogar einem auffälligeren Individuum nachguckten.

Weißt du, wer da mit dir geht oder dir entgegenkommt? Hast du es schriftlich, daß niemand darunter ist, dessen Erkennung im Haufen dir wichtiger sein kann als das träumerische Gespinste, in welches du deine fünf Sinne eingewickelt umherträgst? Würdest du dich über kein z w e i t e s unvermutetes Begegnen an der Straßenecke wundern oder freuen? Bist du wirklich so ganz allein und – auf dich allein angewiesen unter den Hunderttausenden? Und – da stand ich schon und starrte und brachte im jähen Anhalten meinerseits diesmal eine Hemmung in den Strom der Bevölkerung und auf dem Gesichte des Nächsten hinter mir, auf dessen Zehen ich mich mit meinem Hacken niederließ, einigen Verdruß hervor. – – –

Mademoiselle Martin!

Das war nicht d a s Gesicht, auf welches ich in dem großen Strome gepaßt hatte; – Eva Sixtus sah anders aus! – Aber das Wunder und die Verwunderung blieben die nämlichen. Ich mußte doch noch Mademoiselle Martin, unsere alte französische Sprachmeisterin von Schloß Werden, kennen! Sie war es! Sie war es unbedingt, und wenn auch nur um das alte Wort zu bewahrheiten: Wenn es kommt, so kommt es in Haufen!

Ein greisenhaft, verschrumpfelt und verrunzelt, etwas phantastisch aufgeputztes Mütterchen wackelte sie daher, und ich stand mit dem Hute in der Hand:

„O Mademoiselle! . . . O Mademoiselle Martin, welches ungemein erfreuliche –"

„Monsieur?!"

Es lag eine Welt von Fragen in dem einen Wort; und ich war imstande zu stottern:

„O, ich bitte – Doktor Langreuter ist mein Name."

Da ging es gottlob wie ein Lächeln über das sorgenvolle Altfrauengesichtchen der ci-devant soeur ignorantine.

„Je, Fritz?! Monsieur Frédéric Langreuter! Ei, der Herr Doktor Langreuter! Aber, en vérité, das nenne ich freilich ein recht erfreuliches Zusammentreffen. Haben Sie mich wiedererkannt, Fritz – Herr Doktor? O dieses unvermutete Wiederfinden freut mich ebenfalls sehr."

„Und Sie kennen mich auch noch, Mademoiselle? Und gestern mittag – o Mademoiselle, welche Wunder können doch noch in dieser Welt geschehen!... Gestern der Vetter Just und nun Sie, Fräulein Martin! Und Sie haben sich so wenig verändert, daß auch das ein neues Wunder ist, Mademoiselle."

„Geben Sie mir Ihren Arm, monsieur. Durch ein paar Straßen müssen wir sans condition miteinander gehen. Schmeicheln will ich Ihnen nicht: Sie haben sich sehr verändert, Mr. Langreuter, und hätten Sie mich nicht angerufen, so würde ich Sie wahrscheinlich nicht wiedererkannt haben."

Wir paßten ganz zueinander: ich, der mittelalterliche Quellenforscher, und das melancholische, geputzte Mütterchen an meiner Seite. Durch ein heiteres Wesen hatte sich Mamsell Martin wohl nie hervorgetan; aber nun hatten die Jahre und die Erlebnisse wie immer dichter sich übereinander schiebendes Gewölk das letzte Licht in ihren Altjungferzügen ausgelöscht. Ich hatte sie vorsichtig zu führen, denn ihr Schritt gehörte nicht mehr zu den festesten. Wir gingen langsam, und auch das war sehr nötig.

„Ich habe es gestern von einem guten, alten Freunde vernommen, daß Gräfin Irene jetzt hier ihren Aufenthaltsort genommen hat, Mademoiselle. Ich habe viel erfahren seit gestern, Mademoiselle, und vieles, was ich eigentlich ebensogut, wo nicht besser als jener treue, wackere Freund wissen müßte. Nun gehe ich plötzlich auch mit Ihnen hier –"

„Ja, wir wohnen seit einigen Wochen in Berlin, Herr Fritz – Herr Doktor. Durch wen aber wissen Sie das auch – seit gestern?"

„Durch den Vetter Just."

Nun sah man wieder einmal recht deutlich, daß sowohl der Dichter des Textes zum Freischütz sowie der Komponist und alle weisen und melodischen und poetischen Männer, die das nämliche vor ihnen in Versen und Prosa oder Noten angemerkt, das Richtige getroffen hatten.

„Ob auch die Wolke sie verhülle, die Sonne bleibt am Himmelszelt!" Wie ein Sonnenstrahl ging es über die gelbe, faltenreiche Stirn, wie freudiges Leuchten zuckte es aus den schwarzen Augen der alten soeur ignorantine.

„Oh monsieur, monsieur! Der Vetter Just! O wohl, monsieur Just Everstein! Ja, der hat uns gefunden und hat uns eine Visite gemacht, und wir waren so glücklich, ihn zu sehen! Und er hat bei uns gesessen stundenlang und von der alten Zeit gesprochen! Und er hat unser Kind in seinen guten Armen in den Schlaf getragen! Die Komtesse hat geweint, als er weggegangen ist, aber diesmal vor Freuden. Nicht weil er gegangen ist, sondern weil er versprochen hat, immer wieder zu uns zu kommen, zu uns und unserem armen Kinde. Und er ist wieder gekommen und hat wieder mit uns von der alten Zeit und dem Herrn Grafen und dem lieben, armen château de Werden geredet. O – er hat uns g e s u c h t in dem pêle-mêle, der Vetter Herr Just, und er hat uns gefunden und nicht bloß durch einen Zufall. Le bon dieu hat ihm das in sein Herz gegeben, daß er es nicht anders konnte, sondern suchen und finden und kommen und da sitzen mußte, um uns zum Troste zu sein in dieser argen, schlimmen, schlimmen Welt! Wie ein Gesandter von dem guten Gott ist er uns gewesen, der Vetter Herr Just, der mir soviel aversion und répugnance hat bereitet in der glücklichen alten Zeit, wenn ich euch rief zu der Lektion – savez-vous? hoch oben aus den Bäumen und ihr nicht anwortetet, weil ihr alle waret echappiert und — eh, eh, hattet euch durchgeschlüpft — glissés par la haie — wie die Vagabonden in die weite Welt und nach dem Steinhof. Oh mon dieu, damals habe ich geweint, weil das war, nun weine ich, weil das nicht mehr sein kann. Aber madame la baronne, meine Komtesse kann noch lächeln, wenn sie spricht mit dem Vetter Just davon und von euch anderen bösen Kindern; und so bin ich auch glücklich, daß ich einst mich so sehr habe geärgert."

Vergebens war es, meinerseits ein Wort in diesen Redefluß der alten Dame zu werfen. Und sie redete das alles zu mir in einer der belebtesten Straßen der großen Stadt Berlin, gänzlich unbekümmert darum, daß wir nicht allein darin gingen wie vordem wohl in der großen Lindenallee im Garten von Schloß Werden. Wir gingen ihnen allen zu langsam und nahmen ihnen allen zuviel Platz auf dem Wege in Anspruch; aber alle hatten sie es auch nicht darum so eilig, um rascher zu einem Vergnügen zu gelangen, und so war nichts gegen dies Geschobenwerden und Gedrängtwerden einzuwenden.

Daß sich Irene von Everstein in Wien mit einem Freiherrn Gaston von Rehlen verheiratet hatte, wußte ich, ebenso, daß diese Ehe nicht glücklich ausgefallen war. Nun wohnte die Frau Baronin seit einigen Wochen als Witwe in Berlin mit einem kranken Kinde und mit ihrer alten französischen Sprachmeisterin. Ich hatte hundert Fragen zu stellen und brachte doch keine einzige über die Lippen. Jeder Blick in das melancholische graue Gesichtchen mir zur Seite wurde mir hier zu einem Hindernis und trieb mir das Wort von der Zunge zurück; die soeur ignorantine aber schwatzte trübselig weiter von der guten alten Zeit, „als der Herr Graf noch lebte und niemand eine Ahnung, ein pressentiment davon hatte, wie die Verhältnisse für uns alle sich nach seinem Tode gestalten würden". Des Ausdrucks changer de face bediente sich Mademoiselle Martin, und es war der ganz richtige Ausdruck: ein ganz anderes Gesicht als damals, wo nur der Herr Graf genau wußte, wie schwankend unsere Stellung im Leben sei, machte uns heute die Welt!

„Monsieur Ewald ist immer noch in England oder Irland; doch er will nächstens nach Deutschland zurückkehren, hat uns neulich mademoiselle Eva geschrieben," sagte Mademoiselle. „Der Herr Vetter Just hat ihn in der Stadt Belfast par hasard getroffen. Ich hätte mir gern von ihm erzählen lassen, aber der Herr Vetter hat nicht viel von ihm erzählt. Das Kind war sehr unruhig, und da nahm er es auf den Arm. Hélas, es ist ein sehr schwächliches Kind, monsieur Frédéric, und auch ein wenig verwachsen — ah, pardon."

Die Gute hatte nicht nötig gehabt, um Verzeihung zu bitten. Erst durch ihren letzten halb erschrockenen Ausruf wurde ich auf die unwillkürliche Bezugnahme auf meine eigene gleichgültige Person lächelnd aufmerksam. Ich hatte nur an Ewald Sixtus in Belfast gedacht und an die Gründe, die den Vetter Just abhalten konnten, von ihm der Gräfin Irene ausführlich zu erzählen. Mir mußte der Vetter hierüber Rede stehen, das stand mir unumstößlich fest.

Wir hatten nun die größere Verkehrspulsader der Stadt verlassen und schritten durch stillere Straßen.

„Nun ich Sie wiedergefunden habe, – auch par hasard, Herr Fritz Langreuter! – so müssen Sie uns doch nun auch wohl eine Visite machen," meinte Mademoiselle. „Ich werde Ihnen zeigen unsere Wohnung; doch können Sie nicht gleich mit mir gehen, denn madame la baronne – meine Irene ist nicht wohl heute. Sie müssen kommen mit dem Vetter; ich aber werde sagen, daß ich Sie jetzt getroffen habe und daß Sie aus alter Freundschaft zu uns kommen werden. Darf ich das, monsieur Fritz? Dort wohnen wir, im dritten Stockwerk; – der Herr Vetter Just kennt aber den Weg, und Irene wird sich sehr freuen."

Ich sah an dem Hause empor und hielt beide Hände der alten, so bittersüßen Dame, konnte aber nichts weiter hervorbringen als:

„O Mademoiselle!"

„Adieu, monsieur," rief sie. „Und – au revoir! nicht wahr, monsieur?"

Die Haustür hatte sich hinter ihr geschlossen, und ich lief eiligst meinen Weg zurück und nach dem Hotel, in dem der Vetter Just Everstein abgestiegen war und hoffentlich noch auf mich wartete mit dem Frühstück, zu dem er mich eingeladen hatte.

Sechzehntes Kapitel

Gewartet hatte er in seinem Hôtel garni nicht mit dem Frühstück; auch dazu war er zu sehr der Vetter Just vom Steinhofe geblieben. Aber er hatte doch noch viele schöne Reste auf dem Tische übergelassen; und mit mir von neuem herzlich und herzhaft daran zu Werke zu gehen und sich zu erbauen, dazu war der Vetter immer noch der Mann. Aber ich hatte durchaus keinen Appetit mehr; selbst der sehr mäßige, den ich vom Hause mitgenommen hatte, war mir auf dem Wege unter der Begegnung mit der weiland soeur ignorantine, Mademoiselle Martin, vollständig vergangen.

Nun war es aber trotz dieser Begegnung immer noch ein Mirakel, den Vetter Just vom Steinhofe in einer solchen modernen Karawanserei aufsuchen zu müssen und ihn daselbst sogar auf dem bekannten trostlosen Sofa hinter dem bekannten, schäbig rotbehängten Tische hemdärmelig zu finden. Welch ein Segen und Glück ist es, daß ein richtiger Haspel immer ein Haspel bleibt, selbst wenn er einem in einer gläsernen Flasche als eine Kuriosität vorgewiesen wird!

„Du bist lange ausgeblieben, Fritz! Aber so seid ihr einmal hier, und man muß euch nehmen, wie ihr seid!" rief er mir entgegen. „Jetzt komm her und setz dich und greif zu. Einen Klingelzug habe ich schon verruiniert; aber brauchst du noch etwas, so sag's nur dreist, ich gehe dann lieber selber danach. Alter Junge, ich freue mich unbändig. Öffnete sich jetzt dort die Schranktür und Jule Grote träte hervor, um, mit der Faust auf den Tisch gestemmt, dir und mir die Wahrheit zu sagen, so wäre meine Behaglichkeit vollkommen. Aber wie siehst du denn eigentlich aus? Ist dir etwas Unangenehmes auf dem Wege hierher begegnet, oder haben wir für deine Kräfte etwas zu lange in die Nacht hinein gesessen und von den alten Tagen gesprochen?"

Ich fuhr so rasch als möglich damit heraus, was mir eben begegnet war, und der Vetter fuhr mit der Hand über den Hinterkopf und sprach sehr gedehnt:

„Ach so! ... Ja freilich!" ...

„O Just," rief ich, „du bist natürlich sofort da wieder der liebste Gast und beste Freund und Berater! Ich soll womöglich nur in deiner Begleitung dort einen Besuch machen; – ich bitte dich um des Himmels willen, was ist das? Sind die Zustände dort wirklich so trostlos, daß –"

„Hast du wirklich gefrühstückt? Auf Ehre, Fritz, bist du satt und magst du wahrhaftig nichts mehr von dem öden Zeug hier auf dem Tische?" fragte der Vetter kläglich. „Ich frage dich dieses aus Gründen. Nämlich mir ist der Appetit auf längere Zeit vergangen, nachdem ich dort aus alter Freundschaft an die Tür geklopft hatte und von Mamsell Martin hereingelassen worden war. Ach, Fritz, was will das alles sagen, was die Männer erleben können, gegen das, was die Weiber dann und wann erleben müssen. Ich bringe dich natürlich hin, damit du selber siehst, was der Schuft, dem sie in die Hände gefallen ist, aus unserer lieben Irene gemacht hat. O, wäre sie tausendmal lieber mit mir über das Wasser und dann, hie und da ohne einen Cent in der Tasche, durch die Straßen von Neuyork und durch alles Sauere und Bittere bis in die Wildnis von Neu-Minden gezogen, als daß sie so dumm war und als bankerottes hochadeliges und reichsgräfliches Fräulein und junges Mädchen unter ihren Leuten blieb."

„Davon habe ich eigentlich zu erzählen, nicht du, Vetter Just," seufzte ich. „Das waren trostlose Zeiten auf Schloß Werden, die nach dem Tode des Herrn Grafen kamen. Wir erfuhren es beide damals, Vetter, wie dem Menschen zumute wird, wenn plötzlich hundert fremde Hände und Fäuste das Recht gewinnen, in unser Dasein hineinzugreifen und alles, was wir für unser ewig Eigentum hielten, als das ihrige in Anspruch nehmen. Da wird das Geräte des Lebens verschoben, das uns für alle Zeit an seinem Platze fest zu stehen schien. Da klingt fremdes Gelächter in Räumen, in denen wir nur zu flüstern wagten. Du hast nicht die Macht, dich gegen die roheste Rede, gegen den erbärmlichsten Witz zu wehren. Und wenn die grünen, vertrauten Bäume von draußen in gewohnter Weise dazu in die Fenster sehen und rauschen, so ist das kein Trost, sondern ganz das Gegenteil. Wir auf Schloß Werden hatten geradeso wie du auf deinem Steinhofe von allem Abschied zu nehmen. Und wir erfuhren jetzt erst in herzzerbrechender Deutlichkeit, wie uns alles ans Herz gewachsen war. Ach, du hättest meine Mutter und ihr armes Kind, ihre Irene, in jenem Sommer und Herbst sehen sollen, wie sie in den immer leerer werdenden Räumen in den Winkel gedrückt saßen und alles über sich ergehen ließen, die stolze Irene am stillsten und geduldigsten! Wohl hätte die Komtesse auf dem Försterhofe ein anderes heimatliches Dach finden können, wohl hätte sie mit uns – meiner Mutter und mir – gehen können und unser Schicksal teilen, wenn nur nicht jeder Mensch sein eigen Schicksal hätte, das durch keine Liebe und Aufopferung, keinen Haß und Zorn eines anderen geändert werden kann –"

„Jawohl, da hast du recht," seufzte der Vetter Just. „Man macht sich hier immer entweder zu viel oder zu wenig Illusionen von der Macht, dem guten oder bösen Willen seiner nächsten Umgebung und liebsten Freundschaft. Gegen das Schicksal, was einem angeboren ist, können sie nichts ausrichten, das steht fest – that is a fact, sagen wir drüben."

„So kam denn die Vormundschaft und sprach uns drein und dann der Brief aus Graz und dann die Tante aus Graz persönlich. Da war es denn mit uns anderen allen aus, und wie von dem Steinhofe, so ging von Schloß Werden ein jeder seinen eigenen Weg in die Fremde hinein. Wenn dem nicht so wäre, wo bliebe dann nachher wohl die Verwunderung, wenn man sich wieder trifft wie zum Beispiel wir jetzt und seine Erfahrungen gegenseitig austauscht?"

„Da hast du wieder recht," sagte der Vetter Just Everstein, als ob ich ihm wirklich eben die höchste Weisheit, und zwar als etwas ganz neu Entdecktes mitgeteilt hätte. „Und jetzt sei nur still," fuhr er dann um so überraschender fort, „du erzählst mir da gar nichts Neues; und so melancholisch, wie du das da herleierst, so trübselig habe ich es alles selber mit durchgemacht von Bodenwerder aus. Großer Gott, wie bald vergessen doch die Leute, wie nahe sie vor ein paar Jahren beieinander gewohnt haben! Von Irenes Ehestand spreche ich dir meinerseits nicht. Da mußt du dich lieber an Mamsell Martin wenden; die war, Gott sei Dank, von Anfang an bis zum Ende dabei und hat dazu heißeres Blut in den Adern als ich und kann dir also die jämmerliche Geschichte mit allem dazu gehörigen Nachdruck und Gestus erzählen. Nur tu mir die Liebe, Fritz, und frage nicht die Komtesse danach aus. Freilich, du wirst das wahrscheinlich wohl schon von selber unterwegs lassen, wenn du die alte wilde Hummel und Spielkameradin nach den ihr von der gütigen Vorsehung zudiktierten Lebensschicksalen wieder zu Gesicht gekriegt hast. Kurios aber bleibt es einem immer doch, wie diese nichtswürdigen Schicksale so durcheinander spielen, daß selbst der Gleichgültigste nie genau weiß, wie sehr ihn die Sache angeht. Daß ich von neuem hier drinstecke, und zwar tief, das weiß ich; nun soll es mich nur wundern, was dir, mein guter Fritze Langreuter, hierbei zu deiner Behaglichkeit und Unbequemlichkeit aufgehoben ist! Well, noch steht es aber bei dir, ob du die arme Frau durch mich nur grüßen lassen willst?"

Wenn es mir bis jetzt noch irgendwie unklar gewesen wäre, wie es möglich war, daß der Vetter Just den Amerikanern imponierte und den Steinhof wiedererlangte, so hätten mir seine letzten Worte unbedingt darüber Aufklärung geben müssen.

Und diesem Vetter hatte ich vordem die Brosamen, die vom Tische meiner Schülerweisheit abfielen, mit dem bekannten Dummen-Jungen-Humor grinsend zukommen lassen?! Und dieser Vetter Just Everstein hatte es einst für eine Glorie gehalten, mir den pythagoreischen Lehrsatz „vordemonstrieren" zu können! Die alten Kirschbäume im Grasgarten auf dem Steinhofe, die jetzt wieder samt dem Grasgarten sein Eigentum waren, schnitten mir aus der Ferne der Erinnerung sehr ironische Gesichter. Der ganze Steinhof lachte; mir aber war durchaus nicht lächerlich zumute: wenn ich ein alberner Schulbube gewesen wäre, so hätte ich dreist meine Stimmung weinerlich nennen dürfen. Um mich daraus zu retten, brachte ich nach althergebrachter Menschenweise die Rede auf etwas anderes, das heißt auf den nächsten besten Bekannten oder Freund. Ich erkundigte mich nach Ewald Sixtus und wünschte etwas Genaueres über das Zusammentreffen des Vetters mit ihm in Belfast zu erfahren.

„Der Mann gefiel mir eigentlich nicht," sagte der Vetter Just kurz und deutlich. „Ein tüchtiger Ingenieur scheint er geworden zu sein; aber sonst hat die Fremde gerade nicht nach meinem Geschmack auf ihn eingewirkt. Von uns zu Hause mit ihm zu reden, habe ich bald aufgegeben, da er selber stets gleich wieder abbrach. Aber über Wasserbauten und Brückenanlagen haben wir viel miteinander gehandelt. Wie dieser Mensch in dem Försterhause hat flügge werden können, ist auch eines von den vielen unbegreiflichen Wundern dieser Erde. Was mich anbetraf, so schien er sich übrigens auch ein wenig zu wundern, daß ich nicht ganz der alte geblieben war. Gewissermaßen habe ich ihm sogar, wie es scheint, gefallen, aber er hielt mich jedenfalls für einen größeren Kapitalisten, als ich bin; und daß ich auf dem Wege nach der Heimat war, um mir den Steinhof zurückzukaufen, hielt er für eine von meinen alten Dummheiten, und dabei kam auch sein altes lustiges Lachen (weißt du noch, Fritz?) zum erstenmal annähernd wieder zum Vorschein. Ich lachte aber nicht mehr mit wie vor Jahren auf dem Steinhofe, wenn ihr euren Spaß an mir hattet und ich das euch gern gönnte. Um Irene Everstein hatte er sich so wenig – wie du – nimm's mir nicht übel, Doktor, bekümmert. Das hätte ich meinerseits ihm nun nicht allzu übel genommen, wenn es mir gleich etwas sonderbar nach ihrer so netten Jugendfreundschaft und -liebschaft erschien. Aber auch von seinem alten Vater und von seiner Schwester wußte er wenig. Sie schrieben an ihn wohl, er aber schrieb nur dann zurück, wenn er Zeit hatte, und die hatte er wenig. Ein bißchen Heimweh dann und wann in der Fremde schadet keinem Menschen. Man kann auch trotzdem Geld machen und ein tüchtiger Arbeits- und Geschäftsmann sein. Ich habe es furchtbar gehabt, das Heimweh nämlich, und für eine Million nicht wäre ich auf seinen, unseres Ewalds, Vorschlag eingegangen und wäre noch ein halb Jahr lang bei ihm in England geblieben und hätte Bodenwerder Bodenwerder sein lassen. Übrigens läßt er dich doch grüßen, der alte Junge. Und als ich ihm sagte, daß ich dich jedenfalls aufzufinden suchen würde, fand er das uncommon obliging für dich."

„Ich danke dir und – ihm," sagte ich, ziemlich gedehnt das letzte Wort betonend. „Von dir, Vetter Just, war das freilich ungewöhnlich zuvorkommend und freundlich!"

„Ärgere dich nur nicht zu sehr, Fritzchen," lächelte gutmütig der gelehrte Bauer vom Steinhofe. „In früheren Zeiten ist lange genug ununterbrochen an mir die Reihe gewesen, mich über die Leute und Dinge zu verwundern. Jetzt bin ich gottlob wenigstens ein wenig dahintergekommen, daß man mit seinem Erstaunen haushalten muß und daß es schade ist, es an das unrichtige Individuum oder den unrechten Gegenstand wegzuwerfen. Morgen früh aber gehen wir beide zu Irene Everstein oder Frau von Rehlen. Weißt du, ich nenne sie am liebsten immer noch bei ihrem Vaternamen, noch dazu, da es auch der meinige ist. Wenn es dir paßt, so werde ich dich gegen elf Uhr abholen. Du kannst es mir aber aufrichtig sagen, wenn du andere wichtige Abhaltungen hast.“

Ich hatte dergleichen nicht.

Siebenzehntes Kapitel

Wenn der Vetter Just sein Wort gegeben hatte, so konnte man sich darauf verlassen, daß er es pünktlich hielt. Dieses war selbst in seinen Traumjahren auf dem Steinhofe der Fall, und sein Aufenthalt in Amerika hatte nichts daran geändert. Fünf Minuten vor elf Uhr am folgenden Tage vernahm ich seinen langsamen, soliden Schritt auf der Treppe.

„So, da bin ich, und wir können gehen,“ sagte er. „Irene wird sich gewiß recht freuen; aber ein Vergnügungsweg ist es nicht, das versichere ich dich.“

Dieses brauchte er nun mir gerade nicht immer zu wiederholen, ich wußte es bereits. Die Zeiten, wo wir uns in dem Blättergrün und Sonnengold unserer Nußbaumnester an der Hecke von Schloß Werden schaukelten und uns daraus wild, frei und fröhlich in alle grenzenlose Jugendlust der Erde niedergleiten ließen – auf die „Vergnügungswege nach dem Steinhofe“, wie der Vetter sich ausdrückte, – die Zeiten waren nicht mehr vorhanden. Aber aus dem Sonnengold und Blättergrün stieg ich an diesem Morgen doch hernieder in den Straßenschmutz der Stadt Berlin. Wie du die Jugendfreundin auch finden magst, hiervon werdet ihr auch reden, Fritz Langreuter! sagte ich mir wehmütig-bänglich; und dazu war es schon sehr viel und ein großer Segen, am Arme des Vetters Just Everstein diese Straßen durchwandern zu dürfen, vorüber an den Anschlagssäulen mit den hundert bunten, zu den heutigen Lustbarkeiten einladenden Zetteln, ganz abgesehen von den anderen öffentlichen, privaten oder amtlichen Ankündigungen und Aufforderungen.

„Guck, da steht die Gesellschaft und der Staatsanwalt wieder einmal einem durchgeschnittenen Halse gegenüber perplex! Diese dreihundert Taler, die dem Denunzianten des Täters angeboten werden, sind für mich das kurioseste Preisgeld, was der Menschheit, das heißt dir, mir und den übrigen, hingehalten werden kann," brummte der Vetter. „Was will es dagegen heißen, die beste Komödie zu schreiben oder das beste Bild zu malen und einen Preis dafür zu kriegen? Beiläufig, ich habe es damals in der Neuyorker Staatszeitung gelesen, daß du auch einen Preis für eine wissenschaftliche Abhandlung bekommen hast. Das muß dich doch sehr gefreut haben, Fritz; – als ich es las, war ich natürlich aus Rand und Band. Hast du noch ein Exemplar von der Abhandlung für mich, und kann ich sie verstehen?"

„Makulatur, alter Freund!" sagte ich, besaß jedoch in einem staubigen Winkel ein hübsch Bündel von mir und der Welt höchst überflüssigen Abdrücken. Wir gingen weiter und sprachen auf dem ferneren Wege wenig mehr miteinander und nichts von irgendwelcher Bedeutung; aber unter der Tür des Hauses, in dem Irene von Everstein jetzt wohnte, hatten wir eine Begegnung, von der kurz erzählt werden muß, und zwar mit einer kleinen Abschweifung.

Es ist eine der volksläufigen Vorstellungen, daß die höheren Klassen unserer heutigen Gesellschaft den ideelleren Bestrebungen des Menschen immer noch vollkommen fremd gegenüberständen und teils mit Verachtung darauf herabsähen, teils drolligerweise Furcht davor hätten. Dem ist nach meiner Erfahrung nicht so, nicht einmal im großen ganzen. Daß man hier wie auch in anderen Kreisen ein tüchtig Quantum von Dilettantismus oder von beschäftigungsloser Neugier oder von leerem Vorwitz im Verkehr der Welt zu verdauen hat, ist freilich nicht zu leugnen; doch wo hat man das denn nicht?

Ich meinesteils habe mich in meinem engen Reiche nie über eine aristokratische Mißachtung zu beklagen gehabt, wohl aber ziemlich häufig über des edlen deutschen Philistertums verzogene Schnauze ein vergnügtes Lächeln mit einiger Mühe unterdrückt. Wir deutschen Gelehrten usw. haben wahrlich keinen Grund, das „Krieg den Palästen!" durch unseren Tabaksdampf nachzubrummen. Wahrlich, wenn es uns Spaß macht, so dürfen wir unsere Fehdebriefe da dreist an ganz andere Türen als die unserer früheren Reichsunmittelbaren usw. anheften.

Einer von den letzteren, und zwar ein sehr guter Bekannter aus den Hörsälen der Universität und von manchem „wissenschaftlichen

Abend" her war es, der uns über die Schwelle, die wir eben überschreiten wollten, entgegentrat.

„Sieh da, Doktor! Was für ein guter, närrischer oder gar böswilliger Geist führt denn Sie in dieses Haus, wenn ich fragen darf?"

„Ich komme jedenfalls unter dem Geleit eines guten, treumeinenden Führers, mon prince," erwiderte ich. „Ich wünsche eine Jugendbekanntschaft zu erneuern, Durchlaucht."

Die Durchlaucht oder Erlaucht hatte den Vetter höflichst gegrüßt und dieser den Gruß ebenso zurückgegeben.

„Eine Jugendbekanntschaft? Darf ich fragen, mit wem, lieber Freund und gelehrter Gönner?"

Ich stellte zuerst die beiden Herren einander vor, und sie begrüßten sich noch einmal. Dann beantwortete ich die an mich gestellte Frage, indem ich Irenes jetzigen Namen nannte, aber auch ihren Mädchennamen hinzufügte. Der Fürst ** sah mich einen Augenblick betroffen an, dann ergriff er meine Hand und rief:

„Die?! Die Herren sind Bekannte – Freunde der armen Frau? Ach, es ist ja richtig, Doktor, Sie stammen mit ihr aus einer Gegend her. O, meine Herren, ich habe in Wien diese Ehestandstragödie mit durchgemacht und auch eine Rolle darin gespielt. Ich war ein Zeuge bei dem Duell, in dem endlich zu allgemeiner Befriedigung in unserem gesellschaftlichen Verkehr ein schwarzer Strich über den Namen Gaston von Rehlen gezogen wurde. Die Rehlen sind von fernher mit uns verwandt, und nach meinen schwachen Kräften habe ich das meinige getan, die unglückselige Frau da oben in ihrem trostlosen Leben aufrecht zu erhalten. Mein Vater ist ein Jugendfreund des alten Herrn auf Schloß Werden gewesen; – so laufen die Bezüge zwischen uns durcheinander. Ach, meine Herren, ich wollte, Sie wären etwas früher gekommen. Vielleicht hätten Sie einen frischen Hauch in die schwüle Stunde mitgebracht, in der ich eben dort oben auf Kohlen gesessen habe. Sie treffen übrigens auch den Arzt dort an. Das Kind ist seit der vergangenen Nacht wieder recht krank; der Medizinalrat macht mit der Uhr in der Hand am Bette der Kleinen das bekannte Gesicht und ist mir auch bis vor die Tür nachgegangen und hat mir als einem Familienfreunde seine Meinung nicht vorenthalten. Das kleine Mädchen liegt bereits im Sterben, und als wirklicher Familienfreund halte ich das bei dem geistigen und körperlichen Zustande des armen Geschöpfes für ein Glück!"

Der Vetter Just stieß einen Laut hervor, der ein Seufzer war, aber auch eine grimmige Verwünschung bedeuten konnte.

15*

„Meine Herren," fuhr der Fürst fort, „ist es nicht recht bizarr, daß wir uns von all diesen Angelegenheiten hier so zwischen Tür und Angel unterhalten? Bester Doktor, demnächst muß ich mich unbedingt einmal wieder zu einer Tasse Tee bei Ihnen einladen, und dann müssen wir mehr über die Frau da oben reden. Sie interessiert uns alle in dem weitesten und in dem engsten Kreise; ich spreche aber hier nur von dem letzteren als dem meinigen."

„Sie wissen, daß Sie mir immer willkommen sind, Durchlaucht," erwiderte ich.

„Also, Adieu, mein Bester, und auf Wiedersehen!"

Wir schüttelten uns noch einmal die Hände, während der Vetter Just bereits die Treppe hinaufstieg.

Das war im ersten Stockwerk eine breite, vornehme, mit Teppichen belegte Treppe, die zu einer auf dem Eckständer der Brüstung eine Glaskugel haltenden Bronzefigur emporführte. Aber die Teppiche waren auf dem nächsten Absatze verschwunden, und auch die Stufen waren steiler geworden. Der Kommissionsrat, der die Beletage des Hauses innehatte, wohnte bedeutend eleganter als die Freifrau Irene von Rehlen, die wir in dem glückseligen Nußbaum, auf den Wiesen, in den Parkalleen und in den Wäldern von Schloß Werden einst in ihrer fröhlichen Wildheit, blondlockig und blauäugig, als unseren besten Kameraden und nur, wenn sie uns zu sehr durch einen ganz unvermuteten Schabernack aus der Fassung gebracht hatte, als d i e s „Fräulein Gräfin" oder (nach Ewalds Ausdruck) als „diese ganz abgefeimte Hauptheхe, diese Irene" gekannt hatten.

Ich stieg hastig dem Vetter nach, der vor der Glastür mit dem jetzigen Namen unserer Jugendfreundin einen Augenblick lang sich schwer auf das Geländer stützte und, unverständlich mit sich selber sprechend, sich mit dem Taschentuch über die Stirn fuhr.

„Das sollte nun wohl ein Trost sein, daß uns dieser Mann da eben an der Tür begegnete?!" brummte er mir zu. „O, diese Hand würde ich darum hergeben, wenn ich dadurch jetzt meine Eva Sixtus hierher schaffen könnte, Fritz Langreuter!"

Weshalb gab mir nun dieser Name Eva Sixtus auch in dieser Stunde, in dieser Umgebung und unter diesen Umständen, von ihm ausgesprochen und gleichsam zur Hilfe herbeigerufen, in tiefster Seele einen Moment bittersten Unbehagens, – wie das Volk sagt, einen Stich durch das Herz?! Ich hatte wiederum keine Zeit, darüber nachzudenken; die Glastür war nicht verschlossen, und der

Vetter hatte sich „besonnen", wie er sagte, und „die nötige Selbstbeherrschung wiedergewonnen".

Als wir auf den etwas dunkeln Vorplatz traten, öffnete sich gegenüber eine Tür, und der Doktor kam heraus, geleitet von Mademoiselle Martin, deren runzeliges Gesichtchen verkniffener denn je erschien.

„Ah messieurs!"

Ich kannte auch den Arzt persönlich und wußte, daß er als einer der besten Kinderärzte der Stadt galt. Er gab mir etwas verwundert die Hand; aber dem Vetter Just schüttelte er sie ganz vertraulich.

„Ich freue mich, daß ich Ihnen augenblicklich den Platz räume, Herr Everstein," sagte er leise. „Sprechen Sie in Ihrer gewohnten Weise zu der Gnädigen; es wird ihr wohltun –"

„Und das Kind?" flüsterte der Vetter; und der glückliche Kinderarzt, der sie zu Tausenden hatte sterben sehen, nickte unmerklich und schüttelte sodann sehr merklich den Kopf:

„Ich habe leider dem Fräulein hier die Wahrheit nicht verhehlen dürfen. Ich denke – so – gegen Abend! ... Werde jedenfalls im Laufe des Nachmittags noch einmal vorsehen. Mein Fräulein, ich bitte Sie, ferner so ruhig zu bleiben wie bisher. Meine Herren, ich empfehle mich Ihnen."

Er ging, und Mademoiselle, die so ruhig bleiben konnte, erfaßte mit zitterndster Erregung unsere Hände, und die Tränen brachen ihr unaufhaltsam hervor.

„O, es ist gut! – Nur einen Moment, messieurs! Ich bin auch gleich wieder still. Herr Fritz, madame wird sich sehr freuen – freuen. Ich habe ihr gleich erzählt von Ihnen, und daß ich Sie habe gesehen in der Straße. Herr Just, Sie verlassen uns nicht heute abend! Sie bleiben bei meinem Kind und bei unserem Kinde, wenn kommt die schlimme – terrible – Stunde. Wir brauchen einen guten Mann dann bei uns, Herr Vetter Everstein! Und nun warten Sie, daß ich es ankündige, daß Sie da sind."

Sie führte uns in ein Nebengemach, und wir hatten nicht lange zu warten, bis man uns winkte. O über die goldengrünen Zweige, in denen wir uns wiegten, unsere Nester bauten und von der Welt träumten und auch als Kinder, nicht als ausgewachsene Leute und große Philosophen, die Welt für ein Spiel nahmen, in welchem wir mitspielen durften! ...

Am Sterbebette ihres Kindes! Sie saß in dem verdüsterten Raume und hatte den Arm auf das Gitter des kleinen Lagers gestützt, und sie stand auch nicht auf, als wir leise in die Tür traten, sondern reichte uns nur die Hand und hob ihre gleichfalls fieberhaft glänzenden Augen zu uns empor.

„O Just," sagte sie, und dann zu mir gewendet, mit einem ganz anderen Ausdruck: „Schau, auch du, Fritz! Ich sollte dich eigentlich jetzt wohl Sie nennen, denn wir haben uns so lange nicht gesehen und haben so viel erlebt in der Zeit, daß wir uns nicht gesehen haben. Aber ich hätte dich doch gleich wiedererkannt, Fritz, und ich habe auch keine Zeit, jetzt über das Schickliche nachzudenken. Lassen wir es also beim Alten, wenn es dir recht ist, Fritz."

Es war noch die alte Stimme und doch auch eine ganz andere. Mit eisernem Griff drückte mir die Stunde die Kehle zusammen.

„O liebe Irene —"

Der Vetter Just hatte sich über das kranke Kind gebeugt.

„Deine gute Mutter ist auch gestorben," sagte die Jugendfreundin. „Ich habe mich sehr betrübt, als du mir das schriebest. Sie hat auch viel erlebt. Weißt du wohl noch, wie ihr zuerst nach Schloß Werden kamt? Aber wir haben nachher doch noch eine glückliche Zeit für uns gehabt. Setze dich doch, Fritz — du mußt nicht gleich wieder fortgehen — aus alter Freundschaft, lieber Fritz! Mein Vater ist gestorben, — mein — Mann ist tot — nun stirbt mein Kind, mein armes, kleines, krankes Mädchen! O Vetter Just, Vetter Just!"

Sie hatte sich mit einem Male rasch erhoben und dem Vetter laut weinend die Arme um den Hals gelegt. Sie schluchzte an seiner breiten, braven Schulter, als könne sie sich nimmer wieder beruhigen.

„Das ist gut; lassen Sie sie so!" murmelte Mademoiselle Martin, ihr Taschentuch zwischen den Händen zerringend. Da fing das Kind leise an zu wimmern, und der Vetter, die Mutter aufrecht haltend, legte eine Hand auf die kleine Stirn auf dem weißen Kopfkissen.

„Vetter Ju! — Wehweh!" winselte das Kind.

„Herz, mein Herz," rief Irene. „Wir sind ja alle bei dir! Mama ist da, und wir bleiben alle bei dir — o großer Gott!"

„So wehweh! . . . Auf Arm, Vetter Ju!" klagte das Kind von neuem und bat mit herzzerreißenden Schmerzenslauten. Der Vetter Just warf einen fragenden Blick auf Mademoiselle Martin, und sie nickte. Da nahm der Bauer vom Steinhofe sanft die Kleine aus ihrem Bettchen und setzte sich und hielt sie auf einem Kissen und in ihren Decken in seinen guten Armen, und sie wurde allgemach wieder ruhig und schlummerte schmerzloser der letzten, ernsten Stunde zu. O über den Sonnenschein und die goldgrünen Zweige, in denen wir uns wiegten, als wir Kinder waren!

Der Medizinalrat sah seinem Versprechen gemäß gegen Abend noch einmal vor. Er blieb sehr ernsthaft wieder mit seiner Uhr in der Hand eine Viertelstunde und sprach gemessen schickliche und beruhigende Worte zu der Mutter. Aber er war ein „glücklicher" Arzt, ein vielbeschäftigter, und hatte keine Zeit, hier das Ende abzuwarten, denn er hatte noch an verschiedenen anderen Orten dieselben geziemlichen und beruhigenden Worte zu sprechen. Wir aber hatten Zeit dazu: der Vetter Just Everstein und – gottlob! – ich auch!

Achtzehntes Kapitel

Ich habe es wohl vergessen zu sagen, daß wir damals im März des laufenden Jahres waren. Der Tag war hell und trocken, wenn auch noch immer windig. Auf den verhängten Fenstern lag ein gut Teil des Tages hindurch die Vorfrühlingssonne, und in das Nebenzimmer schien sie voll hinein, bis sie hinter die gegenüberliegenden hohen Häuser hinabglitt.

Wir verlebten diesen Tag vom Mittag an in diesen zwei Zimmern, dem verdunkelten und dem hellen, der Vetter Just und ich. Mademoiselle Martin deckte uns sogar in dem hellen Raume ein Tischchen und legte vier Kuverts auf und stellte vier Stühle daran. Wir aßen daran zu Mittage, Mademoiselle, der Vetter und ich; und auch Irene setzte sich einmal zu uns. Da aber hatte der Vetter ihren Platz an dem kleinen Bette eingenommen. Wir gingen ruhelos ab und zu, aus der hellen Stube in die dunkle. Es wurde auch eine Zeitung gebracht, und Mademoiselle Martin reichte mir dieselbe. Ich nahm sie und habe sie bis in die Dämmerung hinein wohl hundertmal hingelegt und von neuem aufgenommen. Wer diese Weise, eine Zeitung, ein Buch oder sonst einen beliebigen Gegenstand in Angst, Herzensweh und – Langerweile, – ja Langerweile, hin und her zu wenden durch die kriechenden Stunden, nicht kennt, der preise das Geschick, das ihm solchen Zeitvertreib ersparte, und bitte, daß es ihn auch fernerhin davor bewahre, sich daran halten, im vollsten Sinne des Wortes sich daran halten zu müssen, bis das schlimme, öde, tödliche Warten sein Ende gefunden hat, einerlei welches.

So warteten wir an jenem Nachmittage.

Das kranke Kind wimmerte und schlief und wimmerte wieder und schlief wieder.

Die Mutter sang ihm mit leisester Stimme und kam zu uns und weinte und erzählte auch abgebrochen aus ihrem Leben und fragte nach dem meinigen. Wenn der Vetter Just irgend etwas sagte, so horchten wir alle mit momentan leichterem Atemholen; aber auch er schwieg oft viel zu lange und wußte nichts zu sagen. Mademoiselle ging ab und zu; – die war noch am besten dran, denn sie hatte den Haushalt für den kommenden Tag zu besorgen und von uns allen also das meiste um die Hand. Manchmal aber stand auch sie beschäftigungslos am Fenster, und ich bin fest überzeugt, dann haben sich Leute an den Fenstern drüben auf der anderen Seite der Gasse einander heiter auf sie aufmerksam gemacht:

„Guck nur die Alte! Wie in einem Bilde! ... Die möchte ich mir freilich nicht am frühen Morgen über den Weg laufen lassen!"

„Die könnte Geschichten aus ihrer Seele erzählen, gegen die wir beide, Fritz, alle unsere Erlebnisse still zusammenpacken könnten," flüsterte mir einmal der Vetter zu, mit dem Daumen über die Schulter auf die soeur ignorantine an dem Fenster hindeutend. „Was meinst du, wenn die am Jüngsten Gericht ihre auf Erden verschluckten Tränen auf einmal fließen läßt?!"

„Ja, Just," sagte ich, „aber es läuft alles in e i n e n Strom. Ich kann es dir nicht sagen, was für einen Damm das letzte Tribunal dagegen aufbauen wird, um nicht mit Sessel, Bank und grünem Tisch weggeschwemmt zu werden."

„Darf ich Ihnen noch eine Tasse Kaffee einschenken?" fragte im Augenblick darauf Mademoiselle Martin. „Sie trinken ihn noch immer recht süß?"

Und ich sah in demselben Augenblick wieder vollständig genau die grünlackierte Zuckerdose von Schloß Werden vor mir und fühlte auf meinen Knöcheln den Schlag, mit welchem Mademoiselle meinen verstohlenen Griff in dieselbe zu verhindern gewohnt war, und hörte dazu das vorwurfsvolle Wort meiner Mutter: „Aber Fritz?!" und dabei das mutwillig glückselige Kichern der Komtesse Irene, der währenddem der Griff unbeachtet gelungen war.

Die schwersten Tage, Stunden und Minuten erzeugen ihre geschwindesten, wunderlichsten und buntesten Phantasmagorien.

Wenn wir zusammen sprachen, so sprachen wir sehr häufig von Eva Sixtus. Das Wort des Vetters: „Ach, wenn wir sie doch hier hätten!" kam zur vollsten Geltung. Jede heller auftauchende Erinnerung an sie, jedes Geschichtchen von ihr aus der Kinderzeit war uns wie ein Trunk aus einer kühlen, klaren Quelle an einem schwülen Tage und unter schwerer Mühe. Wir konnten sie uns auch heute noch nicht anders vorstellen als immer noch umgeben von dem alten Zauberreich der Erde, weiter lebend still und freundlich in dem süßen Licht, den Tönen und Düften des von uns verlorenen oder aufgegebenen Paradieses.

Der Vetter Just, der natürlich am genauesten über sie Bescheid wußte und sie vor vierzehn Tagen noch gesprochen hatte, sagte:

„Das ist auch so mit dem guten Mädchen, und sie verdient es wirklich. Schon die Art anzusehen, wie sie mit ihrem alten Papa und seinen Hunden und seinem kuriosen Papstbuche umgeht, ist ein wahres Vergnügen. Beiläufig, wenn ich an das Papstbuch denke, so fällt mir dabei jetzt immer Freund Ewald in England ein. Seit ich den braven Jungen dort besucht habe, meine ich in plain terms, daß ein gut Stück mehr als genug aus dem Schmöker an ihm hängen geblieben ist. Das hat sich der Papst Sixtus der Fünfte wohl auch nicht träumen lassen, daß man einmal im Königreich Großbritannien und Irland Ingenieurkunst und dergleichen nach seinen Maximen treiben würde. Ich wollte nur, er schriebe häufiger an unser Evchen und den Alten – den Mr. Ewald und nicht Seine Heiligkeit meine ich selbstverständlich. – Ja, das liebe, alte Försterhaus von Werden! Daß die Regierung was daran gewendet habe, kann keiner behaupten; aber ungemütlicher ist es darum doch nicht geworden. Im Gegenteil, nur noch gemütlicher hat es sich zwischen seine Lindenbäume, Büsche und Gartenkultur eingenistet – ihr wißt, angenuselt nennen wir das bei uns zu Hause. Über Bodenwerder hinaus ist, während wir anderen sämtliche Münchhausens Abenteuer in der Welt erlebten, weder Eva noch der Förster gekommen. O Irene, wie werden sie demnächst einmal Ohren, Nase und Mund aufsperren, wenn wir ihnen unsere Allerweltshistorien heimbringen! Das steht fest, diesen Sommer treffen wir uns alle auf dem Steinhofe bei dem Vetter Just! Wozu bin ich denn der Vetter Just, wenn ich das nicht ganz genau wüßte und dazu, daß es immer wieder Sommer wird, wenn es Winter gewesen ist?! Das steht fest wie der Magister matheseos, Fritz Langreuter: Ja, ja, Miß Martin, man kann es zu einer ungeheuren Gelehrtheit und Weisheit in der Welt bringen, wenn man nur seinerzeit an nichts denkt und die Leute reden und lachen läßt. Ein Verdienst war das damals aber bei mir nicht, sondern nur Blödigkeit und Schüchternheit und dazu Angst und Verwunderung, weil ich nur der dumme Junge auf dem Steinhofe war und die Welt und der Himmel umher so weit und voll und allmächtig; – liebe Irene, bleib sitzen, ich sehe schon nach dem Kinde!"

Sie wußte es, daß er ihren Platz an dem kleinen Schmerzenslager ebensogut ausfüllte als sie selber; sie lief ihm doch vorauf in das verdunkelte Zimmer. Er ging aber dennoch mit ihr; und Mademoiselle Martin und ich blieben uns an dem Kaffeetische allein gegenüber.

„Haben Sie nicht vorhin gesagt, daß Sie an unserer Haustür mit M. le prince de ** zusammengetroffen seien, M. Fritz?" fragte Mademoiselle.

Ich bestätigte das noch einmal.

„Sie wissen gar nichts von uns, Frédéric, und wenn Sie etwas sehr verwundert, so behalten Sie auch das für sich. Dies war immer Ihre manière so, schon als Sie noch so groß waren."

Sie zeigte es durch eine Handbewegung, wie hoch ich war, als ich bereits alle meine Verwunderungen für mich selber behielt.

„Es tut mir leid, Mademoiselle Martin –"

„O, es tut Ihnen gar nichts leid, monsieur le docteur, denn sonst hätten Sie sich schon nach vielen Dingen erkundigt. Par exemple: ‚Wie kommen Sie nach Berlin, Mademoiselle?' . . . Mais c'est navrant, — ces gémissements de la petite! Bleiben Sie sitzen, Fritz, wir können doch nichts helfen dort, und der Vetter hilft der Komtesse. – Es ist der Fürst und seine Familie, die uns haben weggeholt von Wien und uns haben leben lassen hier. Das sind sehr gute Leute; und die Väter und Großväter haben sich auch schon geholfen gegenseitig depuis les siècles, und vorzüglich, als der Kaiser Napoleon war in Deutschland der Herr. Damals ist es monsieur le comte d'Everstein-Werden gewesen, der helfen konnte; aber das Glücksrad geht herum toujours, toujours, toujours! Und Seine Durchlaucht ist gekommen und hat gesagt: ‚Sie können nicht bleiben in Wien, madame la baronne. Je suis garçon, sonst sollten Sie wohnen in meinem Hotel in Berlin; aber ich muß sein Ihr Vormund, das ist mir eine Pflicht. Sie sollen still leben in Berlin und die Vergangenheit vergessen, ich werde alles besorgen.' – Bien, was wäre aus uns geworden ohne ihn? La grande mer hätte uns übergeschlungen. Voyez par exemple madame de ** und madame de ** und so viele andere arme Frauen dans la rafale de la vie! So haben wir gelebt hier durch seine Herzensgüte und auf seine Kosten, bis neulich gekommen ist monsieur Just, der Herr Vetter von dem Steinhofe – o, der Vetter Just, o, und es ist sehr gut, daß Sie an unserer Tür haben einander vorgestellt den Herrn Fürsten und den Herrn Vetter. Wir hatten noch keine

Gelegenheit dazu gehabt, denn Seine Durchlaucht waren verreist bis gestern."

In dem Nebengemache war das leise, klagende Gewimmer wieder still geworden, und der Vetter Just setzte sich wieder zu uns. Es war gegen sechs Uhr am Nachmittage und die Sonne eben dem Untergange nahe. Der Vetter seufzte schwer und gab wortlos der alten soeur ignorantine die Hand. Mademoiselle ließ die Schuhe von den Füßen fallen und ging auf den Strümpfen zu der Tür des Nebenzimmers, kam zurück und fragte:

„Schläft sie auch? Sie hat den Kopf mit auf das Kissen gelegt."

„Weiß nicht," sagte der Vetter kaum hörbar. „Ich wollte es wohl, aber ich glaube es nicht. Sie horcht nur."

Wir horchten alle; dann ging Mademoiselle mit ihren Pantoffeln in der Hand von neuem ihren Haushaltungsgeschäften nach, und in der immer mehr über uns hinsinkenden Dämmerung waren jetzt Just Everstein und ich wieder für eine Zeit allein einander gegenüber gelassen.

„Es kann noch Stunden dauern. Ich kenne das leider nur zu genau aus mancher Ansiedlerhütte drüben, jenseits des Atlantic. Wir hatten dort immer nur Calomel und wieder Calomel; aber es ist egal, denn es bleibt immer dasselbe, hier und im Hinterwalde. Die Mütter legen dann immer ihren Kopf mit auf das Kissen," sagte der gelehrte Bauer vom Steinhofe. „Sie machen auch die Augen zu, und wer sonst dabei sitzt, kann nichts tun als stille sein. Wolltest du etwas sagen, Fritz?"

Ich hatte nur einen etwas tieferen Atemzug getan, und so fuhr gottlob der Vetter fort.

„Man sitzt da still, wenn das Kind sterben will und die Mutter weiter lebt, und hat doch Zeit, an allerlei anderes zu denken. Von den größten und wirklichsten Wundern spricht, schreibt und druckt kein Mensch und kein Evangelium! Dies ist nun so eine Stunde, in der man mancher Angelegenheit, welche man sonst nicht so leicht anrühren würde, freimütiger auf den Grund geht, weil alles rundum ernst genug dazu aussieht und selbst der Mißtrauischste nicht an pure Neugier oder albernen, überflüssigen Vorwitz denkt. Fritz Langreuter, unsere Eva Sixtus hatte dich einmal sehr gern. Weshalb hast du das nicht merken wollen?"

Es schwamm mir vor den Augen, die heißesten Blutwellen drängten sich nach dem Herzen und Hirn, es hämmerte sinnbetäubend; der Boden schwankte unter mir.

„Mich? . . . Ich?!“ stammelte ich, und der Vetter Just ergriff meine Hand und hielt sie während des Folgenden in der seinigen fest.

„Natürlich!“ murmelte er. „Er fragt! Er weiß gar nichts! O, wenn ich nur wüßte, wo ihr Menschenkinder in der besten Zeit eures Lebens eure Augen und Ohren hattet! . . . Dich hatte sie lieb!“ . . .

„Mich?“ wiederholte ich durch eine See von Wonne und – Angst, nach einem unbekannten, noch unsichtbaren Ufer mich durchringend.

„Wen denn anders?“ fragte der gelehrte Bauer vom Steinhofe, und ich fühlte, wie seine Hand dabei erzitterte; und meine Angst, die tödliche Angst in mir, hatte darin ihren Grund, daß ich wußte, was dieses Zittern bedeutete.

O Vetter Just! Vetter Just!

Als ob er mit einem anderen spräche, den Blick in die Weite gerichtet, fuhr Just Everstein fort:

„Da saß ich, der dumme, übergeschnappte Bauerjunge, um so manches Jahr älter als ihr, unter der Obhut und Vormundschaft von Jule Grote, zwischen meinen Düngerhaufen und Ackerfeldern, Wiese und Wald und sah alles wie im Traume und doch ganz klar. Ich will nicht behaupten, daß ich der Gescheiteste von der Gesellschaft war, denn der ist und bleibt Freund Ewald, der ohne allen Traum und Duselei ebenfalls ganz klar sah und ganz genau wußte, wie er zu der Komtesse Irene stand und sie zu ihm. Er ist nicht ohne seine stichhaltenden Gründe in die Welt und nach Irland gegangen und schreibt wenig nach Hause. Wie vieles möchten wir anders haben in der Welt, was doch nicht sein kann! Da sitzt *sie*; – horch, und ihr Kind ist wieder wach, und sie spricht zu ihm, zu ihrem sterbenden Kinde; und niemand darf sie fragen, ob es nicht doch möglich gewesen wäre, daß dies alles hätte anders sein können! . . . Von ihr und Ewald rede ich auch gar nicht; da wird noch lange Zeit hingehen, ehe die Menschen es für etwas Selbstverständliches halten werden, auf der Erde zu ihrem Behagen unter dem rechten Dache zu Schauer zu kriechen. *Nach deinen Versäumnissen* möchte ich dich fragen, Fritz! Nimm es mir nicht übel; – es findet sich aber vielleicht keine bessere Stunde dazu in unserem Leben als diese gegenwärtige sehr melancholische und sehr – ich weiß nicht, wie ich mich darüber ausdrücken soll!“

Er sagte es wirklich, daß er nicht wisse, wie er sich über diese Stunde ausdrücken solle. Hätte er ein Wort dafür gefunden, so würde er freilich die deutsche Sprache für all ihre Zeit dadurch bereichert haben. Was mich anbetraf, so war es nicht nötig, daß er noch ein Wort fand oder erfand für sie. Ich wußte bis in die tiefste Tiefe seiner und meiner Seele hinein, was er mir deutlich zu machen gewünscht hatte.

Aber ich?! ...

In diesem Augenblick rief Irene aus dem Nebenzimmer angstvoll und laut unsere Namen. Der Vetter Just und ich kamen an diesem Abend nicht mehr dazu, unsere Privatangelegenheiten weiter zu erörtern. Gegen Mitternacht starb das Kind.

Zweites Buch

Erstes Kapitel

Es ist nichts leichter, aber auch nichts schwerer, als eine gute Grabrede zu halten. Ich für mein Teil aber bleibe unter allen Umständen gern davon und lasse jedem beliebigen anderen das Wort. In dem vorliegenden Fall sprach der Vetter Just am Grabe, und er hielt seine Rede mit dem Regenschirm als Kanzeldach über sich, und der Regen fiel, während er so vor sich hinbrummte, fein und leise nieder auf den kleinen, frischen Hügel zu unseren Füßen.

Wir beide, der Vetter Just Everstein und ich, standen noch allein neben diesem Hügel. Die übrigen Trauergäste hatten bereits wieder ihre Kutschen bestiegen und waren abgefahren – Durchlaucht, der Herr Vetter **, unter ihnen. Der gutmütige Mann hatte es sich nicht nehmen lassen, gleichfalls, wenn auch etwas incognito, seiner kleinen Verwandten das letzte Geleit zu geben. Er und der Vetter Just hatten in dem ersten Wagen den winzigen Sarg auf dem Rücksitz vor sich gehabt, und der Vetter Just konnte späterhin die Bemerkungen, die der andere Vetter während der Fahrt gemacht hatte, nur loben. Das leichte aristokratische Unbehagen darüber, daß die Leiche nicht in dem Erbbegräbnisse zu Dorf Werden beigesetzt werde, hatte der Bauer vom Steinhof ebenso leicht dem illustren Herrn hingehen lassen und das feste Versprechen desselben, auch fernerhin der armen Mutter nach seinen „beschränkten Verhältnissen" ein treuer Freund bleiben zu wollen, durch die Bemerkung, daß man der guten Freunde nie genug haben könne, entschieden gewürdigt. Aber ebenso entschieden hatte er dann seine Meinung dahin ausgesprochen, das beste werde sein, er, der Vetter Just, nehme fürs erste die Frau Baronin mal mit sich nach dem Steinhofe:

„Und wenn auch nur, um den Nerven in der Nähe der alten Heimat Zeit zu gönnen, sich zu beruhigen." – – –

Doch nun zu der Grabpredigt, die der Vetter Just der Kleinen hielt.

„Müde zu Bette gebracht," murmelte er. „Keine Mama kann doch die Decke wärmer überlegen als Mutter Erde. Von dir gesagt, Fritz, klänge das gar nicht neu; aber für mich als Landwirt ist hier das Allerälteste immerdar das Neueste und klingt auch so. Meinst du nicht? – Nun sagt die Mama: ‚Schlaf wohl und träume einen hübschen Traum, mein Herze, oder noch besser, träume gar nicht, denn das letztere soll das Gesundeste sein.' – Hast du etwas weiteres bei dieser traurigen Gelegenheit zu bemerken, Doktor? Wenn die Kinder zu Bette gegangen sind, pflegen doch gewöhnlich die Erwachsenen von ihren wichtigen Geschäften und Angelegenheiten zu reden oder holen die besten Ratschläge für den nächsten Morgen hervor."

„Sage du nur, was d u zu sagen hast, Just, – sowohl über die Schlafenden wie über die Wachenden."

„Zu sagen habe ich eigentlich nichts," meinte der Vetter, mehr zu sich selber als zu mir gewendet. „Ich habe nur immer gefunden, daß solch ein Kinderbegräbnis ein eigen Ding ist. Du hast wohl weniger Gelegenheit als ich gehabt, dabei anwesend zu sein; auf den Zwischenstationen zwischen der alten und der neuen Welt, in den jungen Ansiedelungen im Walde und dann und wann auch ein bißchen im Sumpfe hat man freilich mehr dergleichen. Der Mensch muß überall wie jedes andere Gewächs aus dem Boden herauswachsen, um ihn mit der dazu passenden Luft und dem Witterungswechsel von Anfang an gleich vertragen zu können und behaglich darauf zu leben und alt darauf zu werden. Ich habe den Steinhof auch nur deshalb zurückgekauft, und ich nehme unsere Irene einzig und allein aus demselben Grunde mit mir dahin zurück, und – du bist auch auf dem alten Stammgrund willkommen, alter Eingeborener, – natürlich, wenn es dir deine Zeit erlaubt und du dich noch nicht bis zum Ekel an unseren früheren Verhältnissen hier akklimatisiert hast."

Da hätten wir denn wohl hiermit eine Grabrede für die Mehrzahl der Erdenbewohner; denn für wie lange ist es dem Menschen gestattet, in dem Boden zu wurzeln, aus dem er aufwuchs, dachte ich. „Ach, nicht nur um die Kinderbegräbnisse ist es ein eigen Ding, sondern um die Begräbnisse und Grabstätten der Menschheit überhaupt! Und inmitten der Gespräche, die geführt werden von den Erwachsenen, wenn die Kinder zu Bette gegangen sind, sind wir hiermit auch bereits, Vetter Just."

„So ein armes, geplagtes kleines Wesen!" brummte Just Everstein kopfschüttelnd. „Es sieht uns in seinen Schmerzen fragend an und sagt: bitte, bitte! – Ist das nicht wunderbar und schrecklich? Da stehen wir denn nachher, wie wir beide hier jetzt, und holen aus tiefster Brust Atem, und niemand kann uns das verdenken! Ich habe solche schlimmen, tiefen Atemzüge wohl hundertmal in Neu-Minden getan, und es war auf dem Nachhausewege doch nur ein leidiger Trost, daß immer noch so viele von ihnen da waren und übrig blieben, daß wir uns sogar wegen eines Schulmeisters für sie Sorgen machen mußten. Und dabei die Mütter, die übrig geblieben sind und bei der leeren Wiege sitzen oder das verlassene Spielzeug und die Schreibbücher in ihrer Schürze zusammentragen! Sieh, da habe ich es uns denn so zurechtgelegt, daß Frau Irene ihren hiesigen Hausstand ganz aufgibt. Ich habe, wie du weißt, die Kleine in ihren Schmerzen, wenn es niemand anders, und auch die Mutter nicht, vermochte, zur Ruhe gebracht, und ich meine, wenn mir nur Zeit gelassen wird, bringe ich das auch mit der Mutter fertig. Ob ich einmal zu der Familie gehört habe, weiß ich nicht und kümmere mich auch nicht darum; aber für den letzten männlichen Stammhalter der Eversteins halte ich mich in dieser Zeit doch! Ein bißchen enge zusammenschachteln werden wir uns auf dem Steinhofe wohl müssen; aber viel Gepäck nehmen wir ja nicht mit, und jedenfalls halten wir vorher Auktion, und im Notfall baue ich an. Ich bin gottlob drüben oft genug mein eigener Baumeister gewesen, um einen Kostenanschlag aufstellen zu können und mit wenigem einen hinreichenden Unterschlupf herzustellen. Es sind ja auch nur zwei Köpfe mehr, wenngleich freilich zwei Frauenzimmerköpfe. Aber da wollen wir uns dem anderen Geschlechte gegenüber doch auch nicht zuviel auf unsere Praktik zugute tun. Du hast keinen Begriff davon, Fritz, wie es gerade die Weiber sind, die sich in der Not zusammenzudrücken wissen, wenn sie auch sonst noch so viele überflüssige Kisten, Kasten und Hutschachteln mit sich herumschleppen und die Räumlichkeit auf dem Schiff, im Postwagen und auf der Eisenbahn beengen. Mit uns Mannsvolk ist's genau das Umgekehrte. Geht es uns gut, so haben wir in einem Winkel mit einer Zigarre genug; aber geht es uns schlimm, so brauchen wir in unserer Phantasie zum mindesten das halbe Weltall, um Ellbogenraum für neue Dummheiten zu gewinnen. Im Grunde aber ist's für alle ein und dasselbige, einerlei, ob wir als Mann oder Weib durch die Welt laufen. Und, Gott sei Dank, die Phantasie ist auch in Irene Everstein noch hellauf, – nicht ganz und gar nach der dunkeln Seite hin! Du, liebster Fritz, kennst die Frau noch nicht lange genug wieder, um dieses beurteilen zu können, denn dazu gehört mehr als ein erster Blick und zwei und drei Besuche im Hause. Und dann – unsere liebe Eva! Wie wird die mir helfen und beistehen! Und hätte ich wohl ohne das Zutrauen zu ihr den Mut gehabt, bloß so auf meine eigene Verantwortung in solch ein betrübtes Menschenschicksal mit Rat und mit Tat einzugreifen? Sie und – daß wir den Winter so ziemlich hinter uns haben, das sind die Kerne, aus denen mein Trost aufwächst. Säße das gute Mädchen nicht im Dorfe Werden und würden nicht demnächst die Wälder wieder grün, so hätte die Sache freilich eine ganz andere Farbe. Aber nun geht die Sonne jeden Morgen früher wieder auf und am Abend später unter; und – ich sehe es kommen! Fritz, es ist mir eine wahre Beruhigung, daß ich es kommen sehe, und zwar im ganz natürlichen Verlaufe der Tage, von den Wochen und Monaten bis zum Eintritt des nächsten kürzesten Tages gar nicht zu reden! Die Stunde kitzelt mich schon im voraus, wo Mamsell Martin die erste vergnügte Katzbalgerei mit Jule Grote anfängt, – natürlich unter der gehörigen Oberaufsicht, auf daß die feinen und bissigen Anspielungen der beiden lieben alten Damen nicht in die reguläre Beißerei ausarten. So ein bißchen kribbelndes Gewürz in die Suppe ist den langen lieben Tag über gar nicht zu verachten. Meinst du nicht, Doktor? – Der Grasgarten bleibt selbstverständlich so, wie er ist; aber für meinen Bauern-Kohlgarten nehme ich aus einer eurer Buchhandlungen hier ein Exemplar von Wredows Gartenfreund mit. Wir treiben Adams Gewerbe im Ernst und zum Spaß, denn nichts anderes in der Welt zieht die abgeplagte Seele so ins Gleichmütige hin als das stille Aufmerken auf das Keimen, Blühen und Vergehen des Vegetabilischen, und wär's auch nur am Unkraut unter der Hecke. Zeit muß man freilich dazu haben, und die soll sie haben, Irene meine ich; – fürs erste soll niemand vom Steinhofe zu sehr auf die Suche nach ihr gehen, wenn sie mal nicht gleich auf den ersten Ruf zum Essen kommt. Solange ich das hindern kann, wird sie nicht zu Tische gerufen, wenn sie keinen Appetit hat; – den Verdruß kenne ich aus eigener Erfahrung! Die Menschen fordern nur zu gern gerade die zum Tanze auf, welche der Schuh drückt. Der Teufel mag es wissen, was für ein Vergnügen das ihnen macht! Davon weiß ich, der übergeschnappte dumme Junge vom Steinhofe, gleichfalls das meinige zu Protokoll zu geben, wenn's verlangt wird; aber auch hierin will ich nicht ganz umsonst zwischen meinen Misthaufen gesessen und auf der Leiter in der Rauchkammer mit dem Messer zwischen Jules Würsten und Speckseiten gewirtschaftet haben – wütend vor Überdruß! Hoffentlich verstehst du mich recht, Fritze, und weißt auch hierin, was ich sagen will."

Er bediente sich mit Vorliebe alle Augenblicke dieser sehr unnötigen Anfrage bei meiner Begriffsfähigkeit. Alte Gewohnheiten legt man eben nicht so leicht ab.

Doch nun beugte er sich nieder zu dem winzigen Grabhügel der kleinen Leonie von Rehlen und hob eine Handvoll des feuchten Sandes auf, ließ sie wieder, wie verstohlen, fallen und sah mich einen Moment lang, wie verlegen, von der Seite an.

„Nun guck einmal," brummte er, „der liebe Gott weiß es, wie fest einem seine Gewohnheiten ankleben, und er wird auch wohl hierauf bei der letzten Abrechnung ein wenig Rücksicht nehmen. Selbst auf dem Kirchhofe kann's unsereiner nicht lassen, den Boden nach seiner Frucht, Güte oder Nichtsnutzigkeit zu studieren. Dies hier ist eigentlich purer Sand; aber – nicht nur für den sachverständigen Landwirt, sondern auch für den Pastor, einerlei ob er Ökonomie treibt oder nicht, bleibt es doch immer, wie Schiller sagt, der dunkle Schoß der heiligen Erde! Und nun – schlafe sanft darin, mein liebes, kleines Mädchen! . . . Mit deinen armen krummen Füßchen hätten dich wohl wenige zum Tanze aufgezogen, und du verlierst auch wenig dabei. Es kommt für alle Menschen eine Zeit, wo sie sich vor nichts mehr fürchten als vor dem, was man in der Welt Vergnügen zu nennen pflegt. – Man hat viel um dich geweint, mein kleines Kind; aber gelacht hat keiner über dich. Auch du hast viel geweint; – nun liege im Frieden; – gelacht hast du über niemand. – Ich schwatze wohl in die Kreuz und Quer, Doktor Fritz? Nimm es nur nicht übel, alter Freund. Wer weiß, was uns nachgeredet wird in puncto des Weinens und Lachens, wenn auch wir zu Bette gegangen sind und wir gleichfalls als stille Leute liegen und jeglicher Wind frei über uns hinblasen darf. Komm, wir wollen den anderen nach, Doktor; das nützlichste und fruchtbarste Wetter ist ziemlich häufig das unangenehmste, macht einen trotz Regenschirm und Überrock naß bis auf die Knochen und bringt einen bis auf das Knochenmark hinein zum Frösteln."

Zweites Kapitel

Nun waren sie fort. Zur Zeit der Holunderblüte waren sie abgereist, und der Vetter Just Everstein hatte sich, wie das nicht anders zu erwarten stand, auch hierbei als einer der praktischsten Menschen erwiesen, die jemals aus der deutschen Erde hervorgewachsen und von ihren guten Freunden und Bekannten zuerst, das heißt eine erkleckliche Reihe von Jahren hindurch, für gänzlich unzurechnungsfähig taxiert worden waren. Wahrlich, mancherlei gab es auf- und abzuwickeln, ehe der Brave sein wohltätiges, barmherziges Werk zu einem vorläufigen Schluß und Ruhepunkt führen konnte.

Sachen und Menschen aller Art waren mehr oder weniger geschäftsmäßig aus dem Wege nach dem Steinhofe hin zu räumen, ehe er mit einem erleichternden Seufzer sagen konnte:

„Gott sei Dank, morgen fahren wir! Was jetzt noch in den Winkeln umher liegt, steckt oder vergessen ist, kann nicht viel zu bedeuten haben. Und nun, alter Kerl, jetzt gib uns die Hand darauf und versprich uns feierlich, daß du dich im Laufe des Sommers in der alten Heimat bei uns sehen läßt."

Ich hatte ihm wenig bei seinem Liebeswerke behilflich sein können; – im Grunde hatte ich nur ihn, Irene und Mademoiselle Martin nach dem Bahnhofe geleitet. Wie hilflos die Mehrheit der Menschen eigentlich den Lebensgeschäften gegenübersteht, erfährt sie dann und wann auch, wenn sie's mal versucht, anderen zu helfen. Das ist die ungemütliche Wahrheit, die einem jeden, der von sich selber schreibt, ganz von selber aus der Feder läuft, wenn er sich nicht recht zusammennimmt, das heißt mit gehaltenem Nachdruck lügt. Dachstuben-Philosophen und Wüsten-Anachoreten sollen aber nichtsdestoweniger auch in Zukunft berechtigt sein, über die tägliche Witterung und deren Einfluß auf ihre Konstitution zum allgemeinen Besten so genau als möglich Buch zu führen, um heikeln persönlichen Kriminationen dadurch schlau aus dem Wege zu schleichen.

So kam ich denn vom Bahnhofe zurück in meine vier Pfähle, um den neuen Frühling wenig genossen mir unter den Händen weggleiten zu lassen. Davon, daß nach der Bauernregel im Mai der gesundeste Tau fällt, verspürte ich auch nichts; aber dagegen tat ich etwas, was ich eigentlich nur mit einer gewissen komischen Verlegenheit berichte. Ich nahm für das Vierteljahr, in welchem die Bäume blühen und der Vollmondschein nach einer anderen Regel der Baumblüte schädlich sein soll, nicht etwa eine Brunnenkur vor, sondern – ein Abonnement in einer Leihbibliothek. Ich nahm an jedem Abend nach meiner Rückkehr vom Spaziergange einen Roman mit nach Hause, und zwar stets einen der vergessensten – am liebsten einen aus den zwanziger Jahren dieses Säkulums. Ich, der ich hier keinen Roman schreibe, würde es gern sehen, wenn mir die besten der gegenwärtig vorhandenen Psychologen mein damaliges Bedürfnis gelten ließen.

Es war mir nämlich während dieser Epoche meines Lebens meine bisherige Tätigkeit sehr zum Überdruß geworden, und ich hatte niemals in meinem Dasein über so viele leere, beschäftigungslose Stunden bei Tage und bei Nacht zu verfügen als wie jetzt. Und merkwürdig! Was in den Klassikern sämtlicher Nationen, sowohl der alten wie der neuen, über das Schloß Werden, den Steinhof, den Vetter Just und – Eva Sixtus stand, konnte ich durchaus nicht gebrauchen! Es stand wohl manches darüber drin; aber dann bezog sich dieses doch wieder so deutlich auf andere ganz bestimmte

16*

Leute und Verhältnisse, daß mir nicht im geringsten dadurch über eine melancholische Stunde hinweggeholfen wurde.

Sie sprachen wohl wahr, diese großen Poeten, in gebundener und ungebundener Rede; aber sie redeten doch allesamt nur in ihren Tag hinein und nicht in den meinigen. Dicht neben meinen mittelalterlichen Geschichtsquellen waren sie's – die Quellen reinster Erdenschönheit und Wahrheit, denen ich am vorsichtigsten aus dem Wege zu gehen hatte, weil – – ich finde eigentlich keinen richtigen Ausdruck für das, was sie mir antaten. Jedenfalls sprachen sie mich nicht zur Ruhe, wenn sie mich nicht langweilten. Eine Bilderfibel aus meinen Kinderjahren hätte sie mir doppelt und dreifach aufgewogen. Für das fabulose Haupt- und Lieblingsbuch des Vaters Sixtus, für des Signors Gregorio Leti Leben des Papstes Sixtus des Fünften hätte ich in jenen Tagen ganze Schatzkammern voll wirklicher literarischer Schätze unbesehen hingegeben. Es mußte freilich aber das Exemplar aus dem Försterhause im Dorfe Werden sein.

Da half ich mir denn auf eine andere Art. Der hat noch nie gelesen, der nie in solchen Stimmungen das wieder las, was ihm in seiner seligen Jugend, wenn es in seinen Händen ertappt wurde, als „das dümmste Zeug auf Gottes Erdboden" um die Ohren geschlagen wurde!

Gottes Segen über das Lesefutter der großen Menge und der Jugend! Heil und Segen denen Lieferanten, die heute in dieser Hinsicht für jene sorgen, welche nach einem Menschenalter alt, enttäuscht, krank und v e r d r o s s e n sein werden!

Verdrossen in sehr hohem Maße griff ich jetzt von neuem nach dem, was ich mit so unendlichem Vergnügen verschlungen hatte, als ich noch jung war und noch nichts wußte von aller Welt Verständigkeit und Kritik. Die gewöhnlichsten Produkte jener Art, die das Bekannteste, aber auch ewig Gültige in der abgeschmacktesten Verzerrung bringt – die alten, drolligen, pathetisch-lächerlichen Geschichten von Eduard und Kunigunde in all ihren kuriosen Variationen, das war jetzt etwas für den Doktor Friedrich Langreuter! Diese schlecht gedruckte und noch schlechter stilisierte Abenteuerlichkeit in Original und Übersetzung, der süße, haarsträubende, heitere, tränenreiche Unsinn, in den die Fliederlaube hineingerauscht und -geduftet hatte, über den voreinst der Baum seine roten und weißen Blüten schüttelte, den die Vögel mit ihren Stimmchen akkompagnierten, über den die weißen Sommerwolken im Himmelblau hinsegelten, von dem einen der Schulmeister aufscheuchte und in die lateinische Stunde trieb: d a s ließ sich jetzt wieder in den halbvermoderten, abgegriffenen, übelduftenden, durch tausend und aber tausend Hände gelaufenen Bänden nach seinem unveränderlichen Verdienst würdigen von dem oben genannten Doktor der Philosophie Friedrich Langreuter!

Da saß der alte Bursche und las wieder, wenn man das überhaupt lesen nennen konnte. Es genügte eigentlich schon, die guten alten Bekannten in Pappband mit Lederrücken und Ecken in der Tasche nach Hause getragen und das Titelblatt aufgeschlagen zu haben. Was war alle klassische Plastik und ästhetische Wahrheit gegen die Lebendigkeit, mit der sich hier die Karikatur bei der bloßen Berührung in der Erinnerung füllte? Ach, es waren ja eben nicht bloß Kunigunde und Eduard mit all ihrer Verwandtschaft in auf- und absteigender Linie, was hier wieder zu etwas wurde, was lachen, jauchzen, weinen, sich hinter dem Ohre kratzen, vor Wut außer sich geraten und vor Bekümmernis und Reue sich in den Winkel verkriechen konnte!

Was hatten Schloß Werden und der Steinhof und die Gärten, Wiesen, Felder und Wälder ringsum mit den unmöglichen Schlössern, Bauersitzen, Försterhäusern, Wäldern, Feldern, Wiesen und Gärten dieser närrischen Bücher gemein? Was der gelbe ehrliche Fluß, der durch unsere Jugendwelt rauschte, mit den so absonderlich prachtvoll blitzenden Wassern, in denen sich dann und wann die lustig-tragischen und trübselig-komischen Gestalten und Bilder dieser wundervollen Autoren spiegelten?

Alles! –

Es ist immer eines und dasselbe, dieses unergründliche Meer der Phantasie, auf das der bedrückte Mensch stets von neuem von dem nüchternen, grämlichen Ufer der Wirklichkeit hinaussteuert! Es ist immer derselbe Wind in den Segeln!

Wehe dem, der niemals die grauen vier Wände um sich her mit diesem flimmernden, über die Stunde wegtäuschenden, segensreichen Lichtglanz überkleiden konnte!

Was ist die nichtige dumme Phrase: Mein Haus ist meine Burg! gegen die so sehr unpolitische, so selten ausgesprochene, und doch so tief und fest, ja manchmal mit der Angst der Verzweiflung im Herzen festgehaltene Überzeugung:

Mein Luftschloß ist mein Haus!

So saß ich damals, nachdem wir das kleine Mädchen der Frau Irene begraben hatten und der Vetter Just ganz beiläufig mir den Namen und die Gestalt und die Stimme der lieben Eva Sixtus in die Erinnerung zurückgerufen hatte; und da ich nicht mehr neue Luftschlösser in die ziehenden weißen und rosigen Wolken, in das

Himmelblau, in den Regenhimmel zu bauen vermochte, so – kramte ich unter den Trümmern der versunkenen und paßte aneinander, was auseinander gefallen war, und richtete wieder auf – geradeso in der Einbildung wie vor Jahren, doch leider nicht mehr so fest wie damals. Es war schon lange die Zeit für mich da, wo der Mensch einzig und allein auf den Riegel an seiner Tür als den besten Wächter vor seinen guten Augenblicken, Stunden und Tagen angewiesen ist. Tagen?! . . . Wer kann, wenn er diese Epoche seines Daseins erreicht hat, den Riegel einen Tag lang vorgeschoben halten, um versunkene Luftschlösser wieder aufzubauen?

Die Juniuswinde hatten bereits das Korn in das Land hineingeweht, als „Thomas Thyrnau" oder vielleicht auch „St. Roche" oder „Jakob van der Nees" das Buch hieß, das auf meinem Tische unaufgeschlagen lag. Jedenfalls aber war es ein Produkt der Verfasserin von „Godwie Castle", und die Mädchen, Irene von Everstein und Eva Sixtus, hatten einst in dem Gartensaale von Schloß Werden die heißen Köpfe darüber zusammengesteckt und die tränenvollen Augen verstohlen darüber getrocknet. Und ich hatte das Ding dann auch in meiner Kammer verschlungen, und Freund Ewald hatte sich in gewohnter Unverschämtheit nicht nur über das Buch, sondern auch über uns drei ins altromantische Land Entrückte lustig gemacht. Es war nicht der Band, vor welchem die wirklich fein, vornehm und gut aussehende Verfasserin und Lieblingsschriftstellerin Friedrich Wilhelms des Vierten in Stahlstich abgebildet ist; aber das war auch die einzige Enttäuschung für mich, als ich ihn zu Hause nach so langen Jahren wieder auf- und sogleich wieder zuschlug. Sonst hielt er alles, was ich mir davon versprochen hatte, als mir der Zufall den Titel in dem Leihbibliothekskatalog in die Augen spielte.

Gottlob!

Dieser Ausruf bezog sich auf den Riegel an der Tür, den ich vorgeschoben hatte, nachdem ich den Schlüssel im Schlosse umgedreht hatte gegen einen wieder einmal für mich nicht ganz geheuren Tag, der nunmehr in die sommerliche Abenddämmerung überging. Und es war durchaus kein in ärgerlicher oder geistig-beschwerlicher und überhasteter Arbeit hingebrachter Tag, sondern einer von den faulen, trägen, apathischen, die, wenn sie einer hinter dem anderen hinschleichen, auf die Länge noch unerträglicher werden als die erste Art. O über diese langen, schleppenden Stunden, die bei dem Regsten, Lebendigsten nach zurückgelegtem dreißigsten Lebensjahre sich einzuschleichen beginnen und sogar durch den Kampf mit ihnen dann und wann nur vervielfältigt werden! Das sind die Tage, in denen man sich selber wie ein Charakter in einem schlechten Romane vorkommen kann, ein unmögliches Geschöpf, mit dem der Autor eben auch nichts anzufangen wußte. Öde Makulaturstimmung! Das ist das richtige Wort; und – ein Lachen oder Weinen über und um einen scheint es nie in der Welt gegeben zu haben in dieser Stimmung!

Und nun, wie kam es, daß ich mich plötzlich über die Verfasserin von Godwie Castle weg auf einer stillen Berglehne, unter der fußhohen Tannenanpflanzung und im Thymiansduft und der brütenden Abendsonne der Jugendzeit wiederfand?

Es ist schwierig zu sagen, wie gerade in diesen Fällen seelischer Bedrücktheit aus Dunkelheit Licht wird; und ich hüte mich auch wohl, die Lösung mit zu großer Anstrengung zu suchen. Der vorgeschobene Riegel aber tut unbedingt viel dazu, und um so mehr, je hastiger und verworrener das Leben jenseits der Tür sich bewegt und vor dem Fenster rauscht ...

„Ich bin's, Herr Doktor!"

„Wer? In aller Plagegeister Namen!"

„Ich, Herr Doktor. Die Witwe Maier. Und dann der fremde Herr wieder, der heute morgen schon einmal da war und seinen Namen nur Ihnen selber sagen wollte."

Ich hatte die Stimme meiner Frau Hauswirtin bereits erkannt.

„I, so wollt' ich doch!" Und der sonnige Bergrücken mit seiner Tannenanpflanzung und seinem Thymiansduft, die Hügel mit ihren Wäldern, Wiesen und Ackerstreifen nah und fern, der ferne Fluß und die Kirchtürme der Heimatsdörfer waren versunken: der fremde Herr, der am Morgen während meiner Abwesenheit bereits einmal da gewesen war und seinen Namen nicht hatte kundgeben wollen, stand vor mir – stattlich, braunbärtig, breitschulterig und in einem wohlsitzenden kleidsamen Sommerkostüm. Und anstatt jetzt zuerst mir seinen Namen zu nennen, reichte er mir die Hand entgegen und sagte mit dem Ausdruck verzwicktest gelassener Bonhommie:

„Guten Abend, Langreuter."

Ich aber stand dem langen, festen Menschen gegenüber auf ziemlich unsicheren Füßen:

„Das ist – ich bin – aber ist denn das? ... Ewald?! ... Mein Gott, Ewald Sixtus! ... Ist es denn möglich? ... Ewald Sixtus! Bei allem, was lebt, das bist du?"

„Und d u bist das auch!" sprach der Freund. „Ich habe dich sofort wiedererkannt, und jetzt sei so gut und nimm meine Hand; ihr braven, übersinnlichen Zweifler habt gewöhnlich am innigsten das Bedürfnis, euch durch Befühlen von der Wirklichkeit der Dinge zu überzeugen. Alter Freund Thomas, ich freue mich unendlich, dich endlich mal wiederzusehen!"

Ich setzte mich, rede aber von den Lauten und Gesten der Überraschung nicht weiter, sie wiederholen sich wie alles übrige auf Erden. Aber alles, was mir der Vetter Just neulich von seinem Besuche in Belfast und von diesem Manne erzählt hatte, glitt jetzt blitzschnell durch mein Gehirn. Der irische Ingenieur aus Belfast, Herr Ewald Sixtus aus Werden, nahm auch einen Stuhl und setzte sich gleichfalls und – sah mich von der Seite an.

Eines hatte ich in meiner Einsamkeit zu einer gewissen Vollkommenheit gebracht: die große Kunst, auf Blicke zu achten, und dieser hob mir nur den Vorhang von einer uralten Lehre weg.

„Nun, dies ist aber großartig! Er ist ganz der alte geblieben, und er hat den Vetter Just und uns alle jetzt nur geradeso zum Narren gehalten wie vor zehn, fünfzehn oder zwanzig Jahren!"...

Wie ein Schleier sank es abermals nieder vor der Zeit, die vor zehn, zwanzig und noch mehr Jahren war. Schloß und Dorf Werden, die Weser und der Steinhof lagen abermals im Sonnenlichte; aber durch das Sonnenlicht lief's wie ein sonniges, mutwilliges Grinsen, und – Ewald Sixtus hieß einer der Hauptzüge der schönen Gegend!

„O Ewald! . . . Willkommen! Sei mir herzlich willkommen zu Hause!... Der Vetter Just – unser Just Everstein hat mich neulich schon von dir gegrüßt!"

„Unmöglich!" sprach dieser vollkommen irländische Land- und Wasserbaukünstler trocken. „Och honey, ich erinnere mich nicht, irgend jemand einen Gruß an euch mitgegeben zu haben."

Eine solche Mischung von grünem Erin und den grünsten Wald- und Wiesengehegen rund um Schloß und Dorf Werden war seit Anfang der Dinge noch nicht dagewesen und kam vielleicht auch bis zum Ende derselbigen nicht wieder! Bei allem, was je die Schule schwänzte, den biedersten Nachbar zum besten hatte und je in die weite Welt auf Abenteuer durchging, was war denn dies?

Und der Vetter Just war doch ein Mann, der auch allmählich allerlei Menschen gesehen hatte und auf dessen Beobachtungsgabe und Urteilskraft man sich jetzt doch so ziemlich verlassen konnte! Sollte der Vetter Just, der sich so lange unter den schlauen Amerikanern aufgehalten hatte, dieser Vetter, der es durch mehr als eine Tat bewiesen hatte, daß man seinen Erfahrungen so ziemlich trauen durfte – sich so sehr geirrt haben? Sollte er wirklich von dem lustigen Werdener Vogel aus den alten Nestern im Baum an der Gartenhecke so ganz in der alten Weise an der Nase herumgezogen worden sein?"

„Der?!" fragte der deutsch-irländische Engineer, jetzt um so verschmitzter grinsend, als er im Moment vorher trocken getan hatte. „Alter Junge, dich hätte ich doch wenigstens für um ein Atom klüger gehalten. Menschen, ihr seid doch zu göttlich!... Oh, oh, ah, der Vetter Just! Der Vetter Just vom Steinhofe? – Da lasse ich ihn, als ich, aus der süßen Heimat halb weggejagt, durchgehe, mir vorangehen, um in der öden Fremde wenigstens einen süßen Trost an etwas aus dem alten Neste zu haben – und was passiert? Habe ich ihn darum auf seinem Steinhofe in seiner ganzen absonderlichen Glorie gelten lassen und mich meine ganzen heimatlichen Flegeljahre hindurch himmlisch über ihn amüsiert, daß er auf einmal in Belfast wie ein Pastor, der die Tischglocke überhört hat, vor mir steht und mir Moral, Tugend, heimatliche Gefühle, und wer weiß was sonst noch, predigt – durch sein Beispiel? – Kommt man Paddy so?... Ganz gewiß nicht! Der Vagabondenkönig von Ithaka – wie heißt er doch, Langreuter? – ist gar nichts gegen ihn, den Vetter Just, sowohl was seine Abenteuer wie seine unmenschliche Weisheit, Klugheit und Philosophie anbetrifft. O, und so herzensgut ist der Kerl – geblieben! Und den Steinhof hat er auch wieder! By Jingo, lassen muß man es ihm, ein Prachtbursche ist er, und seinen Ruhm für alle seine famosen Leistungen soll er bedingungslos behalten, wenn er nur – für mich immer der Vetter – der Vetter Just bleibt. Für mich, der der einzige war, welcher von Kindesbeinen an euch übrige alle nach allen euren Verdiensten unparteiisch zu würdigen wußte. Im Ernst, Fritze, es hat mir Mühe genug gekostet, ihm nicht um den Hals zu fallen und eine spaßhafte Träne ihm auf die Schulter hin zu weinen. Aber ich sagte dreimal leise: Komtesse Irene von Everstein! und blieb kühl wie eine saure Gurke. Cool as a cucumber, sagt drüben auf der Smaragdinsel Blarney O'Shaughnessy, wenn er Tim O'Connor mit dem Knüppel zu Leibe gehen will, weil der ihn an Großartigkeit und Heroentum übertroffen hat. Och, faix, it's a long story, und es wäre viel davon zu sagen, weshalb ich diesen dummen Mädchennamen dreimal hersagte, um mir meinen Gleichmut wenigstens äußerlich gegen diesen heillos gemütlichen Neu-Mindener aufrechtzuerhalten; – nicht wahr, Fritzchen Langreuter?"

„Das wäre es wohl!" murmelte ich unwillkürlich, und in demselben Augenblick packte mein Gast meinen Arm mit einem Griff wie aus Stahl und Eisen und rief:

„Und was ist es denn, was er mehr ausgerichtet hat als ich? Er sitzt von neuem auf seinem Steinhofe; ich aber – habe Schloß Werden wieder!"...

Ich sagte nichts, denn ich hatte nichts zu sagen. Die Wunder, die mich der Herr sehen ließ, ohne daß ich über das Wasser gefahren war, betäubten mich zu sehr.

„Und hier sitze ich," fuhr Ewald Sixtus fort, „um dich aufzufordern, übermorgen mit mir hinüberzufahren, um that old sheebeen, die alte Herberge von neuem für – uns in Besitz zu nehmen. Dringende Abhaltung hast du ja wohl nicht?"

Es war mir zwischen meinem mühseligen Sich-wieder-auf-sich-Besinnen durch dunkel so, als ob auch der Vetter Just neulich einige Male eine ganz ähnliche Aufforderung zur Reise mit ganz den nämlichen Worten beschlossen habe wie der irische Ingenieur.

Mr. Sixtus legte mir zutraulich schmeichelnd die Hand auf die Schulter:

„Es bleibt dabei, du begleitest mich nach Schloß Werden?!"

Ich aber kam in diesem Augenblick nicht einmal dazu, ihn zu fragen, weshalb er denn, wenn sich alles übrige so verhalte, die Korrespondenz auch mit seinen nächsten Angehörigen so schmählich vernachlässigt habe?

Drittes Kapitel

Davon sprachen wir auf der Reise; denn wir reisten wirklich. Wie ein Kind im Sack wurde ich von diesem wilden Irländer aus dem Försterhause zu Dorf Werden mitgenommen. Er kam und half mir beim Packen, er packte für mich, und er packte mich selber und ließ nicht los. Hals über Kopf wurde auch ich wie in einen Reisesack hineingestopft und in eine Droschke geworfen; wie ich es dann und wann bereute, daß ich mich nicht schon von dem Vetter Just Everstein hatte mitnehmen lassen, kann ich gar nicht sagen.

„Nach dem Potsdamer Bahnhofe, Kutscher, und rasch! Viele Zeit haben wir nicht übrig."

Mit dem Gefühle, meine Türen, meine sämtlichen Schubladen, Kisten und Kasten unverschlossen und jeglicher Durchstöberung offen hinter mir zurückgelassen zu haben, kam ich auf dem Bahnhofe an. Wir hatten in der Tat nur noch fünf Minuten vor dem Abgang des Zuges übrig, und das Schicksal benutzte dieselben, um mir einen rettenden Finger in den Wirbeln des aufregungsvollen Tages hinzuhalten.

„Siehe da! Reisen wir in der Tat zusammen, Herr Doktor?" fragt eine Stimme mir gegenüber in dem Coupé, in das ich von dem raschen Freunde mehr gehoben als geschoben worden war, und ein einige fünfzig Jahre alter korpulenter Herr hob mit wohlwollendem Lächeln den Strohhut von einer ungemein glänzenden Stirn, grüßte auch meinen Irländer und meinte mit etwas asthmatischem Keuchen, das auf eine vielleicht etwas zu gute Ernährung und zu wenig körperliche Bewegung hindeutete:

„Ja? Dies freut mich wirklich. So bleiben wir so ziemlich bis zum Ende der Fahrt beisammen und hoffentlich möglichst unter uns. Bitte, mein Herr, lassen Sie mich bis zum Abgang des Zuges aus dem Fenster blicken. Ich bin der Dickste und schrecke am meisten ab."

Mr. Sixtus sah sich den Fremden an, aber – bereits von hinten. Breit, schwitzend und blasend lag derselbige schon im Wagenfenster, sich ganz und gar für jetzt – dem Publikum unter der Bahnhofshalle widmend, und Ewald ließ von den weit auseinander klaffenden Rockschößen des Reisegenossen den Blick fragend zu mir hinübergleiten.

„Kennst du ihn nicht mehr? ... Bösenberg! – Stadtrat Bösenberg aus Finkenrode," flüsterte ich.

„Ich werde mich sofort selber Ihnen wieder vorstellen, Sixtus," sprach der Stadtrat, halb über die Schulter zurück sich wendend, ins Coupé hinein. „Da gehen wir ab und bleiben fürs erste wenigstens als Provinzgenossen unter uns. So!"

Er setzte sich, nachdem sich der Zug in Bewegung gesetzt hatte, breit und behaglich, wischte nochmals die Stirn mit dem ziemlich provinzhaft aussehenden Sacktuch und sagte:

„Lieber Herr, ich bin in der Tat der Stadtrat Bösenberg aus Finkenrode. Habe hier in dem ungemütlichen Großnest die letzten Wochen hindurch meine alljährliche, von verschiedenen Leuten so genannte Auffrischungskur glücklich abgemacht – Sie kennen das ja, Langreuter – sehne mich unendlich nach meinem Schlafrock und meinen Pantoffeln, und – Sie habe ich auf der Stelle wiedererkannt, Sixtus, obgleich ich seit einer erklecklichen Reihe von Jahren nicht das Vergnügen hatte, Sie zu sehen. Wo haben Sie denn eigentlich gesteckt, junger Mann?"

Der „junge Mann" gab willig in der Kürze die gewünschte Auskunft, und der Finkenrodener Stadtrat sagte:

„Sieh, sieh."

Mir, der ich ihn, abgesehen von allem übrigen, auch aus der Literaturgeschichte kannte, war das Zusammentreffen mit ihm und seine Reisegenossenschaft keineswegs zuwider. Und da wir von dem gewöhnlichen Reisetumult und Gedränge in unserem Wagen ziemlich ungestört blieben, hinderte uns nichts oder doch nur wenig, so vertrauensvoll und mitteilsam gegeneinander zu sein, als das unter verständigen oder verständig gewordenen Leuten nur irgend der Fall sein kann. Was den Freund Ewald anbetraf, den der Vetter Just als einen vollständig ausgewechselten Werdener, als einen stocktauben und stockstummen Engländer in Belfast wiedergefunden zu haben glaubte, so war der auch jetzt derjenige, welcher das kleinste oder vielmehr gar kein Blatt in irgendeiner Beziehung vor den Mund nahm, so daß dies mir, wenigstens im Anfang, dem uns doch ziemlich fremden Stadtrat gegenüber ein wenig peinlich war. Alle seine und unsere Geschichten kramte er mit einer Unbefangenheit aus, die ganz und gar Schloß und Dorf Werden, Bodenwerder und der Steinhof war. Wie der Poet aus dem Sumpfe der Alltäglichkeit die Perle des Interesses für seine Zuhörer herausfischt, so ging dieser irländische Ingenieur, wenigstens zu Anfang unserer Reise, auf den Fang aus im Bereiche der größten Trivialität unserer Jugenderlebnisse, und die Fragen: Weißt du noch, Fritz? Erinnerst du dich noch, Langreuter? Alter Kerl, das kannst du doch unmöglich vergessen haben? – schienen nimmer ein Ende nehmen zu wollen. Poetisch aber gebärdete er sich durchaus nicht bei dieser Fischerei und wurde, wie ich nicht umhinkann zu bemerken, von dem Finkenrodener städtischen Würdenträger und früheren lyrischen Subredakteur des freilich auch schon ziemlich lange selig in allen seinen Sünden entschlafenen „Chamäleons" nach dieser Richtung hin nicht im mindesten entmutigt, sondern im Gegenteil: der Verfasser der „Heiratsgedanken", der Dichter der „frommen Liebeslieder" gab nur da zum erstenmal seine abweichende Ansicht durch ein asthmatisch Gegrunze zu erkennen, wo mein Jugendfreund zwischen zwei abgeschmackten Schnurren mit einem Seufzer sagte:

„Meine Herren, achten Sie dann und wann nicht auf mich! Ich sitze hier immer doch mit einem merkwürdigen Gemisch von Gefühlen; und Rührung und Beängstigung sind die vorherrschenden. Sie, Herr Bösenberg, haben ja aber auch einmal Ähnliches auf dieser selben Bahnstrecke durchgemacht, darüber geschrieben und das Geschriebene sogar drucken lassen."

Der Stadtrat gab einen Ton von sich, der ungefähr wie „W h u !" klang. Dann brummte er:

„Jawohl. D a s Vergnügen habe ich mir und einigen anderen gemacht. Ich danke Ihnen für die gütige Erinnerung, lieber Sixtus. Es ist mir freilich so, als ob ich das alles in Ihnen und dem anderen Herrn da in der anderen Ecke jetzt zum zweitenmal erlebe; aber, Gott sei gelobt und gepriesen! zu schreiben brauche ich heute nicht mehr darüber! Also – erzählen Sie nur ruhig weiter von sich und dem Herrn Vetter Everstein und dem Herrn Doktor da, – von Schloß Werden, dem Försterhause und dem Steinhofe. Die Hauptsache denke ich mir selber dann wohl schon dazu. Ja, ich habe es mit vielem Interesse schon auf dem letzten Ostermarkt gehört, daß Frau von Rehlen, die frühere Komtesse Everstein, nunmehr ihren Aufenthalt bei dem Vetter Just auf dem Steinhofe genommen hat. Fräulein Schwester befindet sich, unberufen, immer noch recht wohl, pflegt den alten guten Papa und verkehrt dann und wann recht freundschaftlich mit meiner alten Freundin, Frau Sidonie Mietze in Bodenwerder. Sie wissen doch, daß der Spiritusfabrikant schon vor fünfzehn Jahren nach der Heimat des Freiherrn von Münchhausen übersiedelte?"

Ich wußte das letztere nicht, da es mich im Grunde auch wenig interessierte; aber seltsamerweise wußte es der Ingenieur und interessierte sich auch sehr dafür. Seine Kenntnis der heimischen Zustände war in der Tat überraschend, und, was mir als das Auffallendste erschien, nichts von allem hatte sich ihm irgendwie ins Phantastische gezogen, wie das leider bei mir heute der Fall war und im Jahre achtzehnhundertachtundfünfzig bei dem heutigen, alten, fett und Stadtrat gewordenen Junggesellen Dr. Max Bösenberg.

Es waren dieselben Geleise, auf denen wir mit dem Eilzuge dahinglitten: ich, der Biograph der Leute von Schloß Werden, heute und der Doktor Bösenberg, der Biograph der Kinder von Finkenrode, damals. Ganz wunderlich sprach der irisch-deutsche Baukünstler aus seiner Wagenecke darein, nämlich so hell, unbefangen und vernünftig, daß i ch kaum ein Wort dazwischen zu reden wagte und dem Stadtrat dankbar war, wenn er das mit schwitzender Gemütlichkeit tat.

„Weshalb ich nicht häufiger an die lieben Angehörigen – das gute Evchen und den alten Papa schrieb? Weshalb ich ihnen nicht von Tag zu Tag über mich Nachricht und Rechenschaft gab?" fragte der Ingenieur und jetzige Besitzer von Schloß Werden. „Einfach aus dem nämlichen Grunde, aus welchem die zärtlichsten Leute es verabsäumen, die gewöhnlichsten Pflichten der Höflichkeit zu erfüllen, gentlemen. Heute haben sie keine Zeit, und morgen haben sie keine Lust. Gewissensbisse lassen sich in dieser Hinsicht weit leichter verdauen als die Ärgernisse, die an allem hängen, was in der Ferne vordem unsere Behaglichkeit, unser Pläsier und – unsere Hoffnung war. Es quält einen in der Fremde nichts mehr als das Schönste und Liebste, was man in der Heimat gehabt hat und hat aufgeben müssen! Habe ich nicht recht, Herr Bösenberg?"

„Natürlich! Von Ihrem Standpunkte aus!" brummte der Stadtrat und summte dabei aus Zampa: Wenn ein Mädchen mir gefällt!... „Bitte um etwas Feuer, wenn Ihre Zigarre noch brennt. Ich habe so ein Liedchen von den Zuständen und Verhältnissen zu Werden singen hören. Bis in unsere Magistratssitzungen drang es herüber nach dem Tode des Alten – ich meine des alten Biedermanns und bankerotten Dynasten von Schloß Werden. Man wächst dann und wann nicht ungestraft zusammen auf als Jüngling und Jungfrau, wenn man nicht zufällig Bruder und Schwester ist. Kenne das! Also deshalb haben Sie nicht häufiger nach Hause geschrieben? Aber fahren Sie nur fort! Das andere interessiert einen nach den eigensten persönlichen Erlebnissen immer noch, selbst wenn man mehr oder weniger durch Gunst der Götter zu den Höchstbesteuerten in seiner Kommune gehört und es – zu einer Stellung gebracht hat wie ich."

Wir waren diesmal mit dem Abendzuge von Berlin abgefahren und fuhren also auch in die beginnende Nacht hinein wie der Feuilleton-Redakteur des Chamäleons im Jahre achtundfünfzig. Der einzige Unterschied bestand darin, daß es Sommer war und nicht der dreißigste November wie damals. Jenes Buch von den Kindern von Finkenrode hatte aber seinerzeit, wenigstens in unserer Gegend, und dieses selbstverständlich, ein gewisses drolliges, mit Erstaunen vermischtes Aufsehen gemacht, und die Figuren und Situationen hafteten mir auch heute noch deutlich genug im Gedächtnisse, um mich ihnen, sowie dem – gegenwärtigen Stadtrat Dr. Max Bösenberg mit vollstem Verständnis hingeben zu können. Was ich dann und wann aus dem Buche zitiere, schreibe ich freilich, wie das nicht anders sein kann, nachträglich ab. Auswendig wußte ich es nicht.

„Zu Hause! Jeder aufblitzende Lichtstrahl aus einem Hüttenfenster auf der nebeligen Heide erfüllte mich mit einem Gefühl der Verödung, der Vereinsamung. Zu Hause! Wo ist mein Haus? Wo ist meine Heimat?... Mein Blick verlor sich in dem dichter gewordenen Nebel draußen. Der Zug flog in diesem Augenblick über ein altes Schlachtfeld, wo vor langen Jahren um Langvergessenes Tausende und aber Tausende geblutet hatten. Es schien mir, als ob die wogenden, wallenden Dunstmassen sich in kämpfende Männer und Rosse verwandelten zum Kampfe um ein zerfließendes Nichts. Im wilden, geisterhaften Getümmel drängte sich ein Chaos phantastischer Gestalten auf beiden Seiten des dahinschießenden Dampfrosses, zerschellte an den Rädern, ballte sich von neuem, wirbelte von neuem gespensterhaft durcheinander. Auch ich kam ja aus einer Schlacht, wilder, als je eine mit Waffen von Stahl und Eisen gekämpft wurde. Wie manchen hatte ich an meiner Seite fallen sehen, wie manchen hatte ich auf dem Schild mit heraustragen helfen aus dem Getümmel:

— at socii multo gemitu lacrimisque
Impositum scuto referunt —"

„Sie schnupfen wirklich nicht, Doktor?" fragte der Stadtrat, mir von neuem die silberne Dose, die jedenfalls auch aus der von ihm beschriebenen Erbschaft des weiland Onkels Bösenberg zu Finkenrode stammte, anbietend. „Sie sollten sich allgemach das doch auch angewöhnen. Ein jeglicher befindet sich auf einmal, ganz ohne es vorher bemerkt zu haben, in den Jahren, wo er dieses beinahe zu seinen ästhetischen Genüssen zählt. Sie sollten sich wirklich bald gleichfalls eine Dose zulegen, Doktor Langreuter."

Nachher holte er, während ich — sehr gestört durch ihn! — immer noch den Wegen, Geschicken, Erleuchtungen und Verdunkelungen des Lebens nachzusinnen versuchte, aus einem eleganten und sehr praktischen Reisefutteral verschiedenes Trinkbare und Eßbare hervor, von dem er uns höflich anbot, an welchem jedoch nur der Ingenieur mit unverhohlenem Wohlbehagen und unverkennbarem Durste sich beteiligte.

Nachher sprach er, der Stadtrat:

„Weiß der Teufel, ich werde immer sofort schläfrig im Eisenbahnwagen!", und als der Schaffner die Lampe in unserem Coupé anzündete, tönte bereits sein sehr gesundes und regelmäßiges Schnarchen in meine Erinnerungen an sein liebenswürdiges Buch hinein. Ich gab es auf, mich mit ihm und seinen jugendlichen schriftstellerischen Leistungen (als noch nicht er, sondern höchstens Weitenweber schnupfte!) für jetzt weiter zu beschäftigen, und wendete mich wieder dem Jugendfreunde zu.

Dieser saß wach in seiner Ecke, hatte das Gesicht gegen das offene Fenster geneigt, und nur von Zeit zu Zeit fiel der Schein der trüben Laterne unter der Decke darauf hin. Dann gefiel es mir jedesmal sehr und immer besser. Ich hatte mich nun schon nach und nach in das Wesen des Mannes mit mehr Verständnis hineingefunden. An die „Türme der versunkenen Julin", wie der schnarchende Stadtrat voreinst in seinem Buche, dachte er unbedingt nicht: er lächelte zu heiter und hell dazu in die vorbeifliegende Sommernachtslandschaft hinein; aber es war doch auch ein lebendiger Ernst in diesem Werdener Irländer. Er glaubte sich unbeachtet genug in der Dämmerung, um längere Zeit auch einmal ein sehr ernstes Gesicht machen zu dürfen, und nimmer hatte ich ein vertrackt unleserlich Pergament-Manuskript mit größerem Interesse zu enträtseln gesucht wie jetzt im rötlichen Schein der Wagenlaterne die männlich schönen Züge meines Jugendfreundes.

Eine Erbschaft, wie die des Onkels Bösenberg dem Redakteur des Chamäleons, war ihm nicht in den Schoß gefallen; Ewald Sixtus kam nicht heim wie der Bauer vom Steinhofe, der Vetter Just Everstein; aber was wir auch an ihm noch in der nächsten Zeit auf Schloß Werden, im Dorfe, in Bodenwerder, auf dem Steinhofe und in der Umgegend erleben mochten, ich hatte für i h n keine Sorge mehr.

Wissen kann man es ja nicht, was die nächste Stunde bringen wird, und nur die Narren pflegen das ganz genau vorauszusagen; aber für diesen gefesteten, hellen, heiteren Menschen brachte sie nichts, was er nicht im Guten wie im Schlimmen mit in seine Rechnung gezogen hatte, und das ist immer viel und bedeutet im Bösen wie im Guten die Hauptsache und Hauptwaffe im bitteren Kampfe der Verwirrungen dieses verzwickten Daseins auf der Erde.

Da war die berühmte Festungsstadt, die wir auch diesmal, wie einst der Doktor Bösenberg, ruhig seitwärts liegen ließen. Keine Jungfrau ließ den gehobenen Schleier wieder sinken in unserem Coupé und schlüpfte zierlich aus dem Wagen. Kein alter, zu einem Taugenichts von Sohne reisender Herr sagte grimmig: der wird sich wundern! Wir hatten keine Kinder zärtlich harrenden Vätern aus dem Wagen zuzureichen.

„Wahrhaftig, wieder mal das verdammte Nest!" schnurrte der Finkenrodener Stadtrat, aus dem Schlummer aufgerüttelt und verdrießlich sich dehnend und die Augen reibend. „Jedesmal, wenn ich hier halte, schwöre ich mir zu, daß es das letztemal gewesen sein soll, — und weiß der Henker, da sind wir doch wieder, und natürlich nicht eine Idee von einem Kellner am ganzen Zuge!" . . .

Wir fuhren weiter, und es war kurz vor Sonnenaufgang, als

der Schaffner, von neuem die Tür aufreißend, „S t a t i o n S a u i n g e n!" schrie. Statt einer an einer langen Stange schwankenden Laterne glimmte eine ganze Reihe dergleichen den breiten „Bahnsteig" und die stattlichen Bahnhofsgebäude entlang und in die rosige Eos hinein. Der Ort hatte sich in den letzten zwanzig Jahren fast nicht weniger als der Dr. Max Bösenberg verändert. Wenn dieser Stadtrat, so war jener ein lebendigster Eisenbahnknotenpunkt geworden; und die Bahn nach Finkenrode war seit mehr denn zehn Jahren ebenfalls weitergebaut worden. Wir erlebten diesmal nicht die geringsten tragischen und heiteren Abenteuer zum Besten eines erstaunten Leserkreises in Sauingen als vielleicht das Wort des Biographen der Kinder von Finkenrode:

„Sollten Sie es für möglich halten, meine Herren, daß ich mich noch immer nicht anders als mit aufgeklapptem Rockkragen und dem Taschentuche vor der Physiognomie durch den Ort schleichen darf? Vor einem Jahre hatte man hier eine Provinzial-Viehausstellung mit Preisverteilung arrangiert, und ich war als Vertreter unseres Gemeinwesens hergeschickt worden. Ich sage Ihnen, das nächste Mal lasse ich sicherlich einem anderen die Ehre und das Vergnügen. Sie hatten nichts vergessen! Wohl verkorkt hatten sie ihre ganze Rankune, wie auf Flaschen gezogen, zur Hand, ein jeglicher von ihnen die seinige bei seinem Teller; und was das Vergessen meinerseits anbetrifft, so ist es durchaus keine Kunst, den vergnügten Tag, welchen ich damals unter ihnen hinzubringen hatte, in alle Ewigkeit nicht zu vergessen. Gott sei Dank, diesmal fahren wir mit einem Aufenthalt von fünf Minuten durch. In einer Stunde sind wir in Finkenrode; ein wenig übernächtig fühlen wir uns doch alle; ich lade sie hiermit freundschaftlichst zum Frühstück. Nachher schlafe ich aus, und nichts hindert Sie, dasselbe zu tun oder das Dampfschiff stromabwärts nach Münchhausenburg zu benutzen. Von Bodenwerder werden Sie ja dann wohl schon ohne Führer die alte Heimat erreichen, und wünsche ich viel Pläsier dazu. Sollte Ihnen zufälligst daselbst mein guter alter Freund Alexander begegnen, so bitte ich, ihn recht schön von mir zu grüßen."

Die Sonne ging auf. Wir erreichten Finkenrode und frühstückten wirklich daselbst in dem Hause des weiland Onkels Bösenberg. Mir roch es recht moderig und unbehaglich drin. Mit welchen modernen Gefühlen, Stimmungen und „Meliorationsintentionen" der heutige Inhaber vor zwanzig Jahren hineingezogen sein mochte und, seinem Buche nach, hineingezogen war: er hatte sich allgemach geradeso darin verpuppt wie der alte Herr, und er war noch dazu ein recht alter Junggesell darin geworden. Das Bild der Frau mit dem Kinde auf dem Arme sah jedoch auf einen ungemein verständnisreich besetzten Tisch herab. Der Stadtrat war fett geworden in dem alten Hause und wurde noch immer fetter drin; dies schien mir so ziemlich der einzige Unterschied gegen die Tage der Vergangenheit zu sein.

Daß aber ein wohlgemeintes Wort häufig viel mehr Verdruß anrichtet als die überlegteste Bosheit in Wort und Tat, das sollte ich auch jetzt einmal wieder erfahren.

Ganz harmlos erkundigte ich mich des näheren nach Weitenweber, und sofort legte unser gastfreundlicher Wirt Messer und Gabel nieder, blies eine Menge überflüssigen Atems über die breit vorgesteckte Serviette fort und keuchte:

„Uh, der alte Sünder! Außerdem daß er behauptete, längst vor der Entdeckung des Doktors Schopenhauer durch das deutsche Publikum den Schopenhauerianismus gründlich weggehabt zu haben, hat er noch viel gründlicher meinen gesamten Vorrat von Lebensidealismus mit sich hinüber nach Berlin in das alte Leben genommen. Jawohl, d a s sind die Kerle, die in ihrer Säure und Knochentrockenheit hundert Jahre lang sich konservieren und dann sich ins Jenseits hinübergrinsen, während unsereiner in seiner – Liebenswürdigkeit – Weichheit – Lyrik – kurz, wie Sie das nennen wollen – – – na, verderben wir uns den Appetit nicht; und Sie, lieber Sixtus, sehen Sie nur nicht nach der Uhr, – Sie kommen noch früh genug aufs Schiff. Der Kapitän wartet mit Vergnügen auf jeden, der mit will, und Hannchen trägt Ihnen die Reisetaschen an den Fluß hinunter."

Hannchen war ein sehr hübsches und ungemein freundliches Hausmädchen des alten Hauses Bösenberg und nicht ungerechtfertigterweise, wie es schien, ein großer Liebling des einstigen Feuilleton-Redakteurs des einstigen regnante Manteuffelio berühmten, oft konfiszierten und weitverbreiteten Blattes:

D a s C h a m ä l e o n.

V i e r t e s K a p i t e l

Wir fuhren in einen recht heißen Tag hinein, und mir war es wunderlich, gar wunderlich, so auf einmal wieder auf diesen Wassern zu schwimmen, die ich solange nicht zu Gesicht bekommen hatte.

„Der Mann – dieser Herr Stadtrat Bösenberg, hat mir recht gut gefallen," meinte mein Begleiter oder vielmehr Führer. „Er besitzt recht gesunde Ansichten nicht nur über Nationalökonomie, sondern auch die des Privatmannes. Daß er wie manche andere ein wenig in den Tag hineinschwatzt, muß man ihm hingehen lassen. Übrigens kennt er die Gegend aus dem Grunde, und ich werde unbedingt diese Bekanntschaft nicht kalt werden lassen; sobald ich daheim nur einigermaßen in Ruhe bin, werde ich ihm nochmals meinen Besuch machen. Und sein Buch muß ich doch auch mal wieder lesen."

„Hoffentlich findest du noch ein Exemplar in einer Leihbibliothek, lieber Ewald; und wahrscheinlich werden seine Provinzgenossen dasselbe seit dem Jahre achtzehnhundertneunundfünfzig durch ihre Randglossen und Fußbemerkungen noch um ein bedeutendes lesenswerter gemacht haben."

„Man trifft doch überall in diesem närrischen Deutschland – auch wo man es nicht vermutet – auf recht verständige, achtungswerte und spaßhafte Menschen," schloß der jetzige Besitzer von Schloß Werden diesen Abschnitt unserer Reiseunterhaltung. Der Doppelkirchturm von Finkenrode verschwand bei einer Biegung des Flusses hinter einem bewaldeten Höhenzuge; ich aber steckte nun einmal in den Kindern von Finkenrode, und ich blieb darin stecken, und es erschien mir doch fast unbegreiflich, daß der Verfasser heute so wenig Verständnis mehr für die Wahrheit und Wirklichkeit dessen hatte, was er vordem niederschrieb. Im Halbtraum mußte er geschrieben haben, wie wach und munter er dann auch späterhin das Ding in den Druck geben mochte! ...

Es ist kein ander Näherkommen, wenn es sich um die langentbehrte, halbvergessene Heimaterde handelt, dem zu Schiffe zu vergleichen. Nicht die Fußwanderung und noch viel weniger der Wagen bieten dies freie, leichte Getragenwerden. Wir wollen uns keine Illusionen machen über unsere Stärke in der Welt: es ist bei allen Dingen die Mühelosigkeit, die wir zuerst wollen und die im großen wie im kleinen bei jeglicher Erhebung über den dahinschleichenden Tag und die dahingeschlichenen Tage das Willkommenste ist. An einen Schiffsrand gelehnt stehend, einst so vertraute und seit Jahren wie versunkene Bergesgipfel von neuem auftauchen, wachsen und sie immer deutlicher und immer bekannter sich in den Gesichtskreis schieben zu sehen: was geht darüber?! Und wenn ich vorhin gesagt habe, daß wir erst auf der Reise von unseren Verhältnissen zu der Heimat und vor allem von denen des Freundes Ewald Sixtus gesprochen hätten, so war das im vollen Sinne des Wortes erst auf diesem Schiffe und nachher auf dem Fußwege nach Schloß Werden der Fall.

„Lache mich nicht aus, Fritz," murmelte der Irländer, „ich wollte, wir wären erst acht Tage älter! Du kannst da gleichmütig genug sitzen und die liebe Gegend näher kommen sehen; aber ich – och faix, woran es eigentlich liegt, kann ich nicht sagen, aber ich versichere dich, ich fange allmählich an, Angst zu kriegen wie ein Schuljunge, der erst die Schule geschwänzt hat und dann noch zu spät zum Essen kommt. Ich wollte, by Jove, wir hätten noch den Stadtrat bei uns, ich fange an einzusehen, daß er noch etwas mehr war als eine bloße Reisezerstreuung. An diese Stimmung habe ich, weiß Gott, in der Fremde nicht gedacht, und ich glaube, es wäre besser gewesen, wenn ich sie mir vom Leibe und aus der Seele ferngehalten hätte! Fritz, ich weiß nicht, wie's zugeht, aber ich gäbe jetzt viel für einen tüchtigen Landregen mit obligatem Verkriechen in der Kajüte. Das Wetter ist mir heute zu schön und die alten Berge dort in der Ferne viel zu blau! ... Da ist der Pastor von Dölme, und da der Kirchturm von Pegestorf! – Der Werder hier im Fluß war vor fünfzehn Jahren auch schon vorhanden. O Langreuter, Langreuter, der Pastor von Dölme! Er schneidet noch dieselbe Sandsteinfratze wie – zu unserer Zeit; was ich aber jetzt für ein Gesicht ziehe, das weiß ich nicht und verlange auch nach keinem Spiegel. Langreuter, ich wollte, die Gegend wäre nicht ganz so sehr dieselbige geblieben! Wie alt mag wohl der Alte geworden sein? ... Und die Eva? Und – – – na ja, und ich habe es auch nicht gewußt bis jetzt, um wieviel ich selber älter geworden bin! ... Da sollte man sich doch wirklich in den grauesten Sumpf vom grünen Erin hineinwünschen bis an den Hals. O Fritze, Fritze, o – Fritz Langreuter, der Tag ist mir heute zu schön, und die Nachtfahrt und die angenehme Unterhaltung, das Frühstück des Stadtrats Bösenberg sind wahrhaftig nicht allein schuld daran. O, der Vetter Just vom Steinhofe! Du brauchst es ihm weiter nicht auf die Nase zu binden, Fritz; aber ich wollte –"

Er brach ab, schüttelte den Kopf und sagte es nicht, was er in betreff des Vetters Just und seiner selbst jetzt lieber anders gewünscht hätte. Nur mit Mühe gewann er das alte drollige Zucken um die Mundwinkel noch einmal wieder, als ich ihn fragte: „Sie wissen es doch wenigstens, daß du in diesen Tagen nach Hause zurückkehrst?" und er mir die Antwort schuldig bleiben zu wollen schien.

„Sie wissen es nicht, Ewald? Und sie wissen auch nicht, daß du heute der Herr von Schloß Werden bist?!" ...

Alle alte Knabenkomik und Verschmitztheit verschwand aus den wirklich hübschen und doch zugleich mannhaften Zügen des Ingenieurs:

„Weiß Gott, da ist Rühle und sieht auch noch gerade so aus als damals, wo wir hier die Welt allein zu haben glaubten! Ja, es ist ein dummer Jugendstreich! Meine Flegeljahre haben sich aber nur ein paar Lustren weiter erstreckt als die anderer Leute, und ich habe das nur bis in diese Stunde hinein nicht gewußt. Bis heute bin ich wie diese nette Gegend der nämliche geblieben, und nun kommt es mir auf einmal vor, als ob von heute an meine Buße darüber recht nachdrücklich ihren Anfang nehmen könne. O Fritz, ich glaube, daß ich, trotzdem daß ich Schloß Werden für – euch alle wiedergewonnen habe, doch nur wenig Dank dafür zu erwarten habe und – ganz mit Recht! ... Ob sie zu Hause – ob – ob Irene – ob sie alle über alles genau Bescheid wissen, ist wohl gleichgültig. Ganz mit Recht werden sie verschnupft sein, und ich wollte jetzt, ich hätte etwas Besseres und anderes getan, als die alten Jugendwitze noch einmal und im vergrößerten Maßstabe zu wiederholen! Ja, und du hast es selbstverständlich sofort herausgerochen, alter Verstandesmensch! Es gehörte meiner Meinung nach in Belfast dazu, daß ich nur mit meinem Advokaten in Bodenwerder und niemand sonst über das Geschäft korrespondierte. Wieviel von der Affäre dessenungeachtet unter die Leute durchgesickert ist, kann ich natürlich nicht wissen, aber ich ahne jetzt, es ist genug gewesen, um mir den Empfang nach allen Seiten hin zu gesegnen. Och honey, wie sieht sich das alles von der Fremde aus so ganz anders an! Da hatten wir mal in Dublin einen verrückten jungen Kerl aus einer wohlhabenden Kaufmannsfamilie, der führte seinen Papa, um ihm eine Geburtstagsfreude zu machen, eines Morgens ans Fenster und sagte: ‚Sieh mal, lieber Vater, da habe ich dir einen Elefanten gekauft!' Och, Freddy, Freddy, das Gesicht des alten Baumwollenimporteurs Mr. Maloney senior paßt ganz und gar in meine dermalige gemütliche Stimmung. Ich bin auch in diesem Moment durchaus nicht mehr darüber im klaren, was ich eigentlich gekauft habe, um meinen Angehörigen und – Irene – Everstein – eine – Freude zu machen! Was sollen sie auf dem Försterhofe mit meinem Elefanten anfangen, und wie – wie wird – Irene Everstein darüber denken?"

Da war es freilich schwer, das rechte Wort der Lösung für diese nur dem alleräußersten Anschein nach sehr einfachen Lebenswirren zu finden und dreinzugeben. Was ich erwidern konnte, war alles nichts weiter als guter Rat, der vorher hätte gegeben werden müssen und dann sicherlich nicht angenommen worden wäre. So überließ ich es denn den kühlen Wassern, die uns trugen, und den kochenden, welche die Räder, Hebel und Schaufeln in Bewegung erhielten, uns der Lösung, das heißt der Heimat und den Gesichtern, die die Leute dort über uns machten, näher zu führen. An das Müheloseste wendet sich der Mensch auch in allen großen und kleinen Krisen seines Daseins am liebsten, also nicht bloß im Glück und auf der Fahrt durch die Sommertage des Lebens.

Und jeder Augenblick brachte uns tiefer in die uns so bekannte und so sehr aus dem Gedächtnis geratene Jugendwelt hinein. Bei jeder Biegung des Flusses verflüchtigte sich der Schleier, den die Jahre uns über die Augen gelegt hatten, mehr und mehr. Gewinn und Verlust des Lebens wurden von Minute zu Minute deutlicher, aber stiller und friedlicher wurde es leider nicht darum in uns.

„Ich wollte, ich hieße von Münchhausen oder liefe schon gedruckt in der Welt herum wie der Stadtrat Bösenberg aus Finkenrode!" brummte der jetzige Herr von Schloß Werden. „Aber bis nach Bodenwerder bleiben wir nicht auf diesem verdammten Teekesselkahn, Fritz Langreuter. Das wäre die Höhe, wenn ich daselbst zuerst auf meinen Rechtsmandatar stieße und an seiner Hand in das alte, brave Vaterhaus zurückzuwandeln hätte. Bei der nächsten Haltestelle steigen wir aus und schlagen uns zu Fuße über die Berge und durch den Wald. Uh, hätte ich mir doch dies heutige Einschleichen hinter den Büschen weg vor drei Jahren schon so deutlich ausgemalt wie jetzt, so wäre es mir sicherlich besser zumute. Säße das Mädchen – ich meine die gnädige Frau – o Gott, säße die Irene nicht bei dem Vetter Just – – – bei den unsterblichen Göttern, ich schliche mich zuerst zu dem Vetter Just Everstein und ließe ihn einen Boten mit der Meldung nach Werden schicken, daß – ich – wieder da – sei! Der Peter in der Fremde mit seinen Dachkammer- und Taubenschlaggefühlen ist in diesem Moment ein wahrer Weltumsegler gegen mich! Deine Gefühle sind aber natürlich ja ganz andere, also geniere dich nur nicht meinetwegen, Bruder. Fahre du dreist weiter nach Bodenwerder, grüße daselbst, nimm einen Wagen und komm ruhig und behaglich nach Werden. Ich aber gehe.

Ich ging auch.

Es war ein eigentümliches Gefühl, wieder den Kies des Flußufers unter den Füßen zu spüren. Das Dampfschiff drehte sich ab, und wir nahmen unseren Weg rechts in die Berge hinein. Zwei gute Stunden hatten wir vor uns, ehe wir Schloß Werden erreichen konnten; aber niemals sind mir zwei ziemlich beschwerliche Wegestunden so kurz vorgekommen wie diese. Und wir redeten wenig miteinander auf dieser Wanderung.

„Das ist eine kuriose Melodie, welche du da pfeifst, Ewald.“

„Rocky Road to Dublin! Jeder intelligente blinde Fiedler greift sie im Schlafe bei uns, und sie paßt mir ganz für diesen Marsch, Fritz. Melancholisch und spaßhaft! Was? Wer zuerst von uns die alten Türme aus dem Busch aufragen sieht, hält das Maul, aber stößt dem Gevatter die Ellenbogen in die Rippen ... Und sie sitzt also heute bei dem Vetter Just auf dem Steinhofe. Hoffentlich im kühlen Schatten! Und wir – wir schwitzen hier! ... O Fritz, ich will es nur gestehen, ich habe an mehr als einem heißen Tage in der Fremde an das böse liebe Mädchen gedacht und mir dies Nach-Hause-Kommen zur Kühlung ausgemalt. Der Teufel hole alle solche Malereien! Der ist selber ein Pinsel, der da meint, nur guter Wille gehöre dazu, den rechten Ton zu treffen.“

„Die arme Frau!“ murmelte ich, und der Herr von Schloß Werden sagte grimmig vor sich hin:

„Jawohl, die arme Frau! Und ich wollte nochmal, daß es erst heute übers Jahr wäre und wir alle möglichst in Ruhe!“

Ich will von dem Wege nichts weiter sagen. Wir erlebten alle Abenteuer darauf in unserer Seele. Gegen Abend, als jedoch die Sonne immer noch ziemlich hoch über den Hügeln im Westen, dem Steinhofe zu, stand, sahen wir die grauen Ecktürme unseres verzauberten, das heißt uns angezauberten Schlosses über die Linden und Kastanien aufragen. Und zehn Minuten oder eine Viertelstunde später standen wir – vor einer Mauer, die wir nicht kannten; vor einer hohen, nüchternen Mauer, die zu unserer Zeit noch nicht vorhanden gewesen war.

„Bin ich im Traum, oder haben wir uns verlaufen, und sind das dort gar nicht unser Dach und unsere Giebel?“ murmelte der Ingenieur, mich ansehend.

„Schloß Werden ist es wohl noch,“ seufzte ich, „aber, Ewald, andere Leute sind doch recht lange Herren hier gewesen und haben sich nach ihrem Gefallen eingerichtet. Wer hätte es überhaupt vorausgesehen, daß wir noch einmal wiederkommen würden?“

„Alle Wetter, und die verdammte Landstraße!“ rief der Irländer erbost. „O die Schufte! Hier lief ja der Graben an der grünen Hecke! Und dort hingen unsere Nester in der blauen Luft und in den grünen Zweigen! Alles ruiniert! Alls glatt gestampft ... Und wie wird es erst jenseits dieser Mauer aussehen? O Fritz, Fritz, wäre es nicht wiederum zu dumm, so täte ich nochmal, als ginge mich die ganze Geschichte nicht das geringste an. O meine – arme Irene! Das ist mehr als ein Symbol, diese gottverfluchte, nichtswürdige

Mauer! Das ist die Wirklichkeit! Das ist, wie es ist, und ich habe es mir in meiner Albernheit und in der Fremde nur etwas anders zurechtphantasiert. So ist es, wie es ist, und ich wollte, – ich säße in diesem angenehmen Moment auf Bloody Foreland Point und spuckte in den Atlantischen Ozean, statt hier an dieser Mauer mit dir zu stehen und Maulaffen feilzuhalten!"

Das war so herausgestoßen und für jeden anderen Menschen als für mich und vielleicht Irene von Everstein völlig unverständlich; ich aber verstand diesen in diesem Augenblick des vollkommensten Gelingens seiner hartnäckigen Lebensarbeit über sich so zornigen Mann und die energische Falte zwischen seinen Brauen vollkommen. Zu sagen wußte ich jedoch jetzt auch weiter nichts als mit einem Stoßseufzer:

„O Sixtus, weshalb sind wir nicht in Korrespondenz miteinander geblieben?"

„Ich habe mein Leben auf die Lust am Leben gestellt, – auf den Spaß, – du weißt es ja, Fritz. Hätte ich mich auch schriftlich oder gar durch den Druck als ein Esel manifestieren können, so gebe ich dir hiermit mein Wort darauf, daß ich es sicherlich getan hätte. Wieviel Ernst hinter dem Narrentum im Versteck lag, das magst du dir nunmehr selber zusammenkalkulieren. Und – Irene ist auch schuld daran gewesen. Fritz Langreuter, wir, das heißt *sie* und *ich*, haben vielleicht nur zu gut zueinander gepaßt! Ein wenig weniger gut wäre wahrscheinlich besser gewesen, und ich stände dann nicht *so* da vor – dieser gottverdammten Mauer und – hätte so große Angst vor ihr, nämlich vor ihr – der Frau auf dem Steinhofe unter der Obhut des Vetters Just Everstein! Alle Wetter, wenn es dem Burschen so ausgezeichnet gut drüben in Amerika erging, so hätte er meinetwegen ruhig dort bleiben können. Du meinst, daß ihm dazu zuviel an seinem Steinhofe gelegen gewesen sei? O Fritz, ich weiß es, – mir ist an diesem vertrackten Schloß Werden hinter dieser heillosen Mauer doch noch mehr gelegen gewesen, und ich habe auch darum gearbeitet und – der Kerl imponiert mir gar nicht, und ich wollte, Irene – die Frau Baronin säße im Pfefferlande, aber nicht bei ihm! Und jetzt, alter Freund, laß uns versuchen, um diese Mauer herum ein Loch zum Durchschlüpfen nach Schloß Werden zu gewinnen. Ich ziehe nicht ein in das alte Nest wie der liebe Vetter Just auf dem Steinhofe. Das ist eine Tatsache, daß das, was man erreicht hat, es nie *tut*!" – – –

„Wahrlich, ich hatte meine Vaterstadt Finkenrode erreicht, nicht mit den Gefühlen eines Olympiasiegers, nicht mit den Gefühlen eines Heimwehkranken, aber doch mit recht anständigen, stichhaltigen, naturgemäßen Gefühlen, welche von einem nicht allzu verhärteten und gleichgültig gewordenen Gemüte zeugten," lautet eine Stelle in dem Buche des Finkenrodener Stadtrats Dr. Max Bösenberg, und es ist mir nicht unlieb, daß ich mich ihrer erinnere, um sie an dieser Stelle zitieren zu können.

Fünftes Kapitel

Wie wir diese heiße Mauer entlang gingen, die sich jetzt da hinzog, wo früher unsere grüne Hecke unser Märchenreich umschloß, ohne die unermeßliche übrige Welt auszuschließen, kam mir ein Gedanke. Nämlich, daß es Leute, die in allen Dingen, großen und kleinen, auf der Stelle Partei nehmen, die Hülle und Fülle gibt, daß aber der Leute, die im wahren Sinne des Wortes neutral zu bleiben vermögen, sehr wenige sind und daß drittens die Namen und Adressen der letzteren überall, mit goldenen Lettern in ein besonderes Buch eingetragen, zum eiligsten öffentlichen Nachschlagen aufzulegen seien. Ich, der ich im Grunde heute so sehr Partei war, gewann aus dieser Mauer melancholisch die nicht mehr umzustoßende Überzeugung, daß mir sowohl im Schloß und Dorf Werden wie auch vor allen Dingen auf dem Steinhof nichts mehr übrig geblieben sei, als mich – vollkommen neutral zu verhalten.

Das hatte ich gewonnen! Ich, dem die Mühe, etwas Verlorenes wiederzugewinnen, erspart worden war, oder besser, der selber sie sich erspart hatte.

„Am sichersten wäre es vielleicht doch gewesen, wenn wir unseren Advokaten von Bodenwerder abgeholt hätten, um mit seiner Hilfe den Eingang in Schloß Werden zu finden," brummte Ewald. „Nun, gottlob, hier haben sie wenigstens ein Loch gelassen und sind wir somit drin und – zu Hause angekommen. Begorra, eine schöne Wirtschaft scheint das gewesen zu sein! Meiner Treu, als ich von der Fremde aus die Katze im Sacke kaufte, habe ich doch keine Ahnung davon gehabt, wie ruppig das Vieh sich bei der Okularinspektion ausweisen würde. Sieh nur hin, Langreuter, wie die Halunken gehaust haben! Und ich gebe dir mein Wort darauf, Fritz, daß ich längere Zeit hindurch in der festen Überzeugung gelebt habe, ich hätte das alte Haus und seinen Zubehör zu billig erstanden! Oh, oh, oh!"

Ich konnte auch nichts weiter tun, als in die Seufzer des Freundes betrübt einstimmen. Kahl und verwildert lag der früher so stattlich schöne Park innerhalb der neuen Mauer vor uns da. Die Alleen waren niedergeschlagen worden, die Gebüsche ausgereutet. Nur um das Schloß selbst standen noch einige der ältesten Bäume aufrecht und hatten uns von ferne die Täuschung gegeben, daß das alte adelige Haus Werden noch aus dem alten, vollen Grün aufrage. Es war nichts als eine Fata Morgana gewesen, die aus der fernen Jugendzeit in die schwüle Gegenwart herüberfiel. Die jüngsten Besitzer hatten auf Schloß Werden nur einen Raubbau in jeglicher Hinsicht betrieben und waren zugrunde darauf gegangen in der Sonne wie – der Herr Graf in dem vornehmen Schatten seiner hundertjährigen Linden und Kastanien.

„Da stehen wir!" sagte der irländische Ingenieur grimmig. „Wenn es dir beliebt, so können wir auch weitergehen oder – umkehren. Das letztere wäre mir vielleicht in diesem Augenblick das liebste."

„Du willst doch wohl nicht jetzt den Mut verlieren?"

„Den Mut wohl nicht, lieber Freund, wohl aber die Lust, meine Rolle weiter zu spielen. Momentan ist mir meine Devil-may-care-Stimmung gründlich ausgetrieben, und ich sehe nach keiner Weltgegend mehr hin die Gelegenheit, mir durch einen mehr oder weniger fragwürdigen Witz aus der Patsche zu helfen. Ich sage dir, ich fühle mich in dieser Minute mindestens um ein Jahrhundert älter als der alte Kasten dort hinter den Kartoffelfeldern, das Haus Werden mit seinen sicherlich zersprungenen und eingeschlagenen Fensterscheiben, seinem Schwamm im Parterre und seinem Wurmfraß im oberen Stock. Ach Fritz, es ist doch wohl gut, daß Irene Everstein auf dem Steinhofe wohl aufgehoben ist; und ich – ich hätte besser getan, wenn ich fürs erste Schloß Werden hätte links oder rechts liegen lassen und den alten Mann in dem Dorfe und dem Försterhause um seine Ansicht von der Sache gefragt hätte! Was dich anbetrifft, liebster Langreuter, so wird es mir immer klarer, daß du mir kaum von Nutzen bei dieser mißlichen Geschichte sein wirst. Nimm mir das nicht übel."

Ich hatte wahrlich keine Ursache, hier irgend etwas übelzunehmen. Der Freund hatte nur zu sehr recht. Mehr sogar, als er selber zu ahnen imstande war.

Ein altes Weib, das mit einer Sichel in der Hand einige Schritte weiter vorwärts sich aus dem Kraut und Unkraut aufrichtete und dem wir, wie es schien, einen gelinden Schrecken einjagten, gab unseren trübsinnigen Gedankenläufen, wenigstens für einen Augenblick, eine gelegene Ablenkung. Es war sicherlich eine gute Bekannte unserer Jugendjahre; aber wir waren allesamt älter geworden und kannten uns nicht mehr.

Das kümmerliche Mütterchen zog rasch und ängstlich eine hoch mit Grünfutter vollgestopfte Kiepe zu sich heran und hatte unbedingt die größte Lust, ohne sich weiter auf Gruß, Gegengruß und freundschaftliche Unterhaltung einzulassen, Reißaus zu nehmen; aber –

„Halt, Mutter! Hier geblieben, Mrs. Ragtail! Nur auf ein Wort, Mütterchen!" rief der Herr von Schloß Werden. „Gehören Wir zu dem Dorfe oder dort in das graue Haus – Schloß Wackelburg, oder wie es heißt!?"

„Schloß Werden, liebster Herr! Das ist das Schloß. Ach, Jeses, liebste, beste Herren, nur ein bißchen Grünes für die Ziege und fünf lebendige Enkelkinder; es wächst ja alles hier rundum doch nur dem armen Volke und lieben Herrgott in die Hand –"

„Richtig, Mutter! Mich aber soll der Teufel holen, wenn ich Ihr nicht alles gönne," brummte Ewald Sixtus und fügte gegen mich gerichtet hinzu: „Hätte ich nur dasselbe Recht an den Nachlaß und die Erbschaft hier!" Und wieder der alten Frau sich zuwendend: „Es kommen wohl manche aus dem Dorfe, um da herum das, was dem lieben Herrgott in und aus der Hand wächst und was auch in Hof und Stall nicht zu niet- und nagelfest ist, abzuholen, he?"

„O du guter Himmel, liebster Herr, ich habe ja gar nichts gesagt," winselte die Alte. „Fünf lebendige Enkelkinder, und mein Junge, der Vater dazu, ist zu Schaden und Tode gekommen in Koldeweys Steinbruche, und die Mutter hat die Lungensucht mitgenommen, und ich bin mit den fünf Würmern allein übrig. Nur ein bißchen Kraut für die Ziege; denn das Jüngste ist erst dreiviertel Jahr alt, und ich bin an die Sechzig nahe heran. Und sie kommen alle, denn es ist ja kein Herr und Meister da seit Jahren, und der Herr Notar in Bodenwerder, der die Verwaltung hat, kann doch nicht immer da sein und nach dem Rechten sehen. Und wenn Sie auch zu den Herren Advokaten aus Bodenwerder gehören und mich vor Gericht ziehen wollen, so habe ich doch nichts gesagt, und den hochseligen Herrn Grafen habe ich auch noch gekannt, und das war ein guter Mensch, so vornehm er war; und ich habe auch zu seinen Zeiten schon das Gras an den Hecken schneiden dürfen, und aus dem vornehmen Schloß hab' ich mir keinen Nagel aus der Wand geholt. Und die gnädige Gräfin, die jetzt bei dem – dem Herrn Vetter Just – dem Herrn Everstein auf dem Steinhofe wohnt und der es auch so schlimm in der bösen Welt ergangen ist, wie man sagt, ja, die habe ich, als ich noch eine junge Frau war, aus dem Dorfbache aufgehoben und naß wie eine Katze auf meinem Arme nach Hause getragen, und da war damals die Madam – die gute Frau – die Frau Steuerkontrolleurin auf dem Schloß, die hat das Kind mir abgenommen und mir zehn Groschen gegeben. Der Junge aus dem Försterhause – unserm Förster Sixtus sein Junge hatte die gnädigste junge Komtesse in den Bach gestoßen. Sie sagen, dem soll jetzt das ganze Schloß und alles gehören; aber es will keiner im Dorfe so recht daran glauben. Wenn er aber heute wieder käme und alles hätte sich ungelogen so geschickt, wie die Leute lügen, und er wäre der Herr, so brauchte er auch mit der Witwe Warneke nicht um eine Kiepe voll Ziegenfutter aus der Wüstenei hier herum ins Gerichte zu gehen; denn dazu ist er viel zu gut Freund mit meinem alten Seligen gewesen, und der hätte oft klüger sein sollen als der dumme tolle Junge aus der Försterei. Da ist der lieben Frau Langreuter ihrer ganz anders gewesen und sittsamer; aber sie sagen, der hat es auch dicke hinter den Ohren gehabt und ist ein Professor geworden und wohnt jetzt, was man nennt in Berlin. Ja, so werden aus Kindern Leute, und ich habe es als junge Frau auch nicht gedacht, daß ich als alte Frau mal fünf Enkelkinder mit Tagelöhnerarbeit und Hunger und Kummer großziehen müßte. Aber die Herren lassen mich da schwatzen, und ich stehe da auch und schwatze, als wäre ich wie von oben her und vom Pfänder drangekriegt, und – – o du meine Güte – o liebster Himmel – jetzt falle ich um! Das sind Sie! ... Das sind Sie ja selber, der kleine Fritz und der – Herr Ewald! Und so gewachsen! Solche Herren! Und wirklich noch im lebendigen Leben! Und wie wird sich der alte Herr Vater und die Schwester freuen, Herr Sixtus. Und die Schwester – ich meine Fräulein Eva, hat noch immer nicht gefreit. Jedermann im Dorfe wundert sich darüber –"

Der Ingenieur hielt die Alte am Oberarm und fing an, sie zu schütteln, um dem Übermaß der Gefühlsäußerungen ein Ende zu machen. Das Hereinsprechen in den Schrecken, die Verwunderung und die zitternde Hast, sich angenehm zu machen, half zu gar nichts weiter, als daß sich gar noch das helle Schluchzen und Schlucken in den Redeschwall mischte –

„Herr, mach ein Ende!" stöhnte fast ebenso erregt wie das graue Weiblein der Werdener Irländer. „Alle Hagel, da ist ja ganz das Ende weg! Witwe Warneke, honey, liebstes, bestes, altes Mädchen, ja, wir sind wieder da, und es ist mir im höchsten Grade erfreulich, daß Sie die erste sind, die mir hier auf meinem Grund und Boden – weiß Sie was? Sie kriegt einen Taler von mir, wenn Sie jetzt auch mich und den Herrn Doktor Langreuter hier auf eine halbe Minute zu Worte kommen läßt!"

Die Alte duckte sich. Sie saß nieder neben ihrer Tragkiepe im Kraut und Unkraut des Parkes von Schloß Werden. Sie starrte zu uns empor von einem zum anderen:

„Ach Gott, ach Gott, ist das eine Freude! Und wie werden sich der Herr Vater und Fräulein Eva und die gnädigste Gräfin auf dem Steinhofe freuen! Das Futter aber haben sie sich alle im Dorfe hier im Schloßgarten geholt, seit keine Herrschaft dagewesen ist. Und der Herr Graf soll sich nur des Nachts ums Schloß herum und da in dem Gange, wo zu seiner Zeit die dicken Lindenbäume standen, haben sehen lassen!"

„Wohnt denn niemand mehr in dem Hause da?" fragte ich zögernd und beklommen.

„Wer sollte denn da wohnen? Seit fünf Jahren hat es ja keinen richtigen Herrn mehr gehabt, sondern ist nur immer auf dem Papier weitergegeben. Aber vor vierzehn Tagen ist die alte französische Mamsell – von des Herrn Grafen Seligen Zeiten her – die Mamsell Martin mal vom Steinhofe 'rübergekommen und ist drumherumgegangen und hat in die Fenster gesehen – bei Tage, nicht zur Nacht- und zur Spukezeit – und hat geweint."

„Und meine Schwester?" fragte Ewald Sixtus, und die Witwe Warneke sah sehr verwundert von neuem scheu ihn an.

„Jawohl, Fräulein Eva ist mit ihr gewesen und hat mit ihr nachher lange auf einer der Steinbänke gesessen. Das halbe Dorf aber hat nur von ferne zugesehen; wir haben das französische Parlieren der alten französischen Mamsell ja doch niemalen recht verstanden."

„In meinem ganzen Leben ist mir die rote Abendsonne, wie sie jetzt hier rundum auf allem und vor allem dort auf den Mauern und Fenstern liegt, nicht so spukhaft und gespensterhaft öde und schwül vorgekommen wie jetzt, Fritz," sagte der neue Herr von Schloß Werden, jetzt meinen Arm fassend und mich schüttelnd. „Es ist mir wie ein Traum, daß ich den Besitztitel vermittelst der Mathematik und der Arithmetik bei hellem, nüchternem Mittage und klar und kühl nächtlicherweile über dem Reißbrett und dazu vermittelst des Londoner Patentamtes erworben habe. Witwe Warneke, wer hat den Schlüssel von Schloß Werden?"

„Genau kann ich das wohl nicht sagen; aber der Vorsteher wird es ja wissen, Herr E – ach, ich weiß ja auch gar nicht einmal, wie ich Sie jetzt anreden und betitulieren soll, und bitte, es nicht übel zu nehmen. Aber im Gartensaale ist ein Fensterflügel herausgefallen und mit Latten vernagelt. Aber die haben die Jungens und der Wind bald wieder lose gemacht, und –"

„So ist eigentlich eine Tür und ein Schlüssel dazu die letzten Jahre hindurch für das Dorf Werden ziemlich überflüssig gewesen," brummte der Ingenieur. „Viel besser als hier herum im Garten sieht es drinnen im Hause wohl nicht aus, old girl?"

Die Alte hob nur stöhnend und ängstlich die Hände:

„Herre, Herr, für mein Teil will ich es vor jedem Gerichte beschwören –"

„Was meinst du, Fritz, sollen wir gleichfalls durch das Saalfenster Besitz von dem nehmen, was noch brauchbar von Schloß Werden ist? Zu dem Dorfe gehöre ich doch auch und taxiere mich um kein Haar breit besser als das übrige saubere Gesindel! O Irene, Irene, meine schöne, stolze, wilde Irene! ... Und der Herr Graf hat sich um Mitternacht dort auf der Vortreppe blicken lassen! Mademoiselle Martin hatte es verhältnismäßig noch gut. Sie konnte sich dreist hinsetzen und ihre Tränen fließen lassen, ohne sich lächerlich zu machen. Das ist ja rein zum Verrücktwerden! Sage es dreist heraus, Langreuter, wenn dir zur Stunde mein Eigentumsrecht hier beneidenswert, wünschenswert und solcher bitterschweren Lebensarbeit wert erscheint. Ich überlasse dir mit Vergnügen Kaufbrief, Gefühle, Stimmungen und – wollte – wollte – ja, was wollte ich denn?! Witwe Warneke, sehe Sie mich mal ganz genau an, wenn Sie einen richtigen Spuk sehen will. Ich komme als verhexter Mann aus der Fremde und gehe am hellen Tage um Schloß Werden und durch Dorf Werden als Gespenst um. Frage Sie nur die Leute im Försterhause und die – Frau auf dem Steinhofe und – den Vetter Just."

„Ach Jeses, Herr Ewald, ich kann Sie ja wirklich nicht so sprechen hören; und die anderen werden es auch nicht können!" sagte das alte Weibchen mit zitternd gefalteten Händen und sprach damit ein braves, aber wenig tröstliches Wort.

Sechstes Kapitel

Ohne den Schlüssel vom Vorsteher zu holen, gingen wir jetzt im letzten Scheine der Abendsonne um das Schloß Werden herum: Ewald Sixtus, ich und die Witwe Warneke, letztere mit ihrer hochbepackten Kiepe auf dem vom Alter gekrümmten Buckel. Wir zwei anderen aber trugen freilich die schwerere Last.

Das schöne, rote Sonnenuntergangslicht spiegelte sich doch noch auf der westlichen Seite des alten, einst so stattlichen Herrensitzes in den erblindeten, zersprungenen Scheiben des Oberstockes. Und wir sahen ebenso scheu zu den Fenstern von Schloß Werden empor wie das Volk aus dem Dorfe, wenn es seine verstohlenen Wege hierher führten und ehe es in die mit losen Latten verschlagene Öffnung stieg und Furcht hatte – vor dem seligen Herrn Grafen.

Wie hieß doch der sonderbare alte Herr in dem sonderbaren Buche des Stadtrats Bösenberg in Finkenrode – der verrückte Musikant, der in eben dem Finkenrode, wo der Doktor Max Stadtrat geworden war, das Ideal, seine verzauberte Prinzessin, suchte? Mir fehlte die Lust und die Zeit, in dem Buche nachzuschlagen, der Name tut auch wohl nichts zur Sache; aber die Sache selber wirft mir jetzt einen melancholischen, in seiner Wahrheit wehmütigen Schimmer über m e i n e Geschichtserzählung: wir täuschen uns nur, wenn wir glauben, andere Pfade zu gehen und zu anderen Zielen zu gelangen als andere Menschenkinder.

Der starke Mann mit dem schönen, männlichen Gesicht und den klugen Augen, aber auch mit den Zähnen auf der Unterlippe und der Falte zwischen den Augenbrauen, mein armer Jugendfreund, stand in diesem Moment vor seinem schwer errungenen Besitz und wußte seine verzauberte Prinzessin ebensowenig zu finden wie der närrische Geiger die seinige unter den Spießbürgern, wohlmeinenden guten Bekannten und den Zigeunern der wackeren Stadt Finkenrode. Die erblindeten Scheiben des Schlosses Werden konnten ihm nur seine eigenen grimmig-ratlosen Mienen widerspiegeln, und er wendete sich, zuckte die Achseln und sagte:

„Dieses nützt zu nichts, lieber Freund. Da hat sie einen Taler, Witwe Warneke, alte Freundin, damit doch e i n Mensch aus der gegenwärtigen Minute sein Vergnügen zieht. Und nun schere sie sich nach Hause und breite es mit möglichster Raschheit im Dorfe aus: der tolle dumme Junge, der Monsieur Ewald aus der Försterei, sei aus der Fremde heute heimgekommen, sei der Herr von Schloß Werden und habe sich soeben sein Besitztum – von außen besehen. Was uns beide anbetrifft, Fritz, so gehen wir auch wohl weiter, aber etwas langsamer. Was würde ich darum geben, wenn ich jetzt eine bekannte haarige, braune, brave Faust am Kragen fühlte und dazu das alte, bekannte Wort vernähme: Auf der Stelle scherst du dich jetzo nach Hause, du Lümmel; dir werde ich sofort wieder mal zeigen, wie der Papst Sixtus der Fünfte an dir gehandelt hätte, wenn du sein Junge gewesen wärest, du heilloser Herumtreiber und Taugenichts, du!"

War auf der einen Seite eine neue Mauer um den früheren Park des Schlosses gezogen, so fanden sich an anderen Stellen niedergetretene und durchbrochene Hecken genug, durch welche man den Ausgang nehmen mochte.

Noch zog sich ziemlich in der alten Weise der Weg gegen das Dorf und die am Eingang desselben gelegene Försterei hin.

Die Witwe hatte sich das Wort Ewalds nicht zum zweitenmal sagen lassen. Sie bog auf einem Seitenpfade zur Linken ab und war trotz ihres Alters in einem kurzen, keuchenden Trabe uns bald entschwunden, um die Nachricht von einem ihrer hauptsächlichsten Lebenserlebnisse im Dorfe zu verbreiten und ihren Taler als Wahrzeichen im Kreise herumzuweisen. Wir beide standen vor den Hoftorpfosten des Försterhauses, und der Besitzer von Schloß Werden nahm den Hut ab, fuhr mit dem Taschentuche über die Stirn und sagte:

„Es ist doch ein merkwürdig schwüler Sommer."

Da lag in der Abenddämmerung und der Dämmerung der weitästigen Rüstern das gute Heimathaus. Nur die Bäume wachsen, nicht aber das, was der Mensch erbaut. Letzteres scheint stets niedriger, enger geworden zu sein, wenn man es nach längerer Abwesenheit wiedererblickt. Und man braucht dazu es gar nicht als Kind verlassen zu haben. Auch der Erwachsene geht fort und läßt genau bekannte Stätten hinter sich, und wenn er wiederkehrt, so wundert er sich. Er berührt noch wie früher mit ausgestreckter Hand die Decke über seinem Kopfe; aber die Balken haben sich doch gesenkt, die Wände haben sich doch zusammengezogen. Aber der Wert der Dinge steigt und dehnt sich für den wahren Menschen gerade dann im umgekehrten Verhältnis. Welcher melodische Lärm geht über das klimpernde Getön, welches das alte Klavier in seiner Ecke aus seinem eschenen Gehäuse von sich gibt? Wir dachten auf dem Heimwege über Land und See daran und hatten Lust, uns in alter Weise lustig darüber zu machen, und wir haben in keinem Konzertsaale der Welt Laute vernommen, die uns so an das Herz griffen wie das schrille Klingen dieser Saiten, über die wir endlich, endlich wieder einmal mit den zitternden Fingern greifen dürfen.

Von Verfall, Moder und Ruin soll hier aber nicht die Rede sein. Wie ein behaglicher Greis im Großvaterstuhl rutscht so ein Haus in sich zusammen und läßt allem jungen Pfosten-, Sparren- und Balkenwerk, allem neumodischen Zement und Asphalt rundum gern sein Wesen. Es kündigt keinem Heimchen unter der Schwelle, hinter dem Kachelofen und am Küchenherde oder setzt ihm die Miete in die Höhe. Die Heimchen wohnen sicher bei ihm und warm und wissen's auch und singen sein Lob, und – ihr Gesang verändert sich uns nie, wir mögen nach Hause kommen, wann wir wollen, früh oder spät, nach einem Tage oder nach einem halben Jahrhundert. Der wächst nicht wie die Bäume, er rüttelt sich nicht in sich zusammen wie die Dächer und die Mauern: er ist derselbe immerdar – Gott sei Dank!

Wir standen und hörten durch die Abendstille die Heimchen von dem braunen, im Schatten versunkenen Hause her. Sonst war alles still; ein krähender Hahn im Dorfe, ein bellender Hund in der Ferne und ein erster Froschlaut vom nahen Mühlenteiche her störten den Frieden durchaus nicht. Wie immer standen alle Fenster und die Tür der Försterei weit offen, und in der einen Fensterbank zwischen den Blumentöpfen die Hauskatze im Halbschlaf und die Hunde auf der Schwelle der Haustür! Aber ein weißes, würdiges Haupt neben, hinter den Rosenstöcken und dem Kater – ein leichtes blaues Rauchwölkchen zwischen dem Weinlaub durch ins Freie hinausziehend! Ich hatte den Geruch jahrelang vergessen, aber ich erkannte ihn beim ersten Blick wieder, wahrlich nicht bloß mit der Nase! Da hebt der braune Hühnerhund den Kopf, und der Teckel schlägt an – eine weibliche Gestalt tritt in die Tür des Werdener Försterhauses – die liebe, gute Eva des Vetters Just Everstein! Eva Sixtus in ihrem achtundzwanzigsten Lebensjahre – herzig, voll und reif; und ich – ich ziehe mechanisch ebenfalls den Hut und grüße; eine Bemerkung über die Temperatur mache ich dabei nicht, aber es wird mir ganz seltsam vor den Augen, und ich wundere mich, wie ich eigentlich auf einmal hierher komme; ach, zu der Frage, was ich eigentlich auf einmal hier will, gehören viel klarere Sinne und bedeutend mehr ruhige Überlegungskraft, als ich augenblicklich beisammen habe! Klar ist mir nichts, als daß ich eine weite, weite Reise getan habe, daß hundert Räder unter mir rasselten, daß unheimlich rastlose Schaufeln in ärgerliche Wellen schlugen, daß die Gegend und die Welt und das Leben vorbeigeflogen waren, daß die Plage und die Unlust an Körper und Seele groß waren und der Gewinn und die Befriedigung gering und – daß es keine größere und erstaunlichere Offenbarung gibt als die der Stille im Lärm, des Schweigens im Geschrei und der Ruhe in der Unruhe. Stadtrat in Finkenrode braucht man darum gerade nicht zu werden.

„Sie habe ich auf den ersten Blick wiedererkannt," ist mir sehr häufig im Leben gesagt worden, und so hatte es eigentlich nichts Überraschendes, daß die Gute, die Liebe auf der Schwelle der Försterei in Werden zuerst mich erkannte und, wie es schien, mit einem leisen Erschrecken zuerst:

„Fritz!" rief.

Und ich blieb stehen, wo ich stand; aber der Bruder lief vorwärts, und mit einem ebenso leisen Schrei erhob die Schwester die Hände:

„Ewald! ... O Ewald, Ewald!"

Sie trat wohl auch einen Schritt vor, als wollte sie sich auf uns zu stürzen; aber dann blieb sie doch stehen und ließ uns zu sich herankommen. Wie von einem Schwindel ergriffen, hielt sie sich an den treuen, schützenden Pfosten der Tür ihres Vaterhauses, und einen Augenblick hindurch hielt sie auch die Augen fest geschlossen; dann aber sah sie wieder auf, und wie im hellen, schluchzenden, wortlosen Jubel hing sie an der Schulter des so landfremd durch eigene Schuld und Grille gewordenen Bruders, und zitternd legte der Mann, der so selbstbewußt, stolz und sozusagen mutwillig hatte wiederkommen wollen, seinen Arm um sie:

„O, das ist gut! Mädchen, Mädchen, altes liebes Mädchen, du willst es mich nicht entgelten lassen? Wirklich nicht? Ich habe es ja gewußt, aber sagen mußt du es mir dennoch und — dem da auch! Wir haben uns so sehr gefürchtet, und ich für mein Teil, ich will noch vierzig Jahre älter werden, von dieser Stunde an gerechnet, bloß um vierzig Jahre lang von dir zu hören, was für ein Esel von Kindesbeinen an in mir gesteckt hat und daß meine einzige Entschuldigung ist, daß — ich es nur zu gern getan habe und also nichts dafür kann!"

„Der Vater ...!" stammelte sie. „Ist es denn wahr, Bruder? ... Es war wohl ein Gerücht seit einiger Zeit, doch — — O, der Vater, der Vater; er sitzt da am Fenster — er ist so alt geworden und immer noch so sehr gut; — o Ewald, lieber Ewald, aber er hat es mir nicht glauben wollen, daß du wieder zu uns kommen würdest, und es hat ihm keiner mehr von dem Gerücht reden dürfen."

„Eva," klang es jetzt von dem Fenster her, „wen hast du denn da, Kind?"

Der alte Mann schob neugierig den Kopf hervor; aber die einst so scharfen Weidmannsaugen reichten nicht mehr soweit in die Abenddämmerung hinein, um die Fremden zu erkennen, die mit seiner Tochter sprachen. Der Irländer hielt meinen Arm so fest, daß es mich schmerzte. Eva Sixtus trat näher an das Fenster heran; sie trocknete ihre Augen und versuchte ruhig und fröhlich zu sprechen, es gelang ihr jedoch schlecht.

„O Vater,“ schluchzte sie, „wir haben Besuch bekommen – “

„Das freut mich, Kind, – wenn er mit einem alten Mann vorliebnehmen will. Aber wie sprichst du denn? Was hast du mit dem Tuch?“

„Vater, Besuch aus – vom – Schloß Werden – aus Berlin – aus – England. Lieber Vater, ich freue mich so, und du wirst dich auch freuen. Denke dir, Fritz – der Herr Doktor Langreuter aus Berlin – Herr – Fritz Langreuter – “

„Alle Wetter!“ rief der Alte, und der Kater neben ihm tat vor Schrecken einen Satz durch das Fenster und fuhr uns dicht an den Köpfen vorbei über den Hof, um sich, eine Stalleiter aufwärts, mit möglichster Eile in Sicherheit zu bringen. Mr. Ewald und ich hatten zu bleiben und das Weitere abzuwarten.

„Was ist das?“ fragte glücklicherweise noch eine Stimme aus der Tiefe der Stube. Wir hörten den Alten sich aufrappeln, und – da stand er auf der Schwelle seiner Amtswohnung, weißhaarig, die einst so scharfen Augen suchend auf uns richtend, auf seinen Stock gestützt, und – über die Schulter sah ihm zu unserem, das heißt zu Ewald Sixtus' Glück der Vetter Just Everstein, der, wie sich auswies, sehr häufig vom Steinhofe zu seiner Unterhaltung herüberritt und dessen Gaul auch an diesem merkwürdigen Abend wieder einmal im Stall einträchtiglich neben den zwei Kühen des Försterhauses stand.

Er war wieder der einzige, der Vetter Just nämlich, der ganz richtig und zur rechten Zeit an Ort und Stelle war. Er allein war schuld daran, daß eine Viertelstunde später – eine schlimme Viertelstunde! – der alte Mann mit dem guten Gesicht und der immer noch bitterbösen Falte zwischen den zusammengezogenen weißen, buschigen Brauen die Faust auf einen abgegriffenen Schweinslederband auf dem alten braunen, so teuern Klapptische zwischen den beiden Fenstern fallen ließ und murrte:

„Dieser hier hätte dich kurzab hängen lassen, Ewald, wenn du sein Junge gewesen wärest. Und wäre ich jünger und noch besser bei Kräften und Gedanken, so kämest du mir heute abend nicht so leicht weg, mein Sohn, das sage ich dir. Da wollte ich das Leben dieses Papstes doch nicht so lange studiert haben, um nicht zu wissen, was ich zu tun hätte!“

„O, lieber Vater,“ rief aber Ewald Sixtus, „ist denn nicht das

18*

verdammte Buch an der ganzen Geschichte schuld? Kann ich denn dafür, daß du mich alle Augenblicke mit der Nase darauf geduckt hast? Da frage nur den Just und den Doktor da, was sonst leichter im Menschen hängen bleibt als solche gute Lehren und Beispiele! Um auch meinen Willen durchzusetzen, habe ich gleichfalls jahrelang das Maul gehalten. Viel Reden hilft nicht, und viel Schreiben macht dumm – frage dreist nur den Doktor hier danach, der kennt aus seiner Praxis genug Leute, die sich in beiderlei nie genugtun konnten und auch nach Hause kamen wie ich und doch noch weniger das Rechte getroffen hatten. Und ich bin doch auch nur darum wieder da, um mich von jetzt an von euch allen – ja allen – lenken zu lassen wie an einem seidenen Faden, und das ist noch mehr, als du von deinem Papst und unserem allerheiligsten Herrn Namensvetter, Sixtus dem Fünften, behaupten kannst, lieber Papa!"

Der Greis schüttelte den Kopf.

„Ich bin eben zu alt, um mich noch in allen euren Finessen zurechtfinden zu können, habe es auch nie recht gekonnt. Wenn dich dein Gewissen freispricht, so will ich es dir gönnen, mein Sohn, helfen täte es mir ja doch nichts, wenn ich mich auch noch mal abmühte, über die Verschiedenheit der Menschen auf Erden nachzusimulieren und mich über ihr Wesen gegeneinander zu ärgern. Also – lassen wir es gut sein; du bist wieder da und sagst, du habest es zu was gebracht, und das kann mir ja nur lieb sein. Was du unterwegs verloren hast, kann ich nicht taxieren; aber ein reicher Mann bist du geworden, sagen sie im Dorfe und sagt der Vetter Just; und Schloß Werden ist nun auch dein Eigentum; meine Sache ist das nicht, also sieh selber zu, was du mit deinen Ausrichtungen zu deinem Glücke weiter anfängst. Unter diesem meinem Dache will ich dich als einen Gast ansehen, wenn es deine Zeit und Umstände zulassen und du deiner Schwester und mir die Ehre schenken willst. Auch der Fritz – der Herr Doktor Langreuter ist mir willkommen, und das Kind soll auch ihm seinen Stuhl am Tische wieder zurücken. Wie ist es, Just Everstein, kann ich und soll ich noch mehr sagen und tun?"

Der Vetter Just faßte nur die Hand des Greises; Eva trocknete sich die Augen mit dem Schürzenzipfel; wir zwei anderen standen mit den Hüten in den Händen in Wahrheit kläglich genug da – wirklich zwei dumme Buben, die zu spät zum Essen nach Hause gekommen waren, und zwar vom Fischfang in den Bächen dieser Welt, mit der Angelrute über der Schulter und ein paar Gründlingen in einem zerborstenen Henkeltopfe.

Dies Gefühl verstärkte sich noch um ein bedeutendes, als wir nunmehr endlich einmal wieder in der niedrigen Stube standen, deren Decke der Förster Sixtus, so gebeugt ihn das Alter haben mochte, immer noch mit ausgestreckter Hand abreichte. Aber Eva hielt den Bruder von neuem fest in den Armen und schluchzte an seiner Brust; und dann reichte sie dem Vetter Just die Hand und sagte leise:

„O, wir danken dir!"

Und dann gab sie auch mir die Hand und versuchte es, durch ihre Tränen zu lächeln, und sie sagte:

„Und Ihnen danke ich auch recht schön und aus vollem Herzen. Es ist so sehr freundlich von Ihnen, daß Sie mit meinem Bruder heim- und hergekommen sind. Nicht wahr, es hat sich wenig bei uns verändert? Wenn Sie es nur noch so behaglich wie in früheren guten Jahren finden!"

Ich griff mit der Hand nach der Kehle, weil eine andere – eine sehr heiße Geisterhand sie mir bedenklich zusammendrückte.

„Ach, Eva – Fräulein Eva –"

Glücklicherweise sprach der alte Herr, der seinen Platz in dem Lehnstuhl am Fenster wiederum eingenommen hatte, dazwischen.

„Weshalb nennst du denn den alten Jungen auf einmal Sie, Mädchen?" fragte er. „Komm doch mal heran, Fritz! Wenn du auch zu uns gehörtest, so bist du doch nicht mein Fleisch und Blut gewesen, und so konntest du für dein Teil tun und lassen, was du wolltest, ohne dich viel um uns zu kümmern. Hättest dich aber doch wohl einmal wieder bei uns sehen lassen können, und wenn es auch nur schriftlich gewesen wäre! Schon unserer Freundschaft mit deiner seligen Mutter wegen! ... So eine wie die ist mir nachher auch nicht wieder begegnet, und wenn ich manchmal hier in meinem Winkel vermeine, es sei nur, weil meine Augen stumpfer geworden seien und meine Sinne und Gedanken dazu, so kommt es mir bei besserer Überlegung als das Wahre, daß die wahren Menschen und Weibsleute doch immer das Seltenste in der Welt sind und bleiben. Was zur hohen Jagd gehört, das läuft nicht wie die Hasen im Felde. Übrigens hat mir der Vetter Just da nur Gutes von dir erzählt, Fritzchen Langreuter, und das hat mich wirklich recht gefreut, und wir sprechen wohl noch weiter darüber. Als du hier auf dem Boden mir zwischen den Beinen herumkrochest deinem Ball und sonstigem Spielwerk nach, da hätte dir keiner an der Nase angesehen, daß wahrhaftig ein Doktor und noch dazu nicht ein bloßer medizinischer, die ich mir doch gottlob niemalen habe an den Leib kommen lassen, in dir steckte. Und nun sage mal, Fritz, ich hoffe doch, du nimmst hier mit uns vorlieb und Quartier; auf eines da bei dem vornehmen Herrn von Schloß Werden würde ich in dieser Nacht lieber doch nicht allzu feste rechnen. He, oder er will wohl gar auch noch einmal sich in dem alten Bau verklüften, Musjeh Ewald Sixtus? Von Rechts wegen gehört er freilich nicht mehr hinein; aber da fährt das dumme Mädchen schon wieder mit dem Schürzenzipfel nach den Augen, und so will ich denn lieber weiter nichts gesagt haben als: na, Evchen, denn schütte den beiden dummen Jungen eine Streu auf, und vor allen Dingen sorge für'n anständig Abendbrot. Der Vetter Just kann bei Mondschein reiten, den Narren von Engländer da mag ich immer noch nicht recht ansehen, aber der gelehrte Doktor kommt mir selbst bei dieser zunehmenden Dämmerung sozusagen recht abgehungert vor, woran denn wohl hoffentlich nur alle seine Gelehrsamkeit und seine lange Abwesenheit in Berlin schuld ist."

In diesem Augenblick schüttelte sich der „Narr von Engländer", das richtige Werdener Kind, der irländische Brückenbauer und Tunnelwühler Ewald Sixtus wie ein – unbotmäßig gewesener Pudel, der seine Prügel weg hat und sich wieder in alter Behaglichkeit und im früheren, gemütlich-drolligen Verhältnis zu seiner Umgebung fühlt. Aber es kam noch besser. Wie es zuging, konnte nachher wohl keiner uns genau angeben; aber das Faktum stand fest: mit einem Male hielt der Sohn den Vater im Arme wie eine Braut – ja besser, herzerfreulicher, zärtlicher und weicher und fester als wie solch ein weichliches, hübsches, zärtliches Ding von Mädchen!

Und was das allerbeste war, der alte Waldmensch ließ es sich gefallen und wurde nicht grob oder zierte sich.

„Ewald, mein Junge!" stotterte er leise, „o du Allerweltsschlingel, bist du es denn wirklich und wahrhaftig? ... Na, na, schon gut, schon gut! Willst du mich nun auch noch zu einem alten Weibe machen? ... Zu allem übrigen?! ... So sprich doch du ein Wort dazu, Just Everstein. So sagt ihm doch, ihr anderen alle, daß es mir recht sein soll, wenn er gehandelt hat, wie er es verstand! ... Mein Junge, mein lieber Junge – so bring doch Licht herein, Eva, Mädchen, auf daß man – wir – ich ihn endlich mal wieder voll zu Gesichte kriege!... Von dem alten Kasten, dem Schloß Werden, und von der lieben Gräfin müssen wir ja auch noch bei Lichte reden!... Also ein Sixtus bist du gewesen und geblieben, weil du nichts dafür gekonnt hast? ... Mein Junge, mein nichtsnutziger Galgenstrick bist du immer geblieben? ... Und Schloß Werden hast du wirklich, und es ist kein dummes Zeug, sondern die reine, volle Wahrheit? Was würde der Herr Graf sagen, wenn er in diesem Augenblick dort wieder auf seinem Platze sitzen würde? Und die Gräfin – Fräulein – Frau Irene? Ewald, sie sitzt ja auf dem Steinhofe bei dem Vetter Just Everstein, was wird sie dazu sagen, daß der Spielkamerad aus der Werdener Försterei die vier leeren Mauern ihres Vaterhauses der letzten Ruinierung abgewonnen hat?"

Der Freund hatte, wie der späteste Leser merken wird, immerfort in die Worte des Greises hineingesprochen; doch Papierverschwendung würde es gewesen sein, wenn ich auch seine bruchstückhaften Eräußerungen hier hätte wiedergeben wollen.

Nun brachte Eva die Lampe, und der Klapptisch wurde nach ewiger Gewohnheit vom Fenster in die Mitte der Stube geschoben, und ein jeder von uns beiden, d. h. Meister Ewald Sixtus und ich, Friedrich Langreuter, saß wieder einmal vor seinem Namen, den er vor zwanzig Jahren in die Platte eingeschnitten hatte. Wir waren allesamt beträchtlich in die Jahre hineingeraten, seit wir zuletzt an diesem Tische so zusammengesessen; aber ein schöneres, frischeres Bild als diesen weißhaarigen Vater Sixtus zwischen seinen beiden Kindern gab es nicht. Neun Uhr schlug die Wanduhr, und bei ihrem Schlag sahen sowohl der irländische Ingenieur wie auch der Berliner Doktor der Weltweisheit auf und atemlos sich um. Wir hatten wahrlich nicht nötig, einander anzustoßen und zum Stillsein aufzufordern, bis die neun schrillen Schläge verhallt waren und das Ding sein Ticktack weiter in die Zeit hinein fortsetzte.

„Es ist reinewegs wunderbar!" seufzte Ewald.

„In diesem Frühjahr hat sie einmal geradeso wie ich auf ihre Pensionierung angetragen," sagte der Vater Sixtus. „Es ist der Tausendkünstler da, der Vetter Just, der sich ihrer Altersschwäche erbarmt und sie in die Kur genommen hat. Nicht wahr, Just, es hat dich mehr als einen sauren Schweiß- und Angsttropfen gekostet, sie noch einmal auf die Beine zu bringen? Ach, tagelang ist er jeden Tag herübergeritten und hat den Uhrendoktor gespielt, und daß er wiederum ein Meisterstück gemacht hat, das habt ihr beiden anderen soeben mit eigenen Ohren vernommen."

„Ich habe nichts lieber getan," meinte der Vetter leise und mit einem scheuen, zärtlichen Seitenblick auf Eva. „Es war ja meine eigene bittere Erfahrung, als ich von der Vagabondage nach Hause, nach dem Steinhofe heimkam und sie mir alles vertragen und verschleppt hatten. Und wenn alles übrige doch nur was Totes ist, dem wir selber unsere Stimme geben müssen, wenn es sprechen soll, so ist es mit so einer Uhr ganz und gar ein anderes, was in alles, was dir passiert von der Wiege an, mit hereinredet. Ich will mit keinem Menschen etwas zu tun haben, der die Stubenuhr aus seines Vaters Hause aus Not verkauft, wenn er vorher noch etwas anderes zu verschleudern hatte. Und wäre ich nicht der Bauer vom Steinhofe, so möchte ich nur ein Uhrmacher sein, aber ein wandernder, der von Dorf zu Dorfe seiner Kunst nachgeht. Mein seliger Vater war ein verschwiegener Mann – Sie wissen das, Herr Oberförster – aber wenn er den Uhrmacher auf dem Hofe hatte, kam er immer ins Erzählen, und es war immer ein Wunder, wieviel die Familie erlebt hatte, ohne daß weder meine Mutter noch sonst irgendein Mensch auf dem Steinhofe eine Ahnung davon gehabt hatte."

Der alte Förster kratzte sich lächelnd hinter dem Ohre:

„Und was haben wir getan, Just, während der Tage, wo du neulich den wandernden Uhrmacher hier bei uns gespielt hast? Hier, Evchen, Mädchen, wie haben wir beide hier auf der Försterei uns bei ebenso bewandten Umständen, will sagen, als wir den Uhrmacher im Hause hatten, verhalten?"

Es schien mir, als ob der Vetter Just jetzt verstohlen zu mir herüberschaue; über Evas liebes Gesicht flog es wie ein Erröten, doch verlegen wurde sie nicht. Sie reichte dem Vetter vom Steinhofe unbefangen die Hand über den Tisch und sagte:

„Ei, wir haben wohl auch von allerlei Familiengeschichten geschwatzt. Gehörte Just nicht so ganz und gar dazu, so möchte es ihm wohl manchmal recht langweilig geworden sein. Nun aber lasse ich euch Männer und Herren für eine halbe Stunde allein – da kommt der Bruder aus der weiten Welt nach Hause und sein – der Freund Fritz aus der Stadt Berlin, und wir schwatzen, als ob wir erst gestern abend uns hier gute Nacht gesagt hätten. Jetzt sorge ich fürs Abendbrot; aber ich lasse die Tür offen und horche auf alles – ich meine, ein Jahr wird nicht ausreichen, um uns gegenseitig mit unserem Leben wieder aufs Laufende zu bringen, einerlei, ob wir den Uhrmacher im Hause haben oder nicht."

„Fürs erste gehe ich einmal mit in die Küche!" rief der Besitzer von Schloß Werden aufspringend. „Endlich will ich doch mal wieder da die Funken im Schlot aufwirbeln sehen."

Nach fünf weiteren Minuten schlich auch ich mich den beiden

nach; aber ich blickte nur durch die Türspalte. Sie standen Arm in Arm an dem alten väterlichen Herde, und die Schwester hatte dem Bruder wieder den Kopf auf die Schulter gelehnt, und sie sahen stumm in die hüpfenden Funken des Heimatherdes. Als ich in die Stube zurückkam, sagte der Vater Sixtus:

„Recht hat das Kind, Fritze. Wir werden wohl eine ziemliche Zeit brauchen, um mit allen unseren Erlebnissen ins klare zu kommen. Da frage nur den Vetter Just, der ist jetzt doch schon über ein Jahr aus seinem Amerika zurück; aber wir sind immer noch nicht mit ihm fertig. Manchmal ist es mein Wunder, wie viel das Mädchen aufs Tapet zu bringen hat, sobald er die Nase in die Tür steckt. Die zwei kann man schon einen ganzen Sommertag beieinander sitzen lassen, ohne daß ihnen der Unterhaltungsfaden abbricht. Na, ihr seid recht gute Freunde geworden, nicht wahr, Just Everstein?"

Ich aber, der ich hier sitze und schreibe, dachte wunders, wieviel ich von jenem inhaltreichen Abend zu Papier zu bringen haben würde, und wundere mich doch nun gar nicht, daß ein so kurzes Kapitel daraus geworden ist.

Achtes Kapitel

„Wie süß das Mondlicht auf den Hügeln schläft!"

Gegen elf Uhr abends ging er auf, der Mond, und in der längst aufgegangenen Sommersonne am Morgen unter. Um elf Uhr hatte uns der Alte gute Nacht gewünscht und sich von seinem heimgekehrten Sohne in seine Kammer führen lassen. Erst nach einer geraumen Weile hörten wir Ewalds Schritt wieder auf der Treppe. Sehr schweigsam und nachdenklich nahm der Herr von Schloß Werden wieder an unserem Tische Platz und sprach wenig mehr. Auch Eva wurde schweigsamer, rückte aber näher zu dem Bruder und hielt von neuem fortwährend seine Hand zwischen den ihrigen. Es war, als ob für diesen Abend nunmehr jedes Wort zwischen uns vier ausgesprochen worden sei. Nur die Uhr im Winkel redete weiter; als sie aber Mitternacht schlug und der weiße Schein des Mondes plötzlich voll in die Fenster fiel, da erschraken wir alle, und der Vetter Just stand auf und sagte:

„Nun wird's doch wohl Zeit, daß ich reite! Was werden sie auf dem Hofe sagen, wenn ich ihnen fast das Morgenrot heimbringe?"

„Sie liegen wohl alle in einem guten Schlafe und kümmern sich wenig darum, wieweit es an der Zeit ist," meinte Eva.

„Frau Irene nicht," sagte der Vetter; Ewald Sixtus aber sah rasch aus seinem trüben Sinnen empor, tat jedoch keine Frage.

„Ich habe alles versucht, sie darin zur Vernunft zu bringen," fuhr der Bauer vom Steinhofe fort, „aber was hat es mir geholfen? Nichts! ... Und wenn ich es um sie verdient hätte, so wäre dies zu gut, zu lieb, zu sorglich und zu dankbar. Was habe ich ihr denn viel helfen können in ihrer schlimmen Lebensnot und Angst? Du, Fritz, bist ja auch dabei gewesen und kannst bezeugen, daß ich nichts als den guten Willen gehabt habe. Und das Kind haben wir ja doch auch begraben müssen, und hätte ich auch mein Herzblut hergegeben, – sage selbst, Fritze, daß keine Hilfe dafür war! Jetzt aber sitzt sie gottlob auf dem Steinhofe in Ruhe und Sicherheit, soweit beides hienieden möglich ist; aber nun ist es fast, als sei ich ein krankes Kind und müsse gepflegt werden und süß behandelt werden wie ein solches. Die alte Jule war darin schon arg genug, nachdem wir von neuem auf dem Hofe beisammen waren; aber Frau Irene gibt ihr nicht das geringste nach. Geraten sich die beiden Guten einmal in die Haare, so könnt ihr sicher sein, daß es über mich geschieht. Sie sehen aus nach mir, sie erwarten mich bei dem schlechtesten Wetter draußen vor der Tür. Sie rücken mir den Stuhl zurecht, und ihr einziger Jammer ist, daß ich keinen Schlafrock trage und sie mir also mit dem nicht entgegenkommen können. Die Alte ist wohl zu alt, um bis nach Mitternacht auf mich warten zu können; aber die beiden anderen lieben Augen wachen, und in Irenes Stube brennt in dieser Nacht die Lampe bis in den Morgen hinein. Ich habe es natürlich versucht, böse darüber zu werden, aber geholfen hat es gar nichts! O, und es geht doch auch nichts über solch ein liebes Licht aus dem Fenster des alten Heimatnestes. Wie wird sich die Frau Irene wundern und von ihrem Buche aufsehen, wenn ich diesmal heimkomme und ihr zur Entschuldigung die Nachricht mitbringe, wer heute hier in der Försterei das alte Nest wiedererreicht hat. Jetzt aber im Galopp und im Mondschein gen Bodenwerder! Nur selten hat mir der Mond so ganz zur rechten Zeit am Himmel gestanden wie in dieser Nacht."

Ewald Sixtus stützte den Kopf mit der Hand und beschattete die Augen mit der Hand.

„Durch das Dorf führst du doch noch deinen Gaul am Zaum, Just," sagte ich. „Durch das Dorf Werden begleite ich dich bis auf die Straße nach Bodenwerder. Es ist freilich eine helle Nacht, und ein segensreicher Zauber liegt hoffentlich über uns allen. Ich begleite dich noch ein Stück Weges, Vetter Just. Es ist lange her, seit ich zum letztenmal die Heimat im Mondenschein liegen sah."

Im Mondenschein sattelte der Vetter auf dem Hofe der Försterei seinen Fuchs. An den hohen Ulmen des Hofes, denen es so viel besser geworden war als den stolzen Bäumen um Schloß Werden, regte sich kein Blatt. Schatten und Licht lagen still auf dem Boden. An dem Hoftor gaben Ewald und Eva noch einmal dem Bauer vom Steinhofe die Hand, – die des lieben Mädchens hielt er eine geraume Weile fest und sagte dann nur zögernd:

„Nun, so komm, Fritz Langreuter. Nach einer Reise wie die deinige solltest du freilich schon längst im Bett liegen –"

„Und recht angenehm von euch hier und euren Zuständen träumen! O, du Egoist, und du willst wachend hoch zu Roß währenddem durch die Mondnacht jagen und mit kitzelndem Behagen deinen Spaß über den Berliner Doktor haben?"

„Ganz gewiß nicht, Fritze," meinte der Vetter ehrlichst. „Solange du willst, führe ich den Gaul am Zügel hier an deiner Seite. Vielleicht wäre es sogar recht gut, du gingest den ganzen Weg mit mir und erzähltest an meiner Statt der Frau Irene, wen du heute nach Schloß Werden begleitet hast. Ach, Fritz, du weißt zu sprechen und deine Worte zu stellen, ich aber nicht! Mir muß alles abgefragt werden, und mir ist dann stets, als wäre alles, was dann herauskommt, als sei es durch Zufall gekommen. Sieh, alter Kerl, das Gegenteil hiervon ist's eben, was ihr Gelehrten alle Zeit vor uns voraushabt, die wir zum Nachdenken kommen so wie ich, heute bei Regen, morgen bei Sonnenschein, heute hinter dem Pfluge und morgen auf dem Stoppelfelde bei den letzten Erntegarben. Es ist gar keine Logik darin, und dann am wenigsten, wenn man sie am nötigsten braucht. Und daß man fast zehn Jahre lang in den Vereinigten Staaten den Schulmeister gespielt hat, hilft gar nichts dazu. Und Fritz, Fritz, lieber Fritz, da wir jetzt wieder zwischen uns beiden allein sind – ich habe das Schwabenalter längst hinter mir und – und Eva Sixtus will meine Frau werden! Du hast es wohl schon lange gemerkt, aber – gottlob – jetzt habe auch ich es dir gesagt!"...

„Und ich wünsche dir von ganzem Herzen Glück dazu," sagte ich, des Mannes brave, starke Hand nehmend und drückend. Er aber sah mich im Mondlicht noch einmal einen kürzesten Augenblick so an, als ob er ganz und gar das Gegenteil von diesem meinem Wunsche zu hören erwartet habe, und dann tat er einen Seufzer wie aus befreiter Brust und rief:

„Und das ist mir das Liebste, was mir nach ihrem Jawort begegnen konnte, daß auch du mir Glück wünschest. Ich bin nun leider schon so ein zerzauster alter Kerl, und sie ist immer noch jung, und du bist auch noch jung, Fritzchen – wenigstens – wenigstens recht viel jünger als ich; und wenn ich in meiner jetzigen Ruhe und meinem Glück und Behagen an die alten Tage denke, wo ihr junges Volk zum Besuch nach dem Steinhofe kamt, so – – ach, Fritz, Fritz Langreuter, du mußt es doch wohl dir selber sagen, was ich in diesem Moment dir sagen möchte! Aber die Frau Irene weiß es auch und hat Eva geküßt und – mich auch, wirklich und wahrhaftig! Wenn du sie gleichfalls fragen willst: sie billigt auch unser Vorhaben, unsere alten Tage in Friede und Glück und in der alten Freundschaft mit der ganzen alten Heimat zu verleben. Sie hat nicht gemeint, daß es zu spät sei; – sie, die soviel mehr als wir alle übrigen zusammen in der boshaften, stürmischen Welt erlebt hat und es also auch wohl am besten verstehen muß."

„Sie hat vollständig recht, Just! Aber von uns allen bist auch du nur der einzige, der nie etwas zur unrichtigen Zeit erleben kann, dem alles recht und richtig gekommen ist im Leben, Segen wie Ungemach. Ja, so gnädig waren dir, und dir von uns allen allein, die Götter, als sie dir deine Wiege auf den Steinhof stellten und dich nachher an den Weg setzten –"

„Mit offenem Munde und um Maulaffen feil zu halten! Ei ja, es wundert mich freilich heute noch, wieviel Abenteuer der Mensch erleben kann, ohne daß er etwas dazu tut. Manchmal ist das gar mein Kummer und Gewissensbiß sozusagen; dann fühle ich es, wie als ob ich eine Stelle in mir hätte, wo ich im größten Tumult wie ein Stück Holz werde, während die anderen sich weiter abängsten."

Das stille Licht des Mondes lag über uns und um uns, und der Vetter Just sprach, ohne es zu wissen, von dem Unterschied zwischen den vornehmen Naturen innerhalb der Menschheit und den gewöhnlichen. Er drückte sich eben nur schlecht aus, wenn er da von einem ton- und klanglosen Stück Holz sprach, wo er von der Stelle in seiner Seele hätte erzählen sollen, wohin keine Welle des vorbeifließenden Tages schlagen konnte.

„Ihr werdet ein schönes Leben haben, und mich laßt ihr – alle dann und wann an eurem Herde als euren Historiographen niedersitzen," sagte ich leise und tief gerührt. „Für Kinder, wie wir waren, als wir zu dir auf den Steinhof zu Besuche kamen, werdet ihr freilich nicht erzählen und werde ich nicht wiedererzählen."

In und an dem Dorfe Werden hatte sich in den Jahren, während ich es nicht sah, nichts verändert. Es dehnte sich genügend weit in die Länge aus, daß wir vollkommen Zeit hatten, während wir es durchwanderten, uns alles das mitzuteilen, was ich eben hier niedergeschrieben habe. Von den Bewohnern störte uns auch niemand dabei; sie lagen sämtlich im tiefen Schlafe. Es saß keiner bei der Lampe wach, — selbst der Pastor und der Kantor nicht. Der Mondenschein hatte das Reich für sich allein, und das war gut, für mich sowohl wie auch für den Vetter Just Everstein. Wären wir bei hellem Tage und unter dem Zudrängen alter Bekanntschaft durch das alte Nest im Grünen gewandelt, so würden wir sicherlich mehr Mühe und Plage gehabt haben, mit unseren Gefühlen und Stimmungen ins reine gegeneinander zu kommen. Sonderbarerweise aber dachte ich in dieser hellen, schönen Nacht, auf dieser Wanderung durch das friedliche vergessene Heimatdorf nicht ohne ein Gefühl stiller Sicherheit an die große Stadt Berlin, meine kleine Stube und meine Tätigkeit, kurz an das Dasein, das mir dort zuteil geworden war. Es lag ein Gefühl von Wehmut darin, aber doch zugleich eine innerlichste Beruhigung: sie, die anderen alle konnten und durften heimkehren in das alte Leben, wann sie wollten, sie waren da zu Hause, ich aber nicht oder doch nie mehr so, wie sie noch zu jeder Zeit sein konnten. Resignation nennt man das mit einem Fremdwort, das wir wohl nicht so leicht aus dem deutschen Sprachgebrauch loswerden. Die deutsche Welt darf manchmal noch so süß in Mondenlicht und in weiche Redensarten gebettet liegen: wir wollen das scharfe, aber gesunde Wort festhalten und es uns durch kein anderes zu ersetzen suchen.

Am Ausgange des Dorfes nahmen der Vetter und ich für diesmal von neuem Abschied voneinander und trennten uns gottlob im besten Einvernehmen. Er schwang sich ein wenig schwerfällig auf seinen Fuchs und ritt gen Bodenwerder; ich wandelte langsamen Schrittes und unter einigem Selbstgespräch nach der Försterei zurück.

Hier saßen Ewald und Eva wieder bei der Lampe am Tische und hatten wohl das Ihrige gesprochen während meiner Abwesenheit. Das gute Mädchen mochte auch wohl wieder einige Tränen vergossen haben, doch schmerzhafte waren es nicht gewesen. Ein wenig befangen lächelnd sah sie aus ihren lieben Augen zu mir auf; doch ich reichte ihr schnell die Hand und sagte:

„Ich habe dem Vetter Just schon Glück gewünscht, Eva, nun laß du es auch dir von mir wünschen. Du weißt es auch schon,

Freund Ewald, was für eine neue Freude dem Steinhofe von unserem Geschick zugedacht ist?"

„Ja, sie hat es mir so ruhig gesagt, wie sie uns immer alles ruhig sagte. Darin hat sich an ihr nicht das mindeste geändert. Aber sie passen nur desto besser zueinander, und die Jahre, die sie gebraucht haben, sich zu finden, sind ihnen ja ebenfalls nur etwas ganz Selbstverständliches gewesen. Nicht wahr, mein Herz, mein Herzensmädchen, um ein Glück, das aus den Wolken fiele, würdet ihr eine geraume Zeit herumgehen, ehe ihr es vom Boden aufhöbet. Doch ob ihr nicht darum gerade die Glücklichen seid, gewesen seid und sein werdet, das ist an dem heutigen Abend für mich eine Frage, die einen sein wüstes, wirres Lebenswerk noch einmal wie im Fluge von neuem tun läßt. Och, arrah, arrah, komme ich noch einmal auf die Welt, so tue ich vielleicht auch meine Arbeit, ohne auf das Glück zu zählen, das aus den Wolken fällt! Selbst auf die Gefahr hin, daß man in Bodenwerder und Dorf Werden samt Umgegend selbstverständlich sagen wird: Auf das Glück, das aus den Wolken fällt, hat der Schlingel immer einzig und allein gerechnet, — ja, da sieht man's nun!"

„Mir ist das Herz so voll, daß ich gar nichts zu sagen weiß," flüsterte Eva. „Lieber Friedrich, — lieber Bruder Ewald, wir müssen alle, alle glücklich und zufrieden sein. Das Schicksal kann es ja nicht böse mit uns meinen, es hätte uns sonst wohl nicht diesen Abend geschenkt. Wir sind wieder alle zu Hause, und das ist doch die Hauptsache! Morgen wollen wir von dem Schloß Werden und von Irene sprechen — wir haben ja eigentlich noch von nichts vernünftig geredet. Nimm es nur nicht übel, Fritz: im Grunde bist du doch der einzige von uns gewesen, der alle seine fünf Sinne ordentlich beieinander halten konnte!"

„Und da kräht wirklich und wahrhaftig der erste Werdener Hahn den Morgen an," sagte ich, um doch etwas zu erwidern. „Glückauf in der Heimat, Freund Ewald!"

Ich hatte ihn durch einen Schlag auf die Schulter von neuem aus seinem nachdenklichen Hinbrüten zu wecken.

„Was hast du gesagt?" fragte er zerstreut.

„Wir wollen doch noch den Versuch machen, vor Sonnenaufgang unter dem alten Heimatsdache einen glücklichen Traum zu träumen."

„Ich habe alles oben in Ordnung für euch gebracht; aber geht leise auf der Treppe, daß ihr den Vater nicht stört," bat Eva Sixtus.

Neuntes Kapitel

Als ich am anderen Morgen erwachte, fand es sich, daß ich länger in den Tag hinein geschlafen hatte als irgendein anderer im Hause; und sie hatten mich ruhig schlafen lassen, und zwar mit vollem Recht, denn auf meine tätige Teilnahme an dem, was jetzt die Zeit in der alten Heimat brachte, kam leider am wenigsten an. Ich durfte ausschlafen und brachte dadurch höchstens die Hausordnung ein wenig in Unordnung; aber dafür war ich ja jetzt der Historiograph von Schloß und Dorf Werden, sowie vom Steinhofe und hatte, wie der Vater Sixtus sich ausdrückte, „von allen immer am meisten Tinte an den Fingern gehabt".

Und seltsam und – wie schon gesagt, es ging darob eine gewisse Umwandlung meiner Stimmungen ins Heitere und Zufriedene in mir vor. Ich merkte es, daß meine einsamen Lehrjahre doch ihre Frucht getragen hatten: es verstand keiner von ihnen es so gut wie ich, sich seine Stimmungen „zurechtzumachen". Zurechtmachen! Ich finde kein besseres Wort dafür, und sämtliche philosophische Systeme sind gleichfalls darauf erbaut.

So sah ich, hörte und schreibe ich jetzt nieder, und allesamt meinten sie ganz verwundert:

„Nein, dieser Fritz! Nein, dieser Langreuter! Nein, dieser Herr Doktor! Dieser Herr Doktor Langreuter! Wacht er jetzt erst so auf, oder ist er immer so gewesen? Im Grunde ist das ja der Gemütlichste, Heiterste und Gleichmütigste von uns allen! Wie sich doch der Mensch verändern kann!"

Lassen wir auch dieses und vorzüglich das letztere mit Gelassenheit auf sich beruhen. Es hat noch kein Mensch wirklich ausfindig gemacht, wie weit und wie sehr sein Nachbar im Raum und in der Zeit sich verändert habe, während man selbst glaubte, ganz derselbe geblieben zu sein.

„Wo steckt Ewald?" fragte ich, als ich endlich zum Kaffee herniederstieg und nur die Sonne, die Hunde, den Förster und seine Tochter in der Wohnstube fand.

„Er ist zum Vorsteher und holt sich die Schlüssel zu seinem Schloß," sagte Eva.

„Sage nur dreist: zu seinem bezauberten Schloß, Kind," meinte der alte Herr, ein wenig schadenfroh lachend. „Nun laß ihn die Nuß knacken, die er sich vom Busch heruntergeholt hat! Mein Junge Herr von Schloß Werden? 's ist die Möglichkeit! Kein Mensch begreift, was das heißen soll, und ich am allerwenigsten.

‚Sind Sie ganz fest überzeugt, daß er nicht verrückt ist, Herr Förster?‘ hat mich der Doktor Spindler, der Advokat aus Bodenwerder, erst vor acht Tagen noch gefragt.“

„Und was haben Sie dem Doktor geantwortet, Herr Oberförster?“

„Du, was habe ich ihm denn eigentlich geantwortet?“ wendete sich der Alte an seine Tochter.

„Darf ich dir noch eine Tasse Kaffee einschenken, lieber Fritz?“ fragte Eva. „Ach, es war ja noch vor eurer Heimkehr, daß der Herr Notar Spindler neulich bei uns vorsprach.“

„Wie die Gräfin sich zu der Geschichte stellen wird, soll mich am meisten wundern,“ brummte der Alte, eine gewaltige Rauchwolke in die wundervolle Sommermorgenluft hineinblasend und einen Kohlweißling, der sich eben in das Fenster verirrte, halb dadurch erstickend. In demselben Augenblick trat der Sohn des Hauses, hochrot vom raschen Gange und sonstiger Aufregung und sich bereits so früh bei seinem Tagewerk den Schweiß von der Stirn trocknend, wieder ein.

„Sieh, da bist du ja auch, Langreuter! Guten Morgen, old boy. Hoffentlich hast du gut geschlafen und angenehm geträumt in der ersten Nacht zu Hause.“

„Ich habe erst ziemlich gegen Morgen zu den Versuch gemacht, lieber Freund,“ erwiderte ich lächelnd. „Zum wenigsten freue ich mich gegenwärtig unendlich, endlich einmal wieder hier zu sein und solche Versuche, wie du sagst, zu Hause anstellen zu können.“

Der Freund setzte sich zu uns; er versuchte es, gleichmütig auszusehen und heiter in das Gespräch mit dreinzureden, doch es gelang ihm schlecht. Man sah wohl, daß der erste schöne Morgen in der Heimat nicht leicht auf ihm lag. Von Zeit zu Zeit schüttelte er leise den Kopf, kaute an dem Schnurrbart und summte eine seiner lustig-melancholischen irischen Weisen vor sich hin. Es arbeitete etwas in ihm, dem er noch auf keine Weise eine rechte Handhabe abzugewinnen vermochte. Jetzt sprang er, von innerlicher Unruhe getrieben, von neuem auf, schritt einige Male durch das Gemach, kam zu uns zurück, stützte beide Hände auf den Tisch, sah uns der Reihe nach an, als wolle er für ein schwer abgehendes Geständnis vor allen Dingen sich unserer gutmütigen Teilnahme versichern, klopfte sodann mit dem Zeigefinger der Rechten scharf auf, um unsere ganze Aufmerksamkeit noch mehr wachzurufen, und ächzte:

„So dumm – so verloren, verraten und verkauft wie in diesem Moment bin ich mir in meinem ganzen Leben noch nicht vorgekommen! Hätte ich in meiner Jugend mehr Prügel bekommen, so wär's mir jetzt vielleicht wohler, Herr Vater. Ob der Katzenjammer vorübergehend oder von Dauer ist, beste Schwester, kann ich gegenwärtig natürlich noch nicht wissen; aber für den Augenblick bin ich fest überzeugt, daß ich mich – gründlich verspekuliert und all meine Trümpfe vergeblich ausgespielt habe. Herrgott, da kommt das Dorf, um uns zu begrüßen zu unserer Heimkehr, Fritze! Evchen, ich bitte dich um alles in der Welt, geh hin und sag ihnen, wir wären schon wieder abgereist und ließen sämtliche gute Nachbarn und liebe Freunde herzlichst grüßen."

„Was sich wohl schwer tun lassen möchte," meinte der Vater Sixtus aufstehend und seinem Sohne jetzt ganz zärtlich auf die Schulter klopfend. „Ja, ja, mein Söhnchen, es ist mancher Papst geworden, dem der heilige Stuhl nachher ziemlich heiß geworden ist. Kommt nur 'rein, Gevatter Timme! Ja, 's ist richtig, hier sind die jungen Leute aus der Fremde zurück, und mein Junge da ist Herr von Schloß Werden,... soviel noch davon übrig ist. Und da ist ja auch der Vorsteher! Alle herein, herein! Wir haben eben noch nach allen vier Wänden hin nach gutem Rat gewittert. Räume die Kaffeekanne ab und die Tassen, Mädchen; der Doktor ist item fertig. Jetzt nehmen wir einen Jägerschluck auf die vergnügte Gelegenheit, nicht wahr, Kantor Dröneberg? Dem Pastor warten die Insel Irland und die allmächtige gelehrte Stadt Berlin nachher freundlich und persönlich auf. Kannst auch auf die Rauchkammer steigen, Evchen, wenn du aus dem Keller glücklich wieder herauf bist. Wir haben eben allesamt doch eine kleine Stärkung der Seele und des Leibes notwendig; nicht wahr, Ewald, nicht wahr, Fritze Langreuter? Vivat Dorf Werden und das Schloß dazu! Nur schade, daß wir den Vetter Just aus Neu-Minden jetzo nicht bei uns in unserer angenehmen Mitte haben. Setzt euch, Nachbarn und liebe Freunde, wenn ihr mit dem Händeschütteln endlich zu Rande seid und euch die zwei – Herren da genug und andächtig beguckt habt. Ei ja freilich, liebe Freunde, so was kommt wahrhaftig nicht alle Tage nach Hause, und es verlohnt sich wohl, daß man darum ausnahmsweise mal seine eigene Arbeit hinlegt, um das bei einem guten Stück Schinken und einem echten alten Korn sich genauer zu betrachten. Verwechselt sie nur nicht! Dies hier ist der Berliner Doktor, und das da – na, das ist denn wirklich mein Junge, der Ewald Sixtus, der sich als ausländischer Baumeister kurioserweise wirklich ein Vermögen gemacht hat und sich nachher doch noch kurioserer weise an seinen alten Vater erinnert hat und gestern abend angekommen ist, um hier bei uns, wie er eben sagt, seinen höchsten Trumpf auszuspielen. So dumm von wegen dessen, was die nächste Zeit hier bei uns passieren wird, bin ich auch noch niemals in meinem Leben gewesen. Da sitzt der Junge, und ich denke immer, ich sehe noch unseren seligen Herrn Grafen da sitzen und nach seiner Gewohnheit seine Schnupftabaksdose auf dem Tische hin und her drehen."

„No, so'n alter Spuk!" meinte der Vorsteher, der auch noch ein Junge gewesen war, als den Herrn Grafen der Schlag rührte und mit ihm das alte adelige Haus Everstein so tief zu Falle kam. „Da vermeine ich doch, daß wir jetzo einen neuen Hahn auf den alten Mist gekriegt haben. Zeit ist Zeit, und was paßt, paßt, und was nicht paßt, paßt nicht; wenn das Dorf den alten Kasten hätte brauchen können, so hätte ihn einer von uns längst um ein Butterbrot; aber wir haben dem Herrn – Ewald, dem Herrn Ingenieur Sixtus, am Ende gern die Vorhand gelassen. Was er herausschlägt, soll gerne ihm gehören; es wird keiner in der Gemeinde sein, der es ihm mißgönnt. Als er heute morgen die Schlüssel bei mir abholte, habe ich sie ruhig hergegeben; denn ich weiß ja, daß das Schriftliche darüber ebenso ruhig in Bodenwerder beim Notar Spindler liegt. Da brauchte ich keine weitere Sicherheit. Herrje, nun guck aber einer, jetzt haben wir bald das halbe Dorf, als ob es der Hirte zusammengetutet hätte, hier auf dem Försterhofe zur Gratulation versammelt."

Dem war in der Tat so. Was in der Stube keinen Platz mehr fand, das drängte sich wenigstens vor der Haustür und versuchte in die Fenster zu sehen. Alte und Ältere erneuerten frühere gute Bekanntschaft. Was wir als hübsche junge Werdener Schulmädchen gekannt hatten, das wurde uns als mehr oder weniger wohlgediehene Hausfrauen zugeschoben.

„Na, ziere dich nur nicht, Hanne; bist ja früher ganz vertraulich mit den Herren gewesen!"

Kinder, die während unserer Abwesenheit das Licht der Welt erblickt hatten, wurden uns zu Dutzenden vorgeführt oder auf den Armen hingehalten. Wir vernahmen von ortseingeborenen Taugenichtsen beiderlei Geschlechts, die gleich wie wir in die Fremde gegangen waren, aber sich „Gott sei Dank bis anjetzt noch nicht wieder im Dorfe hatten blicken lassen". Zutunlich, – verschämt-zutraulich waren sie allesamt; das Reichlichste aber, was wir von ihnen bekamen, das war guter Rat; – freilich, wenn ich hier sage w i r, so ist das wohl nicht ganz richtig. Da lief ich nur so beiläufig mit, und die Hauptperson war selbstverständlich Freund Ewald Sixtus, und der hatte bald alle seine Geduld und Liebenswürdigkeit zusammenzusuchen, um nicht mit den Ellenbogen sich Raum zu machen durch die Freundschaft und Bekanntschaft der Mannen von Dorf Werden.

Ich muß ihn aber loben, den Herrn von Schloß Werden. Er hielt all dieser Weisheit, Klugheit und Schlauheit gegenüber so sanft und sanftmütig still, daß er jedweder anderen kochenden Ungeduld als ein wahres Muster von Selbstbeherrschung und Ergebung hingestellt werden durfte. Jedwedem einzelnen, der ihn mehr oder weniger vertraut am Knopf nahm und ihm verblümt auseinandersetzte, wie dumm er gewesen sei und was er eigentlich an Schloß Werden erhandelt habe, versprach er aufs glaubwürdigste, ihn sobald als möglich auf seinem Kothofe in der Abenddämmerung zu besuchen, um das Genauere über die Sache zu vernehmen. Der Vater Sixtus schenkte mit immer unverhohlenerem Wohlbehagen fortwährend im Kreise am Tische ein und sah immer mehr aus, als kitzele ihn jemand. Der Tabaksqualm wurde ungeachtet der offenen Fenster und Tür immer dichter, und Eva Sixtus – zog mich auf einmal in den Winkel dicht an die alte Wanduhr, die der Vetter Just so vortrefflich wieder in Gang gebracht hatte, und flüsterte:

„Fritz, es ist auch aus meinem Bruder – aus Ewald ein guter und vornehmer Mann geworden. O, wie es auch kommen wird, lieber Fritz, wir kommen alle noch zurecht im Dorfe und auf dem Steinhofe und mit dem verzauberten Schloß da drüben. Ich muß gleich wieder die Treppe hinauf, um noch ein paar Würste aus dem Rauche zu holen; aber es ist doch wie ein Märchen, und ich sehe klar wie in einem Spiegel mich und uns alle! O, es ist schön, daß ihr nach Hause gekommen seid, und vor allem, daß mein Bruder seinen Herzenswillen durchgesetzt hat (wenn er sich derweile auch nicht um uns kümmern konnte!) und daß Irenes Heimatshaus keinem Fremden mehr gehört. Sie kann nun darüber entscheiden, und ich könnte wohl sagen, wie ich es mir denke, wie es kommen wird; aber du siehst selber, ich habe wirklich in diesem Tumult keine Zeit dazu, und was ich dir da eben gesagt habe, weiß ich selber kaum; aber du kannst dir wohl denken, daß ich den Bruder seit gestern abend keinen Augenblick aus den Gedanken freigegeben habe, und ich bin so sehr glücklich über ihn, und ich bin fest überzeugt, der Vater freut sich auch!"

Nach und nach verlief sich der freundschaftliche Schwarm der Dörfler wieder, und nur ein paar gänzlich beschäftigungslose Leib-

19*

züchter blieben fest sitzen, da sie einmal saßen; aber die Unterhaltung zwischen ihnen und dem Förster geriet doch wieder in das gewohnte Geleise. Der Tabaksqualm verzog sich ein wenig, Eva räumte den Tisch ab, und Ewald seufzte, reckte und dehnte sich, packte mich plötzlich stumm am Arme, führte mich vor die Haustür, wo ich auch seufzte und mehr als einen befreienden Atemzug tat und wo er sagte:

„Komm mit, honey! Was haben wir denn heute eigentlich für ein Wetter?"

Ich sah den wunderlichen Freund ziemlich erstaunt ob dieser Frage an; er aber meinte:

„Mir tanzen alle Farben vor den Augen. Rot, grün und gelb schwimmt es mir vor dem Gesichte; und ich habe eine bittere Ahnung, daß ein recht trübseliges Grau aus alle dem bunten Wirrwarr werden wird. O Doktor, wie einfach blau sah ich einmal das alles – nämlich dieses alles hier um uns herum! Ach, Fritz, ich fürchte, ich fürchte, es war eine Täuschung, es war eine Dummheit von mir! Sie wird sich nicht hinsetzen wollen an dem Herde, den ich ihr in ihres Vaters Hause wieder aufbauen wollte! Dammy, Langreuter, wie ganz anders sieht sich so was aus der Ferne an als in nächster Nähe! Komm mit nach dem alten Neste! Den Schlüssel habe ich im Schlosse stecken lassen."

Zehntes Kapitel

Das Wetter, nach dem sich der irländische Freund soeben zu meiner zweifelnden Überraschung erkundigt hatte, ließ wirklich nichts zu wünschen übrig auf unserem Wege nach dem „verzauberten" Schloß und während unseres Aufenthalts daselbst an diesem bewegten Morgen. Still, blau und wolkenlos spannte sich der Äther, soweit er zu erblicken war, über die unruhige Welt. Es war eben schon ziemlich heiß; mir aber kam es wunderbar treu von neuem in die Seele auf dem Wege, wie und unter welchen Umständen und bei welcher Temperatur ich zum erstenmal das einst so stattliche feste Haus des alten Geschlechtes derer von Everstein erblickt hatte.

Jetzt betraten wir den Hof wieder durch das Haupttor, durch welches am Todestage des Vaters der Wagen, der den guten Kameraden, die Mutter und mich trug, eingefahren war. Zu dieser Tür hatte der jetzige Besitzer und Herr keinen Schlüssel nötig, sie stand weit genug offen. Die eisernen Gitter waren ausgehoben, die Wappen mit dem Eberkopfe abgemeißelt, und was die letzteren anbetraf, so hatte der vorletzte Eigentümer sicherlich nicht gewußt, „warum er sich auf seinem Grundstücke durch die fremde Firma ärgern lassen sollte". – Über wohlerhaltene Pflasterung war vordem unsere Kutsche gerasselt, die Steine waren nunmehr meistens verschwunden und machten wahrscheinlich im Dorfe jetzt allerlei bedenkliche Pfade den Bauern bei Regen und Tauwetter gangbar. Aber schöne Brennnesseln wuchsen überall, auch Kletten und Disteln hatten nicht eingesehen, weshalb gerade sie draußen bleiben sollten, da doch alles übrige, was Lust hatte, frei kommen durfte.

Noch führte die breite Treppe zu der Rampe empor, die sich, wie ich zu Eingange dieser Geschichten von den alten Nestern beschrieben habe, an dem Gebäude entlang zog. Wir traten da auch heute noch in den kühlen Schatten, den das graue Steinhaus auf den sonst so sonnigen Hof warf.

Da war die hohe, gewölbte Tür, die in das Schloß führte, und Ewald Sixtus hatte nicht bloß seinen Schlüssel darin stecken lassen, sondern die beiden Flügel weit aufgeworfen; und da sie gleichfalls nicht mehr ganz fest in den Angeln hingen, so hatten sie ihrerseits jetzt die günstige Gelegenheit benutzt, die Verbindung mit denselben so ziemlich zu lösen.

Haus Werden stand weit offen, und sein jetziger Herr lud mich mit einem Achselzucken, einer höflichen Handbewegung, einem neuen tiefen Seufzer und mit etwas gezwungenem Lächeln zum Eintritt ein, indem er brummte:

„Du bist gelehrt, sprich du mit ihm, Horatio."

Um doch etwas zu sprechen, meinte ich:

„Wie mir scheint, mein Bester, wird es wohl weniger auf die Gelehrtheit als auf das Kapital ankommen, um hier von neuem Ordnung zu stiften, die Eulen, Fledermäuse und sonstigen Nachtgespenster zu verjagen und gebildet menschlich Behagen wieder möglich zu machen."

„Für deutsche Verhältnisse bin ich ein reicher Mann," sagte der Freund kläglich. „Meine Meinung aber ist, daß Maurer, Zimmerleute, Maler und Tapezierer es nicht in diesem Falle tun werden. In der Hinsicht weiß ich freilich schon selber, was ich zu tun habe, und brauche deinen Rat nicht, um den Bann und Zauber vermittelst eines vernünftigen Kostenüberschlags und mit Hammer, Säge und Mauerkelle zurechtzurücken. Wir hatten aber voreinst unsere Nester in das grüne Gezweig und den Sonnenschein gehängt, und du hast, als wir gestern nach Hause kamen, gesehen, wie die Racker ihren nichtswürdigen Kommunalweg über die Stätte hingelegt haben; – Fritz, Fritz, wir sind eben als alte Leute nach Hause gekommen, und die Landstraße geht auch über Schloß Werden weg. Fritz, ich richte es nicht wieder auf für uns und — Irene Everstein. Ich kann nur etwas anderes an die Stelle setzen, und sie wird höchstens kommen und sagen: „Ich danke, es war wohlgemeint, aber das Rechte ist es leider nicht! — Und wenn sie wirklich sagt ‚leider‘, so muß ich das Wort schon für etwas nehmen, worauf ich kaum einen Anspruch habe. Nun, der Glücklichste hat am Ende nichts weiter als die Illusionen, die er sich bei seiner Arbeit und auf dem Wege macht. Sieh dich um, Langreuter! Du bist aus Bequemlichkeit zu Hause nicht mein Schwager geworden, und ich war ein Tor, als ich mir einbildete, durch Hartnäckigkeit, grimmiges Zugreifen und Maulhalten in der Fremde meinen Willen durchzusetzen. Faix — och arrah, in die Kölnische Zeitung werde ich demnächst Schloß Werden setzen, und es wird sich hoffentlich ja wohl wieder ein Liebhaber dazu finden. An der gehörigen Reklame soll's nicht fehlen."

Ich sah mich um. Es war nicht nötig, daß der Freund mich noch dazu einlud; wir hatten die große Halle durchschritten und standen in dem Gartensaale, in welchem mein Vater gestorben war und ich so kindlich-betroffen, verwirrt-verwundert, so müde, durstig und betäubt von der langen Fahrt durch den heißen Sommermorgen meine Mutter sich über die Leiche hinwerfen sah. Mit voller Deutlichkeit stand alles, wie es damals war, von neuem vor meiner Seele; aber es war kühl, kellerartig kühl in dem lange verschlossen gewesenen Raume, und die Bilder der Vergangenheit konnten mir das Frösteln nicht verjagen. Das Sonnenlicht fiel nur durch die Spalten der Läden in den Saal; Haufen Gerümpel aller Art füllten die Winkel. Die Tür, die in den Park führte, war gleichfalls mit Brettern vernagelt; ich aber hatte selbst den Vogel Pfau nicht vergessen, der damals so vornehm auf die Schwelle trat und mir seine Schönheit zeigte. Es war der Herr Graf, der meine heiße Hand mit seiner kalten ergriff und mich näher an das Sterbelager meines Vaters heranführte. Er berührte leise die Schulter meiner Mutter, sie aber zuckte nur zusammen, aber richtete sich nicht empor, sah sich nicht um. Der Spuk, der den Stadtrat Bösenberg beim Antritt seiner Erbschaft in dem Hause seines Onkels in Finkenrode bewillkommnete, war nur — anerkennenswert literarisch verwendet und nichts weiter!...

„Meine Tochter, Komtesse Irene!"... Die Stimme kam herüber wie aus einem fernen Jahrhundert, und dann fühlte ich eine andere Hand in der meinigen, doch diesmal eine Kinderhand. Auf der sonnigen Gartenschwelle stand Irene Everstein — es flimmerte mir vor den Augen wie von einem hellen Mädchenkleide und einer Fülle blonder Locken. Der Wundervogel stieß einen gellenden, krächzenden Schrei aus und schlug sein Rad herrlicher. Sie aber verscheuchte ihn mit einer Handbewegung und stand plötzlich neben mir; – wir waren zum erstenmal zusammen unter den vielen Erwachsenen um uns her.

Vielleicht hatte der Freund doch nicht so ganz Unrecht mit seinem seltsamen Zitat: ich war gelehrt und ich konnte vielleicht auch sprechen mit dem Schloß Werden! Jedenfalls verstand ich recht wohl, was es selber von sich erzählte. Wir hatten lange genug dazu auf einem vertrauten Fuße gelebt, und Gründe, uns gegenseitig die Wahrheit vorzuenthalten, waren auch nicht vorhanden; und gelassener als der Freund, der irländische Ingenieur, konnte ich von Rechts wegen die Gestalten und Bilder der Vergangenheit an den Wänden hinhuschen sehen. Ich hatte mir in der Fremde nicht vorgenommen, diese ruinierten Wände mit neuen Tapeten zu bekleben und neue Bilder daran aufzuhängen. Er, der Freund, der so weit von Hause und so lange Jahre hindurch still und hartnäckig seinen Schweiß und sein Herzblut darangesetzt hatte, den Bann, der auf dieser Stätte lag, zu lösen, hatte jetzt freilich große Angst und viel Unruhe, und zwar mit vollem Rechte: ich saß nur in melancholischem Nachdenken auf der Stelle nieder, wo wir vordem unsere jugendliche Spiele getrieben hatten, und sah die Schatten an den Wänden bald heiter, bald traurig vorbeigleiten.

Kopfschüttelnd sagte Ewald:

„Es ist ein gar nicht angenehmes Gefühl, und einen rechten Ausdruck weiß ich eigentlich nicht dafür. Ich komme mir mit einem Male alt – alt – merkwürdig alt vor. Ich habe keine Zeit gehabt, darüber nachzudenken, wie die Jahre hingehen; aber in diesem Augenblicke ist es mir zum ersten Male klar, daß sie hingegangen sind und uns mitgenommen haben. O, den ganzen Kauf für einen Spiegel in Schloß Werden!... Es ist unbehaglich kalt hier nach dem Gange durch die heiße Sonne. Was meinst du, Fritz; sollen wir weiter steigen, da wir einmal drin sind, und die Spinnen, Fledermäuse und Ratten in Erstaunen setzen? Grau, grau! Och honey, es ist manch ein schwarzer Schatten in meinem Leben auf mich gefallen, aber dieser hier, den Schloß Werden wirft, ist grau und macht grau. Weißt du noch – der große Spiegel im Zimmer der seligen Gräfin – es ist doch ein wahrer Segen, daß wir den nicht mehr an seinem Platze finden werden! Das könnte freilich dem Gespenstertum die Krone aufsetzen. Und wie glücklich waren die beiden Mädchen vor ihm! Und wie glücklich waren wir, wenn wir sie dabei in ihrem Spaß an sich stören konnten. Und dann – Mademoiselle Martin, und – deine Mutter! Fritz, sollen wir umkehren? Wenn wir weitergehen, müssen wir durch alle Räume, und es sieht überall aus wie hier! Du gehst unbedingt voran, du hast studiert, und ich fasse deinen Rockschoß. Das hätte mir aber vor acht Tagen noch jemand sagen sollen, daß ich je einen anderen auf einem Wege mir voranschieben würde! O Fritz, hinter einer Tür sitzt sie noch in ihrer ganzen jungen Lieblichkeit, und – ich – ich störe die Fledermäuse und die Spinnen um sie auf. Verdammt! So komm endlich! Hier haben wir doch wohl jetzt den Moder und Wurmfraß lange genug angegafft! So grimmig feige und schwachmütig habe ich mich noch nie gefühlt. Wahrhaftig, die Schlacht, die durch pure Heldenhaftigkeit gewonnen ist, sollt ihr Historiker noch ausfindig machen."

„Aber es ist doch manche Schlacht gewonnen worden!" meinte ich, und dann – durchwanderten wir Haus Werden, und ich hatte studiert und war ungemein gelehrt geworden im Laufe der Jahre; daß ich aber das Leblose sprechen hörte, das hatte doch seine anderen Gründe. Die lagen tiefer als die Bücher; und die allergrößesten und bekanntesten Geschichtsschreiber haben dahin zurückfühlen und -tasten müssen, um sich selber und den Leuten erträglich wahr vorzukommen.

„Ich bin vorhin nur bis hierher in den Gartensaal gekommen," sagte Ewald. „Wie ein Kind hatte ich nicht die geringste Lust, mich in die Öde und Dunkelheit allein weiter hineinzuwagen. Nun vorwärts zu zweien, ich habe die Schlüssel zu jeder Tür, und hier – sind wir in – den Gemächern des alten Herrn! Puh, was für eine Luft!"

Wir standen in dem Zimmer des Grafen und warfen einen Blick in sein Schlafgemach. Das waren voreinst ziemlich unnahbare, unbetretbare Räume für uns gewesen, aber wir hatten doch als Knaben dann und wann hineingeguckt; heute guckte mir der jetzige Herr des Schlosses scheu über die Schulter, und wir fühlten uns beide nicht sicherer in unserem Fürwitz als vor Jahren.

„Wir hätten jedenfalls besser getan, zuerst in den oberen Stock hinaufzusteigen, Ewald. Dort haben wir wenigstens die Sonne der Gegenwart für uns und nicht diese unheimlichen Laden vor den Fenstern!" flüsterte ich.

„Nicht wahr, es spukt? Es geht um?"

„Ja, es geht um! Die Witwe Warneke hatte recht.“

Die kahlen Räume, die Dämmerung, der Staub und der Schimmel sprachen zu deutlich, als daß ein tröstlicheres Wort mir möglich gewesen wäre. Es war kein Wunder, wenn die Leute aus dem Dorfe dann und wann den letzten Grafen Everstein im Zwielicht oder in der Mitternacht um sein verlorenes, verwildertes Schloß wandern sahen. Daß seine Tochter auf dem Steinhofe bei dem Vetter Just eine Unterkunft in ihrer Not gefunden hatte, machte den Spuk nur noch glaubwürdiger; aber – es war in der Tat so: das war auch mir in diesem Augenblicke das Gespenstischste, daß der lebendige starke, tapfere Freund diese Mauern wieder beleben, diese Räume wieder zu einem Sitz der Ruhe und des Glückes für das letzte Kind des Hauses zu machen sich vorgenommen hatte.

Wo war das Geräte, das dazu gehörte? Das hatte er nicht mitbringen können aus Irland. Verstoben in alle vier Winde war's während seiner Abwesenheit im Lebenskampfe. Neu konnte er das Schloß Werden bauen; aber das alte wieder aufzurichten, das war unmöglich, und der Vetter Just auf seinem Steinhofe war kein Beispiel dafür, daß es doch wohl anginge. Der hatte etwas Lebendiges wiedergefunden, als er von seinen Weltfahrten nach Hause und auf den Steinhof zurückkehrte; aber Schloß Werden war tot! Die Fliesen und das Getäfel unter den Füßen, die zerbröckelnden Plafonds über unseren Köpfen, alle Mauern rundum erzählten davon, wie man von und in einem Märchen erzählt: Es war einmal!

Ohne noch weiter miteinander zu reden, stiegen wir jetzt die breite steinerne Treppe mit dem stattlichen Geländer aus künstlich geschnitztem Eichenholz empor zu dem oberen Stockwerk des Hauses. Die Dämmerung, die Dunkelheit, den feuchten Moder ließen wir zwar hinter uns, das Licht, die Sonne fanden wir hier in den Gemächern; aber geirrt hatten wir uns doch, wenn wir geglaubt hatten, daß das uns zu einem leichteren Atemholen verhelfen könnte.

Sie kann sehr grausam sein, die Sonne, viel grausamer als die Nacht! Und daß sie lacht, ist nur allzu häufig nicht das Liebenswürdigste an ihr. Daß Hoffnungen getäuscht, Täuschungen zunichte gemacht werden, daß die Vergänglichkeit alles Irdischen dem Menschen klargemacht werden muß, ist zwar eine recht löbliche und vernunftgemäße Aufgabe; aber ist es denn unbedingt notwendig, daß dabei gelacht wird?

Die Dämmerung, die Nacht tun das auch nicht; aber die Sonne tut es, und dem armen, hilflosen Erdbewohner kommt es vielleicht nicht ohne Grund dann und wann in den Sinn, daß sie sich doch wohl auch einmal zu sehr in ihrem Rechte seinen Schmerzen, Hoffnungen und Täuschungen gegenüber fühlen könne.

Wenn die Sonne, der helle Tag sagt: Es war einmal! so ist das ein ganz ander Ding, als wenn die Nacht, die gute alte Mutter, mit tonloser, aber doch mitleidiger Stimme das melancholische Wort ausspricht. Sie, die Nacht, stemmt nie die Arme in die Seite und kreischt und kräht und will's nie von allen Ecken und Enden her hören, daß sie r e c h t h a t; aber der Tag tut das und will das nur zu gern. Ach, und der Mensch könnte recht häufig etwas Besseres tun, als sich darauf zu berufen und von einem Rechte zu sprechen, das so klar sei wie der helle Tag!

In dem Erdgeschoß von Schloß Werden hatten die unberufenen Gäste und Besucher aus der Umgegend hier und da auch wohl eine Fensterscheibe und einige Male hinter den Läden auch einen ganzen Fensterflügel des Mitnehmens wert gehalten, und so vermochte doch noch immer ein frischerer Hauch von außen in die verriegelten, verschlossenen Räume zu dringen: in dem Oberstock fanden wir nicht nur alle Türen verschlossen und unerbrochen, sondern auch alle Scheiben ganz. Das Licht teilte sich da mit dem Staube allein in die Herrschaft. Der Staub wirbelte uns unter den Füßen auf; die Luft wurde durch unser Eindringen seit Jahren zum erstenmal wieder bewegt, und die Sonne, die durch die schmutzigen, trüben, mit Spinnweb verhängten hohen Bogenfenster drang, kreischte auch hier und lachte gell: „Macht euch keine Illusionen!" – Und hier – hier war das Reich der Frauen des Hauses Werden gewesen, und hier war das Kind aufgewachsen, das jetzt als kummervolle Frau, für welche der tapfere Mann an meiner Seite das Alte neu machen wollte, auf dem Steinhofe saß! ... Ach, für wie ehrlich hielten wir die Sonne, als wir selber in unserer Kindheit und Jugend in diesen Räumen lachten oder unser junges Leben zuweilen so drollig ernsthaft nahmen!

„Ich hätte schon im vorigen Winter den Handel abschließen und nach Hause kommen können," seufzte der Freund. „Fritz, ich wollte, ich hätte es getan. Wie ein Maikäfer habe ich aber in meiner Dummheit gezählt, eh ich aufflog. Uh, wenn der Mensch nur nicht immerfort ebenso schlau sein wollte, als er dumm ist! Langreuter, ich habe mich noch nie nach Landregen, Schneegestöber und dem erbärmlichsten Hundewetter so sehr gesehnt als an diesem verruchten, nichtswürdigen Sonnentage. Übrigens wollen wir wenigstens doch die Fenster aufmachen oder einstoßen – schon deinetwegen, armer Kerl. Was mich anbetrifft, so kommt es ja wohl auf ein bißchen mehr oder weniger Erstickungsgefühl weiter nicht an! Ich habe mein frei Atmen schon drüben jenseits des Kanals diskontiert; – geh du wieder voran, Fritz, – dies hier war ihr Mädchenstübchen, und ich habe mir – drüben in Irland eingebildet – daß sie und es und ich und wir alle geblieben wären, was wir waren!"

Elftes Kapitel

Einst hatte sich die Tür lautlos in ihren Angeln gedreht, jetzt gab sie nur mit Widerstreben und mit einem schrillen, ärgerlichen Ton nach. Mit angestemmtem Knie hatte ich nachzuhelfen und dachte dabei daran, wie es gewesen war, wenn sich die Mädchen hier in ihrem geheimsten Neste verriegelt hatten und wir gegen ihren Mutwillen, ihr Lachen und Kichern momentan nichts weiter aufzubieten vermochten als durch das Schlüsselloch das alte tröstliche Wort:

„Na, wartet nur! Morgen ist auch noch ein Tag, ihr Mamsellen, und ihr sollt euch ganz gehörig wundern, wenn das Lachen wieder an uns ist! Wer zuletzt lacht, lacht am besten."

Nun blickten wir aus dem Vorgemach in die geöffnete Tür –

„Da kommt deine Mutter, Fritz!" rief der jetzige Herr von Schloß Werden nicht mehr, und ich fühlte nicht mehr Mademoiselle Martins knöcherne Soeur-ignorantine-Finger am Ohrläppchen oder am Rockkragen: die heiße, helle Sonne des gegenwärtigen Tages hatte mehr als von irgendeinem anderen Raume des Hauses in dieser Stunde von diesem kleinen Eckzimmer Besitz ergriffen; – fern im Dorfe schlug es zwölf Uhr am Mittage, und Ewald Sixtus sagte:

„Es ist einerlei – ich habe meinen Kauf in Besitz genommen und weiß wenigstens, was ich erhandelt habe. Auch das ist etwas wert! Hat es wirklich eben zwölf geschlagen? Da kommen wir ja richtig wieder einmal wie sonst zu spät zu Tische – weißt du noch, Doktor?!... Es ist einerlei, – die Fenster wollen wir auch hier wenigstens aufsperren und die frische Luft hereinlassen. Wer war es denn, der neulich in Belfast mir vorrenommierte, daß er in einem jungfräulichen Urwalde Ordnung gestiftet und für Ästhetica gesorgt habe? Ich habe ihn damals schon ziemlich kühl ablaufen lassen, den Vetter Just; aber – jetzt soll er mir nur noch mal kommen mit seinem – Neu-Minden!"

Wir traten nun doch auch hier einen Augenblick über die Schwelle und sahen uns um und auch von hier aus noch einmal hinunter in den verwüsteten, ins Unkraut geschossenen Park. Ich war auch hier der Unbeteiligtere, der nur als guter Freund und allenfalls als Ratgeber mitgenommene Privatgelehrte aus Berlin; aber, ich kann's nicht leugnen, es kam in dieser Stunde doch auch mir sehr seltsam vor, daß das Grün draußen noch immer die Oberhand behielt, daß die Vögel lustig nach alter Sommerweise weiter zwitscherten, daß um das wuchernde Gebüsch und die Baumstumpfen dieselben Schmetterlinge wie zu unserer Zeit flatterten, kurz, daß sich alle Hauptlieblichkeiten der Erde weder um Schloß Werden noch um unsere gegenwärtigen Privatgefühle und Stimmungen im mindesten kümmerten. Und in diesem Augenblick trat es mir zum erstenmal ganz klar und ohne Schatten auf der lichten Vorstellung vor die Seele, zu was für einem Segen der Vetter Just auf seinem Steinhofe auch für diesen Ewald Sixtus und jene Irene Everstein wieder angekommen war, um daselbst von neuem „auf menschliche Schicksale zu warten".

Man hatte aus dem einen Fenster dieses Eckstübchens einen Blick nach jener Gegend. Der Freund stand mit untergeschlagenen Armen und zusammengepreßten Lippen und sah dorthin. Der einzige kühlende Hauch in dieser schwülen Mittagsstunde kam über Berge und Wälder, über den Fluß, wieder über die Wälder und Wiesen und über den verwilderten Garten, der zu dem Handel und Kauf des irländischen Ingenieurs gehörte, aus jener Richtung.

„Es wird wohl eine ziemliche Weile dauern, ehe du alle deine Arbeitsleute hier am Werke hast," meinte ich leise. „Da haben wir dann Zeit, alle möglichen Besuche in der Umgegend zu machen. Meinst du nicht?"

Der irische Glücksbaumeister drehte sich rasch von dem Fenster und der im Mittagssonnenschein flimmernden Ferne weg und mir zu:

„Wir kommen unbedingt zu spät zu Tisch. Das wenigstens ist uns aus der alten vergnügten Zeit geblieben. Deinen Rat habe ich nun auch. Schloß Werden haben wir gesehen; wenn du nicht noch eine Privatgespensterkammer in dem alten Kasten weißt, die ich dir aufschließen kann, so wird es wohl das beste sein, wir gehen so leise, wie wir gekommen sind. Ach, lieber Alter, mein Geschäft hat mich freilich hauptsächlich auf Erdarbeiter, Maurer und Zimmerleute angewiesen. Ich habe mancherlei durch das Volk ausgerichtet, und so ist es nicht ganz meine Schuld, wenn ich in der Ferne mir einbildete, meine Luftschlösser zu Hause mit ihrer Beihilfe wieder aufbauen zu können."

„Es ist nicht das erstemal, daß du mir dieses sagst, seit du mich aus meiner Dachstube abgeholt hast. Ein jeder bleibt unwillkürlich in seinen Handwerksausdrücken und was sonst zu den Künsten gehört, durch welche er durchs Leben kommt. Sonst aber gibt es eine Redensart: Du sprichst über dein Herz weg; und so ist es außer dem guten Rat, den ich dir gegeben haben soll, meine Meinung, daß wir gegenwärtig Schloß Werden auf sich beruhen lassen, wie es ist, und deinen Vater und – deine Schwester nicht gleich am ersten Tage von neuem über die Zeit mit der Suppe warten lassen. Schloß Werden haben wir gesehen, sehen wir uns also morgen den Steinhof an. Der Mensch, in seinem Gemäuer gefangen, besinnt sich lange nicht oft genug darauf, daß er lebt, Leben ist und es mit dem Lebendigen zu tun hat, solange er lebt."

„Das solltest du drucken lassen, Fritze; das klingt ja ganz famos!" sagte der Irländer, und dann gingen wir in der Tat endlich nach Hause und kamen wieder einmal nicht ganz zur rechten Zeit. Es ließ sich aber nicht ändern, und was wir diesmal zur Entschuldigung vorzubringen hatten, konnte leider nur zu sehr als rechtsgültig angenommen werden. Wir logen diesmal nicht, wenn wir zu unserer Entschuldigung anführten, daß es uns unmöglich gewesen sei, früher zu kommen. – –

Den langen Sommernachmittag durch saß ich an einer anderen Stätte der Erinnerung, neben dem Stein nämlich, welchen die Kameraden meinem Vater auf der Stelle, wo er von den Schmugglern zu Tode verwundet worden war, errichtet hatten. Wenn die Bäume um das Schloß zum größten Teil verschwunden waren und dem Gestrüpp und Unkraut Platz gemacht hatten, so war hier der Wald beträchtlich emporgeschossen, und ein schöner kühler Schatten lag auf dem bösen Ort. Da der Boden, wie ich geschrieben habe, ein wenig sumpfig war, so war der Stein auch bereits so ziemlich darin versunken und die Inschrift und Widmung darauf des Mooses und der Flechten wegen kaum noch zu entziffern: er predigte mir wirklich auch noch die Vergänglichkeit aller Dinge, die Nichtigkeit aller Sorgen, Wünsche und Hoffnungen, das Vorbeigleiten der Erscheinung, gerade – als ob das noch unbedingt notwendig gewesen wäre. Ich aber hielt ihm im Halbtraum nach der schwülen Wanderung durch Schloß Werden und nach dem Mittagsessen eine Gegenrede, und die Waldfrische tat wohl das meiste dazu, daß wir ruhig voneinander schieden. Es spukt immer viel mehr in altem Gemäuer als im jungen Laubwalde. Als ich nach dem Försterhofe zurückkam, war der Vetter natürlich längst daselbst vom Gaul gestiegen, und ich sah ihm sofort an, daß er im Vorbeigleiten der

Erscheinung etwas zu bemerken hatte, was er lieber mir zu sagen wünschte als dem Freunde. Ich sah es jedoch auch der – Freundin – ich sah es Eva Sixtus an, daß er mit der bereits darüber gesprochen hatte. Also begleitete ich ihn zum zweiten Male durch die Mondscheinnacht und das Dorf Werden auf den Weg nach Hause; er aber sagte:

„Es ist auch Evas Meinung, daß du zuerst allein zu uns kommst und nachher erst unseren Freund mitbringst. Ich meinesteils habe doch den Schulmeister nicht lange genug gespielt, um ganz genau und deutlich in Worten ausdrücken zu können, wie ich die Sachlage ansehe. Wie ich dir es voraussagte, so war's; ich fand Irene noch wach, als ich gestern oder vielmehr heute morgen nach Hause kam; – gefragt hat sie nicht, aber gewußt hat sie gleich, daß ich ihr eine Neuigkeit mitbrachte; – ‚Fritz und Ewald sind da, Irene!' habe ich gesagt, weil ich immer gefunden habe, daß das Einfachste stets das Beste ist; – erwidert hat sie eigentlich nichts, aber sie ist wach geblieben und nicht mehr zu Bette gegangen. Die Magd hat mich gefragt, weshalb die gnädige Frau in dieser Nacht gar nicht zu Bette gegangen sei. – Du sagst, Doktor, daß ihr auf Schloß Werden es heute mittag mit allerhand Gespensterspuk zu tun gehabt habt; aber meine Meinung ist, auf dem Steinhofe sind auch allerlei Geister, und zwar nicht von der besten Sorte umgegangen! Wieviel ruhiger lebten wir in der Welt, wenn wir uns nicht immer aus unserem Schicksal unsere Reue und unsere Gewissensbisse zurechtschnitten – stets in dem Gefühl, uns selber nie das geringste vergeben zu dürfen. Fritz, du weißt, ich habe von frühesten Jahren an immer zu dir aufgesehen, du bist der einzige von uns, der es zu etwas gebracht hat, – du würdest mir nicht bloß einen Gefallen, sondern eine große Liebe antun, wenn du zuerst mit ihr sprechen wolltest."

Das hatte ich denn aus meinem Leben in das alte Nest glücklich mitgebracht: sie durften mir alle in der wohlmeinendsten Weise ungestraft Sottisen meiner Brauchbarkeit wegen sagen. Fremden gegenüber würde ich mit Grund die bloße Ironie hinter der sehr ernsthaften Miene vermutet und gesucht haben; die Freunde durfte ich wenigstens für ehrlich und wirklich vertrauensvoll in ihrem Glauben an mein Studium in Wittenberg halten. Jedenfalls hatte ich genug studiert, um mir die Sache zurechtlegen zu können. Es gibt nämlich in gewissen Krisen des Lebens eine Feigheit, die nur ein anderer Name oder besser die Folge einer kurz zuvor bewiesenen Herzhaftigkeit ist. Wofür tapfere Männer alles gewagt und gelitten haben, wagen sie dann zuletzt nicht einen Gang über die Straße, nicht ein Anklopfen an eine Tür, sondern sie schicken einen andern oder möchten ihn doch am liebsten schicken, und deshalb – hatte ich für Ewald Sixtus mit Schloß Werden sprechen sollen, und darum – erschien es wünschenswert, daß zuerst ich mit Irene Everstein rede. Von meiner Gelehrtheit sprachen sie; aber, ihnen selber unbewußt, meinten sie: das, was uns bewegt, kümmert ihn am wenigsten, also was kümmert's ihn? Wenn einer uns sagen kann, was wir hören *wollen* oder hören *müssen*, so ist er's. Er ist *objektiv* in dieser Sache; Steine und Menschen werden also ihm gegenüber unbefangen sich gehen lassen, und – *ihm werden sie nichts tun.* Wir aber, die wir Tag für Tag mit ihnen zu tun gehabt haben, *wir fürchten uns!*

Ich hatte mich aus der Mitte der Gevattern- und Vettern-Besuche in der Försterei von dem Freunde wegholen lassen, um mit ihm Schloß Werden zu besichtigen; ich ging am anderen Morgen dem Freunde vorauf nach dem Steinhofe, um die letzte Herrin von Schloß Werden, um Irene Everstein darüber sprechen zu hören. Es ist stets in solchen Fällen viel leichter ja als nein zu sagen. Man will eben doch nicht umsonst an seiner Ehre gefaßt und für einen erfahrenen Mann gehalten worden sein.

Zwölftes Kapitel

Der Fluß hatte es eilig wie immer; aber er, der mir in meiner Kindheit den einzigen klaren Eindruck von dem Vorbeigleiten der Erscheinung gegeben hatte, dessen schnelle Wasser mich in der Phantasie stets unwiderstehlich mit sich in die Ferne gerissen hatten, er war von allen Dingen in der Heimatgegend allein derselbe geblieben. Unsere Nester in den großen Nußbüschen waren verschwunden, die Wiese, über die sonst der Weg nach dem Walde führte, zerstückelt und zum Teil zu Ackerfeldern gemacht. Auch die Wälder selbst waren nicht mehr die nämlichen wie sonst. Den Hochwald hatte man teilweise gelichtet, teilweise ganz niedergeschlagen; das Unterholz war aufgeschossen, und Heidestrecken hatten sich mit dichtem Gebüsch bedeckt. Wo man sonst von einem Berggipfel die freieste Aussicht in die Ferne gehabt hatte, suchte man nun nach einem Blick auf den Sommerhimmel zwischen dem dicht verschlungenen Gezweig. Nicht alle Pfade liefen noch wie in unserer Jugendzeit durch den Forst, aber der Fluß – der Fluß ging noch seinen alten Weg; ich aber ging diesmal über die Brücke bei Bodenwerder und verließ mich nicht mehr auf den Kahn, welchen vordem der Vater Klaus stets so mürrisch-wohlgefällig zu unserem Dienst aus dem Uferschilf und Röhricht hervorzog. Auch das war sehr fraglich, ob ich den guten Alten, seine Fischerhütte, sein lustig romantisch Herdfeuerchen und sein morsches Fahrzeug noch am Rande der Weser finden würde. Über sechzig Jahre war er schon zu unserer Zeit alt gewesen, aber unterwegs tat es mir doch leid, daß ich mich nicht nach ihm erkundigt hatte, und fast wäre ich noch umgekehrt.

Wie andere gelassene Leute gelangte ich über die Brücke bei Bodenwerder von einem Ufer auf das andere und auf den Weg nach dem Steinhofe.

Der zog sich noch durch die Felder wie sonst. Mir war es, als müsse ich jeden Dornbusch an seinem Rande wiedererkennen und dürfe ruhig auf seine Identität schwören; doch dies war wohl ein Irrtum. Ich habe es beschrieben, wie wir als Kinder auf diesem Pfade an heißen Sommertagen müde wurden und uns nach dem Baumschatten, dem kühlen Grase im Grasgarten und nach der guten Verpflegung des Hofes sehnten; ich habe es geschildert, wie wir den Vetter auf einem Steine am Wege auf Menschenschicksale wartend fanden, und – auf d e n Stein durfte ich dreist schwören: es saß wiederum jemand darauf, in seine Träume verloren, auf Menschenschicksale wartend und die Schritte, die sich auf dem heißen, sonnigen, steinigen Wege näherten, überhörend.

Auf dem Feldquarz, unter den Disteln und Nesseln, zwischen die einst der Vetter Just Everstein verlegen greinend seine lateinische Grammatik versteckt hatte, als wir ihn nach unserer Art jubelnd anschrieen, saß unter dem wolkenlosen blauen Sommerhimmel, ihr schönes, müdes Haupt mit der Hand stützend, der Gast des Vetters Just, Irene von Everstein.

Ich sah sie niedergleiten am frühen, frischen Morgen aus unseren schwankenden Märchennestern im Grün, hinauf auf die tauige, blitzende Wiese; ich sah sie elfenhaft uns vorangleiten durch das Waldesdunkel; ich hörte sie lachen auf dem Fluß und sah sie ihre Hand in die rinnenden Wellen tauchen: erzählte uns nicht einmal vor langen Jahren der Vater Klaus auf der Überfahrt von einer, die wohl weit von oben her zugereist sein mußte, weil sie, nachdem er sie aus dem Schilf ans Land geholt hatte, niemand kannte im Lande?

„Lassen Sie das Schaukeln lieber auf dem Wasser, junge Herrschaften! Die alten Bretter unter uns sind doch wohl allgemach 'n bißchen brüchig geworden, und das dreht sich gerade hier in Wirbeln, und der Untiefe ist nicht gut zu trauen. Ich möchte um alles nicht, daß die Herrschaft zu Hause es mir zuschieben könnte, wenn ich die jungen Herrschaften nicht heil ans Land brächte."

Ich sprach sie leise an:

„Guten Tag, liebe Irene."

Sie fuhr zusammen und empor; doch als sie mich erkannt hatte, stand sie nicht auf, sondern blieb sitzen auf dem Stein am Wege und reichte mir mit einem traurigen Lächeln die Hand in die Höhe.

„Du bist es, Fritz? Wie kann man die Leute so erschrecken! ... Aber es ist wohl nicht deine Schuld, sondern meine und meine Torheit. Wie kann man sich so ins freie Feld setzen und sich die blendende Sommersonne auf den Scheitel und in die Augen scheinen lassen, ohne für seine besten Freunde blind und taub zu werden? Das ist aber gut von dir, daß du gekommen bist, der Vetter wird sich sehr freuen; – er kam gleich in der Nacht mit glänzenden Augen, um es zu verkünden, daß – du wieder im Lande seist."

Sie sprach die letzten Worte nur zögernd; ich hielt ihre Hand noch fest und sagte:

„Ich bin aber nicht allein in die alte Heimat zurückgekommen, Irene."

Da zog sie mir die Hand weg, erhob sich nun und erwiderte erst nach einer geraumen Weile:

„Ich weiß durch den Vetter Just Bescheid über alles."

„Über alles? ... Über alles doch wohl nicht!"

„Doch!" sagte sie, und das Wort kam kurz und hart heraus. „Wir stehen hier jetzt in der hellen, heißen Sonne des Mittags, und es ist mir lieb so und ganz recht. Wir wollen nicht den Schatten und das freundliche Dach des Freundes suchen, um uns behaglicher und langatmiger über Schicksal und Schuld auszulassen –"

„Irene?!"

„Ich höre gern einmal wieder meinen Namen mit so freundlicher besorgter Stimme auch von dir rufen, Friedrich; – o, ich weiß es wohl, ihr alle meint es sehr gut mit mir und habt so viel Geduld; ich aber habe nichts für euch, als daß ich euch sage, wie es mir zumute ist; und – um das Herz ist's mir, als hätte ich weiter nichts in der Welt, als daß ich mich gegen euch wehre ... gegen euch alle!" ...

Wie verstohlen hatte der Vetter Just den alten Broeder, die Grammatik, in der er alle Weisheit der Welt vermutete, einst unter dem Stein da und zwischen den Disteln und dem Wegelattich versteckt; – wie hatten Ewald und Irene gelacht, als sie das zerlesene Buch doch hervorzogen: nun hielt mir heute Irene Everstein das Blatt für Blatt mit Tränen getränkte Buch, über welchem ich sie jetzt überrascht hatte, offen hin.

Ganz nahe beugte sie sich zu mir und flüsterte mehr, als daß sie sprach:

„Sage ihm, daß ich alles weiß, was er für mich getan hat, um mich getan hat! Er hat sein Leben daran gesetzt, und er hat nicht nach rechts und nach links gesehen, sondern nur rückwärts nach der Stunde, in der wir, ich und er, Abschied voneinander nahmen. Ich bin das Weib eines anderen Mannes geworden, und er hat seinen Willen durchgesetzt, um mich zu demütigen und zu dem Geständnis meiner Schuld gegen ihn zu bringen ..."

„Nein, nein! Das ist nicht so! Irene Everstein, das ist wahrhaftig nicht so!" rief ich.

„Das ist doch so!" antwortete sie kopfschüttelnd, aber ganz sanft. „S i e h , Freund, er und ich haben uns immer zu gut gekannt, um nicht besser als all' ihr übrigen zu wissen, wie es um uns steht. Es ist auch ganz das Richtige, was er getan hat, und ich gönne ihm seinen Sieg und seinen Triumph; – ich freue mich, daß er so stark und so tapfer gewesen ist und im Stillschweigen! Wäre ich seine Schwester wie unsere liebe Eva, so wäre mein Glück vollkommen! Aber ich bin nicht seine Schwester – ich bin nicht sein Weib geworden – sieh, Fritz Langreuter, die Sonne steht uns klar und hell über den Köpfen, und in ihrem Scheine spreche ich zu dir klar und hell, und eine alberne frauenzimmerliche Närrin bin ich nie gewesen: ich gehörte ihm zu, und er gehörte zu mir von Gottes und Rechts wegen, seit wir unseren Kinderhaushalt im Spiel in den grünen Büschen von Schloß Werden aufschlugen! Er aber weiß das, und jetzt, da meine Jugend dahin ist und da ich als Bettlerin bei dem guten, barmherzigen, weisen Mann, dem Vetter Just, hier auf dem Steinhofe sitze, da ich bin, was ich bin, kommt er – der Unbarmherzige, und ich fühle seine tapfere, treue Hand wie mit einem bösen zornigen Griff und Schütteln an meiner Schulter! Mir gehört heute deines Vaters Haus, deinetwegen gehört es mir; ich habe in der Fremde, im Stillschweigen, in der Arbeit, die lange, lange Zeit durch, dich keinen Augenblick aus meinen Sinnen und Gedanken freigelassen, nun nimm deine Kraft zusammen und vergiß und sei glücklich; wir wollen uns von neuem einrichten in den Ruinen, mit keinem Wort und keinem Blick will ich dich je daran erinnern, daß wir in Ruinen wohnen! Und nun –

rede du mir dagegen, Fritz, und sage: ‚Es hat keinen Sinn, was du sprichst, Irene, du sprichst nur aus deinem kranken, verwirrten Gemüte in den hellen, gesunden, lichten, stillen Tag hinein, weil du in deiner Unruhe und Angst eine Stimme – deine Stimme hören möchtest‘.“

Sie hatte recht; es war recht schwer, ihr etwas zu erwidern. Während ich nach Formeln, Phrasen suchte und für hundertfältiges Ja und Nein ein erlösendes Wort suchte, schritt ich wieder mit Ewald Sixtus durch die Gänge, Stuben und Kammern von Schloß Werden, rüttelte an verrosteten Türgriffen, drückte mit dem Knie die verquollenen, widerspenstigen Türen auf und sah scheu auf die Fußtapfen, die wir hinter uns zurückließen in dem Staube, der den Boden bedeckte.

Er hatte recht, der Freund: es war nicht dasselbe, wenn er Schloß Werden gewann und Just Everstein den Steinhof wiedergewann! Schlafendes Leben läßt sich wieder aufwecken, aber Totes läßt sich nicht lebendig machen; und Schloß Werden war tot, war tot auch für das Kind des Hauses und für den, der sein Herzblut darum gegeben hätte und seinen ganzen Willen gegeben hatte, das Rad zurückzudrehen und der Frau auf dem Steinhofe zu sagen:

„Komm und sieh, was ich für dich und mich habe tun können“ ...

Das war nichts; aber in dieser heißen, blendenden Mittagsstunde, nach dem letzten Worte Irenes zuckte es mir eben durch Hirn und Herz: Aber das ist ja auch nichts, und die Hauptsache ist es ja einzig und allein, daß sie es wissen und es deutlich sagen können, wie es ihnen zumute ist. Alles andere bedeutet nichts, und die Nester, die sie in die Zweige der Nußbüsche an der Hecke bauten, gelten ebensoviel wie die Mauern von Schloß Werden. Auf schwankendem Gezweige, zwischen Himmel und Erde schaukeln wir alle, aber am meisten dann, wenn wir am tiefsten in die Erde graben, um einen festen Grundstein für die Burg zu legen, in der wir mit unserem Glück zu wohnen wünschen. Irene kämpfte mühsam mit ihren Tränen; mich aber überkam allgemach immer mehr die Gewißheit, daß hier doch noch nicht alles aus und zu Ende sei; wie es aber sich zuletzt schicken mochte zwischen diesen zwei stolzen, widerspenstigen Seelen, wer konnte das sagen?!

Wie aber schickte es sich, daß die Jugendfreundin gerade in diesem Augenblick meine Hand fester nahm und mir zuflüsterte:

„Nicht wahr, Fritz, es ist doch auch gut so, wie sich das Verhältnis zwischen dem Vetter Just und unserer Eva gestaltet hat?“

20*

„Ja!“ sagte ich, und ich sprach keine Unwahrheit, wenn ich hinzufügte, daß ich meinesteils vollkommen damit einverstanden sei. Habe ich es nicht schon gesagt, daß ich der größte Egoist von allen diesen Menschenkindern geworden war und mir am meisten die Fähigkeit gewonnen hatte, allein zu bleiben und – dann und wann auf Verlangen ruhig den anderen ihre Ansicht zu bestätigen oder gar sogenannten guten Rat zu geben? ...

Vielleicht hätte ich aber doch nicht so klar und gelassen bejahend auf diese zwischen Tränen hervorspringende Frage geantwortet, wenn es nicht die Hauptperson in diesen Lebensgeschichten gewesen wäre, welcher gegenüber ich mein Recht, nein zu sagen, aufgegeben hatte.

Ihre Augen hastig trocknend, rief Irene:

„Da kommt der Vetter!“ und wir wendeten beide uns ihm rasch zu, beide froh, daß er dieser kurzen, bitteren, schmerzensreichen Unterhaltung auf dem schattenlosen Feldwege ein Ende machte.

Er kam von seinem Gehöft, von seinem in so ganz anderer Weise als Schloß Werden wiedergewonnenen Erbsitz auf dieser Erde. Auch ihn sah ich jetzt zum erstenmal in der hellen Mittagssonne der Heimat, und sie änderte nichts daran, sie stellte es nur in ein helleres, freudigeres und sozusagen verständigeres Licht: in seinen gemütsruhigen, gesunden Jahren paßte und gehörte er ganz und gar zu Eva Sixtus, und ich änderte nichts an dem Faktum!

Es lag in jedem seiner Schritte etwas wie eine Bürgschaft für den ferneren guten, stillen, hilfswilligen Lebensweg der beiden Leute. Mit den buntfarbigen Phantasmagorien, mit den Schmerzen und Tränen der Jugend hatte die lächelnde Sonne, die auf seiner Stirn und seinem Hausdache lag, freilich schon längst nichts mehr zu schaffen; aber nichtsdestoweniger ist und bleibt sie etwas sehr Gutes und Wünschenswertes in dieser Welt der Verwirrung, des Nebels und des Landregens.

„Das ist gut, daß du wenigstens da bist,“ sagte der Vetter Just Everstein.

Dreizehntes Kapitel

„Und das Quadrat der Hypotenuse ist immer noch so groß wie die Summe der Quadrate der beiden Katheten,“ rief ich; es ging nicht anders. Wie einer der grünen Zweige, auf denen sich unsere Kindheitsnester wiegten, hing der Magister matheseos aus der Vergangenheit in die Gegenwart hinein; ich mußte danach greifen und nicht bloß nach ihm, sondern nach allem, was an Blüten und Früchten sonst dran hing.

Und es war wohlgetan. Zum ersten Male glitt etwas gleich einem Lächeln über Irenes Gesicht.

„Wie wunderlich,“ sagte sie, „daß wir einst kamen, um dich auszulachen, Just, und uns heute noch daran als an unsere glücklichsten Minuten erinnern. Auch an Eva haben wir mit unserer Kinderlustigkeit wohl arg gesündigt; aber das war wohl vor hundert Jahren –“

„Nicht ganz so lange ist es her!“ meinte der Vetter Just; doch Irene Everstein, seinen Arm nehmend, rief:

„Für dich und – deine Braut wahrhaftig nicht, aber für uns andere. Sieh nur den Fritz Langreuter an, wie er mir recht gibt und was für ein verrunzelt, ernsthaft, urväterlich Gesicht er zu seinem Seufzer macht. Gewiß und wahrhaftig, ihr allein seid jung geblieben, Just und Eva; – kreischend lachen und jauchzen wie wir konntet ihr nie; nun dürft ihr heute lächeln, und wir dürfen das jetzt so wenig für eine Beleidigung nehmen als ihr damals unser Lachen. Nun komm aber, Just, wir wollen dem Berliner Doktor hier endlich einmal wieder den Steinhof zeigen; es ist doch hundert Jahre her – mehr als hundert Jahre, seit er durch sein gastfreundlich-freudiges Tor einging. Wie oft er das freilich im Schlafen und Wachen im Traum tat, kann ich nicht wissen.“

Ja, da lag der alte Hof, der echte, rechte Bauernsitz, die deutsche Heimstädtte des gelehrten Bauern Just Everstein vom Steinhofe im vollsten Glanze der Sommersonne, das heißt, soviel augenblicklich, nachdem wir den altbekannten Weg bis zu dem altbekannten Zaune zurückgelegt hatten, von ihm zu sehen war. Es war die Zeit der Heuernte, und bis ans Dach, schier bis hinauf an das Fenster der Giebelstube des Vetters lagen die duftenden Haufen aufgetürmt, und der Zufuhr von allen Seiten schien kein Ende zu sein.

„Auf unserem steinigen Ackerlande bauen wir wie sonst, was darauf passen will,“ seufzte der gelehrte Bauer, um sodann behaglich hinzuzufügen: „Ja, da ist der Steinhof wieder, Fritz Langreuter, und ich glaube, ich habe nunmehr wirklich daraus gemacht, was zu machen war. Man will sich eben immer von seinen liebsten Freunden am liebsten loben lassen, sei es wegen seines Lateins, seiner Mathematik oder seiner Landwirtschaft. Also lobe mich nur dreist heraus! Mit meiner Vorfahren Ackerboden habe ich auch mit allen meinen amerikanischen Erfahrungen wenig anzufangen gewußt; aber an eine rationelle Ausnutzung unseres Wiesenlandes hatte vor mir keiner gedacht; ich aber habe manchen guten Morgen zugekauft, und es trägt sich aus.“

Lächelnd stieß er mich in die Seite:

„Du weißt es ja wohl, daß ich immer eine Vorliebe für das grüne Gras und das weiche Heu gehabt habe, nämlich für das Langhin-drein-sich-Legen. So kommt man denn stets zu seinen Lieblingsneigungen zurück; – lache nur, Horaz hat's: Naturam expellas furca und so weiter, soviel Latein weiß ich noch! Das war ein Satz bei Römern und Griechen und ist es auch bei uns neuen geblieben. Klettre über, wühle dich durch; – die Haustür findest du hinter dem Haufen an der alten Stelle, und – hör nur – da sind sie in gewohnter Weise scharf in der Unterhaltung – gegeneinander. Taub sind sie alle beide ein bißchen, und zu sagen haben sie sich natürlich immer was, – Jule Grote und Mamsell Martin meine ich! Na, auf das Gesicht freue ich mich, was meine Alte über dich machen wird. Weißt du noch, für das liebe Fritzchen drüben von Werden hielt sie immer eine Extrapartie von Pfeffer, Salz und Essig in ihrer Natur bereit; denn darauf ließ sie sich jeden Tag totschlagen: wenn ein Mensch und nichtsnutziger studierter Taugenichts von Jungen den dummen Jungen, ihren Just, auf dem Gewissen hatte, so warst – du das."

„Ist das wahr, Irene?" fragte ich, mich zurückwendend, doch die Freundin war uns im Rücken abhanden gekommen, ohne daß ich es gemerkt hatte.

„Das ist jetzt ihre Art so," sagte der Vetter Just, „sie wird sich schon wiederfinden lassen. Hättest du es wohl für möglich gehalten, daß die Gute, Wilde so lärm- und menschenscheu hätte werden können? Aber sie hatte verweinte Augen! Ihr habt wohl schon die paar Augenblicke der Unterhaltung am Wege nach Möglichkeit ausgenutzt? Das ist recht, denn im Grunde habe ich dich dazu hergerufen; aber nun komm fürs erste ins Haus und sieh zu, ob du die alte Herberge am Wege noch wiedererkennst. Glaube nicht, daß mir das etwas Natürliches und Selbstverständliches ist. Einen um den anderen Morgen wache ich auf und wundere mich, mich *so* wieder zu Hause zu finden. Naturgeschichtlich besteht es ganz und gar nicht zu recht, daß jeder Vogel wieder in dasselbe Nest fällt, in welchem er flügge geworden ist, sondern ganz im Gegenteil."

„O Vetter, da sprichst du ein trostreiches Wort aus!" rief ich. „Und das beste für uns andere ist, daß du, du das sagst! Was kümmert uns denn da noch Schloß Werden? Wie sehr es da spukt, das glaubte ich gestern erfahren zu haben, als man mich bat, als Gelehrter mit dem Gespenst zu reden; aber in Wahrheit erfahre ich es erst jetzt. Mit Geistern soll sich der Mensch herumschlagen, aber die Gespenster mag er sich selber überlassen. Was geht uns Schloß Werden an; denn wie würden wir an jeglichem Morgen erwachen und uns wundern, uns daselbst wieder zu Hause zu finden?!"

„Irene auch, und das ist das allerbeste!" sprach der Vetter Just, und wir stiegen durch das Heu, die durch die Sommersonne in Wohlduft und Nutzen verwandelte Wiesenschönheit des Jahres. Noch einmal dachte ich an den gestrigen Weg über den verwilderten, verwüsteten Schloßhof zu der Tür von Schloß Werden, dann aber nicht mehr; der Steinhof nahm mich ganz gefangen.

„Mit Fräulein Martin bist du ja erst neulich zusammengetroffen, und ihr kennt euch also noch; aber mit dir ist es etwas anderes, Jule. Komm her, Alte, und betrachte dir den Gast genauer. Wer ist das? Wer kann es sein?"

Die Greisin hielt die Hand über die blöden Augen; doch schon platzte der Vetter heraus:

„Das Fritzchen ist's! Der kleine Fritz Langreuter von Werden! Wer könnte es denn sonst anders sein?"

„I du meine Güte!" schrillte der verrunzelte, graugelbe, weißhaarige Schutzgeist des Steinhofes, und mit dem Ton wachte auch der Rest von dem auf, was an Jugenderinnerungen auf dieser Erdstelle bis jetzt für mich noch im Schlafe gelegen hatte. Was waren alle Heimchen an dem sonnigen Feldwege von Bodenwerder herauf gegen diese aus der Vergangenheit hervorzirpende Alt-Weiber-Stimme? Aus allen Winkeln und Ecken nicht nur des Hausflurs, sondern des ganzen Hauses hallte es wider bis auf das Klatschen der Ohrfeige, wie sie Freund Ewald Sixtus in Empfang nahm, wenn er mit dem gesamten Eiersegen aus den Hühnerställen des Steinhofes in den Taschen sich harmlos, aber dreist auf den Heimweg machte und noch unter der Pforte von der Hüterin des umfriedeten Bezirkes ertappt wurde. Wer je einen erhitzten Gemütes abgezogenen Holzpantoffel gegen eine verriegelte Tür pochen hörte, dem lebt der Hall auch wieder auf, wenn er die Klopferin nach Jahren wiedererblickt und die nämliche Fußbekleidung griffgerecht an ihren Füßen. „Es hilft uns nichts, Fritze, sie trommelt uns heraus," pflegte der Vetter Just in der Giebelstube zu sagen. – Ja, da stand sie, Gott sei Dank, noch in ihren Schuhen, und nun schlug sie die Hände vor dem Leibe zusammen, daß es gleichfalls den alten trockenen, knöchernen Hall gab, und seufzte herzzerbrechend, aber doch, wie es mir schien, mit einem gewissen Behagen:

„Ach, du liebster Gott, also das ist er wirklich? Ach, und ist wirklich aus einem so überstudierten Jungen ein so gelehrter Herr und Herr Doktor geworden? Ach, und du liebste Barmherzigkeit, Herr Fritz, und – so dünn! – Nehmen Sie es nur nicht übel, Herr Doktor Fritz; je ja – je ja, es ist mir ja wirklich eine rechte Herzensfreude, aber recht schlecht und kümmerlich muß es Ihnen doch wohl da draußen in der Welt ergangen sein? Je ja, das ist so, wenn der Mensche dem lieben Herrgott zu genau in die Karten gucken will; da vernachlässigt er denn seine Leibesnahrung, zumal wenn ihn auch keiner daran erinnert, daß es Klokke zwölfe am Mittage ist, wie ich meinen Just da, der sonst auch wohl als Faden sich durch'n Stopfnadelöhr ziehen lassen könnte. Das habe ich ja immer gesagt, wenn Sie sonst hier auf den Steinhof kamen und mein Just jedesmal das Fieber nach Ihnen kriegte. Just, habe ich gesagt, wie kann so 'nem Jungen was anschlagen? Den setze du in'n Fettpott, und er bleibt, was er ist; an den kommt nie in seinem ganzen Leben was Rechtes. Wenn ich dem seine Mutter wäre, so schliefe ich keine Nacht aus Angst um ihn. Also, wenn du denn gar nicht von ihm lassen kannst, Just, so nimm dir zum wenigsten ein Exempel an ihm! Ja, je ja, so habe ich dunnemalen in den Wind gesprochen, und daß ich jetzo wiederum darauf komme, das tue ich nur, weil dem Menschen in seinem Vergnügen manches hingeht, was man sonst wohl krumm nimmt, wenn einer kein Blatt vor den Mund nimmt. Und das ist meine Rede, Herr Fritze, Herr Doktor Fritze, ich freue mich gewiß und sehr, daß ich Sie endlich doch noch mal erblicke; und wie es Ihnen auch draußen in der Fremde ergangen sein mag, auf dem Steinhofe sind Sie immer willkommen, und nun kommen Sie nur wie sonst recht oft nach dem Steinhofe; meinen Jungen, den Just da, verführen Sie mir jetzt nicht mehr; wir aber wollen es mit Pläsier versuchen, ob sich denn gar nichts an Sie heranfuttern läßt! Ihre Frau Mutter habe ich doch auch gut genug gekannt und gern gehabt, nach Ehren strebe ich nicht, aber das wäre mir doch was wert, wenn sie mir dermaleinst da oben die Hand gäbe und sagte: ‚Jule Grote, Sie hat an allem, was mit Ihrem Just gut Freund gewesen ist, getan, was sie konnte, selbst wenn sie es nicht verdient haben wie viele aus Bodenwerder und sonst hier aus der Umgegend, die ich jetzt hier nicht in den Mund nehmen mag; aber an meinem Jungen, dem Fritz, da hat Sie Ihr allermöglichstes getan, und jetzt komme Sie nur her, dafür will ich Sie jetzt hier bekannt machen; denn die Besten, die von unten heraufkommen, sind zuerst immer ein bißchen fremd – das ist überall so'."

Nicht das kleinste Wörtchen, kaum ein zustimmender Gestus war in diese Begrüßungsrede einzuschieben gewesen. Wie der gelbe Heimatsfluß beim Eisgange rollte her, was Jule Grote zu meiner Bewillkommnung auf dem Steinhofe vorzutragen hatte.

Der Vetter Just stieß mir nur bei jedem Komma und Atemholen den Ellenbogen in die Seite, was nichts weiter hieß als: „Siehst du wohl? Ganz die Alte! – Was wäre das alte Nest, der Steinhof, ohne die Alte!“ – Ich aber hätte die Alte bei jeder neuen Wendung und vorzüglich da, wo sich die Schollen aufeinander zu schieben drohten, beim Kopf und Kragen nehmen mögen, um sie abzuküssen wie keine Jüngere im Lande.

Und dazu brotzelte es vom Küchenherde her, und alles war voll Heuduft; und Frau Irene und ich waren die einzigen, die nicht in Hemdärmeln auf dem Steinhofe herumwirtschafteten. Es war ein heißer Sonnentag mitten im Sommer und in unserem Leben; aber die Sonne war doch das Beste in der Welt, und wer sie nicht ertragen mag, der mag sich einfach vor der Zeit begraben lassen. Es sind aber auch nur diejenigen, welche auch hier unten „fremd“ bleiben, wie Jule Grote sich ausdrückt, die die Sonne nicht vertragen können.

Aber ein drittes Wesen, das gleichfalls nicht in Hemdärmeln einherging, hatte ich eben doch vergessen aufzuzählen. Zugeknöpft bis an den Hals, sowohl was das Kostüm als was die Gemütsstimmung anbetraf, setzte mir jetzt Mademoiselle Martin aus Nanzig einen Knicks hin – vor der Welt, um mich sodann mit zupackendstem, nicht den geringsten Aufschub zulassendem Interesse in den Winkel zwischen Stubentür und Wand zu ziehen und zu flüstern:

„Et l'autre?! Der andere?! Wo ist der andere? Was denkt sich der andere? Was tut der andere?“

„Der andere? Ewald? Ewald Sixtus?“

Die alte Dame hielt meinen Arm und schüttelte mich, wie sie mich nie in meiner Jugend auf Schloß Werden geschüttelt hatte:

„Ah – oui – ich werde wie gebraten hier auf heißen Kohlen, und da kommt dieser, und ich halte ihn, und er sieht mich dans mon angoisse, und ich schüttele ihn, und er – fragt!“ ...

„Ach Mademoiselle,“ seufzte ich, „der andere fragt ebenfalls. Vor allen übrigen fragt er auch Sie, was er mit Schloß Werden anfangen soll? Wir haben gestern um diese Tagesstunde alle Türen dort aufgeschlossen; aber einen Eingang haben wir darum doch nicht gefunden. Am hellen Mittage haben wir große Furcht gehabt –“

„Und ich weiß schon, was ich ihm sagen werde; aber der vaurien, der Taugenichts, muß selber zu mir kommen. Was schickt er einen anderen hierher, wenn der gute Gott ihm auch zwei Beine hat anwachsen lassen! Aber es war immer so! Nur wo er einen Unsinn konnte ausüben, kam er selber; — wo es galt, nach der raison zu handeln, mußte man ihn immer suchen."

Selten war mir zwischen Tür und Angel ein nur annähernd gleich trostreiches Wort gesprochen worden wie dieses letzte der atemlosen, vor Hast und Erregung zuckenden soeur ignorantine, die gottlob so genau Bescheid wußte. Aber unsere Privatunterhaltung war jetzt zu Ende für den Augenblick; — es war wieder einmal Essenszeit auf dem Steinhofe, und alles Hofvolk stieg durch das Heu und kam, seinen Platz an dem Tische einzunehmen, den der Vetter Just Everstein durch die alte Stube auf feste Eichenfüße von neuem hingestellt hatte: zwei Bänke von Tannenholz die Langseiten entlang, ein Schemel für den Hofjungen und ein Holzstuhl mit einer Lehne für den Herrn. Es konnte in ganz Germanien keine vornehmere Hoftafel abgehalten werden!

Vierzehntes Kapitel

Die Nacht war still, und ich überdachte den ersten Tag, den ich wieder auf dem Steinhofe zugebracht hatte. Die Nacht war ungemein still, und, Gott sei Dank, auch in mir ging's nicht außergewöhnlich lebhaft und lärmhaft zu. Was übrigens in dem gewohnten Laufe der Dinge und Stimmungen in der Welt durchaus nicht so hätte sein dürfen, denn ich befand mich in dem Hause meines außerordentlich glücklichen Freundes, und der Vetter Just hatte mir wiederum viel von der Vortrefflichkeit des Preises, der mir entgangen ist, gesprochen. Ich aber kann darüber nur sagen, was ich schon gesagt habe, und da es eine Nacht der Wiederholungen war, so will ich es auch an dieser Stelle noch einmal zu Papiere bringen: ich gönnte dem Vetter aus vollstem Herzen alles Gute, Liebe und Schöne, das er, weil er's verdient hatte, sich gewonnen hatte — so kurz noch vor Torschluß! Von alten Nestern handeln diese Lebenshistorien: die Zeiten, wo wir sie jung ins Grüne bauten, die waren für uns alle lange, lange vorüber; aber Just Everstein und Eva Sixtus wurden ein stilles, solides Paar, auch ein stattlich Paar und eine Krone der Gegend. Eine Herrin gehörte noch an die fürstliche Tafel, die der Bauer vom Steinhofe Punkt zwölf Uhr mittags öffentlich, d. h. bei offenen Türen hielt, und wer hätte den

Platz währschafter und freundlicher auszufüllen vermocht als die jetzt so stattliche Jungfrau vom Försterhofe zu Werden – meine rehhafte, leichtfüßige, liebliche Jugendliebe?! ...

Ich war aber auch dem Stadtrat Bösenberg aus Finkenrode nicht umsonst unterwegs begegnet; ich hatte nicht umsonst mit ihm gefrühstückt in Finkenrode: Stadtrat zu Bodenwerder wurde ich mein Lebtage nicht und noch viel weniger Bürgermeister daselbst. Die den Ort sonst betreffenden historischen Studien hatten mir der Justizamtmann Bürger zu Göttingen und der Obergerichtsrat Immermann in Düsseldorf schon längst vor der Nase weggefischt. Um es mit ein paar kurzen Worten auszudrücken: mein Name war Dr. Langreuter, der irische Baukünstler Ewald Sixtus hatte mich nur für einige Wochen aus einem mir völlig angemessenen Lebensberuf weggeholt, und ich gehörte einfach nach Berlin und nicht nach Dorf Werden, letzteres ebensowenig wie der internationale Ingenieur Ewald Sixtus nach dem dort noch befindlichen, aber sehr zur Ruine gewordenen Herrensitz der Grafen von Everstein.

Ich lag lange in dieser Nacht im offenen Fenster auf dem Steinhofe, und die Kühle war sehr erfrischend und die Monddämmerung sehr wohltätig nach dem heißen, blendenden Heumondstage. Sie hatten ihr Heu wohl meistens glücklich unter Dach gebracht, aber der Duft davon durchzog noch immer angenehm, wenngleich etwas betäubend die Nacht; ich aber konnte zu keiner besseren und günstigeren Zeit als zur Zeit der Heuernte auf dem Steinhofe wieder zu Gaste sein. Es ist immer ein anderes, wenn die Wiesen in voller Pracht und Blüte stehen, mit seinen Illusionen und Herzensneigungen abzuschließen, und ein anderes ist's, zur Zeit des Heumachens anderer seine Lebensruhe sicher und trocken unter Dach zu bringen. Was dabei meine Gemütsstimmung nicht verschlechterte, war die im Verlauf des Tages gewonnene feste Überzeugung, daß auch zwei anderen Leuten und lieben Freunden sich der Pfad sanft abwärts führend viel leichter glätten werde, als sie augenblicklich noch beide für möglich hielten.

Ich hatte dem jetzigen Herrn von Schloß Werden mein Wort gegeben, ihm in dieser Nacht sofort zu schreiben; ich wußte, daß der Mann und wilde Irländer in der Försterei zu Werden ebenfalls wenig schlief in dieser Nacht, hatte mir auch gewissenhaft einen Briefbogen zurechtgelegt und dem Vetter Just sein Tintenfaß mir aus seiner Giebelstube geholt; aber – wozu eigentlich immer selber stets Wort halten in einer Welt, in der es einem selber so häufig nicht gehalten wird, sowohl vom Wetter wie vom Schicksal? ...

Ihrem Schicksal entgingen sie – Ewald und Irene – darum doch nicht; was ich aber brieflich mitteilen konnte an den Freund, war wenig und hatte in der Tat vollkommen Zeit bis morgen. Wie sich das stolze Herz der Frau noch sperrte und flatterte und mit den Flügeln schlug, das ließ sich doch nur schwer mit des Vetters schlechter Tinte und noch schlechterer Feder hinschreiben, und dazu hatte der Vetter selbst mich vom Schreiben abgehalten. Er war ganz meiner Meinung gewesen; aber bis über die Mitternacht hinaus hatte er bei mir gesessen und die Sache immer wieder von einer anderen Seite her beleuchtet und geredet wie der außerordentlichste Professor der Psychologie.

Der irländische Baumeister Ewald Sixtus hatte manche Nacht durchwacht, um Schloß Werden sich zu gewinnen, weshalb sollte er nicht die eine und die andere Nacht durchwachen, um zu dem Entschluß zu kommen, es wieder aufzugeben?

„Gute Nacht, Just. Dein Schreibzeug läßt du mir wohl bis morgen früh?"

„Ist denn noch Tinte drin? Wohl mehr tote Fliegen und dergleichen?" fragte der Vetter, lächelnd sich hinter dem Ohre kratzend. „Lieber Bruder, die Zeiten haben sich ganz besonders in dieser Hinsicht sehr geändert. Ich habe schon mehrmals einen reitenden Boten nach Bodenwerder schicken müssen, um mir den notwendigen Tropfen zu einer Namensunterschrift holen zu lassen."

Ich stieß den Federstumpf durch den Schimmelüberzeug und fand noch genügendes schwarzes Naß, um aller Welt Glück und Leid dreintauchen zu können und meine Ansicht, Meinung, Weisheit und guten Ratschläge dazu; der Vetter war gegangen, und ich hatte – die Feder neben den Briefbogen gelegt und mich in das Fenster.

Was konnte ich eigentlich dem Freunde in Werden schreiben?

Daß ich s i e in der heißen Sonne am Wege sitzend fand, daß s i e in der Abenddämmerung an meinem Arm durch die Felder wandelte, daß s i e viel und hastig, aufgeregt und verworren sprach und ganz und gar nicht wie ein Professor der Psychologie? Daß wir bis spät in die Nacht hinein in der Gesellschaft des Vetters Just im Baumgarten saßen, und zwar sehr still? Daß ich noch eine Viertelstunde zwischen Jule Grote und Mamsell Martin auf der Bank vor dem Hause hockte und daß ich die beiden guten Alten reden ließ, ohne sie nur ein einziges Mal zu unterbrechen? Daß alles in der Welt von den verschiedensten Seiten angesehen werden kann? Daß aber, gerade weil dem so ist, alles auf Erden viel offener und sozusagen wehrloser daliegt, als der Mensch in seiner täglichen Verwirrung sich einzubilden pflegt? Daß der Mensch viel zu häufig Furcht hat? Daß es im Grunde keine Gespenster gibt – auch in und um Schloß Werden nicht? Daß die Nacht wundervoll klar und lieblich war und daß die Nachtkühle außerordentlich beruhigend auf den Menschen wirkte und daß es trotz alle, alle dem sehr leicht sei, über mittelalterliche Geschichten, und sehr schwer, über das lebendige Leben der Gegenwart zu schreiben?

Mit der letzteren Bemerkung begann ich selbstverständlich am folgenden Morgen meinen Brief und schloß ihn mit einer ganz ähnlichen.

„Ich reite wie gewöhnlich erst diesen Abend hinüber," sagte der Vetter Just, dem ich die Lektüre gern gestattet hatte. „Offen gestanden, Fritz, ich glaube, einen expressen Boten brauchen wir nicht damit hinzuschicken. Recht hübsch, Fritze! ... Und daß euch euer Abendspaziergang, ganz ohne daß ihr es merktet, dem Flusse zuführte und daß ihr erst auf den letzten Hügeln umdrehtet, nachdem ihr längere Zeit nach den Bergen gegenüber ausgeguckt hattet – ist auch – recht hübsch, Doktor. Wenn du meinst, daß die Sendung Zeit hat bis zum Abend, so kannst du dich darauf verlassen, daß ich deine Schilderungen dem armen Teufel drüben getreulich überliefern werde. Übrigens – wenn ein Mensch auf eine prompte Korrespondenz gar keinen Anspruch hat, so ist das unser braver Freund Ewald auf Schloß Werden. Jetzt entschuldige mich freundlichst bis Mittag. Wir haben gerade heute einen ziemlich scharfen Arbeitstag vor uns. Bekümmere du dich um nichts als die Frau Irene und laß dir soviel als möglich von ihr Gesellschaft leisten. Über mittelalterliche Geschichten läßt sich wohl besser und leichter schreiben; aber in dem lebendigen Leben der Gegenwart stecken wir eben drin und haben uns durchzufühlen. Ich drücke mich wohl schlecht aus? ... Aber – nimm es mir nicht übel, ich spreche nur nach, was du geschrieben hast, und in deinem Briefe an Ewald steht wirklich wenig von dem, was wir augenblicklich an uns und in uns und in der allmächtigen Schicksalswelt um uns erfahren. Dein Brief ist sehr nett und sehr freundschaftlich und sehr ausführlich – du hast den gestrigen Tag gut geschildert, und daß e r zwischen den Zeilen wird lesen können, das ist noch besser; aber das beste und einfachste wäre meiner Meinung nach, – sie ginge einfach zu ihm."

Das Wort kam wie etwas so Selbstverständliches heraus, so ruhig und sozusagen gemütlich, daß ich im Anfange glaubte, mich verhört zu haben:

„Was sagtest du, Vetter?"

„Ich bin bei eurer ersten Unterhaltung gestern auf dem Feldwege nicht gegenwärtig gewesen; aber das war auch gar nicht notwendig. Wenn einer weiß, wie dem anderen in seiner Verwirrung zumute ist, dann weiß er auch, welche Worte er gebraucht, um sich Luft zu machen, vorzüglich wenn er ihm ein jedes an den rotgeweinten Augen absieht. Bei einem lachenden Gesicht ist es freilich schon schwieriger, und daß ein Menschenelend wahr ist, erkennst du viel leichter, als wie ob ein Glück und Jubel dir nur als Komödie aufgeführt werde. Lache nicht über den Bauer vom Steinhofe, der ein Gelehrter werden wollte und es wirklich einmal für eine Zeit zum Schulmeister gebracht hat. An sich selber muß der Mensch in Erfahrung bringen, wie es dem anderen zumute ist, und in dieser Hinsicht glaube ich das Meinige gelernt zu haben."

Es war nicht das erstemal, daß der Mann es sich ausbat, daß man nicht über ihn lache. Es lohnte sich also nicht der Mühe, ihm noch einmal hierauf die gehörige Antwort zu geben. Wir saßen in seiner Giebelstube am Tisch; die Wände und die schräge Decke waren dieselben geblieben. Ich war wieder ein Knabe, ein Kind; im Grasgarten unter den Kirschbäumen trieben die anderen als Kinder ihr Spiel, und ihr helles Lachen und Jauchzen drang zu uns her; und – es war geblieben, wie es schon damals war: nur der Vetter Just achtete darauf in sich selber nach der richtigen Weise, wie ihm und der Welt ums Herz war.

„Verlaß dich drauf, Fritz, sie will zu ihm, und weil sie Angst hat, daß es zu spät sei, schiebt sie die Schuld auf die Ruinen, die zwischen ihm und ihr liegen. Auf das alte brave Nest Schloß Werden gebe ich dabei gar nichts; aber i h r kommt es zupaß. S i e möchte es in ihrer heutigen Ratlosigkeit um alles in der Welt nicht anders haben, als wie es jetzt da liegt. D a s kommt ihr gerade recht! Das ist der Nagel, an dem sie ihren Weiberstolz am bequemsten aufhängen kann, um ihn zu – schonen! Und Kinder sind sie alle beide, soweit sie in den Jahren vorangekommen sein mögen. Wie sie heute in sich hineingraben, ist ihnen keines der goldenen Schlösser, die sie (und du auch, Fritz Langreuter!) in die berühmten italienischen Nußbüsche in Werden hingen, so lieb wie der Zorn und die verhaltene Reue von heute. Du willst wissen, was sie dir gestern gesagt hat? ... Hat sie dir nicht in einem Atem von ihrem Alter, ihrer Armut und ihrem Stolze gesprochen? Sie, welche die Jüngste von uns allen ist und soviel zu verschenken hat und alles so gern hergäbe, wenn nur das Schicksal sie wie ein verweintes Kind an der Hand nehmen und führen wollte. – Hat sie nicht gesagt, daß sie alles begreift und würdigt, was ihr Freund nur in dem Gedanken an sie erarbeitet und getan hat? Daß sie mit klopfendem Herzen ihm dafür dankbar ist, hat sie wohl nicht gestanden, – das umschreiben die Weiber immer am liebsten oder drücken es anders aus, zum Exempel durchs Gegenteil, und das letztere hat auch sie getan. Nämlich, daß sie um keinen Preis der Welt sich durch ihn demütigen lassen könne, hat sie gesagt. – Wenn es nicht schade wäre um jeden Tag, den sie unnützerweise dadurch verlieren, so könnte man wirklich einfach darüber lachen ... und sich ärgern! Sag mal, Fritz, glaubst du nicht auch, daß der Ärger die einzige wirklich konservierende Zutat in unserem irdischen Zustand ist? Ich habe darüber nachgedacht; im höchsten Schmerz, im edelsten Zorn und Kummer schmeckt man ihn durch. Er ist, wie das Salz, das Gemeine oder Allgemeine, aber doch das, was unter allen Umständen dazu gehört. – Schicksal kann man nicht spielen; ohne Ärger kommt man nicht aus, – in seinen Einbildungen lebt man, – warten, warten muß man – heute wie morgen – auf das, was mit einem geschieht: in das Glück kann sich kein Mensch unterwegs retten; so fallen die Besten und Edelsten in die Entsagung, um nicht dem Verdruß zu verfallen, und das ist der Fall heute mit Ewald und Irene. Wenn aber einer von uns zweien hier am Tisch sagt: Es schmerzt mich! so könnte er dreist ebenso gut sagen: Ärgert mich nicht! – Und jetzt siegele ruhig deinen Brief zu, du hast es wirklich sehr hübsch ausgedrückt, wie d i r zumute war, als du nach längerer Abwesenheit zum erstenmal wieder den Steinhof besuchtest."

„Just!" klang es vom Hofe her in unser offenes Fenster.

„Hier sitzt er, Jule! Was soll er?"

Neben dem Brunnen stand die Alte in der Sonne, blinzte unter übergehaltener Hand vor und zu uns empor und brummte:

„Jawohl sitzt er da! Als ob ich das nicht wüßte! Sowie der – andere wieder im Lande ist, geht richtig das alte Elend augenblicks wieder von frischem an; – na, ich weiß schon, Herr Langreuter, und will auch nichts Despektierliches gesagt haben. Aber Just, im Lämmerkampe weiß kein Mensch mehr, wo er mit sich hin soll, und so haben sie sich lieber allesamt unter die Bäume gelegt und warten, daß der Meister kommt und nach ihnen sieht. Und mit der Steinfuhre für den neuen Schweinekoben sind sie am Tillenbrinke vermalhört. Da liegt die ganze Prostemahlzeit, Schiff und Geschirr im Graben, wie der Junge sagt, und bis jetzt haben sie nur die

Pferde ausgespannt und sitzen und besehen sich die Angelegenheit, sagt der Junge. Nach dem Herrn Doktor aus Berlin aber sucht sich Mamsell Martin schon stundenlang die Augen aus dem Kopfe; mir flackert das Feuer in der Küche unter den Händen weg und brennt mir auf den Nägeln; und so geht denn alles wie gewöhnlich ja recht hübsch kopfunter kopfüber."

„Da hast du es, Fritz!" meinte der Vetter ein wenig kläglich lächelnd. „Der Mensch mag sich noch so sehr abarbeiten, um ein anderer zu werden, das Durcheinander um ihn her bleibt immer dasselbe, und alle Erfahrung und der beste Wille richtet wenig dabei aus. Wieviel Zeit von seinem eigenen Tage behält man übrig für die Bedrängnisse der anderen? Jetzt geh du nur hin und erhalte der treuen Seele, der Mamsell Martin, ihre guten ängstlichen Augen, mich ruft das Schicksal zuerst nach dem Tillenbrink und dann nach dem Lämmerkamp. Das ist ganz richtig, weg läuft mir niemand dort. Sie liegen allesamt ganz behaglich und warten, bis ich komme."

„Und durch die Abendkühle reitest du nach Werden. Das ist dein Trost, und zwar ein recht behaglicher."

„Ja!" sagte der Vetter Just leise und innig und faßte meine Hand. „Es ist so. Und wenn mir manchmal in allem Behagen etwas melancholisch zumute wird, daß ich in meinem und meiner Eva Glück doch eigentlich nur auf die beginnende Dämmerung und Kühle des Abends angewiesen worden bin, so tröste ich mich: Wir bleiben eben länger jung als die anderen! ... Und nun, alter Freund, hänge doch ein Postskript und guten Rat über das Jung-Bleiben an deinen Brief. Ich trage ihn dann noch einmal so gern hinüber heute am Abend. Wenn nachher wieder die Rede auf Schloß Werden kommt, weiß man dann doch etwas genauer, was man sagen kann. Daß es mir immer lieb gewesen ist, wenn ein Wort das andere gab, das weißt du ja."

Ich sah ihm von dem Fenster der Giebelstube aus nach, wie er über den Hof stieg. Vom Tor aus winkte er mir noch einmal zu, und ich sah ihm nach auf dem Wege nach dem Tillenbrink und seufzte:

„Der hat wohl gut reden von seiner Jugend! Sind es bloß die großen Künstler mit Stift, Feder und Meißel, die die Welt festhalten, während sie allen übrigen entgleitet? Ich meine, solch ein Lebenskünstler, solch ein Mann des Lebens wie der da hat auch einen guten Griff. Was er faßt, läßt er so leicht nicht los, und was er weiter gibt, das reicht er weit in die Zeiten hinein. Welch ein

Kunstwerk hat dieser Mann aus seinem Leben gemacht – treuherzig! Und ist nicht Treuherzigkeit das erste und letzte Zeichen eines wahren Kunstwerks? Was haben wir ihm alles aufgebunden, wenn wir aus unseren Nestern im Grün zu ihm kamen. Und er glaubte alles! O, welch ein weiser Mensch steckte in jenem Jungen, der da am Wege über dem alten Broeder saß und Glauben hatte und sich wie von Schloß Werden so von Bodenwerder zum besten halten ließ und gelassen auf menschliche Schicksale wartete. Aber Glück hat er auch gehabt, und – das ist und bleibt gleichfalls in alle Zeit hinein der Trost und die Entschuldigung derer, die wie die Fliegen und der gegenwärtige Doktor der Philosophie Friedrich Langreuter aus Berlin an der geschlossenen Fensterscheibe kriechen."

Es fand sich in dem mit Fliegen, Staub und Schimmel mehr als gebührlich gefüllten Tintenfasse des Vetters Just auch der schwarze Tropfen noch, mit dem ich das angeratene Postskriptum an meinen Brief an den Freund in Werden hängen konnte. Ich tat's, faltete das Blatt und ließ es ungesiegelt; – Geheimnisse meinerseits standen nicht drin, und der gute Rat, den der Vetter gab, lag wie alles Echte und Rechte auf der Hand.

Im Gemüsegarten fand ich dann Mamsell Martin, Raupen vom Kohl suchend. Sie stellte diese Beschäftigung natürlich sofort ein, um sich einer ganz ähnlichen an mir zu widmen:

„Oh monsieur, wenn ich es nicht tagtäglich mir vorsagte, daß auch ihr Männer durch die sehr böse Welt kommen müßt und daß ihr es dann und wann à peu près drin ebenso schlimm habt als wir anderen armen Frauen, so wäre es wohl manchmal nicht auszuhalten mit euch. Sind Sie nur deshalb nach diesem Steinhof gekommen, um meinem armen Kinde das Herz noch schwerer zu machen, monsieur Frédéric?"

„O, bestes Fräulein –"

„Ich bin keines Menschen bestes Fräulein! Wir leben hier nicht auf diesem Steinhofe aux bains. Wir sind hier nicht in Baden-Baden, Homburg oder Aix-la-chapelle! Wir wohnen hier nicht, um uns zu erholen de nos études und um hineinzuschlafen in den Tag und um Ökonomie zu treiben mit dem Cousin Just. Wir sind hier in großer Angst des Lebens, mein armes Kind mit mir, wie auf einem Steinfelsen im Meer, und um uns her ist nur, wie M. Viktor Hugo sagt in den Orientales, das Meer und stets das Meer, die Welle, stets die Welle! Und wo Länderei – nein, Land ist, da sind für uns nur Ruinen, und es kann kein Mensch und auch nicht

Mademoiselle Julie verlangen, daß ich soll haben ein Interesse für die Ökonomie auf diesem Steinhof. Eh!"

Sie hatte sich nochmal gebückt und aus einem ganzen Nest ein fett, grün sich ringelnd Geziefer von einem westfälischen Kohlblatt abgenommen.

„V'là une du paquet!" rief sie mit ihrem unnachahmlichsten Nanziger Klosterakzent, nämlich wenn die jungen Schulschwestern sich vollkommen unter sich allein wußten. Mit spitzigen, dürren Fingern hielt sie das unselige Insekt, und wenn sie einen Basilisken gefangen hätte, so hätte sie mir denselbigen nicht mit stärkerem Grimm, Ekel und Widerwillen, aber auch nicht mit größerer Energie unter die Nase halten können.

„Nur der ganz gewöhnliche, sehr gemeine Kohlweißling, Pieris brassicae, Mademoiselle."

„Ja, monsieur, nichts weiter als das!"

Das Gewürm flog zu Boden und wurde, fast ehe es daselbst anlangte, vermittelst der Schuhsohle aus der Reihe der Lebendigen weggewischt. Die soeur ignorantine trat mit böse aufgerafften Röcken über die nächsten Kohlköpfe hinweg und hinein in den Gartenweg. Wie eben die Raupe hielt sie jetzt mich, doch glücklicherweise nur am Arm.

„Da war auch die Altesse, – die Durchlaucht, – o diese Durchlaucht, die auch unser Cousin war und uns besuchte und sehr gut zu uns sprach und auch mit für uns sorgen wollte und – sous cape – unser armes, liebes Kind mit in sein armes, kleines, kleines Grab brachte, welches sehr leicht war und sehr wenig kostete, weil schon der gute Vetter Just, monsieur Just Everstein, das kleine Kind in seinen kleinen Sarg gelegt hatte. Was hat monsieur le prince weiter von sich hören lassen? Nichts hat er von sich hören lassen. Was hat er für uns getan? Nichts hat er für uns getan!"

„Was sollte er auch für uns tun?" fragte eine ruhig traurige Stimme hinter uns. Irene hatte sich uns unbemerkt genähert; es kam nichts weiter von dem, was Mademoiselle Martin auf der guten, gequälten Seele hatte, zum Vorschein, sie ließ auch meinen Arm frei und seufzte nur noch:

„Oh, mon dieu! Nun hab' ich mir wieder einmal die Zunge angebrannt!"

Aber Irene hielt nur meine Hand fest; sie stand mit gesenktem Haupt, ohne weiter etwas zu bemerken. Sie hatte keine Heimat, aber sie wußte, wo sie zu Hause war; und (der Vetter Just hatte vollständig recht!) das einfachste war, daß sie hinging, wohin sie gehörte oder – geführt wurde. Sonderbar ist es und bleibt es, daß wir Menschen immer nur im höchsten Notfall auf unser Schicksal zurückgreifen, d. h. davon reden. Wir schämen uns unseres Schicksals, und in **das** große Geheimnis hinein hängen alle Wurzeln unseres Daseins.

Fünfzehntes Kapitel

Ich sitze da am Fenster in meiner Stube in der großen Stadt Berlin. Über meine Gasse hinweg habe ich die Aussicht in eine andere. Hunderten, ja Tausenden von Menschen, welche die letztere passieren, kann ich ins Gesicht sehen, wenn ihr Weg so führt und wenn es mir Vergnügen macht. Ein Vergnügen macht es mir jedoch selten. Aber eine gewisse Regelmäßigkeit des Verkehrs macht sich auch hier geltend. Es kommt immer zur gegebenen Stunde alles wieder, wie es von seinem Geschick geleitet wird, einerlei ob es sich der Abhängigkeit von demselben schämt oder nicht. So sind mir denn allgemach viele Gestalten und Gesichter vertraut und sozusagen zu unbekannten guten Bekannten geworden; aber nur ein einziges immer heiteres, lachendes, glückliches Gesicht kenne ich darunter, und das ist das eines blinden Knaben, der am Arme seiner Mutter täglich gegen zehn Uhr morgens die Straße hinunter kommt oder geführt wird, um bei einem Musiklehrer in meiner Nachbarschaft eine Unterrichtsstunde im Geigenspiel zu nehmen. An diesen Knaben mußte ich an diesem sehr unruhevollen Tage auf dem Steinhofe fortwährend denken, und ich sprach auch zu Irene von ihm im Schatten der Obstbäume des Grasgartens.

„Das Kind ist allmählich ein alter Bekannter von mir geworden. Ich sehe es wachsen und allgemach zum Mann werden. Es wächst jedes Jahr einmal aus seinem Rock und seinen Hosen heraus, aber es schämt sich keines Zustandes. Es läßt sich wachsen."

„Und bleibt auch als Mann und Greis ein blindes Kind. Das einzige glückliche Gesicht unter Hunderttausenden! Armer Freund, weshalb redest du mir davon? Zum guten Exempel ist solche Heiterkeit doch wohl nicht in die Welt gesetzt! Willst du mir gar zu allen anderen übeln Eigenschaften auch noch den Neid rege machen? Worüber lachst du nun?"

„Nie über dich, arme Freundin, höchstens über dich und meinen braven tapferen Freund und Gespensterseher, den Herrn Ingenieur Sixtus auf Schloß Werden. Übrigens kommt ihr beiden Helden schon einmal vor, und zwar in der Geschichte vom Hörnernen Sieg-

21*

fried in den deutschen Volksbüchern. Man kennt auch eure Namen und gibt sie seit tausend Jahren von Jahrmarkt zu Jahrmarkt weiter. Jorkus und Zivilles heißt ihr da. Mich nennt man einen Gelehrten, und hier nehme ich den Titel an, denn dies ist etwas, was ich in der Tat allgemach aus den Quellen studiert haben muß, und (es ist keine Tautologie, liebe Irene!) was ich wirklich weiß. Willst du wissen, wie der Vetter Just, der kein Gelehrter, aber dafür ein weiser Mann ist, sich ausdrückt?"

„Was sagt der?"

„Hasen sind sie alle beide; aber der feigste von beiden ist doch unser guter Freund Ewald Sixtus – auf Schloß Werden."

„Das ist nicht wahr!" rief die Frau Irene, und aus ihren Augen funkelten alle die alten Blitze, die uns in den Mauern und Gärten zu Werden so oft heimgeleuchtet hatten, wenn wir zwei Jungen es den beiden Mädchen wieder einmal zu toll gemacht hatten. Da sprangen die Neigung, die Liebe, ja die Zärtlichkeit wie gewappnet hervor, und zornig flüsterte Irene Everstein: „Es weiß kein anderer als ich, wie stark Ewald Sixtus ist und welch eine Tapferkeit dazu gehört und welch ein Edelmut, daß er nicht kommt und sein Recht verlangt und sagt: ‚Du mußt, armes Weib! Du bist in meiner Schuld, Irene, und du gehörst mir, wie – Schloß Werden mir gehört.' – Ich habe dir das aber schon gestern auf dem Stein am Wege gesagt, und du – du handelst wahrlich nicht edelmütig an mir, Fritz Langreuter!"

Die Frau weinte und ließ mich stehen. Als sie rasch von mir fortlief, war auch das ganz wie in unserer Kinderzeit, als unsere Nester noch im Grün, im Sonnenschein und Himmelsblau hingen; aber damals weinte sie nie, sie drohte lieber über die Schulter zurück, und es war immer Ewald Sixtus, dem die erhobene Kinderfaust galt. Ich aber wußte jetzt, daß es nicht nur das beste war, daß sie zu dem Freunde ging, sondern daß sie sich schon auf dem Wege zu ihm befand. Aber es war mir dazu auch von neuem bestätigt worden, daß der irländische Ingenieur nicht nur ein sehr tapferer und starker Mann, sondern auch ein sehr schlauer Mensch war, und alles dies in der rechten Weise, nämlich ohne daß er selber von seinen Vorzügen im gegebenen Moment irgendwie genau Rechenschaft ablegen konnte. Er war klug, ohne es zu wissen, und so ging er um Schloß Werden herum; er war fest überzeugt, sich zu fürchten, und auf dem Steinhofe wurde man sofort sehr böse und fing an zu weinen, wenn irgend jemand nur im mindesten an seine Herzhaftigkeit rührte und den leisesten Zweifel darob kundgab.

Lose hängen alle Kränze und Gewinste in dieser Welt über den Häuptern der Menschen; auf wohlbedächtig gezimmerten Leitern aber steigt man nicht zu ihnen empor, und die, welche die schönsten Kränze tragen, rühmen nie ihre eigene Kunstfertigkeit und Ausdauer deswegen. Im Gewinn erkennen sie erst recht, welcher linde Hauch, welche aura coelestis ihnen das Glück oder die Erfüllung ihres Wunsches oder das große wirkliche Kunstwerk zuwarf.

Etwas spät fielen die goldenen Äpfel in diesem Falle, aber sie fielen doch noch; und abermals erwies es sich, daß wir in einer Welt unser Dasein führen, in der es ebensowohl der Hauch des Todes wie des Lebens sein kann, der die Zweige bewegt und schüttelt.

Erst am Mittage, nachdem der Vetter seine Steinfuhre am Tillenbrink wieder aufgerichtet und im Lämmerkampe unter seinem Arbeitsvolk Ordnung gestiftet hatte, bekam ich Irene von neuem zu Gesichte. Dies wird noch einmal ein Kapitel der Wiederholung; ich aber kann wahrhaftig auch diesmal nichts dafür.

Wieder die alte gute Bauernstube des Steinhofes! Wieder der lange nahrhafte Tisch von dem einen Ende derselben bis zum anderen; und wir allesamt daran vor den Tellern und Schüsseln: der Meister, die Knechte, die Mägde und die Gäste!

Und wieder wurde der Vetter herausgerufen, ging mit dem guten, behaglichen Lächeln auf dem schweißglänzenden Gesicht und kam nach einer ziemlichen Weile sehr erregt wieder herein. Still setzte er sich von neuem hin, nahm auch den Löffel wieder zur Hand, aber legte ihn doch abermals nieder.

Da jedermann ihn darauf ansah, sagte er zu den Leuten:

„Eßt weiter, Kinder!"

„Was ist das denn, Just?" fragte Jungfer Jule Grote angsthaft. „Es war ein Bote von drüben. Um Gott und Jesu willen: es geht doch wohl nicht wiederum den Steinhof an?"

„Nachher, liebe Alte! ... Den Steinhof geht es freilich wohl an; aber es läßt ihn diesmal doch aufrecht stehen."

Da dem Vetter Just der Hunger gänzlich vergangen zu sein schien, so verging er auch seinen Gästen so ziemlich. Doch erst, nachdem das Hofgesinde in Ruhe abgegessen und die Stube verlassen hatte, teilte uns Just Everstein mit, was ihn und uns das Schicksal durch den eiligen Boten von „drüben" hatte wissen lassen.

„Hattest recht, Jule; es war ein Bote aus Werden, und er hatte es sehr eilig. Die Leute ging es aber nichts an, sondern nur mich und – euch. Sie haben heute noch einen heißen Arbeitstag vor sich, und so schickte es sich nicht, sogleich damit herauszufahren. Für mich – für uns ist es wieder einmal ein schwerer Tag geworden. O, es ist schade, schade! Ich hatte noch für so lange, lange auf ihn mitgerechnet zu meinem – zu unserem Glück!"

Bleich und bebend hatte Irene sich erhoben.

„Welch Unglück ist wieder geschehen? ... Ewald! Ewald!" rief sie; und der Vetter nahm sanft ihre Hand von seiner Schulter.

„Nein, Liebe! ... Es denkt jeder nur immer an das Seinige! ... Ewald und Eva haben geschickt; – es ist nur der alte Herr, der Abschied nehmen will. Ach, ich denke auch nur an mich! Es ist schade, schade; – zu seinem und Evas und zu meinem Glück und Behagen hatte ich noch so lange, lange auf ihn mitgezählt! Da ist der Zettel, welchen der Bote gebracht hat."

Das von Ewald flüchtig gekritzelte, von dem Vetter im ersten Schreck und der zusammengehaltenen Aufregung arg zusammengeknitterte Blatt ging von Hand zu Hand. Es lautete:

„Den Vater hat heute morgen, während er seine Holzfäller beaufsichtigte, ein Unfall betroffen. Ein Ast eines stürzenden Baumes hat ihn im Rücken beschädigt und von den Hüften abwärts gelähmt. Er ist bei voller Besinnung und nur zornig auf sich selber. Von mir kann leider nicht die Rede sein. Der Alte sagt nur: ‚Daß ich so dumm auch gerade während Deines B e s u c h s sein mußte, das ärgert mich doch am meisten!' – Jetzt erst weiß ich es, wie fremd ich zu Hause geworden bin. Eva hat Dich nötig, Just; also komm zu ihr. Dem alten Herrn wirst du gleichfalls zum besten Trost gereichen."

Irene hielt jetzt den zerknitterten Zettel; Jule Grote wiegte den Oberkörper hin und her und stöhnte: „O Je! O du mein Je; nun geht auch der weg!" Mademoiselle sah, über den Tisch vorgebeugt, mit angehaltenem Atem auf ihre Herrin, Schülerin und Schutzbefohlene; der Vetter blickte zu mir herüber, seufzte nochmals tief und schwer, strich sich mit der Hand über Stirn und Augen und fragte:

„Was ist deine Meinung, Fritz? So rasch als möglich müssen wir hinüber; aber du weißt, die Pferde sind augenblicklich alle vom Hofe. Das eine Paar wird erst gegen Abend heimkommen, das andere kann ich zwar vom Tillenbrink holen lassen, aber es gehen doch gut anderthalb Stunden drüber hin. Mein Rat ist, wir gehen nach Bodenwerder und nehmen dort eine Extrapost."

„Fremd zu Hause!" murmelte Irene, aus ihrer Betäubung erwachend. „Wir wollen gleich gehen und den alten Weg nehmen – wie damals, als mein Vater gestorben war."

Wie in diesem Worte so vieles zu einem Abschluß kam, entging uns in diesem Augenblick vollständig. Wir haben aber alle nachher daran gedacht.

„Ja," sagte der Vetter Just, „das ist immer noch der Richteweg nach Werden. Der Vater Klaus würde sich auch nicht wundern, wenn du ihm noch einmal in seinen Kahn stiegest."

„Finden wir denn den noch?" rief ich.

„Es zog ein schlimmes Gewitter damals über den Steinhof, als ihr ihn zuletzt über den Fluß anriefet," sagte der Vetter. „Ihr bekamet nur die letzten Tropfen auf dem Wege nach Schloß Werden. Es ist wunderlich; aber auch das kann heute wieder geradeso geschehen. Nun, der alte Charon wird uns wohl sicher übers Wasser schaffen. Es hat sich vieles hier bei uns verändert, Doktor; aber diesen Schiffer findest du auch heute noch an seiner Stelle."

Eine halbe Stunde später befanden wir uns bereits auf dem Richtewege nach Werden, Irene, der Vetter Just Everstein und ich, – ganz wie damals klares, tiefblaues Himmelsgewölbe über uns, doch weißes Sommergewittergewölk hinter uns im Westen. Nun war es, wie der Vetter am Morgen es als das Beste und Wünschenswerteste und dazu als das Einfachste hingestellt hatte, nämlich, daß sie zu ihm gehe. Und einfach und ganz selbstverständlich erschien es auch jedem; es verlor niemand noch ein Wort darüber. Der Tod ist ein mächtiger Rufer und ebnet Wege und macht Pfade glatt, die eben noch durch berghohe Trümmer der Vergangenheit und unüberwindlich heil Gemäuer der gegenwärtigen Stunde versperrt schienen. Aber so hatte der Vetter Just sich den Weg der Frau Irene zu dem Freunde doch wohl nicht vorgestellt, als er sein ruhiges Wort aussprach!

Rasch und schweigend gingen wir drei unter dem heißen Tage; der erste Schatten auf dem Wege wartete erst jenseits des Flusses in den Wäldern der Heimat, und der Tod hielt dazu seine schwarzen Flügel über alle sonnigen Hügel, Täler und Halden ausgebreitet. Wie damals sahen wir uns nicht einmal nach dem Dunkel um, das in unserem Rücken emporstieg; – noch einmal ein Gewitter auf diesem Pfade! Wo aber führen die Wege der Menschen auf dieser Erde, wo das dumpfe Grollen und Murren von fern her nicht ins Ohr klingt und uns nicht zwingt, rückwärts, zur Seite oder nach dem Ziel vor uns hinzuhorchen? . . .

„Hol über!"

An dieser Stelle noch alles so wie sonst! Dieselben Wasser, dasselbe Ufergebüsch, dieselben heißen, knirschenden Kiesel unter den

Füßen. Und drüben aus dem Buschwerk das leichte Rauchwölkchen aus der Hütte des alten Freundes und sein Kahn an dem nämlichen Weidenstrunk. Und nur die Wellen rauschten, sonst kein Ton, kein Laut rings umher. Wir hatten unseren Ruf mehrmals zu wiederholen.

„Ein wenig taub ist der Alte allmählich wohl geworden," meinte der Vetter, „aber seine Augen sind für seine Jahre noch merkwürdig scharf. Er ist sicherlich nahe an die achtzig. Guck, Irenes Tuch bringt ihn uns her."

Wir sahen den Vater Klaus in der Tat jetzt drüben den Uferhang herabkommen. Einen Augenblick stand er zweifelnd und sah zu uns herüber.

„Hol über!"

Wir sahen ihn seinen Nachen ablösen –

„Achtzig Jahre!"

„Und er zwingt die Strömung immer noch," sagte der Vetter. „Manch ein starker, jüngerer Mann würde bei dieser Arbeit bald müde werden."

Da war der Kahn und schob sich scharrend mit dem Vorderteil auf den Kies, und –

„Wat kümmt mi denn da?" fragte der Vater Klaus, und auch an dem Wort und heiseren Laut hatte sich im Laufe der Jahre gar nichts verändert. „I, da seh' einer, der ganze Steinhof! Ach ja, ich weiß ja schon! Ach ja, der Herr Förster. Der Bote heute morgen hatte es wieder mal recht eilig – es tut mir recht leid um den Herrn Oberförster. Ja, ja, da hilft es weiter nichts: steigt ein, gnädige Herrschaft, Frau Gräfin, und der Herr Vetter auch. Ja, aber, aber, wie ist mir denn? Den anderen Herrn da sollte ich doch auch schon kennen?"

„Ein alter und hoffentlich auch heute noch guter Bekannter, Vater," rief ich, beide harte Hände des greisen Fährmanns ergreifend. „Fritz Langreuter!"

„Richtig!" rief der Alte. „I, das wußte ich doch auch wohl! Dazu habe ich Sie doch wohl oft genug mit dem anderen kleinen Fräulein über die Weser befördert. I, sehen Sie mal! Und nun müssen Sie, mit Erlaubnis, gerade heute zu dieser traurigen Gelegenheit zum erstenmal wieder in mein Schiff kommen! Ja, wo haben Sie denn die ganzen lieben, langen Jahre gesteckt, wenn ich so frei sein darf?! Daß Sie ein grausamer Gelehrter bei der Weile geworden sind, das habe ich wohl gehört, und ansehen tue ich es Ihnen jetzo auch. Na, das freut mich aber bei allem Leidwesen. Ja, dann steigen Sie auch mal wieder ein, Herr – Fritze, mit Erlaubnis zu sagen. Es wundert Sie wohl ein bißchen, daß Sie mich und die Weser immer noch zwischen Werden und dem Steinhofe an Ort und Stelle finden? Ja, so hat jedes seinen Lauf und sein Bestehen!"

Nun schwammen wir wieder auf dem Wasser, und ich ließ noch einmal die warme Sommerflut des Stromes über die Hand fließen. Und ganz wie damals flüsterte mir der alte Schiffs- und Fischersmann zu:

„Ja, ja, ich weiß es wohl, daß es in Werden nicht gut steht, Herr Langreuter. Aber der Herr Förster hat ja, Gott sei Dank, ein reinlich Blut und gut Gewissen, und wenn er, gegen mich gehalten, auch noch ein ziemlich junger Mensche ist, so ist er doch auch ziemlich bei Jahren, und da ist es immer das beste für die Angehörigen, Vernunft anzunehmen und sich und dem anderen den Abschied nicht schwerer zu machen, als notwendig ist. Wisset ihr, Herr Vetter Everstein und die gnädige junge Frau dazu, wüßte ich nur ganz gewiß, daß mir während meiner Abwesenheit allhier an dieser Stelle kein Schaden und Spitzbubenstreich passierte, so ginge ich wahrhaftig gern mit euch, um mir für demnächst ein gutes Exempel an dem Förster zu nehmen."

„Da kommt nur dreist mit, Vater Klaus," meinte Just, „ich stehe für allen Schaden. Wer weiß, welch ein gut Beispiel Ihr uns auf dem Stuhl am Bette geben könnt."

Aber der Greis schüttelte den Kopf:

„Es geht nicht, und es schickt sich nicht. Seit ich denken kann, ist dies mein Ort, wo ich die Weser, die Schiffe, die Jahreszeit, die Menschen und das Gewölke passieren und bleiben sehe. Es ist nur eine Kabache da im Röhricht, aber doch mein altes, festes Nest, und jeder Schritt davon weg ist mir aus der Gewohnheit. Ein alter Kerl bin ich hier geworden, aber als ein ganz anderer Kerl käme ich heute nacht von Werden nach Hause; aber – holla – seht einmal das Gewölk! Das kommt diesmal doch schneller herauf, als ich gedacht habe! Und hör' einer! Da probiert der Herr Kantor auch schon seine große Orgel. Na, na, nun rate ich lieber den Herrschaften, daß sie wieder mal ein Stündchen bei mir unterkriechen und das Schlimmste vorüberlassen."

Es hatte keiner von uns anderen sich umgesehen, doch jetzt taten wir's, wie angerufen von dem ersten dumpfen Donnerton von Westen her. Was wir für ein langsam zögernd Schleichen genommen hatten, das war raschester, rasendster Flug gewesen. Das Gewitter war da wie das Schicksal, welches uns auf diesen Weg geführt hatte, und wir standen unter dem Druck des einen nicht anders als unter dem des anderen.

„Ihr Mannsvolk kommt mit der Frau nicht weit in den Wald hinein, und dann müßt ihr doch unter der ersten dicken Eiche zu Schauer gehen," rief der Vater Klaus. „Die gnädigste Gräfin oder Frau Baronin muß es mir nicht übel nehmen, sie ist mir, je länger ich sie ansehe, immer noch wie das Kind und junge Fräulein Komtesse von Schloß Werden, und das alte Kesselchen singt noch auf dem alten Herde, Fräulein Gräfin, und ein frisch Paket Zichorien hab' ich auch von Bodenwerder. Sie haben doch sonst schon vorlieb bei mir genommen, – ach ja, ein bißchen mehr Kinder waren wir dazumalen wohl noch, und die beiden jungen Leute aus dem Försterhause waren dann auch immer dabei. Ich habe es wohl gehört, daß sie alle währenddem mancherlei erlebt haben in der Welt, aber denken kann ich mir's eigentlich nicht; denn ich selber habe ja nichts erlebt, von welchem ich viel wüßte, außer daß ich ein bißchen älter geworden bin. Der Regen ist schon da; – nun kommen Sie nur noch mal herein zum Vater Klaus – lange anhalten wird's ja wohl nicht."

„Ich ginge am liebsten weiter," sagte Irene. „Ich möchte so schnell als möglich zu Eva."

Das ging nun wohl nicht an. Das Unwetter war da, und schon fegte der Regen in Stößen vom jenseitigen Ufer her über den Fluß. Alle lichten Farben wurden zu einem trüben Grau ausgewischt, das Ufergebüsch und Schilf wie von tausend ärgerlichen Fäusten geschüttelt und nach Osten hin zu Boden gedrückt. Auf das Dach der Fischerhütte rauschte und rasselte es nieder, und wir saßen an dem Tage eine gute Stunde an dem Feuerherde des Vaters Klaus, horchten auf den Donner über unseren Köpfen, „warteten das Gewitter ab" und ließen unserem grauen Fährmann und Gastfreund das Wort. Wie er es führte, hätte wohl keiner von uns etwas Besseres, Unterhaltenderes und Zweckdienlicheres zutage fördern können.

„Ich weiß eigentlich gar nicht, wie ich Sie jetzt nennen muß," wendete er sich an unsere Begleiterin. „Am liebsten hieße ich Sie wie sonst: liebes Fräulein Gräfin oder Komtesse; aber das ist es ja wohl nicht mehr?"

„Liebe Frau Irene, Vater Klaus!" und ganz leise fügte sie hinzu: „Arme Irene! – Ich habe von dem Mancherlei, was ich in der Welt erlebte, nichts weiter nach Hause – nach dem Steinhofe gebracht als meinen spottenden Taufnamen. Wer es noch gut mit mir meint, der nennt mich bloß bei diesem. Ich bin eine arme Frau Irene geworden, Vater Klaus!“

Der Alte schüttelte das Haupt:

„Hm, hm, es ist doch sonderbar! Da wo Sie jetzo sitzen, Fräulein Gräfin, da saß gestern gegen Abend mein bester Freund, seit ich denken kann, auch mal wieder! Nämlich der ganze Nichtsnutz von dem Försterhofe in Werden; und ich dachte wirklich zuerst, er sei meinetwegen da; aber er nahm gar kein Blatt vor den Mund, sondern wollte einfach nur von hier aus über die Weser gucken, und als ich ihn dann fragte, wie ich ihn jetzo betitulieren müßte, meinte er gerade so, sein Taufname wäre ihm das Liebste, und weiter hätte er für die hiesige Gegend hoffentlich auch nichts mit aus der Fremde gebracht. Und als ich darauf nicht einging, sondern ihn darauf anredete, daß er ja kurioserweise Schloß Werden käuflich an sich gebracht habe, wurde er auf einmal aus aller Wehmut heraus ganz der alte und sagte: Klaus, Vater Klaus, zwei Esel haben eigentlich nicht Platz hier im Fischkasten! – Na, das freute mich denn recht, obgleich er eigentlich gleich wieder in seine Trübseligkeit hineinfiel; aber auf dem richtigen Fuß waren wir wieder, und ich habe ihn kurzweg wieder bei seinem Taufnamen geheißen, und dann haben wir, weil eben nicht so 'n Unwetter wie jetzo war, unter unserem alten Strunk gesessen und zusammen über mein Wasser geguckt und wirklich recht vielerlei von – der lieben Frau Irene zusammen gesprochen.“

„Wann war denn dies wohl, Meister Klaus?“ fragte ich mit einem verstohlenen Blick auf die von uns weg in die Tür tretende und die Hand in den jetzt schon leiser rauschenden Regen streckende Frau.

„Nun, ich meine so zwischen sechs und sieben Uhr. Herr Ewald wird wohl erst ziemlich spät in der Nacht nach Hause gekommen sein. Er hatte vor, auf dem Heimwege noch mehr als einen Umweg zu machen. ‚Es sind da eine Menge Örter, die ich noch einmal wiedersehen muß, ehe ich mich wieder auf die Wanderschaft mache, Vater Klaus!‘ sagte er. – Ja, er sprach ein langes und breites darüber, wie schlecht es ihm zu Hause gefiele. Und ich denke doch, mein lieber Gott, daß es doch nicht jedermann alle Tage passiert, daß er mit soviel Glück in der Tasche aus der Fremde in das alte Nest fällt wie der. Aber ein aparter Mensch war der immer und schon von Jungensbeinen an. Den Herrn Ewald Sixtus meine ich. Uh, wer so manche Nacht wie der hier bei mir in der Köte gelegen hat und in das Feuer da von all seinen unsinnigen Gedanken und kuriosen Hirngespinsten hineingesprochen hat, den soll der Vater Klaus doch wohl kennen, wenn er als ausgewachsener Mann ebenso wieder daliegt und mit den Funken und Flammen auf meinem Herde mehr spricht als mit mir altem dummen Kerl. Nicht wahr, Herr Vetter Just?"

„Das meine ich auch, alter Freund!" rief der Vetter mit außergewöhnlicher Energie. „Nun, wie sieht es draußen aus – liebe Frau Irene? Gestern abend, als du mit dem Berliner Doktor da durch die Felder zogest, seid ihr ja wohl auch ziemlich bis hier in die Gegend gekommen? Erzähltest du mir nicht davon, Fritz, als wir heute morgen deinen Schreibebrief nach Werden beredeten? Und von allerhand unsinnigen Gedanken und kuriosen Hirngespinsten hast du mir auch geschwatzt. Und da war doch bloß die Weser zwischen euch und dem alten guten Freunde, dem Vater Klaus. Wenn ich je in der Welt einem so guten Freunde wieder so nahe gekommen bin, dann habe ich ihm immer auch einen Besuch abgestattet!" ...

Die Frau Irene stand noch immer, den Ellenbogen an den Türpfosten der Hütte lehnend. Über den Herd des Vater Klaus sich beugend, flüsterte mir der Vetter Just zu:

„Tausend Schritte weiter und – Hol über! ... Deinen Brief behalte ich zum Andenken an diese Tage!" – – Laut, fast fröhlich rief er dann:

„Du hast noch nicht geantwortet, Irene. Was macht das Wetter auf Erden, und wie guckt der Himmel drein? Ich meine, der Regen läßt doch immer merklicher nach."

Die Frau wendete sich, und ein Fremder hätte ihr nicht angemerkt, wie schwer jedes Wort, das in dieser Fischerhütte gesprochen worden war, auf ihrer Seele wog und daß ihr mit Ausnahme dessen, was der Vetter Just leise mir ins Ohr gerufen hatte, keines entgangen war.

„Der Vater Klaus ist ein guter Wetterprophet und hat sich auch diesmal wieder so bewährt," sagte sie. „Es war ein rascher Übergang. Vom Steinhof her scheint wirklich schon die Sonne in die Tropfen, und es ist alles gegen Schloß Werden gezogen."

„Und auch dort wird's ein Übergang sein," meinte der Greis. „Die Berge da machen keine Wetterscheide aus. Was über die Weser 'rüber ist, hat freie Bahn vor sich und mag gehen oder sich verlaufen, wie und wo es will. Da ist weiter kein Aufenthalt mehr. Geschickt wird ja jedes Gewölke, aber dorthinzu ist das denn doch wieder, als ob alles Wetter frei seinem Schicksal überlassen worden wäre, und so weiß nie einer genau, was er davon halten und sagen soll. Es ist eben alles Witterung."

„Und wir haben unser Teil davon auf uns zu nehmen,“ sagte Irene, dem Fischer die Hand reichend. „So nehmt denn auch heute unseren schönsten Dank für freundlichen Schutz, gute Bewirtung und jedes gute Wort, was Ihr uns gesagt habt, Vater Klaus. Fast ist es doch, als hätten wir ganz vergessen, was uns eigentlich auf diesen Weg getrieben hat. Nun wollen wir aber nur noch an dieses denken und rasch weiter; nicht wahr, meine Herren?! Ich muß zu meiner armen Eva, und es soll mich keine Erdenwitterung mehr aufhalten. Ade, Vater Klaus. Wenn ich zurückkomme, gehe ich nicht über Bodenwerder – Ihr nehmt mich wieder auf in Euren Kahn.“

„Allein oder in Gesellschaft – wie es sich schickt,“ brummte der greise, treue Schiffsmann, die kleine, zarte Hand zwischen seinen uralten, knochigen Tatzen haltend. „Herrschaften, findet ihr den Förster noch, so grüßte ihn von mir; – auf einen Hasen legte da dem lieben Gott sein Jägersmann nicht an; also sprecht's ihm nur dreiste heraus, daß ich fest auf ihn rechne, was das Quartiermachen anbetrifft. Finden Sie ihn nicht mehr, Herr Vetter Just, und Sie, Berliner, na so brauchen Sie auch nichts an ihn zu bestellen, sondern nur gut mit den zwei jungen Leuten umzugehen. Ich finde meinen Weg schon. Adjes alle! Es ist mir, abgesehen von dem schlimmen Malheur, eine große Freude gewesen!“

Wir traten heraus aus der Hütte in das letzte jetzt auch schon auf diesem Ufer der Weser von der Sonne durchflimmerte Gesprühe des Sommergewitters und atmeten aus tiefster Brust wohlig auf; ich aber vernahm noch, wie der Meister Klaus, den sehr schlimmen Tabak in seiner kurzen Holzpfeife niederdrückend, brummte:

„Jawohl, am Ende läßt sich doch niemand recht Zeit als solch ein alter Fischersmann, der da weiß, daß die Fische nicht zu jeder Stunde beißen, und der mit den Reusen umzugehen weiß und weiß, daß alles erst zu seiner Zeit kommt, aber dann auch ganz richtig und auf den Punkt. Ja, ja, lauft nur zu; – ich hab' euch ja schon gefahren, als ihr noch in euren Kinderschuhen liefet.“

Ich winkte ihm darob noch einmal lächelnd zu:

„Und es ist Eure feste Meinung, daß wir noch immer darin laufen, Vater Klaus?“

„Das werde ich mir doch wohl nicht herausnehmen,“ rief der Alte grinsend mir nach. „Aber eine hübsche Luft wird es immer nach solch einem Gewitter, Herr Langreuter; und die paar Tropfen, die Sie jetzo unterwegs noch auf den Pelz kriegen, die können Sie sich darum schon gefallen lassen; und, lieber Herr Fritz, bei Gelegenheit fragen

Sie nur ganz dreist den Herrn Ewald danach, was gestern meine Meinung gewesen ist."

Nun glänzte und rauschte auf Stunden Weges um uns und über uns der erfrischte Hochwald. Die großen gelben und schwarzen Schnecken krochen auf allen Pfaden; Menschen begegneten uns nicht. Wir gingen stumm zu, und nur wenn wir an einer außergewöhnlich schlüpfrigen und steilen Stelle unserer Begleiterin die Hand boten, sprach sie ein leises Dankeswort. Und wieder einmal lag, als wir endlich aus dem Walde hervortraten, Schloß Werden zu unserer Rechten im Sonnenuntergangsglanze da, und das scheidende Licht blitzte rot aus den hohen Fenstern des Oberstocks uns entgegen. Ich sah mit einigem Bangen auf die bleiche Frau mir zur Seite und fing einen ganz ähnlichen Blick des Vetters Just auf. Doch Irene Everstein sah nur einmal ganz fest und kurz nach den Giebeln des väterlichen Hauses und schritt dann gesenkten Hauptes rascher zu auf dem Wege gegen das Dorf. An dem ersten Hofe schon erfuhren wir von einem Kinde, daß der Herr Oberförster tot sei; und ein junges Mädchen, das am Gartentor strickte, bestätigte die Nachricht und fügte hinzu: „Gerade, als das Unwetter anging."

Wir gingen nun durchs Dorf. Alle Leute vor den Türen grüßten uns herzlich, aber still. Auf Irene sahen sie scheu und steckten nachher die Köpfe zusammen und flüsterten miteinander. An den Vetter Just trat hier und da einer heran und gab ihm die Hand: „Also Sie haben es auch schon vernommen?" – Jeder aber sprach viel leiser, als es sonst dort die Gewohnheit des Ortes ist.

„Und der junge Herr Sixtus? Und Fräulein Eva, Gevatter Reitemeyer?"

„Die sitzen ganz still auf der Bank vor der Försterei. Sie haben sich ja wohl gottlob ganz gut in das Geschick gefunden. Sein Alter hatte der alte Herr, vor Krankheit hat er immer sein Grauen gehabt und seinen Spaß darüber gemacht. Hier im Dorfe bei uns ist niemand, der ihm nicht das Beste wünscht, und solange man denken kann, kann man Werden nicht ohne ihn sich denken. Auf dem Wege zu seinem Unfall ist er mir heute morgen noch begegnet. Das mußte ja wohl so sein sollen, denn er hatte es kurios eilig und war doch sonst ein recht ruhiger, langsamer und sedater Herr. Gehen Sie nur ruhig hin! Das Unwetter hat Sie wohl ein bißchen unterwegs aufgehalten? Es ist aber wirklich recht angenehm danach geworden. Sie haben Ihr Heu wohl auch schon trocken herein auf dem Steinhofe, Herr Just?"

Wir blieben dieser Unterhaltung wegen nicht stehen, und so kamen wir zu dem Försterhause und fanden, wie die Leute es uns berichtet hatten, Bruder und Schwester auf der Bank vor der Haustür im dämmerigen Ulmenschatten beieinander sitzend. Hinter ihnen standen die Stubenfenster wie immer weit offen und ließen den Regenduft und die Frische des nahenden Abends frei ein; der alte Herr aber saß nicht mehr am Fenster, sondern lag ausgestreckt, „ruhig und sedate" auf seinem Lager. Auch alle Türen standen in gewohnter Weise geöffnet; die Hunde des alten Herrn lagen zu den Füßen des Geschwisterpaares, und nur von Zeit zu Zeit stand einer von ihnen auf, ging hinein und legte den Kopf auf das so schnell dort bereitete Bett und kam wieder heraus und legte den Kopf auf Evas Knie und sah wie fragend sie an.

Das schreibe ich aber hier, weil es den ganzen Abend so blieb, nachdem wir uns zu den Geschwistern gesetzt hatten.

Als wir in das Hoftor traten, schlug einer der Hunde leise an. Ewald und Eva standen auf, und der Ingenieur aus Irland legte die Hand auf die Fensterbrüstung hinter sich, wie um sich zu halten. Doch Irene verließ den Arm des Vetters Just, ging rasch hin und hielt die Jugendfreundin im Arm und küßte sie und sagte:

„Da bin ich... Nun sei nur still... Du sollst mir alles erzählen!"

Eva Sixtus weinte heftig, und Ewald gab uns Männern stumm die Hand.

„Er sieht aus, als ob er schliefe! . . . O, er sieht zu gut und schön aus für den Tod!" schluchzte Eva; und dann gingen wir alle, von den Hunden begleitet, in die Stube, und er sah freilich schön und gut aus in seinem weißen Haar, und gottlob nicht anders, als ob er schliefe!...

„O Just, o lieber Just!" schluchzte Eva Sixtus, und nun war sie mit ihm und war bei ihm gut aufgehoben in diesen tränenreichen Stunden und Tagen. Sie konnte auch das Haus verlassen, in welchem sie geboren worden war.

Sechzehntes Kapitel

Und Ewald und Irene? Was sagten und taten die denn? Das ward nun eine Nacht, in der viele Geister umgingen in Werden – Schloß und Dorf; doch über miracula et portenta, von großen Wundern und „Wunderzeychen" am Himmel und auf Erden und auch in den Herzen der Menschen habe ich nicht das geringste zu berichten.

Jene beiden Leute begrüßten sich zuerst, wie es sich nach der langen Trennung und bei der ersten Gelegenheit schickte, ernst und freundlich. Zu dem, was die Welt eine Auseinandersetzung nennt, kam es fürs erste noch nicht, denn teilnehmende Nachbarn sprachen immer noch ab und zu vor, und auch der jetzige Pastor des Ortes kam noch einmal und saß eine geraume Weile. Er beging vielleicht die einzige Indiskretion an diesem Abend, indem er den irischen Ingenieur recht lobte und s e i n e Heimkehr „so gerade zur rechten Zeit leider!" mit allen ihren Umständen als etwas sehr Löbliches und Verdienstliches pries und sich dabei stets mit seiner Rede an die Frau Irene wendete.

Doch lauter als der beste Redner in der Welt gab der stille alte Herr hinter uns in der Stube mit den offenen Fenstern sein stummes Wort darein und half uns auch hierüber hinweg.

Auf den Spielplätzen des Dorfes verklang allgemach der Lärm der Dorfkinder. Es wurde Nacht, und auch der gutmütige, wohlmeinende geistliche Herr ging nach Hause, höflich von dem Vetter Just bis zum Hoftor begleitet.

„Wir haben uns lange nicht gesehen, liebe Irene," sagte jetzt der Irländer leise; doch die Frau antwortete mit merkwürdig fester und klarer Stimme:

„Ja, lieber Ewald; es ist sehr lange her, und nun führt uns eine so traurige Gelegenheit wieder zusammen! Dir ist es aber gottlob gut ergangen auf deinem Lebenswege, du hast vieles ausgerichtet; ich habe den Vetter Just und hier den Doktor Fritz gern davon erzählen hören –"

Hier räusperte sich der Vetter Just ziemlich vernehmlich und brummte:

„Hm, hm, hm."

„Mein Bruder –" wollte Eva einfallen, doch ich faßte rasch nach ihrer Hand, und die Frau Irene fuhr fort, und der energische Wille, sich nichts vergeben zu haben, kämpfte bedenklich mit noch unterdrückten Tränen:

„Du hattest es aber auch viel leichter in der Welt als ich."

„Ja, liebe Irene!" sagte der Freund. „Ich weiß das nur zu genau. Ja, ich habe es leicht gehabt und viel Glück!" – Seine Stimme aber wurde rauh und hart, als er hinzufügte: „Ich habe jahrelang keine Zeit gehabt, an meines Vaters Haus zu denken, um dir das deinige wiederzugewinnen!"

„Aus Zorn und Mitleid, Ewald Sixtus! . . . O Eva, Eva, liebe, liebe Schwester, behalte mich bei dir unter deines Vaters

Dache diese Nacht! ... Nein, nein! ... Just, o lieber Just, wie bin ich nur hierher gekommen? Wo soll ich bleiben?"

Zum erstenmal in dieser treuen, wahren Lebensgeschichte klang die Stimme des Vetters ärgerlich, ja fast böse, als er sich erhob und sagte:

„Bei mir – Just Everstein! Eine Nacht geht bald vorüber. Auf Schloß Werden, Gräfin Irene Everstein! Ich schaffe dir in dem alten Spuknest als alter amerikanischer Hinterwäldler und Baumfäller ein Strohlager und ein Bund Heu unter den wilden Kopf. Kommt herein zu dem Vater; Eva hat zwei Lichter neben sein Bett gestellt, wir wollen dabei den Kauf richtig machen, Ewald! Ich, Just Everstein vom Steinhofe, bin hiermit Eigentümer und Herr von Schloß Werden!" ...

Es ist nicht die Kraft, es ist die Angst des gefangenen Edelfalken, die das Schreckliche ist und das Publikum vor den Gittern des Käfichts am meisten interessiert; ich aber verspüre an dieser Stelle am allerwenigsten das Bedürfnis, die Frau Baronin Rehlen interessant zu machen durch ihr Flattern und Flügelschlagen. Habe auch kein Recht dazu.

Wir gingen wohl zu dem toten Vater hinein, aber nicht um einen Handelskontrakt neben den zwei Lichtern, die sein stilles, friedliches, freundliches Greisengesicht beleuchteten, abzuschließen. Irene stand an Ewalds Schulter gelehnt, von seinem Arm umschlungen, und weinte leise und flüsterte:

„Kannst du mich denn noch lieb haben?"

Er war unverbesserlich, der brave Freund Ewald Sixtus! Er hätte wirklich schon von Geburt aus als Irländer in diese nüchterntragische Welt hineingesetzt werden sollen.

Dem Weinen war er gleichfalls näher als dem Lachen, und seine Stimme zitterte gleichfalls, als er an dem Sterbelager seines Vaters seine Liebe fester an sein Herz zog; aber doch mußte es heraus und kam ganz in der alten Dummen-Jungen-Weise:

„Ich kriege dich ja nur in den Handel, altes Mädchen! Aber – bei den ewigen Göttern, die mir wahrhaftig den Weg bis zu dir schwer genug gemacht haben – den Vetter Just halte ich bei seinem Worte! Wir beide, mein Herz, mein liebes, liebes Herz, wir sehen uns nicht mehr um nach Schloß Werden; aber der Vetter da, – der Vetter Just Everstein, der war von Gottes Gnaden allewege der Gescheiteste von uns und hat mit unserer Schwester da allein die Gabe, *alles ruhig abzumachen*. Du und ich, mein

Herz, wir haben nur einmal den Versuch gemacht. Die beiden müssen für uns mit wissen, was mit Schloß Werden anzufangen ist!"

Von Schloß Werden wurde nun nicht mehr gesprochen bis zum anderen Morgen und dann zwischen dem Vetter Just und mir. Wir verbrachten alle diese Nacht unter dem nämlichen Dache, doch wohl keiner von uns in einem sehr festen Schlaf. Auch ich nicht, der ich in jedem Augenblick vorgeben konnte, daß wichtigste, unaufschiebbare Geschäfte mich augenblicklich nach Berlin zurückriefen und meine Gegenwart bei dem Begräbnis – bei dem Schmerz und dem Trost der alten Heimat unmöglich machten.

Zwei Stunden nach Sonnenaufgang schon trieb es mich heraus. Wahrscheinlich weil irgend etwas – was, kann ich nicht sagen – meinte: so mag er doch wenigstens den Historiographen festhalten! – Im Unterstock des Hauses traf ich nur die bleiche, traurige Eva an der Tür der Wohnstube. Sie hatte jetzt ein weißes Laken über den toten Vater gelegt, und ich erhob das Tuch nicht mehr. Ich wollte mir die Erinnerung an das schöne, ruhige Greisengesicht von gestern abend unversehrt erhalten, und ich wußte es, wie der alte Maulwurf, das Leben, in dem an der Arbeit bleibt, was der Mensch einen Leichnam nennt.

Als ich mich nach den anderen erkundigte, erfuhr ich, daß Ewald zum Meister Dröge, dem Dorftischler, gegangen sei und daß Irene ihn begleitet habe.

„Und Vetter Just?"

„Just wirst du wohl im Garten finden. Ich habe den Kaffeetisch dort hergerichtet. O Gott, es ist ein so schöner Morgen – o Fritz, ich kann es mir noch immer nicht denken! . . . Er war so vergnügt und gut, als er gestern in diese nämliche Morgensonne hinein wegging! Er holte sich noch bei mir in der Küche Feuer für seine liebe, alte Pfeife, und ich sah ihm nicht einmal nach und gab ihm das Geleit wie sonst bis ans Hoftor, und nun muß ich ihn in alle Ewigkeit mit seinem weißen Haar und seinem guten, freundlichen Gesicht bei mir am Herde stehen sehen! . . . Ein paar Stunden später, in denen ich nicht einmal an ihn dachte, brachten sie ihn zurück!" . . .

Ich fand den Vetter Just nicht an dem Kaffeetische im Garten, und ich hielt es auch nicht lange allein daran aus in dem schönen Licht und Schatten, unter den Sommerblumen ringsum, dem Bienensummen, Käfer- und Schmetterlingsflug.

„Der Herr Vetter Just spaziert auf der Chaussee," sagte ein Dorfkind, das in die kleine Pforte in der grünen Hecke guckte; und auch ich trat aus diesem Gartentürchen auf die Landstraße.

„Er ist nach dem Schlosse zu,“ meinte die kleine barfüßige, flachshaarige Ostfalin, und ich kannte den Weg, der auch von hier aus quer über die Landstraße nach Schloß Werden führte, und so ging ich dem Vetter Just Everstein nach, – wohl tief in Gedanken wie er und in ähnlichen, wenn auch nicht ganz in den gleichen.

In dem letzten Hause des Dorfes nach dieser Seite hin wohnte der Meister Dröge, der Tischler. Die helle, staubige Landstraße führte an seinem Eigentum und dem Wiesenfleck, auf dem er seinen Vorrat von glatten Brettern und Balken aufgeschichtet hatte, vorüber und ließ es zur Linken. Rechts aber führte ohne Steg durch den mit Gras, Sternblumen und Kletten, Brennesseln und Thymian ausgefüllten Chausseegraben der Schlupfweg durch jetzt noch im Tau funkelndes, wirres Gestrüpp und Gebüsch, untermischt mit einzelnen höheren Bäumen, nach dem verwünschten Schloß, dem alten, teuren Nest, in dem auch ich flügge geworden war.

In seiner Werkstatt war der Meister Tischler an der Arbeit; ich hörte seinen Hammer laut und deutlich genug. Eines seiner Kinder war's gewesen, das mir den Weg angedeutet hatte, auf dem ich den Vetter Just finden konnte.

Aber ich zögerte, ehe ich ihm folgte. Auf dem sonnigen Wiesenflecke, auf einer Lage jener glatten, weißen Tannenbretter, von denen der Meister Schreiner eines oder zwei zu seiner Arbeit die halbe Nacht hindurch verwendet hatte und an denen jetzt sein Hammer zur Vollendung des Werkes klang, saßen Ewald und Irene, dem Dorfe Werden und mir den Rücken zuwendend.

Sie saßen Hand in Hand, doch nicht dicht beisammen. Tief niedergebeugt, das Haupt in der Hand, saß der Freund; und ob sie auch miteinander gesprochen hatten, jetzt redeten sie nicht miteinander. Sie saßen still und horchten auf den Hammer, der die Nägel scharf und hell und doch auch wieder melodisch in das weiche Holz trieb. Kein Glockengeläut konnte feierlicher in einen Brautmorgen hineinklingen, und ich wagte es wahrlich nicht, diese zwei Verlobten anzureden. – – –

Der Pfad durch das taufunkelnde Gebüsch nahm mich auf, und hinter mir verhallte dieser ernste, bedeutungsvolle Hammerschlag. Durch hohes, gelbes Kornfeld zog sich der enge Weg, die Lerchen hingen unsichtbar – fröhlich darüber; und – seltsam, gerade in diesem Augenblick drängten sich die Bilder und Gewohnheiten meines so lange gewohnten Daseins – die bekannte Umgebung meines ruhigen Einsiedlerlebens durch mein Gedächtnis: meine vier Wände in Berlin, die Bücher an den Wänden und der Blick durchs

22*

Fenster in die bunte, lärmende Gasse. – Du träumst, Friedrich Langreuter? Was aber ist nun ein Traum? ... Besinne dich! – –

„Wo bist du eigentlich, Fritz?" fragte der Vetter Just. „Du stiegest über den Hof weg wie ein Nachtwandler. Wie siehst du denn aus, Doktor? Wie stolperst du her? ... Freilich, Steine des Anstoßes liegen hier genug im Wege!"

Da stand ich wieder in dem verwahrlosten Schloßhofe von Werden, und der Vetter nickte mir von der mehrfach beschriebenen Steintreppe und Rampe zu.

„Es ist mir übrigens lieb, daß du kommst," brummte er. „Komm nur dreist herauf, ich werde dich nicht mehr auslachen, wenn du behauptest, daß es hier umgehe. Jedenfalls gehe ich nun seit einer Viertelstunde um dies alte Gemäuer herum, und immer ist's mir, als schleiche etwas hinter mir drein oder sehe gar aus dem Fenster auf mich herunter. Die Sache ist mir nun doch außer allem Spaß! ... Der Vetter Just Everstein vom Steinhofe Herr von Schloß Werden! ... Den Irländer kenne ich. Der Strick hält mich am Wort, wenn ich es selber nicht zurücknehme. Und er hat auch recht! Was will er mit seinem Weibe hier? ... In die Försterei setzt die Regierung einen neuen Mann in Grün; – alles für uns ausgeflogene Nester! ... Mein Weib nehme ich mit nach dem Steinhofe; das wäre mir wirklich eine Burgfrau hier, die Bäuerin vom Steinhofe mit Jule Grote als stewardess! ... Sahst du auch die beiden – ich meine Ewald und Irene – auf der Wiese des Meisters Dröge? Das ist mir nun ganz klar und deutlich, als flösse schon das Weltmeer zwischen ihnen und Schloß Werden. Es weiß keiner etwas anzufangen mit Schloß Werden und – ich auch nicht! Doktor, was meinst du, wenn d u es von mir in Pacht nähmest?"

Ich glaube fest, daß ich damals den Vetter ziemlich starr und mit etwas weitgeöffnetem Munde angesehen habe; es war aber nur eine Schulmeister-Reminiszenz aus Neu-Minden von ihm, wie sich gleich auswies.

„Ländereien nicht vorhanden," sagte er, „aber genügend Gartenland zu Spielplätzen und Turnanstalten, und was sonst dazu gehört. Ausgezeichnetes Trinkwasser – gesunde Lage, frische Luft. Wald ringsum. Fritz, so 'ne Erziehungsanstalt für unverbesserliche Jungen aus den besten Familien! ... Mit der Miete würde ich dich nicht drängen, zum Inventar würde ich zuschießen; wir behielten dich hier in der Nähe, gut zahlende junge Engländer schickte Ewald, deine Berliner brächtest du dir selber mit. Gekommen ist mir diese

Idee freilich eben erst, seit du hier bei mir stehst, aber – überlege dir mal die Sache!"

Von diesem Vorschlage hatte ich mir wahrlich nichts träumen lassen, als ich mich eben auf dem Wege nach der alten Jugendheimat aus den bewegten, wunderlichen, traurigen und doch so von der Sonne überglänzten und vom Grün umrauschten gegenwärtigen Tagen plötzlich und ohne daß ich es wußte, wie es zuging, in mein einsames großstädtisches Gelehrtendasein zurückverloren hatte. Es war seltsam, aber wegleugnen ließ es sich nicht; ein gewisses leises, unbestimmtes Heimwehgefühl hatte sich bemerkbar gemacht: „Wohin gehst du, Friedrich Langreuter, wenn sich nun in der allernächsten Zeit dieser Kreis, der sich hier so schicksalsvoll geschlossen hat, wieder auflöst? Sie sind nun am Ende doch alle geborgen. Aber du, Fritz Langreuter, wenn du nun morgen mitgegangen bist zu der letzten friedlichen Ruhestätte des guten, alten, treuen Freundes? Wohin gehst du, wenn ihr morgen vom Kirchhofe zurückgekommen seid und für die übrigen das Lebensrad mit erneutem Schwunge sich wieder aufwärts drehen wird? Was bleibt dir in den Händen als Gewinn von dieser melancholisch-süßen Reise nach Schloß und Dorf Werden – der Fahrt in die Jugend zurück?"

Fast drollig klang nun in alle diese Fragen an das eigene Geschick der treffliche Rat des Freundes, aus Schloß Werden ein Erziehungsinstitut zu machen, hinein. Ich mußte auch lachen, aber heiter kam das gerade nicht heraus; und dabei stand der Vetter Just mit seinem heitersten Lächeln auf dem ehrlichen, breiten Gesicht weitbeinig, die Hände auf dem Rücken, vor mir:

„Na?! Was sagst du zu meinem Vorschlag?"

„Daß dies ganz der richtige Just Everstein ist. Neu-Minden, wie es leibt und lebt. Ja, wenn nur ein jeder am Wege gesessen hätte wie dieser Mensch hier und Weisheit aus dem Wind und den Wolken wie aus dem alten Broeder gezogen hätte! Ich danke dir herzlich, Vetter Just; aber – für mich wäre das wirklich das letzte."

„Dann ist mir Schloß Werden nur auf den Abbruch hin auf den Hals geladen worden," seufzte Just Everstein vom Steinhofe und legte die Hand auf eines der Bretter, mit denen die hohen Fenster des Unterstocks des Gebäudes teilweise vernagelt waren. „Es wird wieder mal allerlei von einer festen Brücke bei Bodenwerder geschwatzt und geschrieben. Da könnte ich vielleicht einen Teil der Steine los werden. Schade, daß unser Landsmann, der Freiherr von Münchhausen, sein Wort bei den maßgebenden Behörden nicht mehr dazu geben kann! Über das Gartenland wollte ich mich schon mit den

Bauern von Werden verständigen, Gewissensbisse mache ich mir nicht darüber, wenn du auch nicht gerade jetzt mit Irene Everstein darüber zu sprechen brauchst. – Everstein? Everstein? Was würde der Herr Graf dazu sagen? Und was mein seliger Vater – von meinem Großvater gar nicht zu reden?!"

„Es geht alles in der Welt mit rechten Dingen zu, Vetter Just," erwiderte ich. „Freilich die große, trostvolle Wahrheit, daß hinter jedem Ding als solches eben die Welt als solche steht, wird einem meistens nur bei einer solchen Gelegenheit wie diese klar. Das ist ein Gedanke: aus Schloß Werden eine Brücke zu bauen! Ein trefflicher Gedanke, der einen selbst in der Vorstellung schon mit Kindern und Kindeskindern sicher und fest in die Zukunft hineinführt!"

„Ein kurioses Ende vom Liede, würden die Werdenschen Bauern sagen," brummte der Vetter kopfschüttelnd.

„Aber die Quadern würden sie dir doch herzlich gern abfahren zu dem Werk."

„Das würden sie! Und das Fell würden sie mir dabei über die Ohren ziehen, wie es kein Everstein auf seinem alten Raubnest dort weiter ins Land hinein seinerzeit besser verstand. Ja, auch das Lied hat kein Ende! Na ja, und wenn ein Stern zerspringt, so werden die Planetoiden daraus; – verwerten kann ich das Material schon. Der Herr Graf, der Herr Graf! Was würde der Herr Graf dazu sagen, wenn er den Bauer vom Steinhofe sagen hörte: das hat ja aber Zeit, ich aber habe heute keine mehr, mich um das alte leere Nest zu kümmern! – ? – Über Jahr und Tag kannst du mir immer noch deinen guten Rat schriftlich geben, Fritz; oder du bringst mir ihn mündlich, oder ich hole mir ihn und zeige meiner Eva dabei zu gleicher Zeit die Stadt Berlin. – Dann werden Ewald und Irene jenseits des Kanals sitzen, und wir können doch noch ein wenig unbefangener über Schloß Werden und sein letztes Schicksal zu Rate sitzen. Jetzt habe ich schon allzu lange um das öde Gemäuer mein armes, betrübtes Mädchen bei dem toten Vater allein gelassen. Komm nach Hause, Doktor!"

Wir gingen, und – nun sind wir im letzten Akt, und da ich noch ganz und gar zur alten Komödie gehöre, so hätte ich nunmehr das vollkommenste Recht, meinen Oberrock aufzuknöpfen, meinen Stern und – mich als Serenissimus zu zeigen. Als der Serenste, der Heiterste? . . . Wenn ich sagen wollte, als derjenige, welchem doch von allen das bequemlichste Los zuteil geworden sei, so würde ich damit wohl das Richtigere treffen. Ich habe Zeit, wie ich es hier tue, den Geschichtsschreiber von Dorf und Schloß Werden, den Biographen des Steinhofes zu spielen. Habe ich meine Sache erträglich gemacht, so ist's gut; ist das Ding unter aller Kritik ausgefallen, so habe ich im Grunde ja doch nur für den alten Vetter Just Everstein vom Steinhofe geschrieben, und der wird gottlob nur lächelnd sagen:

„Ja, unser Berliner Doktor! Lesen mußt du's, Evchen; mir ist mehr als einmal die Pfeife drüber ausgegangen, und auf dein Gesicht dazu bin ich auch nicht wenig gespannt. Mittelalterliche Geschichtsquellen hat der alte Junge auch in unserem Falle gut studiert – na, laß ihn; während der Universitätsferien rückt er wieder ein auf dem Hofe, und dann hoffe ich mündlich von ihm zu erfahren, ob er mir in seiner Chronik mehr Schmeicheleien oder mehr Grobheiten gesagt haben will. Nach England muß jedenfalls eine Kopie hinüber; denn das sehe ich doch gar nicht ein, weshalb Ewald und Irene nicht geradesogut wie wir über diesen wunderbaren Historien den Kopf zwischen beide Hände nehmen sollen! Es ist wirklich die Möglichkeit, was ein Mensch in der Einbildung des anderen an Glück und Geschick und dem Gegenteil davon befahren kann! Ja, ja, mein Herz, von Rechts wegen müßten wir nun, ich und du und Freund Ewald und Frau Irene, uns hinsetzen und zu Papiere bringen, wie *wir* dies alles angesehen haben, als wir es erlebten. Sollen wir, Herz?"

„Mir bleib damit vom Leibe," wird dann Frau Eva Everstein sagen. „Irene wird auch keine Zeit dazu haben. Die ist froh, wenn sie meines Bruders Korrespondenz besorgt hat. Also fällt es einzig und allein auf dich, Just, wenn wirklich in dem dicken Bündel Schriften (und was für eine Hand schreibt das Menschenkind dazu!) was drin steht, was von einem von uns beantwortet werden muß."

„Ja, wenn man nur nicht zu behaglich in dem alten Neste säße und wenn einem nur der Tag Ruhe ließe!" wird der Vetter Just die Unterredung mit seinem Weibe über das Manuskriptum des „Doktors in Berlin" fürs erste zu einem behaglichen Ende bringen. – – –

Nun wird es natürlich wieder Leute geben, die nie zufrieden sind, wo es sich um den Schluß einer Geschichte, die man ihnen erzählt, handelt, die alles immer noch genauer und ausführlicher zu wissen wünschen, als der Erzähler es vortragen kann oder – will. Wo es sich um eine Hochzeit handelt, wollen sie die Zahl der Musikanten kennen, wo eine Taufe das Ende ist, soll ihnen nicht ein einziger Gevatter unterschlagen werden, und im vorliegenden Falle (o, ich kenne sie!) möchten sie mit „zur Leiche" gehen, das heißt den guten alten Vater Sixtus mit begraben und dann ganz genau in Erfahrung bringen, ob Schloß Werden wirklich ebenso vom Erdboden verschwunden sei wie die Nester, die wir aus dem Schlosse einst in die Luft und das grüne Gezweig hingen, oder was eigentlich zu-allerletzt der Vetter Just Everstein damit angefangen habe. Ich für mein Teil hätte nun wohl noch mancherlei von Ewald und Irene zu berichten; aber sonderbarerweise würde ich dafür die wenigsten aufmerksamen Ohren finden, denn „das kann sich ja ein jeder leicht denken".

Und so sage ich nur, daß Irene mir die Instandhaltung eines Kindergrabes auf einem Berliner Kirchhofe anvertraut hat und daß es mir, unberufen, sonst nach Wunsch geht. Was das übrige anbelangt, z. B. auch Jule Grote und Mademoiselle Martin (Schloß Werden nie zu vergessen!), so weiß nur der Vetter Just Everstein das Allergenaueste. Wer also noch eine Frage auf dem Herzen hat, der wende sich an ihn. Von Bodenwerder, wo der Freiherr von Münchhausen geboren wurde, führt der Feldweg nach dem Steinhofe an jenem Steine vorbei, auf welchem er – der Vetter Just – den Kopf in den Händen und die Arme auf die Knie stützend und so in das Blaue hineinstarrend – einst saß und wartete auf menschliche Schicksale.

Das Horn von Wanza

(16. März 1879 bis 16. Januar 1880)

Vorwort zur zweiten Auflage des „Horns von Wanza"

Hoffentlich ist die Geschichte vom Horn von Wanza in den zwanzig Jahren seit ihrem ersten Erscheinen nicht so sehr veraltet, daß das heutige Publikum eine nochmalige Ausgabe als eine Unhöflichkeit auffassen könnte. –

Wilhelm Raabe.

Braunschweig, im Brachmond 1901.

Erstes Kapitel

Den Possenturm bei Sondershausen in weiter Ferne vor Augen, wanderte der Student auf der Landstraße dahin. Auf einem der Berggipfel des südlichen Abhanges des Harzes hatte man ihm gesagt: „In der Richtung liegt die Ortschaft; aber zu sehen ist sie von hier nicht. Na, Sie werden schon hinkommen, wenn Sie sich so in der Mitte zwischen der Goldenen Aue und dem Eichsfelde halten und dann und wann unterwegs nachfragen. Da unten im Lande sind sie ganz bekannt damit. Glückliche Reise."

„Wie die alte Tante ausfallen wird, soll mich wundern. An mir soll's nicht liegen, wenn sie mich nicht zum Haupterben einsetzt oder doch ein angenehmes Kodizill an ihr Testament meinetwegen hängt," sagte der Student. „Was aber das ‚alte Haus' sagen wird, darauf bin ich wirklich gespannt. Wenn sie den alten Knaben auch dort den weisen Seneca nennen und ihn seiner Weisheit wegen bei sich zum Bürgermeister gemacht haben, so ist das in der Idylle dort die einzige Philisterbande, die jemals eine vernünftige Idee gehabt und sie in die Erscheinung geführt hat. Ganz riesig ist's aber unter allen Umständen von ihr."

Damit war er abwärts gesprungen vom Ravenskopfe durch den Tannenwald und den frischen, sonnigen Septembermorgen, dem ihm augenblicklich noch so wenig bekannten Ziel seiner Wanderschaft entgegen. Es ist aber jedenfalls immer sehr hübsch und herzerfreuend, wenn einem ein solches Ziel so – bald nach Sonnenaufgang – in einer so bunten, flimmernden, schimmernden, taublitzenden Ferne gezeigt wird und noch dazu mit dem Wort:

„Sie werden einen schönen Tag behalten, Herr Student."

Es war ein erkleckliches Stück weiter gegen Norden hin, wo dieser Studiosus der Philologie, Herr Bernhard Grünhage, zu Hause war. Zum erstenmal hatte er am gestrigen Abend von den südlichen Harzbergen in die Gegend zwischen dem Kyffhäuser und der Porta Eichsfeldika hinausgesehen, und wie es eigentlich kam, daß er heute diese Gegend nunmehr durchwanderte, das muß vor allen Dingen erzählt werden. Die alte Tante läuft weder dem Studenten noch uns weg. Es ist eine seßhafte alte Tante, die schon fast an die siebzig Jahre durch die Dinge hat an sich herankommen lassen und – wie wir finden werden – noch lange nicht die Absicht hat, ihnen auszuweichen. Sophie Grünhage hieß sie mit Vor- und Hausnamen, und „Frau Rittmeisterin" wurde sie tituliert, und dies war eigentlich alles, was die Familie in Gifhorn an der Aller von ihr wußte. Im Familieninteresse befand sich der Student auf dem Wege zu ihr, und das war das Lange und das Kurze von der Sache. Daß er das ‚alte Haus', den weisen Seneca, dort gleichfalls seßhaft wußte, war ihm ein Trost.

Der junge Philologe war der zweite in einer Reihe von fünfen, doch nicht lauter Philologen. Die übrigen allesamt waren Mädchen, und die Mutter war tot, und die vier Mädchen führten dem Papa den Haushalt; der Papa aber ging mit diesem Haushalt, wie Friedrich Hölderlin sich ausdrückt, „auf schmaler Erde seinen Gang".

Der Vater Grünhage war ein Landarzt in einer sehr gesunden Gegend der Norddeutschen Ebene; und wie sie in seinem Hause „anständig durchkamen", wußten sie manchmal eigentlich selber nicht ganz genau anzugeben.

Doch sie kamen lustig durch, und das ist immer die Hauptsache. Rezepte gegen ihre irdischen Bedrängnisse und Beschwerden brauchten sie sich nicht von irgendeinem Philosophen verschreiben zu lassen, bis jetzt hatten da immer noch die allergewöhnlichsten Hausmittel ihre Wirkung getan.

„Kinder, macht mir den Kopf nicht warm," pflegte der alte Doktor bei außergewöhnlich andringlichen Gelegenheiten zu sagen. „Hippokrates ist ein großer Mann, aber hiervon schreibt er nichts. Seht zu, wie ihr fertig werdet; aber das bitte ich mir aus, hippokratische Gesichter will ich heute abend an euch vier Gänsen nicht sehen, wenn ich von der Praxis komme und vom Gaule steige. Wer zieht ihn mir heute in den Stall? Immer die Fidelste! Nun, an welcher ist denn diesmal die Reihe?"

Das fröhliche Gesichtchen, das sich dann stets aus der Schar der Grazien dieses Doktorhauses vordrängte und „An mir! An mir, an mir!" rief, genügte schon allein, um dem zu Klepper steigenden Pater familias des schmalen Haushaltes und der vielköpfigen Familie die berechtigtste Anwartschaft auf einen verdrießlichen, seufzer- und sorgenvollen Abend in die nebelweiteste Ferne zurückzudrängen.

Nun war aber in den letzten Zeiten und vorzüglich im letztvergangenen Winter, wenn nach einer mühseligen Tagfahrt der Gaul von einem der Mägdelein in den Stall gezogen worden war, mehr als einmal die Rede auf „die Tante in der Güldenen Aue" gekommen, und so mitten in der Torf- und Heidegegend hatte das Wort stets einen ungemeinen Wohllaut an sich gehabt. Doch allerlei Bedenklichkeiten knüpften sich gleichfalls daran, und davon trug wohl der selige Herr Rittmeister Grünhage die meiste Schuld, doch nicht alle. Vom Hörensagen kannten alle vier Mädchen im Doktorhause den Onkel Rittmeister und wußten, was für ein gefährlicher Mensch er gewesen war, und der Doktor selber hatte nur zu oft gesagt: „Kinder, seid mir nur still von ihm; i ch habe das Vergnügen, ihn persönlich gekannt zu haben, meinen Herrn Bruder." – Aber die Tante! Die hatte der Papa nur ein einziges Mal, und zwar auf ihrer Hochzeit Anno achtzehnhundertneunzehn in Halle an der Saale zu Gesicht bekommen, und er kratzte sich jedesmal, wenn die Rede darauf kam, hinterm Ohr, und das war fast noch unheimlicher.

„Ja, gerade fünfzig Jahre müssen es her sein, als der Bruder Hochzeit mit ihr machte," sagte der Doktor. „Na, hoffentlich werden sie besser zueinander gepaßt haben, als es sich an jenem vergnügten Abend anließ. Sie war aber um ein ziemliches jünger als der Bruder Dietrich, und an ihrem Hochzeitstage schien sie wirklich selber noch nicht recht zu wissen, wie sie eigentlich zu dem Pläsier kam, von dem tollen, exwestfälischen Kürassier auf den Sattel genommen zu werden. Übrigens, was geht uns hier das alles eigentlich an? Es ist immer Käthe, welche alle Augenblicke die Unterhaltung darauf bringt. Hat das Mädchen mehr Familiensinn als wir anderen, oder will das gute Kind erben? Was meint ihr, Gesindel, sollen wir unsere Alte einmal von wegen der letzteren angenehmen Phantasie auf die Post setzen und nach Wanza an der Wipper schicken, mit Vollmacht, alles zu nehmen, was man ihr geben will?

Nun war „unsere Alte", das gute Mädchen, die Käthe, in der Tat die Älteste von den fünfen, und die Verständigste war sie unbedingt auch. Sie allein wußte ganz genau, was der Haushalt heute kostete, gestern gekostet hatte und morgen kosten werde, und den größten Familiensinn in der Familie hatte sie gleichfalls. Es war eben nur „eine von des Vaters gewöhnlichen Redensarten", wenn er sie damit aufzog.

„Lacht nur," sagte sie, „das Vergnügen habt ihr wenigstens billig, und so gönne ich es euch von Herzen. Wenn ich übrigens unser Bernhard wäre, so probierte ich es doch einmal und wendete einen Teil meiner Ferien dazu an, um mich zu erkundigen, ob die Grünhages dort hinter den Bergen dem lieben Gott als ebenso kurioses Volk wie wir hier aus der Kiepe gehüppt sind. Ist es keine Sünde, sein Gericht Kohl aufzuwärmen, so kann es auch keine Sünde sein, eine entfernte Verwandtschaft wieder aufzufrischen. Und was nun die gegenseitige mögliche Beerbung anbetrifft, so hat es doch keiner von uns hier schriftlich, ob die Tante sich nicht gleichfalls ihre Illusionen in betreff unserer macht und wir ihr nicht auch manchmal in ihren angenehmsten und liebsten Träumen vorkommen."

Allgemeiner Jubel hatte diese letzte „großartige Wendung" des guten Mädchens begleitet. Halb und halb hatte man sie immer in Verdacht, daß sie die Kapitalistin in der Familie sei und bei ihrer Haushaltsführung stets ein Erkleckliches in der mysteriösesten Weise „auf die Kante lege".

Dem sei nun, wie ihm wolle, auf ein unfruchtbar Feld fielen die Worte der Alten selten. Da schlug manches im Frühjahr Wurzeln, was im Sommer in die Blätter schoß und im Herbst Frucht trug.

„Kinder, an mir soll es nicht liegen, wenn ich unserer Alten die alte Schachtel in der Güldenen Aue nicht in den Haushalt schlachte!" rief der Student. „Schon seit einem Jahre ist unsere Couleur in Göttingen darüber aus Rand und Band: sie haben das alte Haus, den weisen Seneca, unseren Exsenior, richtig bei sich zu Hause zum Bürgermeister gemacht, nachdem er durch jedes andere Examen gefallen war; und die Regierung hat ihn wahrhaftig auf seinem kurulischen Stuhl bestätigt, nachdem sie sich freilich eine erkleckliche Weile darob bedacht hat. Es ist zu gottvoll! Und – kaum glaublich, daß er selber daran glaubt! Ich aber muß das sehen! ... Morgen bin ich auf dem Wege zum weisen Seneca; die Tante Grünhage nehmen wir mit, wie sie sich gibt. Hurra!"

„Jawohl, hurra," brummte der Doktor und Hausvater. „Gefragt werde i ch bei der Sache natürlich mal wieder gar nicht, aber –

dagegen habe ich nichts, würde ja auch doch nur überschrieen. Na, die Tante! Uh, die Tante Sophie! Auf das Nachhausekommen des Jungen freue ich mich ausbündig, wenn auch auf nichts Weiteres!"

„Auf den weisen Seneca freue ich mich ausbündig!" lachte der Student. „Das wäre ein Mann für unsere Alte! Zumal jetzt, wo er Bürgermeister geworden ist und eine Frau ernähren kann. Welche von euch Mädchen will mir sonst noch ihre Photographie für ihn mitgeben?"

„Dummes Zeug!" sprach das gesamte Vierkleeblatt bis zur neunzehnjährigen Martha herunter wie aus einem Munde. „An unsere Tante Sophie Grünhage in der Goldenen Aue, aber nicht an deinen abgeschmackten, dummen weisen Seneca wirst du expediert. Schade, daß keine von uns gehen kann."

„I, seht mal!" grinste der liebe Bruder.

Zweites Kapitel

O schöne Zeit, wo der Mensch dem falschen Pathos weder im Leben noch in der Literatur aus dem Wege geht, wundervolle Zeit, wo er, der Mensch, nicht einmal eine Ahnung davon hat, daß etwas, was er selber später falsches Pathos nennen wird (dies Tier war noch nicht unter denen, welchen Adam einst Namen gab), überhaupt in der Welt existiert!

O bittere Zeit, wo der Mensch auf der abwärtssteigenden Bahn seines Lebens ganz genau anzugeben weiß, wo in ihm und um ihn das falsche Pathos anfängt!

Bittere Zeit? Wohl, dann und wann recht bitter oder zum wenigsten sehr sauersüß! Aber doch auch nicht ohne ihre Vorzüge der anderen gegenüber – sagt der weise Seneca – der Lucius Annäus aus Corduba nämlich –, der uns aber an dieser Stelle nicht das geringste kümmert und der sich dazu sein falsches Pathos seinerzeit ebenfalls recht wohl hat bekommen lassen.

Wir steigen mit dem Studenten durch die schöne Natur s e i n e m weisen Seneca zu. Der alte Senior der Caninefatia imponiert ihm mit vollem Recht immer noch riesig, wenn auch mehr aus den Erzählungen der ältesten Leute in der Verbindung als eigenem längeren Verkehr mit ihm. Persönlich wirft die einstige große Leuchte der Caninefaten ihr Licht nur in sein erstes Fuchssemester; aber die alte Tante läuft nichtsdestoweniger wirklich nur beiläufig so mit in seinen Gedanken, wie das in dieser Welt mit den besten Dingen leider so häufig der Fall ist.

Am Nachmittag des anderen Tages, nachdem er von den herzynischen Bergen niedergestiegen war, stiegen die Türme seines Wanderzieles vor ihm empor. In der Tat, das Städtchen richtete mehr als eine Nase zum Himmel auf. Sein Kirchenturm war nicht die einzige. Eine mittelalterliche Warte hatte sich wohl erhalten durch die Jahrhunderte. Ein stattlich Amtsgebäude zeigte desgleichen einen hochragenden, schiefergedeckten Uhrturm. Manche große Stadt hätte viel darum geben können, wenn sie eben solch ein Gesicht aufzuweisen gehabt hätte, wie es die winzige ackerbürgerliche Schwester dem Wanderer von ferne her über das Hügelland, die Wiesen und Ackerfelder und dann und wann auch über den Wald zeigte oder besser emporhob.

Es war ein heißer, wolkenloser Spätsommernachmittag. Eine gute Meile Weges lag noch unbedingt zwischen Wanza, dem gegenwärtig in Wanza regierenden Bürgermeister, der Tante Sophie Grünhage und dem Studenten der Philologie Bernhard Grünhage. Und ein Dorf lag gleichfalls noch zwischen ihnen und ihm. Der Weg des Studenten führte aber nicht etwa vorsichtig um dieses Dorf herum, sondern gerade durch. Der Bauernkrug aber war am äußersten Ende des Dorfes gelegen, und zwar der Stadt zu, – anlockend daneben ein Bauerngarten voll Stockrosen und Sonnenblumen; Tisch und Bank unter dichtbelaubtem Baume vor der Pforte und über der Pforte die angenehme Inschrift:

Witwe Wetterkopf.
Ausspann, Restauration und Speisewirtschaft!

„Was sieht mein Auge?" sprach dumpf nicht etwa von der Bank in dem wohligen Lindenschatten aus, sondern hervor unter dem emporgeschobenen Fenster der Schenkstube eine Stimme, die den Studenten zum augenblicklichsten Anhalten im Marschschritte brachte. „Täuscht mich ein Traum oder sehe ich recht durch des Philisteriums öden Nebel? . . . Die alten Farben! . . . Wohin wandert dieser Knabe aufs Geratewohl? . . . Hierher, junger Mensch!"

„Dorsten?!" rief der Student, und aus der Gaststube des Bauernkruges scholl es zurück:

„Ja, Dorsten! Ganz derselbige! Nun, bei dem Buche de tranquillitate animi – über die Gemütlichkeit – wenn das nicht gemütlich ist! . . . Tritt heran! Reiche deine Rechte! Beim Zeus, das Phantom löst sich nicht auf im Dunste der Heerstraße. Es hat Fleisch und Knochen. Alle Teufel, nicht so innig, Sohn der nahrhaften

Erde! Und vor allen Dingen komm jetzt mal 'rein in die Bude, nenne mir deinen Namen und laß dich genauer besehen!"

Mit beiden Händen hatte der Student die ihm aus dem Fenster dargereichte weichliche Hand des einstigen Seniors der Caninefaten und jetzigen Bürgermeisters von – von – nun, den Namen des Nestes haben wir doch schon einige Male hingeschrieben – von Wanza an der Wipper gefaßt:

„Dorsten! Ist das wirklich Ihr – dein Name?" rief er noch einmal, und der andere sprach:

„Das ist unbedingt mein Name. Wie gesagt, komm herein, fabelhaftes Landstraßenphänomen, und erhole dich lieber hier in der Kühle von deinem nicht ungerechtfertigten Erstaunen."

Rückwärts in die Stube gewendet, rief er:

„Junge Frau, es kommt wahrhaftig noch ein Mensch!"

„Ach Herrje, Herr Burgemeister, nun reden Sie doch nur nicht so! So schlimm bestellt ist das doch nicht mit dem Verkehr bei der Witwe Wetterkopf, wie Sie auch wohl recht gut wissen, Herr Burgemeister."

„Quellnymphe, kippen Sie gefälligst mal Ihre Urne um, das heißt, junge Frau, stellen Sie diesem Jüngling einen Frischen hin und – mir auch! Du aber, mein Sohn, komm noch einmal, und zwar jetzt ganz in meine Arme und sodann auf die Bank hier mir gegenüber. Menschenkind, das ist ja ein ganz verrückter, ein ganz glorreicher Einfall von dir, da auf der Chaussee so mir nichts dir nichts mit den alten Farben daherzuwandeln. Steigt dir ein Halber! Und nun – wie kommst du denn eigentlich auf diese wahnsinnige Idee und, noch einmal, wer bist du eigentlich, enthusiastische jugendliche Kreatur?"

„Man hat mich geschickt, und da ich dich hier sitzend wußte, so bin ich halb und halb von selber gekommen. Sonst aber falle ich leider nur in dein letztes Semester, und mein Name ist Grünhage."

„Dafür kommt dir der Rest!" sprach der weise Seneca würdig gerührt. „Witwe, legen Sie Ihren Strickstrumpf noch einmal für einen Moment nieder."

Die Witwe tat das, ohne daß die Aufforderung im Grunde nötig gewesen wäre. Als sie mit den beiden gefüllten Krügen wiederkam, seufzte der Bürgermeister von Wanza:

„Ein wenig lak, aber doch von zarter Hand kredenzt." Und zu dem Kommilitonen hinüberblinzelnd, zitierte er:

„Du bist das schönste Weib auf dieser Erde."

Ärgerlich lachend aber versetzte die Witwe:

„Herr Burgemeister, das hat mir noch kein Mensche gesagt! Sie aber, junger Herr, wenn Ihnen der Herr Burgemeister wirklich schon von länger her bekannt ist, so wissen Sie auch wohl, wie man sich mit ihm in acht nehmen und mit ihm Geduld haben muß."

„Geduld, Geduld, wer sollte sie nicht haben?
Hat doch der Himmel selbst Geduld!"

zitierte der Weise von neuem, wenn auch das Seinige hinzugebend. Übrigens, liebliche Witib, kannst du itzo für einen gewissen unbestimmten Ausschnitt der Ewigkeit deinen Strumpf dreist wieder aufnehmen und noch dreister hier auf der Bank näher rücken; wir reden jetzt nur von Familiengeschichten. Und nun rücke auch du heraus, heiterer Knabe, und teile uns mit, wie du gerade heute auf den korrupten Einfall fällst, zu Fuß deinen Leichnam durch den Sonnenbrand gen Wanza zu tragen. Wahrlich, du dämmerst mir von Moment zu Moment mehr aus dem Sonnenuntergangsrot meiner besseren Tage auf! Ohne Flausen, Grünhage! Du pilgerst daher, und ich wünsche nunmehr Verstand in diese deine Pilgerschaft zu bringen."

Die Witwe Wetterkopf rückte mit ihrem Strickzeug („Geben Sie dreist um die Wade noch einige Maschen zu!" sagte der Bürgermeister) wirklich näher; doch setzte sie sich jetzt lieber auf die Bank des Studenten, als daß sie auf der des Bürgermeisters von Wanza an der Wipper mit Platz genommen hätte. Der Philologe aber hatte vor keinem von den beiden Geheimnisse. Er erzählte einfach, wie sich die Sache gemacht habe, gab ziemlich ausführlichen Bericht über seine Zustände zu Hause, und als er geendet hatte, bemerkte der weise Seneca ebenso einfach:

„Einen gloriosen Einfall nenne ich dieses also nicht mehr, wohl aber eine höchst behagliche Verkettung der menschlichen Schicksale. Würde die Witwe mitreiben, so würde ich dir den Vorschlag machen, sofort einen Salamander auf deinen Alten, deine vier Schwestern und vor allem auf jene unter ihnen, die du Katharina nennst und nicht ohne Grund zu loben scheinst, zu reiben. So aber trinke ich nur andächtig einen Ganzen auf ihr Wohl. Ländliche Schöne, lege das für deine verführerischen musculi peronei bestimmte Gespinste noch einmal hin –"

„Wenn Sie noch einen Schoppen haben wollen, bitte, so sagen Sie es deutsch!" sagte die Wirtin ein wenig sehr spitzig.

„Denn auf deine Tante Sophie trinke ich speziell noch einen

Halben!" brachte der Herr Bürgermeister seine Rede zu Ende, ohne sich stören zu lassen.

„Du kennst sie also, liebster Dorsten?" fragte der Student.

„Kennen? Noch lange nicht genug! Aber jedenfalls habe ich sie im gegründetsten Verdachte, daß sie mich ganz genau kennt und – weiß, was Wanza an mir haben konnte und – jetzo wirklich hat. Wenn einer was dazu getan hat, daß ich das Konsulat dort, die Liktoren und Faszes erlangte, so ist's die Frau Rittmeistern. ‚Jetzt blamiere du mich nur nicht zu arg, lieber Ludewig', hat sie mir wenigstens oft genug vorgehalten, mich, nachdem die Regierung meine Wahl bestätigt hatte, am Ohr nehmend. ‚Hätte deine selige Mutter dich mir nicht so sehr auf die Seele gebunden, so hätte ich mir doch vielleicht einen noch etwas mehr zur Vernunft gekommenen und zu sonst nichts zu gebrauchenden Auskultator ausgesucht.' Ja, ja; außer mir ist sie, deine brave Tante Grünhage nämlich, die einzige anständige Person in dem Neste dort."

„Dies hätte nun mal wieder unsere Kegelgesellschaft vernehmen sollen, Herr Burgemeister!" lachte die Witwe Wetterkopf.

„Siehst du, Bruder," seufzte der weise Seneca. „So weiß selbst dieses einfache Weib in der hiesigen Welt- und Kulturgeschichte Bescheid! Aber die Sonne sinket, Neffe Grünhage; wie ist's, sollen wir den Mondenaufgang abwarten oder der Hähne widerwärtig Gekrähe wie – schon sonst mehrere Male? Oder sollen wir gehen? Willst du im rötlichen Abendgold Arm in Arm mit mir in Wanza einwandern, oder wünschest du dich lieber allein einzuschleichen, sowohl in die Stadt wie auch in der Tante Testament? Vier Schwestern! Reizende Besen selbstverständlich allesamt, aber auch allesamt mit einem unergründlichen Backfischappetit begabt und auch sonst etwas kostspielig zu erhalten für einen weißhaarigen Erzeuger! Als mein Alter mich in die Welt gesetzt hatte, muß ich wohl alle seine Wünsche in dieser Hinsicht befriedigt haben. Jedenfalls hat der verdrießliche alte Hahn an mir vollkommen genug gehabt, und ich bin – unser Einzigstes geblieben. Dessenohngeachtet aber kann ich mich vollständig in deine Situation hineinversetzen, Knabe. Vier Schwestern! So ungleich verteilt das Glück seine Gaben. Ich habe Augenblicke, wo ich viel für eine einzige von so vielen geben würde."

„Holen Sie sich doch eine davon!" sprach die Witwe Wetterkopf. „Übrigens, junger Herr, habe ich es schon gesagt, Sie kennen den Herrn Burgemeister; aber glauben Sie nur ja nicht, daß er immer so ist und spricht wie hier bei mir, wenn er so einmal einen Nachmittag bei mir allein sitzt. Und was die Frau Rittmeistern betrifft, so läßt keiner in Wanza und Umgegend was auf sie kommen."

„Mach deine Rechnung mit – dem Konsul von Wanza, Wirtin!" brummte der Bürgermeister von Wanza. „Und du, Grüner, zahle auch und leihe mir deinen Arm. Wir wandern leise, bedachtsam und langsam durch jene Pappelallee unserem ferneren Geschicke entgegen. Bist ein famoser Kerl geworden, Grüner, und jetzt erinnere ich mich deutlich daran, daß ein sympathisches Etwas mich durch alle Biernebel einer schöneren Vergangenheit zu dir hinzog und mir ins Ohr raunte: dies Kind wird noch einmal dein Trost in einer Zeit, von der du heute abend und hier auf der Kneipe noch nicht die blassesté Ahnung hast, liebster Ludwig!"

Drittes Kapitel

Dies taten sie nun, das heißt, sie wandelten Arm in Arm Wanzawärts, und zwar durch die vorhin bereits angedeutete Pappelallee; und wie die Pappeln warfen sie länger und immer länger werdende Schatten über die abgeernteten Felder zu ihrer Rechten.

„Und dessenungeachtet wird er mir immer kürzer!" seufzte der Bürgermeister von Wanza mit einem Blicke zur Seite.

„Wie sagst du? . . . Wieso, Dorsten? . . . Was sagst du da?" fragte der Student.

„Von meinem Schatten rede ich natürlich zu dir, naiver Knabe," erfolgte düster die Antwort. „Ich glaube es auch gar nicht, Grüner, daß der arabische Wunsch lautet: ‚Möge dein Schatten nie länger werden!' – Möge dein Schatten nie kürzer werden, heißt's, oder ich lasse mich hängen. – Grünhage, meiner wird kürzer! So lang er da auch mit sinkender Sonne neben mir herlaufen mag – laß dich durch das Phänomen nicht täuschen; – er nimmt ab. Noch im vergangenen Jahre auf diesem Pfade, zu dieser Stunde und bei diesem Stande der Sonne warf ich einen längeren. Ich habe mich grimmig genug gegen die bittere Überzeugung gewehrt, auf Ehre; aber seit den letzten Hundstagen hat das ein Ende. Ich schrumpfe ein, Grünhage; ich krieche zusammen (guck nur nicht so, – mein Bauch tut nichts zur Sache!), vor einem Jahre noch glitt ich einen guten Zoll länger über die Stoppeln dort. Du betrachtest mich lächelnd. Auf der Weender Straße würde ich mich vielleicht etwas näher nach der Bedeutung dieses frivolen Lächelns erkundigt haben; aber als Bürgermeister von Wanza sage ich nur einfach: lache nicht, junger Mensch; auch du wirst mal ein recht altes Haus geworden sein, und in cadente domo wird auch dein Gestirn stehen!"

„Na, Dorsten!" sagte der Student.

„Ja, – Dorsten! . . . Hättest du mich eben den weisen Seneca genannt, so hätte das vielleicht zum erstenmal, seit ich mit dem Biernamen auf dem Hardenberge getauft wurde, einen gewissen Sinn gehabt. Ich rede die Wahrheit; – klägliche, katerhafte, melancholische Wahrheit! Und du sagst natürlich: Na, Dorsten! und weiter nichts. Knabe, man ist nicht ungestraft Bürgermeister von Wanza an der Wipper."

„Aber bester, weisester Seneca, lieber alter Freund, verzeihe mir, wenn ich dir –"

„Verzeihe mir, mein Junge, wenn ich dich auf den siebenundzwanzigsten Brief an den Lucilius und auf einen gewissen wohlbegüterten, wahrscheinlich auch mit einer angehenden Glatze und einem angegangenen Bäuchlein begabten Freigelassenen, mit Namen Calvisius, hinweise. Der soi-disant Stoiker mokiert sich über ihn natürlich, und natürlich nur aus reinem blassen Neide; ich aber, wenn ich je mich in die Haut eines anderen Menschenkindes hineingedacht und hineingewünscht habe, so ist's dieses beneidenswerte Individuum. Uh, der hatte es gut! Ein Freigelassener war er, ich aber bin das Gegenteil. Geld hatte er, ich aber habe höchstens ein Schock mit auf meinen Gehalt angewiesene Gläubiger. Calvus bin ich, der Teufel weiß es, so ziemlich; aber Calvisius möchte ich mit Wonne gänzlich sein. Das war mein Mann! Von sämtlichen Heroen der Vorzeit dieser allein!"

„Und was tat er, um dich zu diesem Enthusiasmus für ihn von deiner Bude abzuholen? Entschuldige, wenn ich nicht denselben Biernamen wie du bekam und also noch dann und wann eine kindlich simple Frage stelle."

„Er blieb stets ruhig auf seinem Sofa liegen und hielt sich für alles (nur einiges ausgenommen) einen Sklaven."

„Freilich famos!" rief der Student, den Hut abnehmend und sich den Schweiß abtrocknend.

„Nun, siehst du wohl! . . . Studiere du nur ruhig auch den Seneca. Wie gesagt: im siebenundzwanzigsten Briefe stößt du auf den Calvisius Sabinus, von dem der stoische Narr sagt: ‚Nie sah ich einen Menschen mit seinem Wohlstande so wenig Würde verbinden!' – Nämlich dieser in Wirklichkeit und Wahrheit Freigelassene hatte natürlich auch ein Gedächtnis, in dem nichts hängen blieb. Eigentlich war es eine Dummheit von ihm; aber für das sogar hielt er sich 'nen anderen! Heute entfiel ihm der Name des Ulysses, morgen der des Achilles, übermorgen Priamos seiner. Und so, gerade so, bei jedem Geschäfte geht es mir dort in Wanza. Liebster Himmel, die Kommune da und die Kerle dort, und die Geschäfte, die sie bei m i r haben! ... So aber, der Calvisius kaufte sich für alles einen Sklaven. – Ich zitiere wörtlich, Grüner: einer derselben mußte den Homer inne haben, ein anderer den Hesiodus; an neun andere wurden die neun Lyriker verteilt; – ah, schönen guten Abend, Herr Tresewitz!"

Es war zu drollig, der Abfall aus dem klassischen Altertum in die unmittelbarste Gegenwart, aus den Episteln des Lucius Annäus Seneca in die freundschaftliche Begrüßung mit dem Seifenfabrikanten und Lichtzieher Johann Tresewitz dicht vor dem Tore von Wanza an der Wipper. Auch der jüngere Studiengenosse hob höflich den Hut, und, wir müssen es ihm zur Ehre seiner Auffassungsgabe anrechnen, er wußte auf einmal ganz genau Bescheid in den Zuständen seines Wanzaer einstigen Verbindungsbruders.

„Was wäre das nun der Sache angemessen, wenn ich dem öden Philister durch einen anderen den von ihm beanspruchten guten Abend hätte wünschen lassen können," seufzte der Bürgermeister. „Sieh, Grüner, das ist gerade das Scheußliche an diesen Klassikern: von Weisheit quellen sie über, die wunderbarsten, praktischsten Ratschläge geben sie einem – aber gebrauchen kann man n i c h t s davon. Es ist zu lange Zeit her, seit sie verständige Menschen waren; und w i r – wir sind vermittelst unserer höheren Bildung, Tugend, Sitte und gottverdammten, verfluchten modernen Feinfühligkeit allzusehr in d a s ausgeartet, was sie mit dem Sammelwort: pecus bezeichneten."

„Du siehst die Sache doch wohl etwas schroff an und bist vielleicht auch noch nicht lange genug oberste Magistratsperson am hiesigen Ort –"

„Sieh dir den Biedermann an, wie er mit seinem Regenschirm unterm Arm durch den Abendsonnenschein und in dem Gefühl, m i c h mit gewählt zu haben, dahinzieht, und – wandele mal in seinem Schatten, bei fünfhundert Taler Gehalt, ohne Aussicht auf Verbesserung, in seinem Schatten ungestraft – unter Palmen. Er ist Mitglied der Stadtverordnetenversammlung, sogar Bürgervorsteher, Vizepräsident des Bürgervereins, einer der festesten Stämme im hiesigen Palmenhaine und nicht umsonst Lichtzieher und Seifenfabrikant. Datteln trägt er aber nicht, und am wenigsten für mich. Ich sage dir, man muß vom ersten Chargierten der Caninekaten zum in Wahrheit ersten Chargierten in Wanza herabgekommen sein, um zu erfahren, daß es wirklich eine ewige Gerechtigkeit gibt. Knabe, Knabe, hier wandele ich, dir zum warnenden Exempel; denn dieser *eine* Philister rächt täglich vollkommen sämtliche Sünden, die ich vordem an seinesgleichen begangen habe!"

„Großer Gott, alter guter Kerl!" stammelte der junge Freund, wahrhaftig ganz überwältigt durch das innigste Verständnis für die Zustände seines Führers.

Sie näherten sich jetzt allmählich der Stadt. Gartenmauern, Gartenhecken und Gartenhäuschen traten an die Stelle der Ackerflächen; und mit dem Bürgermeister ging etwas Merkwürdiges vor. Er wurde von Schritt zu Schritt mehr ein ganz anderer! Mit immer wachsendem Erstaunen beobachtete der jüngere Studiengenosse stumm das sich entwickelnde Phänomen. Der weise Seneca fing an, mit steifen Schritten seinen nicht wegzuleugnenden Bauch vorwärtszutragen. Er rückte seinen Halskragen zurecht, er schlug sich mit dem Taschentuch den Staub von den Stiefeln, er stieß den Stock gravitätisch auf, und das Drolligste war, daß er sich des erstaunlichen Eindrucks, den er auf den jüngeren Kommilitonen machte, bis ins Innerste seines Gemütes bewußt war und — gar keine Freude daran hatte.

Äußerlich mit würdigster Miene, wimmerte er leise zur Seite hin:

„Anständig, Grünhage! Es ist schauderhaft, aber — ich sitze ja doch nun mal drin. Grüner, bleib du so lange als möglich draußen; aber betrage dich jetzo auch — so anständig als möglich — uhhh!"

Ein alter Torbogen warf nun seinen Schatten auf die beiden Wanderer. In diesem Schatten packte der Bürgermeister von Wanza noch einmal den Arm seines Begleiters und flüsterte weinerlich:

„Ohne die Witwe Wetterkopf lebte ich gar nicht mehr! Das Weibsbild mit seiner einsamen Kneipe ist mein einziger Trost — bei Tage. Bei Nacht gehen wir in den Großen Bären; — na, du wirst schon sehen, Grüner; tu mir aber den einzigen Gefallen und betrage dich jetzt anständig; hier sind wir denn in Wanza und — mich haben sie zu ihrem Bürgermeister gemacht — uh! O Calvisius!"

Sie waren in Wanza, und der frühere Senior der Caninefatia war augenblicklich nichts weiter als Bürgermeister von Wanza. Man grüßte ihn als solchen von den Fenstern und Haustüren aus, und er grüßte mit Grabesernst wieder.

„Sie hatte meiner seligen Mutter versprochen, mit für mich zu sorgen," seufzte er noch einmal. „Und siehst du, sie hat ihr Wort gehalten, und s o hat sie mich besorgt! Deine Tante Grünhage nämlich. Und s o wird sie dich möglicherweise ebenfalls versorgen! Uh – u – h! Ich gratuliere, – uh!"

Viertes Kapitel

„Wie willst du's nun machen?" fragte der Bürgermeister. „Willst du ihr sofort ins Haus fallen und es darauf ankommen lassen, ob sie dich auf der Stelle wieder hinauswirft oder dir um den Hals fällt und dich augenblicklich zu ihrem Universalerben einsetzt? Oder wünschest du ihr lieber leise auf den Leib zu rücken, von hinten herum an sie heranzuschleichen und dich mehr diplomatisch einzuschmeicheln? Ihre Nücken und Tücken hat sie, und wenn ich sie auch so ziemlich kenne, so habe ich sie doch noch nie ganz kennen gelernt. Und solche versunkenen Familienbezüglichkeiten wie hier in diesem Falle zwischen euch und ihr sind immer eine heikle Sache. Dazu wenigstens habe ich genug Jus von der Universität mit nach Wanza gebracht, um zu wissen, daß alles, was ins Erbrecht und die Verwandtenliebe schlägt, von jedwedem nicht dazu Gehörigen mit verdammt spitzen Fingern anzufassen ist. Also mach es ganz, wie du willst, Grünhage. Bist du überzeugt, daß die erstere Art, dich vorzustellen, vorzuziehen ist, so rate ich dir dazu, mein Sohn. Gegenteils schlage ich dir vor, diese Nacht hindurch in meinem stillen Heim, auf meinem Sofa über dich und die Tante noch einmal nachzudenken und sodann morgen früh zur anständigsten Wanzaer Visitenzeit, wohl ausgeschlafen habend, mit der heiteren Greisin deine Klinge zu binden, und meinetwegen drauf los bis zur Abfuhr! Dieses hier ist übrigens die Wipper, und hier stehen wir vor meinem friedlichen Hause. Komm unter allen Umständen jedenfalls noch 'nen Moment mit 'rauf."

Die Wipper, ein munteres Flüßchen, wurde dem jungen Fremdling nicht ohne einige Ursache hier zum erstenmal als bemerkenswert vorgestellt. Sie kam unbefangen mitten durch die Gasse daher, und ihr Rauschen hatte vor jedem Hause etwas Anheimelndes. Eine Menge häuslich-abendlicher Geschäfte wurden eben, so weit der Blick reichte, an ihr vorgenommen. Und die Akazienbäume, die hier und da an ihr gepflanzt waren, gehörten auch zu ihr, gerade wie die langen, blauen Laken, die der Färber gegenüber dem „friedlichen Heim" des weisen Seneca an langen Stangen aus seinem Dachgiebel heraushing. Gänsegeschrei und Entengeschnatter mangelte nicht. Ein alter Hut kam eben geschwommen, von niemand beachtet;

aber hinter ihm drein eine Schülermütze, am Ufer begleitet von einer hell durcheinander kreischenden Jungen- und Mädchenschar.

„Dies alles ist mir untertänig,
Begann er zu Ägyptens König,"

zitierte der Bürgermeister von Wanza. „Macht nicht solchen heillosen Randal, Krabben! – Nun, bist du zu einem Entschlusse gekommen, Grünhage?"

Der Student blickte an dem ganz stattlichen Hause, vor welchem sie standen und in das Dämmerungstreiben der Stadt hineinsahen, empor und mit steigender Ratlosigkeit auf den gemütlichen Freund und städtischen Würdenträger.

„Ja, Dorsten, es ist wahr – es ist wahrhaftig wahr, daß es mir bis jetzt noch nicht eingefallen ist, was ich eigentlich tun soll und – was ich im Grunde, außer um dich zu bekneipen, hier zu tun habe! Da stehe ich freilich, und der Weg bis hierher war auch ganz nett; aber jetzt wollte ich doch, daß die Alte zu Hause, statt da zu Hause zu sitzen, hier das Weitere zu besorgen hätte. Das Mädchen kriegt alles fertig!"

„Heute abend im Bären trinke ich einen Ganzen auf ihr Wohl –"

„Aber sicherlich, Dorsten – wenn mir jetzt die alte Person, die alte Tante, hier bei einbrechender Dunkelheit ohne Licht heimleuchtete?! Du kennst unsere Alte zu Hause nicht, sonst – na, das Vergnügen, die – Heiterkeit in dem Nest voll Frauenzimmer zu Hause! Und dann der Alte selber mit seinem grinsenden: ‚Na, habe ich es nicht gesagt? Einen Besseren als dich, Junge, konnten wir natürlich nicht schicken, um abgerissene Familienbande wieder anzuknüpfen!' – Dorsten, ich steige unbedingt erst morgen früh bei passender Zeit los, um diese verhutzelte Hagebutte und olim selbstverständlich auch Prinzessin Dornröschen, deine jetzige Frau Rittmeistern Grünhage, zu entzaubern."

„Knabe, hier höre ich mich selber sprechen!" rief der Wanzaer Bürgermeister mit würdigster Selbstbefriedigtheit. „Die letzten Worte hättest du nicht geredet, ohne zu meinen Füßen gesessen zu haben! Halte dich fernerhin an gute Muster, junger Mensch. Bedenke, wie oft der Lucius Annäus den Epikur als das Seinige zitiert. Überlege, wie es immer der Gipfel der Weisheit gewesen ist, seinen Stoikermantel mit dem fröhlichen Purpur des Vergnügens an der Welt zu färben, und vor allen Dingen nimm jetzt diese etwas steile Treppe die Versicherung mit hinauf, daß es mir von Stufe zu

Stufe immer klarer wird, daß du mir als eine wahre Erquickung hierher nach Wanza geraten bist. Alter Junge, da hat man als hiesiger Bürgermeister endlich mal wieder was, woran man Anteil nehmen kann, ohne den Wunsch zu äußern, sich einen Sklaven für die Langweilerei halten zu können! – Siehst du, da stehst du in meiner stillen Klause; – fall mir nicht über den Aktenhaufen! Jetzt bist du in der Tat in Wanza an der Wipper, und die Götter mögen deinen Eingang und Ausgang segnen. Hier nebenan ist die Stätte meiner nächtlichen Ruhe; du schläfst natürlich auf dem Sofa; und – dies hier ist Fräulein Mathilde, die Tochter meiner Hauswirtin! Mathilde, sehen Sie sich diesen Jüngling recht genau an; er verdient es. Er ist fünf Jahre jünger als ich und betrachtet mich seit undenklichen Zeiten als seinen – Onkel. Außerdem ist er der Neffe der Frau Rittmeistern, und" –

Fräulein Mathilde hatte längst den Kopf aus der Türspalte zurückgezogen und die Pforte mit einiger Gewalt zugeschlagen. Der Bürgermeister sagte etwas betreten:

„Ohne Spaß, Grüner; nur die Tochter meiner Phileuse und ein ungeheuer anständiges Mädchen, eine geborene Türschlager. Würdest du mir länger das Vergnügen deines Besuches schenken, so würde es meine Pflicht sein, dich vor ihr zu warnen. Neunundzwanzig und ein halb nach dem Kirchenbuche! Ich habe selber nachgeschlagen. Heiratet jeden! Hätte sich wahrscheinlich schon längst zur Bürgermeisterin von Wanza gemacht, wenn ich dann und wann – na, Grüner – mich nur um eine Nuance grüner ihr gegenüber gemacht hätte. Sei aber nur ganz ruhig, Grünhage; diese Nacht soll sie dir noch nichts tun. Sie und ich stehen noch immer auf dem Standpunkte gegenseitiger inniger Neigung zueinander, und so agiere ich für diesmal noch die spanische Wand zwischen ihr und dir!"

„Weshalb schlug sie denn aber die Tür so?"

„Das kann sie nicht anders!" sprach Dorsten, noch dem Nachhall lauschend. „Ja, ja, es ist ein wahres Glück, daß der Mensch dann und wann mehr Glück als Verstand hat. Ich habe Nerven, junger Mensch, und d i e sind bis jetzt immer noch mein Schutz und Schirm gewesen. Mein Herz und meinen Verstand hätte sie schon längst untergekriegt und wäre längst schon, wie gesagt, Bürgermeisterin von Wanza an der Wipper. Meine Nerven aber sind mein Glück."

Grinsend in all seiner Breitschulterigkeit und dazu bereits hemdärmelig hielt der Konsul den fragenden Blick des jüngeren Freundes aus.

„Solltest du vielleicht sogar auch das Bedürfnis haben, dich nach dem Wege zu waschen, so verfüge dich ins Nebengemach und zeuch den neben dem Ofen befindlichen Glockenstrang. Vielleicht kommt jemand. Es gibt nämlich noch etwas mehr Weiblichkeit im Hause, die dann und wann auf ein recht intensives Sturmgeschell hört, wenn sie bei guter Laune ist oder sonst nichts Besseres vorhat.“

Unachtend des leisen Zweifels an seinem Reinlichkeitsbedürfnis, trat der Student sofort in das „Nebengemach“ und sagte nach der ersten Umschau nichts weiter als:

„Ganz Göttingen!“ ...

Nach fernerer weiblicher Beihilfe klingelte er nicht. Er begnügte sich lieber mit dem Minimum von Brunnenwasser und Wasser aus der Wipper, das er vorfand, und mit dem Handtuch, welches an dem Nagel hinter der Tür ein zum Glück für ihn noch ziemlich ungetrübtes Dasein führte. Als er dann, freilich nur um ein weniges erfrischt, wieder hervortrat, fand er nur, was er erwarten konnte, nämlich, daß sich der Weise bereits eine lange Pfeife gestopft, sie angebrannt und sich mit ihr in das Fenster hinein und die liebliche Kühle des Abends hinaus gelegt hatte.

Ohne sich nach dem Gastfreund umzuwenden, sprach der sonderbare Stoiker:

„Der Pfeifenständer im Ofenwinkel. Zigarren überall. Bediene dich, Grüner, hänge dich hier mit mir in die Dämmerung und besieh dir noch einige Augenblicke Wanza aus der Vogelperspektive. Sonstige Erfrischungen habe ich dir leider innerhalb meiner anachoretischen vier Pfähle nicht anzubieten. Gegen halb neun Uhr aber sind wir im Bären und essen daselbst zu Abend; daß du mein Gast bist, versteht sich von selber.“

„Du bist sehr gütig, Dorsten.“

„Halts Maul!“ schnarrte der Bürgermeister von Wanza. „Dasselbige behaupteten sie schon mehrmals in der Magistratssitzung nach jedem Jahrmarkt, wenn ich ihrer Meinung nach allzu vielen Drehorgeln, Linienfliegern und sonstiger Künstlerschaft und Vagabondage die Konzession gegeben hatte, uns des Daseins Öde am hiesigen Orte zu beleben.“

„Und deine vorhin angeführten Nerven, lieber Freund?“

„Die erlauben mir das,“ erwiderte der weise Seneca. „Mathilden wurde es freilich dann und wann auch zu arg,“ fügte er mit unverantwortlichem Behagen an der Tatsache hinzu.

Sie sahen nunmehr bis zum Einbruch der völligen Dunkelheit

rauchend aus dem Fenster auf Wanza hin, und es ging mancherlei an ihnen vorbei, was dem Bürgermeister der Stadt interessant genug erschien, um es dem jüngeren Gastfreunde näher zu deuten. Der letztere lernte in einer verhältnismäßig kurzen Zeit vieles, was ihm in den nächsten Tagen und Wochen von großem Nutzen war. Vor allen Dingen gewann er schon jetzt eine nicht unbedeutende Personalkenntnis in dem kleinen Gemeinwesen, und das ist immer viel wert auf jedem Boden, wo man coram publico zu eigenem Nutzen oder zu dem Vergnügen anderer einen Tanz aufzuführen hat.

„Er schaute mit vergnügten Sinnen
Auf das beherrschte Samos hin",

zitierte von neuem das wunderbare Oberhaupt des idyllischen Abenddämmerungslebens. „Ist es nicht riesig? – Und du bist der erste anständige Ägypter, der da eine Reise tut, um mich in meiner Pracht und Gloria zu bestaunen. Und auch dir habe ich doch eigentlich nur zufällig auf dem Wege zu der famosen alten Schachtel, deiner Frau Tante, gelegen! Na, zu grämen brauchst du dich dieses Vorwurfes wegen nicht, Jüngling; – dies klebt der Menschheit an, und so bist du entschuldigt! ... Ja, ja, man muß eben Bürgermeister von Wanza geworden sein, um zum Nachdenken über sich, die Menschheit und wieder sich als Anhängsel der Menschheit Zeit zu finden."

„Aber du füllst deine jetzige erhabene Stellung nur um so besser aus, nicht wahr, Dorsten?"

„Und ob!! ... So breit hat sich ihnen noch kein anderer hingesetzt und ihnen – imponiert! Wie wir uns einander grüßen, hast du auf dem Wege hierher gesehen. Heimtückisches Mißtrauen in meine Solidität herrscht nur noch bei einigen öden Winkelkäuzen beiderlei Geschlechts vor. Ich verachte sie in dem Bewußtsein, den Besten zu genügen. Uh, und diese Besten! ... sie haben noch nie einen besser für sie passenden Alkalden gehabt, und nur ganz zuweilen kommt es mir noch einmal ungemein kurios vor in meinen nächtlichen Träumen, daß sie gerade auf mich fallen mußten, oder daß das Schicksal und die Tante Grünhage mich gerade – in sie fallen ließen. Ob ich mich selbst einmal zu etwas Höherem bestimmt habe, weiß ich wirklich selber nicht mehr, und es kann mir nur unglaublich vorkommen; denn daß ich der riesenhafteste Praefectus urbis, Oberschulze und Urbürgermeister bin, den Wanza an der Wipper je sah oder sehen wird, das glaube ich mit bodenloser Gewißheit."

„Davon bin ich fest überzeugt, wenn du mir gleich vorhin unter dem Tor deiner urbs einige Zweifel daran zu erwecken suchtest!" sprach der Student, auf die Fensterbank geneigt, mit großer Ruhe und tiefem Ernst in der Stimme. Ob er das zu dieser Stimme passende Gesicht machte, ließ die Dämmerung nicht mehr genau erkennen. Es schien nicht ganz so.

„Du grinsest, Grünhage? ... Na, einerlei! Jedenfalls erscheint es mir itzo dunkel genug geworden zu sein, auf daß wir nach dem Großen Bären steigen können. Der weise Seneca ging auch immer um diese nämliche Stunde."

„Und kam stets solide um zehn Uhr wieder heim?"

„Natürlich! Ausgenommen, wenn er einen seiner weisen Briefe an seinen Freund Lucilius geschrieben hatte. Nachher mußte er sich selbstverständlich stärken auf die Strapazen."

„Oder wenn ihn einmal einer seiner besten Freunde besuchte?"

„Dann blieb er freilich mit demselbigen ein wenig über die – gewöhnliche Zeit aus."

„Und – und Mathilde?! Was sagte Fräulein Mathilde dann dazu?"

„Jüngling, schwatze kein Blech!" sprach der Bürgermeister von Wanza. „Höre es lieber an im Bären. Das ist würdiger."

Fünftes Kapitel

Mannigfacher Lichtschein fiel aus den Fenstern der kleinen Stadt auf die zwei Freunde, und der Vater dieser Stadt hielt im Vorbeischreiten nicht selten an, um durch eine unverhüllte Scheibe oder durch einen Spalt im Fensterladen einen teilnehmenden Blick in das Privatleben seiner – Familie zu werfen.

„Sie sitzen gottlob alle beim Essen, Grünhage," seufzte er dann mit einer so unendlich wohlwollenden Befriedigung, als ob er ganz allein schuld daran sei. „Ein Huhn habe ich jedem noch nicht in den Topf zaubern können; aber – Kartoffeln haben sie alle und, rieche nur, auch Zwiebeln und Speck! Guck, hier hat jedes sogar seinen Hering am Schwanz; – ganz wie Göttingen – am Morgen! – Die Hautevolee hat natürlich Eierkuchen gebacken; aber hier gibt's ebenso natürlich wieder Kartoffelsuppe! ... ‚Unter anderem hat uns die Natur den Vorzug verliehen, daß sie die Notwendigkeit vom Ekel befreit hat,' sagt Seneca der Weise, und zwar vollständig fälschlich: nämlich – sieh dir nur durch diese Ritze diese sechs verzogenen Kindermäuler an! Hafergrütze ist da das Motto, und dabei kriegte auch ich in meiner zarten Jugend regelmäßig meine Prügel, bis ich mein Quantum heruntergewürgt hatte."

„Es ist eigentlich zu urgemütlich, wie ich hier mit dir gehe und dich so reden höre, Dorsten. Aber – eine Ahnung habe ich immer gehabt und an manchem fidelen Abend aus dem Munde unserer älteren Leute die Versicherung auf Ehre erhalten, daß auch dergleichen in dir stecke."

„Hast du?" seufzte der Stadtvater. „Uh! Jawohl, wie sagt der weise Seneca? ‚Von manchem, den du gestern gesehen hast, kann mit Recht gesagt werden: wer ist dies?' sagt er, und darin hat er ganz recht. O Knabe, wir hängen keine Fensterläden mehr zusammen aus! Fuimus Troes! Hast du auch davon eine Ahnung gehabt, daß du je mit mir durch die Gassen von Wanza an der Wipper schreiten würdest, um ohne Erstaunen von dem uns begegnenden Nachtrat das Wort zu vernehmen: Guten Abend, Herr Bürgermeister!? Junger Mensch, auch das kann uns auf dem Heimwege passieren! Auszudenken ist es so leicht nicht; aber an meiner Wiege muß mir doch wohl davon gesungen worden sein."

„Heule nur nicht!" meinte der Student lachend. „Es würde mancher von uns viel darum geben, wenn er die Aussicht hätte, vom Schicksal ebenso warm wie du hier in Wanza hingesetzt zu werden –"

„Um nach inwendig zu verbluten!" stöhnte der Bürgermeister dumpf, um in demselben Augenblick sehr frisch und hell hinzuzusetzen: „Dafür konnte ich nichts, Grüner! Für das Pflaster von Wanza bin ich bis dato noch nicht verantwortlich; – beinahe hättest du auf der Nase gelegen! Ich kenne dieses Loch schon seit einiger Zeit. – Na, halte dich nur recht fest an mich; hier geht's über die Brücke. Hin schaffe ich dich schon glücklich, und über die Heimkehr werden ja wohl wie sonst die Götter gütigst wachen. Dies hier ist der Marktplatz, und drüben hinter den beiden erleuchteten Fenstern sitzt im stolzesten Hause der Stadt deine Tante, ohne eine Ahnung davon, wer hier im Dunkeln herumschleicht. Sollen wir ihr wirklich nicht schon jetzt näher gehen? ... Lieber nicht? Gut, dann wandeln wir still vorbei! Das hier nennt sich die Schwarzburger Straße – der Prado, der Korso, die Linden, der Jungfernstieg und Boulevard des Italiens von Wanza. Dort bemerkst du den Großen Bären am dunkeln Himmelsgezelt, und dies hier ist der Wanzaer Große Bär. Tritt ein und sei nochmals willkommen in Wanza! Setzt dich sonderbarerweise die Tante nicht zu ihrem Erben ein, so tue ich es zum Danke für die göttliche Idee — m i ch hier zu besuchen."

Am „Großen Bär" (nicht dem am blauschwarzen Himmelsgewölbe!) waren die Läden ebenfalls bereits geschlossen, und nur durch die herzförmigen Ausschnitte in denselben fiel ein anlockender Lichtschimmer in die Schwarzburger Straße hinaus. Aber weit geöffnet stand die große Einfahrtspforte, und ein Tritt zur Rechten führte aus der weiten, zugigen Halle zu der Tür des Gastzimmers.

„Fasse dich; es sind auch nur Menschen!" sprach der Exsenior der Caninefatia ermutigend über die Schulter zu dem Freunde hinter ihm, und — „Guten Abend, Herr Bürgermeister! ... Guten Abend, Bürgermeister! ... Guten Abend, Dorsten!" sagten sie alle in dem Tabaksqualm rund um den runden Tisch herum; er aber erwiderte bieder:

„Guten Abend, meine Herren!" und fügte mit merkwürdiger Sonorität hinzu: „Erlauben Sie mir, daß ich Ihnen hiermit den Herrn studiosus philologiae Grünhage, meinen Neffen — nein, den Neffen der Frau Rittmeisterin Grünhage, vorstelle." Mit einem Ellenbogenstoß in die Seite des Freundes flüsterte er: „So bedanke dich doch für das Aufsehen, welches du erregst!" ...

Daß der Name und die dazu gehörige verwandtschaftliche Beziehung des jungen Fremdlings einige Aufregung in der Gesellschaft an dem runden Tische im Separatzimmer des Großen Bären hervorriefen, ließ sich nicht leugnen. Eine Verpflichtung aber, sich sofort außergewöhnlich dankbar zu erzeigen, fand der Student gerade nicht hierin. Er grüßte höflich und wurde in verschiedener Weise wieder begrüßt; die Tante aber nahm allgemach wahrhaft unheimliche Dimensionen in seiner Phantasie an. Was mußte das für ein Weib sein, das ein ganzes Gemeinwesen mit solchem Respekt erfüllte, demselbigen in Freund Dorsten einen Bürgermeister gegeben hatte und bei dessen Erwähnung ein jeglicher im Großen Bären sich räusperte, die Krawatte zurechtrückte und heftiger an der Pfeife zu saugen anfing, um sodann ein beträchtlich Quantum Tabaksqualm so dünn als möglich gegen die trübe Hängelampe über dem Tische hinzublasen?!

Übrigens waren sie an diesem Tische alle vorhanden, die zu dieser Stunde sich auf germanischem Boden zusammenzufinden pflegen, um nach des Tages Geschäften mehr oder weniger ihr Pläsier miteinander und aneinander zu haben. Und der weise Seneca stellte sie dem Freunde der Reihe nach vor, und der Freund kannte sie sämtlich schon längst aus seinem eigenen Bekanntenkreise oder vielmehr dem seines Herrn Vaters. Namen sollen sie lieber nicht nennen, wenn das im Laufe dieses Berichtes nicht unumgänglich nötig werden wird. Sie selbst nannten sich am liebsten bei ihren Titeln, und sie besaßen Gott sei Dank beinahe alle einen. Und ein jeglicher von ihnen hatte zwei Geschichten; erstens seine eigene (inklusive die seiner Familie) und zweitens diejenige, welche er mit Vorliebe aus eigener Anregung oder auf mehr oder weniger allgemeines Verlangen zum besten gab. Die erstere war jedem anderen im Kreise so ziemlich bekannt, die zweite ganz genau.

„Das wäre ja das Ende alles Behagens, wenn jeder alle Abend was Neues aufs Tapet zu bringen hätte," grinste Seneca der Weise in seiner Weisheit. „Ne, ne; wie wir sind, so sind wir, und wozu hat man sein Gemüt, als um sich dessen zu erfreuen? Na, und dann unser Geist! Wie soll ihn denn einer mal aufgeben im ganzen, wenn er ihn im Laufe der Jahre seiner irdischen Laufbahn schon im einzelnen losgeworden ist? Der Mensch täusche sich nicht: Sparsamkeit, Selbstgenügsamkeit und Überlegung halten ihn mit seinesgleichen warm unter e i n e r Decke. Warm zudecken! Alle unter e i n Deckbett! Uh, Grünhage, man muß aber doch Bürgermeister von Wanza geworden sein, um es ganz genau zu wissen, wie m ö r d e r i s c h der Dunst, die Wärme und – kurz, das Behagen drunter manchmal sind!"

Sehr interessant war's jedenfalls an diesem Abend im Großen Bären zu Wanza an der Wipper, und vor allen Dingen bekam der Gastfreund ein ausgezeichnetes Abendessen. Ob es nun aber der lange Marsch durch den Herbsttag, der letzte feuchte Aufenthalt bei der Witwe Wetterkopf, der wackere Exkommilitone, die Tante oder die Honoratiorenschaft des Ortes und ihre Unterhaltung war: der Student sah alles nur wie durch einen Nebel, lachte nur wie durch einen Nebel und erzählte seinerseits gleichfalls eine Geschichte, die er für ungemein neu hielt und die ebenfalls wie durch einen Nebel belacht wurde. Aber – „e i n Stein macht das Gewölbe, jener nämlich, der die zugeneigten Seiten zusammenkeilt und durch sein Dazwischentreten bindet," sagte Lucius Annäus, und:

„Wahrhaftig, da ist M a r t e n schon!" sprach einer in dem vergnügten Kreise.

Ein langgedehntes, schrilles Pfeifen und:

„Die Glocke hat zehn geschlagen! Zehn ist die Glock!" klang's draußen dicht vor dem Fensterladen, und rund um den Tisch herum erhob sich die Patrizierschaft von Wanza, griff nach dem Hut an der Wand und dem Stock im Winkel und wünschte sich gegenseitig wohl zu schlafen.

„Sie bleiben wohl noch ein wenig, Herr Bürgermeister?" fragte jemand.

„Nur noch einen Augenblick, Herr Kämmerer."

„Dann wünsche ich auch Ihnen recht wohl zu ruhen," sprach jener, und öde war's rings umher.

„Um elf Uhr gehen wir auch, wenn es dir recht ist, Knabe!"

„Unbedingt, Dorsten! Weshalb aber nicht lieber gleich?"

„Weil das doch zu scheußlich wäre!" stöhnte der weiland Senior der Caninefaten, und, das Haupt zwischen beide Fäuste nehmend, ächzte er: „Großer Gott, Mensch, stellst du dich nur so, oder hast du in der Tat noch keinen Begriff davon gekriegt, wie schauderhaft langweilig es in Wanza ist?! — — — Calvisius, Calvisius, o Calvisius Sabinus, Einzigster — — Glückseligster aller Freigelassenen, dich hätte ich als Bürgermeister von Wanza an der Wipper sehen mögen!" ...

Sechstes Kapitel

„Dieses ist ja aber wirklich merkwürdig, Marten!" sagte die Frau Rittmeisterin.

„Nicht wahr? ... Ja wohl! ... Ich habe es mir aber auch gleich gedacht, daß es Sie ein bißchen verinteressieren würde, Frau Rittmeistern," sprach der Nachtwächter von Wanza, die Mütze zwischen den Händen drehend.

Kopfschüttelnd setzte sich die alte Dame geradeauf in ihrem Lehnstuhl.

„So gegen Mitternacht?"

„Nun, vielleicht auch wohl um einiges später, Frau Rittmeistern. Es wehte wohl schon ein bißchen kühl so um den Morgen herum. Ja, ja, die Zwölfe hatte ich ihnen schon durch die Spalte im Laden in den Bären 'neingerufen; aber da saßen die beiden Herren noch feste drinnen am Tisch. Also, wir wollen mal sagen, so gegen ein Uhr hin mochte es sein, als ich ihnen mit meiner Laterne an der Wipperbrücke an Augustins Ecke begegnete und der Herr Burgemeister mich stellte und uns miteinander bekannt machte und ich —"

„Und Sie ihnen nach Hause leuchteten und ihnen wohl gar das Schlüsselloch mit suchen halfen? Den Musjeh Dorsten sehe ich natürlich ganz genau vor Augen, und der andere — mein Herr Neffe, wie Sie behaupten, Marten — ohne allen Zweifel gleichfalls auch so einer, selbst bei diesen kühlen Nächten mit offener Weste und einem heißen Kopf! Und mit einem bunten Bande über der Brust und um die Mütze: einer von unserer Couleur, wie der – Herr Bürgermeister sicherlich gesagt hat. Liesle!"

„Frau Rittmeistern?" fragte ein ganz nettes Dienstmädchen, den Kopf ins Zimmer steckend.

„Also verlassen kann ich mich drauf, daß er mir eine Visite für heute morgen zugedacht hat, Marten?"

„Hm, die Absicht hatte er ganz gewiß, noch so gegen ein Uhr; aber –"

„Nun, dann soll er uns in dieser Stimmung wenigstens sofort von der richtigen Seite kennen lernen und seinen Hering bereit finden. Lauf mal rasch 'nüber um ein paar einmarinierte, Liesle! Nicht wahr, das können wir brauchen, Marten? Noch so'n Patenkind auf die Arme wie Euern Freund Dorsten, meinen Herrn Bürgermeister von Wanza an der Wipper! Ne, ne, den Posten in meiner Zuneigung und hiesigem Gemeinwesen hatte ich doch nur einmal zu vergeben. Zweimal kommt das nicht vor! Übrigens aber weiter im Texte; also, Marten, also Sie schlossen diesen beiden nächtlichen Menschenkindern die Haustür auf und leuchteten ihnen auf der Treppe?"

„Ei nein," sprach der Nachtwächter von Wanza, „ich habe den Herrn Burgemeister zwar seit lange nicht so vergnügt gesehen, aber sehr ruhig war er doch dabei; und – denken Sie mal, Frau Rittmeistern – wissen Sie, was ich habe tun müssen?"

Die alte Dame schüttelte mit unbestreitbarer Spannung den Kopf.

„Ich wollte anfangs natürlich nicht recht dran, aber Hilfe war da nicht. Müssen mußte ich; der Herr Burgemeister waren zu eindringlich, und anderthalb Stunden lang habe ich noch dem Herrn Nevöh Wanza bei meiner Laterne zeigen müssen."

„I du meine Güte!" rief die Frau Rittmeisterin, ihr Strickzeug im Schoße zusammenfassend.

„Jawohl, das könnte 'nem Menschen wohl als ganz was Neues vorkommen, nicht wahr? Ich, der ich nächster Tage doch nun schon fünfzig Jahre drin herumgehe und die Zeit abrufe, habe wahrhaftig gemeint, daß ich Wanza kenne; aber bis zu voriger Nacht ist das mir wirklich nur so vorgekommen. Ja, ja, der Mensch lernt nie aus; und, wissen Sie, eines nur wollte ich, nämlich daß Sie dabei gewesen wären, Frau Rittmeistern. Da wäre denn freilich das Vierkleeblatt voll gewesen, um Wanza bei meiner Laterne zu besehen: Sie und der Burgemeister, der Herr Nevöh und ich! Aber Sie schliefen gottlob sanfte, und dasmal war es eigentlich schade darum!"

„Davon bin ich fest überzeugt," sprach die alte Dame lachend. „Nun gehen Sie aber dem kuriosen Dinge doch mal ein bißchen näher. Was haben Ihnen denn die zwei – na, ich will nichts sagen! – gezeigt in Wanza an der Wipper, was Sie noch nicht kannten, Marten?"

Der Nachtwächter sah seine Gönnerin auf diese Frage hin mit emporgezogenen Augenbrauen an, hustete hinter der vorgehaltenen Hand, trat einen Schritt vor, zog sich wieder einige Schritte rückwärts, rieb sich den ziemlich kahlen Schädel, ließ seine Mütze fallen, hob sie auf, sah von neuem die Frau Rittmeisterin an, aber diesmal von der Seite, und sagte:

„Auf meine Ehre und Gewissen, so wahr ich lebe und selig werden will, ich habe manchem vom Bären aus nach Hause geleuchtet, aber mit solchem Nutzen für meine Erfahrung noch keinem wie diesen beiden Herren in der vergangenen Nacht! Dazu waren der Herr Burgemeister recht gerührt und weich und sprachen an jedweder Ecke noch mehr wie gewöhnlich in Versen aus Dichterbüchern. Ohne den Herrn Nevöh hätte ich zuletzt gar nicht mehr gewußt, welche Stunde am Tage es eigentlich war, was doch viel sagen will. An jedes Haus, wo einer vom Magistrat wohnt, habe ich mit der Laterne hinleuchten müssen; und jedesmal hat der Herr Burgemeister eine Geschichte zum besten gegeben, und wir haben unsere liebe Not gehabt, daß er uns bei dieser nachtschlafenden Zeit nicht zu laut wurde. Ums Spritzenhaus, 's Rathaus, die zwei Pastorenhäuser, dann um die Marienkirche und Sankt Cyprian sind wir mit der Laterne herumgewesen, und da wurden der Herr Burgemeister recht gelehrt und sprachen von der Erbauung der Stadt Rom und der Gründung von Wanza, und man konnte viel lernen; und mich betitulierten beide Herren immerfort nur Herr Nachtrat, und der Herr Nevöh, der Gott sei Dank gar nicht melancholisch geworden war, sondern ganz vergnügt und pläsierlich, sagte: ‚Recht haben Sie, Herr Nachtrat, eine erbauliche Geschichte ist es, aber – erzählen Sie nur meiner Tante Grünhage nichts davon!‘ Und das habe ich ihm denn natürlich auch fest versprochen; denn, Frau Rittmeistern, was konnte ich unter solchen Umständen anderes tun?"

„Verlassen Sie sich drauf, Marten, es ist mir nun doch schon ganz genau so, als ob ich ganz persönlich dabeigewesen und mit euch gegangen wäre. Jetzt aber sagen Sie mir nur noch e i n Wort: wie sah er denn selber aus bei dem Scheine Ihrer Laterne?"

„Ihren Herrn Nevöh meinen Sie? O, ein ganz netter, stiller junger Mensch, Frau Rittmeistern! Unseren seligen Herrn, den Herrn Rittmeister, kennen wir beide; so war es mir denn merkwürdig, auch diesem aus der Familie aus dem Bären heimzuleuchten; aber mit Erlaubnis, die richtige Familienähnlichkeit habe ich bei so kurzer Bekanntschaft noch nicht herausgefunden."

„Hm," sagte die alte Dame, „meinen verstorbenen Mann konntet Ihr eigentlich in Frieden lassen. Irgendwo muß der Spaß doch einmal aufhören –"

„Und das haben Sie wieder mal viel besser ausgedrückt, als es sonst irgendein Mensch hier in Wanza kann, Frau Rittmeistern!" rief der Nachtwächter von Wanza; „und ich habe ganz und gar dasselbe gesagt, und der Herr Burgemeister wahrscheinlich item, als er mich zum Beschlusse bei Sankt Cyprian durch das Kirchhofsgitter leuchten ließ und den Herrn Nevöh mit dem Kopfe gegen das Staket drückte und lateinisch sprach, was ich natürlich nicht verstand."

„Lateinisch werde ich nicht mit ihm sprechen; aber sprechen werde ich mit dem jungen Mann, und zwar sobald als möglich, und verstehen soll er mich dann, darauf gebe ich Ihnen mein Wort, Marten!" brummte die alte Dame.

„Nun, machen Sie es nur nicht zu arge, Frau Rittmeistern. Wir sind ja alle mal jung gewesen, und Sie wissen, wie wir es stellenweise trieben hier in Wanza so vor fünfzig Jahren, als wir noch nicht so dicht wie heute vor unserem fünfzigjährigen Jubiläum standen."

„Hm!" sprach noch einmal die Frau Rittmeisterin Sophie Grünhage und versank in ein tiefes Nachdenken, das heißt sie legte eine ihrer Stricknadeln an die Nase und fing an, angestrengt im Kopfe zu rechnen und Tage und Jahre zusammenzuzählen. Der Meister Marten stand militärisch gerade vor ihr aufgerichtet und wartete schweigend das Fazit ab; wir aber benutzen die Gelegenheit, um uns um- und die beiden Leutchen ein wenig genauer anzusehen. Es war ungefähr zehn Uhr morgens; die helle Herbstmorgensonne lag freundlich auf den Fenstern der Tante Sophie; alles stand, hing und lag reinlich und zierlich an seiner Stelle im Zimmer, und das Reinlichste und Zierlichste war die alte Frau in ihrem Lehnstuhl in der Sonne am Fenster. Das einzige, was nicht in den Raum und zu allem übrigen passen wollte, war der selige Herr Rittmeister Grünhage, der fast in Lebensgröße in Öl gemalt von der Wand hinter dem Sofa heruntersah und unbedingt dem Künstler, was die Ähnlichkeit anbetraf, alle Ehre machte. So mußte der Mann vor vierzig Jahren ausgesehen haben, als ihn, wahrscheinlich auch im „Bären", der nach Brot gehende wandernde Künstler unbegreiflicherweise daran gekriegt hatte, „ihm einige Stunden zu schenken". Und glatt hatte er ihn hingetüpfelt auf die Leinewand in seiner aus dem Schranke geholten Uniform, mit dem Harnisch auf der Brust und dem Roßschweifhelm des Zweiten Westfälischen Kürassierregiments im Arme. „Merkwürdig getroffen" sagte heute noch seine Witwe, und (wir können uns leider nicht helfen!) „stinkend ähnlich" sprachen alle jene Wanzaer, die den „Wüterich" noch persönlich gekannt hatten.

Da hing er gut lackiert und gottlob jetzt gänzlich unschädlich an der Wand und stierte geradeaus und -weg über den weißen Fußboden, der bei seinen Lebzeiten wahrlich nie so aussehen konnte wie heute. Wir aber werden ihn leider doch wohl noch einige Male von dem Kirchhofe bei Sankt Cyprian her zitieren müssen. Er spielt eben noch mit in der Geschichte, und nicht bloß als schauderhaft ähnliches „Porträt" an der Sofawand; und der weise Seneca und Bürgermeister von Wanza hat seinen jüngeren Freund, den Neffen der Frau Rittmeisterin, nicht ganz ohne Grund mit der Stirn an das Gitter der Friedhofspforte bei Sankt Cyprian gedrückt und den Meister Marten, den Nachtwächter von Wanza an der Wipper, dazu leuchten lassen.

„Leuchtet das?" fragen unsere Kinder auf einem vergnüglichen Waldwege und halten uns ein Stück von einer halbvermoderten Baumwurzel hin.

„Nehmt es mit nach Haus. Wir wollen's heute abend versuchen," lautet dann die Antwort. Wo aber würde alle Geschichts- und Geschichtenerzählung auf dieser Erde bleiben, wenn alles Vergangene nur glatt lackiert und chinesisch treu getüpfelt an der Wand hinge und nicht auch von Sankt Cyprian her durch das eiserne Gitter glimmerte?!...

Doch wir haben uns für jetzt schon zu lange bei dem rotgesichtigen, blau und rot uniformierten grauen Söldner an der Wand aufgehalten. Ein zierlichstes Persönchen, silberweiß in ihrem silbergrauen Kleide, sitzt, Gott sei Dank, die Frau Rittmeisterin noch da und sieht nicht von der Wand auf uns herab. In ihrem hohen Alter wie ein jung Mädchen, schüttelt sie den Kopf mit den Schultern zugleich, lächelt und lacht und verhandelt munter mit ihrem besten

24*

Freunde in Wanza an der Wipper, mit dem Nachtwächter Meister Marten Marten.

Ein altes, wie unter einer Glasglocke konserviertes Wachspüppchen und ein alter, an jedes Wetter bei Tage und bei Nacht gewöhnter Alraun, und beide doch wie aus einer Wurzel gewachsen, heraus aus diesem wunderlich fruchtbaren Erdboden – zwei beste Freunde! Zwei Leute, die sich unter dem übrigen, vielnamigen, vielgestaltigen Kraut, Raps und Rübsen, Baum- und Buschwerk gefunden hatten und zusammenhielten in ihrem Dasein in Wanza seit fünfzig Jahren! – Es stimmt ausnehmend! lautet die Redensart des heutigen Tages: seit fünfzig Jahren war die alte Frau die „Frau Rittmeistern", und seit fünfzig Jahren war der alte Mann Nachtwächter in Wanza. Achtzehn Jahre alt war die junge Frau, als sie mit dem Herrn Rittmeister in der Stadt anlangte, und jetzt ist sie achtundsechzig. Vierundzwanzig Jahre zählte Marten Marten, als er zum erstenmal vor dem Hause des damals regierenden Bürgermeisters in das Horn seines Vorgängers stieß und die zehnte Abendstunde abrief, und er ist heute volle vierundsiebzig alt: unser guter Freund, der pro tempore regierende Bürgermeister, hat das ganz genau in seinen Akten.

„Ich habe es ja selber nicht gewußt, und es ist der Herr Burgemeister gewesen, der mich drauf stieß und, als ich gestern nacht zwischen den zwei Herren mitging, sich drüber ausließ. In den Papieren auf dem Rathause muß es ja wirklich wohl zu finden sein; aber was für ein Spaß gerade für den Herrn Burgemeister dabei war, das weiß ich doch eigentlich nicht. Es machte ihm aber Vergnügen, als er drauf kam, und dem Herrn Nevöh auch. Sie hielten mich beide, jeder an einem Arm, daß ich wirklich bei ihrem Vergnügen darüber Not hatte mit meiner Laterne und jeder meiner Vorgänger auf Sankt Cypriani Friedhofe, wenn er gerade jetzt wieder aufgestanden wäre, ganz gewiß nicht gewußt hätte, was er sich eigentlich dabei denken sollte. ‚Das Jubiläum feiern wir, Marten!' sagte der Herr Burgemeister, und dann sagte er wieder was in fremden Sprachen zu dem Herrn Nevöh, und der lachte auch ganz unbändig, und dabei kamen wir gerade bei Sankt Cyprian an, und, wie ich schon erzählte, die Herren kamen auf etwas anderes."

„Aber ich nicht, Marten!" sagte die alte Dame, aus ihrem Sessel aufstehend. „In den Papieren habe ich sie nicht, aber im Gedächtnis, die Nacht vor fünfzig Jahren. Ich feiere sie mit!"

Siebentes Kapitel

„Und Sie sind also mein Neffe? Grünhage heißen Sie – Bernhard Grünhage? Ihr Vater ist der jüngere Bruder meines verstorbenen Mannes? Philologie studieren Sie und vertreten sich nach dem langen Sitzen in der Schulstube bei Ihren Herren Professoren die Beine auf den Landstraßen? Und da haben wir gegenseitig eine dunkle Ahnung voneinander gehabt, Ihre liebe Familie und ich! Und nun schenken Sie denn der alten Tante in Wanza die Ehre und kommen freundlich, alte Familienbezüge wieder aufzufrischen? Nehmen Sie doch Platz, Herr Neveu – setzen Sie sich wenigstens ein wenig; – wirklich, Marten, unser Nachtwächter in Wanza, hat mir schon recht viel Gutes von Ihnen erzählt."

Der Student ließ die buntbebänderte Mütze, die er bis jetzt in den Händen gedreht hatte, wie vorhin der Meister Marten seine Pelzkappe zu Boden fallen, bückte sich nach ihr und sah hochrot der alten freundlichen Dame ins Gesicht –

„O, Frau Rittmeisterin!"

„Jawohl, dieses ist mein Titel in der Stadt seit fünfzig Jahren; aber dir sehe ich es jetzt schon nach den ersten fünf Minuten unserer Bekanntschaft an der Nase an, daß man dich, seit die weise Frau dich zum erstenmal wusch, nur den Grünspecht in eurer Familie genannt hat. Mache mir da nichts anderes weis! Deine Mutter ist tot; dein Vater, meines verstorbenen Mannes jüngerer Bruder (ja, ich erinnere mich, er muß um ein erkleckliches jünger sein), lebt noch. Er war ein junger Mensch von vierzehn Jahren auf meiner Hochzeit und trat mir die Schleppe vom Kleide, und mein verstorbener Mann behandelte ihn nicht ganz höflich – ich sehe den armen Jungen heute noch wie mit verhaltenen Tränen in der Ecke stehen, und nachher übernahm er sich ein wenig im Wein. Da wurde er wieder ziemlich grob gegen meinen Mann. Es waren noch zwei Brüder auf der Hochzeit –"

„Die sind auch gestorben," wagte der Student nur mit leisester Stimme einzuwerfen, „der eine in Amerika, der andere in unserem Hause. Sie haben beide nicht viel Glück in der Welt gehabt."

„Wer hat viel Glück in der Welt, du Grünspecht? Was verstehst du denn davon, mein Junge?" fragte die Frau Rittmeisterin Grünhage mit solcher Schärfe in der Stimme, daß der Neffe, der bis jetzt bescheiden auf dem Rande seines Stuhles gesessen hatte, unwillkürlich sich so fest als möglich auf ihm setzte. Doch die alte Frau fuhr glücklicherweise augenblicklich wieder in ihrem alten Tone fort, indem sie dazu mit der Stricknadel den jungen Verwandten auf das Knie tupfte:

„Da siehst du, Kind, was sofort daraus folgt, wenn man so an der Landstraße vorspricht, um alte Familienbande wieder anzuknüpfen. Wovon schwatzen wir denn eigentlich? Was geht es dich Grünspecht an, ob man bei meiner Hochzeit mehr geweint oder gelacht und wer darauf getanzt hat und wer nicht? Also dein Papa hat gesagt: ‚Nun, Junge, denn lauf zu, und kommst du durch Wanza und hast Lust dazu, so erkundige dich meinetwegen, ob die Schwägerin noch am Leben ist und wie sie sich durch die letzten fünfzig Jahre durchgefressen hat'?"

„Der Alte war's wohl eigentlich nicht," sagte der Student schüchtern. „Die Alte brachte den Vater, das ganze Haus und zuletzt auch mich auf die Idee."

„Die Alte?" fragte die Frau Rittmeisterin ein wenig verwundert. „Sagtest du nicht, daß deine Mutter schon vor Jahren gestorben sei?"

„Unsere Alte meine ich auch nur. Unsere älteste Schwester nennen wir zu Hause so."

„Und wieviel seid ihr eurer eigentlich zu Hause? Geschwister meine ich."

„Mich mitgerechnet fünf. Vier Mädchen und ein – dummer Junge, der augenblicklich im sechsten Semester Philologie in Göttingen studiert und dem hiesigen alten Hause der Verbindung, dem Bürgermeister von Wanza, auf die Bude gestiegen ist."

„Hm, und wie nennt sich – eure Alte sonst noch?"

„Käthe."

„Und wie heißen die anderen?"

„Anna, Marie und Martha."

„Hm, alles ganz anständige Namen. Wie alt ist eure Älteste?"

„Sechsundzwanzig."

„Also, wie ich es mir gleich dachte, wirklich in den Jahren, wo uns Frauenzimmern der Verstand kommt. Bei euch dauert das etwas länger, mein Sohn. Weshalb aber ist das Mädchen denn nicht lieber selber gekommen, sondern hat dich geschickt?"

„Sie hat noch nie seit unserer Mutter Tode einen Tag lang vom Hause abkommen können. Übrigens, Frau Tante, lagen Sie ihr ja auch ganz und gar nicht auf dem Wege. Unseren Exsenior, den weisen Seneca, kennt sie höchstens nur vom Hörensagen und meinem Hausrenommieren. Wie sollte es ihr einfallen, auf dem Wege nach dem Inselsberge den Bürgermeister Dorsten in Wanza an der Wipper zu bekneipen?" sprach der Neffe mit einem Ton, der auf immer wachsendes Unbehagen deutete.

„Hm," sagte die Tante Grünhage in Wanza an der Wipper, „und auf wie lange Zeit hast du dich denn wohl mit deinem Besuch und Aufenthalt in hiesiger Stadt bei deinem Hanswurst von Freunde und unserem Herrn Bürgermeister eingerichtet, mein Sohn? Wann gehst du wieder?"

Da war nun die Frage, die dem Neffen der Frau Rittmeisterin doch ganz und gar, wie das immer im Leben geschieht, als eine Überraschung kam. Und wie das ziemlich häufig im Leben passiert, so geschah's auch diesmal. Wo der Mensch die größte Neigung hat, ins Stottern zu geraten, fährt ihm das Wort kurz, rasch und bündig heraus und läßt sich nur sehr selten wieder zurücknehmen. Alle Tage, allstündlich, im großen wie im kleinen, wird dergestalt manch ein Schicksal endgültig kontrasigniert, besiegelt und zu den übrigen Akten der Menschheit gelegt.

„Morgen früh," sprach der Knabe, sich bei dem Worte zugleich von seinem Stuhle erhebend und nach der Tür, durch die er gekommen war, umsehend.

„Schön!" sagte die gute Tante. „So haben wir ja wenigstens noch den heutigen Abend für uns, wenn der Herr Neffe es nicht wiederum vorzieht, sich Wanza bei der Nachtwächterlaterne zu besehen. Der andere, der dich vorhin bis an meine Haustür brachte, dich hineinschob und sich um die Ecke drückte (na, wegschleichen sah ich ihn), kann auch mitkommen, wenn er es sich getraut. Punkto sieben Uhr. Alte Frauen gehen früh zu Bett, wenn sie ihren Tee getrunken haben. Punkto zehn Uhr pfeift Marten unterm Fenster und leuchtet den Herren noch einmal nach Hause."

Die alte Dame klingelte, und Luise steckte wiederum den Kopf in die Tür.

„Räume ab, Mädchen. Mein Herr Neffe – Studiosus Grünhage – hatte bereits gefrühstückt!"

Der Herr Neffe und Studiosus der Philologie Grünhage aus Göttingen und der Lüneburger Heide stand vor der Tür seiner Frau Tante, ohne eigentlich recht zu wissen, wie er so rasch dahin gekommen war. Ob er sehr höflich Abschied genommen hatte, konnte er durchaus nicht fest sagen, wohl aber, daß das kleine, kläräugige, weiße alte Weibchen ihm einen Knicks hingesetzt hatte, mit dem sie wahrscheinlich nicht zum ersten Male kühl von einem freundschaftlichen Besuch „abgekommen" war und welchen der Jüngling ruhig seinen sämtlichen Schwestern für ähnliche Gelegenheiten anempfehlen durfte.

Natürlich blickte er noch einmal zu den Fenstern dieser „verteufelten Alten" empor, aber ein wenig unstet und, um es höflich auszudrücken, dumm. Es war nicht allein die helle Sonne auf dem Marktplatz von Wanza, die ihn mit den Augen zwinkern ließ; und nachher war seine Ortskenntnis in Wanza noch nicht derart, daß er ganz genau wußte, ob er sich rechts oder links zu halten habe, um den Freund oder doch die Wohnung des Freundes so rasch als möglich wieder zu erreichen. So lief er aufs Geratewohl, bog um die nächste Ecke und wurde zu seiner großen Erleichterung sofort an der Schulter gepackt und aus seiner Verblüffung herausgeschüttelt.

„Da bist du schon wieder? Nun, wie ist es gegangen? Kurz war der Schmerz –"

„Und ewig ist die Freude, sagt der weise Seneca," rief der Student, sich die Mütze abreißend und damit die Haare aus der Stirn zurückstreichend.

„Der sagt das diesmal gerade nicht," rief der gute Freund, „aber – begucken laß dich doch vor allen Dingen mal – zerdrück die Träne nicht in deinem Auge – so erzähle doch, Menschenkind! Die Geschichte interessiert mich zu enorm! – Geradeso wie du eben kam ich mehrmals um dieselbige Ecke und jedesmal auch – von ihr. Nicht wahr, sie schlägt ihre Klinge mit ziemlich impertinenter Gelassenheit? Und hübsch ist sie mit ihren siebenzig Jahren und erinnert einen immer so kurios an seine eigene Mutter, ohne Rücksicht auf die Jahre, wenn d i e einen am Ohr nahm oder – ironisch tat. Heraus damit, Grüner; was hat sie gesagt?"

„Alte Damen gehen zur rechten Zeit zu Bett; – zum Tee hat sie uns eingeladen. Punkt sieben Uhr. Dich mit, Dorsten!"

„Wundervoll!" rief der Bürgermeister.

„Mich jedoch nur unter der fröhlichen und tröstlichen Voraussetzung, daß ich mich nach stattgehabter Anknüpfung der Bekanntschaft augenblicklich wieder aus dem Neste, eurem heiteren Wanza, hinaus und zum Teufel schere. Ganz genau hat sie sich erkundigt, um welche Stunde du mich morgen früh auf den Weg nach Sachsen-Koburg-Gotha – Weimar-Eisenach oder dergleichen zu bringen gedächtest."

„Famos! ... Sie hat sich wirklich danach erkundigt, Grüner? ... Dann gibt sie dir unbedingt eine Tüte voll Zuckerwerk oder sonst Genießbarem mit auf die Reise. Ich kenne sie, Grüner!"

„Ich auch – wenigstens so ziemlich schon! Einen Grünspecht

hat sie mich auch geheißen; und fürs erste hatte sie mir weniger aus allgemeiner Menschenliebe als aus ganz spezieller verwandtschaftlicher Bosheit einen Frühstückstisch decken und einen einmarinierten Hering vorsetzen lassen."

„Dann hat Marten geschwatzt!" rief der weise Seneca mit der volltönigen Überzeugung eines Mannes, der das Rechte trifft. „Vorauszusehen war das eigentlich wohl. Und du, lieber Junge, hast dir einzig und allein selbst diesen himmlischen Hohn der Norne von Wanza an der Wipper zuzuschreiben. Es ist unbezahlbar!... Ein saurer Hering mit einem Kranz von Immortellen um den Teller! Was sagte denn der Alte an der Wand, ich meine der Rittmeister, zu dieser reizenden Idee? Siehst du, blonder Knabe, nur dein frivoler Wunsch, nach unserem harmlosen Zusammensein im Bären Wanza noch ein bißchen genauer kennen zu lernen, ist schuld an diesem göttlichen Abgeführtwordensein!"

„Aber Dorsten?!" sprach der geärgerte Philologe melancholisch-vorwurfsvoll. Doch aus der Melancholie heraus und mit beiden Füßen zugleich grimmig in die ganze Lächerlichkeit der Situation hineinspringend, rief er:

„Uh, die Alte!... Unsere meine ich, Dorsten! Die soll mir noch einmal wiederkommen mit solch einem Abstecher von einer Ferien-suite, und wenn zehntausendmal mein bester Freund am Pfade sitzt. Na, die Bierzeitung zu Hause!... Aber unsere Alte geht sicherlich das nächste Mal selber auf die Tantensuche."

„Schicke du sie nur ganz dreist nach Wanza," sagte der Bürgermeister von Wanza treuherzig. „Doch jetzo folge mir nach Möglichkeit ruhig zu meiner stillen Klause. Man wird schon allzu aufmerksam auf uns. Sieh nur die Fenster! Wanza kennt dich bereits als den Neffen der Frau Rittmeisterin, oder ich müßte die Kerle, die dich gestern abend im Bären kennen lernten, nicht auswendig wissen. Du interessierst Wanza riesig, mein Sohn, und wenn das einer der Ansiedelung nicht verdenkt, so bin ich es; denn du weißt, mich interessierst du auch, und zwar bodenlos und mit allem, was zu dir gehört – deiner ganzen stirps!"

„Daß ich dir und – euch allen ungeheuer verpflichtet und dankbar bin, kannst du mir, der liebe Gott weiß es, glauben; aber in zehn Minuten bin ich doch unterwegs nach der Wartburg. Ich bin es eigentlich jetzt schon und hole eben nur meine Tasche und meinen Stock bei dir ab."

„Und blamierst dich sträflich nicht nur vor der Welt, Wanza an der Wipper, seinem Bürgermeister, dir selber und dem gescheitesten, liebenswürdigsten, angenehmsten alten Weibe in Wanza, sondern auch vor eurer Alten, die mir wirklich ein riesig nettes Frauenzimmer zu sein scheint und unbedingt mehr als eine Ader von unserer Alten da am Markt hat. Käthchen heißt das Kind! Wie könnte das liebe Mädchen sonst heißen? Unbedingt sind wir heute abend Punkt sieben Uhr bei der Tante. Um zehn Uhr geht sie zu Bett, und wir haben also bis dahin vollauf Zeit, Wunder an ihr zu erleben und vor allen Dingen Tee zu trinken auf das Wohl von Fräulein Käthchen Grünhage, die dich nach Wanza schickte und also sicherlich eine Ahnung davon hatte, wie der weise Seneca bei der Witwe Wetterkopf trocken saß und weder mit seiner Weisheit noch mit seinem Gemüte irgendwohin wußte, ausgenommen dann und wann zur alten Rittmeisterin Grünhage am Markte zu Wanza!"

Achtes Kapitel

Es war Abend geworden, und der Jüngling aus der Heide, wie Dorsten sagte, hatte verständigem Zureden Raum gegeben. Er hatte mit dem Freunde am Wirtstische im Bären zu Mittag gegessen und wiederum allerlei Leute kennen gelernt, die er eigentlich schon kannte. Nachher hatte ihn der regierende Bürgermeister von Wanza mit aufs Rathaus in seine recht gemütliche Amtsstube genommen, ihm eine lange Pfeife verabreicht und seinen kurulischen Stuhl zur Nachmittagsruhe überlassen und sich selber seufzend in den Hundesteueretat des laufenden Jahres vertieft.

„Ja, es ist ein schweres Dasein! Dir darf ich wohl auch nichts von der großen Hundsleiche vorerzählen? Aber das will ich dich versichern: Carmina gibt's auch hier die schwere Meng' um den Hund; und Magistrat und Bürgerschaft ‚düsseln' auch manchmal Nache, aber mehr gegeneinander als miteinander", hatte der Regierende geseufzt. „Zu siebzehnhundert ziehen sie hier auch dann und wann heraus; aber – mort de ma vie! – Respekt wie eine Garnison in einer eroberten Festung habe leider nur immer ich allein; denn gegen mich allein laufen alle die verfluchten Molesten am letzten Ende doch aus! Du erinnerst dich des braven Pudels, meines Ponto von Bovenden? Wo ist die Zeit, wo er so wenig als ich wußte auf der Weender Straße, was uns an unseren Wiegen gesungen worden war? Nämlich daß ich ihn hier an diesem Tische in die Liste einzutragen hatte!... O alte Burschenherrlichkeit, wie rasch warst du vergangen!... Drei Taler jährlich war die freie kanine Seele durch öffentlichen Magistratsbeschluß taxiert. Ich habe Mathildes Mama in Verdacht, daß sie es war, die mich schon nach einem halben Jahre von dem vectigal oder tributum befreite. Sie behauptete freilich, nur den Ratten im Hofe Gift gelegt zu haben; ich aber hätte ihn in jeglicher Beziehung lieber euch in Göttingen belassen sollen. Es war übergenug schon, daß sein Herr nach Wanza ins Philisterium herein mußte."

Es war, wie gesagt, Abend geworden, und ein schlechtes Talglicht glimmte in der Wohnung des Bürgermeisters Dorsten auf dem Schreibtische. Mit einem anderen in der Hand trat der weise Seneca aus seiner Kammer und rief:

„Jetzt, Grüner, fidel wie zwei aufgewickelte Igel auf der Mäusejagd! Wie lassen es pure darauf ankommen, wie ihr Befinden ist. Faucht sie uns an wie eine Katze, was sie, beiläufig, dann und wann freilich auch gediegen leistet, so rollen wir uns ruhig zusammen, schieben uns und verbringen den Rest des Abends im Bären – "

„Dorsten?!" stammelte einfach der Neffe der Frau Rittmeisterin und setzte sich auf den nächsten Stuhl; er hatte aber die volle Berechtigung zu seinem Erstaunen, denn so war ihm der Freund noch nimmer gekommen. Er hatte große Toilette in seiner Kammer gemacht, trat im Frack herfür und ruhig und groß vor den zwischen den Fenstern hängenden Spiegel. Ohne auf das Erstarren des jungen Gastfreundes zu achten, fuhr er fort:

„Halte mir 'nen Augenblick mal das Licht!"

Und der Freund tat's, im vollen Sinne des Wortes, mechanisch. Der andere aber zog die Manschetten aus den Ärmeln, rückte den Halskragen zurecht, reckte die beiden derben Schultern in dem festlichen schwarzen Ehrenkleide, daß die Nähte krachten, nahm den hohen schwarzen Hut unter den Arm und sprach mit ruhiger Melancholie:

„Deinetwegen, Grüner! . . . Ich imponiere auch ihr am meisten – so! Der Eindruck wird jedenfalls den Abend über ausreichen, wie ich hoffe; und auch mich hält das sterilschäbige Gewand der Erinnerungen wegen, die sich daran knüpfen, in angemessener Stimmung. Zweimal fiel ich in ihm durchs Examen, und Bürgermeister von Wanza bin ich auch in ihm geworden."

„Ich hätte das nie für möglich gehalten!" stotterte der Student.

„Siehst du, das ist im Grunde auch ihre Meinung. Ein anderer würde sich auch einfach lächerlich in dem lächerlichen Futteral vorkommen; ich dagegen habe meine höchsten tragischen Anwandlungen drin; und, auf Ehre, mein Junge, ich spendiere den Effekt nicht für jedermann und jede Gelegenheit. Ich erwarte und trage in demselbigen nur die Krisen des Lebens und brauche mir also, was die Abnutzung betrifft, fürs erste noch lange kein neues bauen zu lassen. Dir, Knabe, nützt es heute abend nur, daß du ihr ganz und gar wiederkommst, wie du heute morgen gingest. Gehen wir?"

Es war, da die Frau Rittmeisterin auf Pünktlichkeit hielt, in der Tat die höchste Zeit geworden; und zehn Minuten später vernahm der Student zum anderenmal den schrillen Klang der Türglocke des Hauses am Markte über seinem Kopfe.

„Was kann mir denn eigentlich passieren?" fragte er sich. „Spitziger als heute morgen kann die hübsche alte Hexe doch nicht werden. Höchstens bringe ich den Mädchen eine Schnurre mehr mit nach Hause."

„Jeses, Herr Bürgermeister!" rief das hübsche junge Dienstmädchen, das wir schon zweimal den Kopf in die Tür stecken sahen.

„Mathilde schlug einfach die Tür zu, nachdem sie als kluge Jungfrau uns auf dem Treppenabsatz mit ihrem Lämpchen beleuchtet hatte," grinste der Bürgermeister. „Ich habe sie schaudernd im Verdacht, daß sie mich schon seit geraumer Zeit so spanisch um elf Uhr morgens erwartet. Dann würde sie mir wahrscheinlich nicht die Pforte vor der Nase zuklappen; aber – Jüngling, Jüngling, ich benutze die Gelegenheit hier auf der Treppe gleichfalls, dir gut zu raten. Sollte man auch dir einmal täglich mit der Mahnung im Ohr liegen, dir einen eigenen Hausstand zu gründen, da du so gestellt seist, so sieh dich unbedingt nach einer von den Törichten in diesem Erdentale um. Ich mache es auch so."

„Da sind die Herren, Frau Rittmeistern," sagte das Liesle, und von ihrem Sofa aus, hinter ihrer Lampe und Teemaschine weg, erwiderte die Tante Grünhage:

„Schön! Nur heran! Wenigstens so ziemlich zur richtigen Zeit."

Mit der Hand über den Augen, ihr Strickzeug im Schoße, besah sie einen Augenblick lang um die Lampe herum ihre jungen Gäste, hob ein wenig die Augenbrauen und sagte ruhig:

„Es freut mich, dich zu sehen, Bernhard; der – andere aber geht sofort noch einmal nach Hause und zieht einen ordentlichen Rock an; Komödie werden wir heute abend nicht spielen, obgleich du dir wahrscheinlich nach gewohnter Art deine Rolle zurechtgemacht hattest, mein Sohn Ludwig."

„Ich versichere –"

„Leuchte dem Herrn Bürgermeister auf der Treppe, Liesle, daß er wenigstens in unserem Bereiche nicht den Hals bricht über seine Narrenzipfel."

„Auf Ehre, hochverehrte –“

„Du setze dich, Neffe Grünhage, und nimm vorlieb. Alles, was es gibt, steht auf dem Tische; jeder von den zwei Herren bekommt eine Flasche Rotwein, eine Zigarre ein jeder beim Abschied auf den Weg. Bleibe nicht zu lange aus, Dorsten; ich hatte wirklich Lust, heute abend wieder einmal ein verständiges Wort mit der Menschheit zu reden.“

„In fünf Minuten bin ich als vernünftiger Mensch wieder zurück!“ rief der Bürgermeister aufgeregt, entzückt. „O Mama, der Herr segne Sie! Ich habe es ja dem Burschen hier gleich gesagt, daß Sie es gemütlich mit uns im Sinne hätten. Hurra!“

Sie hörten ihn die Treppe hinunterspringen und aus dem Hause stürzen; und während einer Viertelstunde waren Neffe und Tante nun zum zweitenmal miteinander allein, und in dieser kurzen Zeit schon erfuhr der Neffe so vieles mehr von der Tante, daß er sich noch viel weniger als am Morgen sofort darin zurechtfinden konnte. Aber *eines* wurde ihm von Augenblick zu Augenblick klarer und stand bald unerschütterlich fest: der weise Seneca hatte vollkommen recht und durfte es dreist in den schnurrigsten oder pathetischsten Redensarten der Welt versichern:

Die Alte war wahrhaftig gar so übel nicht!...

„Ich will es nur gestehen,“ sagte sie lächelnd, „den ganzen Tag über bin ich dich närrischen Jungen nicht aus dem Sinn losgeworden. Ich bin mir so lange Jahre durch die einzige meines Namens gewesen, und ich habe freilich den Marten zuerst eine Weile groß darauf angesehen, als er mir heute morgen von seinen nächtlichen Begegnungen Meldung tat.“

„Ich versichere –“ stotterte der Student, ungefähr so wie vorhin sein guter Freund, doch die Greisin unterbrach ihn sofort:

„Da gib dir nur keine Mühe; das ist mir jetzt, als wäre ich ganz und gar persönlich bei dem Wanzaer Nachtwandeln mitgegangen und hätte auch noch mal einen jungen Narren bei des Alten Laterne aus mir gemacht, um meine Naseweisheit an der Welt, das Kirchhofsgitter von Sankt Cyprian nicht ausgeschlossen, zu reiben. Wenn man mit der Nase erst mal im Ernst an das letztere gedrückt ist, so – nun, ich will mir meine Tasse Tee nicht darüber kalt werden lassen, dahingegen dir einigen anderen guten Rat für unseren ferneren angenehmen Verkehr nicht vorenthalten. Nämlich vor allen Dingen merke dir, mein Sohn, Brillen lasse ich mir von anderen womöglich nicht aufsetzen, sondern gucke am liebsten durch die meinige, wenn ich mir nicht dann und wann Marten

Marten seine borge. Alles andere lieber, als sich gutwillig übertölpeln lassen durch Wehmut, Rührung oder Unverschämtheit! Und wenn ich mir selber nach Möglichkeit klar geworden bin, so fahren gewöhnlich auch die übrigen nicht am schlechtesten bei diesen kühlen Grundsätzen. Da war zum Exempel – sieh, bist du schon wieder da, lieber Ludwig? – dieser jetzt hier in Wanza sozusagen den Pfropfen auf der Flasche spielende Burgemeister Dorsten, – na, bleib nur hier und setze dich! – seine Großmutter war eine geborene Tewes, und sie und ich, wir stammen beide von der Universität Halle an der Saale. Von seinem Urgroßvater, der auch seinerzeit ein berühmter Professor an der Universität da gewesen ist, hat der närrische Bursch sicherlich das dumme Zitieren aus den alten Römern und das lange Sitzen im Bären, aber von seiner Mutter, die ihn auf ihrem Sterbebett hier in Wanza mir auf die Arme gelegt hat, die absolute Unfähigkeit zu begreifen, daß bis zum Jüngsten Tage allhier auf dieser Erde zweimal zwei niemals drei oder fünf, sondern immer nur vier machen, bis – ich mich seiner annahm, wie ich es versprochen hatte."

„Das verhält sich so, Grünhage," sprach der Regierende mit ruhiger Gravität.

„Freilich verhält sich das so, Neffe Grünhage," fuhr die Tante mit dem gleichen Ernste fort; „aber daß auch e r bei seiner Heimkunft als überzählig Mitglied der menschlichen Gesellschaft zu mir kam mit einem ganzen Kasten voll Brillen, die er mir aufzuprobieren gedachte, das – hält er heute eigentlich selber nicht mehr für möglich."

„Merke dir jedes Wort deiner Frau Tante, Neffe Grünhage; – der weise Seneca –"

„Hätte den durchs Examen gefallenen Herrn studiosus juris Dorsten sicherlich nicht auf seine noch mögliche Brauchbarkeit im menschlichen Leben studiert, sondern sich höchstens bis an die Grenzen der Möglichkeit von ihm anpumpen lassen und ihn sodann seinem weiteren Schicksal überlassen, mein Sohn. Was aber tat die Rittmeisterin Grünhage?"

„Sie nahm ihn, duckte ihn, beschränkte ihn eine geraume Zeit auf das Allernotwendigste, wies ihm ein Gemach hier im Hause nach hinten hinaus an, verweigerte ihm meistens den Hausschlüssel und machte ihn fürs erste zum Registrator bei seinem Vorgänger auf hiesiger Sella curulis. Grüner, ich sage dir, es war ein schauderhafter Durchgang, und ohne den Meister Marten hätte ich es auch nicht ausgehalten."

„Gerade wie ich zu meiner jungen Zeit hier in Wanza, nur in anderer Weise! rief die alte Dame mit wahrhaft kindlich glücklichem Lachen. „Es hat noch kein Mensch allein dem anderen zu seinem Wesen und Behagen in dieser Welt verholfen. Die Verantwortlichkeit wäre auch wirklich wohl ein bißchen zu groß! Ja, ja, Neffe Bernhard, der Alte, der Nachtwächter von Wanza, der euch in letzter Nacht zu eurem Kinderspaß durch Wanza bis an die Kirchhofsmauer mit seiner Laterne leuchtete und dem närrischen Menschen da mit zu hiesigem Bürgermeisterposten geholfen hat, hat auch mir zu meinem Posten im hiesigen Gemeinwesen verholfen und es möglich gemacht, daß ich den beschwerlichen Durchgang überlebte. Er ist hier von der Wipper, du, mein Kind, kommst von der Aller, ich und des Burgemeisters Großmutter sind von der Saale her, und des Burgemeisters Urvater, von dem er das Zitieren hat, soll von der Weser gewesen sein; und wie alles Wasser ineinander läuft, so sitzen wir drei jetzt hier um diesen runden Tisch. Daß wir alle bergunter gelaufen sind und weiter laufen, davon habt ihr jungen Männer wohl noch keinen Begriff; mir aber ist es ziemlich behaglich so in diesem Augenblick; und nun, Neffe Grünhage, erzähle uns ein wenig mehr von – euch zu Hause."

Und der Student hatte bis zu diesem Moment nimmer eine Ahnung davon gehabt, was alles sich von der Lüneburger Heide in Wanza an der Wipper berichten ließ, und wie interessant im Fluß der Erzählung und unter dem Nicken und aufmunternden Lächeln der Tante Grünhage sein Vaterhaus ihm selber werden könne.

„Nur weiter," sagte die Tante hinter ihrem Strickzeuge und hatte gewöhnlich hinzuzufügen: „Und du halte gefälligst den Schnabel, Dorsten." Und jedesmal hatte dann der Regierende eine Bemerkung gemacht, die ihm ganz und gar zur Sache zu gehören schien. Schade war es auch, daß der alte Physikus und die vier Mädchen nicht dabei waren, um es mit staunenden Ohren zu vernehmen, wie sie zum erstenmal in ihrem Leben von dem „albernen Bengel", ihrem Sohn und Bruder, reinewegs ins Poetische gezogen wurden. O, „unsere Alte" hätte wenigstens neben der Wanzaer Tante im Sofa sitzen sollen, um zu erfahren, wie sich zwischen dem Eichsfelde und der Goldenen Aue der Gifhorner Torf wieder in die blühendste Erika verwandeln konnte! Was da an der Aller ganz brüderlich und schwesterlich und vor allen Dingen ganz naturgeschichtlich auf dem Kriegsfuße, wenn auch dem vergnüglichsten und neckischsten, verkehrte, das wurde jetzo ganz unmenschlich idyllisch heraufbeschworen, wie sich Dorsten ausdrückte, um sofort wieder zur

Ruhe verwiesen zu werden. Und das Merkwürdigste war, daß die liebliche Schilderung im großen und ganzen doch der Wahrheit ziemlich nahe kam. Es war ein gutes Haus, das des Doktors Grünhage in der Lüneburger Heide, und es konnte des Guten nicht zuviel davon gesagt werden, auch nicht einmal von dem Sohne des Hauses.

„Die Mädchen müssen wirklich ganz nette Bälger sein," brummte der Bürgermeister von Wanza, und die Frau Rittmeisterin sprach:

„Ich spendiere noch eine Flasche, wenn ich dir dadurch den Mund stopfen kann, Dorsten. Übrigens guck einmal aus dem Fenster und sieh zu, was es eigentlich für Wetter ist. Mir scheint, es hat sich seit einer Stunde geändert."

„Bewölkt und windig, Frau Tante," sagte der Bürgermeister, die Gardine zur Seite schiebend.

„Auf meinen Rheumatismus kann ich mich immer verlassen," meinte die Tante. „Nun, es war eine recht hübsche Reihe angenehmer Herbsttage, und wir wollen dem lieben Gott für alles dankbar sein. Es ist meine feste Überzeugung, daß es sich zwischen heute und morgen ins Regnen gibt; und was willst du da in dem feuchten Thüringer Walde, Neffe Bernhard? Was meinst du, wenn du dafür ein paar Tage länger, als du dir vorgenommen hattest, hier fest in Wanza klebst und dir den Ort unter meiner Führung und bei meiner Laterne ein wenig bei Tage besiehst? Kommst du dann wieder nach Hause, so würdest du vielleicht eher wahrheitsgetreu erzählen können, wie du die alte Frau an der Wipper gefunden hast. Und die Mädchen zu Hause werden sich auch freuen, wenn sie hören, daß die Tante Sophie keine Grünhagen frißt, wenn sie gleich in ihrer grünen Jugend nur mit knapper Not und mit Beihilfe des Nachtwächters von Wanza dem Schicksale entging, von einem aus der Familie gefressen zu werden."

„O!" riefen sowohl der Student wie der Bürgermeister.

„Entschuldigt mich für einen Moment, liebe Jungen," sprach die Frau Rittmeisterin sodann, erhob sich, humpelte zur Tür hinaus und kam erst nach einigen Minuten zurück, nahm ihren Platz auf dem Sofa wieder ein und ihr Strickzeug wieder auf.

„Ich habe Luise hingeschickt, deine Siebensachen von dem närrischen Kerl da abzuholen. Schon des Anstandes wegen halte ich es für besser, daß du für die paar Tage mein Gast bist, mein Sohn."

„O!" stotterte der Stammhalter der Familie Grünhage; doch die Tante fuhr, mit der Hand über den Augen ihn noch einmal besehend, fort:

„Du hast in diesem Augenblick eine gewisse Ähnlichkeit mit deinem Herrn Vater, wie er vor fünfzig Jahren in Halle im Winkel stand und seine Tränen verschluckte. Morgen früh schreibst du an ihn und teilst ihm mit, daß du das fünfzigjährige Jubiläum meiner Ankunft in Wanza mitfeiern würdest. Wundern wird er sich wohl ein wenig, wenn ihn dein Brief auf das Datum bringt. Und außerdem schreibst du ihm, daß er mir seine Photographie und die deiner Schwestern schicke. Ja, ja, junge Leute, so wächst aus dem Spaß der Ernst heraus, und der Grünspecht hier wird nicht bloß deshalb nach Wanza gekommen sein, um samt dem Bürgermeister des Ortes seinen Spaß in einer lustigen Nacht mit dem Nachtwächter der Stadt getrieben zu haben, sondern er wird in ernste Erfahrung bringen, wie es vor einem halben Jahrhundert den verwandten Menschenkindern ging, die damals jung waren und vielleicht auch einen Augenblick lang geglaubt hatten, diese Erde sei nur ein Vergnügungsgarten zum Lustwandeln. Jetzt aber, Meister Ludwig, sollst du dir weiter keinen Zwang mehr antun. Räsoniere dreist drauflos; ich habe sowieso mit dir noch genauer zu beratschlagen, was wir in der Nacht vom achtundzwanzigsten auf den neunundzwanzigsten dieses Monats auch von Stadt wegen mit dem Meister Marten Marten anfangen, um ihm und uns einen Spaß zu machen."

„Eben ruft er draußen, 'Mama!'" stöhnte der regierende Bürgermeister heimtückisch-kläglich. „Programmäßig wäre die Sitzung vollständig zu Ende, Frau Rittmeisterin! Alte Leute gehen pünktlich zu Bette, und auch jungen ist das sehr dienlich. Zehn Uhr, Tante Grünhage!"

„Dummes Zeug!" rief die alte Dame ärgerlich; Freund Dorsten aber stieß den Studenten unterm Tische mit dem Knie an, was nur heißen konnte:

„Nun, wie findest du sie bei genauerer Bekanntschaft?"

Die Greisin aber hatte ihr Strickzeug in den Schoß fallen lassen und das Kinn auf die Hand gestützt. So blickte sie weg über ihren Teetisch und die zwei jungen Leute wie in weite Ferne. Es sah ihr wahrlich niemand an, daß sie sich eben in der Erinnerung in die trostloseste Epoche ihres Lebens zurückversetzte. Der selige Rittmeister hinter und über ihr an der Wand blickte aus seinem Rahmen ebenfalls wie in eine weite Ferne hinein. „Schändlich kommun, aber das Werk eines bedeutenden Künstlers. D e r Mann ist auch vordem nicht ohne die bestimmtesten Gründe seines Schöpfers in die Welt gesetzt worden; herausgefunden hat sie aber noch keiner!" pflegte Dorsten, über die Visage in Öl grinsend, hinter vorgehaltener

Hand zu flüstern. Und – schändlich kommun sah der Verewigte aus, was aber, wie so häufig in der Welt, ihm nur zugute kam und es unbedingt nur beförderte, daß er eine Hauptperson in der ferneren Unterhaltung des Abends war und das überhaupt in dieser Geschichte bleibt.

Neuntes Kapitel

Das Wetter schien sich in der Tat ändern zu wollen. Im Schornstein löste sich der Ruß und rasselte hinter der Ofenwand nieder. Der feuchte Nordwestwind aber, der sich plötzlich erhoben hatte, trug nochmals von einer entfernteren Straßenecke den Pfiff und Stundenruf des Nachtwächters Marten Marten herüber. Auf ihren Rheumatismus nahm die Tante Grünhage keinen Bezug mehr, aber ins Erzählen kam sie und hörte fürs erste damit nicht auf. Die beiden jungen Männer hüteten sich wohl, sie zu unterbrechen; nur mit dem Knie stieß dann und wann der Bürgermeister den Freund von neuem unter dem Tische an.

„Der gute alte Kerl!" seufzte die Frau Rittmeisterin. „Fünfzig Jahre merke ich nun allnächtlich auf seine Stimme, und je mehr mir mit den Jahren der Schlaf abhanden gekommen ist, desto genauer passe ich ihr auf. Ich kann mir die Stadt Wanza ohne ihre Glocken, aber nimmer ohne seinen Wächterruf vorstellen, und das hat seine guten Gründe. Wir sind jetzt einmal in das Schwatzen hineingekommen; du, Neffe Bernhard, hast mir von dir und deinen Angehörigen viel Nettes und Behagliches erzählt, und Dorsten hat schon lange gedacht: ‚Was hat denn die Alte, daß sie nicht schon längst dazwischen gefahren ist und ihren Senf dreingegeben hat?' Da will ich dir denn in der Kürze und unaufgefordert zu wissen tun, wie ich eigentlich in eben eure nette Familie hineingeraten und zu meinem Namen und Titel gelangt bin. Es ist sehr verständig von deinem Vater gewesen, daß er dir wenig oder gar nichts darüber mitgeteilt hat, sondern dich auf gut Glück die Verwandtschaft an der Wipper hat ansprechen lassen. Und ehrlich gesprochen, es lüstet mich wirklich einmal, vor euch jungem Volk diese alte verquollene Schublade aufzuziehen; Kinder und Enkel habe ich ja nicht, die mir meine Lebensschicksale so bei kleinem abschmeicheln und hinterm Rücken wegtragen konnten. Aber Respekt bitte ich mir aus, und keine Zitate und Studentereien, Ludwig. Ruft Marten die Elfe, so gehen wir wirklich zu Bett, und der Junge aus der Heide hier unter dem Dache seines Onkels Grünhage. Kurios ist es, und 'ne Ahnung habe ich bis heute morgen wahrhaftig nicht davon gehabt! – Achtzehnhundertneunundsechzig schreiben wir heute. Da hat auch die jüngere Menschheit in Deutschland den Krieg ziemlich nahe gesehen, und die Kanonen von Langensalza wollen einige sogar hier in Wanza vernommen haben; andere sagen freilich, es sei nur die Aufregung gewesen, und das glaube ich auch, denn ich habe nichts gehört und verstehe mich doch noch aus meinen Kinderjahren darauf ganz gut. Nämlich mit meinen Kinderjahren reiche ich, wie ihr wißt, noch ziemlich in die Zeiten zurück, wo das Kanonieren um einen her eigentlich gar nie aufhörte, bis die Schlacht bei Waterloo endlich fürs erstemal Stille in der Welt machte. Ja, das will ich meinen, das war damals für die Menschheit nicht so ein rascher Übergang, wie es bis jetzt für euch gewesen ist: heute Frieden, morgen Krieg und übermorgen wieder Frieden. Ne, ne, wer damals in den Tumult hineingeboren worden war, der wurde wenig gefragt, ob ihm die Musik gefalle oder nicht; und ich habe das als klein Mädchen in meiner Eltern Hause ebensogut in Erfahrung gebracht wie mein verstorbener Mann, der freilich noch ein wenig mehr aus der Tiefe in dem Wirbel und Trubel der Zeit in die Höhe kam. Achtzehn Jahre war ich alt, als er mich Anno neunzehn freite, das heißt mich aus meiner Eltern Hause wegnahm und hierher brachte; und das will ich euch vor allem sagen, daß er von Anno sechs an bei allem Weltlärm und Blutvergießen und Gepolter mitgeholfen hat und, wie er sagte, das Fell dazu hatte, was kein Wunder war. Sein Fell war der Kriegsrock, und der war ihm von Jungensbeinen an auf dem Leibe festgewachsen, und als preußischer Junker ist er von Auerstädt aus dem Oberst Blücher, der damals noch nicht Generalfeldmarschall war, nach Lübeck nachmarschiert und hat tapfer da geholfen gegen die Franzosen, hat aber auch mit kapitulieren müssen. Dann ist er übergeben worden mit allen Provinzen und Menschen an das Königreich Westfalen und den König Hieronymus und hat dem König seinen Eid geleistet und zuerst in Spanien gestanden unter dem Chevalier Winckler, aber dann im Zweiten Kürassierregiment unter dem Oberst Bastineller, und mit dem ist er in Rußland gewesen und überhaupt in seinem Esse und Vergnügen, denn ihr müßt euch ja nicht einbilden, daß jeder es zu jeder Zeit gleich fertig bringt, ein guter deutscher Patriot zu sein, zumal damals, wenn man von Natur aus nichts weiter war und sein konnte als ein guter Soldat und Kriegsknecht wie mein verstorbener Mann, der kein größer Pläsier kannte, als wenn er heute in Hispanien halb gebraten wurde und morgen an der Beresina zu drei Vierteln verfror. Der König Hieronymus hat ihn sehr gut behandelt, und so hat er ihm denn den Eid gehalten, den er ihm als sein Reitersmann und Offizier geschworen hatte. Und als es Anno dreizehn mit dem Königreich Westfalen schief ging, hat er ausgehalten bei Jerome und ist mit ihm nach Frankreich gegangen und hat noch bei Quatrebras und Waterloo gegen uns gestanden und sich bis an seinen Tod niemals was Böses oder Schlechtes dabei gedacht. Ja, das kommt euch heute nun wohl wunderlich vor, daß es damals auch solche Leute gegeben hat? Aber es gab ihrer, und gar nicht wenige. Sie waren eben nur Soldaten, und in ihrer Art hielten sie auf ihre Ehre und ertrugen das Ihrige darum ebenso tapfer und grimmig, als das nur ein deutscher Patriot auf seine Weise und Ansicht tun konnte. Aber für die alten Napoleonssoldaten ist damals auch in Frankreich eine unangenehme Zeit gewesen, und so ist denn der Herr Rittmeister Grünhage im Jahre sechzehn hierher nach Wanza gekommen und hat sich in dieses Haus wie in einen Waldwinkel und wie als wilder Einsiedler hingesetzt und seinen Spaß mit dem Orte getrieben. Ja, seinen Spaß! Denn mit freundlichen Augen haben ihn die Leute des Ortes, von denen manche doch auch einen Sohn oder sonst Verwandten gegen ihn verloren und überhaupt viel Drangsale erduldet hatten, nicht angesehen. Er aber pfiff auf sie – in seiner Weise, wie ich für mein Teil nachher als seine Frau mit erfahren mußte. Wahrhaftig, er kümmerte sich nur zu seinem Pläsier um Wanza. Wer ihn biß, den biß er wieder, aber so höhnisch, daß es doppelt weh tat. Und zuletzt wartete er auch gar nicht einmal auf den anderen, sondern biß zuerst. Hätten sie nicht Furcht vor ihm gehabt, so hätte er es gar nicht ausgehalten! Keinen Pfennig konnte er ausgeben, ohne daß es hieß: ‚Wo hat der französische Räuber ihn gestohlen?' Und hierzu sprach der Neid wohl viel mit; denn die meisten in Deutschland hatten damals wirklich nicht viel einzubrocken. O, so mag niemals wieder eine junge deutsche Frau zu Markte gehen mit ihrem Korbe wie ich damals; aber auch dabei hat mir Marten Marten geholfen und mir nicht bloß den Korb nach Hause getragen.

Nun werdet ihr fragen: ‚Tante Grünhage, wie kamst du denn eigentlich dazu, daß du deines verstorbenen Mannes Frau wurdest und hier jetzo in seinem Hause als altes Weiblein und seine Witwe auf dem Sofa sitzest?' Dabei bin ich nunmehr bei meinem heutigen Schubladenaufräumen angelangt. Nämlich mein seliger Vater ist ein guter Bekannter von meinem verstorbenen Mann von Kassel her gewesen, wenn er auch wohl an die zehn Jahre älter sein mochte.

Und er ist ein geschickter Musikant erst am Kurfürstlichen und sodann am Königlichen Theater in der Hofkapelle gewesen. Und weil er auch dem Jerome gegeigt hatte, hat er nach der Befreiung seine Stelle verloren, obgleich er seinesteils immer ein guter Deutscher und Patriot und Kurhesse gewesen ist, trotz seiner Freundschaft mit dem Leutnant Grünhage vom Zweiten Kürassierregiment Oberst von Bastineller. Wir sind also mit wenigem Hausrat und sonst gar keinem Vermögen auf einem Leiterwagen im Frühjahr vierzehn von Kassel nach Halle an der Saale verzogen, meine Eltern mit mir und mit einem Bruder von mir, der aber im Jahre siebenzehn verstorben ist. Da haben wir kümmerlich gelebt in Halle. Jeder Student, der die Flöte oder Geige lernen wollte – und was die Flöte angeht, so wollten das damals freilich viele (es war einmal Mode) –, ist uns als ein Trost willkommen gewesen; aber die Bezahlung war schlecht, und auch sonst hat die edle Kunst Musika meinem armen Vater nicht viel abgeworfen. Aber damals ist mein Verhältnis mit meinem verstorbenen Mann angegangen. Ich war noch ein ganz kleines Mädchen und lag mit meinem Bruder in der Kammer neben der Wohnstube im Bett, und in der Stube saßen durch manche liebe lange Nacht mein seliger Vater und der Herr Rittmeister Grünhage aus Wanza und rauchten und sprachen, oder mein Vater mußte dem Gast bis nach Mitternacht auf der Violine vorspielen. Und auf alles habe ich oft wachend mit angstvollem und verwundertem, schlaflosem Herzen horchen müssen; denn wie der Rittmeister Grünhage konnten wohl wenige erzählen aus ihrem Leben, daß man nicht wußte, ob man lachen oder weinen, sich ärgern oder sich graueln sollte. Und wie ich mich meistens auch grauelte, lieb war es mir doch nicht, wenn meine selige Mutter vom Tische aufstand und sagte: ‚Die Kinder können euch hören!' und kam und die Kammertür zumachte. Ich könnte nun auch noch viel und viel ausführlicher erzählen; aber – wozu?! Ich könnte noch anderes erzählen aus den Jahren von fünfzehn bis neunzehn, wenn ich deine älteste Schwester heute abend an deiner Statt mir hier gegenüber hätte, Bernhard; aber euch zwei jungen Mannsleuten wäre doch nicht viel damit gedient. Kurz, ich bin während dieser Zeit aus einem zwölfjährigen Kind ein achtzehnjährig jung Mädchen und quickes Ding geworden, worüber ich mir von euch zwei Narren jetzt alles Räuspern und Stuhlrücken verbitte. Keiner von euch säße so fett und wohlgenährt da, wenn er sein lebelang sich mit der Kost in meines Vaters Hause hätte begnügen müssen. Von Jahr zu Jahr ging es kümmerlicher drin zu, und meine selige Mutter hatte immer kummervolle, rotverweinte Augen, und mein seliger Vater ging nur einher wie einer, der nicht ein noch aus weiß. Nur wenn der Herr Rittmeister auf Besuch kam, lebten wir für einige Zeit auf, und so sah jeder seinem Kommen entgegen und wartete auf ihn, und ich auch, denn auch ich wurde dann satter als sonst. Wie er meinem Vater unter die Arme griff als richtiger Freund, weiß ich heute. Daß ich ihm meines Wohlbehagens wegen dankbar war, weiß ich auch; aber wie ich mich damals sonst gegen ihn verhielt, das weiß ich auch heute noch nicht. Ich hatte Furcht vor ihm und – junges Volk, ich erzähle euch ernst von meinen Lebensnöten und Tränen! – manchmal auch einen Ekel; aber ich sah ihn gern! ... Daß er mich zu täppisch neckte und ärgerte, vergalt ich ihm durch Grobheit, und er lachte, wie ein Landsknecht von dreißig Jahren lacht, wenn er mit einem Konfirmandenmädchen sich einen unschädlichen Spaß im Vorbeigehen machen will. Wenn ich mich vor ihm in einem Winkel des Hauses verkroch, so kam ich doch immer wieder zum Vorschein, ohne daß ich viel gerufen wurde; und so kam auch die Zeit, wo ich nicht mehr abends dem Herrn Rittmeister von meinem Bettchen aus zuhörte, sondern mit am Tische blieb und die Aufwartung besorgte, wenigstens bis gegen zwölf Uhr. Hätten wir nur weniger Kummer um das tägliche Brot gehabt! Und dazu hatten wir, wie ich euch schon erzählt habe, im Jahre siebenzehn meines Bruders Begräbnis zu besorgen, und auch dazu hat mein verstorbener Mann meinem Vater das Geld geborgt und keinen Schuldschein dafür annehmen wollen. Nach dieser Zeit ist er immer häufiger in Halle gewesen, und nun ist mir zuerst aufgefallen, daß die beiden Männer durch ihren Tabaksrauch oft verstohlen auf mich sahen; und auch auf die Blicke meiner seligen Mutter habe ich allgemach mehr achtgeben müssen. Sie hielt mich oft angstvoll im Auge, und dann hatte jedesmal der Herr Rittmeister sich mit seiner Rede an mich gewendet und auch wohl seinen Arm auf meine Stuhllehne gelehnt oder mir über das Haar gestrichen. Mein Vater blinkte dazu nur von Zeit zu Zeit kurz auf; und dann sah er nach meiner Mutter hin, wenn die einen Seufzer ausstieß. In den Tagen ist auch meine Freundschaft mit deiner Großmutter Tewes, der vornehmen Professorentochter unserem Hause gegenüber, angegangen, Dorsten. Wenn wir uns in der Schule nicht viel umeinander bekümmert hatten, so fingen wir nunmehr einen Verkehr über die Gasse miteinander an. Sie hatten einen Kranz für den toten Bruder geschickt, und ich bedankte mich dafür eines Sonntags auf dem Wege von der Kirche nach Hause; und von da an haben wir als gute Freundinnen unsere Mädchenangelegenheiten zusammen getragen und miteinander viel verstohlenen Rat gehalten. Aber weder hat sie mich noch ich sie von einem unserer Lebensschicksale am Rock zurückgehalten. Sie ist nur sehr böse geworden und hat geschluchzt und mit dem Fuße gestampft, als ich ihr zu Pfingsten achtzehnhundertneunzehn die Nachricht hinübertrug, meine Mutter habe mich zwischen ihre Knie genommen und mit dem Kopfe auf meiner Schulter mir gesagt, der Herr Rittmeister Grünhage habe gestern abend, nachdem ich zu Bett geschickt worden sei, bei dem Vater und ihr angefragt, ob sie mich ihm zur Frau geben wollten, er wolle gut für mich in meinem Leben sorgen! ... Meine Mutter hat geschluchzt, Lucie Tewes hat geschluchzt; aber mein Vater hat gar nichts gesagt, und das war das schlimmste, denn er redete am deutlichsten mit jedem seiner Schritte durch die Stube, und wie er nach den Stubengeräten tastete in seiner Unruhe. Ich aber habe g e m u ß t ! Und das Müssen ist mir wie im Traum gekommen, aber mein ganzes Leben lang eine Wirklichkeit gewesen. In der Nacht nach Pfingsten neunzehn bin ich eine Braut geworden durch meines Vaters Geige! Er hat mich in jener Nacht und der einzigen Bedenkzeit, die mir vergönnt war, in mein ehelich Leben hineingespielt. Ich konnte d a s aus seiner Kammer her über meinem Kopfe nicht anhören und aushalten! ... Wir konnten alle nichts dafür, daß es so sein mußte; und, liebe Jungen, was hat es denn auch viel geschadet heute? Daß ich nicht zugrunde gegangen bin durch unseren Hunger und die Zuneigung meines verstorbenen Mannes und des Vaters Geigenspiel in der Pfingstnacht und der Mutter Wehmut am Hochzeitsmorgen, das habt ihr ja heute abend, wie ich hier auf dem Sofa mit meinem Strickzeug sitze, vor euch. Es hat wohl schon eher ein achtzehnjährig jung Mädchen einen tapferen Soldaten und halbwilden Menschen von dreißig Jahren gefreit und ist mit dem Leben davon- und in ein hohes Alter gekommen. Und daß ich mir halb wie ein Opferlamm vorkam, tat damals gerade so viel wie heute noch in der Mädchen Gemüte zu einem weinerlichen Ja! Ich habe ja gesagt und den einzigen treuen Helfer unseres Hauses geheiratet und habe mich von meinem Mann hierher nach Wanza bringen lassen; und – Neffe Bernhard, dein Herr Vater hat mir auf der Hochzeit den Kleidersaum abgetreten als blutjunger Scholare; wiedergesehen aber habe ich ihn nicht, und mein verstorbener Mann, sein Bruder, ist nur einmal lachend aus dem Bären nach Hause gekommen und hat gesagt: ‚Das hat der edle deutsche Narr und Sammetrock nun davon! Sie haben ihn mit den übrigen Pinseln fest, und er mag sich nun nach seinem Belieben das deutsche Vaterland hinter Schloß und Riegel in seiner Kasematte schwarz-rot-gold an die Wand malen.' – Auf meiner Hochzeit ist er leider Gottes schon zu Tränen gebracht, und eine herbstliche Hochzeit ist's, weiß Gott, gegen Michaelis neunzehn geworden in Halle. Es war eigentlich nur eine Männerhochzeit, und die paar Frauen, die dabeiwaren, und ich mit, zählten sozusagen gar nicht. Mein Mann war unbändig vergnügt und mein seliger Vater recht lustig, aber vergnügt, glaube ich, war er nicht. Um Mitternacht mußten wir in den Wagen, denn Eisenbahnen gab es damals noch nicht; und jetzt noch sehe ich meine Mutter, wie sie beim Schein der Laternen mit vor der Posthalterei stand und mir nachblickte, kümmerlich alt geworden, bleich, aber ohne Tränen; denn sie hatte sie vorher ausgeweint. – ‚Hast du auch warm, mein Kind?' Das ist das letzte Wort, was ich von ihr vernommen habe. Bei ihrem Sterbebett habe ich nicht zugegen sein können. – – Da ich drin bin, muß ich euch auch wohl von dieser Reise von Halle nach Wanza Bericht geben. Lieber Bernhard, ich will das aber doch lieber keiner von deinen Schwestern wünschen, daß sie einmal so als dummes, junges, weichlich Kind mit einem fremden Mann und harten Kriegsmann in die Herbstnacht hineinfahren muß. Mein verstorbener Mann hatte mit dem Postillon gesprochen, und der hatte gelacht und schlug auf die Pferde, und wir fuhren wie Lenore bei Bürger. Heute höre ich noch den Wind in den Pappelbäumen und meinen Mann singen! Französisch und spanisch und italienisch, und wer weiß was sonst noch! Er hielt mich dazu fest im Arm, und das war recht gut; denn ich war wie in einem Schwindel, und immer war's mir, als jagte was neben dem Wagen – Reiter oder Gespenster – wie bei Bürger. Und jeder Postknecht sagte dem anderen, was für ein lustig Paar er in dieser Nacht zu fahren habe, und mein Mann sah auch immer aus dem Wagenfenster und sprach zu ihnen, und jedesmal fuhren wir dann schneller, und der Postillon fing an, auf seinem Horn zu blasen, vorzüglich durch jedes nachtschlafende Dorf, in dem nun alle Hunde wach wurden und sich gern in den Speichen verbissen hätten, doch mehr aus Ärgernis als aus unbändigem Spaß. Die Wege damals waren auch nicht zu vergleichen mit den Chausseen, die euch jetzt zu langweilig und beschwerlich sind. Mit der körperlichen Not, Drangsal und der geistigen Bedrängnis aber kam ich allgemach in solch einen Taumel und Traum, daß mir alles zuletzt ganz gleichgültig wurde und als ob's mich gar nichts angehe. Wir stiegen auch aus unterwegs und übernachteten ein paar Male. So kamen wir über Querfurt und Artern; und bei

Frankenhausen unter dem Kyffhäuser brach uns einmal das Rad, und wir wurden in den Graben geworfen. Mein Mann zog mich halb ohnmächtig aus dem Schlamme; o, ich könnte ihn malen, wie er dann lachend auf dem Grabenrand stand und mir das Blut von der Stirn wischte; denn ein Glassplitter von dem zerbrochenen Wagenfenster hatte mich zu allem übrigen tüchtig geritzt. ‚Vive l'empereur!' rief er über das Feld hinaus. ‚Kümmere dich nicht drum, Mädchen!' schrie er. ‚Die Kürassiere der großen Armee und ihre Weiber müssen was ausstehen können. Vive l'empereur!' – Glaubt aber nicht etwa, ihr deutschen Studenten, daß er den alten Barbarossa in seinem herbstlich vernebelten Zauberberge mit dem Kaiser meinte, den er hochleben ließ. Aber der Raben flatterten freilich genug über uns, als wir an dem dunklen Nachmittage da an dem Grabenrande standen. Bei Sondershausen sah ich die Wipper zum erstenmal und hätte auch in ihr, nämlich bei Großen-Furra, ein zweites kaltes Bad genommen, es ging aber diesmal noch glücklich ab; aber mit meinen Kräften war ich allmählich so völlig fertig geworden, daß ich wie eine Tote in meiner Wagenecke lag und nichts mehr von dem hörte, was mir mein Mann zusprach. Als er mich endlich doch wieder aufschüttelte, hielten wir wieder still, und zwar hier in Wanza auf dem Posthofe. Sie leuchteten mir wieder mit der Laterne ins Gesicht, und es regnete leise. – ‚Wir sind zu Hause, junge Frau!' rief mein verstorbener Mann; aber ich war nicht imstande, etwas zu antworten. Da hörte ich zum erstenmal das Horn und die Stimme Marten Martens. Er rief die zwölfte Stunde, und zwar in der Nacht vom achtundzwanzigsten auf den neunundzwanzigsten September achtzehnhundertneunzehn. Und, horcht, er ruft eben jetzt wieder. Wie spät ist es denn eigentlich in der heutigen Nacht, liebe Jungen?"

Zehntes Kapitel

„Elf Uhr, Mama," sagte der Bürgermeister von Wanza mit einem Ton und Ausdruck, die augenblicklich nichts von seiner gewöhnlichen außergeschäftlichen, burschikosen Possenhaftigkeit an sich hatten. Der Neffe Grünhage aber saß ganz stumm und geduckt, machte nur große Augen und blickte wie scheu auf die greise Erzählerin und Tante.

„'s ist die Möglichkeit, wie die Zeit hingeht!" rief die Frau Rittmeisterin. „Eben neunzehn, jetzt neunundsechzig! Eben zehn, jetzt elf und im nächsten Moment zwölf! Da guckt man auf und wundert sich immer von neuem, obgleich es für die Menschheit im einzelnen wie ganzen eigentlich nicht im geringsten mehr ein Thema zum Bewundern zu sein brauchte. Nun, Kinder, hab' ich euch in närrischer Weise von meiner Hochzeit erzählt, so will ich auch noch eine halbe Stunde dranwenden und es euch malen, wie ich in dieses Haus einzog und es darin hergerichtet fand für meinen festlichen Empfang als junge Hausfrau und Herrin, deinen Schwestern und vorzüglich eurer Alten erzählte ich freilich lieber davon, Neffe Bernhard."

Es war, als ob die Alte von der Wipper jetzt nach fünfzig Jahren in der Erinnerung an diesen Empfang zusammenschaudere; doch war das nur ein kurzer Übergang, und fast lustig sprach sie weiter:

„Wäre ich nicht so sehr kaputt gewesen von der Reise und allen sonstigen Erlebnissen, so wäre ich wenigstens froh gewesen, endlich da zu sein. So aber war mir allgemach alles einerlei geworden, und auf ein wenig mehr oder weniger Ungemach kam es mir bei meinem Eintriumphieren in Wanza nicht weiter an. Fürs erste hob mich mein verstorbener Mann mit einem Schwunge aus dem Wagen und stellte mich auf einen spiegelnden Pflasterstein inmitten der Pfützen auf dem Posthofe. Alles Frauenvolk rundum lag natürlich in den Federn, und ich stand wieder nur unter den Mannsleuten, die mich alle anstierten und angrinsten, aber doch vor meinem Manne Angst oder dergleichen zu haben schienen. Sie hielten sich im Kreise von ihm ab und taten ihm auch sonst unaufgefordert keine Handleistung. Er tat leise einen kaiserlich französischen oder königlich westfälischen Fluch, aber grinste auch gegen sie und fragte grob, ob sie ihm wenigstens eine Laterne mit auf den Weg nach Hause geben könnten? – Nein! hieß es. Die sie hätten, brauchten sie selber, um die Pferde in den Stall zu ziehen und auch sonst. – Jeder wendete uns den Rücken, und ich schlief, an die Schulter meines Mannes gelehnt, sah dabei aber alles doch wie im Fieber. Da – wie in diesen schlimmen, schlechten Traum hinein, höre ich es: ‚Zwölf ist die Glock!' mit einem Hornstoß und einem Liedervers; doch den unterbrach mein Mann, denn er trug mich durch die Regenpfützen unter das Tor und rief: ‚Kamerad, leih du mir deine Laterne, daß ich samt meinem jungen Weib nicht den Hals breche in eurem gottverfluchten Wanza auf dem Wege nach Hause. Es wäre schade darum diesmal; halte hoch deine Leuchte und betrachte dir das arme Ding! Auch das gönnen die Halunken dem Rittmeister Grünhage nicht, Sergeant Marten. Sieh sie an, Kriegskamerad; wir kommen weit her, und ich muß sie mir nach Hause tragen, sonst möchte auch dich meinetwegen der Teufel mit deinem Lichte holen.' – Nun humpelte Marten Marten richtig näher heran. Er trug damals noch eine Kugel von Ligny in der Hüfte. Sie haben sie ihm erst ein paar Jahre später herausgeholt, oder sie ist eigentlich ganz von selber gekommen. Und zum Nachtwächter hatten sie, ich meine diesmal die Wanzaer und nicht die Doktoren, ihn auch dieser Kugel wegen und aus patriotischem städtischem Stolz auf seine Tapferkeit und sein Eisernes Kreuz gemacht. Von Anno dreizehn an war er sozusagen als Junge mit dabeigewesen, nachdem er von dem Vetter Erdmann Dorsten aus dem Overhausschen Hause abgeholt worden war, was du dir aber besser und genauer von ihm selber erzählen lassen kannst. Kriegskameraden waren sie also richtig – er und mein Mann; nur daß sie von den verschiedenen Parteien kamen, und mein Mann im Anfang in Wanza höchstens unterm Nachtwächter, wie er sagte, traktiert wurde. – Recht widerwärtig sah er in der Nacht zu Michaeli neunzehn, wie die anderen, auf den Rittmeister; aber aus Neugier wahrscheinlich sah er dann doch auch mich an, und – ich sage es ihm heute noch auf den alten, grauen Kopf zu, ihr beiden dummen Jungen! – da hat er sich auf der Stelle in mich verliebt, und ich habe ihn am Bande gehabt mein ganzes Leben lang hier an der Wipper; und obgleich er nur ein armer Nachtwächter war und nichts weiter geworden ist im Laufe der Jahre, habe ich ihn auch in mein Herz geschlossen, und die Wertschätzung währet heute noch und ist in der Zeit höchstens aus Silber zu Golde geworden. Und da herein hat mein verstorbener Mann sich niemals mischen dürfen und gottlob auch niemals dreingemengt. Dann und wann ist er ja ein bißchen schwatzhaft, der Marten; also wenn ihr ihm im richtigen Moment mit einer Frage darüber kommt, wird er wohl auch nicht gerade hinter dem Busche halten bleiben. Fürs erste aber spricht er jetzt noch in diesem meinem Rapport wie vor fünfzig Jahren und sieht mich an bei seiner Laterne und sagt leise: ‚Verflucht!' und dann sagte er nach einer Weile: ‚Herr Rittmeister, meine Ronde geht wohl bei Ihrem Hause vorbei, also wenn Sie mitkommen wollen, so können Sie's. F r a u R i t t m e i s t e r n, wir könnten Ihnen auch wohl zwischen uns tragen, wenn's Ihnen bequemer wäre. Den Mantelsack nehme ich gleich auf, und den Koffer und die andere Bagage kann ich ja morgen früh bringen, Frau Rittmeistern.'

So war ich zum erstenmal hier in Wanza die Frau Rittmeistern genannt worden, und sie nennen mich heute noch so in Ehren, obgleich es ein westfälischer Titel ist. Und richtig, die beiden

Kriegsmänner nahmen den Nachtwächterspieß zwischen sich und legten den Mantelsack drauf, und darauf setzten sie mich und trugen mich so durch Wanza, und ich hätte wirklich nicht gehen können! ‚Une – deux! Au pas, camarade! So sind wir auch noch in keine Schlachtlinie eingeschwenkt; was, Sergeant? Das Gepäck haben wir sonst weitab hinter der Front gelassen. Na, vive l'empereur, Sophiechen; gleich sind wir zu Hause und – zum wenigsten im Trockenen. Verdammt, da fängt es von neuem an zu regnen.'

Der junge Meister Marten ächzte, er hinkte unter der Last, die ich ihm in meiner Ohnmächtigkeit mehr machte, als wohl sonst nötig war. Ich schob sein Ächzen darauf, aber er fluchte auch dazu leise und ebenso arg wie der Herr Rittmeister. Und ‚Vivat Vater Blücher!' rief er und schüttelte dabei seine Laterne, daß die Schatten und das Licht wie toll um uns tanzten. – Ach ja, liebe Jungen, es war ein Glück, daß Wanza nicht Berlin oder Paris war, sondern daß wir bald vor meines Mannes Haustür angelangt waren. Ich blickte nach den Fenstern und sah kein Licht; – es war niemand vorhanden, uns zu empfangen – kein Mädchen oder eine alte Frau, mir ein freundlich oder auch nur ein mürrisch Wörtlein zu sagen. Mein Mann brachte den Hausschlüssel mit und riß die Tür auf – die Nacht und ein eisiger, kalter, dumpfiger Hauch schlugen mir entgegen, schlimmer als der Regen in der freien Straße. Das Haus hatte so auf mich gewartet seit Wochen – es war da und wartete auf mich und meinen Mann; ich aber – ich hätte fast aufgeschrieen auf der Schwelle vor heller, purer Angst, und ich hielt mich, um nicht zu sinken, am Arme Marten Martens!"

An dieser Stelle machte die Tante eine Pause, und Dorsten mußte sich Luft machen, und wenn der Tod darauf gestanden hätte. Er mußte!

Mit der einen Faust im Haare stöhnte er:

„Tante Grünhage, ich will alles tragen, aber dies erträgt die Menschheit in mir nicht länger. Entweder Sie erlauben mir, daß ich den Seligen da an der Wand umwende, oder daß ich ihm und Ihnen den Rücken zudrehe. Ich kann die ölige, lächelnde, insolente Söldlingsvisage nicht länger mir so gegenüber aushalten! Da hört ja alles auf! Umgedreht muß was werden; und meinen städtischen Nachtrat Marten begreife ich nicht, daß er nicht schon damals, vor fünfzig Jahren, sofort, ohne langes Besinnen – jemandem den Hals umgedreht hat. Uh, und ich hätte dann mein damaliger Vorgänger im Amt sein sollen, wenn der Meister Marten in der Nacht so vernünftig gewesen wäre!"

„Sein Jubiläum sollst du als jetzt Regierender mit auf die Beine bringen helfen; und der ganze Magistrat und ganz Wanza, wie es kribbelt und wibbelt, soll mir womöglich dabei Vivat rufen," sagte die Tante Sophie. „Ich bin sonst ja nicht für laute Festivitäten, und wie's der Alte nehmen wird, kann ich auch nicht sagen; aber einerlei – ich will den Tag einfach großartig haben, und daß man noch bei Kindeskindern davon spricht, Dorsten."

„Hier sitzt der Grüne, der Neffe, Mama; der kann Ihnen von Göttingen her davon erzählen, daß Kinder und Kindeskinder dort in der Hinsicht den weisen Seneca zu würdigen wissen. Und noch dazu Burgemeister von Wanza! Das Faktum ist eigentlich zu ideal, Grüner! ... Tante Grünhage, ewiges Schweigen verschlingt mich auf Ehre, wenn ich Ihnen nicht alles auf die Beine bringe. Wünschen Sie auch eine allgemeine Illumination?"

„Einen Narren wünsche ich weder aus mir noch aus dem Meister Marten Marten machen zu lassen," sprach die alte Dame sehr würdig und ernsthaft. „Wo ich dich als Helfershelfer gebrauchen kann, mein Sohn, werde ich es dir schon zu wissen tun. Merke es dir, die Rittmeisterin Grünhage feiert das Fest, auch wenn sie dich und das Nest zum Vivatrufen herbeordern würde, ganz in der Stille. Verstanden, mein Sohn?"

Der Bürgermeister von Wanza zog den Kopf zwischen die Schultern und legte wie der Gott Horus sich die Hand auf den Mund. Die Greisin, sich an den Studenten wendend, fragte:

„Und du, du scheinst mir da auf deinem Stuhle eingeschlafen zu sein. Verlangst du nach dem Bett, oder willst du kurz den Schluß von der Beschreibung hören, die ich euch zwei törichten Jungen hier vortrage, weil dein Name und deines Vaters Gruß die Asche von den Kohlen gestört haben?"

Der Angeredete fuhr auf, aber wahrhaftig nicht aus dem Schlafe.

„Tante, liebe Tante Sophie!" rief er, scheu und doch hastig mit beiden Händen nach der Hand der Greisin fassend. „Ich fuhr ja eben noch mit dir, ich kam mit dir hier an – ich habe noch keinen Menschen so erzählen hören wie dich – was soll ich dir sagen?"

Die Frau Rittmeisterin fuhr dem jungen Mann leicht mit der Hand über den Kopf, schüttelte lächelnd das Haupt und berichtete wirklich weiter, als ob keine Unterbrechung stattgefunden habe.

„‚Was zitterst du, Frau?' sagte mein verstorbener Mann. ‚Wir sind zu Hause, und das gute Leben geht an. Dieu de Dieu, ich hab's mir an manchem Wachtfeuer und auf manchem Schlachtfelde mit dem Frost bis in die Knochen hinein vorgenommen, es in ruhigeren Tagen auch einmal so zu haben wie die Pekins in ihren vier Wänden und mit ihren Madamen! Jetzt hab' ich meinen Willen: mein Haus und mein Weib, und nun wollen wir zusammen probieren, Sophiechen, was für ein Pläsier dran ist!' – Er trug mich über die Schwelle und gab mir einen Kuß und den großen, feuchten Hausschlüssel. – ,Es soll dich keiner hindern, dich einzurichten nach deinem Gout, Mädchen. En avant avec la lanterne, sergent! Leuchte weiter, Kamerad, bis wir unser eigen Licht angesteckt haben, und dann scher dich bis auf weiteres zum Henker und zähle meinetwegen den Philisternachtmützen ihre Schnarchstunden ab. Hier herein; und nimm's nicht übel, Frauchen, 's ist für diese Nacht das einzige Gelaß, in welchem wir 'nen Tisch und Stuhl et cetera finden. Magst dir morgen alles nach deinem Geschmack einrichten, ma belle, und eine schlechte Nacht geht bei zwei vergnügten Herzen bald vorbei!' – Er öffnete die Tür linker Hand unten im Hausflur, und Marten hielt wiederum seine Laterne hoch. Draußen schlug der Regen heftiger an die Fensterläden. Ein Tisch wie aus einer Wachtstube, ein paar Holzstühle, der kalte, schwarze Ofen, der mir wie ein aufgerichteter Sarg vorkam! Um den Ofen herum viel leere Flaschen, im Winkel eine Flinte mit Bajonett und ein Reitersäbel an der Wand, von der die Tapeten in Fetzen hingen! Dazu wegen der wochenlang verschlossen gewesenen Läden ein noch schlimmerer Moder- und Schimmelgeruch als auf dem Hausflur! Ich fiel in meinem durchnäßten Mantel auf den Stuhl neben dem Tische und legte den Kopf auf die Arme und fühlte meine Schultern zucken und erstickte bald an meinem Schluchzen. – Mein verstorbener Mann stand vor mir, und ob ich ihm jetzt zum erstenmal leid getan habe, weiß ich nicht; nach einer stummen Weile räusperte er sich nur, als wolle er was sagen, sagte aber nichts, sondern fing nur an, mit starken Schritten in der Stube auf und ab zu gehen und immer einen von den Stühlen mit dem Fuße auf einen anderen Platz zu stoßen. – Der Nachtwächter von Wanza hatte seine Laterne auf den Tisch gestellt und die Hände gefaltet. ,Großer Gott, Frau Rittmeistern,' sagte er, ,ich muß weiter auf meiner Ronde bei meiner Seelen Seligkeit. Es ist meine erste Amtsnacht in der Stadt, und was sollen die Herren vom Rathause dazu sagen, wenn ich hier meinen Ruf versäume und Ihnen doch nichts helfen kann, als daß ich Ihnen die Lampe da anstecke? O doch! Ich will Ihnen noch das Feuer im Ofen anmachen, und wenn ich auch mein Brot darüber verliere. Und wenn der Herr Rittmeister will, so kann ich ja auch morgen mit dem frühesten wieder hier sein und sonst im Hauswesen helfen. O gütige Frau Rittmeistern, nehmen Sie doch mal den Kopf von den Händen und weinen Sie nicht so. Ich bin auch aus Wanza, und es ist doch ein recht hübscher Ort, und auch sind sonst ganz gute Leute drin, und im Sommer ist's recht grün und schön warm – viele Gärten und guter Ackerboden; – es muß ja, Gott weiß es, jeder Mensch das Seinige aushalten!' – ‚Nun höre einer diesen verdammten Kerl, wie er mit meinem jungen Weibe spricht!' brummte mein Mann. ‚Aber recht hat er, Fiekchen; und nun guck auf und mach kein Gesicht um die alberne Inkommodité. Es wird sich ja wohl mit der Zeit ein Schick in die Liederlichkeit bringen lassen. Bist nun mal ein Soldatenweib, und morgen mit dem frühesten gehen wir meinetwegen an ein Armeereinemachen und 'ne Sündflutsaufwäsche – sapristi, und leben nachher wie ein Turteltaubenpaar in der Rosenhecke weiter. Allons, Marten, mon brave, morgen früh mit der Reveille guck nach, wenn du Lust hast, ob die Frau Rittmeisterin noch am Leben ist oder ob, wie's jetzt ihre feste Meinung ist, der Satan sie wirklich mit Haut und Haar und Haube über Nacht geholt hat aus ihres Mannes Mörderhöhle!' – Liebe Jungen, und nun ist es mir auf einmal gewesen, als sähe ich nun doch in diesem Augenblick zum erstenmal ganz klar in mein künftig Schicksal. Und es ist mir gewesen, als hätte ich nichts mehr zu verlieren, als gehörte mir nichts mehr, nicht der Rock, den ich trug, und nicht die Hand, in der meine Stirn lag. Und da ist es wie eine tolle Freude über mich gekommen: so hast du dich ja auch um gar nichts mehr zu kümmern in der Welt! Deine Eltern haben dich weggegeben, dein Mann hat dich nur wie ein Tier; also sei noch weniger und werde womöglich wie ein Stück Holz, das nichts fühlt und empfindet. Da habe ich mit einem Ruck das Gesicht aufgehoben und meinen verstorbenen Mann und den Nachtwächter angesehen und gesagt: ‚Es ist gut!' Ich bin aufgestanden und bin zu dem armen hinkenden Menschen, der nichts weiter war als ein armseliger Invalide und Nachtwächter, hingegangen und habe gesprochen: ‚Ich will es als meines Mannes Frau annehmen, daß Sie ihm sein Hauswesen in Ordnung bringen wollen, und wenn ich dazu helfen kann, so will ich es tun; denn ich habe alle Zeit für mich und weiß nichts, was ich für mich vornehmen könnte, wenn es wieder Tag geworden ist.' – Da hat mein verstorbener Mann mich über die Schulter mit einiger Verwunderung angesehen, und dann hat der dem Meister Marten gewinkt, daß er gehe; und der ist auch gegangen, hat mich aber dabei fortwährend angesehen und weder seinen Spieß noch seine Laterne ruhig in Händen dabei gehabt. Mit meinem verstorbenen Manne aber habe ich in dieser meiner ersten Nacht in Wanza nicht weiter verhandelt. Er hat den Wandschrank unten in der Stube linker Hand aufgeschlossen und eine Flasche und Lebensmittel daraus hervorgeholt und mir zu essen angeboten. Die Eßwaren waren aber alle verdorben während seiner Abwesenheit in Halle zu seiner Hochzeit; ich aber hätte auch ohne das keinen Bissen davon genießen können. Aber einen Totenschlaf habe ich nachher geschlafen; und etwas Ähnliches, einen ruhigen Schlaf, wollen wir jetzt, fünfzig Jahre nach jener Nacht, hoffentlich gleichfalls tun. Richtig, da ruft Marten Marten die Zwölfe! Daß er dabei nicht mehr in sein altes Horn tuten darf, ist von dem hochweisen Magistrat eine so dumme Neuerung, daß ich mich wirklich jetzt so kurz vor dem Bette nicht mehr darüber ärgern darf. Leuchte dem Herrn Burgemeister aus 'm Hause, Liesle; und du, Neffe Grünhage, komm, ich will dir dein Quartier in dem Hause deines verstorbenen Onkels anweisen."

Elftes Kapitel

Sie war auch um Mitternacht noch frisch auf ihren alten Beinen und zeigte dieses behend genug auf den beiden ziemlich steilen Treppen, die in den Giebel des Hauses Grünhage hinaufführten. Und wirklich bis unter das Dach des Hauses leuchtete sie ihrem jungen Gaste und Verwandten, geleitete ihn über einen sehr reinlichen, doch ganz leeren Bodenraum, öffnete dann eine niedrige Tür und meinte lächelnd:

„Du wunderst dich wohl, mein Kind, daß die Alte aus dem Märchen in ihrem Zauberschloß kein besser Nachtquartier für dich hat? Es hat aber alles seine Gründe, und einen Riegel schiebe ich nicht hinter dir vor, und zum Fettmachen und Abschlachten füttere ich dich auch nicht, sondern nur so lange, als es dir bei der Tante an der Wipper gefällt. Und was sonst das Gastgemach betrifft, so wirst du dich vielleicht morgen früh nicht mehr über die Unhöflichkeit aufhalten. Siehst du, Luise hat alles wenigstens nach Möglichkeit behaglich gemacht! Dies hier ist die Stube, und nebenan unter dem Dache steht dein Bett. Hu, der Wind wird immer ärger! Geh mir nur mit dem Lichte vorsichtig um, und daß du mir nicht etwa gar noch ein Buch aus deinem Ranzen holst und im Bette liesest. Gute Nacht, Neffe Bernhard, und träume etwas recht Angenehmes in der ersten Nacht unter dem Dache deiner Tante Grünhage. Höre nur, da ist auch der Regen auf den Ziegeln; aber auch bei dem Lärm schläft es sich ganz gut, wenn der Mensch nur ein gutes Gewissen und sonst keine Schmerzen mit zu Bette nimmt."

Sie strich dem jungen Verwandten zum zweitenmal mit der Hand über die Stirn und war gegangen. Der Student hörte sie die Treppe hinabhüsteln; – es klappte noch einmal eine Tür, dann war es still im Hause, und nur der Wind und der Regen ließen sich draußen weiter hören.

Annähernd mit den Gefühlen jenes Schlauesten unter den Rolandsknappen des alten Musäus sah sich der Gast jetzt doch das Losament genauer an. Mit seinem Leuchter in der Hand stand er in einer vollständig leeren Giebelstube. Vollständig leer bis auf einen alten Lehnstuhl und ein Tischchen am Fenster. Er leuchtete in die Kammer und verwunderte sich, als er doch ein frisch aufgeschlagen Bett, einen Waschtisch und zwei Stühle unter dem schräg abfallenden Dache erblickte.

„Hm," sagte er und versuchte, die Sache von der gemütlichen Seite aufzufassen, „ihr Wort habe ich wenigstens, daß ich nicht für den Bratspieß oder den Backofen bestimmt bin; und – krumm auf einem Sofa ist gerade auch kein Vergnügen, zumal wenn man den weisen Seneca aus dem weichen Bett nebenan in seinen Rückenschmerz hineinschnarchen hört!"

Gähnend entkleidete er sich, saß aber doch noch einige Zeit auf seinem Bettrande und murmelte zwischen Schlaf und Wachen:

„Zu Hause liegt natürlich alles längst in den Federn, wenn sie nicht zufällig den Alten auf die Praxis herausgeläutet haben, was ich nicht wünschen will und was der graue Egoist selber sich gleichfalls nicht wünscht trotz seiner großen Familie. Aber was unsere Alte wohl sagen würde, wenn sie mich hier so mitten in den neu aufgefrischten Familienbeziehungen sitzen sähe? Beim Zeus und allen übrigen Göttern jeden Ranges, diese Tante Sophie mit ihren Blitzaugen und weißem Haar, diese Frau Rittmeistern von Wanza ist ein Prachtweib, und unser lieber verstorbener Onkel Grünhage war ein Rüpel und Räkel ersten Ranges! Ich glaube, ich habe den ganzen fidelen Abend durch nicht ein einzig Mal den Mund aufgemacht, so habe ich mich meines respektablen Familiennamens geschämt. Und wie sie dies alles erzählte! Bis an mein Ende höre ich den verruchten königlich westfälischen Condottiere sein Vive l'empereur! unter unserem Kyffhäuser brüllen und sehe die arme Kleine von Anno Karl Sand und Kotzebue blutend mit geritzter Nase, triefend von Grabenwasser und Landregen an der Heerstraße stehen!

Und dann der Meister Marten! ... Famos! Dem steigt noch mehr als ein Schoppen ganz speziell in der Stille; und morgen suche ich unbedingt seine ganz genaue Bekanntschaft zu machen. Und dieser Dorsten! Das will auf hundert Seniorenkonventen das erste und letzte Wort gehabt haben, und keine abfallende Renonce verzieht sich je höflicher ins Mauseloch als er, wenn sie, die Tante Sophie, ihn ersucht, gefälligst das Maul zu halten. Es ist einfach ganz riesig, und ich sitze hier –"

Es war ihm, als höre er noch einmal durch den Regen und Wind den Nachtwächter von Wanza in der Ferne die Stunde rufen, – mechanisch hob er die Beine ins Bett und zog die Decke über sich hin. „Also – ich werde es mit der Zeit – morgen früh erfahren, weshalb sie mich hier bei den Katzen, Ratzen und klappernden Dachziegeln untergebracht hat. Daß sie ihre Gründe hatte, brauchte sie mir nicht einmal zu versichern. Nun also, morgen früh werden wir –"

Er schlief, und es träumte ihm sonderbarerweise nicht von dem Meister Marten Marten, sondern von lauter anderen Nachtwächtern, mit denen er dann und wann im Leben in Konnex und leider auch zuweilen in Konflikt geraten war. Als er erwachte, nahm ihn gerade der Bürgermeister von Wanza wegen einer eklatanteren nächtlichen Ruhestörung in seiner Amtsstube auf dem Rathause zu Protokoll und redete ihm dringend ins Gewissen. Der kalte Schweiß stand ihm dabei zwar nicht auf der Stirn, aber er war sehr erbost über die kolossale Unverschämtheit des weisen Seneca und ersten Chargierten der Caninefatia:

„Kerl, was fällt dir eigentlich ein?" ... und damit saß er aufrecht in seinem Bett, rieb sich die Augen und starrte umher. Der Traum war abgebrochen, und der Träumer kam nicht mehr dazu, seinem guten Freund Dorsten die Versicherung zu geben, daß die Tante Grünhage ihm – dem weisen Seneca – nicht ein einzig Mal zuviel das ewige Räsonieren untersagt habe.

Zuerst sah er sich nun bei Tageslicht in den ihm von der Tante angewiesenen Gemächern um und erblickte nichts Bemerkenswertes. Kahle, weiße Wände ohne allen Schmuck und Zierat, sein nächtlich Lager, zwei Stühle und ein Waschtisch bildeten die Ausstattung der Dachkammer. Er blickte durch die offene Tür in das andere Zimmer und sah es leer und öde wie am gestrigen Abend; nur am Fenster stand noch ebenfalls wie gestern abend der große, alte Lehnstuhl mit der abgeblaßten Stickerei an Sitz und Lehne aus dem vorigen

Jahrhundert, und davor storchhaft auf einem Beine stehend das kleine Nähtischchen mit dem dunkelgrünen aufgezogenen Nähkissen. Wer alles in der Nacht spukhaft auf diesem Stuhl und vor diesem Tischchen gesessen haben konnte, kam dem Studenten augenblicklich nicht in den Sinn; er sah fürs erste noch darüber hinweg und aus dem Fenster ins Wetter. Da stand er freilich überrascht von der Aussicht, die sich ihm bot.

Ein erklecklicher Teil der herbstlichen Gärten, der Giebel und rauchenden Schornsteine der Stadt Wanza samt einem Teil des Laufes der Wipper lag vor ihm, doch meistens um ein ziemliches tiefer als das Haus der Frau Rittmeisterin, und so glitt das Auge weiter südwärts, und Thüringens Berge erhoben sich vor ihm aus dem Morgennebel, und der Septemberwind trieb das Gewölk vor ihnen hin; nur hier und da lag ein Sonnenblick auf einem Hügel oder einer Fläche, auf einem Walde oder auf einer Kirchturmspitze. Der schönste Sommermorgen hätte ihm die Aussicht aus seiner Dachstube nicht voller von Wundern und Gelegenheiten zu Phantasien in der Nähe und Träumen ins Weite zeigen können; und es spricht für ihn – den Neffen Bernhard Grünhage aus der Lüneburger Heide – mehr als irgend etwas von dem, was sonst bis jetzt in dieser Geschichte von ihm verlautete, daß er auf der Stelle rief:

„Da haben wir's schon heraus! Dies gehörte natürlich noch zu der heillosen Geschichte von gestern abend! Selbstverständlich hat sie hier ihren Schlupfwinkel und Versteck vor dem königlich westfälischen Ungetüm, meinem Herrn Oheim, gehabt! Hier hat sie gesessen in ihrer Ehe, wenn sie es nirgend anderswo im Hause aushalten konnte; und die Berge sind ihr zum Troste gewesen an manchem katzenjämmerlichen Tage. 's ist klar, und es freut mich wirklich, daß sie mir so viele Feinfühligkeit bei der kurzen Bekanntschaft zugetraut hat, um mir ihren Lieblingsplatz im Hause anzuweisen. Und mit Marten Marten werde ich so rasch als möglich Freundschaft schließen. Er muß mir das Genauere erzählen! Jetzt aber – mit möglichster Behendigkeit in Rock und Hosen; das ist eine wundervolle alte Frau, und ein sehr schlechter Witz wäre es, irgendwie ihre Hausordnung zu stören. O, das ist eine alte Tante für unsere Alte, und sie müssen sich kennen lernen!"

Mit möglichster Raschheit begab er sich an das Werk seiner Toilette und hatte es kaum beendet, als an der Tür geklopft wurde und die Tante mitten im Zimmer stand, sich mit freundlicher Gelassenheit erkundigend, wie er geschlafen habe. Sie setzte sich

26*

dabei sofort in dem Stuhl am Fenster nieder, und der Neffe wiederholte sich im Innern:

„Es ist kein Zweifel! Vom Jahre neunzehn an hat sie, bis der Herrgott ein Einsehen hatte und ihr ihren verrückten Landsknecht vom Halse und nach Sankt Cyprian schaffte, keinen ruhigeren Fleck auf Erden gehabt als diesen Sitz unterm Dache! Natürlich hat den versoffenen grauen Satan auch das Podagra für seine Sünden gezwickt und an Treppenklettern war gottlob nicht zu denken.“

„Nicht wahr, eine hübsche Aussicht auf die Hainleite und den Thüringer Wald?“ fragte die Tante Grünhage, lächelnd nach den Bergen hinübersehend.

„Famos!“ stotterte der Neffe, und ohne auf ihn weiter zu achten, fuhr die alte Dame fort:

„Wenn eine deiner Schwestern mich auch einmal besuchen wird, so bekommt sie das Stübchen; aber wir putzen ihr es dann ein wenig besser heraus. Dann werde ich ihr vielleicht einiges mehr von diesem Stuhl und Plätzchen erzählen und von dem, was alles sich darauf simulieren und im guten und bösen zurechtlegen läßt, sowohl im Sommer, wo die Erde grün und der Himmel blau ist, wie jetzo im angehenden Herbste, wo der Wind über die Welt pfeift und die Berge mit Wolken verhängt und es rasch abwärts hineingeht in den Winter. Du aber, Freund Bernhard, kannst mir jetzt fürs erste deinen Arm geben. Der Kaffee wartet unten, und ich habe ein wenig heizen lassen.“

Es ist von diesem Morgen, was das Haus der Frau Rittmeisterin Grünhage betrifft, nicht weiter viel zu erzählen. Der junge Mensch aus der Heide suchte seltsamerweise verstohlen doch am meisten nach Spuren des westfälischen Panzerreiters drin, fand aber wenig noch vorhanden. Das Bild in der Wohnstube und der schwere Säbel, der in der Stube unten linker Hand immer noch an der Wand hing, schienen schier das einzige zu sein, was von seinem wilden, wüsten Aufenthalt in der Welt und diesem stillen, altjungferlichen Hause am Markte zu Wanza als Wahrzeichen zurückgeblieben war.

„Und riechen sogar müßte man ihn von Rechts wegen aus jedem Winkel her,“ meinte der Neffe kopfschüttelnd. „Ich muß unbedingt heute noch mit Marten Marten Freundschaft schließen, und Dorsten muß mir dazu verhelfen.“

Die Tante kümmerte sich an diesem Morgen um den jungen Verwandten gar nicht. Sie ging ihren Haushaltsgeschäften nach und erklärte nur:

„Punkt ein Uhr wird gegessen. Dafür, daß du mit deinem Besuche mir eigentlich ziemlich ungeschickt in die große Wäsche fällst, kannst du ja nichts. Meine Bibliothek findest du im Wohnzimmer an der Wand hinter dem Efeugitter."

Der junge Gast besichtigte die Bibliothek auf dem Hängebrettchen hinter dem Sessel der Tante Sophie; er rauchte in dem herbstlichen Garten hinterm Hause eine Zigarre, und um elf Uhr schlich er sich aus einem offenen Pförtchen dieses Gartens um die Ecke und erforschte auf Nebenpfaden den Weg zu seinem Freunde Dorsten.

„Der Herr Bürgermeister ist auf dem Rathause, wenn er nicht im Ratskeller sitzt – wie gewöhnlich," lispelte Fräulein Mathilde Türschlager mit schnippischem Hohn; und nach dem Kapitol von Wanza lenkte der Neffe Grünhage fürder seinen Schritt. Wanza aber kannte heute den Neffen noch in ausgedehnterem Maße als gestern und sah ihn mit proportionierlich gesteigerter Teilnahme an und ihm nach. Er aber fühlte das, fühlte es zu seinem höchsten Unbehagen und drückte sich so dicht als möglich an den Hauswänden hin, was ihm von verschiedenen, die Menschheit ganz genau kennenden Leuten als ein entschiedenes Symptom von gewissenlosester Erbschleicherei ausgelegt wurde.

Auf der Rathaustreppe sprach Hujahn, der Magistratsdiener, mit ruhiger Würde:

„Der Herr Burgemeister befinden sich in ihrem Bureau und mundieren."

„Ich störe doch sonst keine Verhandlung, Sitzung oder dergleichen?"

„Glaube ich nicht," erwiderte Hujahn, schritt durch einen langen, dunklen Gang dem Studenten voran, öffnete eine alterschwarze Tür und sprach:

„Gehen Sie nur dreiste herein, Herr – Grünhage."

Was der Herr Bürgermeister eben mundiert, das heißt gesäubert oder ins reine gebracht hatte, bleibt in alle Ewigkeit zweifelhaft. Als der Student in das städtische Amtszimmer eintrat, stand der Exsenior der Caninefaten auf einer Bockleiter an einem Schriftenständer, jedoch nicht etwa um einen neuen Aktenstoß herunterzuholen, sondern einfach auf der Fliegenjagd.

Nur einen kurzen Blick warf er aus der Höhe auf den Besucher herab, fuhr mit hohler Hand weitaus im Bogen über die Wand hin und brummte im befriedigten Baß:

„So!... Endlich!... Entschuldige, mein Sohn, ich hatte meinen Kopf gerade auf dieses fette Exemplar von blauem Brummer gesetzt. Aber wie sagt Ottilie? Das Jahr klingt ab. Der Wind geht über die Stoppeln – und wie lange wird's dauern, so wird das Geziefer in Wahrheit so rar geworden sein in der Welt, daß wir uns bald wohl im bitteren Ernst auf den Anstand begeben müssen für des Tages notdürftige Leibesnahrung."

Aus einer Art von einfenstrigem Klosett neben seiner Amtsstube holte er ein Glas mit einem bis jetzt noch recht wohlbeleibten Laubfrosch, sah mit der ruhigen Gelassenheit des Weisen zu, wie das gefräßige Vieh das Ergebnis seiner morgendlichen Geschäftstätigkeit einschnappte, hielt das Glas dem Freunde dichter unter die Augen und sprach mit sonorer Melancholie:

„Vom Hunde auf den Frosch! O Ponto von Bovenden, edelster aller Verbindungsköter, deine Manen umschweben diese Urne. Du aber, o Grüner, hättest du es vordem je für möglich gehalten, daß dein Freund und Bruder jemals darauf reduziert werden würde, sich einen Laubfrosch halten zu müssen für seine innigsten gemütlichen Gefühle und seine sporadischen domestikalen Neigungen?"

„Lucius Annäus Seneca in seiner Schrift De clementia –"

„Bleib' mir vom Leibe mit dem verruchten alten Schmöker. Habe ich ihn euch vordem etwa nicht genug zu eurem frivolen Spaße vorgeritten auf der Kneipe?" brummte der Weise düster.

„Dann würde ich heiraten!" sagte der Freund lachend. „Mathilde sah wirklich recht angenehm aus und war ungemein liebenswürdig, als ich mich eben bei ihr nach dir erkundigte und sie mir lieblichen Tones mitteilte, daß ich dich wahrscheinlich – wie gewöhnlich – nicht hier oben, sondern unten in deinem Ratskeller beim Frühschoppen treffen würde."

„Ich will dir mal was sagen, mein Junge," sprach der Bürgermeister von Wanza. „Bedenke wohl, daß i c h es bin, dem Rutenbündel und Beile hier in Wanza an der Wipper vorangetragen werden! Rede mir noch e i n Wort von der Person, und ich klingele und lasse dich durch Hujahn abführen! Übrigens kannst du dir allmählich eine Zigarre anzünden und mir endlich Bericht geben, wie du die Nacht zugebracht hast bei der Semper Augusta, deiner und meiner lieben Tante Grünhage!"

Ehe der Student imstande war, auf diese Frage Antwort zu geben, schob des ehrbaren Rates reitender und gehender Diener das graue Haupt, die rote Nase und den gelben Rockkragen in die Tür und meldete:

„Herr Burgemeister, Marten steht hier draußen."

Der Neffe der Frau Rittmeisterin sprang auf von dem Amtsstuhl des Wanzaer Konsuls, und Freund Dorsten rief lachend:

„Habe mir ihn selbstverständlich gestern nacht noch auf heute morgen sofort herzitiert, Grünhage. Soll hereinkommen, Hujahn."

„Zu Befehl, Herr Burgemeister."

Zwölftes Kapitel

Er kam herein; und nun ersuche ich meine Leser, einmal mit mir zu überlegen, wie viele unserer besten Bekannten wir uns in Wahrheit je ganz genau angesehen haben? Viele sind's sicherlich nicht. Wir leben auch in dieser Beziehung meistens in einer Selbsttäuschung, verlassen uns darauf, daß wir ja „Augen im Kopfe" haben, und merken es selten, wie wenig wir im Grunde diese Augen gebrauchen oder gebrauchen können.

Und wie wir sehen, so werden wir gesehen! Ach, es stimmt wohl nichts die gute Meinung, die man von seiner Persönlichkeit, seinem Selbst hat, philosophisch-melancholisch so tief herunter als diese unumstößliche Wahrheit: selbst die Liebe, die Freundschaft machen es nicht möglich, dich genau zu besehen! – Es ist aber eine wenn auch trübselige, so doch recht nützliche Erkenntnis für manche etwas zu hoch gespannte gute Meinung und Ansicht des das Beste über sich denkenden Erdensohnes. Und anderenteils liegt auch keine geringe Beruhigung für ebendenselben gekränkten Erdensohn in dem Achselzucken, mit dem er unter Umständen sagt: „Was wissen sie denn eigentlich von dir?" damit abschwenkt und im unerschütterten Bewußtsein seines Wertes mit zu den Sternen emporgerichteter Nase weiterwandelt. Wir aber sind auf diesen tiefsinnigen Kapitelanfang einfach durch ein Wort des Wanzaer Bürgermeisters gekommen, der seinem Freunde Grünhage eben zuflüsterte:

„Jetzt wollen wir uns den alten Hahnen doch mal ganz genau betrachten. Seit gestern abend ist mir wenigstens das ein wahres Bedürfnis."

„Mir auch!" rief der Student, und –

„Uns auch!" sagen wir. Gestern morgen während seiner Unterhaltung mit der Frau Rittmeisterin haben auch wir noch viel zu flüchtig über ihn weg und an ihm vorbei gesehen.

Das linke Bein zog er immer noch ein wenig nach, obgleich die Kugel von Saint-Amand nicht mehr drin festsaß. Man hat wohl schon früher seinen Spaß über lahme Nachtwächter und dergleichen gehört; aber die Stadt Wanza konnte sich ruhig des ihrigen wegen auslachen lassen; sie hatte doch den richtigen Mann getroffen.

Hier stand er nun vor den beiden jungen Leuten mit einem Gesicht, wie der Maserpfeifenkopf in der Brusttasche seiner Zotteljacke – freilich ein alter Hahn, dem in mehr denn vierundsiebzig Lebensjahren jede Witterung bei Tag und Nacht zu kosten gegeben worden war. Zu den Riesen gehörte er gerade nicht. Er hatte unter den Jägern bei Leipzig und bei Ligny mitgetan, und das dunkle, scharfe Auge, das damals hinter Busch und Baum, im Graben und in dem Qualm der brennenden Dörfer dazu gehört hatte, das hatte er behalten wie die Frau Rittmeisterin ihr helles, blaues, klares. Und sowohl Dorsten wie der Neffe Grünhage fanden jetzt noch mehr als eine Ähnlichkeit zwischen dem Meister Marten Marten und der Tante heraus, vor allem übrigen die unbeugsame Lebensheiterkeit, die nicht ohne Kampf mit dem Wind und Wetter dieser Welt erworben worden war, aber nun auch wie ein warmer Rock ihnen fest auf dem Leibe saß und ihnen, wie die Frau Rittmeisterin sich ausgedrückt haben würde, erst in ihrem letzten Stündlein von Freund Hein mit dem Fell über die Ohren gezogen werden konnte. Praktisch gescheit sahen sie auch beide aus, Marten Marten und die Tante Sophie. Mit der Photographie oder derartigen modernen Kunststücken war beiden nicht recht beizukommen; aber da existiert in Neu-Ruppin ein Mann, d e r könnte es vielleicht.

Einem Kinde, welchem der Nachtwächter von Wanza an der Wipper, Marten Marten, mit seiner Laterne in der Gasse begegnete, mußte er unbedingt wie aus dem Bilderbuche oder dem Monde herausgeschnitten vorkommen. Dem mußte er in den Traum folgen wie irgendein anderer Held der Kindheit: der eiserne Heinrich, Robinson Crusoe, der treue Johannes, Sindbad der Seefahrer, der Doktor Allwissend und vor allen Dingen wie ein greiser, grüblerischer Zauberer, der alle Künste aller vier kunstreichen Brüder in seinem Wissen und Können vereinigte.

Und wer der alten Bildermacherfirma zu Neu-Ruppin einmal einen Gefallen tun kann, der tue es auch um des Meisters Marten willen! Seit der Mitte des achtzehnten Jahrhunderts weiß sie allein, wie eine Schlacht, ein preußisch, österreichisch, türkisch oder französisch Regiment zu Fuß und zu Pferde aussieht. Sie allein hat es heraus, wie man ein Theater aufbaut und mit Figuren bevölkert; sie allein weiß Bescheid mit dem Fuchs- und Gänsespiel, mit allen Naturgeschichten in Wald und Feld und überhaupt mit dem glorreichen bunten Guckkasten, W e l t genannt. Was weiß das altkluge Volk auf der Höhe seines ästhetischen Kunstgeschmacks davon, wie bunt die Welt dem richtig sehenden Auge sich darstellt?! . . .

„Neu-Ruppin bei Gustav Kühn! Wie von einem Bilderbogen!“ murmelte der Bürgermeister von Wanza, seinem philologischen Freunde den Ellenbogen in die Seite stoßend. „Setzen Sie sich, Vater Marten.“

„Dieses würde sich doch wohl nicht recht schicken, Herr Burgemeister.“

„Nun höre ihn einer!“ rief Dorsten lachend. „Wie der Mann aus dem Monde, dem das lange Stehen mit Dornbusch, Hund und Laterne endlich zu viel geworden ist, steht er hier vor uns, und gestern abend ist bis Mitternacht bei der Frau Rittmeisterin nur von ihm zu seinem Lob und Preis die Rede gewesen, und jetzt ziert er sich so! Schieb ihm meinen Kurulischen unter, Grünhage. Fürs erste sind wir noch nicht mit Ihnen fertig, bester Herr Nachtrat.“

„Von mir haben Sie gestern abend bei der Frau Rittmeisterin geredet?“

„Wie die Extrapost, in welcher der böse Feind das arme Seelchen und damals wahrscheinlich ganz allerliebste Kreatürchen, unsere jetzige brave Tante Sophie, hierher nach Wanza brachte, auf hiesigem Posthofe bei Sturm und Unwetter ankam und wie Sie, Marten, und der helle Satan und westfälische Kürassier die junge Frau auf der Hellebarde zwischen sich nach Hause trugen. Wenn Ihnen Ihr linkes Ohr gestern nacht nicht fortwährend geklungen hat, so begreife ich das nicht. Fragen Sie nur den Jüngling und Neffen da, wie Ihr Lob gesungen worden ist.“

Der Alte, auf dem Rande des Stuhles, den ihm der Student hingeschoben hatte, sitzend, schüttelte den Kopf.

„Es ist lange her, und man sollte wohl meinen, daß endlich Gras drüber gewachsen sein könnte, meine Herrens; aber es wacht immer doch von neuem wieder auf. Je ja!“

„Nur über den biederen Westfälinger ist bis jetzt, Gott sei Dank, Gras gewachsen. Die Frau Rittmeisterin, meine Tante, und der Meister Marten Marten aber feiern in ein paar Tagen den Anfang ihrer Freundschaft im Jahre achtzehnhundertneunzehn; und – wir möchten mit jubilieren, Meister Marten!“ rief der Student, die Hand des Greises fassend. „Und mir müssen Sie Ihrerseits von dem Onkel Grünhage erzählen. Seit gestern abend liegt der Familienname wie eine Last auf mir, und ich wohne bei der Frau Rittmeisterin, und sie hat mich in der Giebelstube einquartiert, wo der Lehnstuhl und das Nähtischchen stehen. Die Aussicht aus dem Fenster ist vortrefflich; aber nach den Geschichten vom vergangenen Abend ist der Blick über Wanza und auf den Thüringer Wald doch nicht das Ganze. Sie aber wissen von dem Ganzen, Meister Marten, und ich habe es meinem Vater versprochen und meinen Schwestern, daß ich ihnen einen ganz genauen Bericht über die Wanzaer Tante nach Hause bringe; und der alten Frau ist es recht, daß auch Sie mir von ihr erzählen, und Sie müssen mir erlauben, daß ich Sie besuche und mir –"

„Mir noch einmal Wanza beim Lichte Ihrer Laterne besehe," lachte Dorsten, der Bürgermeister von Wanza. Übrigens sind dieses meines Erachtens Privatangelegenheiten, die durchaus nicht hier in diese nur den kommunalsten Angelegenheiten gewidmeten Räume gehören. Ich bitte dich, mir zu verzeihen, Grünhage," fuhr er im geschäftsmäßigsten Tone fort, „wenn ich dir bemerke, daß du total vergessen zu haben scheinst, wo du dich augenblicklich befindest. Nachtwächter Marten!"

„Herr Burgemeister?" fragte der alte Mann, in demselben Moment neben dem „kurulischen Sessel", auf welchem der Vorsitzende des Magistrats wie selbstverständlich Platz nahm, aufrecht stehend wie im Jahre dreizehn an einem Beiwachtfeuer vor einem dem Kaiser Napoleon gegenüber die Vorpostenkette abreitenden Wachtoffizier.

„Ihr vollständiger Name?" fragte der Bürgermeister, in einem sehr antiquarisch aussehenden Schriftenkonvolut blätternd.

„Martin Johann Anton Marten hat ihn mir meine Mutter in mein Gesangbuch geschrieben. 's wird also wohl so recht sein!"

„Wann geboren?"

„Ja, das ist wohl noch schwieriger ganz genau herauszukriegen. So ums Jahr siebenzehnhundertfünfundneunzig meine ich, Herr Burgemeister. Haben Sie es in den Papieren da, so würde es mir selber kurios sein, es zuletzt noch in Erfahrung zu bringen. Daß die Kirchenbücher von St. Cyprian Anno achtzehnhundert mitsamt der damaligen Pfarrei verbrannt sind, haben Sie ganz gewiß in den Akten und Kostenberechnungen. Meine Mutter wird Tag und Jahr wohl gewußt haben; aber ich bin ja schon als unmündig Kind durch ihren Tod von ihr gekommen, und nachher hat sich niemand mehr darum gekümmert. Das wäre auch wohl zuviel verlangt gewesen."

„Hm, lieber Alter," brummte Dorsten, gänzlich aus seinem Amtstone herausfallend, „es soll manche Leute geben, die viel darum geben würden, wenn sie ihren Geburtstag nicht wüßten und ihn also auch nicht zu feiern und sich an ihm zu ärgern brauchten. Was ich sonst über Sie und Ihre Familie im Städtischen Archive finde, läßt freilich manche Lücke unausgefüllt, genügt aber doch, um uns allgemach weiter und in der Verhandlung zum Zwecke zu führen. Im Jahre achtzehnhundertsieben hat man eine Witwe Wilhelmine Marten, geborene Raymund, auf kommunale Kosten beerdigt. Ich kann nicht sagen, daß die Leichenkostenrechnung hoch ist, aber in den Akten haben wir hier Schreiner, Träger und Totengräber bis zu zwei Groschen für das Einlegen der Leiche in den Sarg –"

„O Herr, das ist ja wirklich und wahrhaftig meine selige Mutter gewesen!" rief der Greis. „Ach, lieber Herr, das ist so lange her – o Herr Burgemeister, lassen Sie mich mal den Namen der alten Frau – o nein, sie muß als eine ganz junge Frau gestorben sein! – lassen Sie mich mal ihren Namen geschrieben sehen! – Das wacht nun so auf, und ich bin derweilen ein so uralter Kerl geworden, und wir armen Leute leben immer so in den Tag hin! Wenn mir übermorgen in der Kirche der Herr Pastor ihren Namen von der Kanzel zuriefe, könnte es mir nicht heftiger in die Knochen fahren als eben jetzo, wo Sie ihn mir nennen, Herr Burgemeister!"

Mit zitternder Hand nahm der Alte das gelbe, mit vergilbter Tinte ausgefüllte Formular der Armenverwaltung von Wanza, das ihm der augenblicklich regierende Bürgermeister mit ungewohnter Zartheit zureichte. Der Meister Marten wischte sich mit dem Ärmel über die Stirn und buchstabierte den Namen der im Jahre sieben auf öffentliche Unkosten begrabenen Frau und das, was in der Rechnung dazu gehörte.

„Ja, es wird wohl meine Mutter gewesen sein," sagte er, das Dokument zurückgebend. „Ich danke Ihnen, Herr Burgemeister, es ist sicher ganz richtig so, wenn es mir auch nur ganz dunkel ist. Daß ich nachher auf Stadtkosten aufgewachsen und mildtätig erzogen bin, weiß ich genauer."

„Haben wir dazu ziemlich deutlich schwarz auf weiß. Eine recht mildtätige und ungemein nette Erziehung ist es sicherlich gewesen. Passen Sie mal auf, Marten Marten! Du kannst auch ein wenig mit Achtung geben, Grünhage; die Geschichte wird von jetzt an historisch wie kulturhistorisch merkwürdig."

Er räusperte sich und las:

„Protokoll de dato den Zwölften Maji achtzehnhundertundneun. Erschien im Termin der Scharfrichter und Abdeckermeister Gottfried Moritz Rasehorn und erklärt von neuem zu Protokoll, daß er, wie er schon vorgetragen, mit dem ihm von hochlöblicher Stadtgemeinde zugewiesenen Burschen Martin Marten nicht zu Verständnis, Nutzen und Räson zu kommen vermöge, sintemalen der Junge, verlogen, faul und widerspenstig, jedwede Pflicht und Schuldigkeit, Gehorsam und Dankbarkeit hintansetzte, boshaft vergesse und das Gnadenbrot und Unterkommen nicht verdiene, was ihm die Stadt bei besagtem Meister G. M. Rasehorn ausgemacht habe. Gibt auf Befragen, was jetzt wieder mit dem Jungen vorgekommen sei, zu Protokoll, daß besagter Junge Martin Marten seit dem vergangenen Tage mitsamt Reitenden Försters Eulemann blindem und kollerigem Gaul vom Anger verschollen sei, mit besagtem Eigentum diebisch abgeritten und bis jetzo nicht über sein Verbleiben besagtem Meister G. M. Rasehorn Kunde geworden sei. Bittet also letzterer ehrerbietigst, wo die jetzigen schweren und gefährlichen Zeitläufte es möglich machten, mit aller Macht den Ausreißer und des Herrn Reitenden Försters Gaul zu verfolgen, einzuholen und besagtem Meister G. M. Rasehorn zu beliebigem und zweckdienstlichem Verhalten zurückzuerstatten oder besagten Jungen Martin Marten von seinen Händen zu nehmen und eine andere Unterkunft auch Erziehung zum gemeinen Nutzen, wenn angängig, auszumachen. In pleno Senatu, Wanza, am 12. Mai 1809."

„O ihr Herren, ihr Herren," rief der alte Mann, beide Hände zu der gebräunten Balkendecke, die vor sechzig Jahren schon auf die Abfassung des eben verlesenen Schriftstückes herabgesehen hatte, emporhebend, „ihr lieben jungen Herren, dieses ist so wahr und wahrhaftig hier auf dieser Stelle dem Schreiber in die Feder gesagt worden, wie ich jetzo hier stehe und mit bebendem Herzen es ruhig angehört habe! Vom Schindanger bin ich damals auf des Herrn Reitenden Försters zum Abstechen hergegebenem Braunen in die weite Welt hinein geritten, um aus meiner Wut und meinem Elend herauszukommen. Zu dem Schinder hatte mich die Stadt als Lehrling aus dem Armenhause gegeben. Die Zeit ist mir immer gewesen, als hätte ich einen Mord darin begangen; und nun kocht das wieder auf wie ein Topf, der vom Feuer gehoben gewesen ist und jetzt wieder auf die Kohlen geschoben wird. Von gefährlichen Zeitläuften spricht die Schrift und der Meister Rasehorn? O Herr Burgemeister, lassen Sie auch das Papierstück mich in meine alten Hände nehmen! Sie reichen das leicht her, aber mir wiegt es heute noch wie ein Berg. Der Knecht hatte mich an diesem elften Mai morgens mit der Sonne mit dem Gaul nach dem Anger voraufgehen lassen; er wollte nachkommen mit dem Messer. Nun ist es mir, als passierte es jetzt erst. Ich war eben wohl erst vierzehn Jahre alt, aber doch schon wie toll in meinem Grimm bei Tage und meinen

Tränen bei Nacht. Und da, auf dem Schindanger mit der hellen Gottessonne über mir und dem Wind von den Bergen her, ist es wie eine Verrücktheit auf den Jungen, nämlich auf mich, gefallen, und ich bin auf dem dummkollerigen Gaul des Herrn Reitenden Försters freilich durchgegangen, mit dem Diebsruf hinter mir, wie hier der Schreiber geschrieben hat. Von dem Herrn von Schill ist damals alles Land ringsum gerüchtweise voll gewesen; und ich dachte mir, wenn einer dich wieder ehrlich macht, so ist der das, und nimmt er dich mit als seinen schlechtesten Knecht und am liebsten in den blutigen Tod, so ist dir geholfen jetzt und für alle Zeit. Es waren wohl nur Gerüchte, daß uns der Herr Major von Schill mit seinen Reitern auf dem Marsche nach Bayern hin zu dem Erzherzog von Österreich, der von da ihm entgegenkommen sollte, so nah sein sollte, ganz wie neulich bei Langensalza, aber es gab sie doch jeder von Mund zu Munde weiter. Der Herr von Schill mit seinen Husaren war wohl von Preußen gegen die Wipper zu ausgerückt, aber er war doch nur bis Köthen gekommen, wo er den Herzog, der mit dem französischen Kaiser in e i n e m Bett schlief und ihn, den Herrn Major, einen Räuberhauptmann und seine Leute eine Räuberbande geschimpft hatte, von Haus und Hof gejagt hatte. Aber dann war er gleich nach Bernburg rechts abgeschwenkt und gegen Stralsund weiter, allwo sie ihm am letzten Tage des Monats den Kopf abgeschnitten haben. Das ist ein heldenmütiger Ritt gewesen, von dem heute noch gesungen wird; aber, meine Herren, nun denken Sie an mich einmal, an meinen Ritt auf meinem tollen Gaul hinter dem Schill und seinen Husaren auf der Suche. Eigentlich ist es zum Lachen, aber doch wieder mehr als bloß zum Lachen. Und des Herrn Försters Eulemann Braunem muß ich es lassen, er ging mit dem Kopfe zwischen den Beinen, aber auch wie toll durch das grüne Land, über Weg und Steg, daß der Staub wirbelte und die Steine flogen, gleichsam als wolle er auch in einen ehrlichen Tod jagen. Unser Herr Schill hätte mich sicher mitreiten lassen, wenn ich ihm so gekommen wäre; doch es konnte ja nicht sein. Den ersten Tag hielt sich das Vieh unter mir, und in der Nacht lagen wir in einem Walde; am anderen Morgen aber knickte der Braune unter mir zusammen und schleuderte mich mit dem Kopf gegen einen Wegweiser, von dem ich nicht mehr ablesen konnte, wohin er zeigte. Da habe ich in einem Dorfe zwischen Kelbra und Wallhausen in einem Kuhstalle wochenlang ohne Besinnung gelegen, und der Bauer, der den barmherzigen Samariter an mir spielte, hat wohl wenig Löbliches von mir denken müssen, denn was ich in meiner Unbesinnlichkeit geredet habe, das hat nur vom Abdecker, von der Diebsjagd und den Franzosen geklungen. Aber das Leben hat zuletzt doch die Oberhand in mir behalten und der Bauer mich als Pferdejungen bis in das Jahr zehn. Gut habe ich es nicht gehabt, aber mir doch keine besseren Tage gewünscht; denn hier ging mir doch keiner meiner Schulkameraden aus dem Wege und rief mir über die Hecke sein: Schinder, Schinder, Schinderknecht! zu, wie es mir in Wanza als mein Schicksal gegeben war. Heute ist auch dieses anders, und die Menschen sind auch hierin vernünftiger geworden; aber damals war's wirklich schlimm. Herr Burgemeister, nehmen Sie mir das Blatt wieder ab; seit ich es halte, ist die alte Angst, daß mich ein Wanzaer auf meinem Bauernhof wiedererkenne, wieder auf mir und nimmt mir hinterm Pfluge den Atem und in der Nacht den Schlaf! Ach, gütiger Himmel, meine Herren, und aus der ewigen Angst ist damals auch richtig die pure Wahrheit geworden. Der alte Schinderruf ist mir von neuem in die Ohren geklungen, und sie haben mich wegen Pferdediebstahl mit einem Strick um die Handgelenke nach Wanza zurückgeliefert! Es brauchte weiter nichts dazu, als daß der Freiknecht, dem ich von seinem Anger mit seinem unglückseligen Eigentum durchgegangen war, von unserem Meister mit dem Arzeneikasten durchs Land geschickt wurde, und das hat sich nach Gottes Willen so gemacht, wie ich heute wohl sagen kann, zu meinem Besten; aber damals habe ich mich doch auf den Boden geworfen, und sie haben mich aus meinem Stalle unter den Pferdehufen weg mit Gewalt herausschleifen müssen und auf einem Karren nach Kelbra, wo ich wenigstens halbwegs wieder zur Vernunft gekommen bin und habe zu Fuße gehen können nach hiesiger Stadt zurücke."

„Da bin ich auch gerade um zwei Menschenalter zu spät zum Bürgermeister hiesigen Ortes gemacht worden; aber so geht's immer!" brummte der jetzt Regierende; der Neffe der Frau Rittmeisterin Grünhage aber fuhr sich über die Stirn wie gestern abend, als die Tante Sophie in ihrer Erzählung bis zu dem Punkte gekommen war, wo sie in ihrem Hause am Markte die Arme auf den Tisch und den Kopf auf die Arme legte, und wo der Nachtwächter von Wanza seine Laterne auf den Tisch neben sie hinstellte, um ihr das erste Feuer auf dem Herde in ihrem jungen Haushalt, das heißt im Ofen, anzuzünden.

Dreizehntes Kapitel

„Ehe einer alles, was so in unserer deutschen Bevölkerung oder was man sonst deutsche Nation nennt, zerstreut liegt, herausgeholt hat, wird mehr als einer hoffentlich noch oft genug als trübseliger Epigone ruhig sich an der Nase nehmen lassen können. Erzähle dies mal der Welt, Grüner, wie der Alte hier es eben uns vorgetragen hat, und laß dich gelassen einen Nachgeborenen nennen oder erwidere dem zu persönlicher Bemerkung sich Meldenden noch gelassener: Schafskopf!" sprach der Bürgermeister von Wanza, die Frage anknüpfend: „Na, wie findest du diese Wanzaer Geschichten?"

„Sie müssen uns weiter von sich erzählen, Marten," rief der Student. „Achten Sie gar nicht auf uns und was einer von uns sagen mag! Wir reden nur, wie wir es heute verstehen."

„Dann sehen Sie gütigst jetzt einmal nach, ob Sie nicht noch einen Namen in Ihren Akten finden, Herr Burgemeister," sagte der Nachtwächter. „Nehmen Sie es nicht für ungut; es muß nämlich der Ihrige sein! Derselbige spielt in der Geschichte hiesiger Stadt wohl schon länger honorabel mit; aber in meiner Geschichte handelt es sich diesmal nur um einen gewissen aus Ihrer Familie, Herr Burgemeister."

„Ein Justizrat Dorsten hat hier ein ander Protokoll unterzeichnet," sagte Dorsten, wie zögernd ein neues vergilbtes Faszikel aufnehmend; doch der Greis schüttelte den Kopf:

„Das brauchen Sie mir nicht weiter in die Hand zu geben. Ich weiß schon, was es ist. Es wird nur mein damaliger Kriminalprozeß sein, und der Herr Justitiar seliger hat nur seine Pflicht und Schuldigkeit getan, als er mich von wegen meines Pferdediebstahls vom Schindanger ins Loch stecken ließ. Nein, der, den ich hier meine, war der Herr Kandidat Erdmann Dorsten und war nur ein paar Jahre älter als ich und, wenn ich mich nicht irre, Ihr richtiger Großonkel, Herr Burgemeister. Ihre Frau Großmutter kam ja bald nach der Frau Rittmeistern aus Halle an der Saale, und deren Tochter, Ihre selige Frau Mutter, hat seinen Brudersohn geheiratet. Er hatte aber auf die Theologie studiert und ist dabei ein merkwürdig feiner Poete gewesen, wie ich weiß; aber Gedrucktes gibt es nicht von ihm, und an der Elster, am Ranstädter Tor bei Leipzig ist er mir im Arme gestorben, und ich habe seine Brieftasche und Uhr nachher hier in Wanza seiner Verwandtschaft, das heißt, seiner lieben Braut, Fräulein Thekla Overhaus, abgeliefert."

Der Bürgermeister von Wanza hielt sich jetzt den Kopf mit beiden Händen.

„Bleiben Sie mir mit meinem Stammbaum vom Leibe, Marten!" rief er. „Ich sage dir, Grünhage, wie zu Anfang dieses Säkulums die Welt und hiesige Umgegend mit lauter Dorsten bevölkert gewesen sind, davon ist ganz das Ende weg. Ich werde jedesmal konfus wie ein Hammel mit der Drehkrankheit, und die Welt geht mir absolut im Nebel unter, wenn ich mich so an einen von uns erinnern soll. Gott sei Dank, daß ich augenblicklich wenigstens der einzige von der Sorte bin."

„Sagen Sie das nicht, Herr Burgemeister," rief der Alte. „Es waren ganz ordentliche Leute unter der Familie."

„Und sicherlich gehörte zu den letzteren der eben von Ihnen heraufbeschworene Onkel Erdmann. In den Akten habe ich ihn nicht; aber eine dunkle Erinnerung dämmert mir freilich jetzt, daß ein junger und, wie die Sage meldet, ungeheuer begabter, also völlig aus der Art geschlagener Dorsten bei Leipzig den Tod für König und Vaterland gestorben ist."

„Das ist so, Herr Burgemeister," sprach der Greis ernst, „ich habe ihn gekannt und sterben sehen! In Ihrer Frau Tante Hause, Herr Grünhage, was nachher im Jahre siebenzehn der westfälische Rittmeister Herr Grünhage kaufte, als er sich hier in Wanza besetzte, ist die Giebelstube; in der wohnte der Herr Kandidat –"

„Meine Tante hat mir in vergangener Nacht in der Kammer nebenan ein Bett angewiesen."

„I, sehen Sie mal!" rief der Meister Marten. „Dann hat sie es gut mit Ihnen im Sinne und traut Ihnen ein verständiges Herze zu. Es ist auch ihr Unterschlupf gewesen durch lange, schlimme Jahre. Sie hat auch davon Ihnen wohl schon gesprochen, junger Herr?"

„Ich habe es selber herausgefunden, Marten," rief der Student, dem Greise leise die Hand nehmend und ihm den anderen Arm um die Schultern legend.

„Das freut mich, Herr Studente," sprach der Alte. „Doch um weiter zu reden, so hat mich Herr Erdmann in dieser Stube ihm von meinem tollen Ritt zum Herrn von Schill erzählen lassen, will sagen, mich des genaueren danach ausgefragt. Ins Prison ist er mit mir gegangen durch Wanza, als ich doch hinein mußte, und hat gesagt: ‚Junge, heule nicht ärger auf deinem Ehrengange wie andere Leute. Sitzen mußt du, auf daß dem Gesetze sein Recht werde; aber ach Gott, wenn nur das ganze edle deutsche Volk, vom Schinder jetzt gejagt und gefangen, so froh sitzen und singen könnte wie du, armer

Narre. Höre, Martin, jetzt besuche ich dich, bis du frei wirst; aber ist die Zeit da, so hole ich dich ab.' – Meine Herren, und dieses ist alles also geschehen, und seine liebe Braut ist auch mit ihm zu mir in den Teichtorturm gekommen und hat mir immer beim Kommen und Abschied die Hand gegeben. Es ist das Fenster linkerhand über dem Teichtore, wo ich hinter dem Eisengitter meine Strafe für meine Tollheit absaß. Besuchen Sie mich einmal in dem Turme, Herr Studente. Er ist jetzo meine städtische Dienstwohnung; und ich kann Ihnen das Loch zeigen, wo man damals die Vagabunden und sonstigen Übeltäter einsperrte und wo Herr Erdmann und Fräulein Thekla Overhaus zum Besuch zu mir kamen. Je ja, anjetzo haben sie den armen Sündern ein besser Quartier im Kreisgerichtsgebäude zurechtgemacht; ich aber habe aus meinem Prison von Anno zehn einen Taubenschlag gemacht, und den Tierchen gefällt es ganz gut drin."

„Sicherlich werde ich Sie besuchen und mir alles ganz genau zeigen lassen, Meister Marten!" rief der Student. „Erzählen Sie aber weiter."

„Davon könnte nun eigentlich Fräulein Thekla Ihnen viel besser berichten," sagte der Alte lächelnd. „Sie werden sie ja dann und wann bei der Frau Tante antreffen oder vielmehr die Frau Tante bei ihr. Sie spricht auch ganz gern von der alten Zeit und dem Turm, obgleich sie so großes Herzeleid bald darauf erfahren mußte, daß sie es bis heute noch nicht verwunden hat, wenn es heute ihr freilich nur so sein wird, als habe sie vor langen Jahren in einem traurigen Buche davon gelesen, wo sie denn jetzt selber wie ein Buch so schön davon reden kann."

„Diese Braut deines Großonkels lebt auch noch, Dorsten?" rief Grünhage.

„Hat sich bis auf die Augen ganz gut konserviert und hat auch die Brieftasche und die Uhr vom Ranstädter Tor noch in ihrer Kommode. Es ist eine Kuriosität, diese Uhr, die am neunzehnten Oktober achtzehnhundertdreizehn, Punkt ein Uhr, gerade als die hohen Verbündeten in Leipzig einzogen, stehengeblieben ist. Manchmal kommt es einem vor, als sei die alte Jungfer gleichfalls in der nämlichen Stunde, an dem nämlichen Tage und in dem nämlichen Jahre stehengeblieben. Na, du wirst ja sehen. Die Brieftafel wird sie dir aber nicht zeigen. Marten sagt, es seien allerlei Verse darin, durch Blutflecke ausgelöscht. Ich habe schon alle Künste angewandt, aber vergebens; die Alte läßt kein profanes Auge von heute drüber."

„Ja," sagte der Meister Marten Marten, „das ist so, junger Herr. Es ist ihr höchstes Heiligtum, und sie will es mit in ihren Sarg haben. Eines von den blutigen Liedern ist aber in dem Teichtorturme gemacht und handelt von meinem Ritt zum Herrn von Schill. Ich verstehe wohl nichts davon, aber ich denke doch, es ist eigentlich schade, daß es niemalen gedruckt in den Büchern herumgehen kann; denn da wäre ich jetzt auch wohl als Nachtwächter in Wanza ein berühmter Mensche, und für des Herrn Reitenden Försters Eulemann blinden Dummkollerigen wäre es gleichfalls eine hohe Ehre."

Der Bürgermeister von Wanza lachte; aber sein Freund lachte nicht. Der ging ein paar Male in dem Amtszimmer auf dem Rathause in Wanza hin und her, lüftete an seiner Krawatte und kam wieder zu dem grünen Tisch mit dem verstaubten Aktenbündel. Der Nachtwächter sah ihn freundlich an und sagte:

„Wenn Ihnen meine Historien in Wahrheit nicht langweilig sind und weil mich der Herr Burgemeister, mit allem Respekt, doch nur um sie heute morgen allhier aufs Rathaus beordert hat, so will ich weiter gehen mit den Papieren hier auf dem Tische. Es ist mir nämlich jetzt selber zu kurios, daß da so vieles hier auf dem Rathause von mir altem Menschenkinde im Fach gelegen hat und für die Ewigkeit aufgeschrieben ist zu seiner Zeit, wo ich es freilich selber habe manchmal schreiben sehen, freilich ein paar Male auch mit dummkollerigen Augen und halb blind vor Tränen und Menschenelend."

„‚Anbei ein Paket mit gleichlautender Adresse,' sagt gewöhnlich der weise Seneca, wenn er an den jungen Menschen, den Lucilius, schreibt, und schiebt eine Redensart aus dem Epikurus in den Brief, ehe er an die Freimarke leckt. Nehmen Sie hin, Marten," sagte Dorsten und reichte dem Greise abermals ein Dokument aus seinem Leben.

„Das ist ja doch Herrn Erdmanns Handschrift!" rief der Meister Marten verwundert. „Die kenne ich, wie ich ein Weizenfeld von jedem anderen bestellten Acker unterscheiden kann!" rief er und versuchte zu lesen, brachte es aber nicht mehr fertig. „Es ist zu klein. Er schrieb immer so 'ne kleine Hand; aber ihr Herren, liebe Herren, ich könnte es doch nicht lesen!"

Das Blatt zitterte wirklich zu sehr in seinen Händen, und der Herr Bürgermeister nahm es zurück und sagte, gegen den Studenten gewendet:

„Es ist eine Zuschrift meines Herrn Großonkels an den hiesigen

Magistrat von damals, in welcher er für sämtliche bei dem Meister Rasehorn in betreff des Jungen mit Namen Martin Johann Anton Marten für Unterkunft, Atzung, ruiniertes Handwerkszeug, Kleidung usw. aufgelaufene Kosten aufkommt und erbötig ist, besagten ‚Knaben' von der Stadt Händen zu nehmen, besagten Meister Rasehorn in allen vernünftigen Dingen schadlos zu halten und (wie er hochlöblichem Magistrat mit ziemlicher Ironie unter die Nase reibt) wo irgend möglich, dem Gemeinwesen zu Nutz, der Stadt Wanza an der Wipper aus dem Stadtkinde Martin Marten trotz allem doch noch einen wohlgesinnten Mitbürger heranzuziehen. – Bürgermeister, Rat und Bürgerschaft haben hierauf hin sofort grinsend ihre Hände in Unschuld gewaschen und das unglückselige Geschöpf Marten Marten vom Teichtorturm aus cum omnibus appertinentiis, mit allem gegenwärtigen Besitz und allem, was von Zukunftshoffnungen an ihm hing, dem Herrn Kandidaten Erdmann Dorsten eilfertigst überwiesen und das Geschäft so rasch als möglich schriftlich abgemacht. Daß nachher ein jeglicher vom Rathause mit erleichtertem Herzen nach Hause und erhöhtem Appetit zu Tische gegangen ist, glaube ich, ohne daß ich es hier schriftlich in den Akten habe. So schlimm ist der Mensch nicht, daß er sich nicht erleichtert fühlen sollte, wenn er die Verantwortlichkeit für irgendeinen Menschenjammer mit Anstand auf die Schultern eines gutwilligen anderen hat abladen können. Was meinst du, Grüner?"

„Der noble Mensch, der Kandidat Dorsten, hat Sie doch sofort persönlich vom Turm abgeholt?" fragte der Student den Greis, der jetzt ganz zusammengefallen auf dem Stuhle saß, mit gesenktem Kopfe und den Händen auf den Knieen.

Er sah aber langsam auf und sagte leise:

„Nein. Er ging erst auch zu Tische. Er aß nämlich damals im Overhausschen Hause. Es war an dem Tage Jahrmarkt und Viehmarkt in Wanza; und nachmittags so zwischen drei und vier Uhr, als der Trubel in der Stadt am größesten war und alle Bürger und die Bauern vom Lande auf dem Markte und in den Straßen und die Honoratioren an ihren Fenstern, da ist er mit Fräulein Thekla gekommen. Und ich bin zwischen ihnen gegangen durch Wanza, und sie haben mich jeder an einer Hand gehalten, durch die Menschenmenge hin und an den Häusern vorbei. Liebe Herren, es waren damals die zwei stolzesten Herzen in Wanza, und auf diese Weise dachten sie mich am leichtesten wieder ehrlich zu machen bei den Leuten nach meiner Dienstzeit auf dem Schindanger!"

27*

„Und es wurde so?" rief der Student mit fliegendem Atem und nassen Augen; aber der Greis schüttelte wiederum den Kopf.

„Ach, Herre, junger Herre; da kennen Sie doch die Leute noch schlecht! Das hat knapp und mit Mühe das Jahr dreizehn fertig gebracht! ... Wenn auch wohl die Verständigen sich bedachten und sich sagten: was kann der Junge dafür? so war das doch nichts gegen die Menge, die sich gar nichts vernünftig überlegte. Meister Consentius der Stellmacher und Meister Melzian der Schneider haben es wohl auf Andringen des Herrn Kandidaten mit mir probiert; aber der Geruch steckte mir mal im Rocke, und es waren allemal immer die Jungen und die Gesellen, die ihn herausrochen und mit mir in Worten und Sticheleien anbanden, bis ich mit der Faust darauf antwortete. Der Herr Burgemeister hat ganz recht, sein Vorfahrer und der löbliche Magistrat von damals konnten wohl froh sein, daß sie mich auf das freundlichste und nicht bloß stolzeste Herz in Wanza abgeladen hatten. Der Herr Erdmann hat mir auch das Messer aus der Faust reißen müssen, als der letzte Lump unter mir lag, der mich bei dem Meister Bünning einen Schinder geheißen hatte; und da hat seine liebe Braut gesagt: ‚Es hilft nichts, Erdmann; und der heilige Krieg läßt noch immer auf sich warten; – jetzt tu ihn zu uns; mein Vater wird ihn als Ausläufer in sein Geschäft nehmen, und ich kann ihn da auch besser unter Augen behalten.' – So bin ich zum Herrn Kaufmann Overhaus als Hausdiener gekommen, und unter den Augen von Fräulein Thekla Overhaus und Herrn Erdmann bin ich zu einem wirklichen Menschen geworden, bis die Zeit erfüllet war und alles rundum aufbrach gegen die Franzosen –"

„Und das ganze deutsche Volk sich wieder ehrlich machte!" rief der Student.

„So wird es wohl sein," meinte der Greis lächelnd. „Zum Henker war ihm die Freude an sich selber doch eine ziemliche Reihe von Jahren durch gewesen. Wie der Herr Kandidat in einer Nachmittagspredigt von den Wanzaern Abschied nahm und von seiner Giebelstube im jetzigen Hause der Frau Rittmeistern herunterkam und mich, ganz wie er es versprochen hatte, von dem Overhausschen Kornboden abrief, das wird Ihnen Fräulein Thekla viel besser erzählen, als ich es kann. Ich will nur noch sagen, daß mehr als ein Wanzaer Bürgerssohn auf dem Marsche oder in der Schlacht, ohne sich zu zieren oder zu ekeln, aus meiner Feldflasche einen guten Schluck getan hat; und daß mein lieber Herr Erdmann seinen allerletzten Trunk auf Erden auch daraus getan hat, dies habe ich wohl schon gesagt. Der teure, liebe Herr hat leider Gottes nur bis ans

Ranstädter Tor bei Leipzig mit uns kommen dürfen. Den Totenbrief, den ich damals, so gut ich's vermochte, nach Hause schreiben mußte, den haben Sie nicht unter den Papieren hier, Herr Burgemeister, aber Fräulein Thekla hebt ihn heute noch auf bei ihren anderen Andenken in der Kommode. Er hat mir denn wohl auch nachher ein bißchen mit zu meinem jetzigen Ruhe- und Nachtwächterposten verholfen; denn die Overhaus waren Anno achtzehn und neunzehn noch ein vielvermögend Geschlecht in hiesiger Stadt. Zum Besinnen auf ein feines Briefschreiben bin ich aber damals nicht gekommen, selbst wenn ich's sonst hätte prästieren können. Die Herrens wissen's ja selber viel besser als ich, wie es damals zugegangen ist. Bei Tag und Nacht weiter – nicht aus den Kleidern – in Schweiß und Blut – vorwärts und rückwärts und wieder vorwärts durch den französischen Winterdreck und Schnee und Regen bis zum erstenmal hinein in ihr Paris! Und wie als wenn mir damals mein Dienst beim Meister Nasehorn gutgetan und mir die Haut hörnen gemacht hätte: keine Kugel, kein Kolben oder Reitersäbel hat mir was angehabt. Das war mir erst für das sakramentsche, gluhe Nest Sankt Amand, was, wie Sie wissen, zu der großen Bataille bei Ligny gehörte, aufgespart. Da legt's mich hin zu den anderen in den Brand und Qualm, und ich konnte nur sagen: ‚Siehste, Marten, nun nimm dir ein letztes gutes Exempel an deinem Herrn Erdmann, deinem liebsten Herrn und einzigen Freund und Lehrmeister.' – Aber, meine Herren, gerecht muß der Mensch immer sein, Prügel haben wir damals gekriegt, daß sich kein Mensch zuerst, und der alte Blücher auch nicht, recht besinnen konnte, wie es eigentlich zuging, und so haben es denn eben auch nur französische Menschenkinder sein können, die mich unter dem brennenden Gebälk und übrigen Schutt vorgezogen haben und mich aufsparten für Wanza und bis an den heutigen Tag zum Nachtwächterdienste. Aber rückwärts und vorwärts ist's wiederum in der Weltgeschichte gegangen, wie es auch heutzutage noch geht; und ich will's doch keinem zärtlichen Gemüte und Leibeszustande wünschen, so von einem Verbandplatze auf den anderen geschleppt zu werden! Erst in dem Lustschlosse Laeken bei Brüssel habe ich das nichtsnutzige Bein für eine längere Zeit ruhig ausstrecken dürfen; aber in Deutschland habe ich doch auch noch langweilig genug im Spital gelegen, bis ich im Jahre achtzehnhundertachtzehn nach Wanza heimhumpeln durfte."

„Das Heimweh kann ich mir aus eigener Erfahrung ganz genau vorstellen!" brummte der gegenwärtig in Wanza regierende Bürgermeister.

„Nein, Herr Bürgermeister," sagte der Meister Marten, „es war kein Heimweh; es war Krankheit und Kummer und Verlassenheit von meinem Herrn Erdmann Dorsten, und es war, weil ich doch noch mit Fräulein Thekla von unserem Bräutigam und sieghaft Gestorbenen sprechen mußte. Sonst hatte ich nichts in der Stadt zu suchen und wäre wohl ebensogern unterwegens in einem Graben liegen geblieben. Ich will lieber nicht wünschen, daß einer von denen, die neulich aus Böhmen auf der Eisenbahn oder sonst als invalid heimgekommen sind, so wenig Sehnsucht mitgebracht hat als ich zu meiner Zeit aus Flandern. Allen Siegereinzug hatte ich ja auch verpaßt, und so erwartete mich nur Fräulein Thekla in ihrem schwarzen Kleide, und auch nicht am Tor, sondern in ihrer stillen Stube, und ihre selige Frau Mutter ging zuerst hinein und sagte: ‚Kind, Marten ist da; willst du jetzt mit ihm sprechen, oder soll er wiederkommen –'"

„Denn er bleibt jetzt in Wanza!" sagte Dorsten, und zwar leiseren Tones, als wie bis jetzt sonst irgendwo in diesen Blättern von ihm angewendet wurde.

„Sie haben auch das vor allem übrigen freilich wohl schriftlich da in Ihren Akten und Papieren, Herr Burgemeister!" rief Meister Marten ganz vergnügt und munter. „Je ja, er blieb jetzo in Wanza, der närrische Tropf, und zwar mit Hilfe seiner Freunde! Es war ihm selber ein Wunder, wie viele es doch gab, die es ganz gut mit ihm meinten! Zuerst freilich mußten sie noch eine ziemliche Weile an mir herumkurieren; doch da lag ich wie ein Kind im Overhausschen Hause, und kein krankes Kind konnte es besser haben. Lassen Sie uns nur nicht auch davon noch anfangen, denn dann kommen Sie fürs erste noch nicht zum Mittagsessen, meine Herren! Fräulein Thekla saß immer an meinem Bett und ließ sich erzählen von Tag zu Tag von ihrem Bräutigam und wieviel Freude er in seinem Kriegsjahre dreizehn gehabt hatte bis zu seinem edlen Tod. Da sollte ich jedes Wort noch wissen, was mein lieber Herr und Freund auf dem Marsche oder im Biwak gesprochen hatte. Und, wie es so kommt, wenn einer einen so recht aus zu Tode betrübtem und doch freudigem Herzen ausfragt und sozusagen zum Erzählen selber mithilft: ich habe auch alles noch gewußt, so gut es eben ein solch armer, unerfahrener Bursch, als ich damals war, bei sich aufbewahren kann. Währenddem haben die Doktors die Kugel immer noch vergebens gesucht, und als sie sie gar nicht finden konnten, die Sache endlich aufgegeben, das Loch heilen lassen und gemeint: ‚Da ist weiter keine Hilfe, Marten; probiere Er's, und laufe Er meinetwegen zu; — Er wird nicht der einzige sein die nächste Zeit hindurch, der mit einem Stück Blei im Leibe herumzulaufen hat.' — Dies habe ich mir denn gern sagen lassen, und mit dem Laufen ist's auch allgemach immer besser gegangen. Anfangs am Stock und nachher am Spieß —"

„Und mit dem Horn, um, wenn das Wetter umschlug und es mal stärker im Pedal kniff, die Wehmut hineinzututen," sagte Dorsten. „Sub dato 25. September 1819 habe ich Ihre Bestallung zum hiesigen Wächter nächtlicher Ruhe und Ordnung laut Magistratsbeschluß von meinem Amtsvorgänger (ich habe außer ihm aber auch noch ein halb Dutzend anderer vor mir gehabt, Grünhage; und es scheint also ein merkwürdig ungesunder Posten zu sein) zu den Akten gegeben."

„Stimmt ganz genau, Herr Burgemeister. Von Michaelis neunzehn an habe ich meinen Dienst angetreten und bis heute, wo wir neunundsechzig schreiben, nach besten Kräften versorgt. Gestohlen ist wohl dann und wann, ohne daß ich's hindern konnte; aber ich glaube, doch nicht mehr als unter einer anderen Regierung. Dummheiten sind auch wohl vorgekommen. Anno dreißig und achtundvierzig hat es nächtlicherweile allerhand Lärm in den Straßen gegeben. Von Bränden, Ungewittern und wie oft ich außeramtlich den Doktor oder die Hebamme herausgeläutet habe, brauche ich gar nicht zu reden. Alles kommt immer wieder, wenn es dem Menschen auch noch so neu scheint."

„Aber eines kam doch nur einmal vor während Ihrer Amtstätigkeit, Meister Marten!" rief der Neffe Bernhard Grünhage.

„Und das wäre, lieber junger Herr?"

„Daß mein seliger Onkel, der Rittmeister Grünhage, meine Tante Sophie, seine junge Frau, von Halle an der Saale nach Wanza an der Wipper brachte."

„Da haben Sie recht," sagte der alte Mann. „Es mag so was wohl auch häufiger passieren in der Welt; aber ich habe nur ein einziges Mal dabei helfen können; und es war ein Glück, daß ich gleich am anderen Morgen Fräulein Thekla dazu rufen konnte. Mit meiner Hilfe wäre wohl wenig auszurichten gewesen."

„Du, es wird sofort drei Viertel auf eins schlagen. Kommst du eine Minute nach eins zur Suppe, so ißt du am Katzentisch, wenn sie dir nicht die Tür ganz vor der Nase zuschlägt," sprach Dorsten mit der Uhr in der Hand. „Ich mache dich als Freund darauf aufmerksam, mein Sohn. Sie aber, alter Freund, fordere ich hiermit auf, sich mal etwas — recht Hübsches zu wünschen: die Frau Rittmeisterin Grünhage hat mir den Wunsch ausgesprochen, das Datum des fünfzigjährigen Jubiläums Ihres Amtsantrittes recht vergnüglich zu feiern; und amtlich, Nachtwächter Marten, habe ich Ihnen hierdurch mitzuteilen, daß Bürgermeister, Rat und Bürgerschaft der Stadt Wanza keineswegs abgeneigt sein würden, sich nach Gebühr zu beteiligen. Sollten Sie also, Nachtwächter Marten, speziellere Wünsche für den besagten Tag haben, so bin ich gern bereit, dieselben in der heute nachmittag um vier Uhr stattfindenden Magistratssitzung vorzutragen und zu befürworten. Dixi."

„Das heißt, Meister Marten, er will gesprochen haben," rief der Student, „aber für das, was er und ich und meine Tante Grünhage und so viele andere nach dem, was ich jetzt gehört habe, zu sagen haben, dafür lassen sich so leicht keine Worte finden. Unbedingt aber rechnen Sie mich mit zu denen, die Ihnen von ganzem Herzen gern auch einen Gefallen tun möchten!"

Der Greis blickte fast ängstlich und jedenfalls nicht wenig erstaunt von einem der beiden jungen Menschen auf den anderen.

„O du liebster Himmel, es ist nur Ihr Spaß. Was sollte ich mir so spät am Tage auch wohl noch Besonderes wünschen?"

„Unser Spaß ist es gar nicht, sondern der allerbitterste Ernst von uns, Wanza und Umgegend. Also, frisch von der Leber weg, Marten!... Oder wollen Sie ein paar Tage Bedenkzeit?" rief Dorsten.

Da wiegte der alte Knabe den Oberkörper hin und her wie ein jung Mädchen, das in der Tat einen Herzenswunsch auf der Seele hat, aber am liebsten ihn mit Gewalt erraten lassen will. Seine Mütze zerrieb er fast vor Verlegenheit in den harten, knöchernen Händen.

„Na denn, Herr Burgemeister, einen Wunsch habe ich freilich diese letzten Jahre mit mir herumgetragen; aber, Herr Burgemeister, Sie sind selber schuld daran, wenn ich mir herausnehme, Ihnen damit zu kommen. Zu erfüllen steht das, was ich freilich lieber als alle Festivitäten und unverdienten Ehren möchte, ja doch wohl nicht, und Sie werden nur sagen können: ‚Marten, Sie sind und bleiben ein närrischer Kerl!'"

„Das sind und bleiben Sie freilich," lachte der Bürgermeister von Wanza; „aber gerade deshalb mit will Wanza wissen, wodurch es Ihnen für Ihre fünfzigjährige treue Dienstführung einen Gefallen tun kann. Heraus damit!"

„Mein altes Horn möchte ich wieder in meinem Dienst blasen dürfen, und wär's auch nur für eine einzige Nacht!" platzte der Alte heraus. „Der Magistrat hat gewißlich seine Gründe gehabt, und

Mode mag es auch schon lange nicht mehr gewesen sein; aber mir ist doch eigentlich meine halbe Seele damit genommen worden, und ich gehe seit der Zeit, da ich nur pfeifen und rufen darf, als ein halber Mensch herum. O, lachen Sie nur, meine Herren!"

Es lachte keiner von den beiden, selbst Dorsten nicht. Der seufzte nur, legte die Hände auf den Rücken und starrte seinen Freund an:

„Was sagst du dazu? . . . Na, eines weiß ich genau, Marten. In Ihre Personalakten gehört dies auch, und zwar als das Beste von Ihnen, was bis dato drin steht!"

Aber bei dem Greis war das Eis völlig gebrochen, und er fand in sich kein Hindernis mehr, seinen letzten innigen Lebenswunsch dem nüchternen, modernen Tage gegenüber so fließend als möglich zu begründen. Der Student fand ihn gottlob rührend dabei, und der Regierende setzte sich und hörte ihn stumm an.

Da stand er vor den zweien, der Meister Marten Marten, jeder Zoll ein Nachtwächter.

„Sehen Sie mal," sagte er, „es ist ja wohl Eigentum der Stadt, das Horn; aber abgefordert hat es mir keiner als mal Putferkel, der städtische Schweinehirte, und dem hätte ich es nicht hingegeben und überlassen, und wenn's mich zu dem Dienst mein Leben gekostet hätte. Nachher ist es in Vergessenheit geraten bei der Kommune, obgleich ich doch glaube, daß die älteren Leute in der Kommune in schlaflosen Nächten sich doch noch dran erinnern. Und so hängt es immer noch über meinem Bette im Teichtor, Herr Burgemeister, und wenn es sprechen könnte, so würde es ganz andere Dinge erzählen als wie ich heute, ohne daß ich weiß wie, eben von mir gegeben habe. Gut fünfundvierzig Jahre habe ich es blasen dürfen ohne eine Reparatur auf die Stadtkasse. Und der, der es vor mir geblasen hat, hat es auch schon von seinem Vorfahrer überkommen. Wohl mehr als hundert Jahre hat Wanza in der Nacht darauf gepaßt. Fragen Sie nur die Frau Rittmeistern, fragen Sie Fräulein Overhaus, fragen Sie den alten Rat Lammberg in der Schützenstraße, der auch schon über die Neunzig ist. Aber Sie können auch jüngere Leute, junge Frauen und dergleichen fragen, ob sie sich aus ihren Nächten nicht auch noch auf des Meister Marten altes Tuthorn besinnen! . . . Herr Burgemeister, womit ich ein Jubiläum verdient haben sollte, weiß ich nicht; aber wenn Sie und die Stadt und die liebe Bürgerschaft mir in dieser Michaelinacht dieses Jahres neunundsechzig wirklich und wahrlich eine Freude antun wollen, so lassen Sie mich mein altes Tuthorn wieder blasen und setzen Sie es wieder ein in sein altes gutes Recht! Ich weiß es ja ganz gut, wie sich die Welt mit ihren Gewohnheiten ändert und daß es eigentlich nur eine Schrulle von mir ist; aber – Sie haben einen alten Mann gefragt, und so müssen Sie es auch nicht übelnehmen, wenn ein alter Mann, und einer, den Sie gar zum fünfzigjährigen Jubilanten machen wollen, von sich aus Antwort gibt. Mit meinem Lohn, Behausung und Deputaten hier in meinem Amte bin ich ja nach aller Notdurft versehen und kann mir wirklich nichts denken, was ich mir noch dazu wünschen könnte, als vielleicht, wenn die Zeit da ist, einen guten Tod und einen ordentlichen Nachfolger im Amte."

„Ein Uhr! Herrgott noch mal – die Sitzung ist geschlossen!" rief der Wanzaer Bürgermeister, die den Meister Marten Marten, den städtischen Nachtwächter, betreffenden Aktenstücke zusammenraffend und den staubigen Bindfaden von neuem darum knüpfend. „Wie du dich bei deiner Tante entschuldigen wirst, überlasse ich dir, Grüner. Gottlob, mich erwartet bis jetzt noch nicht Mathilde heiß mit der kalt gewordenen Suppe. Noch gehe ich nach dem Bären zum Essen; – und wenn wir uns heute abend daselbst treffen, so wird mir dies sehr erfreulich sein, Grünhage. Was Sie anbetrifft, Nachtwächter Martin Marten, so wissen Sie, daß heute nachmittag vier Uhr Magistratssitzung stattfindet. Ich werde jedenfalls darin Ihr korruptes Gelüste zum Vortrag bringen. Geben Sie mir aber erst die Hand, ein famoser Kerl sind und bleiben Sie, und so lange ich Bürgermeister in Wanza bin, tute ich mit Ihnen in *ein* Horn. Hujahn, die Klappe zumachen! Nicht wahr, Hujahn, Sie sind auch imstande, heute mal wieder allerlei bei Ihrer Gattin auf den Herrn Burgemeister zu schieben?"

Der Neffe der Frau Rittmeisterin Grünhage stürzte vom Rathause nach dem Hause am Markte in weiten Sprüngen. Es war diesmal nicht seine Schuld, wenn die Tante ein wenig auf ihn gewartet hatte in ihrer Gastfreundlichkeit.

Vierzehntes Kapitel

„Ausgeguckt hat die Frau Rittmeisterin schon längst nach Ihnen," sagte Luise, mit der dampfenden Suppenschale in beiden Händen, vor ihm her die Treppe emporsteigend. „Seit der selige Herr, den ich aber Gott sei Dank nicht mehr gekannt habe, nicht mehr regelmäßig zu spät kommen kann, holen wir die Pünktlichkeit in allen Dingen auf Erden hübsch nach. Besinnen Sie sich also nur ja auf eine recht passende Entschuldigung, Herr Grünhage."

„Ich gebe es auf mit der Familie!" sprach die Tante von ihrem

Sofa hinter dem gedeckten Tisch aus. „Es ist nicht anders – es ist ein angestammter, eingeborener Grünhagescher Familienzug. Selbstverständlich trotz aller guten Vorsätze vom Frühschoppen, – was?"

Mit beschwörend entgegengestreckten Händen rief aber der Student:

„Vom Rathause, teuerste Tante! Und ich kann wahrhaftig nichts dafür! Dorsten hatte den Meister Marten hinzitiert und hat mit uns alte Akten durchblättert. Vom Jahre siebenzehnhundertfünfundneunzig an, Marten Martens Lebensakten! Und ich habe auf Ehre während der Zeit keine Glocke schlagen hören können. Wir haben wundervoll Philosophie der Geschichte von Wanza getrieben, vom Ende des vorigen Säkulums an bis zum heutigen Tage und sogar noch weiter; denn wir haben den Alten natürlich auch nach seinen Wünschen für die Michaelisnacht und seinen fünfzigjährigen Ehrentag ausgeholt. Ich würde schon längst hier sein, wenn nicht gerade das letztere eine so schwere Arbeit gewesen wäre. Endlich haben wir's herausgekriegt; – er hat einen Wunsch – und was für einen wunderbaren! O liebe Tante, ich bin überzeugt, du wirst dich gleichfalls wundern."

„Jetzt schrei nur nicht so, denn ich höre noch ganz gut; und rege dich nicht weiter auf, denn das ist ungesund so kurz vor dem Essen. Was übrigens deinen und meinen guten Freund Dorsten angeht, so will ich hoffen, daß er bei eurer Verhandlung nicht allzusehr nach seiner Art den Hanswurst herausgekehrt hat, denn das paßt mir in diesem Fall am allerwenigsten. Und was meine Verwunderung über Marten Marten anbetrifft, so will ich es abwarten; denn so leicht setzt mich der Mann nicht mehr in Verwunderung durch seinen Verstand in den Dingen dieser Welt, ihr Grünschnäbel. Augenblicklich ist mir jetzt noch das Merkwürdigste, daß ich noch einmal mit einem Grünhage am Mittagstische sitze; aber dessenungeachtet erzähle mir nur von euren Verhandlungen auf dem Rathause – aber der Reihe nach. In deinem Organ hast du nicht viel von deinem verstorbenen Onkel – es mag aber wohl auch euer fremdländischer Lüneburger-Heide-Dialekt mit schuld dran sein."

Der Student erzählte nun wirklich, und möglichst der Reihe nach, aber der Frau Rittmeisterin eigentlich in keiner Beziehung etwas Neues, bis auf Marten Martens Wunsch, in seiner Jubelnacht der zweiten Hälfte des neunzehnten Jahrhunderts noch einmal sein altes, treues Horn vorblasen zu dürfen. Ehe er dazu kam, der Tante auch hierüber Bericht zu erstatten, sprach sie ihm erst ihre Ansicht in betreff des übrigen aus.

„Ich bin wahrscheinlich selbst schuld daran, daß ihr junges Volk auf einmal solch ein Interesse für diese alten Violen habt. Ich weiß auch eigentlich gar nicht, was mir gestern abend einfiel, daß ich euch so treuherzig in meine ‚Potpourrivase' die Nase stecken ließ. Sieh einmal, dort auf dem Schrank steht noch eine von der Art; eure Generation weiß nichts mehr von der Mode, und nur so einer alten, närrischen Tante kann es einfallen, ihren Herrn Neffen auf die Rosenblätter, Resedablüten, den Waldmeister, Thymian und sonst das Gemengsel riechen zu lassen. Und in meinem Topf vom gestrigen Abend waren noch nicht einmal so wohlduftende Kräuter und Blumenblätter; – aber so ist die Jugend von heute! Da geht sie sofort hin und schlägt in den Papieren und Akten nach über die alten Geschichten, die alten Violen, und nachher kommt sie und wirft der alten Frau über ihrem angebrannten Braten große Worte von Philosophie der Geschichte, oder wie es heißt, an den Kopf. Philosophie der Geschichte von Wanza? Wenn du mir so kommst, so will ich dir nur bemerken, mein Kind, daß ihr gestern abend an diesem selbigen Tische und heute morgen auf eurem Wanzaer Rathause doch wohl ein wenig mehr studieren konntet als bloß Wanzaer Stadtgeschichten und Spießbürger-Historien."

Der Student schob sowohl seinen Teller wie seinen Stuhl zurück, wahrscheinlich um mehr Raum zu gewinnen für das, was er hierzu zu sagen hatte; aber die Tante winkte ihm begütigend mit der Gabel über den Tisch:

„Sei nur still, mein Junge. Ich weiß schon, was du sagen willst. Es ist nicht so schlimm gemeint. Ich bin dir doch wohl rasch genug mit meinen alten Lebensviolen herausgerückt, und du kannst mir's auf mein Wort glauben, daß ich mir die Nase, die ich draufriechen lasse, vorerst ziemlich genau ansehe. – Ja, ja, ich weiß es, daß du eben auf dem Rathause mit meinem närrischen Mündel, dem Dorsten, nicht bloß über Wanzaer Historien dich amüsiert hast. Der Bürgermeister hat dir da ein Bilderbuch aufgeschlagen, das man nicht bloß durchblättert und wieder zuklappt. Wer weiß! Manchmal probiert man die Spritzen und denkt dabei an nichts, aber in der nächsten Nacht schlägt die Flamme wirklich schon aus dem Dache. Ich gucke jeden Tag auch in die Zeitung, und danach hat der Franzos schon wieder einmal den Schnabel merkwürdig weit offen in der alten Hoffnung, daß ihm das deutsche Volk wieder mal gutmütig als gebratener Kapaun hineinhüpfe. Das war so 'ne Lieblingsredensart von meinem verstorbenen Mann, deinem westfälischen Onkel. Da hängt er an der Wand. Ja, sieh ihn dir nur noch einmal an. Mit solchen Bildnissen und Redensarten kam er immer und vorzüglich dann am liebsten, wenn er Thekla Overhaus ärgern wollte, was jedesmal der Fall war, wenn er sie mit mir zusammen traf. Also von Thekla ist auch die Rede gewesen? – Nun natürlich! Die gehört wohl von Rechts wegen in Marten Martens Geschichte, die Weltgeschichte und die Philosophie von der Weltgeschichte. Den Porzellantopf dort auf dem Schranke, die ‚Potpourrivase', brachte sie mir im Jahre zwanzig als Geburtstagsangebinde. Wenn du Lust hast, können wir ihr – Fräulein Overhaus meine ich – heute nachmittag einen Besuch machen. Bleib nur sitzen – ich halte erst Mittagsruhe; und jetzt, während ich hier mit dir spreche, habe ich doch ununterbrochen darüber simulieren müssen, was mir an Martens Stelle zu meinem fünfzigjährigen Nachtwächter-Jubiläum noch eine Freude machen könnte, und nicht das geringste ist mir eingefallen. Also – heraus damit, mein Sohn; was hat sich der alte Mann von euch Jungen noch ausbitten können, was er von der Rittmeisterin Grünhage nicht längst, ohne zu fragen, sich holen konnte?!"

Der Neffe Grünhage fuhr mit dem seltsamen Wunsche des Greises heraus; aber die Tante Sophie zuckte weder die Achseln, wie er doch ein wenig erwartet hatte, noch lachte sie gar oder sagte wenigstens: das sieht dem alten Kinde ähnlich. Sie sagte einfach und ruhig:

„Das mußte er freilich auf dem Rathause und bei den Stadtverordneten anbringen. Dazu kann er leider die Erlaubnis nicht bei mir sich holen. Ja, das ist wahrhaftig ein Wunsch, den er noch auf dem Herzen haben konnte; und was mich anbetrifft, so tute ich da wahrlich mit ihm in e i n Horn."

„Ich habe auf dem Rathause nicht über den Meister Marten gelacht oder nur gelächelt; aber du wirst mir zugeben, liebe Tante –"

„Gar nichts gebe ich dir zu; und zu bedanken habe ich mich auch nicht, weil du so gut gewesen bist, über meinen besten Freund und den verständigsten Menschen in Wanza dich nicht zu mokieren."

„Liebste, beste Tante, ich versichere –"

„Da sehe ich ihn stehen vor den beiden jungen neumodischen, gelehrten, ästhetischen Herren, wie er nicht mit der Sprache herauskann und doch so vieles für sich zu sagen hätte. Kind, Kind, ich will euch gewiß nicht das Recht nehmen, in den Tagen zu leben, wie sie jetzt sind, und auf sie zu schwören; aber manchmal meine ich doch, ein wenig mehr Rücksicht auf das Alte könntet ihr auch nehmen. Ich bin nur ein ungelehrtes altes Weib, wenn ich auch überflüssige Zeit gehabt habe, mich mit vielen Dingen zu beschäftigen, an die sonst wir Frauen nicht denken; — eines habe ich jedenfalls gelernt, nämlich mit jedem Menschen möglichst aus seinem Verständnis heraus zu sprechen; und das will ich auch mit dir tun, mein lieber Sohn. Du bist ein Schulmeister oder willst einer werden und kommst mir also hier gerade recht. Mit dem Dorsten ist in keiner Weise bei solchen Fragen etwas anzufangen, dem hilft höchstens nur noch eine gute, verständige Frau für sein eigen Leben in der Welt; und wer weiß, vielleicht wäre nach dem, was du mir von ihr erzählt hast, deine Schwester Käthe so 'ne Frau für ihn. Doch davon ist jetzt nicht die Rede, sondern von Martens Wanzaer Tuthorn, das ein hochweiser Magistrat aus ästhetischen Gründen nicht mehr anhören konnte und geradeso für uns altes Volk den Naseweis spielte wie zum Exempel ihr Schulmeister jetzo mit der deutschen Muttersprache. Da lese ich fast alle Woche einmal davon in den Blättern, wie die in Orthographie oder Rechtschreibung, oder wie ihr es nennt, verbessert werden muß; und in Potsdam haben sie sogar einen Verein gebildet, der die i-Tüpfel abschaffen will. Lehren schreibt ihr ja jetzt wohl ohne h und Liebe ohne e und tut euch auf den Fortschritt, wie der Bürgermeister sagt, riesig was zugute. Ja freilich, Riesen seid ihr; aber ein paar in der alten Weise gedruckte Bände von Schiller und Goethe werdet ihr doch übrig lassen müssen, und in denen lesen wir Alten dann weiter. Es ist mir lieb, daß du nicht lachst, mein Junge. Wenn ich auch nur ein ungelehrtes Frauenzimmer bin, so habe ich in meinem Leben Zeit gehabt, über allerhand Sachen nachzudenken, und dein verstorbener Onkel mit seinem ewigen Hohn und Lachen über unsere einheimischen Dummheiten ist mir auch ein guter Lehrmeister gewesen. Es mag an anderen Orten vielleicht besser sein, aber hier in Wanza ist jedesmal, wenn von Geschmackssachen die Rede gewesen ist, gerade das Gegenteil herausgekommen und die Welt nur noch ein bißchen nüchterner geworden. Das Nachtwächterhorn hatte aber nicht bloß hier in Wanza, sondern in jedwedem Orte in Deutschland einen guten, treuherzigen Klang. Dafür haben sie nun dem Marten Marten eine schrille Pfeife eingehändigt, um darauf seinen Kummer und die Stunden auszupfeifen. Freilich, freilich, viel richtiger und ästhetischer ist das und mit einer neuen Orthographie und deutschen Sprachverbesserung ganz im Einklang. Ich bin nur eine alte Frau und kann mich also täuschen; aber — Kind, Kind, scheinen tut es mir doch so, als ob die Welt von Tag zu Tag schriller würde und ihr es gar nicht abwarten könntet, bis ihr sie auf dem Markt, in den Straßen und auf dem Papier am schrillsten gemacht habt. Bist du wirklich schon satt, Bernhard?"

Er war gesättigt! Diesem jungen Philologen und angehenden deutschen Schulmeister war gottlob fürs erste der Appetit gestillt, und zwar nicht allein durch den über alles Lob erhabenen Wanzaer Kalbsbraten nebst Zubehör, den ihm seine Tante Grünhage vorgesetzt hatte. O, sie war wahrlich eine Musikantentochter, die Tante Sophie, und hatte auch die Tafelmusik nicht fehlen lassen.

Viel erregter, als das der Verdauung zuträglich sein soll, sprang der junge Gast vom Stuhle auf und rief in heller Begeisterung:

„Ich gebe dir nochmals mein Wort, Tante Sophie, ich habe nicht über den Meister Marten und seinen Herzenswunsch gelacht, und Dorsten hat's eigentlich auch nicht zustande gebracht. Im Gegenteil! – Und du hast mir aus der Seele gesprochen! Ja, die Welt wird schriller von Tag zu Tag. Das Horn des Meisters Marten Marten haben sie abgeschafft, weil es ihnen viel zu sonor durch die Nacht klang, und aus der deutschen Sprache streichen sie nicht nur hier und da das h oder sonst einen Konsonanten, nein, am liebsten rissen sie ihr jeglichen Vokal aus dem Leibe, um nur den durcheinander klappernden Klempnerladen, wozu sie doch schon Anlage genug hat, aus ihr fertig zu machen. Wie Johann Balhorn und nach ihm der Kandidat Jobs verbessern sie das Abc-Buch, indem sie dem biederen, ehrlichen Hahn davor die Sporen nehmen, aber ihm ein Nest mit einem von ihren faulen Eiern unter den Schwanz schieben. Und die heutigen Ohnewitzer scheinen sich das wirklich gefallen zu lassen."

„Das Buch von dem Jobs steht da auf dem Bücherbrett. Es ist das einzige, welches mir dein verstorbener Onkel hinterlassen hat. Er nahm es immer nach Tisch mit auf das Sofa," sagte die Tante Grünhage.

„Es lebe das Nachtwächterhorn von Wanza!" rief der Student.

„Und einmal soll wenigstens Wanza an der Wipper es noch zu hören bekommen, oder ich will nicht die Frau Rittmeistern hier in der Stadt genannt werden. Auch ich werde in diesem Punkte vor kommendem Michaelistage noch ein gutes Wort bei hiesigem hochweisen Rate einlegen. Marten Marten kriegt seinen Willen! Übrigens können wir heute nachmittag auch mit Thekla darüber sprechen; ich glaube, sie setzt sich trotz ihrer mehr als achtzig Lebensjahre in der Jubelnacht in ihrem Bette aufrecht, wenn Marten Marten sein Horn vor ihrem Fenster bläst wie in den Jahren, wo wir, sie und ich und er, noch jünger waren. Nun aber gesegnete Mahlzeit, liebes Kind. Schreibst du vielleicht heute nachmittag nach Hause, so grüße von mir. Ich halte jetzo ein halb Stündchen Siesta."

Sie erhob sich und der Neffe auch.

„Gesegnete Mahlzeit, liebe Tante Sophie," sagte er auch und kam und nahm ihre Hand und sagte: „Noch eins, bitte! Wir haben noch eins abgeschafft – wir heutigen Spießbürger und Philister nämlich – etwas, was wir für vorkommende Fälle auch besser im Gebrauch behalten hätten."

Er küßte der alten Frau die Hand; sie aber gab ihm einen Kuß auf die Stirn und sagte:

„Dummer Junge! . . . Na, wie gesagt, grüße heute nachmittag von mir zu Hause und empfiehl mich dem Schwager Doktor, deinem Herrn Papa."

Bernhard Grünhage tat das. Von selber war es ihm natürlich nicht in den Sinn gekommen, daß er nun auch bald einmal von Wanza nach Hause schreiben könne. Nun aber schrieb er wie von Universitäten, wenn der Wechsel ausgeblieben war. Er grüßte nicht nur von der Tante, sondern er schilderte sie auch so genau als möglich. Leid tut es uns, daß wir diesen Brief nicht nach dem Doktorhaus in der Lüneburger Heide hinbegleiten können, um den Eindruck zu beobachten, den er auf den Doktor, die Mädchen und vor allen Dingen auf „unsere Alte" machte. Kuriose Geschichten knüpfen sich daran; aber, wie gesagt, wir haben augenblicklich keine Zeit, uns ausführlicher darauf einzulassen. Wir haben fürs erste Fräulein Thekla Overhaus einen Besuch zu machen, und wir wissen, daß sie über achtzig Jahre alt ist. Alles andere, was jüngeres Volk betrifft, darf also ohne zu große Besorgnis verschoben werden; mit dieser Visite jedoch hat's mehr Eile.

Käthe hat wirklich erst ein paar Jahre später, wenn dann die Rede auf unseren Freund Dorsten kam, lächelnd gesagt:

„D e r der weise Seneca? . . . Puh, der!"

Thekla aber haben wir ebenso wirklich schon im nächsten Jahre, also achtzehnhundertsiebenzig, kurz nach Ausbruch des neuen Franzosenkrieges, nach dem Friedhof bei Sankt Cyprian hinausbegleitet.

Fünfzehntes Kapitel

Der Tag blieb regnerisch, doch eigentliche Regenschauer waren nur am Morgen heruntergekommen. Der Nachmittag fand die Gassen des Städtchens im ziemlich abgetrockneten Zustande, und zwischen drei und vier Uhr sah Wanza etwas ganz Neues. Es erblickte seine Frau Rittmeisterin am Arme des Jünglings aus der Fremde, von dem das Gerücht wußte, daß er auch Grünhage heiße, vorgebe, der Neffe der alten Dame zu sein, und mit der ausgesprochenen Absicht in der Stadt sich aufhalte, sie – die arme Alte mit dem gar nicht üblen Vermögen so rasch als möglich zu beerben. Wanza wunderte sich. Es wunderte sich unendlich über die unbegreifliche, bodenlose Naivität, mit der die sonst doch ganz scharfe Frau diesen doch so klar zutage liegenden Absichten anheimgefallen war. Daß der Erbschleicher ein ganz hübscher Mensch sei, gestanden wenigstens die jungen Mädchen von der Wipper hinter ihren Gardinen zu; der junge, hübsche Mensch aber sah merkwürdig unbefangen zu ihren Fenstern hinauf, schien große Lust zu haben zu grüßen und war sich unstreitig doch dabei der Ehre und des Vergnügens bewußt, die hübscheste und wohlhabendste Greisin von Wanza an seinem Arm über den Markt und gegen das Teichtor hinzuführen. Die dem Paare begegnenden Wanzaer grüßten höflich zuerst.

In einer der Hauptstraßen der Stadt wohnte Fräulein Thekla Overhaus nicht mehr. Vor dem Teichtore erstreckt sich ziemlich weit ausgedehnt eine Art Vorstadt, bestehend aus den Hütten und Häuschen der kleinsten Leute und der Gemüsegärtner des Ortes. Alle Gassen oder besser Gäßchen laufen hier sofort in Feldwege oder Wege zwischen Gartenhecken und Zäumen aus. Im Sommer gibt es nichts Grüneres, im Winter nichts Verschneiteres als diese Gegend; und „der Schmutz ist auch großartig, sobald es nur eine halbe Stunde lang geregnet hat," sagte die Tante Sophie.

„Wie oft habe ich sie schon gebeten," fügte sie hinzu, „es doch wenn nicht mir, so doch meinen weißen Strümpfen zuliebe zu tun und zu mir zu ziehen und mein Haus, in dem ich bis jetzt ja doch nur mit den Mäusen, Ratten und Katzen allein gewohnt habe, mit mir zu teilen. Aber da kennst du ihren steifen Sinn und Nacken nicht! Ich habe es denn auch allmählich aufgegeben, ihr damit die Laune zu verderben, und wate, wie's Exempel zeigt, durch jeglichen Sumpf mit Todesverachtung zu ihr, solange es der liebe Gott erlauben wird. Du hast es schon gehört, daß die Overhaus die reichsten Leute hier am Orte waren und lange Zeit mit vollem Rechte die erste Geige spielten; aber wie das so geht, auf die Vergänglichkeit ist alles in dieser Welt gestellt. Es war auch eine volkreiche Familie; und heute ist von der ganzen Schar die Alte allein noch übrig und von dem großen Wohlstande gar nichts. Da sind wir nun, Bernhard, und wenn du dich in Wanza schon einige Male gewundert hast, so kannst du jetzt von neuem dazu kommen. Siehst du, da sitzt das alte brave Mädchen, barhäuptig bei einer Witterung wie diese im Winde und unterm Regenhimmel mit seinem Strickzeug und dirigiert seinen Majordomus Marten Marten bei der Hausarbeit.

Ja, ja, von Rheumatismus hat sie nie was gehört, und was die Bedienung und Aufwartung anbetrifft, so kann's keine Prinzeß großartiger haben und besser sich wünschen."

Es war eines der besseren von den bescheidenen Gärtnerhäuschen, das Fräulein Thekla Overhaus mit dem Gärtner und seiner Familie teilte und vor dem sie wirklich allem üblen Wetter zum Trotz eben saß und der Säge, der Axt und den angenehmen Reden des Meisters Marten Marten zuhörte.

„Wir sind es, Thekla," rief die Frau Rittmeisterin, „ich und mein Neffe. Hier bringe ich dir den jungen Grünhage, von dem dir Marten sicherlich schon Bericht erstattet hat."

Das alte Fräulein erhob sich von ihrem Schemel, und wie sie dastand mit dem Herbstwind in ihren Haubenbändern und weißen Haar, hatte sie trotz dem Strickzeug in ihren Händen und dem blauwollenen Garnknäuel unter der linken Achsel in der Tat etwas Prinzeßhaftes an sich. Und obwohl sie eben gelacht hatte und noch nicht ganz damit fertig war, sah man ihr das Patriziertum des Städtchens wahrlich an; und Marten stand mit der Mütze in der einen Faust und der Holzaxt in der anderen auch nicht anders neben ihr als ein etwas eingeschrumpfelter Leibtrabant, der mit seinem Beil nicht nur ihr Holz klein machte, sondern auf ihren Wunsch mit Vergnügen jedweden Widersacher um einen Kopf kürzer gemacht haben würde.

„Marten hat mir freilich schon von dem jungen Herrn gesprochen," sagte das Fräulein, „und ich freue mich deinetwillen, Sophie!"

„Schön! Dann kommt zu dem übrigen nur rasch ins Haus. Da haben wir die ersten Tropfen schon wieder, und der Nordost weiß es auch sicher, daß die Blätter von diesem Jahre jetzt ihm gehören. Die da macht sich freilich nichts daraus, wie du siehst, Bernhard; höchstens findet sie es sonderbar, daß mich mein Leben mehr verwöhnt und verweichlicht habe als sie das ihrige."

„Nun, jeder in seiner Art! Zäh genug sind wir alle zwei gottlob geworden, Rittmeisterin Grünhage."

„Gottlob!" sagte auch die Tante; doch Fräulein Overhaus wendete sich zu ihrem Oberhaushofmeister: „Marten!" und der Nachtwächter von Wanza sprang zu. Er hatte dem feuchtkalten Tage zum Trotz auch in Hemdsärmeln an seinem Sägeblock und Hackklotz gestanden, war aber beim ersten Erblicken des Besuchs so rasch als möglich in seine Jacke gefahren, und so bot er jetzt seinem Fräulein den Arm: niemand hatte dem Studenten mitgeteilt, daß die älteste Jungfer von Wanza seit einigen Jahren vollkommen erblindet sei. Jedermann hatte natürlich das als jedermann bekannt vorausgesetzt, sogar die Tante Grünhage.

Sie traten in das Haus, und ein halbwachsen Mädchen, die Tochter der Gärtnersleute, räumte allerhand Haus- und Gartengerät aus dem Wege, ehe es dienstbeflissen die Tür der Stube „Fräuleins" öffnete und den Nordostwind sowohl heraus- wie hereinließ. Da schloß die Frau Rittmeisterin die Fenster im Zimmer gleich lieber selber und wartete auf keinen anderen zur Hilfsleistung.

„Das sind mir Veteranen!" brummte sie; „ich meine doch, daß ich auch meine Feldzüge hinter mir habe, die mir doppelt angestrichen werden können, was die Abhärtung angeht; aber hiergegen ist ein Kartoffel- oder Biwakfeuer im freien Felde mir lieber. Siehst du, Bernhard, dies ist auch einer von den Millionen Gründen, weswegen sie nicht zu mir ziehen will. Es zieht ihr überall nicht genug bei mir, es ist ihr überall bei mir zu warm; o, es gehört wahrlich ein recht heißes Herz dazu, um mit ihr zurechtkommen zu können. Na, einerlei; hier sitze ich denn mal wieder, o du — eiserne Jungfrau von Wanza!"

„Wieder einmal ein recht hübsches, neues Epitheton, Fiekchen!" rief das Fräulein lachend. „Daß sie darin groß ist, haben Sie wohl auch schon an ihr erfahren, Herr Studiosus?"

Vor allen Dingen hätte ihr der Herr Studiosus sagen mögen, wie ihm ihr Lachen, ihr aufrecht Haupt, ihre Haube, das graue Kleid, das sie trug, ihre Stube und die reine Luft um sie her imponierten; aber fürs erste hatte die Tante Sophie noch etwas zu sagen.

„Jetzt nennt sie, so wahr ich lebe, den dummen Jungen Sie!" rief sie. „S i e redet er dich an, Thekla; du aber wartest erst ab, bis er es gleichfalls durch Naseweisheit oder andere Untugenden mal verdient hat, daß du ihn durch Höflichkeit rot anlaufen läßt, wie dann und wann den nichtsnutzigen Menschen, unseren guten Freund Dorsten. Und nun, Marten, wie wär's mit dem ersten Feuerchen im Ofen? Rot anlaufen lassen wir den gleichfalls erst später; aber ein wenig kochend Wasser für den Teetopf möchte ich doch gern haben."

Und die Dämmerung nahm zu mit dem Wind und dem Regen vor den Fenstern. Marten wußte den kleinen eisernen Ofen wohl zu behandeln; als er vor ihm kniete und in die erste Glut blies, sahen alle nach ihm hin, auch Fräulein Thekla horchte fröhlich auf das Prasseln und Knattern der Tannenspäne. Der Tee kam so richtig wie in dem Hause am Markte auf den Tisch; dem Studenten aber

28*

schwand es mehr denn je bis jetzt in Wanza aus dem Begriff, daß er sich mit seiner Existenz bereits im letzten Drittel des neunzehnten Jahrhunderts befand. Die Wunder der Vergangenheit, auf die zu Hause selber niemand recht achtet, häuften sich um ihn her, und er achtete, jetzt in der Fremde, die sich ihm so wunderlich bekannt-behaglich gestaltete, sehr darauf, und fest nahm er sich vor, künftig in der Heimat, das heißt in Gifhorn an der Aller, auch besser aufzupassen – „schon der kulturhistorischen Vergleichungen wegen", wie er sich lächerlicherweise immer noch in dem bekannten dummklugen Tagesjargon vorredete. Auf was für Redensarten verfällt der Mensch nicht dann und wann, um sein menschlich Interesse an einem Dinge bei sich selber oder gar bei anderen zu entschuldigen!

„Na, wer sattelt nun seinen Hippogryphen zum Ritte ins alte, romantische Land? würde unser guter Bürgermeister sagen," sprach die achtzigjährige Blinde lächelnd. „Wer hebt von meinen Augen den Nebel ... das heißt, was gibt es Neues in Wanza, Fiekchen?"

„Jedenfalls bringst du mich mit deinem alten Wieland und seinem Oberon sofort auf das richtige Feld," meinte die Frau Rittmeisterin. „Es klingt mit lieblichem Ton das elfenbeinerne Horn, und alle ergreift die wilde Lust zu tanzen; ganz Wanza hebt sich schon auf den Zehenspitzen und probiert die Kniegelenke; aber ein wahres Glück ist es doch, daß mein Herr Neffe hier heute morgen bei dem Narrenkonvivium auf dem Rathause zugegen gewesen ist, sonst wüßte ich wahrscheinlich noch nicht das geringste von der ganzen Geschichte. Sie sind und bleiben ein alter Narr, Marten."

„Wovon redest du denn eigentlich, Fiekchen?"

„Nun, von seinem Tuthorn, und was dranhängt. Also dir hat er gleichfalls sein Herz verschlossen gehalten? Natürlich! Und es ist sein einziger Wunsch zu seinem fünfzigjährigen Jubiläum, sagt mein Neffe und nennt ihn ganz im geheimen einen ganz kuriosen Kindskopf –"

„O, ganz gewiß nicht, Fräulein Overhaus!" rief der Student; und das Fräulein rief:

„Jetzt redet ihr Verständigen endlich verständig und sagt deutlich, wovon ihr ins Blaue hinein schwatzt!"

Nun kam die Geschichte heraus, das heißt der Meister Marten Marten schämig und verlegen jetzt zum Wort, um sich wegen der „ihm entfahrenen Dummheit auf dem Rathause" bei seinen zwei Freundinnen zu rechtfertigen; und rührend und komisch zugleich war's, wie sie mit ihrem ganzen Interesse bei der „Torheit" waren. Es gab wahrlich viel großartigere Jubiläen auf Erden, die wohl mit mehr Lärm, aber sicherlich nicht mit mehr Eifer behandelt wurden; und zum zweitenmal strich mitten in der Rede das erblindete Fräulein dem Studenten mit der Hand über das Gesicht, wie um sich zu überzeugen, ob er sich auch nicht langweile.

„Nicht wahr, wir sind sonderbare Leute hier am Orte, wir ältesten wenigstens?“ fragte sie. „Werde nur auch alt und komme nur auch deinen Enkeln und Neffen und Nachkommen sonderbar in der richtigen Weise vor, junger Mann. Es soll dir erlaubt sein, dann ebenso schwatzhaft zu sein wie wir heute. Also dem Meister Marten habt ihr seine Lebenshistorie, mit euren Akten auf dem Tische, herausgezerrt? Und meine mit, und die meines seligen Bräutigams auch? Ganz gewöhnliche Geschichten, mein Kind! Kannst auch dergleichen erleben im Frieden und im Kriege! Werde nur alt, werde alt, recht, recht alt! Wenn du den Kopf oben behältst, tut dir auch das Altwerden nichts. Frage nur den Meister Marten, frage deine Tante Grünhage. Hat dir ja auch wohl schon von sich erzählt?“

„Alte Violen!“ rief die Frau Rittmeisterin. „In deine ‚Potpourrivase‘ habe ich ihn riechen lassen. Ich weiß selber nicht, wie ich eigentlich dazu gekommen bin. Es hatte so lange kein Grünhage die Nase bei mir in die Tür gesteckt: und nun kam dieser hier aus der Lüneburger Heide und bestellte Grüße von seinem Herrn Vater, meinem Hochzeitsgast Anno neunzehn in Halle an der Saale. Und den Dorsten sah ich wie gewöhnlich nach dem Kellerschlüssel blinzeln und war wie gewöhnlich seiner stummen Sehnsucht gegenüber weichmütiger, als dem Burschen dienlich ist. Und so kam ich ins Erzählen, und dazwischen rief der Meister Marten, und so ließ ich wahrhaftig nicht eher ab, bis ich in der Michaelisnacht hier in Wanza ankam, – gerade recht zum Jubiläum nach fünfzig Jahren.“

„Mit klingendem Herzen habe ich zugehört!“ rief Bernhard Grünhage. „Meine Schwester Käthe sagt so, wenn sie wieder mal hundert Glocken aus dem Märchenbuch im Ohr gehabt hat. O, ich habe ihr heute nachmittag davon geschrieben; aber besser wär’s, sie säße jetzt mit an diesem Tische und hörte selber! Wenn ich jemanden hierher wünsche, so ist es unsere Alte, meine Schwester Käthe!“

Sie waren sämtlich einverstanden mit dem Wunsche des Studenten, und Fräulein Thekla sagte: „Unsere Alte nannten sie mich vor sechzig, siebenzig Jahren auch in meines Vaters Hause; nur mein seliger Erdmann hat das nie getan; er nannte mich nur sein liebes Kind. Weißt du noch, Marten?“

„Gewiß, Fräulein!“ sagte der Nachtwächter. „Aber Fräulein, es ist doch eigentlich schade, daß die Frau Rittmeisterin den Herrn

Nevöh nur bis zu ihrer Ankunft allhier in Wanza gebracht hat. Meiner Meinung nach kommt da das beste erst nachher; nur erzählt vielleicht der großen Lobwürdigkeit wegen ein anderer besser davon, zum Exempel Sie, Fräulein! ... Schade, daß ich nicht in mein Horn dazu blasen kann; aber Fräulein, Sie sollten wirklich dem jungen Herrn auch davon Bericht geben, wie die Frau Rittmeistern im Verlaufe der Zeiten es fertig brachte und Sie, Fräulein, dazu halfen, den seligen Herrn Onkel, den Herrn Rittmeister, zu – zu –"

„Ducken!" sprach Thekla. „Gib dir mit dem Suchen weiter keine Mühe, ein ander Wort gibt es nicht."

„Na, na!" sagte die Tante Sophie hinter ihrer Teetasse.

„Und Wanza duckte sie ganz gehörig mit," fuhr das Fräulein fort, „und es war wirklich die höchste Zeit, daß endlich einmal jemand kam und das alte Nest zurechtrückte. Aber, Kinder, seid ihr denn sicher, daß das Kind, der junge Mensch hier, schon versteht, was wir ihm erzählen können?"

„Übertreibe nur recht, altes Mädchen," meinte die Tante Grünhage, die, statt verlegen und abwehrend zu tun, ganz behaglich still saß und gar nichts dagegen einzuwenden hatte, daß ihr Lob gesungen werden sollte. „Übertreibst du nur ordentlich, wie es sich heute gehört, so wird der Junge ja wohl wieder einmal die Glocken aus dem Märchenbuche läuten hören. Übertrieben wollen sie aber jetzt alles haben, mein Mädchen. Das merke dir, ehe du deinen Psalm über mich beginnst!"

Nun klingt es auch dem Unbefangensten immer ein wenig seltsam, wenn ein achtzigjährig Mütterchen plötzlich noch als Mädchen angeredet wird; aber im gegenwärtigen Falle fand der Jüngste in der Gesellschaft gar nichts Kurioses dabei. Im Gegenteil – der Student von heute kam sich merkwürdig als der Älteste im Kreise vor. Sie waren alle fast ein Jahrhundert j ü n g e r als er; er aber hatte bis dato nur aus seinen Büchern von ihnen erfahren, und nun blieb ihm nichts übrig, als – die Jungen reden zu hören und mit seiner altklugen Büchererfahrung gleichfalls sehr geduckt dabeizusitzen.

„Zu übertreiben ist hier eigentlich nichts, Frau Rittmeistern," meinte Marten Marten. „Nur ein paar von unseren begrabenen Wanzaern, die ich vorgestern nacht dem Herrn Nevöh durchs Kirchhofsgitter zeigen sollte –"

„Oh!" stöhnte der Student.

„Sollten auch noch ihr Wort dazugeben können. Erzählen Sie

dreist und schlankweg dem jungen Herrn von seiner Frau Tante, Fräulein."

„Mein Wort darf ich doch wohl stellenweise dreingeben, da ich nun einmal noch dabeisitze," meinte die Tante lächelnd. „Na, nur zu; es soll mich deinetwegen freuen, wenn etwas Nützliches für dich bei der Geschichte zutage kommt, mein Sohn Bernhard."

Sechzehntes Kapitel

Von draußen herein klang das Geräusch der häuslichen Abendverrichtungen der Gärtnersleute. Harmonisches Getön war wenig dabei; aber in Begleitung des Windes in den Obstbäumen und Stachelbeerbüschen kam doch die richtige Begleitung zu der ferneren Unterhaltung am Teetisch von Fräulein Thekla Overhaus heraus. In was für einen Haushalt die junge Frau des westfälischen reitenden Kriegsknechts niedergesetzt worden war, wissen wir, und es war nunmehr des weiteren davon die Rede. Die Welt ist immer alles Lärmes voll gewesen, und wenn die Frau Rittmeisterin vorhin meinte, daß sie ihr von Tag zu Tag schriller vorkomme, so – kam ihr das eben nur so vor und ihrem jungen Verwandten auf ihr Wort hin gleichfalls in der stillen Stunde beim Mittagessen.

„Guck dir jetzt den Marten genau an, junger Grünhage," sagte die Blinde; „ich wollte, ich könnte es auch noch. Ein hübsch, fein Ding war sie, deine Tante nämlich, als sie vor fünfzig Jahren hier anlangte, und verdiente wohl einen treuen, ehrbaren Liebhaber – da kichern sie beide! Und der liebe Gott hat es doch alles in allem recht gut gemacht, daß sie heute abend noch hier sitzen und lachen können."

„Und eifersüchtig war die schöne Thekla Overhaus aus der Schwarzburger Straße gar nicht!" lachte die Frau Rittmeisterin. „Nur barmherzig und voll Güte sagte sie: ‚Da hast du ja noch eine Gelegenheit, dich angenehm und nützlich zu machen, Marten; – geh nur hin und sag: Fräulein Thekla schicke dich, halb aus Neugier und halb aus Mitleid, um das angefangene Werk der Barmherzigkeit fortzusetzen'."

„So ist es, Herr Student," lächelte die Blinde. „Aber Fräulein Thekla ging damals doch wohl noch zu tief in Schwarz, um nicht ihre Neugier bezähmen zu können. Laß nur mein gutes Herz gelten, Fiekchen! Es fielen mir nur geradeso wie ganz Wanza die Arme am Leibe herunter, als morgens am neunundzwanzigsten September des Jahres neunzehn in meines Vaters Hause Marten Marten seinen Rapport machte und verkündete ‚Der Westfälinger hat sich über Nacht ein jung Weib mitgebracht, und ich habe ihm geholfen, es ihm ohnmächtig in sein Haus zu schaffen!' – Alle Teufel! sagte Wanza und lachte, und ich höre heute noch meinen seligen Vater und meine Brüder und sonstigen Hausgenossen am Kaffeetisch ihren Spaß haben; – ich aber habe: ‚O du barmherziger Himmel!' gesagt und Marten sobald als möglich von der Arbeit abgewinkt und mir in meiner Stube von der Geschichte genauer erzählen lassen. Und dann habe ich Erdmann gefragt, was wir wohl dazu tun könnten."

Der Student sah bei dem letzten Worte verwundert und fragend auf; doch die Tante winkte ihm und legte ihm die Hand auf das Knie, was nur heißen konnte: laß sie nur, sie erzählt die Sache ganz richtig.

„Nämlich, lieber Studente," fuhr die Blinde fort, „wir Overhaus waren damals noch nicht auf mich alte heruntergekommene Jungfer und dies Stübchen vor dem Teichtore beschränkt, sondern wir waren ein großes Haus und eine weitläufige Familie und hielten es als von der göttlichen Vorsehung uns bestimmt, daß wir unsere Nase sofort in allem haben mußten, was hier am Orte und in der Umgegend passierte. War das nicht so, Marten?"

„Das war so, und ich wollte, es wäre noch so, Fräulein," sagte der Nachtwächter mit einem tiefen Seufzer. „Es war eine gute Zeit damals."

„Und von der besseren, die gewesen war, sprachen wir damals auch schon; und die, welche wir damals meinten, war erst eben vergangen in Knechtschaft und fremdländischer Willkür! Aber – unser Erdmann lebte darin, Marten Marten! Der Sieg, die Freiheit und das Glück machten damals meiner besten Zeit ein Ende, denn sie nahmen meinen Freund hinweg! – Aber wo waren wir doch? Ja so! Bei der Nase, die wir in alles steckten, was der Stadt Wanza passierte! Nun denn, weil wir denn unseren Senf zu allem zugeben mußten, so mischten wir uns denn auch sofort ein in den Haushalt der Frau Rittmeisterin Sophie Grünhage. Das heißt, ich mischte mich darein, nachdem ich meinen lieben Toten gefragt hatte – meine Verwandtschaft wollte natürlich nur wie das übrige Wanza ihren Spaß und Hohn an dem Dinge haben; mir aber half Marten sogleich allzu scharf in das Mitleiden hinein –"

„Und für dieses Mitleid suche ich nun schon fünfzig Jahre nach der richtigen Gegenleistung und finde sie nicht. Du bist nur ganz einfach mein gutes altes Mädchen!" sagte die Tante Sophie leise, ganz leise.

„Nämlich, Herr Studente," fuhr die Blinde fort, „wenn so ein Nachtwächter für seinen Dienst recht ordentlich passen soll, dann muß er jederzeit Augen und Ohren am rechten Flecke haben, und so kam er denn, wie es sich gehörte, und meinte: ‚Greulich, Fräulein! Sie glauben es nicht, was das junge Geschöpf auszuhalten hat in seinem jungen Ehe- und Wehestand vom Morgen bis zum Abend und vom Abend bis zum Morgen. Sie sagt, sie habe Eltern, aber zu glauben ist das nicht; denn Eltern können ein jung Kind nicht so aufs Geratewohl mit einem Werwolf zusammengekoppelt in die weite Welt schicken. Sie trägt es kein halbes Jahr; und noch dazu meint er, der Herr Rittmeister meine ich, es gar nicht böse, sondern recht gut nach seiner Art; ich zum Exempel komme schon recht gut mit ihm aus; aber der Satan muß ihm die Lust zum Freien eingeblasen haben, um die unschuldige Kreatur zu ruinieren. Mich hat er gedungen zur Hausarbeit, und wenn Sie nichts dagegen haben, Fräulein Thekla, so will ich den Dienst weiter tragen; denn ein ander Frauenzimmer außer seiner Frau will der Unmensch nicht im Hause dulden.' – Das wollen wir doch einmal sehen, habe ich damals im stillen gesagt; aber Urlaub von meinem Dienst habe ich dem Marten Marten fürs erste doch gegeben und es für eine Weile noch nur von ferne angesehen. Ein paar Monate später kommt er denn – dieser hier gegenwärtige Marten Marten, Herr Student Grünhage, und lacht und brummt: ‚Sie haben befohlen, Fräulein, und Ihnen bin ich mit Leib und Seele verpflichtet, und der Frau Rittmeisterin habe ich nunmehr nach Gottes Willen zugeschworen; aber was der Teufel alles verlangt, wenn man ihm den kleinen Finger gegeben hat, das läßt sich an allen zehn Fingern nicht herzählen. Jetzo spiele ich alles dort im Hause und will ja auch alles, ohne zu mucken, weiter spielen; aber – vor einem bewahre mich der gütige Herre Gott, nämlich, daß ich auch noch die Amme und Kindsfrau machen muß. Lieber noch einmal in Sankt Amand unter dem niederbrechenden Brandschutt als jetzo hier in Wanza mit einer königlich westfälischen Krabbe im Kattunmantel auf der Straße spazieren! Der Frau Rittmeistern wollte ich ja auch das wohl zu Gefallen tun, was ich sonst gewißlich nur unserem Herrn Erdmann und Ihnen, Fräulein, zuliebe getan hätte, wenn es Gott so gewollt hätte, aber – Herrgott, sie wachten expreß nachts auf hier in Wanza, um mein Horn zu hören und über den freiwilligen Jäger zu lachen, der sich zu 'nem Kindermädchen für den König Hieronymus hätte machen lassen.'"

Sie lächelten auch um den Teetisch in dem Gartenhause vor dem Teichtore, obgleich der Kandidat der Theologie Erdmann Dorsten, dem der Nachtwächter von Wanza auch diesen Liebesdienst erwiesen haben würde, vor dem Ranstädter Tor erschossen worden war. Der Meister Marten brachte es seinen Jahren und seiner Lederhaut zum Trotz schier noch zu einem Erröten, und die Frau Rittmeisterin mußte ihm wirklich mit der Vermahnung an die Freundin zu Hilfe kommen:

„Jungfer Overhaus, hat Sie es wirklich schon vergessen, daß es ein noch ziemlich junger Jüngling ist, dem Sie alles dieses zum besten gibt?"

„Na, was das anbetrifft!" brummte aber der junge, kindliche Mensch Bernhard Grünhage vollständig im Ton und Ausdruck seines Freundes Ludwig Dorsten, und Fräulein Thekla kam nun ihm zu Hilfe, klopfte mit dem Teelöffel auf den Tisch und sagte vergnügt:

„Ich erzähle; und Sie, Rittmeisterin Grünhage, mache Sie nur die Jungfer Overhaus nicht irre, wie Sie es Anno zwanzig probierte. Und du, merke dir, Sohn Bernhard Grünhage, stirb lieber jung, als daß du alt wirst, ohne dir deinen Humor durch die Zeit festhämmern zu lassen. Mit einem wetterfest geschmiedeten Gleichmut magst du meinetwegen gleichfalls achtzig Jahre alt werden und zuletzt dich blind, ohne viel weltlich Besitztum und als einzig Überbleibsel von deiner Familie, vor das Teichtor hinsetzen und Historien aus der Vergangenheit erzählen. – Nun also, mit dem Marten Marten als Wartefrau mit dem Kindermantel um die Schultern war das nur ein blinder Lärm; aber mich brachte es doch mehr auf die Beine als nächtlicherweile ein Feuerjo von demselbigen Marten Marten. Springt man bei dem einen mit beiden Beinen aus dem Bett, so sagte ich mir hierbei: jetzt greifst du aber mit beiden Händen zu, Thekla! Und – so kam es zum ersten Rendezvous und Scharmützel mit deinem seligen Onkel an deiner Tante Gartenhecke, junger Grünhage, und sehr poetisch machte es sich, im schönsten Frühling achtzehnhundertundzwanzig! Der Marten hatte natürlich das Stelldichein vermittelt, und ich sehe mit meinen dunklen Augen heute noch den Knicks, den mir deine Frau Tante machte, und das Gesicht wie drei Tage Regenwetter, was sie mir über die Hecke zeigte."

„Du aber sagtest: ‚Mach die Tür auf, Kind; mein Name ist

Thekla Overhaus, wir kennen uns schon lange durch Marten Marten, und ich bin gekommen, dir Wanza ein bißchen leichter zu machen; – guten Morgen, Herr Kapitän Grünhage.'"

„Und das gehörte item dazu, daß mir der Unhold richtig aus dem nächsten Gebüsch auf den Hals kam, um die Romantik zu stören. Gnrrr! knarrte er; aber verblüffen ließ sich Thekla Overhaus nicht so leicht, weder durch seinen Schlafrock noch seinen schwarzen Tonpfeifenstummel noch durch den Rausch vom letzten Abend in seinen Augen. ‚Bon jour, Herr Rittmeister Grünhage,' sage ich höflich; – ‚nicht wahr: Charakter und Aufrichtigkeit! so heißt die Devise auf dem Orden der westfälischen Krone?' – ‚Sie befehlen, Mademoiselle?' fragt der Menschenfresser mit hoch heraufgezogenen Augenbrauen. – ‚Mit Charakter und Aufrichtigkeit komme ich, um Ihrer Frau die Visite zu machen, die sie mir schuldig geblieben ist, Herr Rittmeister,' antworte ich freundlich. ‚Wir sind schon alte Bekannte von Leipzig her, wo mein Bräutigam, der Kandidat Dorsten, geblieben ist; also nehmen Sie nur meinen Besuch an, Herr Rittmeister!' – Du erinnerst dich noch, Fiekchen! Machte die Eule Augen! So habe ich keinem zweiten Menschen imponiert wie deinem biederen Alten, und es war wahrhaftig nicht notwendig, daß ich ihm auch noch mit dem übrigen Zubehör seines Ordre de la Couronne de Westphalie, dem Löwen von Kassel, dem Pferde von Niedersachsen und dem Kaiserlichen Adler mit dem Je les unis auf dem Blitze auf den Leib rückte. – So höflich hat mir auch kein zweiter je die Tür geöffnet und mich gebeten, einzutreten und vorlieb zu nehmen, Herr Grünhage. Und daß er sie mir nachher nicht wieder vor der Nase schloß, dafür habe ich denn auch Sorge getragen."

Was fiel der Frau Rittmeisterin plötzlich ein? Sie erhob sich, ging um den kleinen Tisch herum und gab der Erzählerin einen Kuß auf jedes der erblindeten Augen. Aber in heller Begeisterung rief der Nachtwächter Marten Marten:

„Ja, Sie haben ihn zu nehmen gewußt, Fräulein! Es war aber auch die höchste Zeit, daß Sie uns persönlich zu Hilfe kamen."

„Gar nicht!" sprach Thekla Overhaus lachend. „Eine Viertelstunde nachher hätte ich eigentlich ruhig nach Hause gehen können und den jungen Ehestand, das heißt die junge Frau im Hause, dreist ihrem eigenen Ermessen überlassen können. Eine Viertelstunde in der Gartenlaube mit den beiden guten Leutchen genügte der Mamsell Overhaus vollkommen, um sich zu überzeugen, daß die Sache gar nicht so schlimm war. Die Frau Rittmeisterin war schon recht löblich im besten Zuge, ihr borstig Ungeheuer glatt zu kämmen, und zwar mit Charakter und Aufrichtigkeit –"

„Ich war das unglückseligste Geschöpf auf Gottes weitem Erdboden, und du kamst wohl zur richtigen Stunde, liebes Herz, und griffest im letzten Moment nach der Haarflechte, die noch mal über Wasser auftauchte und an der du mich richtig triefend ans Land ziehen konntest."

„Naß wie eine Katze, Fiekchen!" rief Fräulein Thekla gerührt. „Das Gleichnis paßt ausnehmend. Der arme Mann trug schon mehrfach die Spuren von deinen Sammetpfoten, und ich habe es dem Marten lange nachgetragen, daß er mich zu meinem Troste nicht auch hiervon in Kenntnis gesetzt hatte."

„O, wie konnte ich denn?" fragte der Meister Nachtwächter verschämt, und sich an den Studenten wendend, setzte er hinzu: „Wir waren doch beide immerhin Kriegskameraden, Herr Grünhage, wenn wir auch auf verschiedenen Seiten gestanden hatten; und Ihr seliger Herr Onkel war ein braver Offizier in seinem Regimente gewesen und in hundert Schlachten, und Wanza paßte uns schon so genug auf jede Witterung zu einem Pläsier über uns, – nicht wahr, Frau Rittmeistern?"

„Heitere Geschichten erzählen sie dir, Neffe Bernhard," sagte die Tante, „aber Lügen strafen kann ich sie nicht. Erzählt meinetwegen von den alten Dummheiten dem dummen Jungen weiter; ich aber sage kein Wort mehr, bitte mir nur aus, daß du mir deinen nächsten Brief, den du nach Hause schicken willst, vorher zeigst. Man weiß doch niemals so ganz genau, wie ein Wort das andere gibt, selbst zwischen den besten Freunden –"

„Und Freundinnen!" sprach die Blinde. „Alte Kriegskameradin, ärgerst dich wohl gar noch über deine eigene Bravour? Preise lieber mit mir den Himmel, daß er dir auf allen zehn Fingern die dazugehörigen Nägel wachsen ließ, um dich damit um dein jung Leben zu wehren und um dein deutsches Volk und Vaterland dazu, du allerechteste Ritterin vom Eisernen Kreuze! Was wir anderen vor und in dem Kriege tragen mußten, das hast du nachher tragen müssen, und zwar doppelt und dreifach. Wie gut hatt' ich es mit meinem toten Helden und bei Leipzig mitbegrabenen Schatz gegen dich mit deinem lebendigen Heros in der nichtsnutzigen, schadenfrohen Welt hier am Markte in Wanza! Und wenn mir in meinem stolzen Schmerz das ganze deutsche Volk zur Seite stand: wen hattest du in deinem Elend, welchem auch die paar Leute rundum nur höhnisch zusahen? Den Meister Marten und mich! Denn wer in Wanza oder sonst umher in der Bevölkerung hätte nach den großen Molesten der eben verflossenen Jahre jetzt nicht gern sein Vergnügen an dem, was dir als Weiberschicksal aufgelegt worden war, mitgenommen? Ja, wer das nun so beschreiben könnte, wie es eigentlich beschrieben werden muß! Nämlich von Tage zu Tage, zum Weinen und zum Lachen durcheinander! Der könnte Geld verdienen mit dem Komödienschreiben. – ‚Guten Morgen, Fiekchen! Guten Morgen, Chevalier!' – Gnrr! brummt's aus dem Ofenwinkel her, und von der anderen Seite kriege ich einen heißen Kuß, und die Frau Rittmeisterin hält mich fest am Arm und spricht nach der Rauchwolke am Ofen hin: ‚Es ist gut, daß du kommst, Thekla. Sag du es ihm auch, daß es sich nicht schickt, seine Frau in einer Schenke zum besten zu halten, in der man selber nur der Lustbarkeit wegen geduldet wird. Sie haben im Bären gestern abend auf die Gesundheit der Frau des Rittmeisters Grünhage getrunken, und als er in der Nacht mit Marten nach Hause kam und wohl nicht wußte, was er sagte, hat er mir davon als von einer Ehre erzählt, die sie uns an seinem Zechtisch angetan hätten. Sie lachen ihn damit aus, wenn er ihnen damit kommt, wie er hoch zu Pferde mit Helmbusch und Panzer in alle Hauptstädte der Welt eingeritten sei, – Wanza lacht ihm unter die Nase, und er wird weinerlich und tröstet sich damit, daß er den verschluckten Zorn zu Hause an seinem Weibe auslassen kann. Ich aber bin sein Weib und heiße die Rittmeisterin Grünhage und sage ihm nichts, wenn er in seinem Unglück wütend wird und nach mir schlägt wie das Kind nach der Tischecke; – aber ihre Ehre soll er der Rittmeisterin Grünhage lassen, und um die bringt er sie, wenn er ihre eigenen Landsgenossen dazu aufreizt, ihr spöttisch ein Vivat in der Trinkstube und vor ihrer Haustür zu bringen! Marten Marten blies sein Horn dazwischen und rief zwei Uhr ab und schickte die Narren und Dummköpfe zu ihren eigenen Weibern; ich aber habe bis zum Sonnenaufgang vor meinem Bette gesessen, auf der Fußbank und mit dem Kopfe auf den Knieen, und über all die Sorge nachgedacht, in die der Kaiser Napoleon und der König Hieronymus ihre deutschen Kriegsleute mit hineingenommen haben; – o, hilf mir, hilf mir, Thekla!'"

„Nun hör' einer die Komödiantin!" rief die Tante Sophie, die Hand ihres Neffen und des Neffen des seligen Herrn Rittmeisters erfassend und festhaltend. „Selbst meine Stimme von Anno Tobak kriegt sie noch heraus. Im Bären saß ihr Erdmann freilich nicht mit den Wanzaer Spießbürgern bis zwei Uhr morgens. Aber nur weiter! Trotzdem, daß man nicht weiß, ob man sich mehr ärgern, lachen oder weinen soll, so ist es doch mir alten Person, als würde mein jüngstes Leben wieder lebendig, und interessant ist das jedem Menschen immer."

Wenn so die Tante sprach, was sollte dann der junge Neffe sagen! ... Gar nichts! – Er sah nur mit weit aufgerissenen Augen in die Jahre hinein, über welche die „gute Komödiantin", die blinde Thekla Overhaus, so gelassen sprach und die anderen zuhörten, und konnte höchstens fürchten, demnächst zu erwachen, um sich die Augen zu reiben: „So lebhaft habe ich aber lange nicht geträumt!"

Noch aber dauerte die Magie fort. Ohne sich durch die Freundin stören zu lassen, sprach Fräulein Thekla weiter:

„Mein seliger Vater rauchte auch und machte vielen Dampf, wenn er über etwas nachdachte; aber das Gewölke, was dein Seliger alle Tage unter deinem Regime um sich versammelte, brachte er doch nur bei höchsten Ausnahmsgelegenheiten zustande. Daß du viel gute Reden in den blauen Dunst hineinreden mußtest, läßt sich wohl nicht leugnen, Fiekchen: aber zerteilte sich mal der Nebel und kroch der arme Sünder draus heraus, so war die Wirkung deiner natürlichen Begabung meistens überraschend. Wie aus dem russischen Winter von zwölf kam er dann und wann hinter dem Ofen krummbuckelig hervor und ächzte: ‚Es ist ein wahres Glück, daß Sie endlich sich sehen lassen, Mamsell Overhaus! Sapristi, wer mir das an der Moskwa gesagt hätte, wie weit ein Rittmeister im Zweiten Königlichen Kürassierregiment herunterkommen kann, wenn er sich einfallen läßt, sich eine Frau zu holen, um nach Mont-Saint-Jean sein letztes Behagen an seinem eigenen häuslichen Herde zu finden! Marten weiß es, wie oft sie damit droht, daß sie mir in die Wipper gehen will; aber läge ich bei Leipzig oder sonst wo wie andere brave Leute verscharrt und moderte ruhig, so wäre mir auch wohler. Lassen Sie sich auch darüber eine Rede von ihr halten, Mamsell.'"

Die Frau Rittmeisterin rückte auf ihrem Stuhle und schob ihn knarrend ein wenig zurück vom Tische. Der Meister Marten räusperte sich wie einer, der wohl ein warnendes Wort ins Gespräch geben möchte, aber es unterläßt, teils aus Respekt, teils weil er ganz genau weiß, daß es doch nichts helfen werde. Fräulein Thekla Overhaus erzählte gut, aber sie erzählte fast zu gut für den ferneren gemütlichen Verlauf der Abendunterhaltung; am liebsten hätte jetzt der Nachtwächter von Wanza den Studenten Grünhage einen Augenblick mit vor die Tür genommen, um ihm zuzuflüstern:

„Ängstigen Sie sich nur nicht. Man muß sie seit fünfzig Jahren kennen, um zu wissen, daß auch dieses dazu gehört. Wenn Fräulein d e n Ton annimmt und die Frau Tante d a s Gesicht macht, dann weiß ich schon, was sich begeben wird. Na, Sie werden's ja gleich selber hören, was jetzo kommt."

Ein süß, aber etwas spitzig Gelächel der Tante Sophie kam und dazu sanften und leidenden Tones das Wort an die alte Freundin:

„Es geht doch nichts über ein gutes Gedächtnis, und es ist gottlob nicht das erstemal, daß ich dir dazu gratulieren kann, liebste Thekla. Zumal jedesmal, wenn wir auf dies Kapitel geraten! Gewöhnlich wird es dann aber auch Zeit, daß man an den Aufbruch denkt und, wie im Evangelium Lucä geschrieben steht, die Toten ihre Toten begraben läßt; – meinst du nicht, mein Herz? ... O ja, meine Gute, es war wirklich ganz behaglich, so erhaben und elegisch und so gelassen mit ruhigem Gemüte über dem albernen Neste Wanza und über dem Hause des Rittmeisters Grünhage zu schweben und von Zeit zu Zeit hinzugehen und den einen um den anderen sein Elend aufsagen zu lassen. Von einer Schulmeisterin hattest du immer einiges an dir zu unserem Besten; o ja, und du hast natürlich vollkommen recht, im Grunde war es nur meine Schuld, wenn ich mich einen um den anderen Tag in mein Giebelstübchen flüchten und verriegeln mußte, wo dein seliger Bräutigam die schönen Verse auf das deutsche Vaterland und dich gemacht hat. Du hast die Verse noch; aber ich habe auch noch die Erinnerung an alle die Stunden, die ich allein da gekauert habe mit gerungenen Händen. Natürlich hat es an mir nicht gelegen, daß er – mein seliger Mann – sich nicht aufgehängt oder erschossen hat, um seinem Überdruß an der Welt ein Ende zu machen! Ich danke dir recht innig, daß du mich in gewohnter freundlicher Weise von neuem darauf aufmerksam gemacht hast, meine beste Thekla; und dir, Herr Neffe, rate ich –"

„Jetzt hör auf, Sophie!" sagte Fräulein Thekla, aufrechter denn je sitzend. „Wären wir mit Marten unter uns allein, so möchtest du, so lange es dir beliebt, deine Dummheiten auskramen. Da sitzt aber ja wohl noch der junge Mensch, den du mir mitgebracht hast, um mich ihm meinerseits von dir und seinem verstorbenen Onkel erzählen zu lassen. Der wird eine schöne Idee von dir mit sich nach Hause bringen! Wahrhaftig, hört man dich so reden, so möchte man glauben, man schriebe noch immer achtzehnhundertfünfundzwanzig und nicht neunundsechzig. Übrigens aber schwatzest du doch nur drauflos, um mir nochmal zu beweisen, daß dir, Gott sei Dank! das Temperament nicht fehlte, um damals dein heute verjährtes Elend zu tragen. Und nun mach uns nicht ferner lächerlich vor deinem Herrn Neveu und unserem alten Freund Marten. Klappe dem jungen Mann gegenüber einen Deckel auf die Vergangenheit, und wenn es absolut notwendig ist, daß er noch weiter was draus erfahre, so verweise ihn an Marten Marten; uns aber laß unsere letzten Wege in Frieden zusammen gehen. Ich meine, für uns zwei ist es eigentlich doch wohl ein wenig zu spät geworden, als daß wir uns die paar übrigen Stunden hier in Wanza und auf der Erde selber verderben sollten durch die paar Tropfen warmen Blutes, die wir aus unseren jungen Jahren noch übrigbehalten haben."

Siebzehntes Kapitel

Eine Viertelstunde später befanden sie sich auf dem Heimwege. Die Tante Grünhage nämlich samt ihrem Neffen und dem Nachtwächter Marten, welcher letztere den zwei anderen zwar wiederum eine Laterne durch den dunklen, regnichten Abend vorantrug, dieselbe aber ebensogut auf dem Küchenschranke Fräulein Theklas hätte belassen können. Die Frau Rittmeisterin in ihrer jetzigen Laune kümmerte sich nicht im mindesten um die sauberen Strümpfe an ihren Beinen und die Pfützen auf ihrem Wege. Sie schritt geradezu und durch, hing zwar ziemlich schwer am Arme ihres jungen Verwandten, aber statt sich von ihm führen zu lassen, zog sie ihn im Gegenteil erbost-gewalttätig hinter sich her und räsonierte fortwährend – über sich selber.

„So 'ne alte Schachtel!... So 'ne verrückte alte Schachtel!... So 'ne ganz und gar fürs Raspelhaus reife, dumme alte Gans! Was hilft es mir für meine Nachtruhe, daß ich sie mit blutendem Herzen um Verzeihung gebeten habe und sie mir dieselbige diesmal zum viertausendstenmal gutmütig nicht vorenthalten hat? Nichts! Gar nichts!... Nicht eine Viertelstunde lang werde ich darum die Augen zudrücken, ohne sie vor mir zu sehen, wie sie sich mit ihren blinden Augen über die unverbesserliche Kratzbürste mokiert. Und Sie, Marten, hätten auch verständiger sein und rasch zuspringen können, ehe es wie gewöhnlich zum Äußersten kam. Daß ich keine Vernunft annehmen kann, wenn sie mir vernünftig vorgestellt wird, das kann doch gewiß keiner behaupten, – selbst das alte gute Herz, die Thekla, nicht."

„Entschuldigen Sie, Frau Rittmeistern –"

„Gar nichts entschuldige ich. Was Sie sagen wollen, weiß ich wohl, nämlich daß Sie sich die Finger schon allzu oft geklemmt haben und daß das noch nie was genutzt hat und überhaupt ein Vergnügen für Sie gar nicht ist. Und dann – du – alberner

Bengel – liebster Bernhard, meine ich – konntest du nicht zur rechten Zeit eine nützliche Bemerkung oder dergleichen machen, um deiner alten Tante dies Ärgernis vor dir zu ersparen? Aber das saß nur da mit den Händen auf den Knieen und guckte wie die Eule in den Blitz. Wozu studiert ihr denn Geisterkunde und Psychologie auf euren jetzigen überstudierten Universitäten, wenn ihr nicht einmal einer alten Tante damit zu Hilfe kommen könnt, wenn sie sich wieder mal ihrer einzigen, besten, treuesten Freundin in der Welt gegenüber blamieren will? ... Ja, das war wieder ein Sumpf, bis an die Knie! Und mit Ihrer Laterne leuchten Sie eigentlich nur sich selber, Marten! Hierher! ... Da hört ja alles auf bei solchem Wege, und Bürgermeister und Rat sollten sich bis in die Puppen schämen; aber – weiß der liebe Himmel, das ist mir in diesem Moment ganz einerlei, und der Bürgermeister, der Dorsten, ist mir in meiner jetzigen Stimmung doch lieber als ihr alle miteinander. Ich will nicht sagen, daß er immer an der rechten Stelle mit seiner Weisheit den richtigen Fleck trifft, aber im Stich hätte er mich mit meiner nichtsnutzigen Dummheit sicherlich nicht gelassen wie ihr beiden! Gott sei Dank, da sind wir unter dem Teichtor und wenigstens auf festem Pflaster. Ach ja, Kinder, gar nichts wollte ich sagen, wenn ich nur mein Gewissen heute abend in die Wäsche geben könnte wie meine Strümpfe!"

„Frau Rittmeistern," meinte Marten, „dies möchten stellenweise wohl mehr Leute wünschen und aus mehr Gründen als Sie. Je ja, und es ist ja auch nicht das erstemal –"

„Gott bewahre! Die Regel ist es! ... und geht gar nicht anders! Und nun – wenn ich nur wüßte, was ich jetzt mit dem Jungen hier für den Abend anfangen soll! Den Humor habe ich mir zu gründlich verdorben, um ihm behaglich am Tische gegenübersitzen zu können, und jeder Grünhagesche Familienzug an ihm ist mir auch wie ein Gewissensbiß. Nimm es mir nicht übel, mein guter Bernhard, aber –"

„Aber dann habe ich einen Vorschlag zu machen," rief der Meister Marten, ehe der Student dazu kam, halb lachend, halb verdrießlich die gute Tante seines abendlichen Behagens wegen zu beruhigen. „Wie wäre es, wenn Sie den jungen Herrn mir noch ein Stündchen mitgeben würden, wenn wir Sie richtig nach Hause gebracht haben, Frau Rittmeistern? Freie Nacht hab' ich heute und kann mir ruhig von meinem Kollegen meine schlaflosen Stunden abrufen lassen. Sie wissen, mit dem Teichtorturm hängt der Herr Rittmeister doch auch immer ein bißchen zusammen, und auch da – bei mir – könnte vielleicht noch ein Wort das andere geben über ihn."

Die alte Dame murrte leise etwas vor sich hin und schritt fürs erste tapfer zu, ohne ihre Meinung deutlicher auszudrücken. Aber, wie schon gesagt, Wanza ist nicht groß, und sie standen bald vor dem Hause auf dem Marktplatze; auf der Treppenstufe stehend, sprach die Frau Rittmeisterin:

„Du bist dazu nach Wanza gekommen, um deine Tante Grünhage kennen zu lernen. Ja, der Meister Marten hat recht: der Teichtorturm gehört auch dazu und steht sogar da wie ein Punkt am Ende der Historie. Ja, es schickt sich wirklich recht gut, daß Sie heute abend noch dem jungen Menschen an Ort und Stelle gleichfalls von seinem – verstorbenen Onkel Bericht tun, Marten. Eine bessere Gelegenheit dazu kommt vielleicht doch nicht wieder und ein besserer Mann dafür als Sie, alter Freund, ganz gewiß nicht. So krieche ich denn ins Bett und rede, mit der Decke über dem Kopf, noch ein Stündchen mit der Thekla. Luise soll mit deines seligen Onkels Hausschlüssel wach bleiben, und kommst du heim, so gehst du mir leise auf der Treppe und vor allen Dingen vorsichtig mit dem Lichte um. Gute Nacht für diesmal in dieser närrischen, konfusen Welt!"

Die Tür hatte sich hinter ihr geschlossen; der alte und der junge Mann standen allein, und der Meister Marten hob seine Laterne auf und ließ den Schein nicht nur dem Studenten, sondern auch sich selber ins Gesicht fallen. Er selber hatte bis jetzt in diesen Wanzaer Geschichten noch nie so klug und Herr Bernhard Grünhage noch nie so ratlos, um nicht zu sagen dumm, ausgesehen. Für den letzteren war es eine wahre Erlösung, als ihm der Alte jetzt vertraulich den Ellenbogen in die Seite stieß und vergnüglich-schlau zuflüsterte:

„Ja, dies Frauenzimmervolk! So ist es nun mal, und von uns ändert es keiner! Na, Sie glauben es doch wohl auch nicht, daß es heute abend das erstemal gewesen wäre, daß sie in Anbetreff des seligen Herrn Onkels das, was sie in Eintracht angefangen hatten, nicht ebenso zu Ende abgewickelt hätten? Na, na, nun kommen Sie nur her und erweisen Sie mir die Ehre, Herr Studiosus Grünhage. Auf große Traktamente ist der Nachtwächter von Wanza freilich wohl nicht eingerichtet; aber traktieren will ich Sie doch und nachher fragen, ob sich die Stunde nicht lohnte, die wir noch zusammensitzen wollen, ohne die Bettdecke über den Kopf zu ziehen."

Der Student hatte noch nie der Einladung eines Nachtwächters, mal mit ihm zu kommen, so eifrig Folge geleistet wie jetzt der des nächtlichen Wächters von Wanza.

„Und da sitzt nun mein Alter an der Aller und weiß von gar nichts!" murmelte er.

Ein Turm ist der Teichtorturm eigentlich nicht, sondern nur eine Durchfahrt unter einem feldschlangenkugelsicheren, schiefergedeckten Gemäuer aus dem sechzehnten Jahrhundert. In lyrischen Gedichten und Balladen kommt das Ding häufig vor; dann aber schaut stets des Wärters rosig Töchterlein hinter ihren Gelbveigelein, Nelken und Rosen hervor und wird angesungen. So hübsch können wir's leider in diesem jetzigen Falle nicht liefern. Der Vorgänger des Meisters Marten in diesem Torgebäude war, wie schon bemerkt wurde, der Stadtbüttel, der darin seine Amtswohnung hatte und seine jeweiligen Gäste hinter seinen Gittern nicht vorschauen ließ. Die Tauben, die der jetzige Bewohner hielt, würden wohl schon eher in ein Lied passen, aber –

„Sie sind nur ein Nebenverdienst, und man hat auch nur seine leidige Not und wenig Vergnügen damit," sagte Marten Marten.

Ein paar ausgetretene Steinstufen führten zu einer niedrigen Pforte; dann ging's eine enge Steintreppe weiter aufwärts in eine kellerartige Wölbung, die bei Tage durch einige winzige Schießscharten erhellt wurde. In dieser Abendstunde hatte der Meister Marten wiederum seine Laterne hochzuheben, um seinem jungen Gast die feuchten schwarzen Wände und noch eine Merkwürdigkeit zu zeigen.

Er hob eine rostige Kette nebst Halseisen und Handschellen, die neben einer mit rostigen, dicken Nägelköpfen beschlagenen Tür hingen, auf und ließ sie klirrend wieder an die Steinwand fallen.

„Noch von meinen Vorfahren, junger Herr!" sagte er. „Im neuen Amtsgebäude haben es die Leute anjetzo behaglicher. Die Tür führt in das alte Loch, in welchem auch ich, wie Sie heute morgen auf dem Rathause vernommen haben, mal zum Nachdenken über meine Sünden gehockt habe. Wenn's Ihnen Pläsier macht, leuchte ich hinein; wir stören keine Eulen und Fledermäuse drin auf, sondern nur mein Geflügel in der ersten Nachtruhe."

„Dann wollen wir es ja in Ruhe lassen bis auf eine hellere Stunde, Marten," meinte Bernhard Grünhage fröstelnd.

„Schön! Dann stoßen Sie sich gütigst hier nicht an den Kopf. Treten Sie aber nur ein und seien Sie fröhlich willkommen in meiner Behausung. Dies ist mein Losament, und nebenan schlafe

29*

ich, dicht an meinem früheren Prison, dicht an der Wand, an der ich mir wochenlang so oft den Kopf einstoßen wollte, bis mein lieber Herr Erdmann und Fräulein Thekla mich auf andere Gedanken brachten. Ja, ja, junger Herr, so soll der Mensch es abwarten, was mit ihm geschieht; nun hoffe ich auf einen stilleren, sanfteren Tod mit dem Kopfe an derselbigen harten Mauer, die ich Anno neun nicht umreißen und eintreten konnte in meiner Tollheit und Wut."

Er hob wiederum die Laterne.

„Nun setzen Sie sich da in den Stuhl am Ofen, bis ich die Lampe angesteckt habe; denn bei dieser Beleuchtung läßt es sich auf die Länge doch schlecht weiterschwatzen. Die Frau Tante würde wohl auch hier sogleich ein Feuerchen in den Ofen kommandieren; aber ich meine, wir anderen warten wohl noch ein bißchen damit mehr in den Herbst hinein."

Die kleine Blechlampe leuchtete, das Licht in der Laterne wurde ausgeblasen, der Student saß in dem großen, schwarzen Lederstuhl an dem mittelalterlichen Kachelofen und sah stumm dem Greise zu, der immer beweglicher in seinen gastfreundlichen Haushaltsverrichtungen wurde. Marten Marten rückte ihm den Klapptisch näher an seinen Sitz, er öffnete einen tief in das Mauerwerk eingelassenen Wandschrank und brachte ein schwarzes Brot, einen Teller mit Butter, zwei Messer und ein Pfeffer- und Salzfaß zum Vorschein. Er entschuldigte sich höflichst für einen Moment, verließ das Gemach und kam nach einer Weile mit einem geräucherten Schinken und einem verpichten Steinkruge zurück. Letzteren stellte er nebst zwei Gläsern, melancholisch den Kopf schüttelnd, auf den Tisch. Er seufzte sogar auch, als er dann sprach:

„Ein Schuft, wer's besser gibt, als er's hat, Herr Grünhage. Ein Wacholderbusch im Walde ist wohl etwas Nettes und Angenehmes, was den Geruch anbetrifft; und dem seligen Herrn Onkel sein Lieblingsgewächs war's immer, vorzüglich aber bei so naßkalter Witterung und einer Jahreszeit wie die jetzige."

Er zog den Pfropfen aus, und ein lebhafter Duft vom alten märchenhaften Machandelboom verbreitete sich sofort in dem Gemache.

„Echter doppelter Steinhäger, Herr Studiosus, und was Besseres hab' ich gewiß nicht, denn es ist die letzte von den Kruken, die sich der Herr Onkel, der Herr Rittmeister, hier bei mir im Teichtorturm eingelegt hatte. Sie liegt manch liebes langes Jahr; — was sagen Sie aber auch zu dem Geruch? Sapperment, und nun sitzen Sie da und heißen auch Grünhage und sind der rechte Herr

Nevöh der Frau Rittmeistern und haben sich den Herrn Onkel von mir durchs Kirchhofsgitter bei Sankt Cyprian zeigen lassen wollen. Prost, junger Herr! An diesem Tische hat er oftmalen gesessen mit mir wie mit seinem besten Kriegskameraden, wenn er es nirgends anderswo in der Welt und hier in Wanza aushalten konnte. Und nun greifen Sie auch sonsten zu! Alles, was das Quartier liefern kann, steht auf dem Tische. Und schneiden Sie nur recht ins Fette; es geht nichts über den richtigen Speck an so 'nem Schinken um die Zeit, wo die Tage abnehmen und bald Frost im Kalender steht. Mit dem Schinken versorgt mich Jahr ein Jahr aus die Frau Tante in ihrer Güte; und darauf können Sie sich verlassen, daß sich sich vorher genau erkundigt hat von wegen der neumodischen Tierchen und Gewürmer, die man, Gott sei Dank, nunmehr endlich mit dem Vergrößerungsrohr drin aufgefunden hat."

Der Stammhalter der Familie Grünhage hielt noch immer das Spitzglas mit dem silberhellen Trank, – ein Geisterseher in der echtesten Bedeutung des Wortes. Da saß aber der Meister Marten mit beiden Ellenbogen auf dem Tische ihm so realistisch, gutmütig und vertrauenerweckend gegenüber, daß er es endlich wortlos doch wagte. Er hob das Glas, kippte es über und stellte es mit einem Klapp auf den Tisch.

„Wunderbar!" rief er, sich schüttelnd. „Geisterhaft! Sie aber, Marten, bester alter Freund, schmunzeln Sie mich nicht so natürlich-behaglich an. Zum Henker mit Ihrem Schinken und Speck mit und ohne Trichinen! Geben Sie mir noch einen Juniperus aus meines Onkels letzter Flasche. Sie alter, unheimlicher Zauberer, ich gebe Ihnen mein Wort darauf, so lange es spukt auf Erden, ist noch niemals in ähnlicher Weise einem Neffen sein längst verstorbener Onkel aus dem Geisterreich heraufbeschworen worden!... Weiß der Himmel, er grinst ruhig weiter, und ganz Wanza, der weise Seneca, sein Bürgermeister, eingeschlossen, wird mir allmählich zu einem Traumgebilde und – ich auch! Selbst an diesen Stuhl, in den Sie mich gesetzt haben, Marten, glaube ich schon nicht mehr. Auch er wird sofort unter mir anfangen, seine Geschichte von dem Rittmeister Grünhage und der Frau Rittmeisterin, von Fräulein Thekla Overhaus und dem Nachtwächter Marten Marten zu erzählen."

„Er? Er besser als ein anderer von uns! Ja, wenn der von dem Herrn Onkel erzählen könnte, Herr Grünhage! Er – und jetzt meine ich den seligen Herrn Rittmeister – hat so manche Stunde in der Unterhaltung mit mir oder im Schlummer oder im Nachdenken über sich selber oder im Halbdusel oder im Nachdenken über die Welt überhaupt drin zugebracht, daß der alte Sitz samt Rücklehne wohl manches von ihm wissen muß. Und was Sie wohl noch mehr verinteressieren wird, junger Herr – er ist ihm auch zu seinem letzten Ruhehafen geworden. Bitte, bleiben Sie nur sitzen, bester junger Herr, – er ist auch sanft für immerdar drin eingeschlafen –"

„Was?" rief der Student aufspringend.

„In Frieden zur großen Armee abmarschiert," fuhr der Alte nickend fort, „wie ein unschuldig Kind nach allem Kriegstumult in aller Herren Ländern und auch hier zu Hause und in Wanza!"

Der Neffe setzte sich wieder oder fiel vielmehr zurück in den letzten „Ruhehafen" seines seligen Onkels.

„Und nicht in seinem Hause am Markte? Und meine Tante Sophie hat nicht nachher diesen Stuhl aus diesem Hause los sein wollen und Ihnen ein Geschenk damit gemacht, Marten Marten?" stotterte er.

„Ne, ne! Was das Möbel angeht, so stammt das aus dem Overhausschen Hause, und ich habe es der Güte von Fräulein Thekla zu verdanken. Wenn Sie es ganz zufällig nennen wollen, daß der Herr Rittmeister hier im Teichtorturm beim Nachtwächter Marten in den ewigen Frieden eingegangen ist, so kann ich's wohl nicht verhindern, denn von wegen seiner Konstitution konnte man damals eigentlich schon lange drauf gefaßt sein; aber ganz allein der Zufall war's doch nicht, denn dazu war der selige Herr doch zu häufig bei mir auf Besuch."

„Weil er es zu Hause nicht mehr aushalten konnte!" rief der Student, mit beiden Armen auf den Tisch sich legend und das Gesicht so weit als möglich gegen den Alten vorschiebend. „Weil er wirklich g e d u c k t worden war, wie Fräulein Thekla vorhin sich ausdrückte! Wollen Sie eine Zigarre, Marten?"

Der alte Wächter dankte, holte dagegen selber eine kurze Holzpfeife aus der Jackentasche, füllte sie aus einer Schweinsblase mit einem Husarenknaster, der das Lob seines Fabrikanten, daß er „sehr gut in der Pfeife stehe", vollkommen verdiente, und sprach durch den sich entwickelnden süßen Qualm grinsend:

„Schade, daß Sie nicht manchmal dabei sein konnten, Herr Nevöh, – bei unserem Stillvergnügen an diesem Tische, meine ich. Da haben wir uns doch noch manchen Sommernachmittag hindurch und tief in manche Winternacht hinein unsere Feldzüge auf die Platte gemalt, sobald ich den verstorbenen Herrn nur erst notdürftig ein bißchen zur Ruhe gebracht hatte, wenn er in der hellen Wütenhaftigkeit gekommen war und sein Wort gesprochen hatte:

‚Kamerad, es ist ein Hundedasein und eine Welt, um drin zu bersten! Marten, Marten, ich bin die miserabelste Kreatur auf Erden, und mein Mädchen, mein Fiekchen, hat sich auch wieder im Winkel unter dem Dache verriegelt, und der Rittmeister Grünhage, der so manch eine Tür in aller Herren Ländern frei mit dem Reiterstiefel eingetreten hat, darf diesen allerbesten Schlüssel in seinem eigenen Hause nicht mehr gebrauchen, sondern muß durchs Schlüsselloch parlamentieren: ‚Nimm Vernunft an, mein Herzchen, mein Püppchen, mein Schäfchen, mein Täubchen; dein Männchen, dein Kapitänchen, dein Rittmeisterchen Grünhage kriecht zu Kreuze!‘ – Daß die Kränklichkeit des Herrn Onkels damals schon längst ihren Anfang genommen hatte, können Sie sich wohl selber hieraus abnehmen, Herr Studiosus. – ‚Ihren Kummer sieht man Ihnen meistens, gottlob, doch noch nicht an, Herr Rittmeister‘, sage ich, um ihm doch fürs erste was zum Troste aufzutischen; er aber sagt dann auch schon viel ruhiger: ‚Schafskopf, es lacht mancher auf seinem Stockzahn, der vor Wehmut sich im ersten besten Mauseloch verkriechen möchte. Und dazu mit dem kleinen Mann auf dem Schimmel und der blanken Klinge in der Faust durch ganz Europa spazierengeritten, um zuletzt so auf den Nachtwächter zu kommen – Himmelsackerment!‘ – Nun hätte ich das letzte Wort eigentlich wohl für'n Affront nehmen müssen, aber dazu mußte ich es zu oft vernehmen, war also schon drauf eingerichtet in Gutmütigkeit. – ‚Es hat uns anderen Mühe genug gekostet, diesem sapperlotschen Spazierenreiten ein Ende zu machen, Herr Rittmeister,‘ sage ich nun ruhig; und damit kommen wir denn schon mehr ins Geleise und die Behaglichkeit. ‚Alabonnör, Kamerad Marten,‘ sagt der Herr Onkel, sitzt schon ächzend, wo der Herr Nevöh anjetzo sitzt, und stopft sich seine Pfeife, als ob er ganz Wanza, seinen Haushalt und Ehestand mit in den Maserkopf drücke – ‚d a s ist ein schlechter Soldat, der brave Arbeit, die ein braver Feind macht, nicht gelten läßt. Ästimiere ich nicht etwa auch dein Fräulein – dein Fräulein Overhaus, trotzdem sie tagtäglich mich nicht bloß aus dem Hause, sondern auch immer mehr aus der Haut herausmanövériert?! Jetzt sitzt sie nun wieder bei meiner Frau, die ich mir doch zu meinem Pläsier ihrer Mutter und ihrem Vater aus dem Neste geholt habe, und trocknet ihr die Tränen, und ich verkrieche mich vor ihrem Geschützfeuer schon wieder hier bei dir im Teichtor hinterm Ofen, als ob ich dem Fiekchen (was beiläufig immer Ihre Frau Tante ist, Herr Grünhage) nicht alles zuliebe täte, wenn ich's nur anzufangen wüßte. Kann ich denn was dafür, daß ich nicht auch

Kandidate, Schulmeister und Versemacher fürs deutsche Vaterland, sondern der Kapitän Grünhage im Zweiten Königlich Westfälischen Kürassierregiment geworden bin? Das sage ich dir aber, Kamerad Marten, Gewissensbisse kriegt d i e doch noch mal, sobald nur erst meine Sophie von dem Rittmeister Grünhage als von ‚meinem seligen Mann' reden wird; und beerben mögen sie mich beide so bald als möglich meinetwegen; man hat doch seinerzeit manches hübsche Mädchen in der Welt geküßt, und so mag eins ins andere gehen, wenn es zuletzt auch das angenehme Weibervolk ist, was einen aus eben der nichtsnutzigen Welt hinausärgert. Stoß an, Marten Marten, die Rittmeistern Grünhage und Fräulein Thekla Overhaus sollen leben!' Begreifen Sie nun wohl, Herr Studiosus?"

Der Gast des Nachtwächters Marten Marten von Wanza, der Herr Neffe der Tante Sophie, der Student der Philologie und „Studiosus" aller möglichen Philosophien, begriff allgemach so gut, wie man es seiner Jugend und seiner teilweisen Erziehung durch seinen Freund Dorsten, den weisen Seneca und pro tempore Wanza regierenden Bürgermeister, gar nicht zugetraut haben sollte.

„Ich werde mich wohl hüten, Ihnen dazwischen zu schwatzen, Herr Nachtrat!" rief er. „Da kommt man bei euch an auf der ganz gewöhnlichen Chaussee durch den ganz kommunen hellen Sonnentag und denkt an gar nichts weiter, als daß man demnächst geradeso wieder gehen wird, wie man gekommen ist. Nicht das geringste Merkwürdige findet man im Anfange an euch; denn daß ihr den Senior der Caninefatia zu eurem Burgemeister gemacht habt, kann zwar auffallen, ist aber mit Hilfe guter Bekanntschaft und Verwandtschaft schon häufiger dagewesen. Und euer Herr Burgemeister langweilt sich sträflich bei euch und hat keine Ahnung davon, daß ihr das kurioseste Volk seid, was je einen Erdenfleck bevölkert hat. Nun aber fängt plötzlich der eine an, so ganz beiläufig vom anderen zu erzählen. Anfangs hört man mit halbem Ohre hin und meint: Großer Gott, wie gut diese Philister und Phileusen ihre Erinnerungen verkorkt gehalten haben! Aber dann kommt der andere und fährt da fort, wo der erste aufgehört hat, und man gerät in Spannung. Alte Violen in alten Potpourris werden einem unter die Nase gehalten. Auf eurem Rathause blättert man alte Papiere durch, und das Interesse wächst, daß das gar nicht auszudrücken ist. Und immer mehr Volk gibt als das Seinige dazu. Das Tuthorn, das Nachtwächterhorn hat man zwar in Wanza wie überall sonst abgeschafft, aber der alte Zauberer, der Meister Marten Marten, stößt doch hinein, und rund umher wird alles wieder lebendig, was dem

Schuljungen von heute, nämlich mir, lieber Marten, längst und für immer abgetan, verblaßt, begraben und vermodert war. Immer bunter und doch auch immer deutlicher werden einem die alten Historien, die unsere Väter und Mütter, unsere Onkel und Tanten in Ärger und Behagen an ihren lebendigen Leibern durchzumachen hatten. Das Horn von Wanza soll leben, Marten Marten; und nun tun Sie mir den einzigen Gefallen und erzählen Sie ruhig weiter und fragen Sie nicht mehr, ob ich auch verstehe, was Sie erzählen! Jawohl, Sie können sich darauf verlassen, daß ich jetzt ziemlich genau weiß, weshalb meine Frau Tante, die Frau Rittmeisterin Grünhage, und Fräulein Thekla Overhaus sich dann und wann in betreff meines seligen Herrn Onkels in die Haare geraten, wenn sie zu Anfang der Kaffeevisite oder Teegesellschaft auch noch so einträchtig in e i n Horn geblasen haben. Was aber Sie und Ihr Horn angeht, Marten, so verpfände ich Ihnen hiermit mein Wort: wir holen Sie ab von Wanza, wenn wir demnächst das neue Deutsche Reich fertigbringen. Sie werden mit in den allgemeinen Tusch hineintuten, – weiß Gott, 's gehört dazu! – es gehört unbedingt dazu, und ohne es fehlt der ganzen Jubelmusik etwas ganz Hauptsächliches!"

„Na, na, wenn Sie mich nur noch hier in Wanza treffen, wenn Sie mit dem übrigen so weit sind, junger Herr," meinte der alte Schlaukopf und demnächstige Jubelnachtwächter Marten Marten.

Achtzehntes Kapitel

Eine Weile saßen sie nun stumm einander gegenüber, der Student und der Nachtwächter von Wanza. Der eine blies den Rauch seiner Zigarre gerade so nachdenklich vor sich hin wie der andere die Wolken aus seinem schwarzen Nasenwärmer, der ihm, wie es auch im Liede steht, schon durch manche bittere Winternacht eben seine Nase in gewohnter gutmütiger Schlauheit unerfroren erhalten hatte. Der Wacholderduft aus des seligen Onkels Grünhages letztem Kruge echten doppelten Steinhägers wurde immer intensiver im Gemache, und die philosophische Gelassenheit, in welcher der graue Freund und Dienstmann von Fräulein Thekla und Frau Sophie in die Schicksale seiner Bekanntschaften und Freundschaften hineinsah, gleichfalls.

„Nun n o c h das letzte vom guten Oheim Dietrich; – vorstellen kann ich's mir jetzt zwar schon, als ob ich dabeigewesen wäre, aber – erzählen Sie doch nur weiter, Marten. Wie Sie da so sitzen und schmunzeln, muß er ein beneidenswertes Ende genommen haben!"

„Je ja, so mit Fallen und Aufstehen und zuletzt umgekehrt, wie wir meistens alle – nach meiner längeren Erfahrung. Daß es in der großen Weltgeschichte auch mit Fallen und Aufstehen alleweile achtzehnhundertdreißig geworden war, davon hatten wir an der Wipper eigentlich gar nichts zu merken gekriegt. Es war, als ob eine große, warme Schlafhaube über ganz Wanza gezogen sei, und nun will ich Ihnen sagen: der Zipfel daran war um diese Zeit einzig und allein der Herr Onkel. In den Bären reichte die Frau Rittmeistern selbst in ihren mächtigsten Perioden nicht hinein, und den großen runden Tisch im Bären haben Sie ja auch schon kennen gelernt und da auch schon auf des Herrn Rittmeisters Sitz gesessen. Ja, so 'n solider eichener Wirtshaustisch, der hält sich wohl eine geraume Weile länger als die Ansichten und Meinungen der Herren dran und die Freundschaften, die dran geschlossen werden, und die Feindschaften, die dran zu Platze kommen. Stehn Sie nur mal so 'n fünfzig Jahre lang draußen und gucken Sie durch die Ritze im Laden auf den Nebenverdienst hin, daß einer von den Herren drin nach Hause begleitet sein will! – Je ja, im Jahre dreißig war der Herr Onkel im Bären schon längst der Herr Rittmeister und schon lange nicht mehr der Westfälinger Raufbold – des Franzosen Spießgeselle – der Kasselsche Räuberhauptmann. O, ganz im Gegenteil! Und daß er ein vermöglicher Mann war, tat ihm in Wanza auch keinen Schaden mehr an seiner Achtung. Sie reichen in d i e Zeit nicht hin, Herr Studente, sonst wüßten Sie auch, wie hoch die Franzmänner knappe fünfzehn Jahre nach Waterloo wieder bei uns in Deutschland waren."

„Anno achtundvierzig ritt ich noch auf meines Vaters Knie."

„Nun, sehen Sie wohl, dies nennt man denn eben Weltgeschichte. Und darüber wußte denn der Herr Onkel damals natürlich zu diskurrieren wie kein anderer in der Stadt. Wie es auch zu Hause mit ihm aussehen mochte, nieste er im Bären, so sprach die ganze Gesellschaft: zur Gesundheit, Herr Rittmeister! Und schlug er auf den Tisch, daß die Gläser und Flaschen hüpften, so kriegte er das Wort, um seine politische Meinung durchzusetzen, und behielt's, so lange er es nur mochte. Wer aber drunter durch war, das waren die Dorsten und die Overhaus, und wem die Fenster zu Ehren der neuen französischen Revolution eingeschmissen wurden, das waren sie auch. Wer aber die ganze Wanzaer Revolution, und was dazu gehört, hier besorgte, das waren einzig und allein die drei Geschwister Lunkenbein, obgleich man es ihnen noch nicht einmal nachweisen konnte und auch nicht, wer eigentlich in der Nacht vom ein-

auf den zweiundzwanzigsten August das Overhaussche Gartenvergnügen, den Birkenbabillon, in Brand steckte. Je ja, in einer Bevölkerung von fünftehalbtausend Menschen, Weibsleute und Kinder mitgerechnet, wo doch jeder den anderen ziemlich genau kennt und auch alles in allem ganz einträchtiglich mit ihm auskommt, sind so drei Spitzbuben wie die Geschwister Lunkenbein ein wahrer Segen, wenn es sich ums Revolutionsmachen handelt und jeder sich schämt, wenn alle anderen sagen: ‚So war's bei uns in der großen Zeit!' und bei ihm zu Hause gar nichts los gewesen ist. – So wahr ich hier vor Ihnen sitze und bei Leipzig, bei Laon, bei Paris und bei Ligny mitgewesen bin, ohne die Geschwister Lunkenbein hätte Wanza sich zu Tode schämen müssen; aber die zwei Hauptkerle mit der Spitzbübin, ihrer Schwester, hatte uns Gott zu unserem Troste in die Behaglichkeit gesetzt, und ihnen zu Ehren schafften wir auf dem Rathaus zwei neue Trommeln an, und aus Furcht vor ihnen richteten wir eine Bürgergarde ein; und weil es uns an Flinten ermangelte, kriegte jeder ausgewachsene Bürger und Bürgerssohn 'nen Spieß, neun Fuß im Lichten, und kam mehr als eine Nacht erst am Morgen zu Bette von wegen den zwei Trommeln, die doch auch mal zum Alarmschlagen benutzt sein wollten. Was aber das tollste war, um der Geschwister Lunkenbein wegen ist der selige Herr Onkel, der Herr Rittmeister Grünhage vom hochseligen Zweiten Westfälischen Kürassierregimente, der durch das wirkliche französische Donnerwetter unter dem großmächtigen Kaiser Napoleon von Lübeck bis Belle-Alliance mitgeritten war, noch einmal in seinem Leben zu Pferde gestiegen, und zwar als Kommandant von unserer Wanzaer Spieß- und Bürgergarde, und dabei umgekommen, ohne daß einer was dafür konnte; denn die Frau Rittmeisterin, Ihre liebe Frau Tante, Herr Grünhage, hätte sich doch gewiß und wahrhaftig mit ihrem Lachen bezähmt, wenn sie vorausgewußt hätte, was sie damit anrichtete!"

„Sie hat ihn, den Onkel Grünhage, also zu Tode gelacht?" rief der Student, beide Hände flach vor sich auf den Tisch legend.

„Das Feuer vom Overhausschen Babillon habe ich in Wanza ausgetutet," fuhr der Alte ausweichend in seiner wunderbaren Historie fort, „und ich hätte es mir gewiß lieber erst in der Nähe besehen sollen, ehe ich von Amts wegen solchen Lärm drum machte. Unsere Trommeln und unsere Spießgarde habe also ich item aus 'm Bett und auf die Straße gebracht und den Herrn Rittmeister mit dem Kürassiersäbel überm Schlafrock auf dem Posthalter seinen damaligen Schimmel. Ich sehe ihn noch wie heute, wie er bei Laternen und Fackeln unter Fräulein Theklas Fenster hielt und sie, auch im Schlafrock und der Nachtmütze, herausguckte und ihm eine Kußhand zuwarf und sich bei ihm für seine Hilfe in der Not bedankte. Es genügten aber zwei Mann, um die brennenden Pfosten von dem Birkenhaus hinten im Garten auseinander zu ziehen; und notwendig war's gerade auch nicht, daß wir dann mit ganzer Heerschar vors Teichtor zogen und die Geschwister Lunkenbein in ihrer Kabache belagerten. Das lag natürlich bis über die Ohren im Stroh und tat, als ob es die ganze Affäre ganz unschuldig verschlafen habe! Mit der Jungfer Lunkenbein war's freilich eine andere Sache, und meine persönliche Meinung ist, wenn ein Mensch das Genauere über den Mordbrand angeben konnte, so war's das armselige, unsinnige Geschöpfe Gottes. Nun, da sie geradeso log wie die anderen, so kam denn, wie gesagt, gar nichts heraus, und die Sonne ging richtig noch mal ganz nett über Wanza auf und beschien Gerechte und Ungerechte. Mit dem frühesten meldete ich mich dann nach gewohnter Weise auch wieder bei meinem Fräulein und hatte sie lange nicht so spaßhaft und bei so gutem Humor gesehen. Die übrigen im Hause waren natürlich alle in hellster Wut; aber mein Fräulein saß in seinem Hinterstübchen und lachte und sagte: ‚Wie wir unseren Erdmann kennen, Marten, so hätte der ganz gewiß sein Vergnügen an der jetzigen neuen Lebendigkeit in der Welt und nähme auch schon einen Wanzaer Ziegelstein ins Fenster seiner lieben Verwandtschaft mit in den Kauf!' Und damit schließt sie unseres Herrn Erdmanns Brieftafel, die sie auf dem Tische vor sich gehabt hatte, in die Kommode und nimmt ein Tuch um und sagt: ‚Nun komm, 's ist ein Morgen, als ob unser Herrgott Geburtstag hätte, und deine Frau Rittmeistern hat die große Wäsche; aber den Herrn Rittmeister, den sollte man für ewige Zeiten auf seinem Roß als Bildsäule auf den Wanzaer Marktplatz stellen. Nur schade, daß man über den Mann nicht lachen kann, nachdem man aufgehört hat, sich über ihn zu ärgern!' – Da gehen wir denn durch den Overhausschen Garten, wo alles von unserer Bürgergarde zertrampelt ist und das Sommervergnügen immer noch leise dampft, und spazieren hinter den grünen Hecken weg um die Stadt bis zu Ihrem Grünhageschen Garten, Herr Studiosus; und als wir nun allda über den Zaun gucken, da haben wie wiederum ein Schauspiel und einen Aschenhaufen, der auch nur noch leise dampft, nämlich Ihren Herrn Onkel mit der Wäschleine unterm Arm, als ob von Ewigkeit an nichts als Friede auf Erden gewesen sei und von dem Kaiser Napoleon, dem König Hieronymus, dem Marschall

Blücher und den Geschwistern Lunkenbein nun und nimmer die Rede. Damals hätten Sie Ihre Frau Tante auf dem Gartenstuhl stehen sehen sollen, Herr Studente, in ihren geschürzten Röcken und weißen Strümpfen; denn mit dreißig Jahren gehörte sie immer noch zu den Hübschesten in der Stadt. Mein Fräulein aber sah nur den Herrn Rittmeister und schüttelte den Kopf und meinte: ,Da möchte ich doch jetzo in dein Horn stoßen, Marten – tut, tuuuut – tut!' – Über die Hecke aber ruft sie doch nur: ,Guten Morgen, Herr Kommandant, und nochmals schönsten Dank für die gute Hilfe heute nacht; da hat man ja wirklich mal wieder gesehen, was ein Mann und Kriegsmann in der rechten Stunde wert ist!' – Die Frau Tante sagt auch: ,I, guten Morgen, Thekla!' Aber der Herr Rittmeister tut leise einen französischen Fluch, stellt seine lange Pfeife an eine Gartenbank, wirft mir die Zeugleinenrolle vor den Bauch und spaziert, ohne noch weiter ein Wort zu sagen, weg unter der weißen Wäsche, geht weg aus dem Garten und kommt nicht wieder. Warten Sie nur, Herr Nevöh, haben Sie nur Geduld; ich kann nur erzählen, wie es sich zugetragen hat, und wie man überhaupt hier in Wanza jede Geschichte erzählt. – Mein Fräulein und meine Frau Rittmeistern unterhalten sich nun zuerst ganz freundschaftlich über den schönen Morgen und die Vorkommnisse in der Nacht und die Geschwister Lunkenbein, aber leider immer mit der Aussicht auf den Herrn Onkel, und da bleibt denn natürlich wie gewöhnlich die Meinungsverschiedenheit nicht aus. Ich aber helfe als Faktotus wie gewöhnlich rund herum, obgleich weibliche Bedienung von der Frau Tante jetzt längst nach aller Notdurft durchgesetzt war – kann also nicht auf jedwedes Wort achten und sehe zuletzt nur, daß sie wieder mal voneinander Abschied nehmen in der Art, wie Sie, Herr Nevöh, es ja selber erst vor zwei Stunden erlebt haben. Und die Stunden fließen so hin, eine nach der anderen. Der Kirchturm, der uns in den Garten und Hof hineinsieht, zählt sie uns zu; aber am Tage habe ich mich ja gottlob nicht drum zu scheren, und so tue ich's auch nicht. Wanza liegt rundum, als ob es von dem nächtlichen Tumult gründlich ausschlafe; aber die Frau Rittmeistern, noch dazu mit der Erzürnung über Fräulein Thekla in den Gliedern, hat es desto eiliger, und erst, als es zu Tische gehen soll, fragt sie: ,Ist denn mein Alter noch nicht wieder da aus dem Bären?' – Und ziemlich ärgerlich sagt sie eine halbe Stunde später: ,Wenn es Fräulein Thekla erlaubt, so tut mir den Gefallen und seht mal nach im Bären, Marten Marten!' – ,Zu Befehl, Frau Rittmeistern,' sage ich und gehe hin und gehe durch Wanza –

den Weg kennen Sie ja schon, Herr Studiosus – gerade als es eins schlägt, und es ist mir, als habe mir die liebe Mittagssonne noch niemalen so heiß auf den Schädel gebrannt. Punkto zwölf aß man damals in jedem ordentlichen Hause in Wanza, wenn man was hatte, und der selige Herr Onkel war wirklich der einzige, der zuweilen sehr häufig die Stunde überhörte. Aus dem Essen nämlich machte er sich schon seit Jahren nicht viel, denn sein Magen war die letzte Zeit durch recht schwach, was ich aber nicht weiter untersuchen will, sondern gehe lieber weiter auf meinem Wege nach dem Bären. Und weiß der Teufel, kommt es, weil es durch das Ausbleiben des Herrn Onkels auch bei mir noch vor Tische ist, auch mir wird auf einmal ganz sonderbar durch den ganzen Leib. Kein Mensch in der Straße, nur ein oder zwei Hunde, die im Schatten liegen und nach Fliegen schnappen, und mit einem Male tut mir an diesem hellen, heißen Augusttage Ihr seliger Herr Onkel so von Herzen leid, wie es doch gar nicht nötig ist. Mit Respekt zu sagen, junger Herr, er kommt mir wie ein armer Narr oder genärrter Mensche vor, der Herr Rittmeister, und wie ich so gehe, denke ich: es ist richtig, ganz wundersam muß es ihm zumute sein, wenn er hier in Wanza so wie gestern nacht auf einmal durch Trommelschlag und Feuergeschrei aufgeweckt wird, aus dem Bette springt und seinen Reitersäbel umschnallt und noch halb im Schlafe meint, ganz Deutschland, Spanien und Rußland rücke auf ihn los. Und damit bin ich denn auch so in meinem eigenen jungen Leben und überlege mir, wie es anfing und weiterlief, und plötzlich wird es auch mir ganz flau, und ich glaube, hätte mir da einer mein Nachtwächterhorn in die Hand gegeben und gesagt: ‚Marten, blas!' so wäre ich vor meinem eigenen Schall wie vor einem Gespenst in der hellichten Mittagssonne in die Knie geschossen! – Im Bären wußten sie nichts von dem Herrn Rittmeister. Alle sonstigen gewohnten Stammgäste waren von halb elf bis halb zwölf dagewesen und hatten heftig diskurriert, und ein junger Herr hatte auch die Marselljäse gesungen, gerade als ob ich am hellen Mittage in mein Horn getutet hätte; aber dem Herrn Onkel seinen Stuhl hatte ein anderer warm gesessen. Na, da stehe ich denn hernach ziemlich ohne Rat vor der Tür; denn ohne den Herrn Onkel wäre ich gerade heute der Frau Tante nicht gern zur Suppe zurückgekommen. Was hilft's aber? Also ich geh' wieder die Straße hinunter auf das Teichtor zu, und der Kellner vom Bären gähnt hinter mir her, als wenn er ganz Wanza und die ganze damalige Welthistorie dazu überschlucken will; ich aber denke: sollte er in seinem Ingrimm bei der Temperatur gar nach dem Spatzenkruge hinausgewallfahrtet sein, der Herr Onkel nämlich!? Na, denn aber! ... An meinen eigenen kühlen Unterschlupf im Teichtorturm und den von dem Herrn Rittmeister daselbst eingelegten Vorrat von Trost im irdischen Drangsal denke ich in meiner Dummheit mit keinem Gedanken, als – sieh, sieh, mir mit einem Male wieder mal die richtige Stunde angesagt wird – durch die Jungfer Lunkenbein nämlich. Die humpelt mir entgegen und will mit ihrem boshaften Katzenblick wie eine Katze mit bösem Gewissen an mir vorbei, so dicht als möglich an der Hauswand hin. Und ihre Schürze trägt sie dabei aufgerafft und zusammengegriffen, als trüge sie Krösussen seine Schatzkammer drin; und ich weiß eigentlich selber nicht, wie es zugeht, daß ich dem armen Tier ganz höflich die Tageszeit wünsche, noch dazu nach dem Zunder-, Stahl- und Feuerstein-Verdachte von der letzten Nacht. ‚Na, Jungfer, ausgeschlafen mit gutem Gewissen?' frage ich. ‚Wohin geht denn der Weg? Und was trägt Sie denn da so verborgen, als ob Sie es bei der heutigen Hitze vorm Anbrennen bewahren müßte?' – Und weil die trübselige Kreatur und ich augenblicklich doch die einzigen lebendigen Wesen rundum sind, binde ich an die Höflichkeit auch noch die Frage und frage sie, ob ihr nicht der Herr Rittmeister Grünhage begegnet ist! ... Herr Studente, was mir entgegengezetert wird, ist das alte Lied, was immer von vorn angeht, so lang noch einer lebt aus denen, die mit mir in die Welt kamen. ‚Pferdedieb! Schinderknecht! Haltet den Dieb!' kreischet giftig das unsinnige Geschöpfe und gibt sich zugleich mit seinem Klumpfuß ins Laufen, und die Schürze gibt nach, und – sackerment, da läuft mir auch ein Taler vor die Füße und noch einer und noch einer. Und ein Sortimente klein Geld rollt auch aufs Pflaster, und ich – nunmehr wie von Amts wegen – greife natürlich ganz feste zu. Mit der einen Hand das alte Mädchen an der Schulter, mit der anderen in die Kattunschürze. Und was faßt meine Seele? Ein Bund Schlüssel, einen Korkzieher und eine Uhr mit einer Kette und einem Haufen Bammelotten, die ich so genau kenne wie die gelbe Lederhose, vor der sie seit den zehner Jahren hier in Wanza gebaumelt haben! ... ‚Menschenkind, wie kommst du dazu?' rufe ich. ‚Das sind ja meinem Herrn Rittmeister seine leiblichen Eigentümer! Um Gott und Jesu, wo liegt er am Wege, daß du ihm die Taschen hast ausräumen können?' Da lacht die Kreatur, als ob alle Schlauheit der Welt aus ihren Augen wie aus einem Tollhause herauslachte: ‚Ehrlich Gut, ehrlich Gut, Marten Marten! Kein gestohlener Gaul von Rasehorns Anger! Unterm Teichtor da ist es mir von Seinem Westfälinger geschenket als einer guten Kameradin, Marten Marten; und wenn Er wissen will, wo er sitzt, Marten, – wo Er selber gesessen hat, Er Schinder, Er Dieb, Er Pferdedieb. Und jetzo lasse Er mich frei, oder ich kratze ihm die Augen aus dem Gesichte, daß Er sie bis zum Jüngsten Tage mit Seiner dummen Laterne suchen soll, anstatt daß Er damit jetzt allnächtlich mich und meine Gebrüder ins Unglück bringen will!' Sehen Sie, Herr Studiosus, da blieb mir denn freilich fürs erste nichts übrig, als daß ich die Unholdin freiließ auf ihr Wort und hinging und nachsah, ob sie die Wahrheit gesagt habe, denn möglich war das, wie ich es auf manchem Schlachtfelde und auch im Lazarett in Erfahrung gebracht habe, wie Leute allerlei wegschenken können, wenn sie nur in der richtigen Stimmung dazu sind und für sich selber glauben keinen Gebrauch mehr von der Welt und ihren Besitztümern machen zu können. Glauben Sie ja nicht, Herr Nevöh, daß einem dazu das Messer schon in die Kehle gefahren sein muß; manchmal genügt es schon, daß man es nur die gehörige Zeit in der Einbildung hat von weitem blinken sehen. So war doch ihre liebe Frau Tante nie, daß ich sie mit einem Messer vergleichen möchte, das sich der Herr Onkel, als er aus seinen Kriegen kam, selber an den Hals gesetzet habe! Nachher ist die Jungfer Lunkenbein vor Gericht noch mal genauer inquirieret, und es hat sich, obgleich sonst kein Mensch freilich dabeigewesen ist, richtig erwiesen, daß es so gewesen ist, wie sie mir zugeschrillt hat. Unter dem Teichtor ist er wie einer, der schon halbwegs in einer anderen Welt spaziert, auf sie los gekommen und hat was gesagt, wovon sie nichts weiter verstanden hat, als daß er arg geschimpft und sie seinen Kameraden genannt hat. Und sie hat wieder geschimpft und gesagt: er sollte doch nicht auch arme Leute hohnecken, er, den die ganze Welt doch auch nur zum Narren hielte. Und da hat er sie ganz stier angesehen und sich an die Wand gelehnt, als ob ihm schwindelig werde; aber noch einmal ist er doch wieder zur Besinnung gekommen, wenn Sie dies so nennen wollen, Herr Studente, daß einer mit dicker Stimme sagt: ‚Halt die Schürze auf, Mädchen! Dich hätt' ich freien sollen und mit dir und deinem Lumpengesindel haushalten hier in Wanza, um dem verfluchten Nest das faule Pläsier an sich zu ruinieren. Da hast du zum wenigsten deinen Teil an des Satans Aussteuer, und die Uhr braucht der Rittmeister Grünhage auch nicht mehr, um zu wissen, was die Zeit ist. Sie stammt aus dem Kosakenkriege und kommt ganz richtig an die Jungfer Lunkenbein!' ... Ach, Herr Studiosus Grünhage, dann hat er ganz weinerlich ‚Fiekchen! Fiekchen!' gerufen; aber die Jungfer Lunkenbein hat natürlich gesagt: ‚Da sollen Sie ja auch tausendmal bedankt sein, Herr Rittmeister, und Vivat in alle Ewigkeit Ihr lieber Herr Kaiser, der Kaiser Napoleon!‘ – Ja, lieber junger Herr, dies wurde, wie gesagt, vor Gerichte von ihr zu Protokoll gegeben; aber was blieb mir übrig, als ich sie zuerst traf mit ihrer Schürze voll Ausbeute vom seligen Herrn Onkel? Nichts, als daß ich selber lief, was das Zeug halten wollte, und die Treppe in meinem Turm mehr herauffiel als -lief! Ich war damals erst im vorigen Jahre in diese meine mir von Stadtwegen angewiesene Behausung eingezogen; und dies war nun seit meiner Prisonzeit das erste von Merkwürdigkeit, was ich darin erleben sollte. Tauben hielt ich damals noch nicht, und die lieben nutzbaren Tierchen flogen mir nicht ums Dach. Die Sonne dagegen liegt grausam heiß auf dem alten Steinklumpen, aber drinnen ist's kühl und kalt wie im Grabe. Und wie ich die Tür da aufmache, da sitzt er richtig an diesem Tische und auf dem Stuhle, wo Sie da sitzen, Herr Nevöh, und ruht aus von seinen Feldzügen durch ganz Europa und von allen seinen Pläsieren und Molesten in Wanza an der Wipper. Ganz friedlich und still sitzt er da, als ob er nicht *einmal* in seinem Dasein mit Säbel und Pistol dem Teufel Bonschur gesagt hätte. Wie 'n Kind sitzt er da, bloß ein bißchen blau im Gesicht und ein bißchen weniger rot um die Nase, aber sonst viel, viel freundlicher und, mit Erlaubnis zu sagen, lieblicher als wie zum Exempel auf seinem Bildnis über der Frau Tante ihrem Sofa, allwo er noch jedermann anguckt, daß man sich erst ganz allgemach dran gewöhnt, ihn zu betrachten. – Na, daß aber mein Schrecken dessenungeachtet nicht klein war, das können Sie sich wohl vorstellen, bester junger Herr. Aber was half es? Der Nachtwächter von Wanza weckte ihn nicht mehr auf, und wenn er ihm sein Horn dicht an das Ohr gehalten hätte. Alle Trommeln und Trompeten des Kaisers Napoleon weckten ihn nicht mehr auf; und mir blieb dann nichts weiter übrig, als wenigstens für die anderen Lärm zu machen, unnötigerweise mit Hilfe der Nachbarschaft einen Doktor herbeizuschreien und die Frau Tante mit Vorsicht von ihrer Wäsche abzurufen –"

„Und was hat meine Frau Tante dazu gemeint?" rief der Neffe, der mit beiden Fäusten im Hauptbaar und mit beiden Ellenbogen auf dem Tische in atemloser Spannung der Erzählung des Alten zugehört hatte, jetzt einmal wieder, nach Luft schnappend, dazwischen. Der Meister Marten klopfte ruhig die Asche aus seiner Pfeife, füllte die letztere bedächtig von neuem aus seiner Tabaksblase und erwiderte:

„Je ja, was sollte sie sagen? Gedenken Sie nur daran, daß wir sie auf meiner Hellebarde in Wanza und in ihren Ehestand 'reingetragen hatten. Und bei was für einem schlimmen Wetter – nicht bloß in der Nacht da, sondern überhaupt in jenen Zeiten, wo wir jung waren. Wir konnten alle unseren Puff vertragen, daran hatte uns das Schicksal wohl gewöhnt. Je ja, ich muß mich wirklich erst darauf besinnen, was sie gesagt hat, Ihre Frau Tante, Herr Grünhage! Ja, eigentlich weiter nichts als: ‚Wie ist denn das gekommen, Marten?' Eine lange Rede hat sie nicht gehalten und noch weniger vor der Menschheit irgendeine Träne vergossen; nur in dem Herrn Erdmann Dorsten seinem Giebelstübchen hat sie sich die nächsten Tage durch wieder häufiger eingeschlossen, und was sie da mit sich und dem seligen Herrn Rittmeister ausgemacht hat, das hat sie Wanza weiter nicht mitgeteilt, sondern ruhig es daraufhin raten und reden lassen, wie es ihm gefällig war. Aber als die Frau Rittmeistern, wie wir sie hier im Orte heute kennen und Sie, Herr Nevöh, sie nunmehr auch bereits kennen gelernt haben, ist sie aus der Giebelstube herausgekommen und sozusagen auf dem gemeinen Wesen zu Pferde gestiegen. Manch einer will zwar behaupten, daß sie manchmal ein bißchen zu hoch draufsitzt, aber, du lieber Gott, fragen Sie nur den anjetzt regierenden Herrn Burgemeister, Ihren lieben Herrn Freund, mit wem er in kommunalen Angelegenheiten am liebsten zu tun hat, ob mit dem löblichen Magistrat und Stadtverordneten oder mit Ihrer Frau Tante."

„Bei den ewigen Göttern, was soll mir das?" rief der Student. „Ich bin mit Ihnen immer noch da, wo mein Onkel – mein verstorbener Onkel hier sitzt, wo ich sitze. Was sagte denn Fräulein Thekla – Fräulein Overhaus dazu?"

Des Alten Augen fingen über seinem Gläschen und des Rittmeisters letzter Flasche echten, alten Steinhägers auf einmal an, ganz wundersam zu leuchten und zu zwinkern.

„Herr!" rief er, „die tat, was die Tante nicht selber besorgte, sondern durch den Herrn Oberpastor auf Sankt Cyprians Kirchhofe vornehmen ließ an dem Herrn Onkel; sie hielt ihm eine Rede noch hier im Teichtorturm, ehe sie ihn in der Abenddämmerung still wegbrachten; und es ist mir dabei gewesen, als hörte ich meinen seligen Herrn Kandidaten auf mich einreden, als ich Anno neun in diesem selbigen Turm in meinem jetzigen Taubenschlag wegen meiner Missetaten einspundieret lag. Ja, wenn da einer die Worte noch wüßte oder damals zu Papiere gebracht hätte!"

„Besinnen Sie sich nur, Marten Marten."

Der Nachtwächter von Wanza lächelte immer seliger durch sein Spitzgläschen und wiegte das graue Haupt dazu hin und wider wie einer, dem es nun bald so wohl und vergnügt zumute ist, wie es nur je solch ein stillbehaglich Plauderstündchen am Herbstabend mit sich bringen kann. Und als der Student den Steinkrug aus Steinhagen ergriff, um ihn ein wenig beiseite zu rücken, der Aussicht auf den fröhlichen Greis wegen, däuchte ihm das Gewicht des Gemäßes um ein merkliches leichter denn zuvor.

„Je ja, was meinte mein Fräulein?" sprach der Meister Marten. „Daß wir allesamt arme Sünder seien, sowohl hier in Wanza wie überhaupt auf Erden, und daß der Herr Rittmeister doch zum wenigsten eine gute Seite gehabt habe, nämlich, daß er sich niemalen besser gemacht habe, als er von Natur gewesen sei, und daß sie – nämlich mein Fräulein – für ihr Teil immerdar ganz gut mit ihm ausgekommen sei, nachdem sie ihn im Laufe der Zeit ganz genau kennen gelernt habe. – Na, Herr Studiosus, ob Ihre liebe Frau Tante, die Frau Rittmeistern, dies nun für einen Stich nahm, will ich dahingestellt sein lassen. – ‚Freilich war er für mich zu gut, Thekla,' sagte sie, aber erst am Abend nach dem Begräbnis; – ‚schade, daß er nicht dich an meiner Statt sich aus Halle geholt hat, beste Thekla! Aber, mein Herz, so laut und deutlich vor allen Leuten im Teichtorturm in Marten Martens Stube brauchtest du mir eigentlich doch nicht mein ehelich Glück unter die Nase zu reiben!' – Na, Herr Studente, Nevöh und Studiosus Grünhage, was meinen Sie, wenn wir nunmehr hiermit dies Kapitel zuschlagen? Viel Moralität und gute Lehre, Exempel und Beispiel steckt eigentlich doch nicht drin und läßt sich daraus abziehen. Die beste und nützlichste Weisheit Salomonis habe, bei Lichte genau besehen, vielleicht ich selber mir draus abgefüllt –"

„Und was ist die, Meister Marten?" rief der Student, zappelnd vor Spannung.

„Nämlich, daß ich als Junggeselle gelebt habe und auch ganz sicher als ein solcher aus dieser auch hier in Wanza doch meistens auf die Verheiratung gestellten Welt abscheiden werde. Ich hätte wohl mehr als einmal Gelegenheit dazu gehabt, denn mein festes Brot und gute Versorgung hatte ich hier ja im Gemeinwesen nach meiner Art so ausreichend wie der selige Herr Onkel, und ein und zwei Male auch unbändige Lust dazu, einmal mit 'ner Jungfer und das andere Mal mit 'ner Witwe mit 'nem recht hübschen, schuldenfreien Anwesen. Aber, aber – dann war ich zuerst doch immer ein zu guter Freund von meinem lieben Fräulein Thekla und von Ihrer

30*

hochverehrten Frau Tante gewesen, um mich nicht immer wieder von neuem zu besinnen, ehe und bevor ich zugriff und die Sache richtig machte. Und vom August Anno dreißig an hat mir immerdar die Jungfer Lunkenbein mit ihrer zusammengerafften Schürze vorgespukt; und als es mit der Witwe Knöffler und mir nur an einem seidenen Faden hing und damals sogar mein Fräulein und die Frau Rittmeistern zurieten, ist, so wahr ich ein ehrlicher Kerl bin und hier vor Ihnen sitze, der Herr Rittmeister mir erschienen, als ich mit dem Morgen gerade vom Dienste kam und eben mein Horn an den Nagel hing. Da, wo Sie sitzen, hat er wiederum gesessen, aber in seiner Kürassieruniform wie auf dem Bildnis über der Frau Rittmeistern Sofa, aber längst nicht mit dem Gesichte wie auf der Schilderei und auch wie ganz eingefallen in seinem Harnisch, und hat mit der Hand – wer kommt denn da jetzt noch die Treppe herauf?!" ...

Neunzehntes Kapitel

Ob der Neffe der Frau Rittmeisterin Grünhage jetzt gleichfalls den Schemen seines Onkels oder der Jungfer Lunkenbein in der Türöffnung zu erblicken erwartete, mag zweifelhaft bleiben. Jedenfalls hatte er sich aus des verstorbenen Oheims Lehnstuhl halb erhoben und sank mit einem erleichternden Seufzer erst dann auf den Sitz zurück, als in der mittelalterlichen Pforte des Gemaches eine wohlbekannte Stimme durch das Gewölk mit einschlürfender Nase sprach:

„Ei, ei, welch ein Gedüfte allhier! Da sitzen richtig die beiden Geistbeschwörer, und rundum spukt es wahrlich in mehrfach aromatischer Weise. Wonach riecht es denn aber eigentlich?"

Es war der regierende Bürgermeister von Wanza, der durch die Dunkelheit seinen Weg zum Teichtor und im Teichtorturme hinauf gefunden hatte und vor welchem sich sein städtischer Unterbeamter wahrscheinlich aus Respekt ein wenig unsicher auf die Füße stellte und mit zwei militärisch grüßenden Fingern an der Schläfe wie im Dienste beruhigend meldete:

„Nur ein bißchen nach dem Herrn Rittmeister Grünhage, Seligen, Herr Burgemeister! Nach seinem Wacholder nämlich, Herr Burgemeister. Es war der letzte Krug von seinem Nachlaß, und wieso konnte ich denselbigen schicklicher herauf aus dem Keller holen als anjetzo zum Vergnügen und der Ehre von seinem Herrn Nevöh?

Sie kommen aber gerade noch recht zum Ende von der Geschichte, Herr Burgemeister."

„Hm, hm," sagte Freund Dorsten, trat näher an den Tisch, warf einen ziemlich verständnisvollen Blick über ihn hin und sodann auf den Freund aus der Lüneburger Heide und meinte:

„Nun, daß du mehr als einen Geist heute abend gesehen hast, das sieht man dir wohl an, mein Sohn. Jedenfalls hast du hier beim Meister Marten in deines seligen Onkels Lehnstuhl recht gemütlich gesessen. 's ist die Möglichkeit, wozu die Jugend, sobald man sie nur einen Moment aus dem überwachenden Auge läßt, einem sofort hier an der Wipper verführt wird unter dem Vorwande, der Familiengeschichte bis in die rührendsten Einzelheiten nachzugehen! Ja, wohl ist das so behaglicher, als es sich auf dem Rathause von mir in den Akten nachschlagen zu lassen. Mathilde hatte ganz recht, daß sie mich vorhin noch einmal vor dieser Familie warnte, als sie sich erkundigte, ob du außer der Tante Grünhage auch sonst noch weibliche Verwandte in der Welt besäßest, und ich erwidern mußte: Ein halb Dutzend allerliebste Schwestern."

„Sprich Vernunft, Dorsten, ich bitte dich!" rief der Bruder unserer Alten lachend; doch Dorsten, ohne sich irre machen zu lassen, stöhnte:

„O Calvisius! Die habe ich heute nachmittag auf dem Rathause gerade lange genug vergeblich geredet, und davon – sogleich. Fürs erste, Marten, lassen Sie sich durch Ihre Stellung zu mir nicht abhalten, mir einen Stuhl und gleichfalls einen Tropfen aus dieser unheimlich-verführerischen Flasche anzubieten. Es war in Ihrer Angelegenheit, daß ich mir in der Magistratssitzung den Hals – gegen die Kultur der zweiten Hälfte des neunzehnten Jahrhunderts wund gesprochen habe. ‚Laboremus! – sonst weiter gar kein Grund zur Fidelität!' sagte der Kaiser Septimius Severus, als er in der Stadt York zum letztenmal zu Bette ging. Dieses Glas den Manen deines Onkels und deiner gottlob noch ganz lebendigen Tante! Wahrlich, ein Tropfen, der der alten Kriegsgurgel, dem braven bonapartistischen Landsknecht Onkel Dietrich, alle Ehre macht, aber an dem Resultate der heutigen Sitzung nicht das mindeste ändert. Möge die Frau Rittmeisterin Sie und mich an den Gefühlen von Wanza rächen; wir mit den unserigen sind abgeblitzt an dem Verstande des verruchten Philisternestes; es ist nichts mit dem Horn von Wanza, Marten Marten!" ...

„Wieso?" fragte der Student, wie nach einem entglittenen Faden in seiner Erinnerung tastend; doch der Nachtwächter von

Wanza schüttelte nur lächelnd und gleichmütig das graue Haupt und meinte:

„Dieses brauchten Sie mir eigentlich nicht mitzuteilen, Herr Burgemeister. Ich wußte es schon im voraus!"

„Wieso?" fragte der Philologe zum zweitenmal.

„Je ja, Herr Studiosus, Sie haben es wohl natürlich schon vergessen, daß heute nachmittag Magistratssitzung gewesen ist und daß der Herr Burgemeister so gütig sein wollte, sich zu meinem Jubiläum meiner anzunehmen und die Herren zu bitten, mir mein altes Horn für den Rest meiner Lebens- und Dienstzeit wieder zu gestatten."

„Je ja!" rief der Student, ohne es zu wissen, ganz und gar in die Stimmung, den Ton und Ausdruck des Alten mit seiner Interjektion fallend.

„Eine nette Sitzung war's, in der ich mich Ihnen zuliebe, Marten, und Ihres abgeschmackten Horns wegen wieder mal zum Narren habe machen lassen!" berichtete der Bürgermeister mit sozusagen behaglichem Verdruß. „Eine Sitzung, in der wir uns wie noch nie auf der Höhe der Zeit befanden. Hier sitze ich denn, geknickt durch den Bürgervorsteher Tresewitz – der Senior der Caninefaten hingeredet durch einen schnöden Wanzaer Lichtzieher und Seifensieder! Es ist zu großartig!... Geben Sie mir noch ein Glas von des alten seligen Stadtonkels konzentriertem Waldduft, Marten! Weder auf Universitäten noch hier im Amte in Wanza habe ich je eine Herzstärkung so nötig gebraucht wie in diesem Moment. Fünfundzwanzig Taler Gratifikation für Ihre fünfzigjährigen Dienste sind Ihnen verwilligt, Marten; aber was Ihr Horn anbetrifft, so – will ich den Seifensieder Tresewitz seine Gründe gegen die Wiedererweckung desselben selber vortragen lassen. Ich habe Gefühle geredet, er aber Verstand. O Calvisius, Calvisius, hätte ich mir doch auch einen Sklaven für meine Gefühle halten können, als ich heiser wie ein mit vernünftigen Gründen übernudelter Gänserich zum Si vobis videtur, discedite, Quirites! kam, zur Abstimmung schritt und das Fazit der Beratung zog."

„Wenn Sie so gütig sein wollen, Herr Burgemeister; für den Meister Tresewitz und seine Ansichten habe ich immerdar ein Ohr übrig."

„Und ein jegliches in der Versammlung der patres conscripti von Wanza, Grünhage, wurde um ein bedeutendes länger, als er sich zum Worte meldete, es leider erhalten mußte und sich erhub, – das kann ich euch versichern."

Der Bürgermeister von Wanza erhob sich gleichfalls von seinem Holzschemel im Teichtorturm, suchte nach Möglichkeit wie ein Wanzaer Lichtzieher auszusehen und redete mit dem Seifenfabrikanten Tresewitz, wenn nicht in der Brundelweis, dem Blutton, der spitzigen Pfeilweis, der verschlossenen Helmweis, so doch unbedingt in der Blasii Luftweis noch einmal gegen das H o r n v o n W a n z a.

„Herr Burgemeister und meine Herren! Sie kennen mich, und ich kenne Ihnen. Unseren städtischen Nachtwächter Marten kennen wir auch allesamt, und was er uns wert gewesen ist durch die letzten fünfzig Jahre, hat der Herr Burgemeister uns soeben recht gut und zu seinem Lobe auseinandergesetzt. Daß ich auch heute mit der Majorität gehe, glaube ich wohl schon; aber, meine Herren, ich meine doch auch: erst noch mal sich's ein bißchen überlegen und überdenken, ehe man sich möglicherweise vor seiner Zeit und Mitwelt gottsträflich blamiert und ganz Wanza nachher womöglich vor ganz Deutschland zum Gespött und Amüsemang wird, was auch schon dagewesen ist. Denn wieso? Alabonnär mit der Pietät; aber weit kommt man denn doch gerade nicht damit und zumal in städtischen Angelegenheiten, wo man immer am besten in der Geschichtschreibung oder der Zeitung damit wegkommt, wenn man eben abgetan sein läßt, was abgetan ist. – Daß Marten Marten fünfzig Jahre lang nächtlicherweile seine Schuldigkeit getan hat, will ich gerne anerkennen, wenn ich auch persönlich von den ersten, nämlich Jahren, noch nichts aus eigener Erfahrung sagen kann. Aber, meine Herren, daß wir anderen uns deshalb vor dem Universum, und reichte dasselbige auch nur bis Sondershausen, blamieren sollen, kann er und der Herr Burgemeister doch eigentlich nicht von uns verlangen. Denn wieso? Stimmt das Horn noch mit der heutigen Jahreszahl und gegenwärtigen Kultur, so verpflichte ich mich hierdurch und aus Achtung vor unserem Herrn Burgemeister, Marten zu seinem Jubiläum ein silbern Mundstück aus meiner Tasche drauffsetzen zu lassen. Stimmt es aber nicht, so, glaube ich, haben wir schon damals unser allermöglichstes an ihm geleistet, als wir es hier an eben diesem Tische Marten Marten auf sein Ersuchen zum Andenken behalten ließen und es nicht, wie der Vorschlag war, ihn an Putferkel, unseren Schweinehirten, abgeben ließen zur ferneren nützlichen Verwendung als kommunales Eigentum, wogegen ich, wie Sie alle gewiß noch wissen, meine Herren, damals stimmte und so lange in der Minorität war, bis ich meine Gründe mitgeteilt hatte. Nämlich ebenfalls der Blamage wegen. Wieso? Weil ich doch nicht gerne wollte, daß ein

Instrumente, mit dem ich mir die lieben, langen Jahre habe sagen lassen, was es an der Zeit in der Nacht war, nunmehr vor dem lieben Vieh geblasen würde und noch dazu die Schweine – denken Sie mal! – Meine Herren, doch um nun bei unserem jetzigen Thema und Antrag zu verharren, so wissen Sie allesamt, wie ich als Lichtzieher am hiesigen Orte begonnen und auch nahe an die dreißig Jahre nunmehr die Talglichter ins gemeine Wesen geliefert habe. Wie würde es Sie nun gefallen, wenn ich nunmehr, wo jetzt das Petroleum angekommen und die Lichter abgekommen sind, von Sie zu meinem Jubiläum prätendieren wollte, daß Wanza sich wieder in die alte Erleuchtung schicke und sich von mir jeden Abend das Licht anstecken lasse? Ne, ne, Ihr Wort in allen Ehren, Herr Burgemeister, und das, was Sie von der Frau Rittmeistern als einen intimen Wunsch bemerken, auch; aber damit können Sie auch bei dem besten Willen unserseits diesmal nicht durchkommen! Bedenken Sie mal, meine Herren, wenn wir Marten diesen Gefallen täten und sein abgeschafft Horn für unsere nächtliche Ruhe wieder einführten und nachher vielleicht vom H o r n v o n W a n z a in der Welt gesprochen würde?! Ich glaube, alle Seife, die ich in meinem Laden und Geschäft augenblicklich in Disposition habe, wüsche uns dies nicht ab! Noch liegt Wanza nicht an der Eisenbahn, aber wie bald vielleicht mit Gottes und der Regierung Hilfe? Und da sehe ich es denn heute schon wie mit meinen leiblichen Augen, wie sich auf unserer Station die reisende und intelligente Menschheit aus'm Coupéfenster hängt, wenn die Schaffner uns ausgerufen haben, und sagt: ‚Guck, das ist also Wanza, wo sie das Horn von Wanza wieder eingeführt haben!' – Malen Sie's sich aus, und dann zum Schluß meiner Rede, meine Herren! Wieso? Nämlich dafür, daß wir den alten Mann, den Marten Marten, für seine langen, treuen Dienste redlich belohnen, stimme ich ebenfalls aus vollem Herzen, wenn er eigentlich auch nichts weiter als seine Pflicht und Schuldigkeit, wie wir anderen auch, getan hat. Und wie ich die Menschheit kenne, so ist ihr eine Remuneration in barem immer noch das liebste und wird's bleiben bis an der Welt Ende, und alles übrige sind Fisimatenten und Redensarten. Nötig hat er's ja eigentlich nicht, denn sein gut Gehalt von wegen seiner Verdienste um die Stadt und, wie man sagt, auch ums deutsche Vaterland vor Olims Zeiten als Freiheitskämpfer hat er, und die freie Wohnung im Teichtor hat ihm die Familie Overhaus, als sie noch allhier am Ruder war in Wanza, auch verschafft. Und wie er zu der Frau Rittmeistern Grünhage, einer so vermöglichen Frau, mit seinen Extrabedürfnissen steht, weiß ja auch jedermann. Aber des Anstandes wegen — meinswegen, machen wir ihm 'ne Extrafreude zu seinem Jubiläum, und auch schon um dem Herrn Burgemeister zu zeigen, daß wir ihm von Magistrats wegen gern in allen verständigen Dingen zu Willen sind. Zehn Taler sind wohl zu wenig; zwanzig ihm aufgezählt, wären gewiß genug; aber — meinswegen — sagen wir fünfundzwanzig, und — meinswegen — auch etwas Schriftliches und Orthographisches oder Kalligraphisches dazu, was ihm dann hier auf dem Rathause in feierlicher Sitzung und mit einer Vermahnung zu fernerem Wohlverhalten überreichet werden kann. Fünfundzwanzig bar aus der Stadtkasse und ein Diplom, das ist's, was ich nobel nenne und passend; aber sein Gelüste von wegen Wiedereinsetzung seines Tuthornes nenne ich eine Dummheit, und damit soll er uns vom Leibe bleiben, Ihre und der Frau Rittmeistern gewiß achtbare und sinnvolle Gefühle in allen Ehren, Herr Burgemeister! Und nun, wenn keiner sonst noch was zu bemerken hat, trage ich auf Schluß der Verhandlung über diesen Antrag an. Denn wieso? Ich meine, dieses hochselige Horn von Wanza hat uns allmählich doch wohl lange genug um die Ohren geklungen, und ich habe meine kostbare Zeit für mein eigen Geschäft zu Hause lieber als für solches Allotrium hier auf dem Rathause!"

„Wunderbar! Höchst wunderbar!" rief der Student, aus des Onkels Ruhehafen aufspringend und sich dem durch seine mimischbürgerliche Leistung schier erschöpften Exsenior der Caninefaten an den Busen werfend. „Caninefatia sei's Panier! Hurra hoch! Mensch, ich kenne dich aus großartigen Stunden nächtlicher Weihe her; aber — bei den unsterblichen Göttern — sie wußten es, was sie taten, als sie dich zum Bürgermeister von Wanza machten! Dich brauchten sie hier in Wanza, dich allein! Thyrsusträger sind viele, jedoch der Berufenen wenige! Dich aber haben sie wahrhaftig unbändig glücklich für den allein dir zukommenden und passenden Stuhl in der Weltgeschichte herausgefunden. O, bleibe mein Freund auf der Menschheit Höhen, weiser Seneca! Bleibe mein Bruder, Ludwig Dorsten!"

„He, nicht wahr:

Nach meinem Tod wünsch' ich zum Herold mir,
Der meines Lebens Taten aufbewahre
Und meinen Leumund rette vor Verwesung,
So redlichen Chronisten als mein Griffith,"

zitierte grinsend und des Onkels Grünhage letzten Rest geistigen Nachlasses zu sich herüberziehend Dorsten. „Sonst aber erscholl ringsum unendlich Gemurmel des Beifalls; ich durfte mir nur einfach die Gesichter rund um mich betrachten, um mir alle weiteren Bemerkungen als unnütz zu ersparen. Mit einer gegen alle Stimmen sind wir durchgefallen, Marten, was Ihr Horn anbetrifft; zu der Extrafreude hingegen, die Ihnen der Senat für die Nacht vom achtundzwanzigsten auf den neunundzwanzigsten dieses Monats macht, gratuliere ich herzlich. Das wenigstens haben Sie und die Frau Rittmeisterin sicher –

Datum im völligen plenissimo magistratu,
Coram sämtlichem gegenwärtigen Senatu.
  Affigatur et bublicetur
  Et ad Prutacollum notetur."

„Danke ganz ergebenst, Herr Burgemeister. Werde mich über dieses mit der Frau Rittmeistern noch des weiteren bereden, glaube aber fest, daß sie sagt: ‚Da wären Sie ja ein wahrer Esel, wenn Sie dem Herrn Bürgervorsteher Tresewitz auch diesen Triumph machten und nicht zugriffen!'" sprach der alte Schlaumichel Marten Marten, erhob sich von seinem Sitz, ging in seine Schlafkammer und kam nach einem Augenblick wieder zurück mit dem Nachtwächterhorn von Wanza in der Hand.

Sanft, zärtlich legte er es auf dem Tische vor den beiden Herren und neben der letzten Flasche des Rittmeisters Grünhage nieder und sagte:

„Wenn ich es so angucke, komme ich mir selber ganz erhaben vor! Denn – wieso? sagt Herr Fabrikant und Seifensieder Tresewitz; – nämlich ganz feste muß die heutige hohe Kultur hier bei uns in Wanza, mit Respekt zu sagen, noch nicht auf den Beinen stehen, wenn es menschenmöglich ist, daß ich armer alter Kerl sie noch damit über den Haufen blase. Je ja, wenn das aber wirklich sich so verhält damit, wie Sie sagen, Herr Burgemeister, daß löblicher Magistrat und Bürgerschaft es befürchtet, na, dann lassen wir's um Gottes willen ja beim alten, das heißt in diesem Falle beim neuen! Ich für mein Teil wenigstens will die Verantwortlichkeit nicht auf mich nehmen; und noch dazu so kurz in meinem Falle vor Sankt Cyprians Kirchhofe und der Jüngsten-Gerichts-Trompete. Denn dafür hat auch keiner eine Garantie, daß er nicht seinerzeit da oben mal gefragt wird, was er seinerzeit hier unten zur Beförderung des Fortschritts beigetragen hat. Und denn, sehen Sie mal, ich will meinen Gesang gerade nicht loben, aber zu dem alten guten Instrumente gehörte er doch auch; und wenn einer jahrelang allnächtlich die Bürgerschaft gewarnt hat, auf die Erleuchtung zu passen und das Feuer und das Licht zu bewahren, so will er doch gewißlich nicht seinen letzten Odem dazu verwenden, es in Wanza ganz auszublasen. So wahr ich selber jetzt noch im heutigen Tage lebe, da tutete ich mich doch lieber vorher um meinen Hals! Übrigens habe ich Ihnen sowohl, Herr Burgemeister, wie auch der Frau Rittmeistern und auch nachher Fräulein Thekla gleich gesagt, daß es mit diesem meinem närrischen Wunsche nichts auf sich haben würde; also bestätigen Sie mir durch Meister Tresewitzens Rede nur meinen eigenen Trost, den ich mir selber gegeben habe. Aber, Herr Burgemeister, wenn es dazu noch ein zweiter Trost für mich ist, daß unser Herr Bürgervorsteher selber Angst vor dem Mißbrauch der guten alten Musik haben und es nicht gerne in Putferkels Händen sehen wollen, so ist in Anbetracht unserer Sterblichkeit darauf doch kein Verlaß. Also legen Sie es doch lieber mir mit in den Sarg, das Horn; denn für den öffentlichen Aufstreich vielleicht mal steht Ihnen kein Mensch, und Lichtzieher Tresewitz, unser Herr Bürgervorsteher, leider Gottes sowenig als ein anderer. Kommt es mal zur Auktion über meine Hinterlassenschaften und Sie, Herr Burgemeister, oder die Frau Rittmeistern greifen nicht rasch zu, so kriegt es Putferkel doch noch in seine Tatzen und bläst es mir zum Tort durch die Kirchhofstür bis in den kühlsten Grund der Erde hinein; und wenn Herr Tresewitz sich selber für diesen Skandal zu lieb hat, so habe ich immer noch, alles in allem genommen – Wanza zu lieb dazu. Der Herr Nevöh sind Zeuge, daß ich es Ihnen, Herr Burgemeister, hiermit feierlich im voraus vermache und in die Hände lege, das Horn von Wanza, auf daß es in Ehren bleibe und kein Schaden damit geschehe, wenn ich nicht mehr vorhanden bin."

Der regierende Bürgermeister von Wanza nahm das Horn, wog es einige Augenblicke zweifelnd in der Hand – setzte es an den Mund – setzte es wieder ab, ohne ihm einen Laut entlockt zu haben, und sprach mit tonloser Stimme und mit einem nicht zu beschreibenden Blicke auf den jüngeren Freund:

„Na, was sagst du nun h i e r z u, Grüner?... Auf daß es Putferkeln nicht in die Hände falle! Nicht wahr, das hätte man voreinst dem Senior der Caninefaten zu mitternächtlicher Stunde auf der Weender Straße prophezeien sollen!"

Zwanzigstes Kapitel

Am folgenden Morgen setzte die Tante den Neffen von neuem dadurch in Verwunderung, daß sie das Ding höchst kühl und gleichgültig aufnahm.

„Das dumme Tuthorn hätte uns doch nur das ganze Nest mit in die Feierlichkeit hineingezogen," sagte sie. „Nun bleiben wir jetzo ganz unter uns und begehen unsere Festivität in der Familie, du und ich. Und mit deinem Trübsals-Magistrate und Seifensiedereien bleibe mir gar vom Leibe! – Wenn der Mensch aus purer Bosheit über sich selber in solch 'ner Nacht wie die vergangene wieder einmal dazu gekommen ist, über sich selbst ein bißchen nachzudenken, so kann er bei der Gelegenheit auf geradeso einen kuriosen Einfall kommen wie Marten Marten und vielleicht geradesogut wie er zum unsinnigsten Erstaunen von ganz Wanza an der Wipper. Jetzt kommen nur allein die, welche von Rechts wegen dazu gehören, und dich scheint der Himmel speziell dazu geschickt zu haben; – Dorsten aber wird diesmal nur im Frack eingelassen. Ich habe mich gestern abend wieder mal viel zu sehr über mich selber geärgert, um noch für anderes Ärgernis Platz in meiner Seele zu haben. Thekla Overhaus sitzt natürlich zuoberst bei Tische, und für die Nacht wenigstens muß sie Quartier in deines – seligen Onkels Hause nehmen, mein Sohn. Marten Marten nimmt unbedingt die fünfundzwanzig Taler, ohne sich gerade viel dafür zu bedanken bei der Stadt Wanza. Seine Stunden ruft er auch ruhig bis Mitternacht in das neue Halbjahrhundert hinein – seinen Platz bei Thekla heben wir ihm auf, bis er um zwölf Uhr abgelöst wird. Na, und – das übrige wird sich ja auch wohl dazu finden und machen lassen. Dir, mein Sohn Bernhard, rate ich nur, mir die nächsten acht Tage hindurch so viel als möglich aus dem Wege zu gehen. Fürs erste bin ich mal tot für vieles, was mir einst ziemlich interessant war – je ja! wie Meister Marten Marten sagt."

Nun war es in der Tat merkwürdig, wie „tot" die Tante Sophie die nächsten acht Tage durch für alle Interessen Wanzas war und wie lebendig in mysteriösester Weise sie sich nach den verschiedensten anderen Richtungen hin erzeigte. Fast jegliche Tagesstunde fand sie einmal auf dem Wege durchs Teichtor zu Fräulein Thekla Overhaus, und von jeder dieser Visiten und Konferenzen kam sie munterer und erregter, aber auch zugleich heimtückisch- und hinterlistig-geheimnisvoller nach Hause. Was sie eigentlich vorhatte, erfuhr niemand in Wanza außer dem alten Mit-Jubelkinde, dem Meister

Marten Marten. Dieser schien ganz gegen die Regel und Ordnung sofort ins Vertrauen gezogen worden zu sein, und – ganz in der Ordnung und Regel weder mit seinem Sinn noch seinem Verstand, seinem Gefühl und seiner Vernunft hinterlistig und heimtückisch hinter dem Ofen geblieben zu sein.

„Je ja, meine Herren," grinste er mit kitzelndem Behagen, „wenn die Sache so ausfällt, wie sie sie sich anjetzo eingerichtet hat, dann weiß ich mir wirklich kein besser Jubiläum hier in Wanza zu wünschen. Sehen Sie mal, das eine kann ich Ihnen sagen: zwischen uns dreien hier an der Wipper seit fünfzig Jahren, ich meine zwischen mir und meinem Fräulein und der Frau Rittmeistern, ist das immer so gewesen, nämlich daß wir uns immer gegenseitig auf die richtigen Sprünge helfen. Sie verstehen doch, meine Herren?"

„Nicht im mindesten, grauer Isispriester," brummte Dorsten.

„Ich ebensowenig, Marten!" rief der Student; und der Alte, die Mütze von einem Ohr aufs andere schiebend, gestattete sich zuerst noch einen langen, grinsenden Blick von einem der beiden jungen Männer zum anderen, um sodann, wie überwältigt von innerstem Behagen, es sich sogar zu erlauben, seinen Chef, den regierenden Bürgermeister der Stadt, ganz zärtlich auf den Rücken zu klopfen und dabei gegen den Neffen der Frau Rittmeisterin zu bemerken:

„Ja, dann ist das freilich eine böse Geschichte, und ich kann Ihnen fürs erste auch nur dasselbige anempfehlen, was Ihnen, Herr Grünhage, schon die liebe Frau Tante angeraten hat. Nämlich gehen Sie uns jetzo gefälligst so weit als möglich aus dem Wege und laufen Sie uns ja nicht immer vor die Füße; denn, weiß Gott, wir haben wirklich noch alle Hände voll zu tun, um unsere fünfzigjährige Ankunft hier im Amte und, was die Frau Rittmeistern angeht, in Wanza überhaupt anständig zu begehen, wo mein Horn nicht dabei sein kann und die Frau Rittmeistern mit uns ganz unter sich sein will!"

Eine vollständige Umkehr des Hauses am Marktplatz schien vor allem anderen zuerst dazu zu gehören, um die erwünschte „Anständigkeit" der Feier des Einzuges der Frau Rittmeisterin in Wanza und des Amtsantritts des Wanzaer Nachtwächters vorzubereiten. Der Bürgermeister hub an, jedesmal, wenn er in den Dampf und Aufruhr die Nase hineinsteckte, Schillers Taucher zu zitieren und den befreundeten Jüngling Bernhard Grünhage schadenfroh auszufragen, wie es ihm auf des Meeres tiefunterstem Grunde gefalle und wie viele Salamander er bereits mit den Salamandern,

Molchen, Waschlappen, Scheuerbürsten und dem sonstigen grausen Gemisch scheußlichen kalten und warmen Wassergeziefers gerieben habe.

„Sie ist glorreich auch in dieser ihrer Raserei!" stöhnte der Neffe und meinte mit dem Worte seine Tante Sophie, die in diesem Augenblicke mit einem Besen in der einen Hand und einer Bürste in der anderen, und wiederum ohne im geringsten auf ihre weißen Strümpfe zu achten, sich von dem Treppenabsatz auf das Wogen, Wallen, Sieden und Zischen in dem unteren Raume des Hauses niederbeugte und rief:

„Da stehen sie einem richtig schon wieder im Wege! Liebe Jungen, verlaßt euch drauf: zur rechten Stunde werdet ihr gerufen; jetzt aber schert euch auf der Stelle wieder zum Tempel hinaus."

„Komm!" sagte Dorsten und fürs erste nichts weiter. Erst drei Gassen weiter weg meinte er ganz scheu:

„Ich kenne eure Alte nicht; aber Mathilde kenne ich, und – eine ist wie die andere darin! Zu dieser Kunst, uns Männern die Angst der Kreatur deutlich zu machen, scheinen sie allesamt schon neun Monate vor ihrer Geburt berufen zu werden – die Frauenzimmer nämlich! O Grüner, du hast nicht bloß Philologie, sondern auch einiges von der Geschichte studiert: sag mal, läßt es sich wirklich nicht historisch nachweisen, daß die Damen von Kaschmir noch am letzten Sonnabend vor der Sündflut haben scheuern lassen und aufgewaschen haben – all ihrer übrigen Unreinigkeit unbeschadet? ... Halt dich nicht auf mit der Antwort – da kommt Tresewitz über den Weg – gerad' als ob uns die Welt noch nicht genug nach grüner Seife röche!"

Sie retteten sich in den Bären. Sie retteten sich sehr häufig während dieser schweren Tage in den Bären; und auch der Teichtorturm erwies sich jetzo für den Neffen mehrfach als derselbige gute und sichere Zufluchtsort wie vordem für den seligen, dann und wann auch aus seinem eigenen Hause gespülten Onkel Rittmeister. Wo es irgendein Asyl gab, kroch der Student unter in diesen unruhevollen Tagen. Er saß vor dem Teichtore bei Fräulein Thekla, hörte sie von dem Kandidaten Erdmann Dorsten und der Schlacht bei Leipzig erzählen; und was sonst die Mysterien von Wanza anbetraf, so weihte e i n e stille Stunde hier ihn tiefer in dieselben ein, als es ein jahrelanges Studium in dem Archive oder der Registratur der Stadt auf dem Rathause vermocht hätte. Auf dem Rathause brachte er dessenungeachtet doch auch manche stille Stunde hin, indem er mit Ausdauer Fliegen für den Laubfrosch des regierenden Bürgermeisters fing. Er überfütterte ihn – den Laubfrosch – vollständig, während die Tante weiterscheuerte und nebenan im Sitzungszimmer das Räderwerk des städtischen Verwaltungsmechanismus mit dem weisen Seneca an der Kurbel weiterknarrte.

„Es ist eine recht pläsierliche Kreatur, hier dem Herrn Burgemeister sein Frosch, Herr Studente; und ich sehe ihm auch manchmal ganz gerne auf seiner Leiter zu. Er ist uns immer eine angenehme Unterhaltung, wenn wir gerade nichts anderes vorhaben, Herr Grünhage," meinte Hujahn.

Am Vierundzwanzigsten, einem Freitage, brachte der „Bote an der Wipper" die Nachricht von dem Morde zu Pantin bei Paris in den Bären; aber der Neffe der Tante Sophie Grünhage war nunmehr allgemach so weit herunter, daß ihm die schauderhafte Tragödie vollständig einerlei war. Am Sonnabend regnete es noch tüchtig auf den Höhepunkt der Überschwemmung im Hause am Marktplatze hernieder; aber am Sonntag kam die Sonne durch und wurde es das wundervollste Herbstwetter. Der achtundzwanzigste September fiel auf einen Dienstag, da der siebenundzwanzigste auf den Montag gefallen war –

„Traupmann! ... Zu Hilfe! Sie duckt uns unter! ... Onkel Dietrich, zu Hilfe!" ächzte der Student aus dem beängstigendsten Traume seines Daseins in Wanza unter einer schüttelnden Hand und beschienen vom fröhlichsten Strahl der Morgensonne auf seinem gastlichen Lager im Hause des Onkels sich aufrecht setzend.

„Je ja, da ist es ja ein wahrer Segen, daß nur ich es bin; ich – Marten Marten, Herr Nevöh! ... Sie müssen ja ganz erschrecklich geträumt haben! Na, besinnen Sie sich nur und sehen Sie mal diese Witterung. Je ja, hätten wir nur heute vor fünfzig Jahren solch ein Wetter gehabt!" sprach das eine Jubelkind des heutigen Tages, dem jungen Verwandten des Hauses die Stiefel ausnehmend blank geputzt vor das Bett stellend. „Mit Erlaubnis zu fragen, was hat Ihnen denn gerade in dieser gesegneten Nacht in Ihrem Traume so abscheulich mitgespielt? Das muß ja geradeso wie bei mir Anno fünfzehn im Feldspital gewesen sein, wo ich alle Nacht von dem gottverdammten Sankt Amand und der gluhen Brandmauer auf mir träumen mußte, ob ich wollte oder nicht."

„Sind Sie es wirklich, Marten?" stammelte der Student, noch immer ganz verwirrt und mit der Hand in dem feuchten, gesträubten Haarwuchs. „Wovon ich geträumt habe? ... Ja, warten Sie mal – von dem Mörder aus dem dummen Wipperboten, dem Mörder Traupmann, von dem Onkel Dietrich Grünhage, von der

Tante großem Reinmachen, von der Jungfer Lunkenbein und – zuletzt – wieder von der Tante Sophie! Aber wie kommen Sie denn jetzt schon – so früh hier ins Haus, Marten?"

„Bitt' ich Sie, bin ich denn nicht heute mit eine von den Hauptpersonen? Da habe ich mich denn diesmal nur um eine oder zwei Stunden früher ein bißchen nützlich gemacht. Nun, jetzt fahren Sie nur so rasch als möglich in die Stiefeln; unten im Hause ist alles abgetrocknet, und der Kuchen steht schon auf'm Tische. Je ja, wer weiß, ob heute um Mitternacht uns diesmal die liebe Sonne nicht gerade noch so scheint wie jetzt, allen Ihren schlimmen Träumen zum Trotze?!"

„Die Tante hat nicht heizen lassen?"

„Heute nicht!" lachte der Alte. „Sie schwitzt auch schon ohne dieses vor Aufregung. Gehen Sie nur hinunter, Sie finden sie an ihrem Platze hinterm Kaffeetisch; aber noch eins, vergessen Sie es nicht, sich auch den alten Herrn, den Herrn Rittmeister, den Herrn Onkel meine ich, überm Sofa und über ihr zu betrachten. Mir sieht er nämlich heute ganz anders wie sonsten von der Wand."

Der Student stand jetzt bereits im Hemde am Fenster des früheren Schmollwinkels der Frau Sophie Grünhage. Wahrlich, da lagen unter ihm die Dächer und Gärten im Sonnenschein; im Sonnenschein lag die bunte, grüne, hügelige Landschaft drüber weg und im blauesten Morgennebel die Thüringer Berge. Eine Viertelstunde später trat er überall im Hause auf (nach der Mode von achtzehnhundertneunzehn) frischgestreuten weißen Sand, und – da saß sie richtig unter dem Bildnis ihres Seligen, so früh schon in feierlicher schwarzer Seide, doch mit einer schneeweißen Küchenschürze über dem Festgewande nach der Mode von achtzehnhundertdreißig. Sehr herbstlich, aber doch auch sonnig mit einem netten Ausdrucke von Güte und Milde in dem alten, hellen Gesichte, den er bis jetzt so noch nicht darauf bemerkt hatte, erhob sie sich halb von ihrem Sitze und reichte ihm die Hand. Sein Auge wanderte von ihr nach dem Porträt über ihr. Bekränzt hatte man dasselbige nicht; aber der Meister Marten hatte doch recht: der selige Herr Onkel stierte ihm heute morgen ganz anders entgegen wie sonst. Ob es die sonnige Beleuchtung machte oder etwas anderes: der Rittmeister sah, in diesem Augenblicke wenigstens, nicht aus, als ob er dem Beschauer eine Ohrfeige geben wolle, sondern als ob er sie ihm bereits versetzt habe und nunmehr mit erleichtertem Gefühl, ganz à son aise, die Gegenwirkung erwarte, in der gemütlichen Sicherheit, zu Fuß, zu Pferde und auch in Öl für alles bereit zu sein.

„Setze dich, mein Kind," sagte seine greise Witwe gemütlich. „Mit unseren Vorbereitungen sind wir gottlob zu Ende. Unten in der Stube wird natürlich gegessen. Und was das übrige anbetrifft, so bin ich mit mir, Thekla und Marten Marten völlig einig: es ist besser, wir bleiben heute abend ganz unter uns in der Familie und lassen die Philister der Welt draußen. Um elf Uhr kommt die letzte Post in Wanza an — eine ganze Stunde früher als vor fünfzig Jahren. Thekla wartet natürlich hier im Hause; aber ich, du und Dorsten, wir nehmen sie auf dem Posthofe in Empfang. Seit vorgestern habe ich ihren Brief in der Tasche — es ist wirklich eine große Freundlichkeit von deinem Papa und deinen Schwestern, daß sie kommen wollen, um heute nacht den Eintritt der Tante Sophie in die Familie und ihren Einzug in Wanza mitzufeiern. Wenn aber auch dieses mir nicht dazu hilft, um diesem ewigen Krakeel mit der Thekla über — deinen — verstorbenen Onkel Dietrich endlich ein Ende zu machen, so — weiß ich wirklich nichts weiter!"

Der Neffe der Tante Sophie sagte nichts, sondern ließ nur seine Tasse zu Boden fallen. Die Frau Rittmeisterin Grünhage schmunzelte nur:

„Noch ein paar nichtsnutzige Scherben mehr! Was hast du denn, mein lieber Junge? Tu mir doch nicht geradeso verwundert wie dein alter Papa in seinem Briefe! Bis jetzt ist mir nichts bei der ganzen Geschichte verquer gegangen, als daß uns Marten Marten diesmal nicht wie vor fünfzig Jahren auf seinem greulichen Tuthorn die Stunde, die es für uns in der Zeit ist, antuten soll." — —

Wir sagen auch nichts weiter. Wir können es jetzt einfach nur elf Uhr abends werden lassen. Wenn wir aber nicht gleichfalls, äußerlich sehr kühl, innerlich vor Aufregung schwitzen, so ist das nur, weil wir an derlei Aufregungen schon seit lange und von mancher gar nicht üblen Berichterstattung über der Menschheit Haushaltsangelegenheiten auf dieser armen, reichen Erde her gewöhnt sind. Kühl und gelassen bleiben wir jedenfalls um elf Uhr morgens, als auf dem Rathause von Wanza der Herr Bürgermeister Dorsten dem städtischen Nachtwächter Marten Marten seine fünfundzwanzig Taler „Gratifikation" übermacht und das schriftliche Belobigungsdiplom mit seinen eigenen Bemerkungen spickt. Wir nicken nur ganz zustimmend, als Hujahn brummt:

„Ne, so 'n Lumpenkerl mit so 'nem verdammten Glücke! Jawohl, mit einer Glückshaube ist der alte Schinderknecht und Pferdedieb freilich hier in Wanza zur Welt gekommen."

Als es Dämmerung geworden war, stand aber Wanza auf den Zehen wie seit lange nicht:

„Wissen möchte ich es wohl, was die Rittmeistern Grünhage schon wieder mal vorhat! . . . Alle Fenster erleuchtet und kein Mensch aus der Stadt eingeladen! . . . Das mit ihrem fünfzigjährigen Jubiläum hier im Orte ist doch wohl nur eine Dummheit; aber wie man auch herumgefragt hat, keiner kann einem eine genauere Auskunft darüber geben, – was meinen Sie denn, Frau Nachbarin?" . . . „Ja, denken Sie, wissen Sie, was Marten Marten sagt? Vorhin begegne ich ihm bei Sankt Cyprian, und weil man seine Wißbegierde doch immer mit sich herumträgt, suche ich ihn wirklich ein bißchen auszuholen. Da grient er nur ganz heimtückisch: ‚Der Frau Rittmeistern ihr Jubiläum? Ach, lassen Sie sich doch nichts einbilden, Frau Hangohr; m e i n e s wird gefeiert! Die Frau Rittmeistern hat sich auf heute abend, nur um m i r ein Pläsier zu machen, die Gesellschaft aus der Fremde hergebeten. Wer aber eigentlich kommt, kann ich Ihnen selber noch nicht sagen. Daß wir nachher vielleicht auch unser Testament machen, kann Wanza ganz einerlei sein.' – Nun, denken Sie mal, Frau Gevattern!"

Gut! War der Tag schön, so wurde der Abend womöglich noch schöner; aber daß die Gemüter in dem Hause am Marktplatze sich mit untergehender Sonne beruhigten, kann man nicht behaupten.

Kurz vor zehn Uhr trat der Mond ins letzte Viertel und der weise Seneca im Frack zu dem Neffen der Frau Rittmeisterin, packte ihn am Arm, führte ihn hinter die Fenstergardine, aus dem Lampenschein hinein in die unzulängliche Beleuchtung durch das bleiche Himmelslicht und seufzte ihn an:

„Mensch, scheint es mir nur so, oder bin ich in der Tat so gräßlich aus dieser abgeschmackten Körperbedeckung herausgequollen? Hat mich eure allgemeine Aufregung und meine innige Teilnahme dran so aufgeschwellt, oder bin ich wirklich aus Naturanlage und als Bürgermeister von Wanza so maßlos über einen anständigen Leibesumfang herausgewachsen, wie mir das augenblicklich vorkommt?! Ich bitte dich, Knabe, verkünde mir ehrlich, ob ich nicht zu lächerlich aussehe! Guck nur die alte Halunkin, wie sie ihr Gaudium an mir hat! Und Mathilde hat natürlich auch längst Wind davon, daß etwas Ungeheures sich vorbereitet. Sie hat sich mit ihrer intimsten Busenfeindin, Postmeisters Viktoriachen, versöhnt und auf heute abend eine Einladung zum Tee und auf das neueste Buch der Fräulein Marlitt angenommen. Aber das ist mir ganz einerlei, Grüner!

Wissen will ich nur, ob ich nicht der übrigen Menschheit zu bodenlos lächerlich vorkommen werde – wenn – wir in einer Stunde deine lieben Angehörigen vom Posthofe abholen werden?! Deine gute Tante hat sie mir nämlich allesamt auf den Hals geladen – deine vier Schwestern! – ‚Du nimmst dich wohl ein bißchen der jungen Damen an, liebster Ludwig!' hat sie mir vor fünf Minuten nochmals dringend auf die Seele gebunden, und – ‚Du siehst ja gottlob ganz würdig und präsentabel aus!' hat sie auch gehohngrient, die alte Spitzbübin!"

„Hohngrienig" sah die Tante Grünhage um drei Viertel auf elf Uhr nicht mehr drein. Zum letztenmal an diesem Abend holte sie eine Uhr hervor (nicht die, welche ihr seliger Rittmeister aus Moskau mitgebracht hatte, denn die hatte sie der seligen Jungfer Lunkenbein mit in die französische Julirevolution gegeben, d. h. sie ihr – der Jungfer – gelassen) und sprach mit großem Ernste:

„Kinder, wir müssen jetzt wohl gehen."

– – – – – – – – – – – – – – – – – – – –

Ein schriller Pfiff, der an seinem Ende in einen absonderlichen, gar nicht drangehörigen Triller auslief, klang von Sankt Cyprians Kirchhofe her.

„Die Glocke hat elf geschlagen! Elfe ist die Glock!" rief der Nachtwächter von Wanza an der Wipper die Stunde ab.

„Und da bläst Füllkorn gerade auf die Minute unter dem Teichtor, Frau Rittmeistern," sagte der Postmeister von Wanza, ein paar Minuten später hinzufügend: „Sieh, sieh, auch eine Beichaise. Ja, ja, Wanza wird Weltstadt, und der Verkehr mehrt sich. Nun Leute, alle heran! Hierher! Leuchtet den Herrschaften zum Aussteigen! Viel Damengepäck! Na, Marten, dann kommen Sie nur und halten Sie Ihre Laterne mit her. Heute vor fünfzig Jahren sollen Sie ja auch wohl schon mit ihr dabei gewesen sein? Nun, an Ihrer Stelle läge ich denn doch lieber im warmen Bette, um mein Jubiläum und noch dazu auf solch 'nem Ruheposten wie der Ihrige zu feiern."

„Ist dies Wanza?" fragte aus dem jetzt auf dem Posthofe haltenden gelben Wagen eine biedere, aber etwas heisere Männerstimme.

„Jawohl!" rief die Frau Rittmeisterin. „Macht doch Platz, ihr anderen, und laßt mich heran! Du aber mach doch die Tür auf, Bernhard!"

Ein alter, breitschulteriger, würdiger Herr mit einer Brille auf der Stirn haspelte sich zuerst aus dem Gefährt, blinzelnd vor dem

31*

Laternenlicht Martens und unterstützt von dem rasch zugreifenden jungen Gast der Frau Rittmeisterin Grünhage.

„Nun, Papa, möglich ist es, daß du es bist – und die Mädchen auch; aber –"

„Ist er es wirklich?" fragte jetzt die Tante Sophie im hellsten metallischen Ton. „Nun denn, das ist freilich ungemein freundlich von ihm. Schönen guten Abend, lieber Schwager! Ich bin nämlich die Rittmeisterin Grünhage in Wanza an der Wipper, und – wissen Sie wohl noch? – vor fünfzig Jahren auf meinem Hochzeitstanz in Halle an der Saale haben Sie mir die Schleppe abgetreten! Jetzt geben Sie mir die Hand, bester Bruder Doktor; und Sie, Marten Marten, halten Sie doch Ihre dumme Laterne ein bißchen höher, daß die zwei Grünhage von Anno neunzehn sich im Jahre neunundsechzig wiedererkennen können. Je ja, ein bißchen älter sind wir in der Zeit wohl geworden, Schwager; es war aber desto hübscher von Ihnen, daß Sie mir neulich Ihren Jungen schickten, um die alte gute Bekanntschaft durch das jüngere Volk aus der Familie wieder anzuknüpfen. Wo stecken denn aber die Mädchen?"

Drei von ihnen entwanden sich eben auch dem Hauptwagen, standen nun ebenfalls im Laternenlicht auf dem Wanzaer Posthofe, lächelnd, knicksend und ziemlich verlegen.

„Marie! Meine Anna und meine Martha, verehrte Schwägerin!" zählte sie der Doktor aus Gifhorn ab und der Frau Rittmeisterin von Wanza zu, und sie bekamen eben jede einen Kuß von der alten Frau, als der Bruder Bernhard plötzlich ganz kläglich und vorwurfsvoll dazwischen rief:

„Ja, aber unsere Alte?! . . . Wo steckt denn unsere Alte? . . . Na, das wäre freilich großartig, wenn ihr die Alte wieder mal als Aschenbrödel zu Hause gelassen hättet, um in eurer Abwesenheit es zu hüten und den Torfhandel der süßen Heimat zu überwachen."

„Das wäre mir freilich auch nicht lieb!" sprach die Tante Grünhage, die jüngste Nichte eben aus den Armen freilassend; aber der Vater Grünhage brummte behaglich:

„Ne, ne, beruhige dich nur, lieber Sohn. Sie sitzt in dem Beiwagen, Frau Schwägerin. Bis zur vorletzten Station hat sie sich drin einer armen Person und Mitpassagierin mit drei Kindern und einem meines Erachtens ziemlich bedenklichen Husten erbarmt. Übrigens hat es freilich einige Mühe gekostet, sie auf so kurze Order hin, verehrte Frau Schwester, mit uns anderen auf diese Fahrt in die weite Welt zu bringen; und zuletzt tat sie es auch da nur aus Mitleid, da sie wußte, daß wir ohne sie auf keine Weise unterwegs fertig geworden wären."

Es war der städtische Nachtwächter von Wanza, der mit dem unverkennbarsten Vergnügen seinem regierenden Bürgermeister mit seiner Laterne an dem Beiwagen das nötige Licht lieferte. Es war der Bürgermeister von Wanza, der unsere Alte aus dem Fuhrwerk hob und in seinem ominösen Examinationsfrack dergestalt eifrig sich dabei bewegte, daß ihm in der Tat eine Naht unterm Arm mit einem merkbaren Krach platzte. Daß in dem nämlichen Augenblick ein Fenster in der Privatwohnung des Herrn Postmeisters klirrend zugeschlagen wurde, erschütterte ihn wenigstens doch so weit in seinem Gewissen, daß er auf dem Heimwege nach dem Hause am Marktplatz seinem früheren Studiengenossen zuraunte:

„Du, das war Mathilde, die dem Postmeister eben eine Fensterscheibe schuldig wurde. Ich konnte nichts dafür. Ich war doch einfach nur so höflich, als es sich unbedingt schickte gegen unse — gegen deine Fräulein Schwester."

Der Schlingel führte diese „Fräulein Schwester" dabei am Arme und sah in seinem lächerlichen Feiergewande fast ebenso schlaubehaglich wie unmenschlich dick aus.

Aber wir stehen ja immer noch auf dem Posthofe von Wanza, wo jetzt gottlob die Tante Sophie auch unser gutes altes Mädchen, unsere Käthe Grünhage, in den Arm genommen hat und sie von Marten Marten beleuchten läßt, sie abküßt wie die anderen, aber dazu ruft:

„Also du bist es, die die Beste in unserer ganzen Familie sein soll? Und die Verständigste auch! Und die Vernünftigste ditto! Und nicht wahr, du bist es auch gewesen, die zuerst auf den vernünftigen Einfall gekommen ist, den ganz anständigen und braven Jungen, euren Bernhard, hierher nach Wanza zu schicken, um die Alte an der Wipper im — Vorbeigehen von euch mal zu grüßen?"

„Ja, liebe Tante!" sagte Käthe Grünhage treuherzig, aber doch auch durch ihre Tränen lachend. „Daß es aber so — so — schön ausfallen würde, habe ich mir nicht vorher gedacht!"

„Elf Uhr ist die Glock!" rief Marten Marten mit rauhester Amtsstimme, in Ermangelung des Hornes von achtzehnhundertneunzehn die Mark und Bein durchdringende Pfeife von achtzehnhundertneunundsechzig an den Mund setzend.

„Herr, du meine Güte, und es ist gut halb zwölfe schon, und Thekla hat wahrhaftig alles Recht, allgemach wieder einmal ungeduldig zu werden!" rief die Frau Rittmeisterin, gleich allen übrigen vor dem unvermuteten Amtsgetöse ihres alten Freundes zusammenfahrend. „Jetzt kommt nach Hause! Wissen Sie wohl noch – heute vor fünfzig Jahren, Marten?"

„Alles noch wie von gestern in meinem Gedächtnis, Frau Rittmeistern," erwiderte Marten Marten. „Mit dem Horn und dem Spieß kann ich heute Ihnen und den übrigen Herrschaften nicht mehr aufwarten; aber mit meiner Laterne leuchte ich Ihnen gerne noch heute so wie damals. Und wenn der Mond auch noch so voll im Kalender und am Himmelsgezelt stünde, sie müßte doch dabei sein, und das von Rechts wegen."

„Dann gehen Sie mit ihr nur vorauf; und ihr anderen kommt. Sie geben mir wohl Ihren Arm, lieber Schwager."

– – – – – – – – – – – – – – – – – – – –

Sie – Fräulein Thekla Overhaus – saß mit ihren erblindeten Augen freilich ganz allein in der großen Stube linker Hand im unteren Stock des Grünhageschen Hauses am Marktplatz, wo der Tisch für die erwarteten Gäste und Verwandten gedeckt war; aber sie wartete mit großer Geduld. In dem alten Potpourri stand vor ihr ein großer Strauß frischer, aber letzter Herbstblumen, die sie nicht sah, über die sie aber von Zeit zu Zeit mit der Hand fuhr wie über ein liebes, bekanntes Gesicht. Und als das Festgewühl dieses sonderbaren Jubiläums nunmehr in das vor fünfzig Jahren so wüste Festgemach drang und ihr die Verwandten des Hauses Grünhage aus der Lüneburger Heide nacheinander vorgestellt wurden, fuhr sie auch ihnen über die Gesichter mit der Hand (den Doktor nicht ausgeschlossen); und als sie damit fertig war (Fräulein Katharina Grünhage war die letzte), sagte sie nichts weiter als:

„Dies ist der vernünftigste Streich, den Fiekchen, Ihre Frau Schwägerin meine ich, Herr Doktor, je in ihrem Leben ausgeheckt hat –"

„Halt den Mund, alte Kriegskameradin, oder lobe dich selber!" rief die Tante und Rittmeisterin Sophie Grünhage.

Sie sollten aber allesamt noch einmal zusammenfahren, aber diesmal heftiger denn zuvor.

„Tut – Tuuut!" erscholl es in der Tür des Festgemaches, und da stand Marten Marten, nachdem er für diese Nacht sein Amt an seinen Kollegen abgegeben hatte, und blies das Horn von Wanza nicht als städtischer Nachtwächter, sondern als ganz einfacher Privatmusikante.

„Mit gütiger Erlaubnis, meine Herrschaften und Sie, Herr Burgemeister!“ sagte er. „Unsere übrige Verabredung wissen Sie ja, Herr Burgemeister.“

„Da bei Fräulein Thekla sitzen Sie, Marten!“ rief die Frau Rittmeisterin über den Tisch weg. „Nachteulen sind wir diese Nacht alle, und es wird ein wahres Glück sein, daß wir wiederum den Nachtwächter von Wanza zur Hand haben, um uns von ihm mit oder ohne sein Horn die Stunde ansagen zu lassen. Punkte ein Uhr gehen wir zu Bette. Für jetzt: Willkommen in Wanza die Familie Grünhage! . . . Es ist wirklich ein vernünftiger Streich, den Thekla Overhaus, Marten Marten und ich ausgeheckt haben. Punkte ein Uhr zu Bett; denn ich freue mich zu sehr darauf, euch alle mir morgen früh bei der lieben hellen Sonne erst noch viel genauer besehen zu können.“

„Ich auch!“ sprach der weise Seneca und zur Zeit sich selber noch allein regierende Bürgermeister von Wanza an der Wipper. Es berechtigte immerhin zu einigen Hoffnungen für ihn, daß er in diesem Augenblicke weder Mathildens gedachte noch den Calvisius Sabinus herzitierte.

Ende

www.ingramcontent.com/pod-product-compliance
Lightning Source LLC
Chambersburg PA
CBHW060818310726
48980CB00002B/330